운
양
집

이 책은 2010년도 정부(교육과학기술부)의 재원으로 한국고전번역원의 지원을 받아
수행된 '권역별거점연구소협동번역사업'의 결과물임.

This work supported by institute for the Translation of Korean Classics - Grant funded by
the Korean Government

한국고전번역원 한국문집번역총서

雲養集

운양집 5

김윤식 지음 구지현
金允植 옮김
　　　　　　백승철

일러두기

1. 이 책의 번역 대본은 한국고전번역원에서 간행한 한국문집총간 328집 소재 《운양
   집(雲養集)》으로 하였다. 번역 대본의 원문 텍스트와 원문 이미지는 한국고전종합
   DB (http://db.itkc.or.kr)에서 확인할 수 있다.
2. 내용이 간단한 역주는 간주(間註)로, 긴 역주는 각주(脚註)로 처리하였다.
3. 한자는 필요한 경우 이해를 돕기 위하여 넣었으며, 운문(韻文)은 원문을 병기하였다.
4. 맞춤법과 띄어쓰기는 한글 맞춤법과 표준어 규정을 따랐다.
5. 이 책에서 사용한 부호는 다음과 같다.
   ( ) : 번역문과 음이 같은 한자를 묶는다.
   [ ] : 번역문과 뜻은 같으나 음이 다른 한자를 묶는다.
   " " : 대화 등의 인용문을 묶는다.
   ' ' : " " 안의 재인용 또는 강조 부분을 묶는다.
   「 」 : ' ' 안의 재인용을 묶는다.
   『 』 : 「 」 안의 재인용을 묶는다.
   《 》 : 책명 및 각주의 전거(典據)를 묶는다.
   〈 〉 : 책의 편명 및 운문·산문의 제목을 묶는다.

차례

운양집 제10권

서序

운양집 제11권

발跋

잠箴

명銘

찬贊

전문箋文

운양집

제10권

記기 序서

서序

《열국정표》서문 병술년(1886, 고종23) 11월
列國政表序 丙戌仲冬

나라가 있으면 정사(政事)가 있고, 정사가 있으면 반드시 역사가 있다. 그러나 붓을 쥔 자가 간혹 마음대로 칭찬하거나 깎아내려 시비가 전도되기도 한다. 《전(傳)》에 말하기를 "문(文)이 질(質)보다 지나친 것이 사(史)이다."[1]라고 했으니, 사를 믿을 수 있겠는가? 옛사람들은 예악(禮樂)을 통해서 세상을 살펴보았다. 그래서 "예를 보면 그 왕의 정사를 알고 음악을 들으면 그 왕의 덕을 안다."[2]라고 하였다.

---

1 문(文)이……사(史)이다 : 《논어》〈옹야(雍也)〉에 "질이 문보다 지나치면 야하고 문이 질보다 지나치면 사하니 문과 질이 서로 잘 어우러진 뒤에야 군자인 것이다.〔質勝文則野 文勝質則史 文質彬彬然後君子〕"라고 한 구절에서 인용한 말이다. 주희(朱熹)는 '사(史)'를 "사는 문서를 관장하여 들은 것이 많고 일이 익숙하지만 정성에 간혹 부족함이 있을 수 있다.〔史掌文書 多聞習事 而誠或不足也〕"라고 주석하였다.

2 예를……안다 : 《맹자》〈공손추 상(公孫丑上)〉에 "예를 보면 그 왕의 정사를 알 수 있고 음악을 들으면 그 왕의 덕을 알 수 있으니, 백세의 뒤에서 백세의 왕을 평가해도 이 기준에서 벗어날 수 없다. 그런데 아무리 보아도 인간이 존재한 이후로 공자와 같은 분은 없었다.〔見其禮而知其政 聞其樂而知其德 由百世之後 等百世之王 莫之能違也 自生民以來 未有夫子也〕"라고 한 자공(子貢)의 말이 나온다.

삼대 이후 예악이 붕괴되었으니 예악을 징험할 수 있겠는가? 아아! 이것이 《만국정표(萬國政表)》[3]가 지어진 까닭이다.

지금의 만국(萬國)이란 옛날의 만국이 아니니, 글을 쓰는 데는 문자(文字)가 달라졌고 수레는 바퀴 폭이 같지 않다. 그러나 타고난 고유한 본성이 같고, 국가의 성쇠(盛衰)가 정치의 득실(得失)에 달려 있다는 점이 같다. 호구(戶口)가 많은 것을 보면 백성을 사랑하여 인구를 늘리는 데에 법도가 있음을 알고, 재화가 풍부하고 넘치는 것을 보면 쓰임새를 절약해 확충시키는 데 방도가 있음을 알고, 군비(軍備)가 강성한 것을 보면 그 나라가 안일함에 빠지지 않아 백성들에게 여력이 있음을 안다. 이는 반드시 군신(君臣)과 상하(上下)가 눈을 밝게 뜨고 용기를 내서 사욕을 이기고 공평함을 유지하며 부지런히 닦기를 게을리 하지 않고 힘을 다해서 그 효과를 거두어 저절로 숨길 수 없는 실효가 나타난 까닭이니, 일시적으로 부강함에 대해 한껏 말을 늘어놓는 것으로 단박에 해낼 수 있는 것이 아니다.

양 혜왕(梁惠王)은 "백성에게 진심을 다하였다."라고 스스로 말하면서 자기 백성이 이웃 나라보다 많지 못함을 걱정했으니[4] 생각하지 못함

---

3 만국정표(萬國政表) : 1886년 박문국에서 간행한 4권 4책의 활자본으로, 각국별로 역대 정치・종교・교육・재정・병제・면적・인구・통상・공업・화폐・역서 등을 설명한 책이다. 서(序)・범례・총론・약설・지구전도・목록・본문의 순으로 되어 있고, 김윤식(金允植)과 정헌시(鄭憲時)가 서문을 썼다.

4 양 혜왕(梁惠王)은……걱정했으니 : 《맹자》〈양혜왕 상(梁惠王上)〉에 "과인이 나라에 있어 마음을 다할 뿐이다.……이웃 나라의 정치를 살펴보면 과인처럼 마음을 쓰는 곳이 없는데 이웃나라 백성은 줄지 않고 과인의 백성은 늘지 않는 것은 어째서인가?〔寡人之於國也 盡心焉耳矣……察隣國之政 無如寡人之用心者 隣國之民不可少 寡人之民不可多 何也〕"라고 한 양혜왕의 물음이 나온다.

이 어찌 그렇게 심한가. 옛말에 "연못에 가서 물고기를 부러워하는 것이 물러나 그물 짜는 것만 못하다."[5]라고 하였으니 실제에 힘씀[懋實]을 이른다. 똑같이 타고난 고유의 본성을 따르고 훌륭한 법규를 더하고 부지런히 힘쓰면서 마음에 잊지 않고 조장(助長)하지도 않아[6] 가난한 나라를 부유한 나라로 만들고 약한 나라를 강한 나라로 만들어 만국 사이에 우뚝하게 서게 한다면 누가 감히 업신여기겠는가?

근래 《영국연보(英國年譜)》[7]에서 〈열국정표(列國政表)〉를 구해서 이노우에(井上) 군[8]에게 번역을 부탁했더니 모두 51개국이었고 그 항목에 국가 계보, 정치, 종교, 학교, 토지, 인구, 재정, 병제, 통상, 공업,

---

5 연못에……못하다 : 동중서의 대책문 구절 가운데 "옛사람이 한 말에 '연못에 가서 물고기를 부러워하는 것이 물러나 그물 짜는 것만 못하다.〔古人有言曰 臨淵羨魚 不如退而結網〕"라는 구절에서 인용한 말이다. 《漢書 卷56 董仲舒傳》

6 마음에……않아 : 《맹자》〈공손추 상(公孫丑上)〉에 나오는 "반드시 하는 일이 있어야 하지만 결과를 미리 기약하지 말아서, 마음에 잊지 말고 조장하지도 말라.〔必有事焉 而勿正 心勿忘 勿助長也〕"라고 한 구절에서 인용한 말이다.

7 영국연보(英國年譜) : 1886년 발간된 영국의 《정치연감(政治年鑑)》을 가리킨다.

8 이노우에(井上) 군 : 이노우에 가쿠고로(井上角五郎, 1860~1938)로, 메이지에서 쇼와 시대 전반부까지 활약했던 정치가이자 실업가이다. 히로시마 출신으로 게이오의숙(慶應義塾)을 졸업한 후, 1883년 스승 후쿠자와 유키치(福澤諭吉)의 권유로 조선으로 와서 《한성순보(漢城旬報)》 창간에 협력했으며, 1884년 갑신정변(甲申政變)에 간여하였다. 갑신정변 실패 후 김옥균 등의 망명 때 일본으로 돌아갔다가 1885년 일본 외무상이었던 이노우에 가오루(井上馨)를 따라 《시사신보(時事新報)》의 통신원 자격으로 함께 들어왔다. 당시 통리아문독판(統理衙門督辦)이었던 김윤식의 부탁으로 활자와 인쇄기를 구입하여 와서 《한성주보(漢城週報)》 창간을 도와 편집주사(編輯主事)에 임명되었다가 1886년 12월 귀국하였다. 1890년 이래 중의원 의원으로 14회 당선되어 정치인으로서 활동하였고, 이후 홋카이도 탄광철도 전무, 일본제강소 회장 등을 역임하며 실업가로 활동하였다.

화폐 등의 표가 있었다. 간략하면서도 요점이 있어 역사서를 상고하거나 법령과 준칙을 고찰하지 않아도 세계 정령(政令)의 득실과 빈부, 강약의 형편을 일목요연하게 분별할 수 있었다. 마침내 간행하여 세상에 공개하니, 부디 이것을 읽는 자가 분발해서 그런 나라처럼 되려는 마음을 지닌다면, 나라를 다스리고 백성을 교화하는 데 보탬이 없지는 않을 것이다.

《옥호도》서문 무자년(1888, 고종25) 1월

玉壺圖序 戊子正月

당(唐)나라 사람은 술을 '춘(春)'이라고 불렀다. 사공도(司空圖)의
《이십사시품(二十四詩品)》에 "옥 호리병에 춘을 산다.〔玉壺買春〕"라
고 하였고,[9] 두소릉(杜少陵)의 시에도 역시 "운안의 국미춘 얘기를 들
었다.〔聞道雲安麴米春〕"라고 하였다.[10] 술이라는 물건이 사계절의 기
운을 변화시킬 수 있어 사계절 모두 봄으로 만들 수 있기 때문일 것
이다. 그러나 사람들은 도자기가 술그릇이 되고 누룩이 술의 재료가
되는 것만 알고 시(詩)가 그릇이 되고 시가 재료가 된 연후에 태화
(太和)의 기운을 빚어내 사계절의 봄을 저장할 수 있다는 것은 모른
다. 옛날이나 지금이나 술 마시는 사람은 모두 마음속으로 그 이치를
알고 있었지만 아쉽게도 오묘한 이치를 설파한 자가 없다.

　황자천(黃紫泉)[11] 노인이 《옥호도(玉壺圖)》시를 창작했다. 시로 그

9　사공도(司空圖)의……하였고 : 사공도(司空圖, 837~908)는 중국 당나라 말의 시
인으로서, 시의 의경(意境)을 24품(品)으로 나누어 4언 12구로 해설한《이십사시품(二
十四詩品)》을 지었다. 인용한 '옥 호리병에 춘을 산다.〔玉壺買春〕'는《이십사시품(二十
四詩品)》의〈전아(典雅)〉를 설명한 시구의 한 구절이다.

10　두소릉(杜少陵)의……하였다 : 두소릉은 중국 성당(盛唐) 시대의 최고 시인으로
평가받는 두보(杜甫, 712~770)를 가리키는 것으로, 소릉은 그의 호이다. 그의 시〈발
민(拔悶)〉에 나오는 "듣자니 운안의 국미춘은, 한 잔만 기울여도 즉시 사람을 취하게
한다지.〔聞道雲安麴米春 纔傾一盞卽醺人〕"라고 한 구절에서 인용한 것이다.

11　황자천(黃紫泉) : 황종교(黃鍾敎, 1815~?)로, 본관은 창원(昌原), 자는 경회(景
誨), 거주지는 예산이다.《속음청사(續陰晴史)》의 기록에 따르면 김윤식이 면천에 유

림을 그려 호리병 형태를 이룬 것인데 시는 모두 16수이다. 구마다 '춘(春)' 자를 썼는데, 머리와 꼬리에 모두 춘 자를 쓴 경우도 있으며, 빙빙 돌아가면서 이어져 자연스럽게 문채를 이루었다. 칠언율시 2수가 호리병의 병목이 되니, 좌우가 한 번 올라가고 한 번 내려감으로써 봄가을의 기운에 응한다. 칠언절구 8수가 호리병의 배가 되니, 마치 여러 바퀴살이 바퀴 중심에 모여드는 것 같아서 이로써 구궁(九宮)의 숫자[12]를 안배하였다. 또 6수는 호리병의 몸에 해당하니, 마치 뭇별들이 북두성을 에워싼 듯하여 이로써 육합(六合)[13]의 위치를 드러낸다. 호리병의 배는 태극(太極)을 상징하고 위의 병목 부분은 하늘을 상징하고 아래 호리병 부분은 땅을 상징한다. 오르내리는 기운은 음양을 상징하여, 사상(四象)[14]이 생겨나고 팔괘(八卦)[15]가 이루어진다. 나누면 24번의 바람이 되고,[16] 벌려놓으면 28수의 별자리[17]가 되고, 풀어놓

배되었던 시기 교유를 시작한 인물로 1887년(고종24) 7월 4일 처음 만났다. 김윤식은 그에 대해 "송암의 황종교가 내방했다. 황 진사 나이는 72세, 장동 황씨이다. 문식이 있고 젊어서 서울에서 노닐어 사람 중 아는 이름이 많았다.〔松岩黃鍾敎來訪 黃進士年七十二 壯洞之黃也 有文識 少游京洛 人多知名〕"라고 기술하였다.

12 구궁(九宮)의 숫자 : 역술가의 아홉 개 방위를 말한다. 리(離), 간(艮), 태(兌), 건(乾), 곤(坤), 감(坎), 진(震), 손(巽)의 8개 궁에 중앙궁을 더한 것이다.

13 육합(六合) : 1년 12달 중 계절이 상응하는 변화를 가리키는 말로, 중춘(仲春)과 중추(中秋)가 합(合)이 되고 중하(仲夏)와 중동(仲冬)이 합이 되는 식이다. 이것이 모두 여섯 개이므로 육합이라 한다.

14 사상(四象) : 음양의 네 가지인 춘(春), 하(夏), 추(秋), 동(冬)을 가리킨다.

15 팔괘(八卦) : 음양을 근본으로 만들어진 주역의 여덟 괘인 리(離), 간(艮), 태(兌), 건(乾), 곤(坤), 감(坎), 진(震), 손(巽)을 가리킨다.

16 24번의 바람이 되고 : 1년 24절기 중 소한(小寒)부터 곡우(穀雨)까지 모두 4개월, 즉 8절기 사이의 120일 동안 5일마다 꽃바람이 부는데, 절기마다 3번씩이다. 소한은

으면 36궁(宮)[18]이 된다. 중앙의 한 가운데로 모이는 것은 만물이 근본으로 돌아와 복명함을 상징하는 것이니 이른바 "천하의 봄을 거두어들여 폐부에 돌린다.〔收天下春 歸之肺腑〕"[19]라는 것이다. 뱃속의 한줄기 기운이 곧바로 입에 도달함은 동지(冬至)의 일양(一陽)이 땅 밑바닥에서 생겨나 입춘에 굽은 싹이나 곧은 싹이나 모두 펴지고 죽죽 자람[20]을 상징하니 이른바 "수천 수만의 문호가 차례로 열리는구나.〔千門萬戶次第開〕"[21]라고 하는 것이다.

그 시에서 말하는 것은 대체로 모두 사계절의 경물을 모사하고 세태

매화(梅花)·산다(山茶)·수선(水仙), 대한은 서향(瑞香)·난화(蘭花)·산반(山礬), 입춘은 영춘(迎春)·앵도(櫻桃)·망춘(望春), 우수는 채화(荣花)·행화(杏花)·이화(李花), 경칩은 도화(桃花)·체당(棣棠)·장미(薔薇), 춘분은 해당(海棠)·이화(梨花)·목란(木蘭), 청명은 동화(桐花)·맥화(麥花)·유화(柳花), 곡우는 목단(牧丹)·도미(酴醾)·연화(楝花)이다.

17 28수의 별자리 : 고대에는 주천황도의 항성을 28개의 별자리로 파악하였는데, 동방의 각(角)·항(亢)·저(氐)·방(房)·심(心)·미(尾)·기(箕), 북방의 두(斗)·우(牛)·여(女)·허(虛)·위(危)·실(室)·벽(壁), 서방의 규(奎)·루(婁)·위(胃)·묘(昴)·필(畢)·자(觜)·참(參), 남방의 정(井)·귀(鬼)·유(柳)·성(星)·장(張)·익(翼)·진(軫)이다.

18 36궁(宮) : 36절기를 상징한다. 1년은 사계(四季)로 나뉘고, 각 계절마다 9절기가 있어 1년은 36절기로 구성된다.

19 천하의……돌린다. : 송의 소옹(邵雍)이 지은 〈안락음(安樂吟)〉에 나오는 구절이다.

20 동지(冬至)의……자람 :《예기(禮記)》〈월령(月令)〉에 "생기가 바야흐로 일어나 양기가 새어나오기 시작해 굽은 싹은 모두 나오고 곧은 싹은 다 자란다.〔生氣方盛 陽氣發泄 句者畢出 萌者盡達〕"라고 한 데서 인용한 것이다.

21 수천……열리는구나 :《주자문집(朱子文集)》4권 〈애원기중(答袁機仲)〉에 나오는 구절로, 소옹(邵雍)이 지은 시 구절이라고 한다.

(世態)의 바뀜을 탄식한 것으로, 규방의 정을 서술하기도 하고 강호(江湖)의 흥을 부치기도 하였다. 곤충과 초목의 변화나 이별과 만남, 슬픔과 기쁨의 정취까지 모두 갖추어지지 않은 것이 없었다. 시 가운데 '술 주〔酒〕'자가 하나도 없으나 모두 술을 빚는 상품의 재료요, 술을 마실 훌륭한 물건이다. 시 밖으로 술이 없고 술 밖으로 호리병이 없고 호리병 밖으로 봄이 없음을 알겠으니, 풍부하구나, 기이하구나! 비록 백륜(伯倫)의 훌륭한 칭송[22]과 원량(元亮)의 훌륭한 서술[23]이라도 더할 것이 없겠다.

　내가 들으니, 자천의 집이 본래 가난하여 매번 술 생각이 나도 마련할 수가 없었으나 이 그림을 걸어둔 이래 술동이가 언제나 비지 않으니 귀신의 도움이 있는 듯하다고 한다. 아마 국생(麴生)이 그의 대우에 감동하여 궁핍함을 구제해 준 것이리라. 만약 백륜과 원량의 무리들이 이 그림을 본다면 응당 향을 사르고 손을 씻고서 일어나 절하며 성현(聖賢)[24]이라 칭하리라.

22　백륜(伯倫)의 훌륭한 칭송 : 유령(劉伶, 221~300)이 지은 〈주덕송(酒德頌)〉을 가리킨다. 백륜(伯倫)은 유령의 자로, 죽림칠현의 한 사람이다. 술을 좋아하여 사슴수레를 타고 호리병을 들고 다니면서 삽을 멘 하인을 따르게 해 술을 마시다 죽으면 그 자리에 묻어달라고 하였다 한다.

23　원량(元亮)의 훌륭한 서술 : 도잠(陶潛, 365~427)이 지은 음주(飮酒)에 관한 시들을 가리킨다. 원량(元亮)은 도잠의 자로, 동진 때 시인이다. 시풍은 기교를 부리지 않고 평담(平淡)하며, 육조(六朝) 최고의 시인으로 평가받는다.

24　성현(聖賢) : 술을 가리킨다. 《태평어람(太平御覽)》 〈위략(魏略)〉에 "태조 때 술을 금하였으나 사람들이 몰래 마셨다. 그러므로 술이라 말하기 어려워 백주를 현인, 청주를 성인이라 하였다.〔太祖時禁酒 而人竊飮之 故難言酒 以白酒爲賢人 淸酒爲聖人〕"이라고 하였다.

《경당유고》 서문
絅堂遺稿序

문장은 세도(世道)와 더불어 성쇠(盛衰)를 겪기에 시대에 따라 앞뒤
가 있다는 주장이 생겨났다. 논자(論者)들은 "좌씨(左氏)[25]는 문장이
비록 공교롭기는 하였지만 여전히 쇠한 주나라의 기풍을 면하지 못
했고, 용문(龍門)[26]은 취사(取捨)에 마땅함을 잃었지만 기력이 심후
하여 번성한 한나라의 기풍이 있다."라고 하고, 또 "당나라는 한유(韓
愈)[27] 이후로 비록 고문이 부흥했으나 위(魏)·진(晉)의 정화는 후세
가 미칠 수 없었다."라고 한다. 이로 보건대, 기풍(氣風)이나 시대의
등급이 균등하지 않은 것은 그렇게 되려고 기약하지 않았건만 그렇
게 된 면이 있다.

오직 뜻을 고상하게 지닌 선비만이 옛것을 희구하고 도(道)를 사모
하여 기풍에 국한되지 않고 시대의 등급에 구속되지 않아, 확 트인
경지에서 노닐며 경계를 초월하였다. 이는 아마도 흉중이 넓고 커서
섬기지 못할 임금이 없고, 다스리지 못할 백성이 없고, 살지 못할 세상

---

25 좌씨(左氏) : 좌구명(左丘明)으로, 춘추 시대 노나라의 학자이다. 《춘추좌씨전
(春秋左氏傳)》, 《국어(國語)》의 작자이다.

26 용문(龍門) : 사마천(司馬遷, 기원전 145~기원전 86)으로, 《사기(史記)》를 지은
전한(前漢) 때의 역사가이다. 그는 용문에서 출생했다.

27 한유(韓愈) : 768~824. 자는 퇴지(退之), 시호는 문공(文公)이며 회주(懷州) 출
신이다. 종래 기교적이었던 변려문(騈麗文)에 반대하여 고문 부흥을 창도한 당나라
문장가로, 이후 산문의 모범으로 추앙되었다.

이 없기 때문일 것이다. 그러므로 나와서 쓰이면 치세의 공적을 세우고 물러나 책을 저술하면 성세(盛世)의 문장을 이루고, 자신의 처지가 좋은지 나쁜지는 따지지 않는다. 그가 확충하고 기른 기운[28]에는 항상 굶주리지 않은 것이 존재하여 때에 따라 달라지지 않기 때문이다.

내 벗 서 경당(徐絅堂) 선생[29]은 천하의 선비이다. 도(道)를 자임(自任)하고 세상을 선(善)으로 인도하겠다는 뜻을 지녔다. 남들이 고지식하게 있을 때 홀로 호탕하였고, 세상이 모두 이익을 추구할 때 홀로 의를 좋아하였으며, 미끈미끈한 기름 같고 무두질한 가죽 같을 때[30] 홀로 화살처럼 곧아 이미 세상과 어울리지 못했다. 거친 산에 가로막히고 막막한 바다에 둘러싸인 지방의 관리가 되어 얼음물을 마시고 황벽나무를 먹는 청빈한 생활을 하며 스스로 힘을 썼으나 곤궁한 처지를 벗어나지 못한 채 생애를 마쳤다. 아! 하늘이 선한 사람을 내려 보내고

---

28 그가……기운 : 호연지기(浩然之氣)를 말한다. 《맹자》〈공손추 상(公孫丑上)〉에 "그 기운 됨이 지극히 크고 강해서 곧음으로써 기르고 해침이 없으면 천지의 사이에 가득 차게 된다. 그 기운 됨이 의와 도를 짝하니, 이것이 없으면 굶주린다.〔其爲氣也 至大至剛 以直養而無害 則塞于天地之間 其爲氣也 配義與道 無是餒也〕"라고 하였다.

29 서 경당(徐絅堂) 선생 : 서응순(徐應淳, 1824~1880)으로, 본관은 달성(達城), 자는 여심(汝心), 호는 경당이다. 김윤식과 함께 유신환(兪莘煥)의 문하에서 수학하였다. 1870년 음직으로 선공감 감역(繕工監監役), 군자감 봉사(軍資監奉事), 영춘 현감(永春縣監)을 역임하였다. 간성 군수(杆城郡守)로 부임하였을 때 성긴 베옷을 입고 생활하며 4월에는 백성들과 함께 보리밥을 먹는 등 선정을 베풀었다고 한다. 1880년 임지에서 죽었다.

30 미끈미끈한……때 : 《초사(楚辭)》〈복거(卜居)〉에 "둥글둥글 모나게 굴지 않고, 미끈미끈 기름처럼 무두질한 가죽처럼 조심조심 몸을 사릴까.〔將突梯滑稽 如脂如韋 以絜楹乎〕"라고 한 구절에서 인용한 말이다.

서 그를 군색하게 만들고 심기를 괴롭힌 것은 과연 무엇을 하려고 해서 인가?

공은 평생 문장을 자신의 사명으로 여기지 않았기 때문에 저술이 그다지 많지는 않다. 그러나 내가 공을 따라 노닐 적에 대략을 엿볼 수 있었으니 그의 문장은 창명(昌明)하고 박대(博大)하며 장중하면서 도 법도가 있고, 그의 시는 격력(格力)이 울창(鬱蒼)하고 의치(意致) 가 헌활(軒豁)하였다. 말을 할 때에는 도를 근심하였지 빈곤을 근심하 지 않았고, 곤액을 당해도 남을 탓하지 않고 행동과 감정 표출에 여유 가 있고 박절하지 않았으니, 근세의 질질 끌고 활기가 없는〔沓拖委靡〕 병통이 전혀 없었다. 나는 "공의 운명이 비록 곤궁하나 그의 문장을 보면 쇠한 시대의 작품이 전혀 아니다. 필경 진흙구렁에 오래 빠져 있지 않을 것이니, 이 시대의 성대함을 예견할 수 있다."라고 말한 적이 있으나, 지금 끝내 징험할 수가 없게 되었다.

공이 확충하고 기른 기운은 시대에 따라 달라지지 않고 상하(上下) 로 천고와 함께 흐르니 기풍과 시대의 등급에서 구할 수 없음을 누가 알겠는가? 가령 경당이 예복을 입고 조정에 있었다면, 임금을 도에 이끌고 백관을 진퇴(進退)시키고 국가적인 계획을 내고 정책을 정하여 천하를 태산 반석처럼 안정시키고 목간과 죽책에 글이 적히고 종정(鐘 鼎)에 새겨지고 기상(旂常)에 기록되어[31] 언행이 천하에 가득했을 것

---

31 종정(鐘鼎)에……기록되어 : 성명과 공훈이 길이 남겨짐을 가리킨다. 고대에 공훈 을 세운 신하의 이름을 종(鐘)과 정(鼎)에 새겨서 길이 남겼고, 기상(旂常)은 주(周)나 라 때 사용하던 깃발로 기(旂)에는 교룡(交籠)을 그리고 상(常)에는 월일(月日)을 그 렸는데, 여기에 공신(功臣)의 이름을 새겼다.

이니, 비록 전하지 못하게 하려한들 할 수 있었으랴? 어찌 이 초라한 몇 권의 문자를 기다렸겠는가? 아아! 경당의 이름이 이 책에 기대어 후세에 전하게 되었으니 이것은 이 세도(世道)의 불행이다.

《안방산시집》 서문
安方山詩集序

산택(山澤)에 은거한 선비는 문사(文辭)가 메말랐고 명리(名利)를 좇는 사람은 문사가 조급하니, 맑으면서 메마르지 않고 고요하면서 조급하지 않은 경우는 오직 궁달(窮達)의 때에 잘 처신하는 사람뿐이리라. 방산자(方山子)[32]는 명리를 좇는 사람은 아니다. 젊어서 과거 공부[時文]를 하여 과거 시험장에서 노닐었는데, 명성이 항상 또래 친구들보다 높았다. 여러 번 과거에 급제하지 못하자 탄식하며 "인생은 뜻에 맞는 것을 귀하게 여기니, 어찌 굳이 과거에 급제하랴?"라고 하고, 마침내 과거 공부를 버리고 홍주(洪州) 바닷가에서 밭을 갈았다. 몸이 외물(外物)에 부림을 받지 않고 담박하게 자신을 지켰다. 세속인이 좋아하는 것 중에는 마음에 맞는 것이 하나도 없었지만, 유독 시 짓기를 좋아하여 늙도록 그만두지 않았다.

내가 그의 시집을 얻어 읽은 적이 있다.

바람은 백이[33]의 집 맑게 해주고   風淸伯夷宅

---

32 방산자(方山子) : 안기원(安基遠, 1825~1896)으로, 본관은 광주(廣州), 자는 선호(善浩), 호는 방산(方山), 초명은 기원(氣遠)이다. 조선 후기의 위항 시인 안민학(安敏學)의 후손이다. 탄옹(炭翁) 김수암(金秀巖)에게서 시를 배우고 뒤에 추사 김정희(金正喜)와 매산 홍직필(洪直弼)의 문하에서 교유하였다. 안기원은 과거를 일찌감치 포기하고 고향으로 내려가 전원생활을 즐기며 시(詩)를 지으며 살다가 72세에 생을 마쳤다.

달빛은 중련[34]의 품을 비추네[35]   月照仲連襟

봄이 오니 백발이 부끄럽고   春來羞白髮
비가 개니 청산이 보인다[36]   雨後見靑山

산 아래서 밭가는 아침에는 숲에서 구름 일어나고

                                              朝耕山下林雲起

물가로 향하는 저녁 무렵에는 물에 비친 달이 밝구나[37]

                                              暮向磯頭水月明

남의 인정 신경 안 써 기운 항상 호탕하고   不知不慍氣常浩
비방 청찬 다 없으니 몸이 절로 살찐다네[38]   無毀無譽身自肥

---

33 백이(伯夷) : 고죽국(孤竹國)의 왕자로, 아우 숙제(叔齊)와 함께 은나라를 치려는
무왕에게 간언하였고, 은나라가 망한 후 주나라의 곡식을 먹을 수 없다 하여 수양산(首
陽山)에 들어가 굶어죽었다. 청빈한 인물의 대표로 꼽힌다. 《史記 伯夷列傳》

34 중련(仲連) : 노중련(魯仲連)으로, 전국 시대 때 제(齊)나라의 고사(高士)이다.
진(秦)나라에서 황제를 자처하는 꼴을 보기보다는 차라리 동해에 빠져 죽겠다고 했다
고 한다. 《史記 魯仲連列傳》

35 바람은……비추네 : 오언절구 〈우음(偶吟)〉의 1, 2구이다. 《방산집(方山集)》 제1
권에 실려 있다. 원문에는 "風淸泊夷宅"으로 되어있으나 《방산집》을 따라 고쳐둔다.

36 봄이……보인다 : 오언율시 〈차우인(次友人)〉의 함련이다. 《방산집》 제2권에 실
려 있다.

37 산……밝구나 : 칠언율시 〈회김안옹(懷金岸翁)〉의 함련이다. 《방산집》 제3권에
실려 있다.

38 남의……살찐다네 : 칠언율시 〈우회(寓懷)〉의 함련이다. 《방산집》 제3권에 실려
있다.

늦가을 국화 핀 언덕에서는 술이 그립고　　　　　　酒懷秋暮黃花塢
서리 맑은 푸른 물가에서 시상이 떠오른다[39]　　　詩思霜淸碧水天
끝없는 들판에는 긴 성곽에 비 내리고　　　　　　無邊野勢長城雨
쉼 없는 강물 소리에 패수에는 가을이 찾아드네[40]

　　　　　　　　　　　　　　　　　　　　　　不盡江聲浿水秋

이때는 어떤 처지이고 어떤 마음이었을까

숲 골짜기도 인간 세상이기에　　　　　　　　　　林壑猶人境
전쟁 나니 나라가 근심스럽네[41]　　　　　　　　干戈是國憂

문 닫고 지내니 젊은 날의 뜻은 절로 멀어지고　杜門自負英年志
칼을 만지작거리자니 공연히 저녁노을이 슬퍼진다[42]

　　　　　　　　　　　　　　　　　　　　　　撫劍空悲落日暉

검 꽂은 채 술 마시며 국화꽃에 취한 가을　　秋樽劍揷醉黃花

39　늦가을……떠오른다 : 칠언율시 〈증이생증팔(贈李生俊八)〉의 함련이다. 《방산집》 제3권에 실려 있다.

40　끝없는……찾아드네 : 칠언율시 〈기만윤김창산(寄灣尹金倉山)〉의 함련이다. 《방산집》 제3권에 실려 있다.

41　숲……근심스럽네 : 오언율시 〈우회(寓懷)〉의 경련이다. 《방산집》 제2권에 실려 있다.

42　문……슬퍼진다 : 칠언율시 〈시월십칠일(十月十七日)〉의 경련이다. 《방산집》 제3권에 실려 있다.

눈 부릅떠 푸른 물가 저 멀리 바라보네	張目遙望碧水涯
야만스런 서복 나라[43] 바람이 달려가니	風競頑酋徐福國
늙은 장수 북평 집[44] 춥기만 한 겨울날	天寒老將北平家
화평 닦던 먼 나라에 사신 간 지 오래되어	修和絶域星槎遠
적 막느라 긴 강에는 쇠사슬 비껴있네	設險長江鐵鎖斜
한밤중 빗소리는 수만 마리 말 달리는 듯	中夜雨聲奔萬馬
갑자기 대담하게 나뭇가지 움직이네[45]	斗如大膽動权枒

이와 같은 시구는 어떠한 강개(慷慨)요, 어떠한 충분(忠憤)이었겠는가?

기타 〈광가(狂歌)〉[46], 〈백설가(白雪歌)〉[47], 〈불평(不平)〉[48] 등 여러 작품들이 모두 특출 나고 범상치 않으며〔磊砢離奇〕맑고 밝고 비장하여〔瀏亮悲壯〕고집스럽게 꼭 세상을 잊으려고만 한 사람이 아니니,

---

43 서복(徐福) 나라 : 일본을 가리킨다. 서복(徐福)은 곧 서불(徐市)을 말한다. 서복은 진시황 때 불사약을 구하러 동남동녀 오백 인을 데리고 동쪽으로 떠나 돌아오지 않았다고 한다. 일본이 동쪽에 있기 때문에 서복이 일본으로 갔으리라는 얘기가 있다.

44 늙은 장수 북평(北平) 집 : 한나라 장수 이광(李廣, ?~기원전 119)의 집을 가리킨다. 이광은 흉노와의 싸움에서 패배해 포로가 되었다가 탈출해 장안으로 돌아왔으나 죄를 추궁당해 평민으로 강등되었다. 이후 다시 우북평(右北平) 태수로 복귀하였다. 북평은 현재의 북경(北京) 지역이다.

45 겁……움직이네 : 칠언율시 〈시월십이일왜선박내도정축(十月十二日倭船泊內島丁丑)〉의 제2수이다. 《방산집》제3권에 실려 있다.

46 광가(狂歌) : 《방산집》제2권에 실려 있는 오언율시이다.

47 백설가(白雪歌) : 《방산집》제2권에 실려 있는 오언율시이다.

48 불평(不平) : 《방산집》제1권에 실려 있는 칠언절구이다.

맑으면서도 마르지 않았다고 이르는 것 역시 마땅하지 않은가? 방산은
노두(老杜 두보)를 잘 배웠다. 노두는 평생 떠돌아다니며 곤궁하고 좌
절하는 가운데 있었으나 여전히 백성과 나라를 잊지 않았으니, 방산은
아마도 노두의 마음을 잘 알았을 것이다.

《동감문초》 서문

東鑑文鈔序

옛날 기자(箕子) 성인께서 동쪽으로 와 백성을 예양(禮讓)하도록 교화시키고 미개한 풍속을 바꾸셨다. 그 당시 분명히 문자의 가르침이 있었을 터이나 시대가 멀고 말이 사라져 후세에 전해지지 않았다. 고구려는 풍속이 본디 난폭하고 사나워 사람들이 무력을 숭상하였다. 비록 중국과 나란히 이웃을 하고 있었으나 문교(文敎)에 감화되었다는 말은 듣지 못했다. 백제는 개국하고 3백 년 동안 서기(書記)가 없었다. 근초고왕(近肖古王)에 이르러 비로소 박사를 두었고[49] 성왕(聖王) 때 처음으로 소량(蕭梁)[50]에 모시박사(毛詩博士)를 청하였는데 불씨(佛氏 부처)의 《열반경의(涅槃經義)》와 함께 왔을 것이다.[51] 두 나라가 다 6, 7백년이나 국운이 지속되었으니, 어찌 문자를 모르면서 나라를 오래 보전할 수 있었는지 괴이하게 여겼다.

또 살펴보건대, 고구려 영양왕(嬰陽王) 때 국사를 수찬하여 《유기(留記)》백 권이 있었는데 이때 이르러 요약하여 편수하였다. 역사책

---

49 비로소 박사를 두었고 : 《삼국사기(三國史記)》에 따르면, 백제는 문자로 기록하는 일이 없다가 근초고왕 때 이르러 박사 고흥(高興)을 얻었다고 한다.

50 소량(蕭梁) : 남조의 양(梁)을 가리킨다. 황실의 성이 소(蕭)씨였기 때문에 생긴 칭호이다.

51 열반경의(涅槃經義)와……것이다 : 양 무제(梁武帝) 때 백제에서 《열반경의》와 함께 모시박사, 공장(工匠), 화사(畫師)를 청하여 보내주었다는 기록이 중국의 《양서(梁書)》에 나온다.

이 많아 백 권이나 되었으니 그 사이 현명한 왕의 교령(敎令)과 이름난 신하의 상주문(上奏文) 가운데 일컬을 만한 것이 어찌 없었겠는가? 백제는 대대로 중국과 왕래하여, 육로와 해로를 통해 서로 접촉하였다. 개로왕(蓋鹵王)이 원위(元魏)[52]에 올린 표문을 본 적이 있는데 문사(文辭)가 바르고 세련되었으니, 고기 한 점을 먹어보면 솥 전체의 맛을 알 수 있었다. 또 당 태종(唐太宗) 때 삼국이 모두 자제를 보내 입학시켜서 벽옹(辟雍)[53]에서 예악(禮樂)을 관찰하고 토론과 강습을 하게 하였으니, 그 문물의 풍채를 상상해 볼 수 있었고 고구려와 백제 두 나라가 문헌이 없던 적이 없음을 알게 되었다. 소장한 책이 많지 않고 병화(兵火)에 다 없어졌기 때문에 마침내 적막해져 증명할 것이 없게 되었으니, 안타깝구나!

신라는 세 나라 가운데 문헌이 가장 많은 나라로 일컬어진다. 그러나 기풍이 간소하고 질박해서 오랜 시간이 지나고서야 점차 개화되었다. 처음에는 활쏘기로 사람을 선발하였고 화랑의 낭도에서 취하기도 하였다. 원성왕(元聖王) 때 이르러 비로소 독서출신과(讀書出身科)를 설치하여 오경(五經)과 삼사(三史)[54]에 널리 통달한 사람을 준재(俊才)로 삼고, 《문선(文選)》[55]에 더욱 힘을 썼으니, 육조(六朝) 이래로 사대교

---

52 원위(元魏): 북위(北魏)를 가리킨다. 위 효문제(孝文帝) 때 낙양으로 천도하고 본성인 탁발(拓拔)을 원(元)으로 고쳐, 역사상에서 원위라고 칭한다.

53 벽옹(辟雍): 본래 서주(西周)의 천자가 설치한 태학(太學)으로, 학교 터가 원형이고 물이 둘레를 감싸고 있으며 앞문 밖에 다리가 있는 형태였다. 동한(東漢) 이후 역대로 벽옹을 설치하였으며 향음대사례(鄕飮大射禮)를 행하거나 제사를 지내기도 하였다.

54 삼사(三史): 《사기(史記)》, 《한서(漢書)》, 《후한서(後漢書)》를 가리킨다.

린(事大交隣)의 문장이 오로지 변려문을 숭상했기 때문이다. 이에 임강수(任强首)[56], 설홍유(薛弘儒)[57], 최고운(崔孤雲)[58] 등이 나와서 우리나라 문장의 비조가 되었다.

고려 태조(太祖)가 대업을 열고 먼저 학교를 세워 수재 정악(廷鶚)[59]을 서도박사(西都博士)로 삼아 육부(六部)의 생도를 가르치게 하였으며, 비단을 하사하고 곡식을 나누어주어 학생들을 권면하였다. 이로부터 도성에는 국학을 숭상하고 지방에는 향교가 줄지어 생겨, 마을과 향당의 상서(庠序)에서 현송(絃誦)[60]하는 소리가 들렸다. 이에 재주

---

55 문선(文選) : 중국 양(梁)나라의 소명태자(昭明太子) 소통(蕭統)이 진(秦)·한(漢)나라 이후 제(齊), 양나라의 대표적인 시문을 모아 엮은 책이다.

56 임강수(任强首) : 강수(强首, ?~692)를 가리킨다. 신라의 유학자·문장가이다. 외교문서를 능숙하게 다루어 삼국 통일에 큰 공을 세워 사찬 벼슬에 올랐다. 처음으로 국학을 세워 여러 박사를 두었으며, 설총과 함께 《구경》을 풀이했고 이로써 제자들을 가르쳤다.

57 설홍유(薛弘儒) : 설총(薛聰, 655~?)을 가리킨다. 신라의 대표적인 학자이다. 원효와 요석공주(태종무열왕의 딸) 사이에서 태어났으며, 신라 3문장(三文章) 중 한 사람으로 일컬어진다. 어려서부터 유달리 총명하여 널리 경사(經史)에 통했으며, 유학과 한문학에 조예가 깊었다. 벼슬은 한림에 이르렀다. 고려 때 홍유후(弘儒侯)에 추증되었다 한다.

58 최고운(崔孤雲) : 최치원(崔致遠, 857~?)으로, 본관은 경주, 자는 고운(孤雲) 혹은 해운(海雲)이다. 신라 시대 학자이다. 어려서부터 당나라에 유학하여 과거에 급제하였고, 879년 황소(黃巢)의 난 때 고변(高騈)의 종사관(從事官)으로서 〈토황소격문(討黃巢檄文)〉을 초하여 문장가로서 이름을 떨쳤다.

59 정악(廷鶚) : 930년 태조가 서경(西京)에 행차했을 때 학교를 설치하고 그를 서학박사(書學博士)로 임명하였다. 학원을 세우고 육부의 생도들을 모아 가르쳤다. 그 뒤 학문을 일으킨 공로가 인정되었고 의과(醫科)·복과(卜科)가 증설되게 하였으며, 곡식 100석을 하사받아 이를 학보(學寶)로 삼아 학문진흥에 전력하였다.

많은 선비들이 많아졌으니, 중국 사람이 '소중화(小中華)'라고 칭했던 것이 지나친 허여가 아니었다. 광종(光宗) 때에는 쌍기(雙冀)[61]가 과거 제도를 처음 만들어, 사부(辭賦)로 선비를 뽑았다. 간혹 부화(浮華)한 흠이 있기도 하였으나 문풍 역시 이로부터 더욱 번성하였다. 재주 있는 선비들은 모두 칠관(七管)[62], 구재(九齋)[63], 십이도(十二徒)[64]에 이름을 두고 반드시 과목(科目)을 통해 벼슬길에 나갔으니, 이를 통하지

60 현송(絃誦) : 현가와 송을 말한다. 고대에 학교에서 글을 가르칠 때 금슬의 음에 맞춰 읊조리는 것을 현가(絃歌)라고 하고, 음악 없이 글을 읽는 것을 송(誦)이라 하였다.

61 쌍기(雙冀) : 956년(광종7) 후주의 시대리평사(試大理評事) 재임 시 사신 설문우(薛文遇)를 따라 고려에 와서 신병 때문에 체류하다 귀화하여, 원보 한림학사(元補翰林學士)가 되었다.

62 칠관(七管) : 주역(周易)의 이택재(麗擇齋), 상서(尙書)의 대빙재(待聘齋), 모시(毛詩)의 경덕재(經德齋), 주례(周禮)의 구인재(求仁齋), 대례(戴禮)의 복응재(服膺齋), 춘추(春秋)의 양정재(養正齋), 그리고 병학(兵學)의 강예재(講藝齋) 등 국학(國學)에 설치한 7가지 전문 강좌를 가리킨다.

63 구재(九齋) : 최충의 사학인 구재학당(九齋學堂)을 말한다. 악성(樂聖), 대중(大中), 성명(誠明), 경업(敬業), 호도(浩道), 솔성(率性), 진덕(進德), 대화(大和), 대빙(待聘) 등 아홉 개의 학반(學班)이 있었으며, 과거를 준비하는 공부가 주를 이루었다. 최충이 죽은 뒤 시호(諡號)에 따라 이 학당을 문헌공도(文憲公徒)라 하였다.

64 십이도(十二徒) : 십이공도(十二公徒)를 가리킨다. 고려의 12개 사학이다. 시중(侍中)을 지낸 최충의 문헌공도(文憲公徒), 시중을 지낸 정배걸(鄭倍傑)의 홍문공도(弘文公徒), 참정(參政) 노단(盧旦)의 광헌공도(匡憲公徒), 좨주(祭酒) 김상빈(金尙賓)의 남산도(南山徒), 복야(僕射) 김무체(金無滯)의 서원도(西園徒), 시중 은정(殷鼎)의 문충공도(文忠公徒), 평장사(平章事) 김의진(金義珍)의 양신공도(良愼公徒), 평장사 황영(黃瑩)의 정경공도(貞敬公徒), 유감(柳監)의 충평공도(忠平公徒), 시중 문정(文正)의 정헌공도(貞憲公徒), 시랑 서석(徐碩)의 서시랑도(徐侍郞徒), 설립자 미상의 귀산도(龜山徒)이다.

않으면 지위가 정경(正卿)과 재상에 이르더라도 귀하게 여기지 않았다. 이 시대의 선비들은 모두 스스로 연마하여 문학과 역사에 뛰어났다. 과거에 급제해 높은 벼슬에 오른 자는 출장입상(出將入相)의 지략을 지니고 사방으로 전대(專對)[65]할 재주를 갖추고 있었다. 거친 변방의 허물어진 성채조차도 모두 글을 잘하는 막료가 있어서 급하게 보내는 공문서일지라도 수식과 조사에 능숙하여 사의(事宜)에 적절하였으니, 당시 인재가 많았음을 알 수 있다. 말엽에 이르면 익재(益齋)[66]·가정(稼亭)[67]·목은(牧隱)[68]·포은(圃隱)[69] 제공이 이어 나와 순수하게 당송팔대가(唐宋八大家)의 고문(古文)으로 돌아갔고 수준이 높은 경우에는 곧바로 서한(西漢)과 맥이 닿았으니, 이로부터 《문선》의 문체를 비로소 세상에서 귀하게 여기지 않게 되었다.

---

65 전대(專對) : 사신으로 외국에 가서 독자적인 판단에 따라 응대하는 것을 가리킨다.

66 익재(益齋) : 이제현(李齊賢, 1287~1367)으로, 본관은 경주(慶州), 자는 중사(仲思), 호는 익재, 역옹(櫟翁), 실재(實齋)이며 초명은 지공(之公), 시호는 문충(文忠)이다. 고려 시대의 문신, 학자이자 당대의 명문장가로 정주학의 기초를 확립했다.

67 가정(稼亭) : 이곡(李穀, 1298~1351)으로, 본관은 한산(韓山), 호는 가정, 초명은 운백(芸白), 자는 중부(仲父), 시호는 문효(文孝)이다. 이제현(李齊賢)의 문인이다. 1333년 원나라 정동성 향시에 수석으로 급제하였다. 문장에 뛰어났고 고려에 돌아와 정당문학을 지냈다.

68 목은(牧隱) : 이색(李穡, 1328~1396)으로, 본관은 한산(韓山), 자는 영숙(穎叔), 호는 목은, 시호는 문정(文靖)이다. 이제현(李齊賢)의 문하생 출신으로, 고려 말의 문신·학자이다. 삼은(三隱)의 한 사람이다.

69 포은(圃隱) : 정몽주(鄭夢周, 1337~1392)로, 본관은 연일(延日), 자는 달가(達可), 호는 포은이며 초명은 몽란(夢蘭), 몽룡(夢龍), 시호는 문충(文忠)이다. 고려 말기 문신 겸 학자이다.

아! 문장의 성쇠는 사소한 일이 아니다. 우리 조선조 5백 년은 출장입상의 재주가 전 왕조에 크게 미치지 못할 뿐만 아니라 문예의 말기(末技) 같은 것도 백 가운데 하나도 미치지 못한다. 오늘날을 살펴보면 도리어 삼국 때만도 못하니 그 까닭은 무엇인가? 제 소견에 갇혀 스스로 만족한 채 남에게서 구하지 않기 때문이다.

　일찍이 신라·고려 시대를 살펴보니 중국에 조빙(朝聘)하면 반드시 우수한 사람을 선발해서 함께 보내 배움을 청하였고 더러는 과거에 급제해서 관직을 받고 돌아오는 일이 앞뒤로 이어졌다. 만약 변고가 생겨 중단되면 온 나라가 걱정하고 탄식하였다. 고려 예종(睿宗) 10년, 진사 김단(金端)[70] 등을 파견해 송(宋)의 태학(太學)에 들여보냈다. 그 당시 표문(表文)에 "우리나라는 오래 전부터 중화의 교화를 흠모하여 매번 사신을 보내고 생도들을 함께 파견하여 이로써 주(周)나라의 풍속을 살펴[71] 노(魯)나라로 변화시킬 것[72]을 추구하였습니다. 그 후 우연히 중도에 폐지되어 오랫동안 사행을 그만두었으니, 전해 들었던 말이나 받들어 익혔던 것들은 이미 먼 옛날이 되고 널리 기록한 것이나

70　김단(金端) : 고려 중기의 문신으로 본관은 수주(水州)이다. 과거에 급제한 후 1115년(예종10) 예종의 천거를 받아 중국 송나라로 건너가 대학에서 2년간 유학하였으며 송나라 제과(制科)에 1등으로 급제하여 문명(文名)을 떨쳤다.

71　주(周)나라의 풍속을 살펴 : 춘추 시대 오(吳)나라 계찰(季札)이 노(魯)나라로 사신 가서 주(周)나라의 예악(禮樂)을 살폈던 일에서 인용한 말이다. 《春秋左氏傳 襄公 29年》

72　노(魯)나라로 변화시킬 것 : 《논어》〈옹야(雍也)〉에 "제나라가 한 번 변하면 노나라 경지에 이르고, 노나라가 한 번 변하면 도에 이를 것이다.〔齊一變 至於魯 魯一變 至於道〕"라고 한 말에서 인용한 것이다.

갖추어 써놓았던 말들은 반이 탈루(脫漏)되어, 선비에게 정론(定論)이 없고 배움에는 이론(異論)이 많으니 만일 식견이 있는 사람에게 질의하지 않는다면 어찌 장래에 법을 세울 수 있겠습니까?"라고 하였다.

이 말을 살펴보면 오늘날의 병폐에 딱 들어맞는다. 그때 생도 파견을 중지한 것이 십여 년에 불과했으나 선진 학문 배우기를 급급하게 청하는 뜻이 이와 같았다. 더욱이 지금 문을 닫아걸고 독학한 지 오백 년이나 오래되었음에랴. 원래 받들어 익힌 것은 점점 잃고 전해들은 말은 와전이 많은 법이다. 와전된 것을 그대로 답습하면서도 그 잘못을 모르고, 사소한 보통 편지라도 자의(字義)가 잘못되는 경우가 많아 구차하기 그지없다. 심한 경우는 문장을 어떻게 짓는지도 모르면서 오히려 자칭 소중화라고 큰소리치니 부끄럽지 않겠는가? 나는 우리나라 사람이 본국의 사실(事實)에 어둡고 전대(前代)의 문장은 볼 것이 없음을 걱정하였다. 마침내 서사가(徐四佳)가 편집한 《동국통감(東國通鑑)》[73]에서 조(詔)·표(表)·주(奏)·지(識) 여러 편을 뽑고, 비록 다른 나라 문장일지라도 이 책에 실려 있는 것이라면 사람에 따라 고르게 채록하고, '동감문초(東鑑文抄)'라 이름을 붙이니, 문장을 상고할 수 있을 뿐 아니라 역사적 사실도 이해할 수 있을 것이다. 아울러 우리나라 문교 원류의 대개(大槪)와 문장 성쇠의 변천을 저술하여 책머리에 서문으로 넣어서 널리 배우고 옛 것을 좋아하는 동지들에게 보인다.

---

73 서사가(徐四佳)가 편집한 동국통감(東國通鑑) : 1485년 서거정(徐居正) 등이 왕명을 받들어 편찬한 역사서를 가리킨다. 신라 초부터 고려 말까지 역사를 다루고 있으며, 56권 28책으로 이루어진 활자본이다. 사가(四佳)는 서거정의 호이다.

송송석 기로 사군의 61세를 축하하는 글

賀松石宋使君 綺老 六十一歲序

상(上 고종) 27년(1890) 경인년 동짓달 21일은 내 벗 송석자(松石子)[74]가 환갑이 되는 날이다. 송석자는 마침 연안(延安) 지부(知府)를 맡게 되었고, 그의 맏아들 치삼보(致三甫)[75]는 새로 한원(翰苑)에 뽑혔다. 이날 부자가 조정에 휴가를 고하고 회천(懷川)의 고향 저택으로 돌아가 종족, 향당과 함께 경술당(敬述堂)[76]에서 술잔을 들었다. 이때에 안으로 함께 늙어 가는 어진 부인이 있고 밖으로 가업을 계승하는 총명한 자식이 있고, 같은 집안의 벼슬자리에 있는 이들이 교대로 축수하는 술잔을 올리니, 이것이 마을 사람들이 부러워하며 칭찬하는 것이다. 그러나 송석자는 가운데 앉아 탄식하며 마음이 즐겁지 않았다. 아마도 산 자와 죽은 자를 생각하니 그리워하지 않을 수 없었기 때문이리라.

---

74 송석자(松石子) : 송기로(宋綺老, 1830~1898)로, 본관은 은진(恩津), 자는 중호(仲皓), 호는 송석(松石)이다. 1864년 음직으로 벼슬을 시작하여 여러 외직을 역임했다. 1892년경 벼슬을 그만두고 고향인 대전 회덕으로 돌아왔다. 1895년 명성황후(明成皇后) 시해사건이 일어나자, 유성에서 일어난 의병사건에 연루되어 재판을 받기도 했다. 죽은 후 내신협판(內新協辦)에 추증되었다.

75 치삼보(致三甫) : 송종억(宋鍾億, 1854~1902)으로, 자는 명삼(明三)으다. 송기로의 둘째 아들이나 맏형이 출계하였으므로 실질적인 승계자가 되었다. 1885년(고종 22) 문과에 급제하여 한원(翰苑)을 거쳐 장례원 소경(掌禮院少卿)에 이르렀다.

76 경술당(敬述堂) : 송기로가 고향 회덕에 지은 당 이름이다.

비록 그렇더라도 이는 생각이 미치지 못함이다. 사물이 균등하지 않은 지 오래되었다. 효자와 인자한 아비라도 하늘을 어길 수 없다. 그래서 오복(五福)[77] 안에 육친(六親)[78]을 열거하지 않으니, 어찌 육친이 내 몸에 해당함이 없음을 이른 것이랴? 수명이 들쭉날쭉한 것은 내가 가지런하게 할 수 있는 바가 아니다. 몸조리를 잘하고 수양하면 장수할 수 있고, 근검하여 게으르지 않으면 부유해질 수 있고, 식사를 조절하고 약을 복용하면 강녕할 수 있고, 어진 이를 가까이하고 선한 이를 즐거워하면 유호덕(攸好德 덕을 좋아함)할 수 있고, 명철보신(明哲保身)하면 고종명(考終命 제 명대로 삶)할 수 있으니, 이는 모두 내게 달린 것이다. 나에게 달려 있는 것은 본디 힘쓰면 얻을 수 있지만, 나에게 달려있지 않은 것은 내가 어찌할 수가 없으니 오직 하늘에 따를 뿐이다. 그러므로 오복에 들어가지 않은 것이다.

천지(天地)는 호생(好生 살리는 것을 좋아함)을 덕으로 여긴다. 그러나 만물이 장수하기도 하고 요절하기도 하고 번성하기도 하고 쇠락하기도 하는 것에 있어서는, 천지 역시 어찌하지 못한다. 더욱이 사람이 육친에 있어서겠는가? 만일 내 힘으로 노력해 이룰 수 없음을 안다면 또 하필 구구하게 쓸데없이 슬퍼하겠는가? 더구나 오복 안에도 타고난 것이 있고 타고나지 못한 것이 있으니 비록 힘쓰더라도 반드시 다 얻을 수 있는 것은 아니다. 사람이 본래부터 지니고 있으면서 힘써 얻을 수 있는 것은 오직 유호덕 뿐이다. 그렇다면 유호덕은 실로 만복의

---

77 오복(五福) : 다섯 가지 행복을 말한다. 《서경》〈홍범(洪範)〉에서 수(壽), 부(富), 강녕(康寧), 유호덕(攸好德), 고종명(考終命)을 꼽았다.

78 육친(六親) : 여섯 가지 친족인 부, 모, 형, 제, 처, 자를 가리킨다.

권원이다.

내가 송석을 보니 집에 있을 때는 효성스럽고 우애가 있으며 화목하고 친척을 친애하였고, 백성을 다스릴 때는 자애롭고 은혜로우며 인자하고 관대하였다. 남과 있을 때에는 충성스럽고 도타우며 쾌활하고 평온하였다. 이것이 모두 덕의 좋은 일이다. 덕이라는 것은 복록이 모이는 곳이니, 그 덕을 지니면서 그 보답을 누리지 못한 경우는 없다. 《시경》에 이르기를 "깨끗하고 결이 고운 옥 술잔에 황금빛 울금술이 담겨있도다. 즐겁고도 화평한 군자여. 복록이 하늘에서 내리는 바로다."[79]라고 하였으니, 옛사람이 어찌 나를 속이겠는가? 나는 송석이 이 날 분명히 술잔 들기를 기뻐하지 않는다는 것을 알았다. 그러므로 이 글을 지어 마음을 풀어준다.

---

79 깨끗하고……바로다 : 《시경》〈한록(旱麓)〉에 "瑟彼玉瓚 黃流在中 豈弟君子 福祿攸降"라고 한 구절에서 인용한 것이다.

《의전기술》서문
宜田記述序

선비가 독서를 하고 이치를 밝히는 것은 마음을 바루고 몸을 닦아 집안, 나라, 천하에까지 미치게 하려는 것이다.[80] 전(傳)에 "그 지위에 있지 않거든 그 정사를 꾀하지 말아야 한다."[81]라고 하였다. 지금 사람이 이 말을 굳게 고집해서 선비는 강학을 할 뿐이고 도를 논할 뿐이지 시무는 궁구해서는 안 되는 것이라고 여기니 어찌 그리 편협한가? 공경대부는 도를 행할 지위를 얻었으니 말을 하지 않아도 되지만, 선비는 지위를 얻지 못했으니 오직 말을 할 따름이다. 옛날 최식(崔寔)의 〈정론(政論)〉[82], 중장통(仲長統)의 〈창언(昌言)〉[83], 두목(杜牧)의

---

80 마음을……것이다 : 《대학장구》경 1장에서 인용한 것으로, 명명덕(明明德)에 이르는 과정인 치국(治國)-제가(齊家)-수신(修身)-정심(正心)의 과정을 간략하게 말한 것이다.

81 그……한다 : 원문은 "不在其位 不謀其政"으로 《논어》의 〈태백(泰白)〉과 〈헌문(憲問)〉에 나오는 공자의 말을 인용한 것이다.

82 최식(崔寔)의 정론(政論) : 최식(崔寔, 103~170)의 자는 자진(子眞)이며 또 다른 이름과 자는 태(台), 원시(元始)이다. 기주(冀州) 안평(安平) 출신으로 동한(東漢) 대상서(大尙書)를 역임했다. 그가 저술한 《사민월령(四民月令)》은 고대 농업 및 경제를 연구할 수 있는 중요한 자료이다. 〈정론(政論)〉은 《사민월령(四民月令)》에 실려 있는 문장이다.

83 중장통(仲長統)의 창언(昌言) : 중장통(仲長統, 180~220)의 자는 공리(公理)이다. 산양(山陽) 고평(高平) 출신으로, 동한 때의 정론가이다. 정론에 대한 자신의 관점을 기술한 것을 모아 〈창언(昌言)〉을 엮었다.

〈죄언(罪言)〉[84]이 어찌 모두 언관의 직책이 있어서 한 말이겠는가.

청산(青山) 육의전(陸宜田)[85]은 견문이 넓고 뜻이 있는 선비이다. 그의 학문은 경술에 근거하고 백가를 두루 읽었으며, 당세의 시무에 더욱 뜻을 두었다. 그가 저술한 《의전기술(宜田記述)》 3권은 대소 모두 59편이고, 말한 바가 모두 천하의 일이다. 먼저 미미한 심술(心術)을 바르게 하고 유자(儒者)의 출처를 그 다음에 한 것은[86] 인재를 얻은 연후에 다스리고 유학을 숭상한 연후에 교화를 일으키기 때문이니 근본을 아는 논의이다. 다음으로 학술(學術), 치도(治道), 예악(禮樂), 형정(刑政), 병농(兵農), 재용(財用), 군신의 도리, 왕도와 패도의 변별을 논하여[87] 치란(治亂), 재상(災祥), 시정(時政)의 득실[88]에 이르기

---

84 두목(杜牧)의 죄언(罪言) : 두목(杜牧, 803~852)의 자는 목지(牧之), 호는 번천(樊川)이다. 만당(晚唐)의 저명한 시인이자 고문가로 젊어서부터 병법을 논하는 것을 좋아하여 번진(藩鎭) 문제와 용병의 방법에 대해 여러 가지 저술을 하였는데, 〈죄언(罪言)〉도 그 중 하나이다.

85 청산(青山) 육의전(陸宜田) : 육용정(陸用鼎, 1843~1917)으로, 본관은 옥천(沃川)이고, 호는 의전(宜田)이다. 청산(青山)은 그의 세거지 옥천의 옛 이름이다. 기호성리학(畿湖性理學)의 거두였던 고산(鼓山) 임헌회(任憲晦, 1811~1876)의 문하에서 수학하였다. 갑오농민운동이 발발하면서 서울로 이사하게 되었고 참의교섭통상사무(參議交涉通商事務)로 승진하기도 하였다. 아관파천으로 인해 관직을 그만두고 은거하면서 김택영(金澤榮, 1850~1927), 김윤식(金允植, 1835~1922) 등과 교유하였다.

86 먼저……것은 : 《의전기술(宜田記述)》의 1권에 실린 〈논출처위곡(論出處委曲)〉에서 〈논위학(論爲學)〉에 이르는 내용을 가리킨다.

87 학술(學術)……논하여 : 《의전기술(宜田記述)》의 2권에 실린 〈논자고선유선치(論自古鮮有善治)〉에서 〈논왕백(論王伯)〉에 이르는 내용을 가리킨다.

88 치란(治亂)……득실 : 《의전기술(宜田記述)》의 2권에 실린 〈논신도(論臣道)〉에서 3권에 실린 〈약론아동방당금시정득실(略論我東邦當今時政得失)〉에 이르는 내용을

까지 이기(理氣)와 수세(數勢)의 가운데에서 나오지 않은 것이 없으며, 그 요체는 오직 "천성을 좇고 천명을 따른다.〔循性順命〕"는 한 마디 말에 있다. 아마도 은연중에 《중용장구》 편법을 취했으니, 처음에는 하나의 이치를 말하고 중간에는 흩어져 만 가지 일로 나뉘고 끝에는 다시 합하여 하나의 이치로 합해지는 것이다.

설명하는 방법이 옛날을 짐작하여 지금을 바로잡고 근본을 들어 말단을 갖추었으니, 수기치인(修己治人)의 도(道)도 당연히 여기에서 벗어나지 않는다. 제일 마지막의 "당금시국(當今時局)" 1절[89]은 세계의 대세(大勢)와 국제교류의 실정을 통찰하여 논한 것이니, 매달려 있는 거울이 간사함을 비추고[90] 무소뿔을 태워 괴물을 비추는 것[91]처럼 분명하다. 비록 시국을 모르는 자라도 한 번 보면 환하게 알게 되니 어찌 유용한 글이 아니겠는가? 아! 만일 의전이 관대를 두르고 입조하여 아는 바를 실천할 수 있었다면 마땅히 태산(泰山)이 운동을 드러내지 않고도 공리(功利)가 사람에게 미치는 것과 같았을 것이니 어찌 구구하게 문자로 뜻을 드러내는 데 이르렀겠는가? 내가 펼쳐 읽으면서 때

가리킨다.

89 당금시국(當今時局) 1절 : 《의전기술(宜田記述)》 3권 마지막에 실려 있는 〈약론아동방당금시무시의(略論我東邦當今時務時宜)〉를 가리킨다.

90 매달려……비추고 : 고대에 산에 들어가 수양하는 사람은 등에 밝은 거울을 달아놓았는데, 변신한 요물을 이 거울에 비추면 없어지고 진짜 사람은 남아있어 요물을 제거하는 데 썼다. 이 거울을 조요경(照妖鏡)이라 했다.

91 무소뿔을……것 : 진(晉)의 온교(溫嶠)가 우저기(牛渚磯)에 이르러 물 아래 괴물이 많이 산다는 말을 전해 듣고 무소의 뿔을 태워 비추니 잠시 후 기이한 물속 종족의 형태가 다 보였다고 한다.

때로 좁은 식견으로 평론을 더하고 또 보잘 것 없는 문장을 책머리에 서문으로 두니, 나 자신을 제대로 헤아리지 못한 것이다. 그러나 너무 나도 애석하여 내 고루함을 잊고 이 일을 하였다.

《소산유고》 서문 신묘년(1891, 고종28)

素山遺稿序 辛卯

우리나라 인문(人文)이 열린 지 겨우 천여 년일 따름이다. 문장(文章)을 짓는 일은 신라(新羅) 말에 비롯되었고, 의리(義理)의 학문은 고려(高麗) 말에 시작되었다. 본조(本朝)에 이르러 성교(聲敎)와 문명(文明)이 아름답게 드러나 큰 석학이 서로 이어져 비로소 의리로 사령(辭令)[92]을 삼으니, 학문과 문장이 순전히 하나의 도에서 나오게 되었다. 사장(詞章)만을 전적으로 익힌 자는 비록 문장이 뛰어나도 여기에 끼지 못했다. 폐해를 말하자면, 문사를 숭상하는 자는 아름답게 꾸미고 화려하게 장식하는 것은 잘하지만 내용이 형식을 덮지 못하고, 학문을 주로 하는 자는 훈고(訓詁)와 어록(語錄)에는 능숙하지만 말을 해도 문채가 나지 않았다. 서로 비방하고 헐뜯어서 두 가지 도로 나뉘게 되었다.

소산(素山) 이공(李公)[93]은 학문이 쇠퇴하고 문장이 무너진 시대에 태어나, 개연하게 옛 도를 부흥시키는 데 뜻을 두었다. 그의 학문은 낙민(洛閩)[94]을 모범으로 삼아서 독서하여 이치를 밝히는 것〔讀書明

---

92 사령(辭令) : 사교, 외교에 있어 응대하는 말을 가리키며 크게는 말과 글의 범칭으로 사용된다.

93 소산(素山) 이공(李公) : 이응진(李應辰)으로, 1860년 문과에 급제하였고, 성균관 대사성, 홍문관 제학, 이조 참판, 형조 판서, 한성부 판윤, 이조 판서를 역임하였다. 시호는 문헌(文憲)이다. 1873년 김윤식이 양근에서 북산 아래 육상궁 근처로 이사했을 때 이응진도 풍계로 이사를 와 서로 주고받은 시가 《운양집(雲養集)》 2권에 실려 있다.

理]과 묵묵히 익히고 몸소 행하는 것[默識躬行]을 급선무로 삼았다. 절문(節文)의 책[95]에 더욱 힘을 써서, 근세 우리나라 유자들의 말을 모아 절충하였고, 거질의 책을 만들어서 세상을 구제하였다. 문장은 육경을 근거하고 널리 역사서와 백가서를 펼쳐보아 그 정수를 찾아내어 그 취지를 다하지 않은 것이 없어, 걸러내고 씻어내지 않아도 정화(精華)가 드러나고 문체의 제한을 받지 않고 법도가 갖추어져 있다. 당시 문단에 뛰어난 솜씨를 지닌 자가 없지는 않았지만 그 꽃[문장(文章)]과 열매[학문(學問)]을 겸비하여 옛날 작가의 심오한 경지까지 여유 있게 들어간 사람으로 공보다 뛰어난 사람이 없었다.

공이 다음과 같이 말한 적이 있다.

"진・한(秦漢)의 문장은 도리를 관통하고 사물을 싣고 있어 축적된 것이 두텁다. 그러므로 표현이 넉넉하게 여지(餘地)가 있다. 당・송(唐宋)의 문장은 옛날에 약간 미치지는 못하지만 법도가 있고 힘이 있어 여전히 자기 스스로 문호를 이루었다. 원・명(元明)의 문장은 단련(鍛鍊)과 조탁(彫琢), 모방(模倣)과 비의(比擬)를 일삼아 이미 강신주를 따르고 난 체(禘) 제사[96]가 되어버렸다."

---

94 낙민(洛閩) : 염락관민(濂洛關閩)의 학문을 말한다. 염계(濂溪)의 주돈이(周敦頤), 낙양(洛陽)의 정자(程子), 관중(關中)의 장재(張載), 민중(閩中)의 주자를 통칭한 것으로 곧 송대의 성리학을 뜻한다.

95 절문(節文)의 책 : 이응진이 편집한 《예의속집(禮疑續集)》을 가리킨다. 우리나라 여러 학자들의 설을 망라하여 예의의 절문을 편집한 책이다. 이미 나와 있던 박성원(朴聖源, 1697~1757)의 《예의유집(禮疑類集)》 및 오재능(吳載能)의 《예의유집(禮疑類集)》, 한시유(韓始裕)의 속편을 바탕으로 하였으므로, 《예의속집(禮疑續集)》이라 명명한 것이다.

그가 남에게 준 편지에서 다음과 같이 말하였다.

"학문과 문장은 새의 두 날개와 같아서 하나를 접으면 날 수가 없습니다. 만약 학문을 버리고 오로지 문장만 익히면 반드시 경중의 순서를 잃게 됩니다. 번갈아 힘을 다할 수 있다면 어찌 안팎을 겸하고 본말을 갖추지 않겠습니까? 학문[97]은 근거가 되는 것이요, 문장은 드러나게 하는 것이니, 그대께서는 '질박하면 그만이다.'라고 말하지 마십시오."

이 두 말을 살펴보면, 공이 문장을 논할 때 무엇을 취하고 무엇을 버리는지와 학자들의 편벽됨을 구하고자 하는 마음을 대략 알 수 있다. 이 때문에 공의 문장은 도덕을 밝히고 인륜을 권면하고 예의를 강설하고 선악을 변별하고 백성과 국가의 일에 관계되는 것이 아니면 구차하게 붓을 대지 않았다. 편지에 드러나고 사령에 나타나는 것이 온아하면서도 치밀하고 본말이 있어서, 사람으로 하여금 끊임없이 감동하고도 질리지 않게 한다. 이에 원근(遠近)의 학자들이 공의 문장을 외우고 공의 덕에 감복하여, 학문과 문장이 원래 두 가지 이치가 아니고 문장과 학문이 겸비되어야 방향이 잘못되지 않는다는 것을 비로소 알게 되었다. 오호라! 공이 문장으로 사도(斯道)를 보좌한 공이 어찌 적다고 하겠는가?

다만 시(詩)를 공이 좋아하지 않았지만 일부러 남과 다르고자 하지

---

96 이미……제사 : 《논어》〈팔일(八佾)〉에 "공자께서 말씀하시기를, '체 제사는 강신주를 따른 뒤로부터는 내 보고 싶지 않다.〔禘自旣灌而往者 吾不欲觀之矣〕"라고 하였다. 체 제사는 왕이 선조에게 제사를 드리는 것으로, 제사를 시작할 때는 성의를 다하지만 울창주를 따를 즈음 되어서는 조금씩 나태해져 볼 것이 없다고 공자가 비판한 것이다.
97 학문 : 원문에 '학문(學文)'으로 되어 있으나 문맥상 '학문(學問)'이 되어야 할 것이다.

는 않았다. 그러므로 글을 지으며 술을 마시는 자리에 공이 없었던 적이 없었고, 시어(詩語)가 온 자리의 사람을 놀라게 하지 않은 적이 없었다. 내가 모자란 재주로 항상 공을 따랐는데 어느 해 겨울 간동(諫洞)[98]에 모였을 적을 기억하고 있다. 시를 짓고 술자리가 한창 무르익었을 때 공이 남여(藍輿)를 타고 먼저 떠났으나 얼마 안 있어 돌아와 문을 두드렸다. 이때 밤이 깊고 달빛이 뜰에 가득하였다. 공은 남여에서 내리지 않고 뜰 가운데 앉아 대청 위 사람들에게 소리를 쳤다.

"내 시의 한 구가 온당치 못하니 지금 고치겠소."

드디어 고친 시를 낭랑하게 읊더니 인사도 하지 않고 떠나갔다. 그 운치를 지금까지 떠올릴 만하다. 공이 세상을 떠난 후 북사(北社)의 잔치자리가 쓸쓸해지고 말았다. 유고(遺稿)를 하나하나 살펴보니 황천으로 떠나보낸 사람에 대한 그리움을 금할 수가 없다.

---

98 간동(諫洞) : 현 서울시 종로구 사간동 일원에 있던 동리이다. 사간원이 있었기 때문에 유래한 지명이다.

《운천집구》 서문
雲泉集句序

시경(詩境)은 지금과 옛날이 마찬가지지만 옛사람의 재주가 지금 사람의 재주보다 낫다. 이것이 집구(集句)가 지어진 까닭이다. 춘추 시대에는 열국의 군신들이 서로 잔치를 벌이면서 스스로 시를 짓지 않고 고인의 풍아(風雅)를 빌어 자기 뜻을 드러냈다. 집구는 그런 관습에서 유래하였다.

나는 본래 시에 서툴다. 남쪽으로 옮겨온 이래[99] 자천(紫泉) 노인[100]과 오가며 수창한 것이 거의 수백 수가 된다. 산 속 사계절의 경치와 타향에서 겪은 곤궁과 근심 속의 회포를 여러 차례 썼으나 낱낱이 다 쓰지 못했는데도 기력이 이미 다해 버리고 생각이 이미 말라버렸다. 마치 강랑(江郞)이 재주가 다하여 참신한 시어가 더 이상 나오지 않는 것과 같았다.[101] 다시는 참신한 시어가 떠오르지 않으니 이 때문에 시 읊기를 그만둔 지 오래였다.

어느 날 우연히 당(唐)나라 시인의 시를 살펴보다가 흥취가 나는 곳마다 갑자기 가슴 속에 기운이 펑펑 솟아오르는 것을 느껴, 시구를

---

99 남쪽으로 옮겨온 이래 : 김윤식(金允植)이 1887년 면천에 유배된 일을 가리킨다.

100 자천(紫泉) 노인 : 황종교(黃鍾敎, 1815~?)이다. 21쪽 주 11 참조.

101 강랑(江郞)이⋯⋯같았다 : 강랑(江郞)은 양(梁)나라 문장가 강엄(江淹)을 말한다. 문장으로 크게 이름을 떨쳤으나 꿈에 오색 붓을 곽박(郭璞)에게 돌려주고 나서 글 짓는 재주를 잃었다고 한다.

적어서 모았더니 내 입에서 나온 것보다 나았다. 마침내 집구한 절구가 30수[102]가 되었는데, 비장하면서도 유량(瀏亮)하여 짜깁기한 흔적이 보이지 않았다. 한 차례 낭독하자 마음이 상쾌해졌다. 전날의 천박하고 경솔한 시어와 비교하면 진실로 하늘과 땅 차이였다. 이에 스스로 득의 양양해 하며 기록해서 자천에게 보내 화운시를 구하였다. 자천은 당송 시구를 모아 화운하였는데, 그 뜻에 화답했을 뿐 아니라 또 좋아서 차운까지 하였다. 시어의 묘한 구성은 내 작품보다 훨씬 나아 마치 봉루(鳳樓)를 초가집에 견주는 것[103] 같았다. 아! 공교로움 역시 무궁하구나.

　　옛날 송나라 문문산(文文山)[104]과 내 선조인 문정공(文貞公)[105]이 모

---

102 집구한 절구가 30수 : 〈당시집구견민삼십절(唐詩集句遣悶三十截)〉을 가리킨다. 《운양속집(雲養續集)》 1권에 실려 있다.

103 봉루(鳳樓)를……것 : 차이가 많이 남을 가리킨다. 증조(曾慥)의 《누설(樓說)》에 "한부와 한계는 모두 사학이 있었는데, 한계가 한부를 가볍게 여겨 남에게 말하기를 '내 형의 문장은 비유하자면 새끼줄로 지도리를 맨 초가집이라 겨우 비바람을 피할 뿐이고, 내 문장은 오봉루를 짓는 솜씨이다.'[韓溥韓泊咸有詞學 泊訾輕溥語人曰 吾兄爲文 譬如繩樞草舍 聊庇雨風而已 予之爲文如造五鳳樓手]"라 한 데서 유래하였다.

104 문문산(文文山) : 문천상(文天祥, 1236~1282)으로, 자는 송서(宋瑞), 이선(履善), 호는 문산(文山)이다. 남송 최후의 재상으로 원의 회유를 거부하고 죽음을 택해 충절의 상징으로 여겨진다. 두보의 오언시구에서 집구하여 자전적 내용을 담은 《집두시(集杜詩)》 2백 수를 남겼다.

105 문정공(文貞公) : 김윤식의 9대조인 김육(金堉, 1580~1658)을 가리킨다. 본관은 청풍(淸風), 자는 백후(伯厚), 호는 잠곡(潛谷), 회정당(晦靜堂)이다. 문정(文貞)은 그의 시호이다. 기묘팔현(己卯八賢)의 한 사람으로 일컬어진다. 연행을 다녀오면서 문천상의 《집두시(集杜詩)》에 영감을 받아 지은 집구시가 그의 문집인 《잠곡유고(潛谷遺稿)》 3권에 실려 있다.

두 두보(杜甫) 시를 집구한 작품이 있다. 마주친 사정(事情)이나 지명(地名), 물명(物名)이 꼭 들어맞지 않은 것이 없어, 흡사 두공부(杜工部 두보)가 두 공을 위해 지은 것 같았다. 그러나 여기에 차운해서 화답한 것이 있다는 말은 듣지 못했다. 집구의 차운은 자천에서 시작되었으니 어찌 시단의 본받을 만한 고사가 아니겠는가. 자천이 양쪽의 시를 합쳐서 장정해 1책을 만들었다. '운천집구(雲泉集句)'라고 제목을 붙이고 내게 서문을 부탁하였다. 나는 선인의 유풍과 여향[106]으로 한 때의 상쾌함을 취할 수 있을 뿐 남에게 보여주기에 부족하다고 생각한다. 그러나 집구가 기이한 데다 차운시는 더 기이하다. 자천이 일흔을 바라보는 나이에 정력이 쇠하지 않아 이처럼 할 수 있으니 기이하고 또 기이한 일이다. 전하지 않을 수 없어 마침내 그를 위해 서문을 짓는다.

---

106 선인의 유풍과 여향 : 잔고잉복(殘膏剩馥)을 말한다. 《신당서(新唐書)》〈두보전찬(杜甫傳贊)〉에 "다른 사람은 부족하지만 두보(杜甫)는 넉넉하여 그 잔고잉복이 후인들에게 많은 은택을 끼쳤다.〔他人不足 甫乃厭餘 殘膏剩馥 沾丐后人多矣〕"라고 하였다.

《도천 조공 명리 연보》서문 임진년(1892, 고종29)

道川趙公 明履 年譜序 壬辰

선비란 몸을 신칙하고 행실을 연마하며 널리 배우고 문사를 닦아 명철한 군주가 알아줄 때를 대비한다. 인정을 받아 높은 자리에 오르면 간언이 행해지고 진퇴를 예로써 하며, 공리(功利)가 세상 사람에게 입혀지고 총애와 영광이 죽은 후까지 미치니 이것이 신하의 지극한 바람이다. 그러나 성대한 덕과 오랜 수명을 지닌 군주가 위에 있어서 주군으로 섬기지 않는다면, 살아서는 남들이 영광스럽게 여기고 죽어서는 남들이 슬퍼해 주며[107] 처음부터 끝까지 유감이 없는 경우[108] 역시 드물다. 오직 우리 영조께서 재유(在宥)[109]하실 때 청아(菁莪)의 재주를 기르시고[110] 역박(棫樸)의 교화[111]를 돈독히 하셨다. 50여 년

---

107 살아서는……슬퍼해주며 : 《논어》〈자장(子張)〉에 공자가 나라를 얻어 다스릴 경우를 가정하여 "그가 살아계시면 영광스럽게 여기고, 돌아가시면 슬퍼한다.〔其生也榮 其死也哀〕"라고 찬양한 구절이 나온다.

108 처음부터……경우 : 《맹자》〈양혜왕 상(梁惠王上)〉에 "이는 백성으로 하여금 산 이를 봉양하고 죽은 이를 장송함에 유감이 없게 하는 것이니 산 이를 봉양하고 죽은 이를 장송함에 유감이 없게 하는 것이 왕도의 시작이다.〔是使民養生喪死 無憾也 養生喪事無憾 王道之始也〕"라는 구절이 나온다.

109 재유(在宥) : 《장자(莊子)》〈재유(在宥)〉에 "천하를 재유함은 들었어도 천하를 다스린다는 것은 듣지 못했다.〔聞在宥天下 不聞治天下也〕"라는 구절이 나오는데, 재유는 사물이 마음대로 하는 데 맡겨 하는 것이 없어도 절로 교화되는 것을 뜻한다. 뒤에 제왕의 덕을 찬미하는 용어로 종종 사용되었다.

110 청아(菁莪)의 재주를 기르시고 : 청아는 무성한 다북쑥으로, 《시경》의 편명인

간 인재를 길러서 등용하시고 가르쳐 신하로 삼으셨다. 이때 향당(鄕
黨)의 상서(庠序)에서 현송(絃誦)[112]하는 소리가 조정까지 들렸으니
사람들이 신분 높은 공경(公卿)을 사모하고 영화로운 유신(儒臣)을
부러워하지 않았으랴.

　도천(道川) 조공(趙公)[113]은 그 때에 태어나셨다. 총명하고 널리 통
달한 재주에 성리학을 공부하였다. 매번 앞자리에서 경서를 펼치고
토론하고 사건에 따라 법규를 진술할 때면 성주께서 즐겨 들으시며
피곤해 하지 않으셨으니, 온 세상 사람들이 '좋은 강관[好講官]'이라고
칭송하였다. 그래서 공께서는 벼슬길에 오른 이래 경연을 떠나지 않아
임금을 성심으로 인도한 일이 매우 많았다. 비록 좌천되어 지방에 있을
때일지라도 은총이 줄지 않아 역마를 보내 불러올리는 일이 계속되었

〈청청자아(菁菁者莪)〉를 가리킨다. 이에 대한 모시서(毛詩序)에 "청청자아는 인재를
기르는 것을 즐거워한 것이니 군자가 인재를 잘 길러낼 수 있으면 천하가 기쁘고 즐거워
한다.〔菁菁者莪 樂育材也 君子能長育人材 則天下喜樂之矣〕"라고 하였다.

111 역박(棫樸)의 교화 : 역박은 무성한 떡갈나무로,《시경》의 편명인 〈역박(棫樸)〉
을 가리킨다. 문왕의 교화를 찬양한 노래이다.

112 현송(絃誦) : 현가(絃歌)와 송(誦)을 말한다. 고대에 학교에서 글을 가르칠 때
금슬(琴瑟)의 음에 맞춰 읊조리는 것을 현가라고 하고, 음악 없이 글을 읽는 것을 송이
라 하였다.

113 도천(道川) 조공(趙公) : 조명리(趙明履, 1697~1756)로, 본관은 임천(林川),
자는 중례(仲禮), 호는 노강(蘆江), 도천(道川), 시호는 문헌(文憲)이다. 1731년(영조
7) 문과에 급제하여 정언과 지평, 교리를 역임하였다. 1737년 이광좌(李光佐)의 일파로
몰려 유배되었다가 1739년 풀려났다. 1747년 부제학으로《광묘어제훈사(光廟御製訓
辭)》를 간행하고 그 공으로 가선대부에 올랐다. 1750년 도승지로 영흥 흑석리 비각을
서사한 공으로 가자가 되고, 1755년 한성부 판윤으로 승진, 찬집당상으로《천의소감(闡
義昭鑑)》을 편찬했다.

일러두기 · 4

운양집 제3권

시 詩

비궁창수집 閟宮唱酬集

속승평관집 續昇平館集

다. 세상을 떠난 날에는 상께서 몹시 애석해 마지 않으셔서 공의 글
읽는 소리가 귓가에 맴돈다는 말씀을 하시기까지 했다. 그 후로도 자주
공의 꿈을 꾸셔서 그때마다 번번이 관원을 보내 제사를 지내게 하였다.
  상께서 공의 화상(畫像)에 다음과 같이 찬을 지으셨다.

낙민의 학문이요[114]   洛閩之學

진촉의 글씨로다[115]   晉蜀之書

신임의 주인이자[116]   辛壬主人

주서의 옛 집안이로다[117]   朱書古家

두 정씨의 도학이니[118]   兩程道學

114 낙민(洛閩)의 학문이요 : 염락관민(濂洛關閩)의 학문을 말한다. 염계(濂溪)의
주돈이(周敦頤), 낙양(洛陽)의 정자(程子), 관중(關中)의 장재(張載), 민중(閩中)의
주자를 통칭한 것으로 곧 송대의 성리학을 뜻한다.
115 진촉(晉蜀)의 글씨로다 : 진나라 서예가 왕희지(王羲之, 307~365)의 서체와 원
나라 서예가 조맹부(趙孟頫, 1254~1322)의 송설체를 아울러 가리킨 말이다. 송설체를
촉체(蜀體)라고 한 것은 조맹부의 서체에 촉 땅 출신인 소동파의 영향이 있다는 평가
때문이다.
116 신임(辛壬)의 주인이자 : 신임은 왕통의 문제를 둘러싸고 노론과 소론의 대립으
로 격화되었던 1721년(신축년), 1722년(임인년)의 사화를 가리킨다. 이 일로 인해 다
수의 노론 인사가 화를 입었는데, 조명리의 집안과 외가가 모두 여기에 속해 있었다.
117 주서(朱書)의 옛 집안이로다 : 조명리가 《천의소감(闡義昭鑑)》을 편찬한 일을
가리킨다. 《천의소감(闡義昭鑑)》은 영조의 왕세제 책봉과 즉위의 정당성을 밝히기 위
해 편찬된 것으로, 영조가 상소문에 직접 비답한 것과 상소에 대한 답변이 서두에 판각
되어 실려 있기 때문에 주서(朱書)라고 한 것이다.
118 두 정씨의 도학이니 : 조명리가 경술(經術)에 힘썼음을 가리킨다. 두 정씨는 정이
(程頤), 정호(程顥) 형제를 가리킨다.

팔도 서원의 스승이로다[119]　　　　　　　　八域院師

세 조정의 태부이자[120]　　　　　　　　　三朝太傅

네 충신의 고제로다[121]　　　　　　　　　四忠高弟

아아! 예로부터 남의 신하가 되어 이런 영화로운 칭찬을 얻은 사람이 몇이나 되겠는가. 공처럼 예우를 받은 것은 지금이나 옛날이나 거의 없다고 이를 수 있으니, 내내 유감이 없는 자인 것이다. 공께서 돌아가신 후 유사(遺事)가 흩어져 없어지고 집안에서 보관한 연보도 매우 소략하고 잘못되어 있었다. 공은 경술(經術)로 조정에 섰기 때문에 평생 사업이 언어와 문장에 남아있으나 문헌이 완비되지 못하니 몹시 애석하다 하겠다. 그렇더라도 공이 영조께 충언을 아뢴 노고가 많고 정조께는 훈도(訓導)의 공이 있으니, 백대의 후에 두 성주의 다스림을 평론하면 공이 조정에서 이룬 사업을 알 수 있을 것이다.

119　팔도 서원의 스승이로다 : 조명리가 팔도 서원에 배향된 일을 가리킨다.

120　세 조정의 태부이자 : 조명리가 숙종, 영조, 정조 삼대에 걸쳐 경연에 참석한 일을 가리킨다.

121　네 충신의 고제로다 : 조명리가 신임사화 때 역모죄로 죽은 노론사대신과 학연 등으로 연결되어 있음을 가리킨다. 노론사대신은 김창집(金昌集), 이이명(李頤命), 이건명(李健命), 조태채(趙泰采)를 가리킨다.

《백운헌 김공 운택 유고》 서문

白雲軒金公 雲澤 遺稿序

큰 절조를 세우고 큰 공을 세운 자는 생사를 생각하지 않는다. 생사를 가볍게 여기는 것은 아니지만 뜻한 바가 크기 때문이다. 그러나 몸이 죽어도 나라가 위태로운 경우가 있으니, 충성이 가상해도 죽음은 슬퍼할 만하다. 또한 몸이 죽어 나라가 안정되는 경우가 있으니 그 공은 기념할 만하고 죽음은 영광스러워할 만하니, 죽어서 영광스러워할 만한 것과 죽지 않은 것이 무엇이 다르겠는가?

아! 신임년 복박의 때에[122] 나라 일 가운데 저위(儲位 왕의 후계자)를 세우는 것만큼 큰 일이 없었으니, 저위가 정해지면 종사가 편안하기 때문이다. 나라를 원수처럼 여기는 한 떼의 무리가 대의를 저지하여 세력이 하늘까지 넘쳐났다. 백운헌(白雲軒) 김공(金公)[123]은 훈구척신

---

122 신임(辛壬)년 복박(復剝)의 때에 : 신축년(1721)과 임인년(1722)에 국운이 크게 바뀐 것을 가리킨다. 1720년 숙종이 죽고 경종이 즉위하였는데, 1721인 노론을 중심으로 연잉군을 세제로 책봉하자는 건의를 하여 받아들여졌다. 신축년 다시 세제의 대리청정을 주장하였으나 경종에 대한 반역으로 치죄되었고, 이듬해 임인년에 목호룡의 고변사건으로 인해 노론 인사 60여 명이 처형되는 사건이 일어났다. 복박(復剝)은 각각 《주역》의 괘명(卦名)으로, 복(復)은 1양이 5음 밑에 있어 양이 커져 가는 모양이고 박(剝)은 1양(陽)이 5음(陰)의 위에 있어 음이 커져서 양이 없어지는 모양으로, 한쪽의 기운이 극에 달하면 다른 쪽으로 변화함을 뜻한다.

123 백운헌(白雲軒) 김공(金公) : 김운택(金雲澤, 1673~1722)으로, 본관은 광산, 자는 중행(仲行), 호는 백운헌(白雲軒)이다. 숙종의 장인인 김만기(金萬基)가 그의 할아버지이다. 1704년 문과에 급제, 벼슬을 시작했다. 부제학, 호조 참판, 형조 참판을

의 어진 후손으로 쏟아지는 화살촉과 몰려드는 칼날 사이에 우뚝 서 있었다. 안으로 최선의 계책을 이끌어내고 밖으로는 의론을 세워 백 번 꺾여도 굽히지 않고 꿋꿋하게 세상의 표준이 되었다. 비록 지위가 높고 명망이 지극한 사충(四忠)[124]도 오히려 공에게 의지하고 공을 중하게 여겨 같은 마음으로 협력하여 오극(鰲極)[125]을 머리에 이고 일곡(日轂)[126]을 부지하여 마침내 종사(宗社)를 반석에 올려놓았다. 그래서 소인배들이 악독한 마음을 품고 공을 죄로 얽어 죽일 수는 있었지만 나라의 근본을 흔들어 놓지는 못했다. 아아! 공 같은 경우는 몸이 죽어서 나라가 안정되었으니, 공은 기록할 만하고 죽음은 영예로울 만한 경우라 하겠다.

바야흐로 관모를 던지고[127] 크게 탄식한 것은 재앙의 기미가 이미 드러난 것을 알지 못한 것이 아니라 나라를 근심하여 자신을 돌보지 않는 마음이 죽을 때까지 변하지 않은 것이다. 웅어(熊魚)의 분별[128]에

역임하였다. 1722년 신임사화로 영변에 유배되었다가 목호룡 고변사건으로 인해 노론 4대신과 장살되었다. 뒤에 이조 판서에 추증되었으며, 시호는 충정(忠貞)이다.

124 사충(四忠) : 노론 4대신 김창집(金昌集), 이이명(李頤命), 이건명(李健命), 조태채(趙泰采)를 가리킨다. 사충서원에 배향되었다.

125 오극(鰲極) : 하늘과 땅을 지탱하는 네 개의 기둥을 말한다. 삼황(三皇) 시절 여와(女媧)가 오색 돌로 푸른 하늘을 깁고, 자라 다리를 잘라 사극(四極)을 세워 지탱했다고 한다. 《淮南子 覽冥訓》

126 일곡(日轂) : 태양을 가리킨다. 송의 범성대(范成大)가 쓴 《병술윤칠월구일여왕필대등고소대피서(丙戌閏七月九日與王必大登姑蘇臺避暑)》에 "염관이 일곡을 부지하여 붉게 빛나며 운행을 멈추지 않는구나.〔炎官扶日轂 輝赫不停運〕"라는 구절이 나온다.

127 관모를 던지고 : 원문은 '역모(役帽)'로 되어 있으나, 문맥상 '役'은 '投'자의 오기로 보인다.

밝은 것이 아니고서야 이렇게 할 수 있겠는가?

옛날 명나라 양·좌 제현[129]이 나라의 근본을 다시 안정시켰으나 끝내 간악한 환관의 손에 죽자, 천하가 원통해 하며 충신이라고 인정하였다. 그러나 태창(泰昌)은 복이 짧았고[130] 천계(天啓)는 실권하여[131] 나라가 따라서 기울어졌다. 그렇다면 양·좌 제현이 비록 충신이라는 명성은 얻었을지라도 국가가 위기에 빠졌을 때 도움을 주지 못했으니 어찌 공이 임금의 덕을 옹호해서 우리 동방의 수만 수억 년 태평의 기초를 연 것만 하겠는가? 저 양·좌는 죽어서도 여한이 있을 것이다.

공의 유고(遺稿)는 많지 않아 모두 약간 권이다. 진술한 내용은 모두

128 웅어(熊魚)의 분별 : 옳은 것을 선택함을 가리킨다. 《맹자》〈고자 상(告子上)〉에 "생선요리도 내가 원하는 것이요, 곰발바닥 요리도 내가 원하는 것이지만 이 두 가지를 겸하여 얻을 수 없다면 생선요리를 버리고 곰발바닥을 가질 것이다. 삶도 내가 원하는 것이고 의도 내가 원하는 것이지만 두 가지를 겸하여 얻을 수 없다면 삶을 버리고 의를 취할 것이다.〔魚我所欲也 熊掌亦我所欲也 二者不可得兼 舍魚而取熊掌者也 生亦我所欲也 義亦我所欲也 二者不可得兼 舍生而取義者也〕"라고 한 구절에서 연유한 말이다.

129 양(楊)·좌(左) 제현(諸賢) : 양련(楊漣, 1572~1625)과 좌광두(左光斗, 1575~1625)를 지칭한다. 명나라 희종(熹宗)이 즉위했을 때 환관 위충현(魏忠賢)이 정사를 어지럽히자, 양련이 상소를 올려 비판하였다. 희종에게 받아들여지지 않았으나 위충현이 앙심을 품고 다른 일로 얽어 양련과 좌광두 등 6인을 고문에 못 이겨 죽게 만들었다. 사종(思宗)이 즉위하여 위충현은 자살하였고 양련 등은 신원되었다.

130 태창(泰昌)은 복이 짧았고 : 태창(泰昌)은 명나라 광종(光宗)의 연호이다. 재위한 달 만에 죽었으므로, 1년을 미처 사용하지 못했다. 뒤를 이은 희종이 연용한 기간까지 1620년 8월부터 12월의 다섯 달 사용되었다.

131 천계(天啓)는 실권하여 : 천계(天啓)는 명나라 희종의 연호로, 1621년부터 1627년까지 사용되었다. 환관 위충현 등에 의해 정권이 농락당했던 것을 가리킨다.

선을 드높이고 악을 비판하는 것과 전제(田制)·황정(荒政)·군현(郡縣)·득실(得失)에 대한 것이고, 응대를 위한 부허(浮虛)한 문장이 하나도 없다. 시 역시 매우 적으나 청경(淸勁) 간담(簡澹)하고 조식(藻飾)을 일삼지 않았다. 아마 공이 평소 뜻한 바가 커서 시는 여사(餘事)로 여겼기 때문일 것이다. 후세 뜻이 있는 선비가 공의 유풍을 생각하면 여전히 책권을 어루만지며 감개를 일으키리라.

《임갑영고》서문 계사년(1893, 고종30)

壬甲零稿序 癸巳

예전 임오년(1882, 고종19)과 갑신년(1884) 사이에 국가에 우환이 많아 고슴도치 털처럼 처리할 일이 많았다. 인재가 없어 내가 재능이 없는데도 관직에 임명되어 노둔한 몸을 억지로 채찍질하여 열심히 달렸다. 이제 10년이라는 오랜 세월이 지나니 정신이 혼미해져 옛날 내 손을 거쳤던 일이 아득하게 하나도 기억나지 않았다. 계사년(1893) 봄 취당(翠堂)[132] 종형이 편지를 부쳐 말하기를, "지금 조정에서 논의하여 한성철잔(漢城撤棧)[133] 건의 일을 처리하고자 논의하고 있으나 근거할 만한 것이 없어 걱정이니 상자 속 옛 문서를 꺼내 검토해야 할 것이다. 만일 상고

---

132 취당(翠堂) : 김만식(金晚植, 1834~1900)으로, 본관은 청풍, 자는 기경(器卿), 호는 취당(翠堂)이다. 수신사 박영효를 따라 수신부사 겸 전권부관으로 일본에 다녀왔다. 신문 발간의 담당부서로서 박문국을 신설하고, 《한성순보(漢城旬報)》 창간호를 발행했다. 평안도 관찰사로 임명되었으나, 청일전쟁으로 병부를 잃어 원주에 정배되었다.

133 한성철잔(漢城撤棧) : 청나라는 일본의 경제적 이익을 견제하고 조선과의 종속 관계를 강화하기 위해 1882년 조청상민수륙무역장정(朝淸商民水陸貿易章程)을 체결하였는데, 제4조에 청나라의 상인이 한양에 화물을 쌓아두고 유숙할 수 있는 곳을 설치하는 조항인 한성개잔(漢城開棧)이 포함되어 있었다. 이것이 빌미가 되어 한양은 중국인뿐 아니라 타 외국인도 들어와 거주하며 시장을 열 수 있는 도시로 변하여 여러 가지 문제점이 노출되었다. 조선 정부는 1885년 이래 한성개잔을 철폐하는 한성철잔을 시도하였으나 계속 실패하였다. 1894년 청일전쟁이 발발하고 일본과 조약을 맺은 조선 정부가 조청상민수륙무역장정(朝淸商民水陸貿易章程)의 파기를 일방적으로 통고함으로써 한성개잔 역시 폐기되었다. 이때 독판교섭통상사무아문(督辦交涉通商事務衙門)이었던 김윤식이 일본 측과의 교섭을 담당하였다.

할만한 글이 있으면 인편에 부쳐오라."고 하였다. 이에 상자의 먼지를 털고 옛 묵적을 살피느라 사오 일을 허비하였으나 끝내 철잔(撤棧)에 대한 공문을 찾지 못했으니, 아마도 누락된 듯하였다. 상자를 뒤지다가 난잡한 수필 원고 수백 본을 얻었는데 다 국가의 중요 업무와 외교 서신과 관련이 있었다. 상을 대신하여 찬술한 주문(奏文), 자문(咨文)은 《괴원등록(槐院謄錄)》에 실려 있고, 교령(敎令), 포고(布告) 및 비지문(批旨文)(소(疏)와 비(批)는 모두 기록하지 않는다.)은 《후원일기(喉院日記)》에 실려 있고, 조회(照會)[134] 공문의 문적은 《통서존안(統署存案)》에 실려 있다. 이 초고 가운데 지금 보관된 것은 몇 십 몇 백의 일에 불과하다. 그러나 원고를 퇴고한 흔적과 번거롭던 상황을 보면 어젯밤 일인 양 황홀하였다. 반복해서 펼쳐 보니 차마 버려둘 수가 없어서 마침내 대신 찬술한 주문(奏文), 자문(咨文), 교령(敎令), 서독(書牘), 치제문(致祭文) 및 조회공사왕복(照會公私往復), 잡저(雜著)의 일곱으로 분류하여 《임갑영고(壬甲零稿)》라고 이름을 붙이고 인동식(印東植) 군에게 깨끗이 베끼게 하여 보관하였다. 나는 본래 문장력이 부족하고 또 갑자기 짓느라 퇴고할 겨를이 없던 경우가 많기 때문에 볼만한 문채가 전혀 없다. 더욱이 누락되고 산일(散逸)되었으니 자료로 삼아서 상고하기에 부족하다. 그러나 모두 실제로 했던 말이요, 실제로 있었던 일이고 심심풀이로 쓴 글이 하나도 없으니 되는대로 남들과 응수하는 글에 비할 바는 아니다. 훗날 만약 각사(各司)의 존안(存案)에서 조사해서 그 빠진 것을 보충할 수 있다면 역시 그럭저럭 완비될 것이다.

---

134 조회(照會) : 한 나라의 정부가 어떤 사안에 대해 의견을 적어 다른 나라에 보내는 문건을 가리킨다.

집안 종형인 취당 선생[135]의 60세를 기념하는 글
家從兄翠堂先生六十歲序

우리 집안은 9대조 이후 미수(眉壽)[136]를 누린 예는 문정(文貞)[137]·
정희(貞僖)[138] 두 부군과 청주(淸州) 부군, 돌아가신 숙부 청은군(淸
恩君)[139] 부군의 네 분이 있을 뿐이다. 이 네 분 가운데 박학한 학자이

---

135 취당(翠堂) 선생 : 김만식(金晩植)을 가리킨다. 63쪽 주 132 참조.

136 미수(眉壽) : 길게 자란 눈썹이란 뜻으로 장수하는 노인을 가리킨다. 《시경》의
〈칠월(七月)〉에 "시월에 벼를 수확하여 이것으로 봄 술을 빚어 눈썹이 긴 노인을 봉양하
느니라.〔十月穫稻 爲此春酒 以介眉壽〕"라고 하였다.

137 문정(文貞) : 김육(金堉, 1580~1658)의 시호이다. 자는 백후(伯厚), 호는 잠곡
(潛谷), 회정당(晦靜堂)이며, 김식의 3대손이다. 저술을 널리 보급하기 위하여 몸소
활자를 제작하고 인쇄하는 데에도 많은 노력을 기울였고, 이러한 사업은 그의 자손들대
에 이르기까지 하나의 가업(家業)으로 계승되어 우리나라 주자(鑄字)와 인쇄사업에
크게 기여하였다. 양근(楊根) 미원서원(迷源書院)과 청풍 봉강서원(鳳岡書院), 강동
(江東) 계몽서원(啓蒙書院), 개성 숭양서원(崧陽書院) 등에 배향되고, 1704년(숙종
30)에는 가평의 선비들이 건립한 잠곡서원(潛谷書院)에 독향(獨享)되었다.

138 정희(貞僖) : 김석연(金錫衍, 1648~1723)의 시호이다. 본관은 청풍(淸風), 자
는 여백(汝伯)이다. 현종의 비(妃) 명성왕후(明聖王后) 김씨(金氏)의 아우이다. 음보
(蔭補)로 1680년(숙종6) 예빈 시정(禮賓寺正)을 지내고, 1689년 기사환국(己巳換局)
으로 추방당했다가, 1694년 갑술환국(甲戌換局)으로 다시 기용되어 공조 참판, 어영대
장(御營大將), 형조 판서 등을 역임하였다.

139 청은군(淸恩君) : 김익정(金益鼎, 1803~1879)의 봉호이다. 본관은 청풍(淸風)
이며, 자는 정구(定九), 호는 하전(夏篆)이다. 1834년(순조34)에 제관(祭官)인 재랑
(齋郎)이 되었으며, 그 후 내외의 여러 벼슬을 지냈다. 세 아들과 두 손자가 모두 과거에
급제한 영광으로 1876년(고종13)에는 가선대부(嘉善大夫)로 승진하였다. 그 후 다시

자 석학으로서 왕가에 단비를 내려 백세 불천지묘(不遷之廟)가 되신 분도 계시고 삼가 도를 지키고 효도와 우애를 집안에 전하고 자애로운 마음으로 백성을 사랑하고 청렴한 기풍을 후손에게 풍부히 남겨 후세에 모범이 된 분도 계시다. 우리 형[140]에 이르러 전대의 발자취를 이어받아 집안에서나 조정에서나 달(達)한 인물이 되었다.[141] 비록 관직이 낮아서 조정의 계책이 형님까지 미치지는 않았지만 우국(憂國)의 정성을 잊지 않았으며 큰 변화의 가운데 부침하면서도 담박하게 다투지 않고 자신이 지켜야 할 바를 꿋꿋하게 지켰다. 이것이 우리 집안이 대대로 지켜온 심법(心法)인데, 우리 형이 더욱 받들어 유지하면서 게을리 하지 않았다. 평소 실천해가면서 이름과 행동에 흠이 없었고 오직 조종의 덕을 본받았다. 그러므로 우리 선조와 같은 수명을 누릴 수 있었던 것이다. 올해 환갑이 되셨으나 시력과 청력이 쇠퇴하지 않았고 원기가 왕성하시니, 호흡토납[142]을 하지 않아도 거북이나 학 같이 오래 장수를 기약할 수 있을 것이다. 또 앞으로 남은

청은군에 봉해졌다.

140 우리 형 : 김만식(金晩植)을 가리킨다. 63쪽 주 132 참조.

141 집안에서나……되었다 : 자장(子張)이 "통달함〔達〕"을 "조정에 있을 때도 반드시 명성이 나고 집에 있을 때도 반드시 명성이 나는 것입니다.〔在邦必聞 在家必聞〕"라고 설명하자, 공자(孔子)가 "통달함이란 질박하고 정직하면서 의를 좋아하고 남의 말을 잘 살피고 안색을 관찰하여 남을 배려해 나를 낮추는 것이다.〔夫達也者 質直而好義 察言而觀色 慮以下人〕"라고 설명하였는데, 여기에서 인용한 구절이다.《論語 顔淵》

142 호흡토납(呼吸吐納) : 도가 양생술의 하나로, 호흡을 통해 묵은 것을 토해내고 새 것을 받아들이는 것이다. 혜강(嵆康)의 《양생론(養生論)》에 "또 호흡토납하고 단약을 복용하여 몸을 수양하여 몸과 정신으로 하여금 서로 가깝게 하면 표리가 모두 구제될 것이다.〔又呼吸吐納 服食養身 使形神相親 表裏俱濟也〕"라고 하였다.

운양집 제4권

시詩

결사

제 3 장

공연권

경모궁[1]에서 숙직 서는데 이국사 황추소가 내방하여 함께 읊다

持被景慕宮李菊史黃秋所來訪共賦

흘러가는 세월을 고요함 속에서 깨닫나니	光陰冉冉靜中知
궁중 버드나무의 가을 매미 소리에 석양이 지네	宮柳凉蟬夕照移
종일 오사모 쓴 채 한가히 홀로 턱을 괴고	鎭日烏紗閑拄笏
수레 가득한 어서를 빛나게 꾸미네	滿車龍翰煥裝池
호숫가 누대에 봄풀이 돌아온 날	湖臺春草歸來日
구지산 학[2] 붉은 구름[3]을 서글피 바라볼 때	緱駕紅雲悵望時
초가집 동쪽 담에 반가운 이 가까이 있으니	茅屋東墻靑眼近
흥이 나도 섬계의 배[4] 기약할 필요 없다네	興來剡棹不須期

1 경모궁(景慕宮) : 조선 제21대 영조(英祖)의 제2왕자로, 장조(莊祖)로 추존된 사도
세자(思悼世子)와 그의 비(妃) 헌경왕후(獻敬王后) 홍씨(洪氏)의 사당이다. 창덕궁
안에 있었으며 경모전(景慕殿)이라고도 했다.
2 구지산(緱氏山) 학 : 전설에 주나라 영왕(靈王)의 아들 왕자교(王子喬)가 부구공
(浮丘公)에게서 선술을 배워 흰 학을 타고 구지산으로 와서 승천했다고 한다.
3 붉은 구름 : 신선이 거주하는 곳에는 항상 붉은 구름이 서려 있다고 한다.

국사(菊史)의 집은 궁궐 담장 동쪽에 있다.

정석정[5]은 일찍이 알지 못하던 사이인데, 나와 두 벗이 시를 읊는다는 소식을 듣고 사람을 보내 시축을 보여 달라하고는 즉시 원 시를 차운하여 시를 보내왔다. 나는 그 시를 보고 매우 대단하게 여기며 화답하고자 하는 마음에 정 판관이 어떤 사람이냐고 물었다. 어떤 이가 대답하기를 "노인입니다"라고 하기에 기구에서 그런 내용을 언급했다. 만나보니 한창 나이에 기가 예리하며 매위[6]를 걸친 군자다운 사람이었는데, 나이는 27세였다

鄭石汀未曾相識聞余與二友賦詩送人要觀詩軸立次原韻以投之余得詩
甚奇之將欲和之問鄭判官何如人也或對曰老人也故起句云云及相見乃
年富氣銳韎韋君子人也年二十七

익용은 이때 궁문을 감독하고 있었다.

궁문에서 보낸 십 년 세월을 세상은 몰라	十載金門世不知
거울 속 변해가는 모습 누가 안타까워하랴	容華誰惜鏡中移
거문고에서 울리는 기묘한 음률 이미 들었고	希音已賞鳴琴嶽
벼루를 희롱하는 기이한 재주 문득 보았네	妙藝飜看戲墨池
수만 그루 푸른 숲에서 매미 울고 난 후	碧樹萬重蟬噪後

5 정석정(鄭石汀) : 정익용(鄭益鎔, 1847~?)으로, 조선 말기 문신이다. 본관은 영일(迎日), 석정은 그의 호이다. 식년시에 문과 급제하였으며, 이 당시에 훈련원 판관(訓鍊院判官)을 맡고 있었다. 《承政院日記 高宗 10年 1月 13日》

6 매위(韎韋) : 적황색(赤黃色)의 열피(熱皮)이다. 융복(戎服)을 말한다.

한 자락 푸른 안개 속에 학이 돌아오는 때 靑煙一抹鶴歸時
이처럼 좋은 밤 함께 할 사람 없는데 良宵如此無人共
귀한 발걸음 꼭 뒷날로 기약해야 하나 芳躅何須訂後期

만나기 어려울 때면 사귄 것 후회스럽나니 相見時難悔結知
바다와 산은 별 일 없건만 성정만 바뀌네 海山無事性情移
삼경에 내린 비에 대추 꽃 떨어지고 棗花零落三庚雨
한쪽 절반 연못에는 연잎이 어지럽네 荷葉披離半壁池
비옷 빌리려다 벼슬할 뜻을 잊고[7] 因借油衣忘宦意
주국[8]에서 노닐기 좋아 깰 때 적다네 合遊酒國少醒時
미친 듯한 읊조림에 만병이 몸을 떠나니 狂吟萬疾辭躬去
번거롭게 영계기에게 삼락을 묻지 마오[9] 三樂休煩問啓期

---

7 비옷……잊고 : 송나라 손광헌(孫光憲)의 《북몽쇄언(北夢瑣言)》에 "당나라 공증 시랑이 유보가 되었을 때, 조정에서 돌아오다 비를 만났는데 비옷을 가지고 있지 않아서 이에 길가 노인의 집 처마 아래로 피했다.……(공증이) 비옷을 빌리려고 하자 노인이 말하기를 '나는 추우면 나가지 않고, 더우면 나가지 않고, 바람 불면 나가지 않고, 비오 면 나가지 않으니 비옷을 둔 적이 없습니다. 그러나 이미 점포에서 가져오라 해놓았으 니, 빌려줄 수 있습니다.'라고 했다. 공공은 자신도 모르게 문득 벼슬살이를 할 뜻을 잊었다.〔唐孔拯侍郞作遺補時 朝回遇雨 不齎油衣 乃避雨於坊叟之廡下……且借油衣 叟 曰 某寒不出 熱不出 風不出 雨不出 未嘗置油衣 然已令鋪上取去 可以供借也 孔公賞羨 不覺頓忘宦情〕"라고 했다. 원문의 유의(油衣)는 오동기름을 바른 비옷이다.

8 주국(酒國) : 주향(酒鄕)으로, 당나라 왕적(王績)의 〈취향기(醉鄕記)〉에 나오는 일종의 이상향이다.

9 번거롭게……마오 : 《열자(列子)》〈천서(天瑞)〉에 다음과 같은 구절이 보인다. "공 자가 태산을 유람하다가 영계기(榮啓期)가 성의 들판을 가고 있는 것을 보았다. 사슴가 죽옷에 동아줄을 두르고 금(琴)을 타며 노래하고 있었다. 공자가 '선생께서는 무엇을

비바람 그치지 않으니 하늘에 구멍이 난 듯	伏雨闌風似漏天
어두운 궁궐 숲엔 푸르름 끝이 없네	陰陰宮樹碧無邊
그대 마음 돌과 같아 종내 굴리기 어려우나	君心如石終難轉
내 그리움 깃발 같아 절로 맘에 걸려 있네	我思如旌却自懸
먼지 낀 걸상엔 고담준론[10] 들리지 않고	塵榻未聞揮麈話
은낭[11]은 그저 책 물리고 잠자기에 어울리네	隱囊秖合撥書眠
만나자 문득 시선의 강림 칭송하니	逢場便許詩仙降
양양에 맹호연[12] 있는 줄 그 누가 알까	誰識襄陽有浩然

즐거움으로 삼고 있습니까?'라고 물었다. 대답하기를 '하늘이 만물을 낳았는데 사람이 가장 귀하오. 내가 사람이 된 것이 한 가지 즐거움이오. 남자가 귀하고 여자는 천한데, 내가 남자가 된 것이 두 번째 즐거움이오. 인생에서 해와 달을 보지 못하고 강보를 벗어나지 못함이 있는데 내가 이미 지낸 해가 90년이오. 이것이 세 번째 즐거움이오.'[孔子遊於泰山 見榮啓期行乎郕之野 鹿裘帶索 鼓瑟而歌 孔子問曰 先生所以樂何也 對曰 吾樂甚多 天生萬物 唯人爲貴 而吾得爲人 是一樂也 男女之別 男尊女卑 故以男爲貴 吾旣得爲男矣 是二樂也 人生有不見日月 不免襁褓者 吾旣以行年九十矣 是三樂也]"

10 고담준론(高談峻論) : 원문은 '주미(麈尾)'로 현담(玄談)을 나눌 때 명사들이 휘두르던 먼지 털이를 말하는데, 널리 현담을 지칭하는 상징으로 사용된다.

11 은낭(隱囊) : 사람이 기댈 수 있는 부드러운 침낭(寢囊)으로, 침석(寢席)과 같은 뜻이다.

12 맹호연(孟浩然) : 당나라 성당 때의 시인이다. 양주(襄州) 양양(襄陽) 사람으로, 자는 호연이며 왕유(王維)와 더불어 자연시로 일컬어져 왕맹(王孟)으로 병칭되었다.

석정이 내 시를 보고 그 밤으로 들어와서 나와 만나
이때부터 번갈아가며 수창하게 되었다. 이것이 동료
강문영[13] 비궁과의 기이한 만남이라고 일컬은 것이다

石汀見余詩卽夜入見自是迭相酬唱此姜僚所稱閟宮奇遇也

막 사귄 벗과 마음 맞아 옛 벗인 양 싶으니[14]	傾蓋新知似舊情
옥척[15]의 맑은 재능 구름을 오려 이뤄진 듯	淸才玉尺剪雲成
입은 뻐꾸기 같아 뜻을 알아듣기 어려우나	口如布穀意難喩
명성은 자고[16] 같아 시로 소문 자자하네	名是鷓鴣詩有聲
아침엔 들판 저자에서 갖옷 바꾸어 술 마시고	野市換裘朝飮酒
밤엔 산 집에서 검 걸어놓고 병법 논하네	山齋掛劍夜談兵

13 강문영(姜文永) : 1810~1877. 본관은 진주(晉州), 자는 효사(孝思)·희부(熙
夫), 호는 겸산(謙山)이다. 상주에 살았다. 1852년(철종3) 식년(式年) 사마시(司馬試)
생원(生員)에 장원으로 입격하였으며 1864년(고종2) 순릉 참봉, 화순 현감을 지냈다.

14 막……싶으니 : 원문의 '경개(傾蓋)'는 길가에서 서로 우연히 만나 수레 덮개를
기울이며 잠깐 멈춰서 이야기하는 사이에 오랜 벗처럼 여기게 된다는 말로, 한 번 만나
자마자 서로 지기(知己)로 받아들이는 것을 가리킨다. 《사기》 권83 〈추양열전(鄒陽列
傳)〉에 "흰머리가 되도록 오래 사귀었어도 처음 본 사람처럼 여겨질 때가 있고, 수레
덮개를 기울이고 잠깐 이야기하면서도 오래 사귄 벗처럼 느껴지는 경우도 있다.〔白頭如
新 傾蓋如故〕"라는 말이 나온다.

15 옥척(玉尺) : 옥으로 만든 자이다. 전식(典式)의 의미로 사용된다.

16 자고(鷓鴣) : 모양은 까투리와 같고, 머리는 메추리와 비슷한데 약간 더 크다. 당
나라 정곡(鄭谷)이 〈자고〉시로 명성을 얻어 정자고(鄭鷓鴣)로 불렸으므로 여기서는
정곡을 가리킨다. 석정(石汀)의 성씨가 정씨(鄭氏)이므로 빗댄 것이다.

덕을 후세 자손에게 남겨주셔서 훌륭한 덕행을 잇게 하시면 복을 받는 일이 끊임없이 이어지게 될 것이다. 《시경(詩經)》에 "모두를 가지고 있으니 이 때문에 그와 같이 하네.〔維其有之 是以似之〕"[143]라고 하였고 또 "효자가 끊임없이 있으니 길이 너에게 복을 주시리라.〔孝子不匱 永錫爾類〕"[144]라고 하였으니 어찌 진실로 그렇지 않겠는가? 예전에 우리 종형제들은 한 집에서 함께 자랐다. 나아가면 집안의 가르침을 받으며 기뻐하였고, 물러나면 책상을 마주하고 글을 읽었다. 잠잘 때는 이불을 나란히 덮었고 먹을 때는 밥상을 함께 하였다. 높은 관직과 후한 녹봉으로도 그 즐거움을 대신하기 어렵고, 세상일이나 집안 근심에도 그 마음을 어기지 않았다. 사, 오십년 이래 인사가 변하여 가정에서 지난날의 즐거움을 다시 볼 수 없을 뿐만 아니라 마을 사람, 친구, 친척, 노복 가운데에서도 옛날 일을 함께 말할 만한 사람 하나 없게 되었다. 오직 우리 둘 만이 여전히 남아있으나, 아우의 경우 타향을 떠돌아다니다가 문을 닫고 자취를 감추었으니 훌륭한 일을 하기에 부족하여 온 집안에서 우러러 기대를 한 사람은 오직 우리 형뿐이었다. 그런데 사람들이 장수하는 데 중요하게 생각하는 것은 건강하게 살 수 있는지이다. 우리 형은 중년 이후 근심과 걱정, 빈곤과 슬픔을 두루 다 맛보았으니, 마음을 편안히 하고 좋은 품성을 기를 여가가 하루도 없었다. 하늘이 만약 선한 이를 보우하신다면 반드시 조용하고 한가할 수 있는 복을 내려주셔서 만년을 즐겁게 지내도록 해주실 것이다. 원컨대, 지금부터는 인수(仁壽)[145]의 영역에 오르

---

143 모두를……하네 : 《시경》의 〈상상자화(裳裳者華)〉에 나오는 구절이다.
144 효자가……주시리라 : 《시경》의 〈기취(旣醉)〉에 나오는 구절이다.

고 집안에 어지러운 질병이 없으며, 증상(烝嘗)[146]을 빠뜨리는 일이 없고 혼인을 제 때에 하며, 담담하게 하나의 사물이라도 누가 되지 않기를 바란다. 날마다 마음 맞는 벗들과 함께 지팡이 짚고 나막신 신고 서로 따르며, 때로는 한 잔 술을 마시고 때로는 한 곡 거문고 곡조를 들어, 이로써 화평한 기운을 기르고 우울한 마음은 쏟아내시길 바란다. 흰 머리와 긴 눈썹을 하고 향산의 아홉 노인[147]을 좇고 언배 같이 누런 얼굴과 복어 같이 검버섯 핀 등으로 밝은 조정의 세 벗이 되시는 것[148]을 나는 기다린다. 내가 비록 글 솜씨가 부족하나 그 일을 읊어 후손들에게 보여주리라. 지금 일단 말을 다하지 않는 것은 훗날을 기다리기 때문이다.

---

145 인수(仁壽) : 어진 덕이 있어 장수함을 가리킨다. 《논어(論語)》에 "지자는 동적이고 인자는 정적이며 지자는 낙천적이고 인자는 장수한다.〔知者動 仁者靜 知者樂 仁者壽〕"라고 하였다.

146 증상(烝嘗) : 증(烝)은 겨울 제사이고 상(嘗)은 가을 제사를 뜻한다. 아울러 종묘 제사를 통칭한 말이다.

147 향산의 아홉 노인 : 백거이(白居易)가 만년에 형부 상서(刑部尙書)로 치사하고 나서는 향산거사(香山居士)라 자칭하고, 여덟 원로들과 함께 구로회(九老會)를 결성하여 매양 서로 왕래하면서 풍류를 즐겼다.

148 밝은……것 : 고대 삼로(三老五更)의 지위가 있어서 벼슬을 그만 둔 원로를 임명하고 제왕이 부형을 섬기는 예로 예우하였는데, 그 삼로가 되는 것을 가리킨다. 《시경》〈비궁(閟宮)〉에 "삼수로 벗을 삼아, 뫼처럼 능처럼 견고히 하소서.〔三壽作朋 如岡如陵〕"한 데서 인용하여 '삼붕(三朋)'이라는 말을 쓴 것이다.

《춘소유고》서문 병신년(1896, 고종33)

春沼遺稿序 丙申

이 아래 세 수는 방촌(芳村)에 있을 때 지은 것이다.

옛날 진(晉)의 왕융(王戎)[149]이 왕상(王祥)[150]에 대해 다음과 같이 평가하였다.

"태보(太保)는 정시(正始)[151] 때 말을 잘하는 반열에 들지 않았지만 이따금씩 그와 얘기하면 이치가 분명하고 심원하니 어찌 덕(德)이 말보다 뛰어난 사람이 아니겠는가."

왕상은 절조 있는 일개 선비일 뿐이었지만, 내면에 쌓여 외면으로 드러난 것이 이처럼 남에게 추앙을 받았다. 하물며 몸소 실천하는 군자야 말할 나위가 있겠는가?

고 익위사어(翊衛司禦) 이공(李公)[152]은 날 때부터 지극한 효성을

---

149 왕융(王戎) : 234~305. 자는 준충(濬沖)이다. 위진(魏晉)의 문벌인 낭야(琅琊) 왕씨 집안 출신으로, 유주 자사(幽州刺史) 왕웅(王雄)의 손자이자 양주 자사 왕혼(王渾)의 아들이다. 죽림칠현(竹林七賢) 가운데 제일 나이가 어렸다.

150 왕상(王祥) : 185~269. 자는 휴정(休征)이다. 동한(東漢) 말 20년간 은거하였고, 벼슬은 태위(太衛), 태보(太保)에 이르렀다. 효행으로 이름이 났는데, 어머니에게 드리기 위해 얼음에서 잉어를 구한 얘기가 널리 알려져 있다.

151 정시(正始) : 삼국 시대 위 제왕(魏齊王) 조방(曹芳)의 첫 번째 연호이다. 240~249년이다.

152 고 익위사어(翊衛司禦) 이공(李公) : 이연익(李淵翼, 1829~?)으로, 본관은 연안(延安), 자는 학여(學汝)이다. 음관으로 청양 현감(靑陽縣監)을 역임하였다. 《운양집(雲養集)》 권13과 《속음청사(續陰晴史)》 권6 1891년 11월 6일 기록에 김윤식이 이연

지니고 있어, 밥 한 술 뜨고 숨 한 번 쉴 때조차 부모를 잊은 적이
없다. 일찍부터 정훈(庭訓)을 받들어 시(詩)와 예(禮)의 감화를 받았
고[153] 성의(誠意)가 진지하여 침묵하는 가운데도 이치를 깨닫는 효과가
있었다. 또 외갓집 해장(海藏)[154], 위사(韋史)[155]의 문하에 출입하였는
데, 두 공께서 모두 문원(文苑)의 거장이셨다. 공은 몸에 밴 가르침과
탁월한 재주가 본디 찬연하게 가슴에 가득하였으나 묵묵히 드러내지
않았다. 오직 말이 행실을 앞설까 걱정하여 부화함을 물리치고 마음을
다잡아 학업에 매진했다. 의리에 맞지 않으면 재물도 돌아보지 않았다.
덕행이 오랫동안 쌓이자 현명한 사람이든 못난 사람이든 모두 공을
공경하고 아꼈다. 당시 사대부들이 모두 목을 빼고 사귀고 싶어 하였
고, 공을 경연(經筵)으로 불러들이고 싶어 하였으나, 공은 더욱 스스로
를 단속하고 물러났다. 만년에는 가릉(嘉陵 가산) 골짜기에 은거하였
다. 이로부터 문장과 함께 몸을 숨기고 산수와 함께 하였다. 본받고자

익을 위해 쓴 제문이 실려 있다. 또한 《운양집》 권5에 실린 〈십애시(十哀詩)〉에서는
이연익을 평생 사우 10인 중 하나로 꼽고 있다.

153 일찍부터……받았고: 공자(孔子)가 뜰에 있을 때 아들 백어(伯魚)가 지나가자
"시를 배우지 않으면 말할 방법이 없다.〔不學詩 無以言〕", "예를 배우지 않으면 사람이
설 방법이 없다.〔不學禮 無以立〕"라는 가르침을 주어, 백어가 물러나 시와 예를 공부하
였다는 고사에서 인용한 말이다. 《論語 季氏》

154 해장(海藏): 신석우(申錫愚, 1805~1865)로, 본관은 평산(平山), 자는 성여(聖
如), 호는 해장(海藏), 시호는 문정(文貞)이다. 순조 때 문과에 급제하여 벼슬이 예조
판서에 이르렀다. 이연익의 외숙부이다.

155 위사(韋史): 신석희(申錫禧, 1808~1873)로, 본관은 평산(平山), 자는 사수(士
綏), 호는 위사(韋史), 시호는 효문(孝文)이다. 헌종 때 문과에 급제하여 벼슬이 예문
관 제학에 이르렀다. 신석우의 동생이자 이연익의 외숙부이다.

하는 후생들은 공의 고아한 풍도를 확인할 길이 없었고 시문(詩文)마저 읽어 볼 길이 없게 되었다.

공이 돌아가신 후 유고 약간 편이 비로소 나왔다. 나는 얻어 읽고 "아! 이것이 내 친구가 힘써 행한 것 외에 남은 것이로구나."라고 하였다. 글은 주고받은 편지가 많았는데, 말이 간략하면서도 뜻이 곡진하였고 변화하면서도 질리지 않았다. 자기를 비우고 남을 허여하며 충후하고 간절한 마음이 가득하여 손에 잡힐 듯하였다. 시 역시 격조가 예스럽고 청아했다. 기색과 자태가 넘쳐나고 깨끗하여 읽어보면 세속을 벗어난 느낌이 있다. 공이 평생 힘쓴 것이 여기에 있는 것은 아니지만 이것만으로도 불후하기에 충분하다. 《전(傳)》에 이르기를 "덕을 지닌 자는 반드시 그에 합당한 말이 있다.〔有德者必有言〕"[156]라고 하였으니 어찌 믿지 않겠는가? 내가 이전에 공을 따라 노닐 적에 그 얼굴을 바라보면 비루함과 탐욕스러움이 없어지는 듯했고 돌아오면 한적하게 터득한 바가 있는 듯했다. 지금 공을 보지 못한 지 십 수 년이다. 하지만 남긴 작품을 어루만지고 있자니 공의 모습이 남아있는 듯하다. 강 언덕에 눈보라 칠 때 등불을 환하게 켜고 한 번 읽을 때마다 가득한 술잔을 당겨 가슴 속의 기운을 적셔주니 노병(老兵)을 마주하고 술을 마시는 것[157]보다 낫지 않겠는가?

---

156 덕을……있다 : 《논어》〈헌문(憲問)〉에 나오는 말이다.

157 노병(老兵)을……것 : 술친구를 찾음을 가리킨다. 진(晉)나라 때 사혁(謝奕)은 환온(桓溫)과 사이가 좋았는데, 환온의 추천으로 안서사마가 되었다. 그런데 사혁은 술을 아주 좋아해서 조정의 예의는 따지지 않고 항상 환온에게 술을 마시도록 다그쳤다. 환온이 피해서 도망치자 사혁은 장수 한 명을 이끌어다 함께 술을 마시며 "노병 하나는 잃었으나 노병 하나를 얻었으니 역시 괴이할 게 무엇이랴〔失一老兵 得一老兵 亦何所怪〕"라고 하였다. 《晉書 謝奕傳》

이생 계태를 전송하는 글

送李生啓泰序

이윤중(李允重) 군이 덕산(德山)으로 돌아갈 때 방촌(芳村) 거처로 나를 방문하여 말하였다.

"제가 한 해를 떠돌아다니면서 세상의 변고를 제법 겪었습니다. 이제 돌아가려고 합니다. 제게 우울증이 있으니, 원컨대 한 말씀 내려주셔서 고쳐주십시오."

내가 말했다.

"옛말에 '세 번 팔뚝을 부러뜨려야 좋은 의원이 된다.'라는 말이 있네. 내가 팔뚝을 여러 차례 부러뜨린 적이 있지만 여전히 몸을 보전하는 방도에는 어두우니 자네에게 무슨 말을 하겠는가? 질병이란 밖에서 오는 것이 아니라 오장육부가 허해지고 손상을 입으면 병을 일으키는 나쁜 기운이 그 틈을 이용한다네. 허한 것을 보충하고 손상된 것을 더하려면 또 약이나 침구(鍼灸)의 효력에만 의지할 것이 아니라 음식을 조절하고 기거(起居)를 신중히 해야 하네. 호흡을 할 때 기운을 다스려 온갖 맥이 잘 흘러 정체되지 않게 하면, 병 기운이 들어올 곳이 없어 자연히 물러나게 될 것이네. 이것은 모두 내게 달린 일이니, 약물과 같은 밖의 도움에 기대지 말아야 하네. 기운이 조화롭고 신체가 건강하면 수명이 어찌 교송(喬松)[158]만 못하겠는가?"

---

158 교송(喬松) : 왕자교(王子喬)와 적송자(赤松子)의 병칭이다. 전설 속에 나오는 선인으로, 둘 다 불로장생한 것으로 유명하다.

나는 이군이 뜻을 지닌 선비라서 자기를 다스리는 기술로 세상까지 구제하고자 생각하고 있음을 안다. 그러므로 이별할 때 써서 면려하노라.

《초은 이병적 동돈 시집》 서문 정유년(1897, 광무1)

樵隱 李秉績 同敦 詩集序 丁酉

풍인(風人)[159]의 시에는 대체로 부역 나온 사람과 원행 나간 남편을 그리워하는 부인이 근심하고 분개하는 작품이 많았다. 그러므로 시의 뜻이 원한이 사무쳐 평안치 못하다. 후세의 시는 자신을 드러내어 남이 알아주기를 구하는 것이 많다. 그러므로 시어가 수식을 통해 자신을 꾸며 남에게 받아들여지기를 구한다. 이 두 가지 병통을 벗어나는 일은 남을 해치지도 않고 남의 것을 탐내지도 않는[160] 군자만이 감당할 수 있으며, 역시 성정(性情)과 처지(處地)가 어떠한지에 달려 있을 뿐이다.

예전 사람이 말하기를 "시는 사람을 궁하게 할 수 있다."라고 하였고, "궁한 후에라야 시를 잘한다."[161]라고도 했다. 만일 성정이 바르고 험난한 처지를 겪지 않으면 돈후하고 화평한 소리를 낸다. 그 사람이 반드시 건강하고 덕을 좋아하며 집안이 평안할 테니 시가 사람을 궁하게

---

159 풍인(風人) : 고대 민가와 풍속 등을 채집해 민풍을 살피는 관원을 가리킨다. 여기에서는 《시경》에 나오는 민요의 작가를 가리킨다.

160 해치지도……않는 : 《시경》〈웅치(雄雉)〉에 "세상의 모든 군자는 덕행을 모르시는가? 해치지 않고 탐하지 않는다면 어찌 좋지 아니 하리오?[百爾君子 不知德行 不忮不求 何用不藏]"라고 한 데서 인용한 것이다.

161 궁한……잘한다 : 구양수(歐陽脩)의 《매성유시집서(梅聖兪詩集序)》에 나오는 "그러하니 시가 사람을 궁하게 하는 것이 아니라 궁한 자가 된 후에야 시가 공교하게 되는 것이다.[然則非詩之能窮人 殆窮者而後工也]"라고 한 구절에서 원용한 말이다.

할 일이 어디에 있겠는가.

고 동돈녕(同敦寧) 초은(樵隱) 이공(李公)[162]은 우리 읍의 명망 있는 분이다. 공은 선인의 유업을 물려받아 편안히 즐길 수 있었지만 감히 편안하게 지내지 않아 일상생활이 빈한한 선비 같았고, 글 읽기에 힘을 쏟고도 벼슬에 나가려는 생각이 전혀 없었다. 입으로는 남을 나쁘게 말하지 않고 항상 조심하여 선인의 유업을 망가뜨릴까 걱정하였으며 이미 이룬 것을 잘 유지하도록[持盈保泰] 자제들을 경계하니, 친척과 이웃이 사모하여 감화를 받아 모두 삼가고 신칙하는 풍속을 지니게 되었다. 경성(京城)에서 벼슬살이를 한 적이 있었는데, 금오낭서(金吾郎署)에서 숙직을 하다가 하루는 개연히 탄식하며 말했다.

"내가 물러나야 하겠다! 만약 높은 벼슬에 올라 이름을 세우고서야 비로소 떠나면 어찌 지족(知足)이라 이르겠는가?"

마침내 관직을 버리고 양근(陽根)의 농가로 돌아갔다. 당시의 어진 공경사대부(公卿士大夫)가 다들 시를 지어 찬미하였고, 용기 있게 물러난 절조가 이소(二疏)[163]를 능가한다고 하였다.

공은 이때부터 문을 닫고 교제를 그만둔 채 모든 것에 마음을 두지 않았다. 그러나 유독 시를 좋아하여 매일 일과로 한 편씩 지었다. 만약 일이 있어 빠뜨리면 세밑 저녁까지 반드시 지어서 채워 넣고, 상자에 넣어 남에게 보여주지 않았다. 공의 시는 마음을 괴롭히고 생각을 따지

---

162 이공(李公): 이병적(李秉績)을 가리킨다. 생애는 미상이다.

163 이소(二疏): 한(漢)나라 선제(宣帝) 때의 명신(名臣) 소광(疏廣)과 조카 소수(疏受)를 가리킨다. 관직이 높아지고 명성이 널리 퍼졌으나, 그만두고 돌아가지 않으면 후회할 일이 생길 것이라면서 이내 고향으로 돌아갔다.

고 외물에 감동을 느껴 지은 것이 아니고 기이함과 아름다움을 다투어 세상 사람들의 눈에 영합하기를 추구하지 않았다. 시로써 방탕한 마음을 거두어들이고 부화한 생각을 제거하고 망령된 얘기를 경계함으로써 내 참됨을 지키고자 할 뿐이었다. 또 외물이 자신을 격발시키기를 기다리지 않고 자연스럽게 자신의 성정을 표현하였다. 그렇기 때문에 뜻이 검약하고 말이 화평하여 두 가지 병통에서 벗어나 스스로 일가를 이루었다. 〈관자(冠子)〉 제편 등에 이르면 글자마다 절실하여 몸소 실천한 끝에 터득한 것이라 후세에게 모범이 된다. 공의 시를 읽으면 공의 평소 모습을 상상할 수 있다.

나는 공의 맏아들 승지(承旨) 군에게 공의 유집을 받아 보았는데 간행하려고 내게 서문을 구하였다. 공은 내게 동향 선배이고 평소에 흠모하는 마음이 있었기에 감히 고사하지 않고 그를 위해 서문을 쓴다.

《택반창수집》 서문 무술년(1898, 광무2)

澤畔唱酬集序 戊戌

이하는 제주(濟州)에서 쓴 것이다.

광무(光武)[164] 2년 겨울 나와 이삼은(李三隱)[165] 상서(尚書)가 함께 죄를 지어 멀리 제주(濟州)로 유배되어 성북의 감금소(監禁所)에 들어가 거처하였는데, 빗장이 매우 견고하였다. 문을 들어서니 먼저 온 죄수 5인을 만나 뜰에서 서로 맞이하였다. 모두 도성의 친지와 시사(詩社)의 옛 벗들이었다. 손을 잡으며 슬퍼하기도 하고 기뻐하기도 하니 꿈을 꾸는 듯 황홀하였다. 이로부터 전후로 수감된 자가 모두 7인으로, 여기에서 자고 여기에서 먹고 잠시라도 떨어지지 않았다. 성은 큰 바다 끝에 위치해 바람에 흔들리고 파도에 부딪치는 소리가 마치 수만 마리 말이 내달려 밟고 지나는 듯하였다. 바닷가 날씨는 항상 맑은 날이 드물고 흙비가 내려 자욱하였으며, 낮에도 어둑어둑했고 창은 컴컴해 사물을 분별할 수 없었다. 사람들은 모두 해진 옷에 때가 낀 얼굴로 눕거나 앉아 있었는데, 마치 진흙으로 빚은 조상(影像)이나 나무로 만든 인형처럼 말없이 서로를 대하고 있는 모습이 세상에 살아 있는 사람 같지가 않았다.

---

164 광무(光武) : 1897년(고종34)에 제정된 연호로 대한제국의 두 번째 연호이다.
165 이삼은(李三隱) : 이승오(李承五, ?~1900)로, 삼은(三隱)은 그의 호이다. 갑오개혁 당시 병조 판서, 예문관 제학으로 있었다. 1897년 김윤식과 함께 종신유배형에 처해 제주도로 유배되었다가 1907년 풀려났다. 《운양집(雲養集)》 13권에 김윤식이 그를 위해 쓴 제문이 실려 있다.

이불 속에 누워 있던 적막한 시간에 갑자기 손바닥을 치며 말을 하고 낭랑한 목소리로 시를 읊는 소리가 들렸다. 이 소리에 누워있던 자는 일어나고 잠들었던 자는 깨었는데, 시상(詩想)이 맑고 뛰어나 태화산(太華山) 종소리를 듣는 듯[166]하였다. 한 사람이 시구를 얻을 때마다 모두들 화운시를 지어 하나의 운에 열 차례가 돌아가기도 해서 시상이 다해버렸지만 그칠 줄 몰랐다. 이것으로 나그네의 근심을 풀어보려 한 것이지 잘된 시를 구한 것이 아니었기 때문이리라. 이윽고 시편이 점점 많아져 한 권의 책으로 엮어 '택반창수집(澤畔唱酬集)'이라 명명하였다.

어떤 이가 웃으며 말했다.

"그대는 영균(靈均)의 자취[167]를 따르고자 하나 처지가 같지 않은 줄을 모르시는군요. 옛날 영균이 강담(江潭)으로 쫓겨났을 적에는 위로는 아득하고 광활한 우주를 관찰하고 아래로는 산천·초목·조수의 변하는 모습을 살펴서 하나하나 이소(離騷 굴원의 작품 이름)에 표현하여 천고의 진귀하고 아름다운 작품이 되었습니다. 지금 우리들은 우물

---

166 시상(詩想)이……듯 : 사공도(司空圖)의 《이십사시품(二十四詩品)》〈고고(高古)〉에 "태화산 푸른 밤 사람들 맑은 종소리 듣네.〔太華夜碧 人聞淸鐘〕"라는 구절에서 원용한 말이다.

167 영균(靈均)의 자취 : 영균은 굴원(屈原, 기원전 343?~기원전 278?)의 자이다. 연횡(連衡)을 획책한 장의(張儀)의 계책에 걸려 초나라 왕이 진나라에서 객사하였는데, 이에 대해 비판을 하다가 모함을 받아 추방되었다. 이때 동정호(洞庭湖) 근처를 방랑하며 초사(楚辭)의 여러 작품을 읊었다. 그의 작품으로는 《이소(離騷)》, 《천문(天問)》, 《구가(九歌)》, 《구장(九章)》, 《원유(遠游)》, 《복거(卜居)》, 《어부(漁父)》를 꼽으며, 학설에 따라 《초혼(招魂)》과 《대초(大招)》까지 인정하기도 한다. 굴원은 후에 멱라(汨羅)에 투신하여 죽었다. 《史記 屈原列傳》

안에 앉아 담장을 마주하고 있으니, 보는 것이라고는 마당가와 추녀 끝을 벗어나지 못하고 듣는 것이라고는 바람 소리 물소리에 불과합니다. 비록 시를 짓고자 하는 흥취가 일더라도 시를 지을 경관이 없음을 어찌하겠습니까?"

내가 말했다.

"그렇지 않습니다. 마음으로 깨닫는 경관이 있고 눈에 들어오는 경관이 있습니다. 눈으로 보는 경관은 쉽게 없어지지만 마음으로 보는 경관은 끝이 없습니다. 성 서쪽에는 용연(龍淵)에 배를 띄우는 즐거움이 있고, 성 북쪽은 바다가 하늘에 닿아 만 리가 한 가지 빛이고, 성 남쪽 한라산 여러 봉우리는 구름과 안개가 출몰하여 신선이 왕래하는 곳이라고 들었습니다. 나는 이 몇 가지 승경 가운데 아직 하나도 보지 못했습니다. 그러나 내 마음은 하루도 그 곳에 있지 않은 적이 없습니다. 나는 또 용연을 통해 강담의 풍경을 연상하고 바다의 파도를 통해 동정호(洞庭湖)의 물결을 연상하고 한라산 여러 봉우리를 통해 연이어져 있는 구의산(九疑山) 봉우리를 연상합니다[168]. 그리움이 절실해지는 순간이 되면 정신은 아득히 멀리 내달려 천 년을 오르내려, 갑자기 홀로 깨어있는 늙은이[169]와 난초를 품평하고 국화의 계보를 따지며 《구가(九歌)》에 화답하고 《대초(大招)》를 짓습니다. 낭랑하게 읊조리다 가볍게 돌아오니, 반 이랑 감옥 땅이 어찌 내 정신이 노니는 경지를 제한할 수 있겠습니까?"

---

168 구의산(九疑山) 봉우리를 연상합니다 : 구의산은 중국 호남(湖南) 영원(寧遠) 서남쪽에 있으며 창오산(蒼梧山)이라고 한다. 구의산과 동정호는 상강(湘江) 유역으로, 순 임금의 두 비(妃)를 종종 읊었던 굴원의 작품에 자주 등장하던 곳이다.

169 홀로 깨어있는 늙은이 : 굴원을 가리키는 말이다. 원문의 '독성(獨醒)'은 〈어부사(漁父詞)〉에서 인용된 것이다.

《경뢰연벽집》 서문
瓊雷聯璧集序

나는 《송사(宋史)》를 읽다가 소성(紹聖)[170] 무렵 동파(東坡)[171]와 영빈(穎濱)[172]이 떨어져서 귀양 간 일에 이르러 크게 한숨을 쉬며 다음과 같이 탄식하지 않은 적이 없다.

"선비의 처세는 정말로 어렵구나. 동파 공이 아들을 낳으면 어리석고 노둔하기를 바랐다더니 어찌 이것 때문이 아니겠는가?"

문호주(文湖州)[173]가 동파에게 준 시에 "서호가 좋더라도 시를 읊지 마라."[174]라는 구절이 있는 것을 보니, 걱정하고 삼가라는 뜻이 역시

---

170 소성(紹聖) : 1094~1097. 송나라 철종(哲宗)의 연호이다.

171 동파(東坡) : 소식(蘇軾, 1037~1101)으로, 자는 자첨(子瞻), 호는 동파(東坡)이다. 구법당의 한 명으로 말년에 왕안석이 이끄는 신법당이 득세하면서 해남의 경주(瓊州)로 폄직되어 갔다. 신법당을 지지했던 철종이 죽고 복권되었으나, 귀양길에서 돌아오는 도중 66세를 일기로 사망했다.

172 영빈(穎濱) : 소철(蘇轍, 1039~1112)로, 자는 자유(子由), 호는 영빈(穎濱)이다. 형 소식과 함께 과거에 급제하여 정계에 진출하였고, 함께 당송팔대가로 꼽힌다. 신법당에 의해 뇌주(雷州)로 귀양되었다가 풀려난 후 영창(穎昌)에 은거했다.

173 문호주(文湖州) : 문동(文同, 1018~1079)으로, 자는 여가(與可), 호는 소소거사(笑笑居士), 소소선생(笑笑先生), 석실선생(石室先生) 등이다. 1078년 호주에 부임하게 되어 문호주라 불렸으나 임지에 도착하기 전에 죽었다. 소식 형제의 고종사촌 형으로, 시문과 서화에 이름이 났다.

174 서호가……마라 : 소식이 시사에 관해 자주 말하는 것을 문동(文同)이 경계하였으나 소식이 끝내 듣지 않다가 항주 통판(杭州通判)으로 나가게 되었다. 이때 전송하면서 준 시에 "북쪽 손님 오거든 일을 묻지 말며 서호가 좋더라도 시를 읊지 마라.〔北客若

지극하다. 그러나 두 공이 배소(配所)에 있을 때 편지가 계속되었는데,
경계 때문에 시를 그만둔 것은 보지 못했다. 나라를 그리워하고 집안을
생각하고 환난을 걱정하고 이별을 슬퍼하는 마음은 시가 아니면 나타
낼 방법이 없기 때문이다.

정 무정(鄭茂亭) 승선(承宣)[175]과 그 아우 규원(葵園) 세마(洗馬)[176]
는 모두 문단에 이름이 높아 세상 사람들의 추앙을 받은 것이 소씨
형제와 서로 비슷하고, 형제가 모두 조정에서 편안치 못해 동시에 떨어
져 유배당한 것 역시 비슷하다. 양쪽 섬이 서로 마주한 채 큰 바다로
막혀있어, 배편이 있을 때마다 시를 화답하였다. 동파 시에 "경주(瓊
州)와 뇌주(雷州) 비록 운해(雲海)에 막혔어도, 멀리 서로 바라보라
성은을 내리셨네."[177]라고 하였으니, 그 사정 또한 어찌 그리 비슷한가?

來休問事 西湖雖好莫吟詩]"라는 구절이 있었는데 사람들이 지언(知言)으로 여겼다는
얘기가 《석림시화(石林詩話)》에 나온다.

175 정 무정(鄭茂亭) 승선(承宣) : 정만조(鄭萬朝, 1858~1936)로, 본관은 동래(東
萊), 자는 대경(大卿), 호는 무정(茂亭)이다. 승선(承宣)은 그가 궁내무 참의관이었기
때문에 붙여진 직함이다. 1895년의 팔월역변(八月逆變)·시월무옥(十月誣獄)에 연루
되어 1896년 4월 진도(珍島)에 유배되었다가, 12년 만인 1907년 12월의 사면 때 풀려나
복관되었다.

176 규원(葵園) 세마(洗馬) : 정병조(鄭丙朝, 1863~1945)로, 본관은 동래, 자는 관
경(寬卿), 호는 규원(葵園)이다. 세마(洗馬)는 1894년부터 역임한 벼슬이다. 1895년
을미사변 후 국장위원(國葬委員)에 임명되었으나 일본인들의 명성황후 시해음모를 미
리 알고도 알리지 않았다는 죄로 종신유형에 처해졌다. 제주도에서 유배생활을 하던
중 일본의 세력이 강해지자 1907년 풀려나 이듬해 궁내부 예장원과 중추원에서 다시
관직생활을 시작하였다.

177 경주(瓊州)와……내리셨네 : 소식의 시 〈오적해남자유뇌주피명즉행료불상지지
오내문기상재등야단석당추급작차시시지(吾謫海南子由雷州被命卽行了不相知至梧乃

이에 그들이 주고받은 시편을 모아 기록하니 모두 수백 수였다. 이름을 '경뢰연벽집(瓊雷聯璧集)'이라고 한 것은 금도(金島 진도)와 제주(濟州)를 옛날의 경주(瓊州)와 뇌주(雷州)에 비유한 것이다. 아! 예로부터 쫓겨난 불우한 선비들은 명성 때문에 피해를 입는 경우가 많았고, 문장은 더욱 명성을 높이는 매개였다. 만약 소씨 형제가 일찌감치 명성을 피하고 문장을 그만두어 세상에 알려지지 않았더라면 경주와 뇌주에서 서로를 그리워하는 고통이 없이 늙어 머리가 흴 때까지 책상을 마주한 채 빗소리를 들을 수 있었을 것이다. 그렇게 했다면 후세 사람들 역시 소씨 형제의 존재를 알지 못했을 것이다. 두 가지 가운데 무엇을 택하겠는가?

聞其尙在藤也旦夕當追及作此詩示之)〉에 나오는 구절로, 본래는 "경주와 뇌주가 구름 낀 바다로 막혀있는 것 싫어하지 말라. 성은은 오히려 서로 멀리 바라보길 허락하셨네. 〔莫嫌瓊雷雲海阻 聖恩猶許遙相望〕"로 되어 있으나, 원문에는 '莫嫌'이 '縱道'로 되어 있다.

도헌 자형 80세 서문 경자년(1900, 광무4)

道軒姉兄八十歲序 庚子

앞서 경자년(1840, 헌종6), 자형인 도헌(道軒) 영공(令公)[178]께서 우리 집 사위가 되셨을 적에, 내 나이가 겨우 6세였다. 부모님께 다른 장성한 자제가 없었기 때문에 내게 명을 전하고 응대하는 역할을 맡기셨다. 그때 공은 약관의 나이에 재기가 발랄하였고 이미 성인(成人)의 덕(德)와 기예를 갖추고 있었으나 나는 여전히 품에 안긴 어린 아이를 면치 못하고 있었다. 그 후 60년간 두 집안은 성쇠를 거쳐 풍상을 겪으며 조락(凋落)하고 오직 우리 두 사람만이 여전히 살아남아 있다. 올해 다시 경자년(1900)을 맞이하여 옛날을 떠올리니 살아서 겪은 일이 아닌 듯 까마득하니, 비록 다시 명을 받는 일을 맡고자 한들 할 수 없게 되었다. 내년은 바로 공이 여든을 채우는 해이다. 사람이 팔십까지 장수하는 일은 백에 한둘 있을까 말까 하니, 이는 진실로 집안의 막대한 경사이다. 내가 비록 외진 섬에 발이 묶여 있어 설날 아침 술잔 들고 축하하는 잔치에 함께할 수 없지만 어찌 멀리서나마 축하하는 마음을 전하는 한 마디 말이 없을쏜가?

〈대아(大雅)〉의 〈기취편(旣醉篇)〉을 읽고 시인이 송축(頌祝) 잘하

---

178 도헌(道軒) 영공(令公) : 이대직(李大稙, 1822∼1915)으로, 본관은 한산(韓山), 초명은 석로(奭老), 자는 공우(公右), 호는 도헌, 만회당(萬悔堂)이다. 1883년 별시 문과에 급제하였고 벼슬이 대사간, 공조 참의, 호조 참의에 이르렀다. 정국이 혼란해지자 낙향해 시문을 즐기며 지냈다. 《운양집(雲養集)》 권12에 김윤식(金允植)이 쓴 묘갈명(墓碣銘)이 실려 있다.

는 것에 감탄한 적이 있는데, 지금 그 송축에 어울리는 사람을 구한다면 오직 공만이 해당될 것이다.

제1장에 "군자는 만년토록 당신의 큰 복을 크게 받으리라."[179]라고 하였으니, 군자인 후에야 장수와 천명을 누릴 수 있음을 말한 것이다. 제2장에 "군자는 만년토록 당신의 광명정대함을 크게 하리라."[180]라고 하였으니, 군자는 바르게 복을 구하여 광명정대한 아름다움을 이룰 수 있어, 요행히 복을 얻어도 드러나지 않아 일컬을 만한 것이 없는 소인과는 같지 않음을 말한 것이다. 제3장에 "광명정대함이 환히 빛나니 고명(高明)하여 끝마침을 잘 하리라."[181]라고 하였다. 광명정대함이 환히 빛나 고명(高明)함에 이르렀다는 것은 안팎으로 흠이 없고 우러러보거나 굽어보거나 부끄러움이 없음을 말한 것이니, 이와 같은 후에야 끝마침을 잘했다고 일컬을 수 있다. 만약 부끄러워할 만한 흠이 있다면 장수와 건강을 누린다 해도 영종(令終)이 되지 못한다. 이상의 3장이 말하는 것이 공께서 선을 닦아 복을 이룬 근원이 아니겠는가?

제4장에 "제사 돕는 빈객이 위의를 갖춰 돕는구나."[182]라고 하였다.

---

179 군자는……받으리라 : 《시경》〈기취(旣醉)〉1장에 "이미 술에 취하고 이미 덕에 배부르니 군자는 만년토록 당신의 큰 복을 크게 받으리라.〔旣醉以酒 旣飽以德 君子萬年 介爾景福〕"라고 한 구절에서 인용한 것이다.

180 군자는……하리라 : "이미 술에 취하고 이미 덕에 배부르니 군자는 만년토록 당신의 광명정대함을 크게 하리라.〔旣醉以酒 旣飽以德 君子萬年 介爾昭明〕"라고 한 구절에서 인용한 것이다.

181 광명정대함이……하리라 : 《시경》〈기취(旣醉)〉3장에 "광명정대함이 환히 빛나니 고명(高明)하여 마침을 잘 하리라. 마침을 잘하는 데 시작이 있으니, 제사의 시동(尸童)이 좋은 말을 고하도다.〔昭明有融 高朗令終 令終有俶 公尸嘉告〕"라고 한 구절에서 인용한 것이다.

이는 제사 돕는 빈객을 가지고 말한 것이지만 옛사람은 빈객과 좨주의 위의(威儀)에서 화복을 살폈던 것이니, 《시경》에 "교제가 오만하지 않으니 만복이 찾아오도다."[183]라고 한 것이 이것이다. 공은 몸가짐이 엄숙하였고 사람을 온화하게 대하였으며 사납고 비루한 기색을 말투와 안색에서 멀리하였다. 이것이 공께서 위의를 닦아 복이 공을 찾아온 까닭이다.

그 5장에 "위의가 매우 때에 맞으니 군자가 효자를 두었도다. 효자가 끊이지 않으리니 영원히 네게 복을 주리라."[184]라고 하였다. 공의 조상 대대로 유술(儒術)의 감화를 받아 저서가 책꽂이에 가득하였다. 공의 선대인인 계서선생(溪墅先生)[185]께서는 넓은 견문과 깊은 학식을 지니고 은거하여 도의를 행하였기 때문에 호서지방 인사들의 추종을 받으셨다. 공은 가학을 잘 이어 천작[186]을 닦는 데 힘썼고 충심으로 봉양하

---

182 제사……돕는구나 : 《시경》〈기취(旣醉)〉 4장에 "무엇을 고하는가? '제기가 정갈한 데다 제사 돕는 빈객이 위의로써 돕는구나.〔其告維何 籩豆靜嘉 朋友攸攝 攝以威儀〕"라고 한 구절에서 인용한 것이다.

183 교제가……찾아오도다 : 《시경》〈상호(桑扈)〉에 "뿔잔이 굽어있으니 맛있는 술이 부드럽도다. 교제가 오만하지 않으니 만복이 찾아오도다.〔兕觥其觩 旨酒思柔 彼交匪傲 萬福來求〕"라고 한 구절에서 인용한 것이다.

184 위의가……주리라 : 《시경》〈기취(旣醉)〉 5장 전문인 "위의가 매우 때에 맞으니 군자가 효자를 두었도다. 효자가 끊이지 않으리니 영원히 네게 좋은 것을 주리라.〔威儀 孔時 君子有孝子 孝子不匱 永錫爾類〕"를 인용한 것이다.

185 계서선생(溪墅先生) : 이형부(李馨溥, 1791~?)로, 본관은 한산(韓山), 자는 덕오(德吾), 호는 계서선생(溪墅先生)이다. 이대직(李大稙)의 아버지로 생애는 미상이다.

186 천작(天爵) : 도덕수양을 가리킨다. 《맹자》〈고자 상(告子上)〉에 "인의, 충신과 선을 즐거워하여 게으르지 않은 것, 이것이 하늘이 준 작위이다.〔仁義忠信 樂善不倦 此天爵也〕"라고 하였다.

고 화해를 갖추어[187] 영광이 황천에 계신 부모님까지 미쳤으니 군자
가운데 효자가 아니겠는가? 공에게 다섯 아들이 있는데 공의 가르침을
받들어 모두 효성과 우애로 행실을 닦아 향리에서 칭찬을 받았으니,
효자 가운데 "영원히 복을 내려준[永錫爾類]" 경우가 아니겠는가?

　6장과 7장은 그 교화가 집안 깊이 행해지고 경사가 넘치고 복이 자손
에게 미침을 말하였고,[188] 8장은 "그 따름은 무엇인가? 네게 훌륭한
여인을 줌이라."[189]라고 하였다.

　예전에 우리 누님은 여자 중에 어진 사대부라서, 말과 행실이 모두
동관[190]의 빛나는 모범이 될 만했다. 며느리들도 따라서 교화되어 규방
이 엄숙하고 화목하여 남에게 비방을 듣는 일이 없었고 아들 손자가
당에 가득한데, 모두 기린의 뿔과 봉황의 깃털처럼 드문 재주를 지녔다.
이것이 어찌 "네게 훌륭한 여인을 주고 자손을 따르게 하리라."[191]가 아니

187　화해(華陔)를 갖추어 : 효성이 지극했음을 가리킨다. 화해는 《시경》의 일시(逸
詩)인 〈백화(白華)〉와 〈남해(南陔)〉를 병칭한 말로, 〈모시서(毛詩序)〉에 "〈남해〉는
효자가 부모를 봉양할 일로써 서로 경계하는 노래이다.〔南陔 孝子相戒以養也〕"라고
하였고, "〈백화〉는 효자의 결백함이다.〔白華 孝子之潔白也〕"라고 하였다.

188　6장과……말하였고 : 《시경》〈기취(旣醉)〉의 7장에 "그 좋은 것이 무엇인가? 집
안이 엄숙함이라. 군자가 만년토록 영원히 복과 자손을 주리라.〔其類維何 室家之壼 君子
萬年 永錫祚胤〕"라고 하였고, 8장에 "그 자손은 무엇인가? 하늘이 네게 복을 입혀 군자가
만년토록 큰 명이 따르리라.〔其胤維何 天被爾祿 君子萬年 景命有僕〕"라고 하였다.

189　그 따름은……줌이라 : 《시경》〈기취(旣醉)〉의 8장에 "그 따름은 무엇인가? 네
게 훌륭한 여인〔女士〕을 줌이라. 네게 훌륭한 여인을 주고 자손을 따르게 하리라.〔其僕
維何 釐爾女士 釐爾女士 從以孫子〕"라고 한 구절에서 인용한 것이다.

190　동관(彤管) : 대롱에 붉은 칠을 한 붓으로, 고대 여사(女史)가 기록할 때 쓰던
붓이다. 고대에는 후비에게 반드시 여사가 따라서 그 행실을 기록하였고, 허물이 있는
데도 기록하지 않으면 사형에 처해졌다고 한다. 《詩經 毛傳》

겠는가?

〈기취〉한 편이 바로 송축의 말이고 기원의 말이지만, 지금 공이 이를 갖추었으니 하늘이 공만을 특별히 후대한 것이 아니라 공이 수양을 통해서 성취한 것이다.

공은 만년이 되어서야 벼슬길에 들어갔으나, 출세할 길을 찾지 않고 스스로를 굳건히 지켜 발자취가 권문세가에 닿지 않았다. 그러므로 지위가 3품에 이르고서도 조정에 있던 날이 얼마 되지 않았다. 비록 이름은 조정 명부에 올라있으나 몸은 세상 밖으로 초월하여 일체의 세상일과 집안일을 마음에 두지 않았다. 그러므로 올해 팔순이 되었으나 시력과 청력이 쇠하지 않았고 정신과 기운이 맑고 왕성하다. 다만 아침저녁으로 자제들의 혼정신성(昏定晨省)에 고개를 끄덕여 답하는 것 빼고는, 누워서 어린 손자가 노는 것을 보는데 장기를 두거나 바둑 두어 아이들의 뜻을 살피는 것을 즐길 거리로 삼는다. 이를 통해 보양하고 수명을 이어가면 교송(喬松)[192]의 수명보다 못하지 않을 것이다. 내가 다행히 살아남아 습한 기운 낀 바다를 건너 훗날 금강 북쪽에서 공을 좇아 유하주(流霞酒) 따른 술잔을 받들고 〈기취〉의 시편을 외운다면 공은 반드시 기쁘게 듣고서 "말을 할 때 사실에 근거해야지."[193]라고 할 것이다.

---

191 네게……하리라 : 《시경》〈기취(旣醉)〉의 8장의 나머지 2구를 인용한 것이다.

192 교송(喬松) : 왕자교(王子喬)와 적송자(赤松子)의 병칭이다. 전설 속에 나오는 선인으로, 둘 다 불로장생한 것으로 유명하다.

193 말을……근거해야지 : 《주역》〈가인괘(家人掛)〉에 "군자가 보고서 말을 할 때 사실에 근거해서 하고 행동할 때는 일정한 법칙에 따라야 한다.〔君子以 言有物而行有恒〕"라고 한 구절에서 인용한 말이다.

《연암집》서문 임인년(1902, 광무6)

燕巖集序 壬寅

이하는 둔곡(芚谷)에 있을 때 지은 것이다.

하늘이 개물성무(開物成務)[194]의 운을 열려고 할 적에는 반드시 몇 세대 전 뛰어난 사람을 나게 하여 단서를 열어주고 효과는 몇 세대 후에야 나타나게 한다. 옛날 유럽의 정치사상가 몽씨(蒙氏),[195] 노씨(盧氏)[196]의 설은 당시 사람들이 모두 돌아보지 않았지만, 지금은 온 세계가 숭상하는 책이 되어 금석처럼 떠받들어, 논자들이 세계 정치 변화를 일으킨 가장 중요한 요소였다고 평한다. 그러므로 유용한 책은 밭에 보리를 심는 것처럼 사계절을 겪어야 마침내 익어 백성을 구제하지만, 실제가 없는 말은 화초나 풀잎이 땅에 떨어지면 곧 돋아나는 것처럼 잠시 사람들의 입과 눈을 즐겁게 할 뿐이다.

　연암(燕巖)[197] 선생은 166년 전에 나셨다. 당시 우리나라는 조야(朝

194　개물성무(開物成務) : 만물의 도리를 잘 소통시켜 천하의 일을 완수함을 가리킨다. 《주역》〈계사전 상(繫辭傳上)〉에 "역이란 사물에 관해 열어주어 일을 이룰 수 있도록 하는 것이다. 하늘의 도를 포괄하고 있으니 이와 같은 것일 뿐이다.〔夫易 開物成務 冒天下之道 如斯而已者也〕"라고 한 데서 인용한 말이다.

195　몽씨(蒙氏) : 몽테스키외〔蒙德斯鳩 ; Charles-Louis de Secondat, Baron de La Brède et de Montesquieu, 1689~1755〕를 가리킨다. 계몽주의 시대 프랑스 정치사상가로, 자유주의 입장에서 권력분립에 의한 법치주의를 주장했다.

196　노씨(盧氏) : 루소〔盧梭 ; Jean-Jacques Rousseau, 1712~1778〕를 가리킨다. 18세기 프랑스의 사상가로, 그의 자유민권 사상은 프랑스 혁명 지도자들의 사상적 지주가 되었다.

野)에 별일이 없었고 문호를 닫고 스스로만 옳다고 여겨 나라 밖의 일을 알지 못했다. 우리나라만 그러한 것이 아니라 동양 세계가 모두 같은 꿈속에 있었다. 동양 세계만 그러했던 것이 아니라 서양 제국 역시 다 개방되지 않은 때였다. 선생은 극동(極東)의 후미진 나라의 어둡고 혼돈스러운 때에 태어나 시국이 앞으로 변하리라는 것을 홀로 살피고 미약한 국가의 형세를 가슴아파 하셨다. 그러나 몸이 포위(布 韋)[198]에 있어 말이 존중 받지 못하고 겨우 구구한 필묵을 빌어 흉중에 쌓인 생각을 풀었는데, 장난치며 웃거나 화내어 꾸짖는 따위의 사소한 언동(言動)에도 차례가 있고 조리가 있어서 모두 자연스러운 문장을 이루었다. 이에 세상에 애독하는 자가 매우 많아, 아는 자는 경세제민 (經世濟民)의 문장이라 생각했고 모르는 자는 유희(遊戱)의 문장이라 생각했다. 그러나 선생이 고심하고 세상을 경계한 뜻은 끝내 세상에 드러내지 못했다. 그 당시 세속의 기호에 구애되어 감히 다 말하지 못하고 때때로 단서만을 드러냈을 뿐이었다.

지금 문집에 나오는 문장을 한 번 살펴보면 오늘날 가장 중요시 되는 시무(時務)의 학문들과 의논하지 않아도 저절로 합치하는 것들이다. 대략 그 대개를 들어 증명하겠다.

---

197 연암(燕巖) : 박지원(朴趾源, 1737~1805)으로, 본관은 반남(潘南), 자는 중미 (仲美), 호는 연암(燕巖)이다. 《열하일기》, 《연암집》, 《허생전》 등을 쓴 조선 후기 실학자로서 이용후생의 실학을 강조하였으며, 기발한 문체를 구사한 《열하일기》는 정 조(正祖)가 순정하지 못한 문체의 대표로 지적하여, 박지원이 속죄문을 써서 올리기까 지 하였다.

198 포위(布韋) : 포의위대(布衣韋帶)의 준말이다. 베옷을 입고 가죽 띠를 두른 것을 말한다. 고대 벼슬을 하지 않거나 재야에 은거한 선비의 초라한 옷차림을 가리킨다.

〈애오려기(愛吾廬記)〉[199]에 "사람과 사물이 생겨날 때 처음에는 구별이 없었으니, 남이나 나나 모두 사물이었다. 하루아침에 자기를 가지고 남과 대치시켜 '나'라고 부르며 다르게 여기니 이에 사심(私心)을 이기지 못하고, 내 몸에서 떨어져 있는 것은 모른 척하여 간섭하지 않는다."라고 하였다. 이것은 오늘날 평등겸애(平等兼愛)의 논리이다.

〈회우록서(會友錄序)〉[200]에 "우리나라에는 백 리 되는 읍이나 천 호(戶)가 모인 취락이 없으나 의론가가 넷이요,[201] 명분가가 넷이다.[202] 혐의(嫌疑)를 꺼리고 신분에 따른 위의에 구애되어, 서로 소문을 들어도 알고 지내지 않고 서로 교류하면서도 감히 벗으로 사귀지는 않는다. 진(秦)과 월(越), 중화와 오랑캐가 지붕과 담장을 나란히 잇대고 사는 것이나 마찬가지이니, 어찌 그리 편협한가?"라고 하였다. 이것이 오늘날 군학(群學 사회학)의 취지이다.

〈논원도서(論原道書)〉[203]에 "도란 사람에 인(仁)을 합하여 말한 것이다.[204] 임생(任生 임형오(任亨五))의 글에 답하기를 「성(性)」은 「심

---

199 애오려기(愛吾廬記) :《연암집(燕巖集)》제7권 별집에 실려 있는 〈애오려기(愛吾廬記)〉를 가리킨다.

200 회우록서(會友錄序) :《연암집(燕巖集)》제1권에 실려 있다.

201 의론가가 넷이요 : 노론(老論), 소론(少論), 남인(南人), 북인(北人)의 사색당파를 가리킨다.

202 명분가가 넷이다 : 사당인(四黨人), 비사당인(非四黨人), 중인(中人), 서족(庶族)의 네 부류를 가리킨다.

203 논원도서(論原道書) :《연암집(燕巖集)》제2권에 실린 〈답임형오논원도서(答任亨五論原道書)〉를 가리킨다.

204 도(道)란……것이다 :《맹자》〈진심 하(盡心下)〉에 "인(仁)이란 것은 사람이니, 인과 사람을 합쳐서 말하면 도이다.〔仁也者 人也 合而言之 道也〕"라고 한 말에서 원용

(心)」자와 「생(生)」자의 뜻을 따르니, 심(心)에 갖추어져 있는 것이자 생(生)과 같은 족속이다. 기(氣)가 없으면 명(命)이 끊어지는데 성이 어찌 생을 따를 것인가? 생이 아니면 성이 없어지는데 선(善)이 어디에 붙겠는가? 만일 천명의 본연을 탐구하면 어찌 유독 성만이 선하리요? 기(氣) 역시 선이다. 만물은 생을 누리니 선하지 않은 것이 없다.'라고 하였다."라고 했다. 이것은 오늘날 철학(哲學)의 취지이다.

〈명론(名論)〉[205]에 "천하라는 것은 텅 비어있는 큰 그릇이다. 어떻게 줄 것인가? '명예'이다. 어떻게 명예를 유도할 것인가? '욕심'이다. 어떻게 욕심을 양성할 것인가? '부끄러움(恥)'이다. 만일 천하 사람들이 냉담하여 명예 좋아하는 마음이 없다면 선왕께서 백성을 이끌고 세상을 다스리던 도구와 충효인의(忠孝仁義)의 행실이 모두 사라져 텅 빈 그릇이 될 것이니 앞으로 어디에 기탁해 스스로 행하겠는가?"라고 하였다. 이것은 오늘날 명예의 설이다.

〈농설(農說)〉[206]에 "사민(四民 사(士)·농(農)·공(工)·상(商)의 백성)의 생업은 모두 사(士)를 통해 이루어진다. 후세 농·공·상이 생업을 잃게 된 것은 바로 사에게 실학(實學)이 없는 탓이다."라고 하였고, 〈북학의서(北學議序)〉[207]에 "우리나라의 사(士)는 나고 늙고 병들고 죽을 때까지 국경 안을 떠나지 않는다. 예는 차라리 질박한 것이 낫다

한 것이다.

205 명론(名論): 《연암집(燕巖集)》제3권에 실려 있다.

206 농설(農說): 《연암집(燕巖集)》제16권 별집에 실린 〈제가총론(諸家總論)〉에 나오는 내용이다.

207 북학의서(北學議序): 《연암집(燕巖集)》제7권 별집에 실려 있다.

고 생각하고 누추한 것을 검소하다고 여긴다. 이른바 사민(四民)이라는 것도 겨우 명목이 남아 있고 이용후생(利用厚生)의 도구는 날이 갈수록 빈약해진다. 이는 다름 아니라 배우고 물을 줄 몰라 생기는 폐단이다."라고 하였다. 이는 오늘날 농학(農學)·공학(工學)·상학(商學)의 의의이다.

앞서 유럽인 각룡씨(角龍氏)[208]가 처음 지구가 둥글다고 말하였으나 동양인은 들어도 믿지 않았다. 가백니(哥白尼)[209]가 지동설을 주장했으나 동양에서는 미처 듣지 못한 것이었다. 지구가 돈다는 설은 선생이 실로 창도한 것이다. 그 말에 "서양인은 이미 지구가 둥글다고 인정하였으나 유독 지구가 돈다고는 말하지 않으니, 이는 둥근 것은 반드시 돈다는 것을 모르기 때문이다. 만약 지구가 움직이지도, 돌지도 않은 채 뚝 떨어져 허공에 걸려 있다면 바로 물이 썩고 땅이 죽어 즉시 썩어 문드러져 무너져 내리는 것을 볼 게 될 것인데, 어찌 오랫동안 멈추어 서 있을 수 있겠는가? 지금 이 지구는 면마다 하늘이 열려 있고 종(種)마다 발을 붙이고 있으니, 하늘을 이고 땅을 밟고 있는 것이 나와 다름이 없다."[210]라고 하였다. 또 "달세계는 분명히 이 땅과 비슷할 것이다."

---

208 각룡씨(角龍氏) : 갈릴레오[Galileo Galilei, 1564~1642]를 가리킨다. 지동설을 확립하려고 쓴 저서 《프톨레마이오스와 코페르니쿠스의 2대 세계체계에 관한 대화》는 교황청에 의해 금서로 지정되었으며 이단행위로 재판 받았다. 1983년 10월31일 교황청은 지동설을 주장한 갈릴레이를 350년 만에 복권하면서 지구가 둥글다는 것을 공식적으로 선언했다.

209 가백니(哥白尼) : 코페르니쿠스[Nicolaus Copernicus, 1473~1543]를 가리킨다. 폴란드의 천문학자이며 지동설을 착안하고 저서 《천체의 회전에 관하여》를 통해 이를 주장하였다.

라고 하였고, 또 "지구는 우주에 있어 하나의 작은 별에 해당한다."라고
하였고, 또 "지구는 분명히 빛이 있어 달에 가득히 퍼져 비칠 것이다."
라고 하였다. 지금 보면 서양의 인사들이 한 말과 하나하나 부합한다.
이것이 오늘날 격물치지(格物致知)의 공부인 것이다.

〈홍범우익서(洪範羽翼序)〉[211]에 "우리나라는 산이 많고 들은 적어
금・은・구리・철이 잘 난다. 만약 채광(採鑛)할 방법과 제련(製鍊)
할 기술이 있다면 천하의 갑부가 될 것이다."라고 하였다. 당시는 광산
이 뭐하는 곳인지 알지 못하던 때니 광업(鑛業)이 나라를 부강하게
하는 데 이롭다고 논한 것은 선생이 처음이다. 이것은 오늘날의 광물학
(鑛物學)이다. 수레 제도에 대해 논한 것[212]에서는 우리나라의 험난한
운송로와 적체된 재화가 민생 산업의 빈곤을 가져왔으니 수레 제도가
시행되지 않은 데서 폐단이 생겨났다고 통렬히 진술하였다. 이는 오늘
날의 철도(鐵道)에 관한 논의이다.

그가 화폐를 논한 것[213]에 "은(銀)이라는 것은 재화(財貨)와 부세(賦
稅)에 사용되는 중요한 화폐이자 온 천하가 보배로 여기는 것입니다.
예전에 민간에서 동전을 좋아하고 은에는 익숙하지 않아 마침내 물건
취급하고 화폐로 치지 않았습니다. 하정(賀正), 동지(冬至), 재력(賷

---

210 서양인은……없다 : 《연암집(燕巖集)》 제14권 〈곡정필담(鵠汀筆談)〉에 나오는
내용이다.

211 홍범우익서(洪範羽翼序) : 《연암집(燕巖集)》 제1권에 실려 있다.

212 수레……것 : 《연암집(燕巖集)》 제12권에 실린 《일신수필(馹迅隨筆)》에 나오는
내용이다.

213 그가……것 : 《연암집(燕巖集)》 제2권에 실린 〈하금우상리소서(賀金右相履素
書)〉에 나오는 내용이다.

曆), 재자(賣咨) 등의 사신 행차[214]에 지니고 가는 포은(包銀)[215]이 십만 냥 이상이건만 사오는 것이 털모자뿐이었습니다. 천 년을 지나도 망가지지 않을 물건을 삼동(三冬)이면 해져 버릴 물건과 바꾸고, 광산에서 채굴하면 다 없어질 재화를 실어다가 한 번 보내면 돌아오지 않을 땅으로 실어가니, 천하에 이보다 더 졸렬한 계책이 없습니다."라고 하였다. 이는 오늘날의 원화(原貨 본위화폐)를 말한 것이다.

〈북학의서〉에서 "학문의 도는 다른 것이 없다. 모르는 것이 있으면 길 가는 사람을 잡고 물어도 좋다. 남만 못한 것을 부끄러워하면서 자기보다 나은 사람에게 묻지 않으면 스스로 평생 고루하고 내세울 만한 것이 없는 지경에 갇히게 된다. 만일 방법을 좋고 제도가 훌륭하면 본디 이적(夷狄)에게라도 가서 배우는 법이니 더욱이 중국이겠는가?"라고 하였다. 이때는 중국하고만 교통하였기 때문에 이렇게 말한 것이니, 만약 오늘날이었다면 어딘들 가서 배우지 않았겠는가? 이는 오늘날의 유학(遊學)에 관한 일이다.

이 열 가지 조항에서 말한 모든 것이 서양인이 전력을 다해 연구하고 깊이 생각하여 열국(列國)을 분주히 다니면서 경험으로 실증해서 백 년이나 이백 년 지나서 겨우 한두 가지 얻는 것이다. 선생은 조용히

---

214 하정(賀正)······행차 : 하정(賀正)은 1월 초하룻날 새해를 축하하러 중국으로 가는 사행이고, 동지(冬至)는 동짓날을 축하하러 가는 사행이며, 재력(賣曆)은 중국으로부터 역서(曆書)를 받아 오는 것이고, 재자(賣咨)는 중국과의 외교문서인 자문(咨文)을 가지고 왕래하는 것을 이른다.

215 포은(包銀) : 사행(使行)의 여비 조달을 위해 인삼 열 근씩을 담은 꾸러미 여덟 개, 즉 팔포(八包)를 가져가도록 하다가 인삼 대신 그 값에 상당하는 은(銀)을 가져가도록 했는데, 이를 포은이라 한다.

앉아서 터득하였고 담소하는 사이 논평하였고 문장을 통해 드러내셨다. 근세 시무(時務)를 논하는 자들이 즐겨 말하는 것이 그 가운데 없는 게 없다. 소위 준걸(俊傑)이라는 것은 당세에 힘써야 할 일을 아는 것을 말한다. 지금 선생은 우주의 변화를 꿰뚫어 보시고, 그 말씀이 당세에 쓰이지 않을 것을 아셨으나 백 년 후까지 남겨두어 사람의 지혜를 개발하고 원대한 효과를 거두게 되었으니 세상에 드문 영웅이요, 동양의 선각자라고 이르지 않으랴.

어떤 이는 말한다.

"선생이 사시던 때에는 서양 문자를 볼 수 없었는데 말씀이 어찌 서양인의 학리(學理)·정술(政術)과 일일이 부합하는가?"

"서양의 훌륭한 법이 육경(六經)과 암암리에 합치하지 않은 적이 없었다. 선생께서는 유자(儒者)시니, 경술과 문장이 모두 육경에서 나왔다. 말씀이 부합하는 것이 어찌 이상하겠는가? 다만 공허한 이치에 빠져서 실제의 일을 탐구하지 않는 세속 유자들이 걱정스러울 뿐이다. 사대부가 경세제민(經世濟民)에 마음을 두지 않기 때문에 국세는 날로 미약해지고 민생은 고달파지고 서양인들이 육경이 쓸데없는 책이라 의심하게 만드는 지경에 이르렀으니, 탄식하지 않을 수 있으랴. 어찌 선생의 이 문집을 읽지 않겠는가? 오늘날 이 지경에 이른 이유가 육경 탓이 아니라는 것을 알 수 있을 것이다."

《법정학계월보》 서문

法政學界月報序

옛말에 "하늘이 만백성을 내고 각기 그 직(職)을 주었다."[216]라고 하였다. 직(職)에는 직분(職分)을 의미하는 직이 있고 직업(職業)을 의미하는 직이 있는데, 통틀어 말하면 백성의 의무(義務)이다. 어찌 의무라 하는가? 사람이 마땅히 행해야 하는 일이기 때문이다. 사람이나면 의식(衣食) 없이 살 수 없고, 자라서는 남과 교제하지 않을 수없다. 법률(法律)이란 몸을 보호하는 것이고 경제(經濟)란 몸을 부양하는 것이다. 부양할 줄만 알고 보호할 줄 모르면 덫에 걸리거나 함정에 빠져도 피할 줄 모르고, 보호할 줄만 알고 부양할 줄 모르면 부모는 헐벗고 굶주리고 형제와 처자는 뿔뿔이 흩어질 것이다.[217] 그러므로 두 가지 중 하나라도 그만둘 수 없다. 만일 법률을 밝게 안다면 허용된 한계 내에서 활발하게 활동한다. 스스로 반성해서 곧으면 천명 만 명이 있더라도 내가 가서 대적할 수 있는[218] 기개가 있기 때문

---

216 하늘이……주었다 : 《장자(莊子)》〈천지(天地)〉에 "하늘이 만백성을 내시고 반드시 그 직을 주었다.〔天生萬民 必授之職〕"라고 한 구절에서 인용한 말이다. 원문에는 '必'이 '咎'으로 되어 있다.

217 부모는……것이다 : 《맹자》〈양혜왕 상(梁惠王上)〉에 "저들이 백성의 농사철을 빼앗아 농사 지어 부모를 봉양하지 못하게 하면, 부모는 헐벗고 굶주리고 형제와 처자는 뿔뿔이 흩어질 것이다.〔彼奪其民時 使不得耕耨以養其父母 父母凍餓 兄弟妻子離散〕"라고 한 맹자의 말에서 인용한 것이다.

218 스스로……있는 : 《맹자》〈공손추 상(公孫丑上)〉에 "스스로 반성하여 곧으면 비

이다. 만일 경제를 부지런히 닦는다면 몸은 건강하고 집안은 다스려져 집집마다 봉지(封地)를 내릴 만큼 덕행이 뛰어날 것이다. 의존하려는 생각을 끊고 자선(慈善)의 마음을 불러일으키면 애국하는 정성은 자연히 생겨날 것이니, 백성을 몰아서 선(善)으로 나아가게 한 후에 따르게 할[219] 필요가 없다.

옛날 성현이 치도(治道)를 설명하여 수천 수만 말씀을 하셨으나 요체는 여기에서 벗어나지 않는다. 지금 구미 제국이 부강한 산업을 이루고 문명의 정치를 이룬 까닭은 그들의 법이 여기에서 벗어나지 않았기 때문이다. 세상에는 학교가 수풀처럼 빽빽하고 교과목이 수천 종류이고 주의주장이 수만 가지지만 그 취지 역시 여기에서 벗어나지 않는다. 우리나라 사람은 방만함과 게으름이 습성이 되었고 의무에 어둡다. 법률은 경시해서 신상(申商)의 말류[220]라고 여기고, 경제는 달갑게 여기지 않아 번지(樊遲)의 낮은 소견[221]이라 여긴다. 지위가 높은 자는

록 수천 수만 명이라도 나는 가서 대적할 것이다.〔自反而縮 雖千萬人 吾往矣〕"라고 한 구절에서 인용한 말이다.

219 백성을······할 : 《맹자》〈양혜왕 상(梁惠王上)〉에 "그러므로 현명한 군주는 백성의 산업을 제정해주니······그런 후에 백성을 몰아서 선으로 나아가게 한다. 그러므로 백성이 따르기가 쉽다.〔是故明君制民之産······然後驅而之善 故民之從之也輕〕"라고 한 구절에서 인용한 말이다.

220 신상(申商)의 말류 : 한비자(韓非子)의 학설에 근거한 형명법술(刑名法術)을 가리킨다. 신상(申商)은 신불해(申不害)와 상앙(商鞅)의 병칭으로, 신불해(申不害)는 전국 시대(戰國時代) 한(韓)의 재상으로서 형명에 근거해 15년간 태평하게 다스렸고 상앙(商鞅)은 전국 시대 진(秦)의 재상으로서 20년간 엄격한 법치주의 정치를 행하였다.

221 번지(樊遲)의 낮은 소견 : 생계에 급급한 생각을 가리킨다. 번지(樊遲)가 스승인

앉아서 성명(性命)을 논하고 지혜를 가장하여 우매한 자를 놀라게 한다. 지위가 낮은 자는 청탁하여 생계를 꾸리면서 처첩에게 교만하게 군다. 전 세계가 경쟁하는 이런 때를 맞아 한가하게 날을 보내며 흰머리가 되도록 이룬 것 없이 나라를 그르치고 몸을 그르치는 지경에 이르렀으면서도 몽매하여 깨닫지 못하니 어찌 슬프지 않으랴.

보성학교의 주무(主務)를 담당하는 교원들이 이를 근심하여 법률과와 경제과를 개설해 학생들을 가르쳤다. 또 제 학설을 수집하고 본뜻을 설명하여 매달 간행, 배포해 세상 사람들의 이목을 깨우치고, 제목을 '법정학계'라 하였다. 학계란 학문으로 세계를 정한 것이니, 마땅히 행해야 하는 의무가 다른 데 있는 것이 아니라 자기의 몸을 보호하는 데 있다는 것을 사람들이 모두 다 알게 하려는 것이다. 자기 몸에서 말미암아 집안에 미치고 집안에서 말미암아 나라에 미치니, 그 도는 지극히 간요(簡要)하지만 쓰임은 매우 크다. 아랫사람은 윗사람을 헐뜯지 않고 윗사람은 아랫사람을 능멸하지 않고, 각기 그 분수를 지켜 손을 잡고 함께 자유의 땅으로 돌아가면 나의 의무는 다한다. 배움의 범위 외에 생각이 있어서 함부로 붓을 놀려 시정(時政)을 논평하고 인물의 선악을 따져 남의 눈에 영합하려는 것은 본 월보(月報)의 의무가 아니다.

공자(孔子)에게 농사일과 밭일을 가르쳐 달라고 청하자, 공자가 농부보다 못하다고 거절하고 그가 나간 후 "소인이구나, 번수여![小人哉 樊須也]"라고 탄식하였다. 《論語子路》

《성산아회집》 서문
城山雅會集序

옛날에 계자(季子)는 열국의 풍속을 관찰하여 이르는 곳마다 반드시 현명한 공경대부(公卿大夫)와 사귀었다.[222] 조맹(趙孟)은 정나라를 방문해 연회에서 대부들과 시를 읊어 뜻을 말하고 술을 마시며 즐겼는데, 나오면서 다른 이에 말하기를 "내게 다시는 이런 일이 없으리라."라고 하였으니,[223] 매우 즐거웠다고 말한 것이다. 자여(子輿 맹자의 자)씨는 "벗함은 그 덕을 벗하는 것이지 기대는 것이 있어서는 안 된다."[224]라고 하였다. 같은 나라에 살면 벗을 취하는 데 기대는 것이 없을 수 없으니, 맹헌자(孟獻子)가 자기 집안의 세력을 의식하지 않고 그 벗들도 맹헌자의 집안 세력을 의식하지 않았던 것[225]과 같은 경

---

222 계자(季子)는……사귀었다 : 계자는 춘추(春秋) 때 오(吳)의 공자인 계찰(季札)을 가리킨다. 계찰은 외교에 뛰어나 사신으로서 노(魯), 제(齊), 정(鄭), 위(衛), 진(晉) 등의 여러 나라를 방문하였는데 안영(晏嬰), 자산(子產) 등 열국의 현인들과 교유하였고 풍속을 살펴 그 나라의 장래를 정확히 맞추었다. 《史記 吳太伯世家》

223 조맹(趙孟)은……하였으니 : 춘추 시대 진(晉)의 경(卿)이었던 조맹(趙孟)이 정(鄭)나라를 방문했을 때 숙손표(叔孫豹), 조나라 대부(曹大夫), 자피(子皮) 등과 《시경》의 시를 읊음으로써 각자의 뜻을 전달했던 일을 가리킨다. 《春秋左氏傳 昭公元年》

224 벗함은……안 된다 : 《맹자》〈만장 하(萬章下)〉에 "나이가 많음을 기대지 않고 높은 신분을 기대지 않고 형제를 기대지 않고 벗하는 것이니 벗이라는 것은 그 덕을 벗하는 것이지 기대는 것이 있어서는 안 된다.〔不挾長 不挾貴 不挾兄弟而友 友也者 友其德也 不可以有挾也〕"라고 한 맹자(孟子)의 말에서 인용한 것이다.

225 맹헌자(孟獻子)가……것 : 노(魯)의 대부 맹헌자(孟獻子)가 악정구(樂正裘) 등

우는 역시 드물다. 그러므로 하늘 끝 멀리 있는 지기(知己)보다 즐거운 것이 없는 것은 없으니 마음에 의식하여 기대는 것이 없기 때문이고, 시편에 정을 부치는 것보다 유쾌한 것이 없으니 올바른 성정(性情)에서 나오기 때문이다.

나는 젊을 적에는 상봉(桑蓬)의 뜻[226]이 있었으나 지금은 영락한 늙은이가 되어 감히 멀리 여행을 떠나지 못한다. 생각해 보니, 올 여름에는 칙서를 받들고 동쪽으로 바다를 건너갔다.[227] 사신의 일을 마치고나서 객관에 체류하고 있을 때 청평 자작(靑萍子爵)[228]이 나를 위해 성산원(城山園)에 술을 차려놓고 하삭음(河朔飮)[229]을 하였다. 당세의 나이

5인과 벗으로 지냈는데, 이에 대해 맹자가 "헌자가 이 다섯 사람과 벗할 때 헌자의 집안을 의식하지 않는 사람들이었으니, 이 다섯 사람 역시 헌자의 집안을 의식했다면 벗할 수 없었을 것이다.〔獻子之與此五人者友也 無獻子之家者也 此五人者亦有獻子之家 則不與之友矣〕"라고 설명하였다. 《孟子 萬章下》

226 상봉(桑蓬)의 뜻 : 천하에 원대한 일을 할 뜻을 말한다. 상봉(桑蓬)은 뽕나무로 만든 활〔桑弧〕과 쑥대로 만든 화살〔蓬矢〕로 고대에 사내아이가 태어나면 뽕나무 활에 쑥대 화살을 메워서 천지 사방에 쏨으로써 장차 천하에 원대한 일을 할 것을 기대하였다.

227 올……건너갔다 : 1908년 김윤식이 영친왕(英親王)의 여름방학 때 문후특사(問候特使)로 일본에 다녀온 일을 가리킨다.

228 청평 자작(靑萍子爵) : 스에마쓰 겐초(末松謙澄, 1855~1920)로, 호는 청평이다. 일본 메이지 · 다이쇼 시대의 정치가이다. 도쿄니치니치신문사 기자로 사설을 집필하였고, 외교관으로서 런던에 부임하여 캠브리지 대학에서 수학했다. 장인인 이토 히로부미(伊藤博文)에 힘입어 정부 요직에 진출하여 중의원 의원, 체신 대신, 내무 대신을 역임했다. 자작(子爵)을 수여받았다.

229 하삭음(河朔飮) : 무더운 여름철에 피서(避暑)한다는 명분으로 마련한 술자리를 말한다. 후한(後漢) 말에 유송(劉松)이 원소(袁紹)의 자제와 하삭(河朔)에서 삼복(三伏) 무렵에 술자리를 벌이고 밤낮으로 정신없이 마셔댄 고사에서 유래한다. 《初學記

가 많고 덕망 있는 유자와 선비, 뛰어난 예술가들을 초대하였고 화단(畵壇)에 명성이 자자한 여사(女士)들을 초청해 모두 참석하였는데, 귀밑머리털과 눈썹이 하얗고 의관이 고아하였다. 각기 명함을 주고받으니 모두 내가 평소 명성을 듣고 만나보고 싶었던 사람들이었다.

이 성산원이라는 곳은 우거진 수풀과 쭉쭉 뻗은 대나무, 맑은 샘과 흰 바위가 있어서 매우 난정(蘭亭)의 정취[230]가 있었다. 석상 위에 안석을 설치하고 소나무 그늘 아래서 술을 돌렸다. 마시기도 하고 노래하기도 하고 바둑을 두기도 하고 금(琴)을 타기도 하면서 떠들썩하게 웃고 얘기를 나누며 날이 저무는 줄도 몰랐다. 이윽고 또 종이를 자르고 먹을 갈아 마음대로 붓을 휘둘러 시와 그림을 어지럽게 주고받으니 죽순 묶어놓은 듯 빽빽하게 쌓였다.

나의 느린 발로는 천한(天閑 황제의 마굿간)의 말 같이 빠른 솜씨를 쫓아갈 수 없어서 원고를 챙겨 거처로 돌아와 유람하는 틈틈이 차례로 화운하고, 창수한 작품들을 편집해 '성산아회집서(城山雅會集序)'라고 이름을 짓고 천으로 싸서 상자에 보관하였다. 청평 자작이 다시 상자에서 꺼내가 간행하여 훗날 기념할 자료로 삼으려 하면서 내게 서문을 요구하였다. 사양하였으나 받아들여지지 않아 마침내 청평 자작에게 다음과 같이 답장하였다.

"제가 이번 길에 얻은 것이 매우 많으니 어찌 말년의 영광이 아니겠

卷3 避暑飲 感涼會 注》

230 난정(蘭亭)의 정취 : 난정은 중국 소흥(紹興)에 있는 왕희지(王羲之)의 정자로, 353년 3월 3일 왕희지가 사안(謝安), 왕헌지(王獻之) 등 당시 명사 40여 명과 모여 모임을 열었던 곳으로 유명하다.

습니까. 제가 계자와 조맹에 비하면 일을 맡기에 무능합니다만 공들은 모두 한 시대의 현자들입니다. 그런데도 몸을 낮춰 멀리에서 온 저와 교유하여 하루의 즐거움을 함께 해주시니, 가을 달과 서늘한 물처럼 서로의 마음을 환히 이해하였습니다. 툭 터놓고 서로의 세력을 의식하지 않은 채 읊는 시는 청아하여 천연의 소리에서 나오는 것 같으니 즐거움을 이루 다 말할 수 있겠습니까? 저는 시집을 가지고 귀국해 항상 책상머리에 둘 생각입니다. 한 번씩 생각이 날 때마다 펼쳐 읊으면서 정신을 집중하고 훑어보아 정운(停雲)의 생각[231]을 위로할 것이니, 시의 공졸(工拙)은 따질 필요가 없겠지요."

---

231 정운(停雲)의 생각 : 친구를 그리워하는 생각을 말한다. 도잠(陶潛)의 〈정운(停雲)〉이라는 시에 "자욱하게 멈춘 구름, 짙게 내리는 단비.〔靄靄停雲 濛濛時雨〕"라는 구절이 나오는데, 도잠이 스스로 "구름이 멈추는 것〔停雲〕"은 벗을 그리워하는 것이라고 설명을 하였기 때문에 후세에 벗을 그리워하는 의미로 사용되었다.

《백과전서》 서문
百科全書序

옛날 초(楚)나라 좌사(左史) 의상(倚相)[232]이 삼분(三墳), 오전(五典), 구구(九邱), 팔색(八索)[233]을 읽어 당시에 박학하다고 일컬어졌다. 그러나 아득한 태고시절이라서 징험할 문헌이 없다. 진(秦)나라 분서갱유(焚書坑儒) 이후 남은 책을 널리 구해 한(漢)나라 유흠(劉歆)은 칠략(七略)을 만들었고,[234] 진(晉)나라 이충(李充)은 4부로 분류하였으니,[235] 서적이 점점 완비되어 한우충동(汗牛充棟)[236]의 기세

---

232 의상(倚相) : 춘추 시대 초나라 좌사(左史)로, 초나라의 《훈전(訓典)》에 정통하였다. 항상 초나라 임금에게 지난 일로 간언하여 선왕의 유업을 잊지 않도록 하였고, 초나라 사람이 의문이 있으면 그에게 가르침을 청하였다고 한다. 사신(史臣)의 대표로 꼽히는 인물이다.

233 삼분(三墳), 오전(五典), 구구(九邱), 팔색(八索) : 모두 고대의 서명(書名)으로 삼분은 삼황(三皇), 오전은 오제(五帝) 시대의 책이며, 팔색은 팔괘(八卦)에 관한 책이고, 구구는 구주(九州)의 지지(地誌)를 가리킨다고 한다.

234 한(漢)나라……만들었고 : 한나라 유흠(劉歆, 기원전 53?~25)은 아버지 유향(劉向)과 궁정의 장서(藏書)를 정리하고 육예(六藝)의 군서(群書)를 7종으로 분류하여 칠략(七略)이라 하였는데, 이 책은 체계적 서적목록(書籍目錄)의 남상(濫觴)이라고 일컬어지나 일실되었다.

235 진(晉)나라……분류하였으니 : 진나라 이충(李充, ?~307)은 대저작랑(大著作郎)의 관직에 있을 때 혼란한 전적을 정리하여 도서분류의 기초를 마련하였다. 경(經), 사(史), 자(子), 시부(詩賦)의 4부로 나누는 방식이 그에게서 시작되었다.

236 한우충동(汗牛充棟) : 수레에 실으면 소가 땀을 흘리고 쌓아올리면 마룻대에 닿을 정도로 책이 많음을 의미한다. 당(唐)나라 유종원(柳宗元)의 《문통선생육급사묘표

가 있었다. 청나라 기윤(紀昀)[237]이 편집한 《사고전서(四庫全書)》가 나오자 수록된 전적(典籍)이 매우 광범위하여 더할 것이 없었다. 지금 세상 밖으로 해로와 육로가 통한다. 이전 사람이 기술한 《산해경지(山海經志)》의 기궤(奇詭)하고 황당한 책은 오유(烏有)와 무시(无是)에 속하는 것이다.[238] 만국의 풍토·인물·정치·기예의 기술과 백성들이 살아가는 데 필요한 책은 수도 없이 많고 못과 바다처럼 넓으니 다 수습하지 못한다.

도쿄(東京)의 뜻 있는 선비가 일한서방(日韓書房)을 세우고 여러 책들을 수집하였다. 요강을 제시하고 정리하여 백과전서를 만들어서, 참고하고 열람하는 데 도움이 되도록 했다. 이에 전날 칠략이니 사부니 일컬었던 것은 동양 서적의 작은 일부분에 불과하니 넘쳐나는 책의 바다를 돌아보면 하백(河伯)의 탄식[239]을 면하지 못한다.

(文通先生陸給事墓表)》에 나오는 "그 책은 놓아두면 마룻대에 닿았고 내놓으면 소와 말이 실어 나르느라 땀을 흘릴 정도였다.[其爲書 處則充棟宇 出則汗牛馬]"라고 한 구절에서 유래한 말이다.

237 기윤(紀昀) : 1724~1805. 자는 효람(曉嵐), 춘범(春帆), 호는 석운(石雲), 시호는 문달(文達)이다. 청나라 고종(高宗)의 칙명으로 《사고전서(四庫全書)》 편집사업의 총찬수관으로 10여 년간 종사하였다. 많은 학자의 협력을 얻어 《사고전서총목제요(四庫全書總目提要)》 200권을 집필하였다.

238 오유(烏有)와……것이다 : 존재하지 않음을 의미한다. 오유(烏有)와 무시(无是)는 사마상여(司馬相如)의 〈자허부(子虛賦)〉 및 후편격인 〈상림부(上林賦)〉에 나오는 인물로, 자허(子虛)가 만나 대화를 나누는 오유선생(烏有先生)과 무시공(无是公)을 가리킨다. 이름에 보이듯 오유(烏有)와 무시(无是)의 뜻은 각각 "어찌 있겠는가?"와 "이런 사람은 없다."라는 뜻으로, 가공의 인물들이다.

239 하백(河伯)의 탄식 : 넓음에 대해 탄식하는 것을 가리킨다. 《장자(莊子)》〈추수(秋水)〉편에 나오는 얘기로, 강물 귀신 하백(河伯)이 북해(北海)에 이르러 그 무한한

혹자는 말한다.

"사람의 총명은 유한하고 세상의 서적은 무궁하다. 지금 한 눈에 훑어보고자 하여 평생토록 들춰서 열람한다 해도 물가를 건널 수가 없으니, 보전(甫田)의 비판[240]이 없을 수 있겠는가?"

나는 응수한다.

"안씨(顔氏)가 말하지 않았던가? '학문으로 나의 지식을 넓혀주시고 중정한 예로 나의 행동을 절제하게 해주셨다'고.[241] 학문의 도(道)란 넓힌 후에 돌이켜서 절제할 수 있는 법이다. 넓히고서 절제하지 못하면 기준 없이 산만해져서 귀결점이 없어진다. 그러므로 배우는 자는 여러 사람이 하수(河水)를 마셔서 각기 그 양을 채우듯이 하면 될 뿐[242] 하필 과보(夸父)가 하수를 다 마신[243] 연후에야 갈증을 풀 수 있음을 본받겠

경지를 접하고 기가 질렸다고 한다.

240 보전(甫田)의 비판 : 노력하지 않으면서 성공하려는 것에 대한 비판을 가리킨다. 《시경》〈보전(甫田)〉을 가리키는 것으로 예의도 없으면서 대공(大功)을 구하고, 덕을 닦지도 않으면서 제후(諸侯)가 되기를 구하는 제 양공(齊襄公)을 비판하는 내용이다.

241 안씨(顔氏)가……해주셨다 :《논어》〈자한(子罕)〉에 나오는 "학문으로 나의 지식을 넓혀주시고 중정한 예로 나의 행동을 절제하게 해주셨다.〔博我以文 約我以禮〕"라고 한 구절을 인용한 말로, 안연(顔淵)이 공자에 대해 찬탄한 말 가운데 나오는 구절이다.

242 여러……뿐 :《근사록(近思錄)》에 나오는 구절로, 주자가 정이천(程伊川)과 정명도(程明道)에 대해 "선생의 말씀은 까다롭지 않고 쉬워서 어진 사람과 어리석은 사람이 모두 그 이익을 받았으며, 뭇사람들이 하수에서 물을 마시되 각기 자기 양을 채우는 것과 같았다.〔先生之言 平易易知 賢愚皆獲其益 如群飮於河 各充其量〕"라고 평가하였다.

243 과보(夸父)가……마신 : 과보(夸父)는 전설에 나오는 거인으로, 태양을 쫓아가다가 목이 마르자 하수(河水)와 위수(渭水)의 물을 마시고 그것도 부족하여 북쪽으로

는가? 나는 이 책을 읽는 세상 사람들에게 원하노니, 과목이 많음을
걱정하지 말고 오직 백과 가운데 자기의 기호에 따라 적용할 수 있는
것을 각기 한두 과(科) 선택해서 요령을 힘써 터득한다면 계림일지(桂
林一枝)요, 곤산편옥(昆山片玉)이라[244] 이를만할 것이다.”

대택(大澤)에 가서 들이켰는데, 급기야는 갈증이 나서 뜻을 이루지 못하고 죽었다고
한다. 《山海經 海外北經》

244 계림일지(桂林一枝)요, 곤산편옥(昆山片玉)이라 : 천하제일임을 비유한 말이
다. 진(晉)나라 극선(郤詵)이 현량(賢良) 대책(對策)에 급제하여 관원이 되었는데,
자신을 평가해 보라는 무제(武帝)의 말에, “대책으로 천하제일이니, 비유컨대 계수나무
숲속의 높이 솟은 한 가지요[桂林一枝], 곤륜산의 편옥과 같다 하겠다.”라고 대답하였
다 한다. 《晉書 郤詵傳》

여하정의 61세를 축하하는 글

呂荷亭六十一歲序

여하정(呂荷亭)[245] 학사는 약관(弱冠)의 나이부터 문단에서 독보적이어서, 한 시대 문예계의 시작품이 모두 그의 품평을 거쳤다. 세상에서 잘 썼다고 하는 회갑축수의 글월이 그의 손에서 많이 나왔다. 올해 황종(黃鍾)의 달[246] 하정이 61세 생일 아침을 맞았다. 이에 문단의 여러 공들이 종이를 잡고 하정을 축수하는 글을 쓰지 않으려는 사람이 없었지만 주저하며 붓을 대지 못했다. 축수하는 글에 쓰일 표현이 하정이 전에 쓴 글에 다 사용된 것이라 하정을 축수할 만한 표현이 더 이상 남아있지 않았기 때문이다. 그렇더라도 여전히 할 말은 남아있다. 수명에는 장수(長壽)의 수명이 있고 불후(不朽)의 수명이 있다. 장수의 수명은 때가 있어 다하지만, 불후의 수명은 천지(天地)와 함께 영원하다.

옛사람에게 삼불후(三不朽)[247]라는 말이 있으니, 덕(德)을 세우고,

---

245 여하정(呂荷亭) : 여규형(呂圭亨, 1849~1922)으로, 본관은 함양(咸陽), 자는 사원(士元), 호는 하정(荷亭)이다. 경기 양근(楊根)에서 출생했다. 시(詩), 서화(書畵), 불경(佛經)에 모두 능통하여 살아 있는 《사문유취(事文類聚)》로 칭송을 받았다. 오세창 등과 《대동시선(大東詩選)》을 편집하였다.

246 황종(黃鍾)의 달 : 11월 동짓달을 가리킨다. 양기가 황천 아래 모이기 때문에 황종(黃鍾)이라 하였다고 한다.

247 삼불후(三不朽) : 덕을 세우는 것, 공을 세우는 것, 말을 세우는 것을 가리킨다. 《춘추좌씨전(春秋左氏傳)》 양공(襄公) 24년 조에 "제일 높은 것은 덕을 세우는 것이요,

공(功)을 세우고, 말을 세우는 것이다. 하정의 덕에 대해 말하면 마음에 경계가 없어 남을 자기처럼 걱정하며 후진(後進)을 장려하고 가르치는 일에 게으르지 않아 가는 곳마다 우리 선생님이라고 불린다.[248] 공(功)에 대해 말하면 시서(詩書)가 버려지는 시대에 힘써 중의(衆議)를 물리치고 홀로 고문사(古文辭)로 자부하였으니, 비록 수많은 냇물을 막아 돌리지는 못했지만 쏟아져 흘러가는 물결 속에 버티고 서 있는 지주(砥柱)[249]의 기세가 있었다 할 수 있다. 말에 대해 말하면 문사(文詞)의 기운이 용솟음치고 천연스러운 시구가 흐드러져 말은 온 세상에 가득하고 저술한 책은 키 높이로 쌓였으니, 남은 기름과 남은 향기[250]가 후생에게까지 영향을 미치게 되었다. 이 세 가지는 모두 불후의 바탕이자 수명을 영구히 하는 것인데, 하정이 다 지녔으니 이것이 하늘이 하정을 장수하게 한 까닭이다. 남들에게 하는 장수와 복록을 기원하고

그 다음은 공을 세우는 것이요, 그 다음은 말을 세우는 것이니 오래되더라도 없어지지 않아 이를 일러 불후라 한다.〔大上有立德 其次有立功 其次有立言 雖久不廢 此之謂不朽〕"라고 하였다.

248 우리……불린다 : 사람들이 존경함을 의미한다. 소옹(邵雍)의 수레 소리가 들리면 사람들이 그를 사모하여 '우리 선생님이 오셨다.'라고 하여 그의 성을 부르지 않았다고 한다. 《宋史 卷427 邵雍列傳》

249 지주(砥柱) : 하남(河南) 삼문협(三門峽) 동북쪽 황하 중심에 있는 산 이름이다. 황하의 물결이 아무리 거세게 흘러도 이 산을 무너뜨리지 못하고 이 지점에 와서 갈라져 두 갈래로 산을 싸고 흐른다.

250 남은……향기 : 시인이 이룬 탁월한 시경을 비유한 말이다. 《신당서(新唐書)》 제126권 〈두보열전(杜甫列傳)〉에 "다른 사람은 부족하지만 두보(杜甫)는 넉넉하여 그 잔고잉복이 후인들에게 많은 은택을 끼쳤다.〔他人不足 甫乃厭餘 殘膏剩馥 沾丐后人多矣〕"라고 한 말에서 유래하였다.

송도(頌禱)하는 말들을 어찌 하정을 위해 말하겠는가? 훗날 훌륭한 사신(史臣)은 사책(史冊)에 다음과 같이 쓸 것을 나는 안다.

"대한제국 유신(維新) 초[251]에 여하정 선생이라는 사람이 있어 홀로 남은 경전(經典)을 끌어안고 사문(斯文)을 지탱하는 것을 자기의 임무로 삼았다. 후세에 책을 읽는 인간이 남아있게 된 것은 실로 하정의 힘이다. 그가 불후한 것이 당연하지 않겠는가?"

하정은 듣고서 당연히 수염을 치켜들며 한바탕 웃고 사양하지 않으리라.

---

251 대한제국 유신(維新) 초 : 대한제국이 세워진 초기를 가리킨다. 유신(維新)은 오래된 나라가 다시 새롭게 시작함을 뜻한다. 《시경》〈문왕(文王)〉에 "주나라가 비록 오래된 나라이나 받은 천명이 새롭다.〔周雖舊邦 其命維新〕"라는 구절에서 인용한 것이다.

《한일경찰관회화》서문 기유년(1909, 융희3)

韓日警察官會話序 己酉

옥사(獄事)를 다스리는 요체는 자세히 살펴서 그 실정을 알아내는 데
있다. 그래서 백성에게 죄가 있으면 반드시 경찰서의 반복조사를 거
친 연후에야 재판소로 이송하여 법으로 판결한다. 그러한즉 경찰서
는 선악을 판단하여 인간과 귀신을 갈라놓는 관문이 된다. 실정을 자
세히 살피려면 반드시 말을 취조해야 한다. 한 마디 말이 잘못되면
선이 변하여 악이 되고, 한 구절에 착오가 생기면 인간이 귀신으로
변하니 어찌 두려워하지 않겠는가?

바야흐로 지금 성명(聖明)께서 재위해 계셔 모든 옥사와 모든 삼갈
일[252]에 무일(無逸)의 도[253]를 깊이 체득하시어 시정(施政)을 개선할
때 경찰(警察)의 일이 더욱 급선무가 되었다. 그러므로 법에 밝은 선진
국의 선비를 많이 초빙하여 본국 관리와 공적(公的)으로 공적인 심문
을 하도록 하니, 살피지 못할 필부필부(匹夫匹婦)의 사정이 없게 되었
다. 그러나 다만 언어가 통하지 않아 감정과 생각이 분명하게 표현되지
못하고 통역이 말을 전해도 잘못 전달되기 쉬운 것이 흠이었다. 경부

---

252 모든……일 : 《서경》〈입정(立政)〉에 "문왕의 자손은 모든 옥사와 모든 삼갈 일
에 그릇됨이 없게 하시고 오직 올바름으로써 다스리십니다.〔文子文孫 其勿誤于庶獄庶
愼 惟正是乂之〕"라고 한 데서 인용한 말이다.

253 무일(無逸)의 도 : 정사에 부지런하고 신중함을 가리킨다. 무일은 《서경》의 편명
으로, 임금이 잠시도 안일하지 말고 부지런하고 조심하여야 한다는 내용으로, 주공(周
公)이 성왕(成王)에게 훈계한 글이다.

(警部) 송수용(宋脩用) 군이 이 점을 걱정하여 업무 틈틈이 양국 국어를 연구하고 한문을 섞어서 〈한일경찰관회화(韓日警察官會話)〉 1책을 저술하였는데, 모두 7강 49목으로 다 경찰 업무상 필요한 대화이다. 양국의 언어와 문자가 서로 설명이 되어있어 통역 없이도 환하게 판별이 된다. 옥사를 신중히 하려고 마음먹은 경찰관이 항상 책상머리에 두고 때때로 보고 익히면 심문할 때 들리는 소리가 마음에서 이해되어 의혹이 다 풀리고 깊은 원한이 마침내 전달될 것이니, 천지의 조화를 불러들이고 무형(無刑)의 다스림254에 보탬이 될 것이다. 송군은 자신의 식견을 다 발휘한 사람이라 할 수 있다. 책이 이루어지자 내게 서문을 청하였는데, 감히 늙었음을 핑계로 거절할 수 없어 그를 위해 서문을 짓는다.

---

254 무형(無刑)의 다스림 : 형벌을 쓰지 않아도 다스려지게 되는 것을 가리킨다. 《서경》〈대우모(大禹謨)〉의 "형벌은 무형을 기약해야 한다.〔刑期無刑〕"라고 한 구절에서 연유한 말이다.

동청목민학교 서문
東淸牧民學校序

사람이 거처를 옮기는 것은 본래 일정한 거처가 없기 때문이지만 마음은 옮길 수 없다. 마음이라는 것은 일신의 근본이니, 만약 마음을 잊으면 근본을 잊게 된다. 근본을 잊으면 뿌리 없는 나무, 근원 없는 물처럼 그 자리에서 나무처럼 말라죽고 물처럼 말라버리는 것을 볼 것이니 어찌 괜찮겠는가? 옛날 공부자(孔夫子)께서 도(道)가 행해지지 않음을 슬퍼하여 뗏목을 타고 바다로 떠나고 싶어 했다.[255] 여기에서 일정한 거처 없이 옮겨 다닐 수 있음을 볼 수 있다. 태공(太公)이 제(齊)나라에 봉해졌으나 다섯 세대가 지난 후 주(周)나라로 돌아와 장사지내니, 군자가 "여우가 죽을 때 머리를 고향 언덕 쪽으로 향하는 것은 인이다."라고 하였다.[256] 그 근본을 잊지 않는 의리를 말한 것이다.

지금 우리 서간도(西間島) 동포 제군은 대대로 황제의 은혜를 입어 우리나라 땅에 평안히 거처하며 생업에 즐겁게 종사한 지 오백 년이 되었다. 그런데 하루아침에 친척들과 헤어지고 조상의 분묘를 버린 채 멀리 이국땅으로 옮겨갔으니, 어찌 부득이해서 한 것이 아니랴?

---

255 공부자(孔夫子)께서……했다 : 《논어》〈공야장(公冶長)〉에 "도가 행해지지 않으니 뗏목을 타고 바다에 뜨리라.〔道不行 乘桴浮于海〕"라고 한 공자의 말을 인용한 것이다.

256 태공(太公)이……하였다 : 《예기》 권7 〈단궁 상(檀弓上)〉에서 인용한 것이다.

흘간산(紇干山) 꽁꽁 언 참새[257]처럼 태어난 곳에 사는 것이 좋을 지라
도 〈위풍(魏風)〉의 석서(碩鼠)처럼 '떠나서 너를 버린다.'[258]는 것이다.
아아! 탄식하지 않을 수 있으랴.

　오직 저 압록강(鴨綠江)과 파저강(婆豬江 현 요동의 혼강(渾江)) 사이
비옥한 들이 있으니, 세상에서 서간도라 칭하는 것이 이것이다. 옛날
고구려(高句麗) 때 수도(首都)의 교전(郊甸)[259]이었으나, 후에 양국의
접경이라 버려져 양국의 완충지대가 된 지 수천 년이 되었다. 지금은
동청(東淸)에 속해 있다. 최근 변방 동포가 새매와 수달에 쫓겨,[260]
가족을 이끌고 가서 거주하는 자가 수만 호이다. 산천이 빼어나고 토지
가 비옥하고 삼림이 울창하고 목축이 번성하여 금은과 인삼 · 담비 가
죽이 넉넉히 나고 어업(漁業)과 수렵(狩獵) 및 농작물을 통해 이익을
본다. 풍속은 순박하여 밤에도 문을 닫지 않는다. 한인(韓人)과 청인

257　흘간산(紇干山) 꽁꽁 언 참새 : 당나라 소종(昭宗)이 주온(朱溫)의 핍박을 받아
낙양(洛陽)으로 옮겨가면서 〈사제향(思帝鄕)〉이라는 시를 지어 자신의 심정을 읊었는
데, "흘간산 꼭대기 얼어 죽는 참새들, 어찌 날아가지 않고 태어난 곳을 즐긴건가. 더욱
이 내 이번 가는 길 아득하니 어느 곳에 머물지 알 수 없구나.〔紇干山頭凍殺雀 何不飛去
生處樂 況我此行悠悠 未知落在何所〕"라고 하였다고 한다. 위 구절은 여기에서 인용한
것이다.《資治通鑑 卷264 唐紀80》

258　떠나서 너를 버린다 :《시경》의 〈석서(碩鼠)〉는 가렴주구하는 위정자를 큰 쥐에
비유한 노래로, "너를 버리고. 저 낙토를 찾아가리라. 낙토여, 낙토여. 이제 내 살 곳을
얻으리로다.〔逝將去汝 適彼樂土 樂土樂土 爰得我所〕"라는 구절이 나온다.

259　교전(郊甸) : 도성 밖 백 리에서 2백 리 사이의 땅을 가리킨다.

260　새매와 수달에 쫓겨 : 폭정에 쫓겨 이주함을 비유한 말이다.《맹자》〈이루 상(離
婁上)〉에 "못을 위하여 물고기를 몰아주는 것은 수달이요, 나무 숲을 위하여 참새를
몰아주는 것은 새매요, 탕무를 위하여 백성을 몰아준 자는 걸주이다.〔爲淵驅魚者獺也
爲叢驅爵者鸇也 爲湯武驅民者桀與紂也〕"라고 한 말에서 인용한 것이다.

(淸人)이 섞여 사는데, 화목하여 주진촌(朱陳村)²⁶¹의 기풍이 있으니 진실로 인간세상의 복지(福地)이다. 애처로운 우리 동포가 떠돌아다니며 쓰러지고 넘어진 끝에 이 낙토를 얻어 거주하게 되었으니, 어느 것인들 우리 선왕의 음덕이 미친 바가 아닌 것이 없구나.

왕도로 다스리는 임금은 백성을 다스릴 때 반드시 생활을 넉넉하게 해준 후 가르친다. 맹자(孟子)가 제(齊)나라, 양(梁)나라의 군주에게 유세할 때는 먼저 그 논밭과 집터의 생산을 제정해주어 헐벗고 굶주리지 않도록 하고 상(庠), 서(序), 학(學), 교(校)²⁶²를 설치하여 효제(孝悌)의 의리를 거듭 가르친 연후에야 윗사람을 가깝게 여기고 어른을 위해 죽을 수 있는 마음이 생겨난다고 하였다. 그러므로 "배불리 먹고 따뜻하게 입고 편안히 거처하면서 가르침이 없으면 금수에 가깝다."²⁶³고 한 것이다. 지금 우리 동포 제군은 이미 경작할 곳을 얻었으니 다행히 추위에 떨며 굶주리는 것은 면하였고 이로써 자손을 기른다. 그런데 그 자손들이 편안히 거처하고 배부르고 즐거운데도 고향땅을 잊고 다시는 조국 그리워하는 마음을 알지 못한다면 일찍이 대마(代馬)와 월

---

261 주진촌(朱陳村) : 중국의 서주(徐州) 고풍현(古豐縣)에 있던 촌락 이름으로, 주씨(朱氏)와 진씨(陳氏) 두 성(姓)이 서로 혼인하면서 대대로 화목하게 살았다고 한다. 《全唐詩 卷433 白居易 朱陳村》

262 상(庠), 서(序), 학(學), 교(校) : 중국 고대의 교육기관이다. 상(庠)은 주(周)나라, 서(序)는 상(商)나라, 교(校)는 하(夏)나라, 학(學)은 삼대(三代)가 모두 동일했다. 《孟子 滕文公上》

263 배불리……가깝다 :《맹자》〈등문공 상(滕文公上)〉에 나오는 "배불리 먹고 따뜻하게 입고 편안히 거처하면서 가르침이 없으면 금수에 가깝다.〔飽食煖衣 逸居而無敎 則近於禽獸〕"라고 한 구절을 인용한 것이다.

조(越鳥)[264]만도 못한 것이다.

박영운(朴永運) 군이 이것을 걱정하여 목민학교(牧民學校)를 창립하고 신학문과 구학문으로 청년자제를 교육하였다. 이름을 '목민'이라고 한 것은 생활을 넉넉하게 한 후 가르친다는 의의를 분명히 한 것이니, 주된 취지가 각기 실업에 힘쓰는 데 있다. 근본을 잊지 않으면 몸이 이역에 있을지라도 조국을 생각하니, 실 한 오라기 쌀 한 톨을 얻더라도 항상 우리 선왕이 주신 바를 생각한다. 1년 4계절의 경사스러운 명절을 맞을 때마다 태극기를 받들고 동쪽을 바라보며 "우리 황제께서 거의 질병이 없으시리라. 우리나라가 발흥하리라."라고 축하한다. 생각마다 여기에 있어서 조국 두 글자를 가슴에 새기고 등 위에 지고 양 어깨에 메고 외인(外人)을 대하니 어떤 외인이 감히 모욕하겠는가? 만약 그렇지 않으면 근본이 없는 사람이라 머리를 숙이고 고개를 떨어뜨린 채 남의 비웃음과 모욕을 당하니, 비록 헐벗고 굶주리는 것은 면하는 것인들 어찌 귀하게 여기랴. 왕도로 다스리는 임금은 먼 백성이나 가까운 백성이나 똑같이 여겨 내 강토 네 경계의 구분이 없으니, 어찌 작은 배 하나로 건널 수 있고 마주보이는 땅인데 황제의 교화가 막혀 있다 하겠는가? 원컨대 제군은 힘쓰고 힘쓸지어다.

---

264 대마(代馬)와 월조(越鳥) : 이국땅에 있으면서 고향을 그리워함을 비유한 말이다. 대마(代馬)는 대군(代郡)에서 나는 말이고 월조(越鳥)는 월나라 새이다. 《문선(文選)》의 〈행행중행행(行行重行行)〉에 "호지의 말은 북풍에 몸을 의지하고, 월지의 새는 남쪽 가지에 둥지를 짓네.〔胡馬依北風 越鳥巢南枝〕"라는 구절이 나오는데, 호마(胡馬)는 대마(代馬)라고도 한다.

《대동교서언》 서문 경술년(1910, 융희4)

大同敎緖言序 庚戌

대동(大同)의 설은 《예기(禮記)》〈예운(禮運)〉에 보이나 그 조목은
책 안에 실려 있지 않다. 근세 청(淸)나라 사람 강유위(康有爲)가 이
때문에 육주의(六主義)를 논술하였는데[265] 식자(識者)들은 천리의 공
변됨에 합치한다고 하여 오늘날 동서양 정치 모범으로 여긴다. 강씨
보다 70여 년 앞서 우리나라의 덕망 있는 노학자 이동우(李東祐)가
대동설(大同說)을 산동(山東)의 공정모(孔鼎謨)에게서 얻었는데, 바
로 그 집안 대대로 소장되어 내려오는 유지(遺志)라고 하였다. 이 설
이 성인(聖人) 집안에 전해 내려온 것에서 나온 것이지, 강씨가 창도
한 것이 아님을 비로소 알게 되었다. 경학(經學)을 공부하는 학생과
선비들은 창도한 의견을 의심하여 "이는 우리 부자께서 하셨던 바른
말씀이 아니다. 어찌 그리 경전과 비슷하지 않은가?"라고 한다. 미처
깊이 연구하지 못하고 이런 말을 갑자기 들으니 그 말이 하한(河
漢)[266]인가 의심하는 것이 마땅하다.

---

265 강유위(康有爲)가……논술하였는데 : 강유위(康有爲)가 《대동서(大同書)》를
지은 일을 가리킨다. 강유위(康有爲, 1858~1927)는 중국 근대 사상가로 무술변법운동
의 영수이다. 그는 공자의 학설을 신봉해 이를 개조해 현대 사회의 국교로 삼으려고
했으며, 공자교(孔子敎)의 회장을 역임했다.

266 하한(河漢) : 말이 과장되고 우활하여 실제에 맞지 않음을 가리킨다. 《장자(莊
子)》〈소요유(逍遙游)〉에 "내가 접여에게 말을 들었는데, 커서 마땅하지 않고 가서
돌아오지 않았다. 나는 그의 말이 마치 하한이 끝이 없는 것 같음에 놀라고 두려웠다.[吾

아아! 성인의 시대가 멀고 말씀이 인멸되어 대도(大道)가 오랫동안 어두웠다. 삼대(三代) 이후 소강(少康)[267] 때를 지극한 다스림의 시대로 여기며 대도가 있음을 다시는 알지 못했다. 세상의 군주들은 자신의 생각대로 독단하는 것을 즐거워하며 대동(大同)의 설은 듣기 싫어하였다. 비록 부자(夫子) 같은 성인이실지라도 지위가 낮아 세상의 거리낌을 무릅쓰고 남에게 훌륭한 말씀을 하지 못하시고, 오직 은미한 뜻을 《역경(易經)》·《춘추(春秋)》와 한두 명 뛰어난 제자에게 부쳐서 묵묵히 알게 하여 백 세대 후를 기다렸다. 이것이 경서의 가르침에 드러나지 않은 까닭이다. 어찌 그렇게 된 것을 아는가?

옛날 요순(堯舜)이 임금 노릇할 적에는 천하를 공기(公器)로 여겨 현명한 사람에게만 관직을 주었고 상벌의 여부는 공의(公議)에 부쳐 임금은 관여하지 않았다. 백성은 그 덕을 알지 못하고 "제왕의 힘이 나에게 무슨 상관이랴."라고 하였지만 당시는 사람마다 집집마다 봉지(封地)를 내릴 만큼 덕행이 뛰어났으니, 이것이 바로 이른바 대동의 세상이다. 《중용장구(中庸章句)》에 "중니는 멀리 요순(堯舜)을 조종(祖宗)으로 받들어 계술(繼述)하였다."[268]라고 하였고, 맹자는 말을 하면 반드시 요순을 일컬었다.[269] 요순의 다스림은 마치 허공을 지나가는

聞言於接輿 大而無當 往而不返 吾驚怖其言猶河 漢而無極也〕"라는 구절이 나온다.

267 소강(少康) : 소강은 하(夏)의 6대 왕으로, 3대 왕인 태강(太康)이 잃은 정권을 다시 되찾아 나라를 중흥으로 이끌었다. 《春秋左氏傳 襄公4年》

268 중니는……계술(繼述)하였다 : 《중용장구》 제30장의 "공자는 멀리 요 임금과 순 임금을 조종(祖宗)으로 받들어 계승하고, 가까이로는 문왕(文王)과 무왕(武王)의 법도를 드러내 밝혔다.〔仲尼祖述堯 舜 憲章文 武〕"라고 한 말에서 인용한 것이다.

269 맹자는……일컬었다 : 《맹자》〈등문공 상(滕文公上)〉에, "맹자는 인간의 본성이

구름처럼 찾을 수 있는 흔적이 없으니, 조종을 받들어 계승한 것이 무슨 일이고 일컬은 것이 무슨 말인지 알지 못한다. 아마 대동의 다스림은 후세에서 미칠 수 있는 것이 아니기 때문에 부지런히 행하면서 그만둘 수 없는 것이 아니겠는가? 공자와 맹자만 그런 것이 아니었다. 이윤(伊尹)은 밭이랑에 있을 때도 요순의 도를 즐겼다.[270] 백이(伯夷)와 숙제(叔齊)는 수양산(首陽山) 아래 은거하였으나 신농우하(神農虞夏)를 노래하였다.[271] 영척(甯戚)은 쇠뿔을 두들기며 왕위를 선양하던 요순의 시대를 만나지 못했음을 슬퍼했다.[272] 예로부터 도가 있는 선비는 비록 몸이 소강의 시대에 처해 있어도 정신은 대동의 영역에서 노닐어 마음먹는 것마다 당우(唐虞)요, 입에 올리는 것마다 요순(堯舜)이었으니, 사모하고 영탄하는 뜻이 말 밖으로 저절로 드러났다.

선함을 말하되 말씀에 반드시 요순을 일컬었다.〔孟子道性善 言必稱堯舜〕"라고 한 말을 인용한 것이다.

270 이윤(伊尹)은……즐겼다 : 이윤이 벼슬에 있지 않을 때도 요순(堯舜)의 도를 추구했음을 가리킨다. 《맹자》〈만장 상(萬章上)〉에 "이윤은 유신의 들판에서 밭 갈면서도 요순의 도를 즐겼다.〔伊尹耕於有莘之野 而樂堯 舜之道焉〕"라고 하였다.

271 신농우하(神農虞夏)를 노래하였다 : 백이(伯夷)와 숙제(叔齊)가 〈채미가(采薇歌)〉를 부른 일을 가리킨다. 〈채미가(采薇歌)〉에, "신농과 우, 하처럼 선양(禪讓)을 하던 시대가 홀연히 지나가 버렸으니, 내가 어디로 가서 의지하겠는가.〔神農 虞 夏忽焉 沒兮 我安適歸矣〕"라는 구절이 나오기 때문에 이른 말이다. 《史記 卷61 伯夷列傳》

272 영척(甯戚)은……슬퍼했다 : 춘추 시대 위(衛)나라 영척(甯戚)이 쇠뿔을 두드리며 노래하여 제 환공(齊桓公)에게 등용되었는데, 그 노래에 "남산은 빛나고, 백석은 깨끗하도다. 태어나서 서로 선양하던 요순 시대 못 만나, 짧은 베 홑옷은 겨우 정강이만 가릴 뿐인데, 이른 새벽부터 한밤중까지 소를 먹이노니, 긴 밤이 지루해라 언제나 아침이 올런고.〔南山矸 白石爛 生不逢堯與舜禪 短布單衣適至骭 從昏飯牛薄夜半 長夜漫漫 何時旦〕"라는 구절이 나온다. 《史記 卷83 鄒陽列傳》

그 후 2천여 년 동안 이 도(道)를 익히지 않아, 요순이 요순이 되는 이유를 거의 알지 못하고 날마다 도탄에 빠져도 그 까닭을 몰랐다. 하늘이 백성을 계몽하여, 구미(歐美) 열국은 온갖 전쟁을 거친 끝에 백성을 억지로 다스리지 못하고 천리를 끝까지 억누를 수 없음을 알게 되었다. 다스리는 방도를 바꾸어 사사로운 전제정치(專制政治)를 없애고 중의원(衆議院)을 설치하였고 헌법을 밝게 내걸어 백성들과 함께 지켜나가니 급속히 퍼지는 풍조는 동아시아까지 미쳤다. 정일(精一)한 심법(心法)과 광대한 범위(範圍)는 암암리에 대동의 의의와 부합하여 대동육주의의 설이 바로 이때에 나왔다.

공리(功利)의 소재는 동서(東西)의 분별이 없다. 맹자께서 "살았던 지역의 거리가 천여 리나 떨어져 있고 세대의 차이도 천여 년이나 나지만 뜻을 이루어 중국에서 도를 행한 점에서는 부절을 합한 듯 일치한다."[273]라고 하였으니 미더운 말이 아닌가? 만일 그 도를 확충하면 인민이 계발(啓發)되고 국세가 스스로 강하게 될 것이다. 군주에게는 높은 지위를 지니는 변하지 않는 영광이 있고 백성은 자유의 즐거움을 얻을 것이니, 성대한 요순 시대를 오늘날 다시 볼 수 있을 것이다. 반대로 하면 나라는 망하고 백성은 흩어져 노예와 금수(禽獸)가 되는 지경으로 떨어질 것이니, 참담하여 차마 생각조차 할 수 없게 만든다. 근세 지구 각국의 흥망 자취를 역력히 살펴보면 손바닥을 가리키듯 분명하

---

273 살았던……일치한다 : 《맹자》〈이루 하(離婁下)〉에 "살았던 지역의 거리가 천여 리나 떨어져 있고 세대의 차이도 천여 년이나 나지만 뜻을 이루어 중국에서 도를 행한 점에서는 부절을 합한 듯 일치한다.〔地之相去 千有餘里 世之相後 千有餘年 得志行乎中國 若合符節者〕"라고 맹자(孟子)의 말에서 인용한 것이다.

여, 아무리 어리석은 자라도 그 득실을 알 수 있다.

우리 부자께서 세상을 근심한 뜻을 드러내어 밝힐 수 있었고 대동의 뜻을 창도할 수 있어 거리낌이 없으셨다. 이에 모임을 같이하는 제현이 대동교회(大同敎會)를 창립하여 해내(海內)의 동포와 함께 그 가운데 에서 익히고 닦아, 천고에 전하지 않는 비결을 천명(闡明)하고 이전 성인께서 드러내지 않은 교지(敎旨)를 미루어 넓혀 만세 태평의 기반 으로 삼았다. 앞으로 비추는 해와 달, 떨어지는 서리와 이슬에게까지 함께 성인의 교화를 입어 태화(太和)의 동산에 오를 것이니 어찌 아름 답지 않으리오. 본교 회원이 〈대동서언(大同緖言)〉 한 편을 기술하고 내게 서문 써줄 것을 부탁하였다. 나는 늙은 데다 병까지 들어 글을 구상할 수 없어, 대략 그 대의를 거론하여 책머리에 서문을 쓴다. 세세 한 조목은 〈서언(緖言)〉에 다 밝혀 두었으니 여기에 줄줄이 늘어놓지 않는다.

《이씨효열록》 서문

李氏孝烈錄序

천지의 바른 기운이 사람에게 품부되면 효(孝)가 되고 열(烈)이 된
다. 이를 통해서 도가 생겨나지만, 이것을 벗어나면 오랑캐, 금수가
될 뿐이다. 그러므로 아래에 훌륭한 풍속이 있으면 나라가 비록 망해
도 도가 보존되지만 위에서 행하는 교화가 없으면 나라가 비록 보존
되어도 도는 없어진다. 나라가 망해도 도가 보존되면 그 나라는 망한
것이 아니지만 나라가 보존되고 도가 없으면 나라가 없는 것이나 마
찬가지이다. 《전(傳)》에 "오랑캐에게도 군주가 있으나 군주가 없는
중원의 제후국만 못하다."[274]라고 하였으니, 어찌 중국의 여러 제후국
에 예의가 모인 것을 성인께서 귀하게 여기신 것이 아니겠는가? 나
는 노환 때문에 오랫동안 병석에 누워 문밖의 일을 살피지 않은 지
오래되었다. 갑자기 어느 날 묵암(默庵) 이재(李齋) 옹이 집안에 대
대로 내려오는 《효열록(孝烈錄)》 1책을 내게 보여주고 서문을 써달
라고 하였다.

　나는 손을 씻고 읽고서 말하였다.

　"성대하도다! 세 명의 효자와 두 명의 열녀가 이어져 이씨 집안에서

274　오랑캐에게도……못하다 : 《논어》〈팔일(八佾)〉에 나오는 "오랑캐에게 군주가
있는 것이 어지러운 중국의 제후국보다 낫다.〔夷狄之有君 不如諸夏之亡〕"라고 한 구절
을 인용한 것이다. 그러나 김윤식은 주자의 해석과는 달리 망하더라도 예의가 있는
중국이 오랑캐보다 낫다고 푼 고주(古注)를 따른 것으로 보인다.

났는데, 모두 근세의 일이다. 사람으로 하여금 눈으로 보고 마음으로 깊이 느끼게 하여 세상의 모범이 되니 어찌 아름답지 않은가? 나는 또 이로 인해 선왕의 은택을 생각한다. 우리 열성조(列聖朝)의 깊은 인과 두터운 은택이 백성의 마음에 미쳐 위에서는 교화를 행하고 아래에서는 풍속이 아름다웠다. 그 유풍과 여운이 지금까지 사라지지 않아 남자는 효도하고 여자는 열녀가 되니 집집마다 덕행을 표창할 만하다. 이씨 집안은 특별히 더욱 드러난 경우이니, 누가 선왕의 은택이 이미 끊어졌다고 하는가? 아아! 우리나라는 평소 선한 나라라고 일컬어진다. 지금 비록 시대가 변하였으나 오히려 풍교(風教)를 부지할 만하다. 서로 더불어 선왕의 도를 익혀 동방군자국이 됨을 잃지 않았으니, 우리 당(黨)의 선비들이 힘쓰지 않을 수 있겠는가? 그리고 묵옹은 집안 대대로 내려오는 탁월한 행실로써 당세의 포상을 구하지 않고 어진 사대부의 말을 널리 구해 불후하기를 꾀하니, 선대의 뜻을 잘 계승한 자[275]라 할 만도다. 내가 이에 감탄하여 병든 몸을 애써 지탱해 서문을 짓노라."

---

275 선대의……자 : 효자를 가리킨다. 《중용장구》제19장에 "효라는 것은 선대의 뜻을 잘 계승하고 선대의 사업을 잘 계승하여 발전시키는 것이다.〔夫孝者 善繼人之志 善述人之事者也〕"라고 한 구절에서 원용한 말이다.

연사동지회 서문
蓮社同志會序

백련결사는 여산(廬山) 승려 혜원(慧遠)의 옛 일[276]을 본뜬 것이다.
백련(白蓮)이란 무엇인가? 서방 불토의 청정한 뜻을 비유한 것이다.
불토는 어디에 있는가? 바로 내 마음이 그곳이다. 혜원은 어떤 사람
인가? 옛날 이름난 승려이다. 그가 함께 모임을 만든 사람은 누구인
가? 진나라 말 은사(隱士) 도정절(陶靖節)[277] 등 약간 명이다. 도정절
은 유자(儒者)인데 어찌 승려의 모임에 들어갔는가? 유자는 널리 세
상을 구하는 데 뜻이 있어 도를 행함을 급급하게 여겨 자기의 임무로
삼지만, 정절은 관직을 버리고 전원으로 돌아가 세상 일에 뜻이 없었
다. 그러므로 혜원과 공문(空門 불교)의 벗으로서 사귀어 술을 마시며
시를 짓고 천진(天眞)에 맡겨 도를 즐기고 계율에 구속되지 않은 채
한가롭게 노닐며 세상을 마쳤다. 백 세대 후에도 그 풍모를 상상하고

---

276 혜원(慧遠)의 옛 일 : 진(晉)나라 혜원 법사(慧遠法師, 332∼414)가 여산(廬山)
의 호계(虎溪) 동림사(東林寺)에 있을 때 명승과 유자 123명을 모아 무량수불상(無量
壽佛像) 앞에서 맹세를 하고 서방정업(西方淨業)을 닦게 한 일을 가리킨다. 이 모임을
백련결사(白蓮結社)라 하였는데 그 절에 백련을 많이 심었기 때문이었다.

277 도정절(陶靖節) : 도연명(陶淵明, 365∼427)으로, 자(字)는 연명 또는 원량(元
亮), 이름은 잠(潛)이고, 시호는 정절(靖節)이다. 벼슬을 버리고 은거하였을 때 동림사
(東林寺)의 혜원(慧遠)과 교유하였다. 진(晉)나라 고승인 혜원(慧遠)이 호계(虎溪)를
건너지 않는 계율을 지키고 있었는데, 도연명(陶淵明)과 육수정(陸修靜)을 배웅할 때
이야기에 빠져 자신도 모르게 호계를 건넜으므로, 세 사람이 크게 웃으며 헤어졌다는
'호계삼소(虎溪三笑)'의 고사가 유명하다.

그 정상(情狀)을 짐작할 만하다. 금강보운(金剛寶雲) 선사는 지금의
혜원이다. 계행(戒行)을 정결히 닦았고 내외경전(內外經典)에 널리
통하였으며 불교의 이치를 잘 말한다. 도성의 사대부들이 그와 즐겨
노닐다가 마침내 모임 하나를 만들어 이름을 연사동지회(蓮社同志
會)라고 하였다. 이 모임에 들어간 사람들은 대개 노년의 나이에 세
체(世諦 세속의 도리)에 담담하고 진량(津梁 중생을 제도함)에 지쳐 휴식
할 곳을 얻고자 하는 사람이다. 고결한 풍모와 탁월한 식견이 반드시
이전 사람들에게 미치지는 못하지만 뜻을 실천하는 것은 마찬가지이
니, 그 뜻은 아마도 세속에 거처하면서 방외(方外)를 노니는 것이리
라.

《환재선생문집》 서문 신해년(1911)

瓛齋先生文集序 辛亥

옛날 고정림(顧亭林) 선생이 "문장이 위대한 경술(經術)과 정리(政理)에 관련이 없으면 짓기에 부족하다."[278]고 하였다. 경술이라는 것은 자기를 닦는 근본이고, 정리라는 것은 백성을 안정시키는 근본이다. 군자의 도(道)는 자기를 닦고 백성을 안정시킬 뿐이니, 이 두 가지를 버리고 문장을 논한다면 어찌 문장을 도를 관통하는 그릇[279]이라고 할 수 있겠는가? 그러므로 문장은 도에서 나오고 도는 문장을 통해 드러난다. 비유컨대 초목 가운에 꽃이 있는 것은 반드시 열매가 있으니, 열매가 없는 꽃을 군자는 부끄러워하는 법이다. 본조(本朝) 인문(人文)의 번성함이 명종(明宗)과 선조(宣祖) 시대만한 때가 없었다. 3백 년 지나고서야 박환재(朴瓛齋)[280] 선생을 얻었으니, 선생은

---

278 문장이……부족하다 : 전조망(全祖望, 1705~1755)의 《길기정집(鮚埼亭集)》 권12 〈정림선생신도표(亭林先生神道表)〉에 나오는 "문장이 위대한 경술(經術)과 정리(政理)에 관련이 없으면 짓기에 부족하다.〔文不關於經術 政理之大 不足爲也〕"라고 한 구절에서 인용한 말이다. 정림 선생은 고염무(顧炎武, 1613~1682)로, 자는 영인(寧人), 호는 정림(亭林)이다. 명나라 말기, 당시의 양명학이 공리공론을 일삼는 데 환멸을 느끼고 경세치용(經世致用)의 실학에 뜻을 두었다. 실증적(實證的) 학풍은 청조의 고증학을 연구하는 데 많은 도움을 주었다.

279 도를 관통하는 그릇 : 이한(李漢)이 쓴 〈창려집서(昌黎集序)〉에 나오는 "문장이란 도를 관통하는 그릇이다.〔文者 貫道之器也〕"라고 한 구절을 원용한 말이다.

280 박환재(朴瓛齋) : 박규수(朴珪壽, 1807~1876)로, 본관은 반남(潘南), 자는 환경(瓛卿), 호는 환재(瓛齋)이다. 할아버지인 박지원의 《연암집》을 읽고 실학의 학풍에

세상에 명성을 떨치리라는 기대에 부응하여 큰일을 해낼 재주를 발휘하셨다. 학문은 아들·신하·아우·벗이 마땅히 행해야 하는 의리와 분수로부터 나와 천덕(天德)과 왕도(王道)에까지 이르렀다. 경전(經典)과 역사를 씨줄과 날줄로 하고 시원과 근본을 탐구하여 갖춰진 축적(蓄積)과 소양(素養)이 두텁고도 깊었다. 그러나 스스로 문인이라 여긴 적이 없었으나, 글은 반드시 필요가 있어야 지었으니, 되는 대로 쓰는 실제가 없는 말이 아니었다. 매번 생각이 나서 글을 쓸 때마다 풍성하게 할 말을 전달하였고 법도와 기준에 얽매이지 않아도 자연스럽게 문장을 이루었다.

홍망치란(興亡治亂)의 도와 백성들이 겪는 병통의 근원에 대해 논한 글은 반드시 다양한 논의를 적절하게 구사하였고 명백하고 통쾌하여 세상 사람들의 혼미함을 깨우쳤다. 전례(典禮)에 대해 논한 것은 근거가 정밀하고 상세하며 체재가 근엄하였다. 교제(交際)에 대해 논한 것은 성신(誠信)이 함께 하면서도 자주(自主)의 주체를 잃지 않았다. 크게는 국토를 구획하고 논밭을 측량하는 제도에 대해, 작게는 금석문, 고고학, 의기(儀器), 잡복(雜服) 등의 일에 대해, 정확하게 연구하지 않은 것이 없고 사실에 근거하여 탐구하지 않은 것이 없었다. 규모가 방대하고 종합한 이론이 치밀하여 모두 경전을 보좌할 만한 것들이니, 선생의 도를 드러내 보인 것들이다. 그러므로 문장이 조화롭고 전아하며 광채가 난다. 사람으로 하여금 쉽게 이해하게 하되 꾸며낸 자태와 고심한 태도가 없다. 문장 곳곳이 마치 강물이 일사천리로 쏟아져 일렁

눈을 뜬 뒤 윤종의(尹宗儀), 남병철(南秉哲) 등 당대의 학자와 학문적 교류를 하면서 실학적 학문경향을 한층 심화시켰다. 김윤식의 스승이다.

일렁 끝없이 펼쳐지지만 여파는 잔잔히 흘러 곡절마다 문채가 이루어지는 것 같았으니, 근본이 있는 이가 아니고서야 이렇게 할 수 있겠는가? 시는 한문공(韓文公)²⁸¹을 가장 좋아했다. 성대한 문장과 위대한 시편이 수시로 광채가 기이하고 눈부시게 아름다운 모습을 드러냈으니, 역시 그 정수(精髓)를 깊이 터득한 것이리라.

아아! 선생은 불행히 군자의 도는 사라지고 소인의 도가 자라나는 시대를 사셨다. 비록 재상의 지위에 있었으나 현인을 실제로 임용하지는 못했다. 벼슬에 있을 때는 널리 백성을 구제하는 정책을 펴지 못했고, 벼슬에서 물러났을 때는 자연에 은거할 뜻을 이루지 못했으니, 답답하고 울적함을 어쩔 수 없어 항상 원안(袁安)의 눈물을 닦았다.²⁸² 그러나 문사에 보이는 것은 담담하고 화평하여, 원망하고 비방하는 뜻이나 슬퍼하는 기색이 없다. 아마도 난세에 이런 때를 만나 자기의 몸만을 깨끗이 하는 것을 차마 하지 못한 것이리라. 이것은 충후의 지극함이다.

연재(淵齋) 윤공(尹公)²⁸³은 평론을 정확히 하는 이 시대의 군자이

---

281 한문공(韓文公) : 한유(韓愈, 768~824)로, 자는 퇴지(退之), 시호는 문공(文公)이다. 산문의 문체개혁(文體改革)과 시에 있어 지적인 흥미를 정련(精練)된 표현으로 나타낼 것을 시도하는 등 문학상의 공적을 세웠다.

282 항상……닦았다 : 항상 국사를 근심했음을 비유한 말이다. 원안(袁安, ?~92)은 후한(後漢) 여양(汝陽) 사람으로, 자는 소공(邵公)이다. 그는 나라를 근심하여 조회에서 임금을 뵐 때나 대신들과 국가 일을 말할 때마다 한숨을 쉬면서 눈물을 흘리지 않은 적이 없었다고 한다. 《後漢書 卷45 袁安傳》

283 연재(淵齋) 윤공(尹公) : 윤종의(尹宗儀, 1805~1886)로, 본관은 파평(坡平), 자는 사연(士淵), 호는 연재(淵齋), 시호는 효정(孝貞)이다. 철종 때 개성부 도사, 김포 현령, 함평 군수, 청풍 부사 등을 지냈으며, 제자백가에 정통하고 병법, 농사,

다. 그가 선생의 제문에 다음과 같이 썼다.

"선비에게 깊은 학문이 있으니 임금을 높이고 백성을 보호할 수 있고, 재주와 식견이 있으니 앉아서는 간언하고 일어나서는 행할 수 있고, 명예와 지위가 있으니 국정을 도와 경륜을 펼 수 있었으나, 끝내 평소 쌓은 것을 펴서 은택을 미치지 못하고 한갓 후인으로 하여금 모습을 그리며 쓸쓸하게 남은 글월에 탄식하게 만든다."

예로부터 불우함을 애석해하고 운명에 탄식한 것이 어찌 끝이 있으랴. 또한 다시 공에게 무엇을 한스러워하랴.

공이 왕을 보좌한 재주는 정심(精深)한 학술에 뿌리를 두었고 식견과 넓은 도량을 더한 것이었다. 평생 무익한 공언(空言)은 하려고 하지 않았고 말씀이 반드시 실제에 조처할 수 있는 것이었다. 비유컨대, 문을 닫고 수레를 만들어도 문 밖에 나서면 바윗자국에 들어맞는 것과 같았다. 오직 백성의 도리와 사물의 법칙을 익혔고, 제도와 원대한 계책을 탐구하였고, 풍속이 무너져 내리는 것을 가엾게 여겼다. 그러므로 그 문장은 환하게 세상을 경륜하는 훌륭한 솜씨였으니, 화려한 조식(藻飾)을 좋아하지 않았고 자랑하고 과시하는 작태를 부끄럽게 여겼다. 의상(意象)은 청원(淸遠)하여 봉황이 날개를 치는 듯하고 음절(音節)은 탁 트여 큰 종을 힘껏 치는 것 같다. 밝고 깨끗하여 속세의 먼지가 전혀 없이 범인(凡人)을 뛰어넘는다. 마치 커다란 벽옥(碧玉)과 큰 규옥(圭玉)이 묘당 안에 진열되어 있으면 자연히 귀중하게 여겨지고 바라보면 옥의 윤기가 사방으로 도달해 광채를 숨길 수 없는 것 같다.

삼례[284]를 관통했고 제자백가와 역사를 널리 종합하여 핵심이 되는

천문, 예학 등에 밝았다.

부분을 통달해 신운(神韻)의 소재를 터득했다. 가정에서 보고들은 것
에 연원하여 순정함으로 돌아갔고 중국의 명유(名儒)를 헤아려 평이함
과 진실함에 힘썼다. 원구(圓球)를 제작하여 육합(六合)을 포괄해 펼
쳐놓고[285] 잡복(雜服)을 상고하여 여러 설을 절충했다.[286] 〈벽위편(闢
衛編)〉의 발문[287]은 해외의 사정을 촛불로 비춘 듯 추측하였다. 젊은
날 견식이 이처럼 크고 정밀하였다. 그러므로 초야에 묻혀 있을 때는
곤궁함을 다 맛보았으나 궁핍함을 드러내지 않았고, 조정에 있을 때는
화려하고 현달한 관직을 두루 거쳤으나 교만함이 보이지 않았다. 공이
한가히 거처할 때 생각에 잠겨 담장 밑을 배회하던 것이 나는 무슨
일 때문인지 알지 못했지만, 절절하게 근심하는 애달픈 마음과 정성이
자주 안색에 드러났다. 수계(繡啓)[288]・핵주(覈奏)[289]・조의(祧議)[290]

---

284 삼례(三禮) : 《예기(禮記)》,《주례(周禮)》,《의례(儀禮)》를 가리킨다.

285 원구(圓球)를……펼쳐놓고 : 박규수가 평혼의(平渾儀)를 제작한 일을 가리킨
다.

286 잡복(雜服)을……절충했다 : 박규수가 《거가잡복고(居家雜服攷)》를 편찬한 일
을 가리킨다.

287 벽위편(闢衛編)의 발문 : 박규수의 〈벽위신편평어(闢衛新編評語)〉를 가리킨다.
박규수의 벗인 윤종의(尹宗儀)가 서양세력의 조선 침투를 우려하여, 이에 대비하는
벽사위정(闢邪衛正)의 방편을 제시하고자 7권 5책으로 이루어진 《벽위신편(闢衛新
編)》을 펴냈는데, 박규수가 이 책을 논평한 글이다.

288 수계(繡啓) : 어사의 장계로,《환재집(瓛齋集)》제7권에 실려 있는 〈경상좌도암
행어사서계(慶尙左道暗行御史書啓)〉를 가리킨다.

289 핵주(覈奏) :《환재집(瓛齋集)》제6권에 실려 있는 〈우부승지위소후자핵소(右
副承旨違召後自劾疏)〉를 가리키는 것으로 보인다.

290 조의(祧議) : 조묘(祧廟)로 옮기는 것에 관한 논의로,《환재집(瓛齋集)》6권에
실려 있는 〈헌종대왕부묘시진종대왕조천당부의(憲宗大王祔廟時眞宗大王祧遷當否議)〉

・연자(燕谷)²⁹¹를 살펴보면 낭랑하여 읽을 만하다. 우상(右相)을 사직한 소(疏) 1편은 개연히 나중에 보답하려는 남은 뜻이 있어 더욱 사람을 감격하게 만드니, 이것이 어찌 세속에서 엿볼 수 있는 경지겠는가.(이 소의 원본은 누락되었다.-원주)

윤공은 또 말하였다.

"근세 유용한 인재 가운데 학식이 환재만한 이가 누구인가? 환재가 이미 죽은 후에 환재 같은 이가 다시금 누가 있겠는가?"

후인 가운데 이을 만한 이가 없는 것을 슬퍼한 것이리라.

선생이 역책(易簀)²⁹²한 후 선생의 아우인 온재(溫齋)²⁹³ 상서(尙書)가 유고를 수집하여 손수 편찬해 보관하였다. 이제 온재 공도 이미 돌아가셨다. 내가 일찍이 선생의 문하에서 노닐며 선생의 도를 좋아하였으나 선생을 알기에는 지혜가 부족하였다. 이에 유집을 편찬하고 다듬는 일은 다 온재가 옛날에 했던 것을 따랐으나 중복된 것은 산삭했다. 윤공의 말씀을 묶어 책머리의 서문으로 두니 선생의 뜻을 거의 저버리지는 않았으리라!

를 가리킨다.

291 연자(燕谷):《환재집(瓛齋集)》제7권에 실려 있는 7편의 자문(咨文)을 가리키는 것으로 보인다.

292 역책(易簀):현자의 죽음을 뜻한다. 증자가 임종할 때, 깔고 있던 화려한 대부의 자리가 자신의 분수에 맞지 않는다고 하여 다른 것으로 바꾸어 깔았다고 한 데서 연유한 말이다.《禮記 檀弓上》

293 온재(溫齋):박규수의 아우 박선수(朴瑄壽, 1823~1899)로, 본관은 반남(潘南), 자는 온경(溫卿), 호는 온재이다. 1864년(고종1) 증광문과에 장원하고, 경상도 암행어사 등 여러 관직을 역임하고 공조 판서에 이르렀다.

《설문익징》 서문
說文翼徵序

돌아가신 종씨 취당 공(翠堂公)[294]께서 말씀하시기를, "《설문해자(說
文解字)》[295]는 자서(字書)의 선조가 된다. 창힐(倉頡)[296]의 정밀한 의
의가 이것이 아니면 전해지지 않았을 것이다. 그러나 여전히 체재가
엄정하지 않고 교감이 미진한 것이 한스럽다."라고 하셨다. 이것이
외숙부께서 《설문해자익징(說文解字翼徵)》을 지은[297] 이유이다. 천
(天)·지(地)·부(父)·모(母) 및 제(帝) 만큼 인류가 존중하는 글
자가 없으나, 허씨[298]는 모두 자(字)를 따르고 문(文)을 따르지 않았

294 취당 공(翠堂公) : 김만식(金晩植)이다. 63쪽 주 132 참조.

295 설문해자(說文解字) : 중국 후한 시대에 허신(許愼)이 편찬한 자전(字典)이다.
그 당시 통용된 모든 한자 9353자를 540부(部)로 분류하고, 친자(親字)에는 소전(小
篆)의 자체(字體)를 싣고, 그 각 자(字)에 자의(字義)와 자형(字形)을 설명하였고,
소전과 자체가 다른 혹체자(或體字)는 중문(重文)으로서 1163자를 수록하였다.

296 창힐(倉頡) : 중국 고대의 전설적인 제왕인 황제(黃帝)의 사관(史官)이다. 새와
짐승의 발자국을 보고 문자를 창안하여 그 때까지 새끼의 매듭으로 기호를 만들어 문자
대신 쓰던 것을 문자로 고쳤다고 한다. 《說文解字序》

297 외숙부께서……지은 : 《설문해자익징(說文解字翼徵)》은 박선수(朴瑄壽, 1823
~1899)가 고대 종정(鐘鼎)의 유문(遺文)을 연구하고 문자의 원리와 뜻을 고증한 책으
로, 석판본(石版本) 14권 6책이다. 1912년 간행되었는데 김만식(金晩植)이 교열하고,
김윤식이 서문을 썼다. 박선수는 김윤식의 숙부 김익정(金益鼎, 1803~1879)의 사촌처
남이 되므로, 외숙부라고 한 것이다.

298 허씨(許氏) : 허신(許愼, 30~124)으로, 자는 숙중(叔重)이다. 고전학자 가규
(賈逵)에 사사하여 널리 유가(儒家)의 고전에 정통하였다. 한자의 형(形), 의(義),

으므로[299] 부수로 삼지 못했다. '부조(父祖)'의 조(祖)와 '고차(姑且)'
의 차(且)가 섞여서 분별이 없으니 조리(條理)가 없었다. 이런 것들
은 모두 절대적인 관계가 있는 것들이다. 이 같은 모든 것들이 한결
같이 외삼촌의 손에 들어가서 추락된 것은 회복되고 거짓된 것은 바
로잡히고 끊어진 것은 이어지고 가려진 것은 드러나니, 만물을 여기
에서 목도(目睹)하는 통쾌함이 있다. 이는 육서(六書)의 학문이 있은
이래 없었던 일이다. 나 역시 온재(溫齋)[300] 선생을 따라 노닐 적에
한두 마디 단서가 되는 말씀을 들은 적이 있다.

　창힐은 고대의 성인이니, 만든 글자에 지극한 이치가 존재하지 않은
것이 없다. 당우삼대(唐虞三代) 이전에는 삼가 계승하여 본뜻을 잃지
않았다. 후대에 발견한 옛 종정문(鐘鼎文)을 상고하면 알 수 있다. 주
(周)나라가 쇠한 이래 변하여 대전(大篆)・소전(小篆)・예서(隷書)가
되었고, 또 변하여 팔분체(八分體)・해서(楷書)・초서(草書)가 되어,
날이 갈수록 간략해져서 본뜻을 많이 잃었다. 유사한 것으로 혼용하는
경우도 있고 문자를 분별할 수 없는 경우도 있으니, 터럭 같은 차이가
천 리로 어긋나는 꼴이 되었다. 사주(史籒)의 고문[301] 이래로 이러한

음(音)을 체계적으로 해설한 최초의 자서(字書)인 《설문해자(說文解字)》를 저술했다.
299　자(字)를……않았으므로 : 상형(象形)에 의거해 만들어진 글자를 문(文)이라 하
고 글자들이 합해져 만들어진 글자를 자(字)라 하는데, 허신(許愼)은 문(文)을 부수로
삼아 글자들을 분류하였으나, 박선수는 허신이 원래 문(文)인 글자들을 잘못 분석해
자(字)로 분류하여 부수로 삼지 않았음을 지적한 것이다.
300　온재(溫齋) : 박선수(朴瑄壽)이다. 130쪽 주 293 참조.
301　사주(史籒)의 고문 : 대전(大篆)을 가리킨다. 주(周)나라 선왕(宣王) 때 태사인
주(籒)가 만들었는데, 고문대전(古文大篆)과는 약간 다르므로 그의 이름을 붙여 주문

걱정을 면치 못했는데, 더욱이 그 후대야 말할 나위가 있겠는가?

선생께서 "허씨의 시대에는 땅에 묻혀있는 종정(鐘鼎)이 아직 다 나오지 않았고 공벽(孔壁)에서 나온 과두문자(蝌蚪文字)³⁰²만을 숭상하였다. 《집고(集古)》³⁰³·《고고(攷古)》³⁰⁴·《박고(博古)》³⁰⁵ 제서의 첨획(尖劃)은 전문(篆文)과 관지(款識)³⁰⁶를 베껴 쓴 것인데, 제가(諸家)의 주관적인 단정과 억측에 따른 추정이 오류를 계발하고 모호함을 계승하여 종정문이 제일 액운을 당한 때가 된다."라고 말씀하신 적이 있다. 또 말씀하셨다.

"금석문은 공이 매우 크다. 그러나 고증은 제대로 능력을 갖춘 사람이 하지 아니면 금석문의 해 역시 크다."

글자체가 명확해서 근거할 만한 것으로 종정문만한 것이 없으나 금속에 새긴 명문은 예스럽고 심오하여 이해하기 어려우니, 큰 안목과

(籒文)이라고도 부른다.

302 공벽(孔壁)에서 나온 과두문자(蝌蚪文字) : 한(漢)나라 때 노 공왕(魯恭王)이 궁(宮)을 넓히기 위하여 공자(孔子)의 구택(舊宅)을 헐다가 그 벽(壁) 속에서 얻은 《고문상서(古文尙書)》《예기(禮記)》《논어(論語)》《효경(孝經)》 등을 가리킨다.

303 집고(集古) : 《집고록발미(集古錄跋尾)》를 가리킨다. 송나라 구양수(歐陽脩, 1007~1072)가 공직의 편리를 위해 금석문을 구해서 편집한 책이다. 중국에 현존하는 가장 오래된 금석학 저서이다.

304 고고(攷古) : 《고고질의(攷古質疑)》를 가리킨다. 송나라 섭대경(葉大慶, 1180~1230)이 육경·사서·제가의 저술의 의의에 대해 고증한 책이다.

305 박고(博古) : 《박고도록(博古圖錄)》을 가리킨다. 송나라 왕보(王黼, 1079~1126) 등이 편찬한 책으로 금문에 관한 책이다.

306 관지(款識) : 종정이나 이기(彝器)에 새겨져 있는 금석문을 가리킨다. 음각을 관(款), 양각을 지(識)라고 하는 설과 외부의 글을 관, 내부의 글을 지라고 하는 설, 두 가지가 있다.

섬세한 심법(心法)으로 하늘과 사람의 이치를 통찰하고 고금의 바른 서체를 널리 종합한 자가 아니라면 분변할 수 없다. 후대에 서체를 논하는 자들은 어려움을 피하고 쉬움을 쫓아, 겨우 이사(李斯)를 거쳐[307] 사주(史籀)에까지 미쳤을 뿐이고, 그 범위 밖으로는 벗어나지 못했다. 그리고 한(漢)나라 유자들은 학문에 있어 스승의 설을 고수하여, 비록 잘못을 알더라도 감히 교정하지 못했다. 이에 잘못된 것은 계속 잘못되고 모호한 것은 더욱 모호해져 점차로 진면목을 잃어버리게 된 것이 많다.

선생은 이 점을 걱정하여 정신을 집중하고 생각을 깊게 해서 육서의 학문에 힘을 썼다. 좋은 나무를 택해서 손수 깎아 종정(鐘鼎)·반돈(槃敦)[308]·관궐(梡嶡)[309] 등의 예기(禮器) 수백 종을 만들고 그림에 의거해 조각하고 그려서 좌우에 늘어놓아 두고, 그 가운데 앉았다 누웠다 하면서 밤낮으로 연구하였다. 만약 허씨의 자의(字義) 가운데 분명하지 않은 곳이 있으면 일률적으로 금석 명문을 가지고 판단하였고 같은지 다른지 비교하고 문자를 상고해 거짓을 분별하여 오류를 바로잡음이 마치 엄혹한 관리가 옥사를 다스리는 것 같았다. 혹시라도 금석 명문 가운데 없는 것이 있으면 역시 유사한 글자로 추정하고 같은 부류

---

307 이사(李斯)를 거쳐 : 소전(小篆) 이전을 가리킨다. 이사(李斯, ?~기원전 208)는 진(秦)나라 재상으로서, 소전을 표준서체로 정하여 한자의 규범화에 큰 영향을 미친 인물이다.

308 반돈(槃敦) : 고대 제후들이 회맹할 때 쓰던 제기이다. 반(槃)은 피를 담았고 돈(敦)은 음식을 담았다.

309 관궐(梡嶡) : 상고 시대 제사용 희생물을 진열해 놓았던 그릇이다. 관은 순 임금 때 쓰던 예기이고, 궐은 하(夏)나라 때 쓰던 예기이다.

의 글자로 통용하여 좌우로 근원을 만나는 묘미가 있었다. 은미한 곳까지 탐구하고 마음과 생각을 다하여 새로 범례를 만들고 문자를 분별하였는데, '전성(專聲)', '연비(聯比)', '번종(繁從)', '연종(聯從)'으로 분류하였고 일자이음(一字二音)이 되는 유래를 변별하였으니, 모두 앞선 사람들이 밝혀내지 못한 것을 밝혀낸 것이다. 누락된 것을 회복시키고 문란한 것을 정돈하여, 가려져있던 문자를 증명해 확정한 것을 다 셀 수가 없다. 사리에 적절하고 인정(人情)에 진실로 합치되지 않는 것이 없으니, 참으로 천고의 몇 안 되는 책이라 일컬을 만하다.

바야흐로 정신을 집중해 묘한 경지에 들어갔을 때에는 고기 요리도 맛있지 않고 아름다운 그림도 아름답게 보이지 않고 음악 소리도 즐겁게 들리지 않아, 마음의 세계가 허령(虛靈)하여 드넓고 탁 트인 들에서 노닌다. 좌우로 살펴보고 손가락으로 획을 짚어보는 사이 황홀하게 터득한 것이 있으면 비록 한밤중이라도 반드시 촛불을 켜게 하고 기록하였고, 앉은 채 아침을 기다렸다가 백씨 환재 선생(瓛齋先生)[310]의 처소로 달려갔다. 책상을 마주하고 토론하면 환재 선생 역시 기쁘게 인정해 주었고, 비록 천 리 먼 곳에 있을지라도 반드시 질정을 주고받은 연후에 원고에 썼다. 당시 선생 형제와 사이좋게 지내던 제현(諸賢)은 모두 통달한 유자(儒者)와 선비들이었는데, 함께 기이한 문장을 감상하고 의심스러운 뜻을 분석하는 경우가 잦았다. 그러나 선생의 이 책에 있어서는 분석한 글자 하나 쓰지 못했다. 모르는 것을 억지로 하고 싶지 않았고 선생이 전적으로 할 수 있도록 사양했기 때문이리라.

환재 선생이 연경에 사신으로 갔던 적이 있었는데, 《설문해자익징》

---

310 백씨 환재 선생(瓛齋先生) : 박규수(朴珪壽)이다. 125쪽 주 280 참조.

의 미완 원고를 지니고 가서 왕헌(王軒)[311], 동문찬(董文燦)[312], 오대징(吳大澂)[313] 제군에게 보여주었다. 모두 《설문해자》를 깊이 연구한 학자들이었는데 매우 칭찬하며 이렇게 말하지 않은 자가 없었다.

"이 책은 허씨의 참된 공신이니, 서현(徐鉉) 부자가 문자에 의거해 해석한 것에[314] 못지않다. 완성된 원고가 나오길 기다려 낙양 종이 값이 오르는 것을 보아야겠다."

환재 선생이 세상을 떠난 후 선생은 고향 집으로 물러나 거처하였고 만년에는 더욱 조예가 심묘해졌다. 손님이 오면 항상 열심히 《설문해자》의 뜻을 설명하였으나, 손님은 예예 하다가 하품을 하며 졸려고 하였다. 선생 역시 크게 웃으며 따지지 않았다. 이어서 탄식하며 말했다.

"천륜의 지기(知己)가 죽고 나니 이 책에 대해 함께 말할 사람이

---

311 왕헌(王軒) : 1823~1887. 자는 하거(霞擧), 자호는 고재(顧齋), 서호옹(署壺翁)이다. 설문(說文)과 삼례(三禮)에 통달하였고 금석, 지리 등을 배웠다. 과거에 급제해 군기처에 있었으나 왜인 동당이라는 명목으로 북경을 떠나 하동으로 옮겨 굉운서원(宏運書院)에 초빙되었다. 다시 추천을 받아 산서성지(山西省志)의 편찬을 총재하였고 진양서원(晉陽書院)의 주임으로 일했다. 영덕당(令德堂)이 창립될 때 교장으로 초빙되어 진양서원을 사임하고 옮겼다.

312 동문찬(董文燦) : 1839~1876. 자는 운감(芸龕), 여휘(黎輝)이다. 국사관교대(國史館校對), 평예방략관교대(平豫方略館校對) 등을 역임했다. 금석과 고화폐 수집을 좋아하여 관련 서적을 저술하기도 했다.

313 오대징(吳大澂) : 1835~1902. 자는 지경(止敬), 청경(淸卿), 호는 항헌(恒軒)이고, 오현(吳縣) 출신이다. 청나라 금석학자이자 서화가이다.

314 서현(徐鉉)……것에 : 오대(五代) 송(宋)나라의 서현(徐鉉, 916~991) 등이 교감한 《설문해자(說文解字)》를 가리키는 것으로, 세칭 '대서본(大徐本)'이라 한다. 황제의 뜻을 받들어 구중정(句中正), 갈단(葛湍), 왕유공(王惟恭) 등과 함께 교감하여, 986년 완성된 판본이 유포되었다.

없구나."

책은 모두 14권이다. 선생이 손수 편찬하였고 취당 종형이 함께 교열한 후 잘 보관해두고 후세의 양자운(揚子雲)을 기다렸다.[315] 선생이 돌아가신 지 12년 되는 신해년(1911), 그 일을 아는 모임의 벗들이 모두 "선생의 이 책은 허씨가 빠뜨린 것을 보충했을 뿐만이 아니라 실로 경전 이해를 돕는 효과가 있다. 천하의 보물은 천하를 위해 아까워해야 하니, 책 상자에 오래도록 감춰 두어서는 안 된다."라고 하며 마침내 간행을 도모하며 내게 서문을 구하였다. 나는 재주와 식견이 노둔하고 엉성한 데다 오랫동안 환난을 겪었고 갑자기 노환을 앓게 되어 책에 있는 오묘한 뜻을 백에 하나도 기억하지 못한다. 종이를 펴놓고 함부로 평론할 때와는 전혀 다른 사람이 되고 말았으니 어찌 현안(玄晏)의 역할[316]을 맡겠는가.

비록 그렇더라도 그 날 벼루 곁에서 들으면서 예예 하며 졸려 하던 사람 가운데 오직 나만이 아직 살아 있으니, 감히 끝까지 사양하지 못하고 옛날 들었던 것을 대략 기술하여 쓴다. 아아! 지금 세계의 기풍

---

315 후세의……기다렸다 : 후세에 알아줄 사람이 나타나기를 기다린다는 말이다. 전한(前漢)의 학자 양웅(揚雄, 기원전 53~18)이《태현경(太玄經)》을 지었을 때 유흠(劉歆)이 지금 학자들은《주역》도 모르는데 후세에 알 사람이 어디 있겠느냐고 하자, 양자운은 "후세에 나 자운 같은 학자가 나오면 알 것이다."라고 대답했다고 한다.《漢書 卷87 揚雄列傳下》

316 현안(玄晏)의 역할 : 책의 가치를 드러내는 훌륭한 서문을 쓰는 일을 가리킨다. 현안은 황보밀(皇甫謐, 215~282)의 호로, 진(晉)나라 좌사(左思)의 〈삼도부(三都賦)〉에 서문을 쓴 사람이다. 황보밀의 서문으로 인해, 부자와 귀족들이 서로 이 작품을 다투어 베끼는 바람에 낙양의 종이값이 일시에 폭등했다고 한다.《晉書 卷92 文苑列傳 左思》

이 날로 높아지는 것을 보면 반드시 사해(四海)가 같은 문자를 쓸 날이 있을 것이다. 선생의 이 책이 비록 시대를 잘못 만났으나 광대한 지구 안 세상과 백대에 걸친 오랜 시간 속에서 이 책을 애호할 줄 아는 자를 구한다면 어찌 적당한 사람이 없으랴? 만약 이를 통하여 연구를 더 보태 선생이 빠뜨린 부분을 보충한다면 선생이 허씨에 대한 것과 같으리니, 이것이 본디 선생의 바람인 것이다.

육당 서문
六堂序

최남선(崔南善)[317] 군이 거처하는 집 이름을 '육당(六堂)'이라 지었다.
혹자는 "최군은 서적 쌓아두는 것을 좋아하니, 구공(歐公)의 '육일(六
一)' 뜻을[318] 취해 자호로 삼았다."라고 하고 혹자는 "최군은 부지런히
스스로를 수양하니, 장자(張子)의 '육유(六有)' 설[319]에서 취해 스스
로 경계한 것이다."라고 한다. 나는 최군이 명예를 좋아하는 사람도
아니고 홀로 선하고자 하는 사람도 아니라고 생각한다. 사문(斯文)
이 실추되려는 때에 부지해 일으켜 이전 성과를 계도(啓導)하고 앞으

---

317 최남선(崔南善) : 1890~1957. 본관은 동주(東州), 호는 육당(六堂), 자는 공륙
(公六), 아명은 창흥(昌興), 세례명은 베드로이다. 한국 근대문학의 선구자로, 독립선
언문의 초안을 작성한 민족대표 48인 중 하나이다. 광복 후에는 이후 행적이 문제가
되어 친일반민족 행위자로 기소되었다.

318 구공(歐公)의……뜻을 : 구공은 구양수(歐陽脩, 1007~1072)이다. 호를 육일거
사(六一居士)라고 하였는데, 〈육일거사전(六一居士傳)〉에 "우리 집에 책 1만 권이 있
고, 삼대 이래의 금석유문 1천 권을 모았고, 거문고 하나, 바둑판 하나가 있고 항상
술 한 병이 놓여있다.……나 한 늙은이가 이 다섯 가지 물건 사이에 늙어가니 어찌
여섯 가운데 하나가 되지 않겠는가?〔吾家藏書一萬卷 集錄三代以來金石遺文一千卷 有
琴一張 有棋一局 而常置酒一壺……以吾一翁 老於此五物之間 是豈不爲六一乎〕"라고
하였다.

319 장자(張子)의 육유(六有) 설 : 장자는 장재(張載, 1020~1077)의 《정몽(正蒙)》
〈유덕(有德)〉에 "말에는 가르침이 있고 행동에는 법도가 있게 하며, 낮에는 행함이
있고 밤에는 깨달음이 있으며, 숨 한 번 쉬는데도 함양하고 눈 깜짝하는 순간에도 마음
을 간직하라.〔言有敎 動有法 晝有爲 宵有得 息有養 瞬有存〕"라고 한 구절을 가리킨다.

로의 길을 개척하고자 하니, 일이 매우 어렵지만 뜻을 없앨 수는 없다. 《주역(周易)》〈복괘(復卦)〉에 "그 길을 반복하여 7일 만에 와서 회복한다."[320]라고 하였다. 1효가 1일에 해당하기 때문에 건효(乾爻)가 곤효(坤爻)로 다 변하면 그 수가 6이 되는데 이것은 순음(純陰)이라 양(陽)이 없나 의심스럽다. 그러나 천지간에 양이 멸절될 리가 없으니 순음 가운데 1양이 이미 생겨난다. 그러므로 "복(復)에서 천지의 마음을 볼 수 있다."[321]라고 하였으니 움츠러드는 것을 슬퍼하고 펴지는 것을 기뻐한 것이다. 성인(聖人)이 양(陽)을 부지하는 뜻을 여기에서 볼 수 있다. 유교(儒教)는 양이자 군자의 도이다. 〈비괘단사(否卦彖辭)〉에 "소인의 도가 자라나고 군자의 도가 없어진다."[322]라고 하였으니 음이 자라고 양이 소멸함을 이른다. 지금 유교는 번성했다가 쇠퇴해가고 있고 윤리는 거의 무너져 내려 점점 긴 밤중으로 들어가고 있으니 바로 "천지가 폐색(閉塞)하면 현인이 은거하는"[323] 때이다. 이런 때에 유교를 하는 사람들은 아름다움을 간직하고 더러움을 포용하여 시대와 함께 변화해서 땅속에 있는 한 줄기 양을 부지해

---

320 그……회복한다 : 《주역》〈복괘(復卦)〉에 "길을 반복하여 7일 만에 와서 회복한다.〔反復其道 七日來復〕"라고 한 구절을 인용한 말이다.

321 복(復)에서……있다 : 《주역》〈복괘(復卦) 단(彖)〉에 "복괘는 천지의 마음을 보인 것인가 보다!〔復 其見天地之心乎〕"라고 한 구절에서 인용한 말이다.

322 소인의……없어진다 : 《주역》〈비괘(否卦) 단(彖)〉에 "소인을 안에 있게 하고 군자를 밖에 있게 하니, 소인의 도가 자라나고 군자의 도가 없어진다.〔內小人而外君子 小人道長 君子道消也〕"라고 한 구절에서 인용한 말이다.

323 천지가……은거하는 : 《주역》〈곤괘(坤卦)〉에 "천지가 변화하면 초목이 무성하고 천지가 폐색하면 현인이 은둔한다.〔天地變化草木蕃 天地閉賢人隱〕"라고 한 구절에서 인용한 말이다.

야만 한다. 봄에 우레가 한 번 치면 수천 수만의 문이 차례로 열려 천하의 인문(人文)이 밝아지고 만물이 소생함을 볼 것이니, 간 것은 돌아오고 사라졌던 것은 다시 자라는 이치는 분명하여 속임이 없다. 하늘이 사문(斯文)을 잃은 것이 아니라 잠시 움츠러든 것인데도 스스로 실망해 발흥하는 마음까지 잊어서는 안 될 것이다. 나는 최군이 육을 호로 삼은 까닭을 안다. 순음의 때에 처하여 와서 회복할 기약을 기다리는 것이리라.

《백거집》 서문

白渠集序

봉서(鳳棲) 선생[324]이 도성(都城)에서 도(道)를 강설(講說)하실 때, 경술과 품행을 가르치는 여가에 문예를 가르치셨다. 한 시대 뛰어난 재사들이 모두 그 문하에서 나왔는데, 문예를 통해 도로 들어간 자가 많았다. 백거(白渠) 유공(兪公)[325]도 그 중 한 사람이다. 유공의 학문은 독서하고 이치를 밝히며 마음을 잘 보존하고 실천하는 것을 위주로 하였다. 임오년(1882, 고종19) 몹시 어수선할 때 조정에서 은사(隱士)를 등용했는데, 공은 포의(布衣)의 신분으로 곧바로 대관(臺官)에 배수되었다.[326] 세상의 많은 사람들이 유일(遺逸 누락된 인재)이 등용되는 최근의 사례라 생각하여 공의 출처를 살펴보았다. 공은 구차하게 남과 다르고자 하지 않았고 게다가 세상일이 어찌할 수 없는 지경임을 알고 개연히 떠날 것을 결단하였다. 사직 상소를 올릴 때

---

324 봉서(鳳棲) 선생 : 유신환(兪莘煥, 1801~1859)으로, 본관은 기계(杞溪), 자는 경형(景衡), 호는 봉서(鳳棲), 시호는 문간(文簡)이다. 윤병정(尹秉鼎), 서응순(徐應淳), 김낙현(金洛鉉), 윤치조(尹致祖), 김윤식(金允植), 남정철(南廷哲) 등의 학자를 길러냈다. 이기신화론(理氣神化論)을 주장한 조선 말기 성리학의 대가로서 유학의 여러 경전과 사서(史書)뿐만 아니라 율력, 산수 등에 이르기까지 다방면의 학문에 정통하였으며 정치·경제·군사 등의 분야에도 박학하였다. 대사헌에 추증되었다.

325 백거(白渠) 유공(兪公) : 유만주(兪萬柱, 1832~?)로, 생애는 미상이다.

326 임오년……배수되었다 : 1882년 유만주(兪萬柱)가 지평(持平)에 임명된 일을 가리킨다. 《承政院日記 高宗 19年 8月 5日》

덧붙여 시무 7조를 진술하였는데, 조리 있게 이어지는 수천 마디의 언(言)이 모두 시의에 맞았다. 이윽고 사직할 것을 통지받자, 마침내 오교(午橋)의 들판으로 물러나 밭을 갈면서 구학문을 연구하여 밝히고 깊이 사색하여 저술하였으며, 고문사(古文辭)에 더욱 진력하였다. 벗과 주고받은 편지에는 반드시 도의로 서로를 면려하였다. 심성(心性)을 논할 적엔 이기(理氣)의 편벽됨을 교정하였고, 예의를 설명할 적엔 고금의 적절함을 헤아렸고, 삼정(三政)에 관한 책문에서는 옛 제도에 따라 폐단을 보충하는 의로움을 주장하였고, 시무를 논한 것에서는 내정(內政)을 닦아 외적을 물리치자는 설을 창도하였다. 조리가 분명하고 지조를 확고하게 지키니 순일한 유자의 말이었다. 공은 경술(經術)이 문장보다 낫고, 문장이 시보다 낫고, 고시가 근체시보다 낫다고 논한 적이 있다. 근체시 작품들 역시 소쇄(蕭灑)하고 청원(淸遠)하여 진부함으로 떨어지지 않았다. 고우면서도 규범이 있고 화합하면서도 휩쓸리지 않아[327] 근세 명가라고 일컬을 만하다. 나와 공은 취향이 비록 같았으나 출처는 각자 달랐다. 공은 죽을 때까지 정도(正道)를 지켜 뜻을 바꾸지 않았고, 나는 세상에 부침하며 어두운 밤길을 걷듯 살다가 여러 번 재앙의 덫에 걸렸다. 공이 어떤 이에게 보낸 편지에 "아무개는 높은 지위에 두기에 부족하다."라고 하였으니, 나와의 관계를 깊이 끊은 것이리라.

우리는 4천 년 역사 초유의 변국(變局)이 있을 무렵 태어나[328] 형편

---

327 화합하면서도 휩쓸리지 않아 : 《중용장구》의 "군자는 화합하면서도 휩쓸리지 않으니 강하고도 꿋꿋하구나.〔君子 和而不流 强哉矯〕"라는 말에서 인용한 것이다.

328 우리는……태어나 : 서양 세력이 들어오기 시작한 때를 가리킨다. 1830년대 중국

상 때에 따라 변통하지 않을 수 없었다. 만약 옛 법을 굳건히 지켜 옛 문물의 성대함을 돌이키려 했다면 오활하다 이를 만하다. 그러나 오활하지 않다면 어찌 유자(儒者) 노릇을 하랴. 그러므로 내가 비록 공에게 절교 당했으나 역시 감히 공을 도외시하지 못하겠다. 공은 나의 강력한 보필이니, 지금 어느 곳에서 다시 선행을 권면하는 말을 듣겠는 가? 종이를 앞에 두고 감정이 북받쳐 올라 옛날의 소감을 억누를 길이 없다.

은 영국과 무역을 시작한 후 대량의 아편이 유입되어 1840년 아편전쟁으로 이어졌으며 결국 청나라의 패배 이후 중국은 서양 열강의 각축장이 되었다. 이러한 사정은 연행사 (燕行使)를 통해 조선에도 전해져 정국에 영향을 미쳤다.

《유당집》 서문

柳塘集序

유당의 이름은 니(柅), 성은 김씨, 본관은 전주(全州), 거주지는 정평(定平), 관직은 참판(參判), 증(贈) 호조 판서(戶曹判書)이다.

김생 여택(金生麗澤)이 그의 선조 유당공(柳塘公)[329] 행장 및 시고(詩稿) 1권에 과거시험의 부(賦), 책(策) 약간 편을 덧붙여 가지고 와서 내게 보여 주며 말했다.

"이것 말고도 문고(文稿) 3권이 더 있습니다. 이제 간행을 하려 하니, 서문을 한마디 써 주시기 바랍니다."

나는 손을 씻고 읽었다. 충효의 대절(大節)과 순량(循良)의 치적은 환난 중에 바삐 움직여 중흥의 업적을 보좌하였고 우국(憂國)의 정성은 늙을수록 더욱 도타워졌다. 나라를 대표하는 뛰어난 인물이라 할 수 있으니 어찌 마을 하나를 대표하는 인물이겠는가.

공은 용사(龍蛇)의 어수선한 시기[330]에 금혁(金革)의 일에 분주하면서도[331] 항상 한유(韓愈)[332]의 문장을 스스로 따르며 손으로 펼쳐보기를

---

329 유당공(柳塘公) : 김니(金柅, 1540~1621)로, 본관은 전주(全州), 자는 지중(止中), 호는 유당(柳塘)이다. 명천 현감(明川縣監), 김화 현감(金化縣監)을 지내면서 많은 인재를 기르고 풍속을 바로잡는 등 선정을 베풀어, 그 공으로 군자감판관이 되었다. 임진왜란이 일어나자 군대를 거느리고 진두에서 많은 공을 세워 선무원종 공신(宣武原從功臣)에 책록되는 한편 청백리에 녹선되었다.

330 용사(龍蛇)의 어수선한 시기 : 임진왜란을 가리킨다. 임진년(1592, 선조25)과 계사년(1593, 선조26)의 간지가 용과 뱀에 해당되기 때문에 이른 말이다.

멈추지 않았다. 성정에서 발현한 것이 청준(淸儁)하고 호건(豪健)하여 성당(盛唐)과 매우 가까웠고, 풍류와 문채(文彩)가 전투하는 중에도 드러났으니, 말에 올라서는 적을 무찌르고 말에서 내려서는 격문을 짓는 풍모가 있었다.[333] 세상에서 일컫는 〈금오산(金烏山)〉시의,

깨끗하고 고결한 품성 지닌 길 주서가	落落高標吉注書
금오산 아래에서 문을 닫고 산다네[334]	金烏山下閉門居

라는 구절은 지금까지 인구에 회자된다. 지금 이 시가 공의 문집에 실린 것을 보니 공이 시를 잘 짓는다는 명성이 당시에 널리 퍼져 야은의 높은 절개와 세상에 병칭되었던 것을 알 수 있다. 대책문(對策文) 가운데 "무산보(茂山堡)에 오랑캐가 섞여 살지 않도록 하여 후환

---

331 금혁(金革)의 일에 분주하면서도 : 김니(金柅)가 임진왜란 때 군대를 이끌고 공을 세운 일을 가리킨다. 금혁(金革)은 무기와 갑옷을 의미한다.

332 한유(韓愈) : 768~824. 자는 퇴지(退之)이다. 산문의 문체개혁(文體改革)과 시에 있어 지적인 흥미를 정련(精練)된 표현으로 나타낼 것을 시도하는 등 문학상의 공적을 세웠다.

333 말에……있었다 : 북위(北魏)의 무장 부영(傅永)이 말을 거꾸로 타고 달릴 정도로 무예가 뛰어났고 박학다식하였으므로, 효문제(孝文帝)가 "말에 올라서는 적을 무찌를 수 있고 말에서 내려서는 격문을 짓는 것은 오직 부수기뿐이다.〔上馬能擊賊 下馬作露布 唯傅修期耳〕"라고 감탄하였다. 수기(修期)는 부영의 자이다. 《魏書 卷83 傅永列傳》

334 깨끗하고……산다네 : 길 주서(吉注書)는 길재(吉再, 1353~1419)를 가리킨다. 길재의 문집인 《야은집(冶隱集)》에는 〈금오산(金烏山)〉이라는 제목으로 실려 있는데, 어무적(魚無迹)의 작품으로 되어 있다.

을 방비하자."라는 말이 있다. 그의 탁견과 멀리 내다보는 식견은 강통(江統)의 〈사융론(徙戎論)〉[335]에 손색이 없다. 아! 공의 문학과 재주와 식견으로 당세에 크게 쓰이기에 충분했으나 오래도록 작은 고을을 떠돌며 품은 재주를 미처 펼치지 못했으니 어째서인가? 통정대부(通政大夫)에 가자(加資)되고 쓴 시에,

평생토록 군왕 얼굴 모르고 살았더니	平生不識君王面
금옥 관자(貫子) 처음으로 꿈속에 나왔네	金玉初從夢寐來

라고 하였다.

나는 여기까지 읽고 나도 모르게 책을 덮고 탄식하며 말했다.

"공이 실의에 빠진 면도 있었구나!"

공은 문과 출신으로서 사방으로 힘을 다하여 무수한 공적을 세웠으나 조정은 오히려 먼 변경 지방의 사람으로 대우하여[336] 늙어서 흰 머리가 될 때까지 군왕의 얼굴 한 번 뵐 수 없었다. 비록 기량과 재능을 다하고 싶었어도 할 수 없었으니, 어찌 개탄스럽지 않겠는가? 나는 공보다 3백 년 후 태어나 공의 이름을 알지 못했다가 지금 그 유고를 읽고 나서야 알게 되니, 문득 천재일우(千載一遇)라는 생각이 든다. 고루함이 부끄러우나 스스로 해결할 방법이 없어 그 대략을 권 머리에

---

335 강통(江統)의 사융론(徙戎論) : 서진(西晉)의 강통(江統, ?~310)이 지은 정치 논의로 오랑캐를 옮기자고 주장한 것이다. 《자치통감》〈진기(晉紀)〉 혜제(惠帝) 9년 조에 보인다.

336 먼……대우하여 : 관서 출신을 중용하지 않던 조선의 서북인 차별 정책을 가리킨다. 김니(金柅)는 함경도 정평(定平) 출신이었다.

서문으로 쓴다. 문고 3권을 미처 보지 못했으나 고기 한 점을 맛보면
솥 전체의 맛을 알 수 있는 법이다.

이완재 계필 승선이 장후원에 돌아가는 것을 전송하는 글
送李莞齋 啓弼 承宣歸長厚院序

완재(莞齋) 학사[337]는 젊었을 때 대범하고 큰 뜻을 품어 작은 성공에 안주하는 것을 달가워하지 않았다. 이윽고 때를 놓쳐 이룬 것이 없고 집안은 더욱 쇠락하여 음죽(陰竹)의 농가로 가서 생계를 꾸렸다. 떠날 때 나에게 다음과 같이 말했다.

"저는 세상을 피해 숨는 것이 아니라 부득이해서 이렇게 구차하게나마 살아보려는 계획을 하는 것입니다. 제가 젊을 때 아버지의 가르침을 받았고 군자께도 가르침을 받은 적도 있습니다. 지금 선배들과 어른들이 거의 다 돌아가셨으니 약석(藥石) 같은 잠언을 들을 수가 없습니다. 원컨대 떠나는 길에 한 말씀 해주셔서 경계하고 성찰할 점을 지니게 해주십시오."

내가 말했다.

"좋구려, 자네의 물음이! 선비가 지절(志節)을 숭상하는 것은 신의(信義)로 그것을 지키기 때문이다. 뜻을 세운다면 천지가 어그러뜨리지 못하고 귀신이 빼앗을 수 없는데 더욱이 인간이겠는가. 신의로써 지킨다면 금석을 뚫을 수 있고 돼지와 물고기가 믿고 따르게 할 수 있으니 더욱이 일을 하는 것이겠는가. 땅이 아무리 넓어도 반걸음씩 가다 서다 하면서 지구를 다 돌아본 자가 있네. 탐험이 아무리 어려워

---

337 완재(莞齋) 학사 : 이계필(李啓弼, 1860~?)로, 본관은 함평(咸平)이다. 1882년 문과에 급제하였고, 우리나라 최초의 미국유학생으로 링컨 대학을 졸업하였다.

도 배 한 척과 비행기로 바람과 파도를 무릅쓰고 추위와 더위를 견디며
남극과 북극의 빙해(氷海)에 도달하는 동안 열에 하나는 살아남아 마
침내 그 뜻을 이루는 자가 있네. 태서인(泰西人)이 이와 같이 뜻을
세우고 믿음을 지켰기 때문에 육대주(六大洲)에 웅력(雄力)을 떨칠
수 있었던 것이네. 옛날에 이윤(伊尹)은 들에서 밭을 갈았고[338] 부열(傅
說)은 부암(傅巖)에서 성을 쌓았고[339] 태공(太公)은 위수(渭水)에서
낚시질을 하였고[340] 영척(甯戚)은 소를 먹였고[341] 백리해(百里奚)는 희
생으로 쓸 가축을 길렀지.[342] 이 다섯 명의 현인이 불우하였을 적에
곤궁함과 궁핍함이 어떠하였겠는가? 그러나 치욕과 고통을 인내하여

---

338 이윤(伊尹)은……갈았고 : 이윤은 유신국(有莘國)의 들에서 농사지으며 살다가
탕왕(湯王)이 세 차례 정중하게 초빙하자 세상에 나와 상(商)나라를 일으켰다.《孟子
萬章上》

339 부열(傅說)은……쌓았고 : 은 고종이 어느 날 꿈을 꾸고 나서 부암(傅巖)의 들판
에서 무너진 길을 수축(修築)하고 있던 부열을 찾아내어 재상으로 삼았다고 한다.《書
經 說命上》

340 태공(太公)은……하였고 : 태공은 태공망(太公望) 여상(呂尙)을 가리킨다. 위
수(渭水) 가의 반계(磻溪)에서 낚시질하다가 문왕(文王)을 처음 만나 사부(師傅)로
추대되었고, 무왕(武王)을 도와서 은(殷)나라를 멸망시키고 천하를 평정하였다.《史記
卷32 齊太公世家》

341 영척(甯戚)은 소를 먹였고 : 춘추 시대 위(衛)나라 영척이 미천하여 제 환공(齊
桓公)에게 등용될 방법이 없었다. 일부러 제나라에 들어가 남의 소를 먹이는 일을 하다
가 제 환공의 행차와 마주치자 쇠뿔을 두드리며 노래하였는데, 환공이 그 노랫소리를
듣고 등용하였다고 한다.《呂氏春秋 卷19 擧難》

342 백리해(百里奚)는……길렀지 : 우(虞)의 대부였던 백리해가 나라를 잃은 후 초
(楚)나라의 포로가 되어 소를 먹이고 있었는데, 진 목공(秦穆公)이 그가 어질다는 소문
을 듣고는 5마리의 양가죽을 주어 속죄(贖罪)시킨 다음에 국정을 맡겼다.《史記 卷5
秦本紀》

스스로 떨쳐 일어나 대업을 이룬 것은 식은 재가 되지 않은 몸 속 뜨거운 피가 항상 남아있었기 때문이네. 이것이 없었다면 위축되어 밭 갈고 낚시질 하고 가축을 기르다가 죽었을 것이니 후세에 어떻게 일컫겠는가? 떠나게, 완재자여. 스스로 믿는 힘이 있으니 다만 그 뜻을 더욱 굳건히 하면 반드시 피안(彼岸)에 이를 날이 있을 것이네. 그대는 힘쓰라. 뜻을 지닌 선비는 높은 자리에 있어도 두메산골에 있을 때를 잊지 않으니, 비록 두메산골에 있은들 어찌 세상을 잊겠는가? 산택(山澤)의 파리한 은자(隱者)가 영원히 가서 돌아오지 않는 것과 어찌 같으랴?"

《단양우씨족보》 서문

丹陽禹氏族譜序

과거의 업적을 이어받아 미래의 대업을 개척한 공이 있는 자는 반드
시 사당에 배향되고 자손을 보존하는 복을 얻는다. 고려(高麗) 말 정
학(正學)이 밝지 않을 때 역동 선생(易東先生)[343]이 정자(程子)의
《역전(易傳)》을 터득하여 성리학을 천명(闡明)하고 남쪽 지방에서
창도(倡道)하니[344] 배우는 자가 바람에 쏠리듯 선생을 따랐다. 목은
(牧隱)[345]·포은(圃隱)[346] 선생과 본조(本朝)의 현인들이 전하는 도통
(道統)의 근원은 바로 선생으로부터 시작되었다. 퇴도(退陶) 이 선생
(李先生)[347]이 쓴 〈역동서원기(易東書院記)〉에 "선생의 충의와 큰 절

---

343 역동 선생(易東先生) : 우탁(禹倬, 1263~1342)으로, 본관은 단양(丹陽), 자는
천장(天章), 탁보(卓甫), 호는 백운(白雲), 단암(丹巖), 시호는 문희(文僖)이다. 원나
라를 통해 들어온 정주학(程朱學) 서적을 처음으로 해득, 이를 후진에게 가르쳤으며,
경사(經史)와 역학(易學)에 통달하였다. 역동 선생은 역학에 통달해서 생긴 호칭이다.

344 성리학을……창도(倡道)하니 : 우탁(禹倬)이 벼슬에서 물러난 후 안동(安東)으
로 내려가 후진을 양성한 일을 가리킨다.

345 목은(牧隱) : 이색(李穡, 1328~1396)으로, 본관은 한산(韓山), 자는 영숙(穎
叔), 호는 목은, 시호는 문정(文靖)이다. 고려 말의 문신이자 학자로 정방 폐지, 3년
상을 제도화하고 김구용, 정몽주 등과 강론, 성리학 발전에 공헌했다.

346 포은(圃隱) : 정몽주(鄭夢周, 1337~1392)로, 본관은 연일(延日), 자는 달가(達
可), 호는 포은, 시호는 문충(文忠)이다. 의창(義倉)을 세워 빈민을 구제하고 유학을
보급하였으며, 성리학에 밝았다. 주희(朱熹)의 《가례(家禮)》를 따라 개성에 5부 학당
과 지방에 향교를 세워 교육 진흥을 꾀했다.

347 퇴도(退陶) 이 선생(李先生) : 이황(李滉, 1501~1570)으로, 본관은 진성(眞

개는 천지를 움직이고 산악을 흔들기에 충분하고 경학(經學)의 밝음과 진퇴(進退)의 올바름은 후학의 사범(師範)이 되니 백세토록 사당에 배향할 사람이다."라고 하였으니 진실로 정확한 평론이다.

단양(丹陽) 우씨는 시조 호장공(戶長公)[348] 이래로 벼슬길에 올라 대대로 명문벌열이 되었다. 선생에 이르러 문호(門戶)가 더욱 번성하여 육백여 년을 이어 왔다. 남기신 명성은 사라지지 않고 본보기는 여전히 남아있으며 자손은 번성하여 이루 다 기록하지 못할 정도이니, 어찌 사문(斯文)에 높은 공을 세워 은택이 후세까지 미친 것이 아니겠는가? 그러나 세대 수가 이미 멀어지니 각처에 흩어져 사는 후손들은 마치 강호에서 서로 잊은 듯[349] 조상의 덕을 잘 모른다.

영지(靈芝)와 예천(醴泉)은 사물 가운데 귀한 것이다. 그러나 근원을 모른다면 평범한 풀이나 흐르다 남은 물과 무엇이 다르겠는가? 선생의 18세손 전 교관 우성현(禹成鉉) 보(甫)는 선조를 위한 일에 독실하였다. 개탄하며 조상을 높이는 의는 종족의 화목에 달려 있고 종족을 결집하는 방법은 족보 편찬만한 것이 없다고 생각하여 거금을 들여

城), 자는 경호(景浩), 호는 퇴계(退溪), 도옹(陶翁), 도산(陶山), 청량산인(淸涼山人), 시호는 문순(文純)이다. 도산서원을 설립, 후진양성과 학문연구에 힘썼다.

348 호장공(戶長公) : 우현(禹玄)으로, 고려 광종 때 고려로 망명한 것으로 알려져 있으며 정조호장(正朝戶長)을 지냈고 문하시중평장사에 추증되었다. 부인 신씨(申氏)는 평산 신씨(平山 申氏) 장절공 신숭겸(申崇謙)의 딸이다.

349 강호(江湖)에서……듯 : 아무 상관없이 각자 살아가는 것을 비유한 말이다. 《장자(莊子)》〈대종사(大宗師)〉에 "샘이 말라 물고기가 뭍에서 함께 있으면서 서로 입김을 불어주고 서로 적셔주는 것이 강호에서 서로를 잊고 지내는 것만 못하다.〔泉涸 魚相與處於陸 相呴以濕 相濡以沫 不如相忘於江湖〕"라고 한 말에서 인용한 것이다.

족보를 간행하여 그 계파를 변별하고 세대와 항렬을 바로잡아 약간 권을 같게 만들어 종족에게 나누어주었다. 그리고 "선조의 덕을 잊지 말고 선조의 공업을 욕되게 하지 말라. 이것이 내가 족보를 만든 까닭이다."라고 하였다. 일을 마치자 내게 서문을 구하였다. 돌아보니 나는 후생말학으로 일찍이 역동 선생의 풍모를 사모해 천 년에 한 번 만나더라도 아침저녁 사이에 만난 것처럼 행운으로 여기는 마음이 있었다.[350] 지금 서문을 짓는 일에 참여하는 것이 영광스러우니, 감히 늙었다고 사양하지 못하고 마침내 서문을 짓는다.

---

350 천……있었다 : 만나기 어려운 성인을 가리킨다. 《장자》〈대종사(大宗師)〉에 "만 세대 후에 그 해답을 아는 대성인을 한 번 만나다면, 그것은 아침저녁 사이에 만난 것과 같은 행운인 것이다.〔萬世之後 而一遇大聖 知其解者 是旦暮遇之也〕"라고 한 말에서 인용한 것이다.

《구당시초》 서문

櫷堂詩鈔序

유구당(兪櫷堂) 이부(吏部)[351]는 젊을 때 재주가 뛰어나, 머리를 땋고 다니고 젖니를 갈 때부터 하는 말이 범속하지 않았다. 박환재(朴瓛齋) 선생[352]이 그의 시를 본 적이 있는데 그가 나라를 위한 인재가 될 것을 알아보고 크게 칭찬하고 감탄하며 위묵심(魏默心)[353]의 《해국도지(海國圖志)》를 주면서 "이 시대는 외국 서양의 일을 몰라서는 안 되네."라고 하니, 군이 이를 계기로 더욱 분발하였다.

장성하여 도쿄(東京) 및 구미(歐美) 각국에 유학을 갔는데, 시국이 앞으로 변하리라는 것을 환하게 알게 되자 조국이 매우 걱정스러워 짐을 꾸려 우리나라로 돌아와서 세상 사람들에게 경고하려 했다. 그러나 사람들이 몹시 의심하고 근거 없는 말로 중상하여 오랫동안 연금되어 있었다.[354] 후에 복권되어 천관장(天官長)이 되었으나,[355] 이때 온갖

---

351 유구당(兪櫷堂) 이부(吏部) : 유길준(兪吉濬, 1856~1914)으로, 본관은 기계(杞溪), 자는 성무(聖武), 호는 구당(矩堂)이다. 한말의 개화운동가이며 최초의 국비 유학생으로 미국에서 공부하였다. 귀국 후 7년간 감금되어 《서유견문(西遊見聞)》을 집필하였다. 이부(吏部)는 그가 내무 협판(內務協辦)을 역임했기 때문에 쓴 말이다.

352 박환재(朴瓛齋) 선생 : 박규수(朴珪壽)이다. 125쪽 주 280 참조.

353 위묵심(魏默心) : 위원(魏源, 1794~1857)으로, 자가 묵심(默深)이다. 아편전쟁과 태평천국(太平天國)의 난이 태동되는 긴박한 사회정세에서도 의욕적인 정치적 이론을 제창하였으며, 특히 서구열강의 압력에 대처하는 방안을 탐구하였다. 세계 각국의 지세(地勢), 산업, 인구, 정치, 종교 등 다방면에 걸쳐 서술한 《해국도지(海國圖志)》 100권을 저술하였다.

법도가 해이해져 있어 털끝까지 모두 병이 들었다. 유군은 부패한 제도를 대대적으로 혁신하지 않으면 국가를 다스릴 수 없다고 생각하고, 도원(道園) 김공[356]과 합심해 정사를 보좌하여 여러 사람들이 헐뜯는 가운데에서도 꿋꿋하게 버티고 서서 자신이 희생되어도 돌아보지 않았다. 갑오개혁(甲午改革) 때는 공을 좋아하지 않는 자가 더욱 불어나 마침내 을미사변(乙未事變)을 초래하였고 유군은 낭패하여 나라를 떠났다.[357] 이국에 표박한 지 십 년 만에 사면을 받아 고향으로 돌아오니, 세상일은 더욱 어찌 할 수 없는 지경이 되었고 유군도 노년을 맞이하였다. 드디어 노량진(鷺梁津)의 하사받은 집에 물러나 거처하면서[358] 산수를 방랑하고 풍월을 마음껏 읊으며 세상의 일을 마음에 두지 않았다. 그러나 붓을 들면 여전히 우국애민(憂國愛民)의 뜻을 잊지 못했으니,

354 사람들이……있었다 : 유길준은 유럽과 싱가포르 및 홍콩을 거쳐 1885년 12월 귀국하였는데, 개화당과 관련 있다는 혐의를 받고 포도대장 한규설(韓圭卨)의 집에 연금되었다.

355 천관장(天官長)이 되었으나 : 1895년 유길준이 내무 협판(內務協辦)을 역임한 일을 가리킨다. 천관장(天官長)은 이부(吏部)의 우두머리를 가리키는 말이다.

356 도원(道園) 김공(金公) : 김홍집(金弘集, 1842~1896)으로, 호가 도원이다. 청일전쟁 후에 갑오개혁(甲午改革)을 단행하였다. 을미사변(乙未事變) 후 일본의 압력에 의한 개혁을 실시하다가, 의병들의 규탄을 받고 내각이 붕괴되었으며, 성난 백성들에게 살해되었다.

357 유군은……떠났다 : 1896년 을미사변의 여파로 2월 고종이 아관파천(俄館播遷)을 단행한 후 김홍집 내각이 붕괴되었고, 유길준 역시 일본으로 망명하였다. 1907년 순종의 사면을 받고 귀국할 때까지 11년간 망명생활을 이어갔다.

358 노량진(鷺梁津)의……거처하면서 : 유길준은 1908년 순종으로부터 노량진의 용양봉저정(龍驤鳳翥亭)을 하사받았는데, 조호정(詔湖亭)이라 개명하고 만년까지 이곳에서 살았다.

천성이 그러했던 것이리라. 오언율시를 더욱 잘하였는데, 시가 유초청광(幽峭淸曠)하였고 풍격은 고고(高古)하여 홀로 시가의 정종(正宗)을 터득했으니, 옛날의 포(鮑), 사(謝), 도(陶), 위(韋)[359]라도 능가하지 못했을 것이다.

나는 유군의 시를 매우 사랑하여 1수를 얻을 때마다 커다란 옥을 얻는 듯했다. 어느 날 상자를 열어 백여 수의 시를 얻고서 말했다.

"넉넉하구나! 이로써 유군이 영원히 전하기 충분하니 많은들 무엇하랴?"

마침내 간행하여 세상의 동호인(同好人)들과 함께 감상하고자 했다. 시라는 것이 말이나 꾸미는 작은 기예일지라도 감격해서 발현한 것이 아니면 좋아질 수 없다. 가슴 속에 허다한 경륜이 있고 처세에 허다한 경력이 있었지만, 뜻을 얻지 못하고 영탄하여 드러낸 것이니 그의 시는 의심할 여지없이 반드시 전해질 것이다. 그러므로 유군의 출처와 경력을 대략 서술하여 시편 머리에 써두어 후인으로 하여금 그 시를 읽고 그의 평생을 생각하게 하노라.

---

359 포(鮑), 사(謝), 도(陶), 위(韋) : 중국 육조 때 시인인 포조(鮑照, 421?~465), 남북조 때 시인 사영운(謝靈運, 385~433), 육조 때 시인 도연명(陶淵明, 365~427), 당나라 시인 위응물(韋應物, 737~804)을 가리킨다.

《낭전자작사실》 서문
琅田子爵事實序

백당(白堂) 현군(玄君)[360]이 조 낭전중응 자작(趙琅田重應子爵)[361]의 《전후사실(前後事實)》을 편찬하고 내게 서문을 구하였다. 나는 평소 낭전의 존옹(尊翁) 석관공(石觀公)[362] 및 그의 숙부 위거(韋琚) 충정공(忠定公)[363]과 사이좋게 지냈기 때문에 낭전을 제법 잘 알고 있어, "낭전의 일생은 세 가지 큰 절목이 있으니, 하나는 웅장한 뜻, 하나는 기이한 공훈, 하나는 청렴결백이다. 나머지는 논할 틈이 없다."라고 단정한 적이 있다. 낭전은 혁혁한 집안에서 태어나, 젊어서 집안의 가르침을 받았고 세상에 이름이 났으니, 시류에 따라 평탄히 나아갔다면 충분히 과거 급제하여 높은 벼슬에 올랐을 것이다. 그러나 약관

---

360 백당(白堂) 현군(玄君) : 현채(玄采, 1886~1925)로 백당(白堂)은 그의 호이다. 국민교육회에 가입해 계몽운동을 벌였고 광문회(光文會) 편집원으로 고전(古典)을 간행, 문화보급에 힘썼다.

361 조 낭전중응 자작(趙琅田重應子爵) : 조중응(趙重應, 1860~1919)으로, 본관은 양주(楊州), 초명은 중협(重協)이다. 이완용(李完用) 내각의 법부 대신, 농상공부 대신을 지내면서 매국활동을 하고 한일합방 때 조약 체결에 찬성, 매국 7역신의 한 사람으로 규탄을 받았다. 그 후 일본 정부로부터 자작의 작위를 받고, 조선총독부 중추원 고문이 되었다.

362 석관공(石觀公) : 조택희(趙宅熙, 1843~?)로, 본관은 양주(楊州), 자는 순백(舜百)이다. 생애는 미상이다.

363 위거(韋琚) 충정공(忠定公) : 조완희(趙完熙)로, 조택희의 아우이다. 생애는 미상이다.

(弱冠)의 나이부터 과거공부를 하지 않고, 동시대의 지사(志士)인 고우(古愚) 김옥균(金玉均),[364] 구당(築堂) 유길준(俞吉濬),[365] 일재(一齋) 어윤중(魚允中)[366] 공들과 백성을 개화하고 나라를 일으킬 방법을 강구하였다. 고우는 동쪽 일본으로 건너가고, 구당은 서쪽 구주(九州)를 유람하고, 일재는 명을 받아 본국의 서북 2로를 경영하고 다스렸다. 그러나 낭전은 재산을 기울여 자본에 힘을 써서 관북(關北)을 통해 러시아 영토 및 만주·몽골의 여러 지역에 깊숙이 들어갔다.[367] 그곳의 정략과 풍속을 살필 때 고우가 실패하고 일본으로 피신했다는 얘기[368]를 듣고 탄식하며 계획한 일을 미처 마치지 못하고 위험을 무릅쓰고 사후 처리를 위해 급히 돌아왔으나 시국은 이미 크게 변해 있었다. 그래서 탄식하여 말했다.

"동양의 근심은 서북쪽에 달려있다. 그리고 발전시키려는 원대한 계책 역시 여기에 달려있다."

---

364 김옥균(金玉均) : 1851~1894. 본관은 안동(安東), 자는 백온(伯溫), 호는 고균(古筠), 고우(古愚), 시호는 충달(忠達)이다. 근대 정치사상을 기반으로 하여 갑신정변을 주도하였다.

365 유길준(俞吉濬) : 155쪽 주 351 참조.

366 어윤중(魚允中) : 1848~1896. 본관은 함종(咸從), 자는 성집(聖執), 호는 일재(一齋), 시호는 충숙(忠肅)이다. 1881년 일본에 파견된 조사시찰단의 단장으로 일본의 문물제도를 시찰하였고, 1882년 청나라와 조청상민수륙무역장정(朝淸商民水陸貿易章程)을 체결하였으며, 갑오개혁 때 탁지부 대신으로 재정개혁을 주관하였다.

367 관북(關北)을……들어갔다 : 1883년 10월 조중응이 서북변계(西北邊界) 조사위원으로 임명되어 러시아, 만주, 외몽고 등지를 답사한 일을 가리킨다.

368 고우(古愚)가……얘기 : 갑신정변(甲申政變)이 삼일천하로 끝나고 김옥균이 일본으로 망명한 일을 가리킨다.

마침내 보고 들은 바를 기록하고 《구시략(救時略)》을 붙여 책 한 권을 만들고 이것으로 궁궐에 건의해 경고하였다. 당시 정권은 외척에게 있는데다 소인배가 가득 차 있어 기강이 날로 문란해지고 정책은 시행되지 못했다. 그러나 식견이 있는 이들은 모두 그의 명철한 견해와 지극한 논리에 감복하였다. 이것이 그의 뜻이 웅장하다고 한 까닭이다.

마침 소인 한 명이 임금의 명을 맡아 은밀하게 어느 나라에 보호를 요청하여 닥칠 재앙을 예측할 수 없었다. 낭전은 크게 놀라, 이는 국가 흥망의 위기이니 합당한 지위에 있지 않다고 해서 말을 하지 않을 수는 없다고 생각했다. 숙부를 힘껏 도와 위험을 피하지 않고 상소를 올려 음모를 드러내고 또 세상에 분명하게 설명하여, 그 일은 마침내 잠잠해졌다. 그러나 이 때문에 도리어 미움을 받아 숙부는 관서(關西)로 유배 가고 조카는 호남(湖南)으로 유배를 갔다. 칠 년이 지나 낭전이 비로소 사면 받아 돌아왔으나, 나라의 명운이 여기에 힘입어 보전한 것이 수십 년이다. 이것이 그의 공훈의 기이하다고 한 까닭이다.

갑오년이 되자 도원(道園) 김홍집(金弘集)과 나, 일재, 구당 공이 내각에 들어가서 일체의 나쁜 정치를 개혁하였다. 낭전은 이때 교섭국장(交涉局長)의 임무를 띠고[369] 종전 외교 가운데 잘못된 것을 고쳐서 외국과의 우호를 도탑게 했다. 아울러 내각의 요직에 참여하여 힘써서 권세 있는 간신을 물리쳤고 국사에 몸과 마음을 다 바쳤다. 을미사변(乙未事變) 때 도원은 화를 당했고 낭전 역시 나라를 떠났다.[370] 앞서

---

369 이때……띠고 : 조중응이 1895년 김홍집 내각에서 외부교섭국장(外部交涉局長)에 임명되었던 일을 가리킨다.

370 낭전……떠났다 : 1895년 명성황후 시해사건이 일어나고 고종은 신변의 위협을

도원에게 중요한 공사가 있어서 정부 요원으로서 수천 금을 들여 낭전에게 일을 처리하도록 부탁했다. 얼마 안 있어 난이 일어나 낭전이 일본으로 피하려 할 때 사저에서 탁지부 사계국장(司計局長) 유정수(柳正秀)[371]를 은밀히 불러 그 돈을 돌려주며 말했다.

"도원이 이미 돌아가셨고 나도 동쪽으로 도망가니, 이 돈은 쓸 데가 없습니다. 이 일은 오직 우리 두 사람만이 알고 있습니다만 한 일이 없는데도 헛되이 쓰는 것이 저는 부끄럽습니다. 비록 이역에서 헐벗고 굶주릴 지라도 국고에 반드시 돌려주어야 겠습니다."

유정수가 나중에 매번 다른 사람에게 감탄하며 말하곤 했다.

"이미 한꺼번에 나눠 받은 재화이니 써도 거리낄 것이 없는데 더욱이 죽을지 살지 모르는 환난을 당한 때이겠는가? 이익을 보고도 의를 잊지 않는 것을 나는 낭전 한 사람에게서 보았다."

이것이 평소 청렴결백한 그의 평소 지조이다.

나그네로 떠돌던 때에도 사람들은 모두 곤궁에 근심하고 의기소침해 있었으나 낭전은 홀로 법제, 정치, 농업 등의 학문을 깊이 연구하여 훗날 뜻을 펴고 도를 행할 준비를 하였다. 나중에 귀국하자 공의(公議)에 따라 추천되어 법부 대신이 되었고[372] 나중에는 농상 대신(農商大臣)으로 이직되었다. 몇 년간 직무에 몸과 마음을 다 하여 그의 정책을

느껴 아관파천을 단행하고 친러내각이 구성된다. 김홍집은 매국친일당의 두목으로 몰려 성난 군중에 의해 광화문에서 피살되었고, 조중응은 일본으로 도피하였다.

371 유정수(柳正秀) : 1857~1938. 개항기 최초의 일본 유학생 중 한 명이다. 일제강점기에 조선총독부 중추원 참의를 지냈다. 유길준과 유성준 형제의 매부이다.

372 나중에……되었고 : 일본에 망명해있던 조중응은 1906년 특별사면을 받아 귀국하여 1907년에는 이완용(李完用) 내각의 법부 대신에 임명되었다.

펼치고자 했으나 결국은 쓰이지 못했다. 젊을 때부터 개연히 백성과 국가를 자기의 소임으로 여겼고 높은 지위에 올라서는 더욱 분발하여 평탄한지 험한지, 큰지 작은지 가리지 않고 힘이 미치는 한 모두 떠맡고 곧장 전진하였다. 경술년(1910, 융희4) 이후 관직을 그만두고 한가롭게 있었으나 여전히 우리 백성에 대한 마음을 잊을 수 없어, 민생에 이익이 되는 일을 요직에 있는 사람에게 많이 진술하였다. 그리고 또 계발의 방도와 개진(開進)할 일로 인민을 지도하고 사우(士友)를 깨우치는데, 정성스럽고 정성스러워 끝까지 다하지 않음이 없었다. 전후로 성심을 쏟는 곳마다 사람들에게 이익을 주었으나 미처 다 알지 못하는 자가 많다. 이것은 낭전이 실제로 한 일이지만 예전에 내가 말한 '나머지는 논할 틈이 없다.'는 것이다. 그리고 현 군이 편찬한 것에 잘 갖추어져 있어 나는 군더더기를 쓰지 않고 그 큰 것만을 드러내 이로써 서문을 구한 것에 응한다.

양산군 모성수계 서문
梁山郡慕聖修契序

성인은 인류의 표준이고 교화는 성인에게서 비롯된다. 종전의 이씨 왕조는 유교(儒敎)로 나라를 세웠다. 옛날 선왕은 성인을 존경하고 학문을 숭상하여 효제의 도를 밝힘으로써 백성을 교화하고 풍속을 이루었다. 수도에는 태학(太學)을 건립하고 군현(郡縣)에도 향교를 설치하였고, 널리 학전(學田)을 두어 이로써 석전(釋奠)의 제수(祭需)를 공급하고 교육에 쓸 비용을 넉넉히 하였다. 그 당시 백성의 풍속은 도타웠고 나라에는 이교(異敎)가 없었다. 선비들은 모두 경학(經學)에 통달하고 옛것을 배워 조정에 이름을 올렸다.

세상의 등급이 점점 떨어지면서부터 학정(學政)을 닦지 않아 비루하고 무식한 무리들이 함부로 재임(齋任)[373]에 충원되어 시서(詩書)를 방치하고 학교를 먹고 마시며 시끄럽게 떠드는 장소로 만들어버렸다. 스스로를 아끼는 선비들은 그들과 더불어 한 무리가 되는 것을 부끄러워하였고, 우리 도는 날로 몰락하여 다시는 물을 수 없게 되었다.

후에 개혁하게 되었을 때, 각 군의 학전은 모두 양안(量案)에 귀속되었다. 관청에서 제향 비용을 헤아려 지급했지만 겨우 석전의 제수 비용을 충당할 뿐, 다른 재정이 없었다. 이로부터 향교가 비록 청정해지기는 했어도 수리할 방법이 없어 기둥과 지붕은 날로 무너져 내리고 봄이

---

373 재임(齋任): 성균관, 사학(四學), 향교(鄕校) 등 거재유생(居齋儒生)의 임원 명칭이다.

면 풀이 뜰에 가득했으니, 비록 성인을 사모하는 마음이 있은들 어느 곳을 돌아보며 사모하는 마음을 부치겠는가? 이것이 양산향교(梁山鄉校) 모성계(慕聖契)가 만들어진 이유이다.

모성계의 사목(事目)을 살펴보면, "황폐한 대성전(大成殿)은 이미 새 것처럼 고쳤다. 부족한 경비는 앞으로 수시로 내놓아 보수한다. 제향 의례는 청결에 힘쓰며, 모임의 규율은 지극히 엄정히 한다. 매 춘추 석전 후에는 서로 읍양하고 당에 올라, 경훈(經訓)을 강론하고 도의(道義)를 탁마하여 성대하게 행단(杏壇)[374]의 풍모가 있게 한다. 이것은 모두 성인을 사모하는 사림(士林)의 성심에서 나오는 것이지 구하는 바가 있어 그렇게 하는 것이 아니다."라고 하였다.

사람들은 모두 성인을 사모한다고 하지만, 만일 그 실제가 없으면 남의 마음을 감동시키기에 부족하다. 지금 계를 만들자 온 군(郡)이 바람에 휩쓸린 듯 위에서 권하지 않아도 힘을 합해 찬성하니 남을 감동시키는 계원의 성의를 볼 수 있다. 그리고 사문(斯文)을 버리지 않은 하늘의 뜻을 여기에서 징험할 수 있다. 만약 한 도(道), 한 나라까지 미루어서 행하여 앞으로 모두 이 계를 모범으로 삼는다면 양산 고을은 가장 먼저 교화를 펴서 가장 먼저 선(善)을 실천한 땅이 될 것이니 어찌 아름답지 않은가.

계의 설치를 주관한 이는 직원(直員) 백동희(白東熙), 사인(士人) 박천주(朴天銖) 두 군이고, 처음부터 끝까지 협찬한 이는 본군 군수 엄형섭(嚴衡燮) 군이다. 계권(契卷)이 이미 이루어지자 경학원으로 편

---

374 행단(杏壇) : 공자 유지에 있는 단(壇)의 이름으로, 공자가 일찍이 생도들을 모아 놓고 여기에서 강학을 했다.

지를 보내 후세에 영구히 보일 수 있도록 서문을 구하였다. 내가 감히 늙음을 핑계로 사양할 수 없어 그 사실을 서술하여 회답한다.

유곡 서문
酉谷序

시종(侍從) 이군(李君) 교영(喬永) 공세(公世)[375]는 4세대의 선영이
이천군(利川郡) 유랑곡(酉良谷)에 있다. 그래서 유곡(酉谷)을 자호
로 하였다. 내게 서문을 청하며 다음과 같이 말했다.

"제가 일찍 부모를 여의어 항상 부모님을 봉양하지 못하는 고통[376]을
안고 살았습니다. 떠올려보니, 옛날 저희 선조 외재(畏齋)[377] 상공(相
公)께서는 선산이 있는 마을에 거처하실 때 집 이름을 '연재(戀齋)'라고
하셨으니 연모의 뜻을 부친 것입니다. 불초한 제가 선철(先哲)의 자취
를 따르기에 부족합니다만 연모의 정성이라면 물려받은 점이 있습니
다. 그리고 제가 관직에 있어서 항상 분묘를 모실 수 없으니 부자께서
말씀하신 동서남북의 사람[378]이라는 것입니다. 고향을 떠난 지 오래되

---

375 시종(侍從) 이군(李君) 교영(喬永) 공세(公世) : 이교영(李喬永)으로, 본관은
덕수(德水)이다. 자세한 생애는 미상이다. 시흥 군수(始興郡守), 이천 군수(利川郡守)
등을 역임하였고 시종원(侍從院) 시종(侍從)을 역임하였다.

376 부모님을……고통 : 벼슬하여 받은 녹봉으로 부모님을 봉양하지 못하는 고통을
가리킨다. 《장자》〈우언(寓言)〉에 나오는 "내가 부모가 살아 계실 때 벼슬하여 녹봉이
삼 부였으나 마음이 즐거웠다. 그 후 벼슬하여 녹봉이 삼천 종이었으나 부모에 이르지
않아 내 마음이 슬펐다.〔吾及親仕 三釜而心樂 後仕 三千鍾而不洎親 吾心悲〕"라고 한
증자(曾子)의 말에서 연유한 것이다.

377 외재(畏齋) : 이단하(李端夏, 1625~1689)로, 본관은 덕수(德水), 자는 계주(季
周), 호는 외재, 송간(松磵), 시호는 문충(文忠)이다. 이식(李植)의 아들이다. 1662년
문과에 급제하여 벼슬이 좌의정에 이르렀다.

어 서리와 이슬을 밟고 두려워하는 마음[379]이 혹시라도 마음에서 해이
해질까 항상 걱정스러웠습니다. 그러므로 유곡을 자호로 하였으니,
몸이 가는 곳마다 따라다니게 하여 자호를 돌아보며 뜻을 생각하도록
한 것입니다. 또 공의 글을 얻어 편액으로 걸어두고 항상 보며 이로써
경계하고 성찰할 수 있도록 하고 싶습니다."

나는 말한다.

"또한 좋지 않은가? 효도라는 것은 자식으로 스스로 할 수 있는 것을
다 하는 것이다. 옛날 생존해 계실 때처럼 부모를 섬기는 예는 사당에
하였지 분묘에 하지 않았다. 후세 사당의 제도가 분명치 않고 바뀌어서
일정하지 않으므로 효성스러운 자손들이 어쩔 수 없이 분묘를 소중히
여겼으나, 부모를 사모한 것은 마찬가지이다. 원(元)의 우집(虞集)[380]
이 〈장씨효사정기(張氏孝思亭記)〉를 저술하였으니, 효성과 그리움을

---

378 동서남북의 사람 : 여기저기 떠돌아다니는 사람을 가리킨다. 《예기》〈단궁 상(檀
弓上)〉에 나오는 "나는 옛날에 무덤만 쓰고 봉분은 하지 않았다고 들었다. 이제 나는
동서남북의 사람이라 표를 하지 않을 수 없다.〔吾聞之 古也墓而不墳 今丘也東西南北之
人也 不可以弗識也〕"라고 한 공자의 말에서 인용한 것이다.

379 서리와……마음 : 부모를 그리워하는 마음을 가리킨다. 《예기》〈제의(祭義)〉에
"서리와 이슬이 이미 내려 군자가 밟으면 반드시 슬픈 마음이 생기니, 날이 추움을
이른 것이 아니다. 봄에 비와 이슬이 이미 적셔 군자가 밟으면 반드시 두려운 마음이
생기니 죽은 부모를 곧 만날 것 같기 때문이다.〔霜露既降 君子履之 必有悽愴之心 非其
寒之謂也 春雨露既濡 君子履之 必有怵惕之心 如將見之〕"라고 한 구절에서 인용한 것이
다.

380 우집(虞集) : 1272~1348. 자는 백생(伯生), 호는 도원(道園), 세칭 소암선생(邵
庵先生)이다. 원나라의 저명한 학자이자 문학가, 시인이다. 원나라 때 사대가 중 한
사람이다.

묘정에 부친 것이다. 태공(太公)이 제(齊)나라에 봉해졌으나 다섯 세대가 지난 후 주(周)나라로 이장하였는데, 군자가 '여우는 죽을 때 고향 언덕으로 머리를 두니 인(仁)하구나.'라고 하였으니,[381] 근본을 잊지 않음을 소중하게 여긴 것이다. 지금 공세가 선산이 있는 마을 이름을 자기 호에 기념하여 비록 만 리 밖에 있더라도 항상 몸이 분묘 옆에서 조석으로 살피고 청소하는 것처럼 하였으니, 그 사모함을 부친 뜻이 더욱 깊고 간절하다. 나 역시 어버이를 여의고 돌봐주는 이 없는 사람인데, 이제는 늙고 병까지 들어 오랫동안 성묘를 빼먹었다. 그의 말을 듣고 감동을 이길 수 없어 서문을 짓노라."

---

381 태공(太公)이……하였으니 : 《예기》〈단궁 상(檀弓上)〉에 보인다.

존모계 서문

尊慕契序

성인의 도는 천지처럼 덮거나 싣지 않은 것이 없으니, 혈기가 있는 자 가운데 누가 존경하고 가까이 하지 않겠는가? 비록 때에는 성쇠 (盛衰)가 있고 일에는 흥망(興亡)이 있고 성쇠와 흥망은 운동의 변화에 달려있다. 오직 도(道)는 인간의 마음에 근본을 두고 있어 만고 (萬古)를 지나도 버릴 수 없는 것이기 때문에 "떠날 수 있으면 도가 아니다."[382]라고 한 것이다. 예전에 주군(州郡)을 병합할 때 웅천군 (熊川郡)이 창원(昌原)에 합해졌고 향교 역시 폐지되어 성철(聖哲) 의 위판을 본 향교 뒤 언덕에 묻어서 안치시켰는데, 수호하는 사람이 없고 마을 주민이 무지하여 매장한 곳 가까이에 몰래 장사를 지내기 까지 하였다. 사림이 일제히 떨쳐 일어나 개연히 탄식하며 다음과 같 이 말하였다.

"군에 향교 하나만 두는 것은 나라의 제도이다. 지금 군이 이미 병합 되었으니, 향교 역시 따라서 폐지되어야 한다. 그러나 성인의 사당을 두고 향화(香火)를 올리던 땅을 어찌 맘대로 꼴 베고 소 먹이게 하면서 금하지 않아서야 되겠는가?"

---

382 떠날⋯⋯아니다 : 《중용장구》제1장에 "하늘이 명한 것을 성(性)이라 하고, 성을 따름을 도(道)라 하고, 도를 품절(品節)해 놓음을 교(敎)라 한다. 도란 잠시도 떠날 수 없는 것이니, 떠날 수 있으면 도가 아니다.〔天命之謂性 率性之謂道 修道之謂敎 道也 者 不可須臾離也 可離非道也〕"라고 한 구절에서 인용한 것이다.

드디어 지방경찰서 및 군청에 신청하여 암장(暗葬)한 것을 파내고, 제단과 마당을 수축하여 세 개의 계단과 네 개의 층을 설치하고 전각 계단의 옛 모양을 대략 모방하여 돌을 세워 표시하였다. 봄가을로 가운 데 달 상정(上丁 첫째 정일(丁日))마다 유생들이 일제히 모여 분향하고 경서(經書)의 뜻을 강론하였다. 또 옛날 명륜당(明倫堂)을 빌려서 유생들이 모임을 갖는 장소로 삼아 주선(周旋)하고 오르내리니, 위의(威儀)가 성대하여 석전(釋奠)이 비록 철폐되었어도 전형은 여전히 남아 있었다. 정심(精深)한 의리(義理)가 있는 곳에 도 역시 존재하니, 예(禮)니 악(樂)이니 하는 것이 어찌 옥백(玉帛)과 종고(鐘鼓)를 말하는 것이겠는가? 이에 온 군의 유생들이 의지할 곳이 있는 것을 기뻐하며, 오래되면 혹시라도 해이해질까 염려하여 의논해서 계를 만들었다. '존 모계(尊慕契)'라 명명하고, 모임의 사람들로 하여금 이 규율을 항상 지키게 해 존경하고 사모하는 뜻을 잊지 말도록 하였다. 계장 김병선(金秉先) 군이 실무를 주관하였고, 총무 어재원(魚在源) 군, 배병원(裵炳元) 군이 협찬하였다. 이에 군내 대소 인민이 반응하지 않는 자가 없어 입회한 자가 수백, 수천을 헤아렸으니, 성인의 도가 사람에게 깊이 스며들었음을 볼 수 있다. 경남(慶南) 강사(講士) 정준민(鄭準民) 군이 계를 설립한 전말을 경학원에 상세히 보고하였다. 본원[경학원]이 수선지지(首善之地)[383]에서 이 훌륭한 거사를 듣고 장려하는 말로 같은 마음임을 표하지 않을 수 없어, 대략 그 사실을 기록하여 서문을 쓰노라.

---

383 수선지지(首善之地) : 선을 시작한 땅, 모범이 되는 곳을 뜻한다. 보통은 서울을 가리킨다.

기 記

경담기 을묘년(1855, 철종6)
鏡潭記 乙卯

내가 사는 곳 근처 강은 강물이 항상 맑아 한 필의 흰 비단 같고 근처 산은 계곡과 샘물이 모두 맑고 차가우면서 맛이 달다. 아마도 땅의 성질이 그런 것 같다. 집 남쪽으로 몇 걸음 떨어진 곳에 예전에는 작은 연못이 있었으나 오랜 세월에 따라 황폐해지자 흙으로 메워 마당을 만들었다. 그러나 땅은 항상 축축하게 젖어있어 심한 가뭄에도 마르지 않는다. 중부(仲父)께서 기이하게 여겨 하인에게 명해 옛터대로 파게 하고 정원의 반을 잘라 연못을 만들었는데, 깊이가 무릎이 잠길 만하고 사방 둘레가 모두 3궁(弓 활 길이 가량의 길이 단위)쯤 되었다. 연꽃을 심고 물고기와 자라를 채워 넣고, 그 위에 화초를 줄지어 심으니 가지와 잎이 곧바로 창살에 닿았다. 연못의 물이 몹시 맑고 거울처럼 밝고 환하였기 때문에 나는 '경담(鏡潭)'이라고 이름을 짓고 이를 위해 기(記)를 지으려 하였다. 어떤 헐뜯는 이가 말했다.

"연못은 맑습니다만 그 만듦새가 매우 좁고 게다가 방에까지 닿으니 그대가 무엇을 취하겠습니까?"

나는 대답하였다.

"그렇습니다. 그대는 연못을 기준으로 연못을 비교하니 매우 좁고 방에까지 닿는 것을 걱정하는 것이 참으로 당연합니다. 나는 연못으로 보지 않고 거울로 보기 때문에 걱정거리라 생각하지 않습니다. 그대는 그 설(說)을 듣고 싶습니까? 거울이라는 것은 비춰보는 것입니다. 어리석은 사내는 비춰보아 얼굴을 꾸미고, 지혜로운 선비는 깨우쳐서 몸을 보전합니다. 옛사람은 사람을 잘 살피는 것을 '지감(知鑑)'이라고 하고, 고금을 살펴 득실을 교훈 삼는 것을 '전감(前鑑)'이라 하였으니, 거울이 청동거울만을 칭하지 않은 지 역시 오래되었습니다. 내가 거울이라 여기는 까닭은 이와 다릅니다. 바야흐로 내 일과 욕구가 교차할 때면 먼지와 때가 얼굴에 가득해 닦아도 없어지지 않고 쫓아도 사라지지 않지만 문을 열고 내 연못을 보면 맑고 담박하여 더러운 때를 비추지 않고 맑고 투명하게 내 마음을 비추어 찌기와 때를 싹 쓸어버립니다. 바야흐로 내 정신과 생각이 몽롱하고 마음이 번잡할 때면 막막하여 멈출 곳을 모르지만 이 연못은 바람이 잦아들고 물결이 그쳐서 물결 가운데가 텅 비고 맑으니, 나는 기쁘게 일상적인 마음으로 돌아갑니다. 바야흐로 내가 사물과 마주쳐 마음이 바뀔 때면 기회를 엿보며 남을 부러워하지만 이 연못은 충만하게 자족하여 밖에서 구하지 않습니다. 바야흐로 내가 바쁘고 부지런하게 돌아다닐 때면 안달하며 조급히 나아가려 하지만 이 연못은 구덩이를 채우고서 나아가고 나아가도 어그러짐이 없습니다. 바야흐로 내가 자질구레하고 도량이 좁아 사물을 포용할 수 없지만 이 연못은 감싸 안고 받아들여 막힘없이 흘러갑니다. 그러니 못에서 터득하는 것이 어찌 적겠습니까? 하루라도 문을 닫으면 비루함과 인색함이 절로 생겨납니다. 그러므로 내가 방 가까이 연못을 만들어 두고 조석으로 다가가 보는 것입니다. 그리고 이 연못이 비록

작지만 접시보다는 당연히 큽니다. 내가 이미 이것을 거울로 보니 어찌
좁다고 싫어하겠습니까? 숲의 바람이 물에 불어오면 이끼가 저절로
말립니다. 나는 이것을 거울을 닦는 것이라고 생각합니다. 하얀 달빛이
흐르면 둥근 그림자가 벽에 찍힙니다. 나는 이것을 거울이 벽에 걸린
것이라 생각합니다. 이것이 모두 천연스럽게 절로 이루어지니 무엇
하러 쇠를 달구고 두들기는 애를 쓰겠습니까? 그리고 나와 그대가 여
기에서 술을 마시고 여기에서 투호를 할 때 연못을 보면 술잔과 소반이
교차하고 쇠 화살이 들쭉날쭉 비추니 훌륭한 볼거리를 줍니다. 손님이
흩어지고 술이 떨어져 빈 난간이 고요해지면 저는 복건에 지팡이 짚고
가죽신을 신은 채 뒷짐 지고 높이 읊조립니다. 이때 연못을 보면 또한
복건에 지팡이 짚고 가죽신을 신은 사람이 뒷짐 지고 높이 읊조리고
있습니다. 그러면 저는 즐겁게 마주하여 손바닥을 치며 담소하며 날이
지는 줄도 모르니, 연못의 즐거움이 어찌 그리 지극한지요. 그대는
가십시오. 나는 거울 속 사람과 한가로이 노닐겠습니다."

윤필암원망기

潤筆庵遠望記

한양(漢陽)에서 강을 거슬러 동으로 향하다 보면 모두 거대한 골짜기들이다. 동쪽에서 남쪽으로 향하면서 지세가 더욱 높아지고 물살이 더욱 빨라지고, 강 언덕에 있는 뭇 산이 모두 기세가 높고 험하다. 뭇 산의 정기가 모이고 산맥이 모여들어 우뚝하고 걸출하게 솟았고 양근(陽根)과 지평(砥平) 두 현에 서려서 진산(鎭山)이 되는 것이 미지산(彌智山 양평의 용문산)이다. 양근 읍치(邑治)에서 비호령(飛狐嶺)을 넘어 곧바로 20리를 올라가면 암자가 있는데 상원암(上元庵)이라 하고, 상원암에서 또 5리를 올라가면 설암(雪庵)이 있고, 또 5리를 올라가면 윤필암(潤筆庵)이 있는데, 윤필암은 미지산의 정상에 있다. 이번 가는 길에 두건을 벗고 도포와 띠도 벗은 채 담쟁이덩굴을 잡고 벽을 타고 올라갔다. 앞사람은 당겨주고 뒷사람은 밀어주면서 힘이 빠지고 정신이 피로한 연후에야 암자가 보였다. 깨진 벽과 썩은 서까래에, 부처 모신 감실은 무너지고 더러웠다. 그러나 암자의 볼거리는 여기에 있지 않았다. 예전 고려 말 목은(牧隱) 이 선생(李先生)[384]이 여기에 집을 짓고 독서에 정진하여 드디어 문장으로 현달하였다. 후

---

384 목은(牧隱) 이 선생(李先生) : 이색(李穡, 1328~1396)으로, 본관은 한산(韓山), 자는 영숙(穎叔), 호는 목은이다. 고려 말 충신 삼은(三隱)의 한 사람이다. 이색이 왕명을 받아 나옹 화상의 부도명을 지어주었는데, 나옹의 제자들이 글을 지어준 데에 대한 윤필료(潤筆料)를 지불하려 하자, 이색이 이를 사양하고 절을 수리하는 데 쓰도록 하여 여기에서 절의 이름이 유래되었다고 한다. 《新增東國輿地勝覽 卷8 砥平縣 佛宇》

대 사람들이 그 자취를 사라지지 않게 하고자 집을 불암(佛庵)으로 바꾸고 윤필이라고 이름을 붙였으니, 실제로 선생께서 윤필(潤筆)한 장소를 이른 것이다.

내가 을묘년(1855) 계하(6월) 이 암자에 올랐다. 때는 무더운 여름이었지만 서리와 눈이 내릴 듯 서늘하였고 안개가 종일토록 걷히지 않았다. 며칠 밤을 묵으며 안개가 조금 걷히기를 기다렸다가 암자에 기대 멀리 바라보았다. 암자는 산굽이에 있었기 때문에 동쪽·서쪽·북쪽은 막혀있고 오직 남면으로 길 하나가 확 트여 끝이 없었는데, 경기도 여러 군들이 모두 앉은 자리 아래로 내려다 보였다. 여기저기 떨어져 놓인 도읍과 얽혀 감도는 내와 들판을 손가락으로 가리키며 헤아려 볼 수 있었다. 호수 이남은 시력이 미치는 곳이 희미하고 아득하였다. 다만 이어져 있는 뭇 산이 개미언덕이나 무덤 모인 것처럼 보였고, 간간이 명산과 거악(巨嶽)이 불쑥 솟아나와 있었는데 마치 격랑 속에 서 있는 바위 같았다. 산승이 손가락으로 가리키며 어느 것은 어느 주의 진산이고 어느 것은 어느 강의 지류인지 내게 알려주었다. 이름을 들으니 모두 전에 보고 싶었으나 보지 못한 것들이었는데, 영남의 소백산까지 이어졌다. 여기 밖으로는 안개와 구름이 자욱하게 끼어있고 하늘과 닿아있어 눈으로 다 볼 수 없는 곳이요, 마음으로 상상할 수도 없는 곳이었다. 소백산에서 여기까지 거리를 계산하니 칠백여 리였다.

내가 전날 상원암에 있을 때 날씨가 맑고 좋았으나, 동남쪽 지상을 굽어보니 한 조각 짙은 구름이 있고 그 아래 검은 비단처럼 생긴 것이 몇 길이나 곧게 드리워져 있었다. 승려 무리에게 물으니, "모 지역에 지금 큰 비가 내리고 있습니다."라고 하였다. 나는 망연자실하였다.

이 암자에 도착했을 때 또 큰 안개가 산을 감싸고 있어 지척인데도 사람의 얼굴이 보이지 않았다. 내가 이에 비로소 흐린 날씨와 맑은 날씨가 다르고 낮은 곳과 높은 곳의 차이가 끝없음을 깨달았다. 아아. 내가 저 조각구름 아래 있었을 때는 흐리면 천하가 흐리고 맑으면 천하가 맑다고 여겼다. 한 등급 높이 오르면 높게 여겼던 것이 높은 것이 아니게 되고 한 등급 아래로 내려가면 낮게 여겼던 것이 낮은 것이 아니게 되니, 매우 가소롭지 않은가. 서 사가(徐四佳)[385]는 "목은이 젊을 적에는 중국의 문사를 따라 노닐었으므로 시문을 짓는 법도가 치밀하고 엄격했으나 만년에 이르러서는 종횡으로 범람하여 법도에 구애받지 않았다. 이 노인은 당세에 재주가 높아 동방을 오만하게 내려다보며 안목을 갖춘 이가 없다고 생각하였기 때문에 감히 이와 같이 한 것이다."라고 하였다. 나는 이 노인의 안목이 중화로부터 커진 것이 아니라 미지산으로부터 높아진 것이라 생각한다.

---

385 서 사가(徐四佳) : 서거정(徐居正, 1420~1488)으로, 본관은 달성(達成), 자는 강중(剛中), 호는 사가정(四佳亭)이다. 조선 전기 문인이자 학자로 《동인시화(東人詩話)》, 《동문선(東文選)》 등의 저술이 있다. 목은의 시집 서문인 〈목은시정선서(牧隱詩精選序)〉를 남겼다.

금학헌기 경신년(1860, 철종11)

琴鶴軒記 庚申

중종씨(仲從氏)[386] 대신 지었다. ○ 금학헌은 순천 관아 건물의 호칭이다. 경신년 내가 중종씨를 따라 남쪽을 여행할 때 지었다.

순천은 예부터 부유하고 화려하다고 일컬어졌다. 벼와 물고기·소금의 품질이 뛰어나고 귤과 유자, 대나무가 넉넉하고 산수와 누대가 아름다워, 읍인들이 소강남이라고 하였다. 강남은 본디 아름다운 지역이지만 중원에서 멀리 떨어져 있어 풍토가 상이하다. 강북의 벼슬하는 선비들이 매번 뜻을 잃고 쫓겨나서 나그네 처치의 근심과 괴로움으로 불평스러운 회포를 말한 경우가 많았기 때문에 강남이 비록 아름다워도 즐기지 못했다.

나는 오랫동안 내직에 있으면서 보탬이 없었기 때문에 군(郡) 하나를 얻어 견마지로(犬馬之勞)를 바치고 싶다고 생각했다. 무오년(1858) 겨울 이 읍의 수령이 되었는데 재주는 어설프고 생각은 짧아 번거로운 업무에 괴로웠다. 관아에 있은 지 3년이 되자 공무가 조금 한가해졌다. 대청 뒤에 예전부터 취죽(翠竹)·벽오동(碧梧桐)·자미화(紫微花 배롱나무)·산다화(山茶花 동백) 등이 있었다. 나는 작은 못을 파고 화훼를 더 심어 밤낮으로 빈객들과 그 사이에서 시를 읊조렸다. 이에 안으

---

386 중종씨(仲從氏) : 김완식(金完植, 1831~1863)으로, 본관은 청풍(淸風), 자는 복경(輻卿), 호는 회은(晦隱)이다. 김윤식의 숙부인 김익정(金益鼎, 1803~1879)의 둘째 아들이다. 1847년 문과에 급제하여, 벼슬이 좌승지(左承旨)에 이르렀다.

로는 고생스럽다는 생각이 없고 밖으로는 평안하고 한가로운 마음이 생겼고, 처자식들도 집에 있는 것처럼 관아에 있는 것을 기뻐하였다. 강남으로 좌천된 나그네가 경물과 접하여 슬퍼하고 근심스러워했던 것과 비교하여 과연 어떠한가? 다만 정사로 베푼 혜택에 더한 것이 없어 옛날 부유하고 화려했던 자가 대부분 생업을 잃고 피폐해진 것이 걱정스러울 뿐이었다. 태수는 강남의 즐거움을 알아도 강남의 괴로움을 모르고 백성은 강남의 괴로움을 알아도 강남의 즐거움을 모른다. 즐거우면 그 즐거움을 같이하고 괴로우면 그 괴로움을 같이 하는 것, 이것이 어진 태수의 일이건만 내가 미칠 수 있는 바가 아니었다.

철종 경신년(1860) 여름, 나는 순천의 금학헌으로 회은(晦隱) 종형을 문안하러 갔다가 얼마 후 종형의 임기가 다되었을 때 따라서 돌아왔다. 이제 공이 돌아가신 지 이미 오래되었지만 내가 부사로서 거듭이 금학헌에 오르니, 남은 자취가 여기저기 펼쳐져 있어 시선이 닿는 데마다 슬픈 감정이 든다. 창려(昌黎 한유) 시에 이른,

큰 형님을 따르던 어린 시절 그리운데	憶昔兒童隨伯氏
남쪽으로 온 이래 이 한 몸만 남았구나	南來今只一身存
눈앞에 온갖 입이 여전히 떠들지만	眼前百口還相逐
옛날 얘기 함께 할 사람은 없구나[387]	舊事無人可共論

라고 한 것이 바로 오늘의 나를 위해 해준 말이다. 드디어 외우고 있

---

387 큰……없구나 : 한유(韓愈, 768~824)의 〈과시홍강구감회(過始興江口感懷)〉에 나오는 구절이다. 원시에는 안전(眼前)이 목전(目前)으로 되어 있다.

던 공이 지은 〈금학헌기(琴鶴軒記)〉를 새겨서 걸어놓고 밤낮으로 바라본다. 손가락으로 지난 세월을 꼽아보니 어느덧 22년이 되었지만 타향에서 침상을 마주했던 즐거움은 완연히 어제 같다.

　신사년(1881, 5월)

망해대기

望海臺記

순천부(順天府) 동쪽 30리 떨어진 신성포(新城浦)에 왜인이 쌓은 대
(臺)가 있다. 대에는 옛날에 세 봉우리가 있었는데, 만력(萬曆)[388] 정
유년(1597, 선조30) 왜추 평행장(平行長)[389]이 수군을 이끌고 그 아
래 정박해, 세 봉우리를 깎아 평평하게 하고 지세를 따라 큰 돌을 쌓
아 대를 만들었다. 앞으로는 해구(海口)에 닿아 있고 뒤로는 천마산
(天馬山) 등 여러 산을 등지고 있다. 대 아래 반월성(半月城)을 쌓았
는데, 둘레가 6백 보쯤 되고 양쪽 끝은 바다에 접해 있다. 대에는 세
개의 층이 있고 높이가 각각 몇 길이다. 제1층은 백 명이 앉을 만하
고 제2층은 8, 9백 명이 앉을 만한데, 이것이 자벽(子壁)이 된다. 제3
층은 항오(行伍)가 대열을 짓고 말을 달려 돌아다닐 만하고, 그 아래
는 주둔해서 야영하는 곳인데, 이것이 중벽(中壁)이고 반월성은 외
벽이 된다. 대에는 8개의 문이 있고, 성에는 4개의 문이 있어 도합
12개이다. 모두 구불구불 꺾이고 겹쳐져 있어 마치 요새를 만들고 관

---

388 만력(萬曆) : 중국 명(明)나라 신종(神宗) 때의 연호이다. 1573~1619년이다.
389 평행장(平行長) : 고니시 유키나가(小西行長, ?~1600)를 가리킨다. 도요토미
히데요시(豊臣秀吉)의 가신으로, 빈고(備後) 우토성(宇土城)의 성주가 되었다. 임진
왜란 때 왜군 선봉장으로 활약하여 한양을 제일 먼저 점령하였다. 정유재란 때 제2사령
관으로 참여하였으나, 전주에서 크게 패배하여 후퇴하다가 1597년 순천 왜성에 갇히게
되었는데 명나라 장수에게 뇌물을 주고 탈출하였다. 퇴로를 열기 위한 노량해전에서
참패하였다. 이후 도쿠가와 이에야스(德川家康)와 싸워 패배 후 참수형에 처해졌다.

문을 설치한 것 같았다. 성이 모두 쇠락하고 대 역시 여러 곳이 무너져 내렸다. 그러나 그 제도의 정밀하고 견고함은 여전히 상고할 만하다. 성 아래 옛 문의 터가 있으니 바로 성의 북문이다. 민간에 전하기를 평행장이 이 대를 쌓고 상륙해서 거처하였는데, 전함 수백 척을 그 아래 줄지어 두고 언덕 위의 군대와 통틀어 하나의 군영을 만들었다고 한다. 평행장은 낮에 장대(將臺 장수의 지휘대)에 거처하고 밤에는 북문 안에 거처하였으니, 변이 있으면 북문을 통해 재빨리 전함에 오르려 했기 때문이라고 한다.

서쪽으로 천마산이 바라보이는데 대와 마주보고 있고 중간에는 논과 골짜기, 개펄이다. 대와 산을 먹줄로 똑바로 잰다면 오륙백 보에 불과할 듯하다. 산꼭대기에는 작은 성터가 있고 동북쪽으로 바다의 포구가 바라다 보인다. 광양현(光陽縣) 익신역(益新驛) 뒤에 있는 봉우리에도 작은 성터가 희미하게 보인다. 이 두 성은 바로 충무(忠武) 이공(李公)[390]이 군대를 주둔하고 왜군을 막은 곳이다. 이공이 천마산에 주둔할 때 병사는 천 명도 안 되었지만 왜병은 수만 명이었다. 이공은 병사를 나누어 산을 넘은 후 수영(水營)의 길을 따라 산 정상에서 모여서 날마다 복색을 바꾸었다. 왜인이 보고서 구원병이 크게 모였다고 생각해 감히 경솔하게 진군하지 못했다. 이공은 왜군이 많아 화살과 탄환으로 제압하지 못할까 걱정스러웠다. 그래서 거함 수십 척을 익신

---

390 충무(忠武) 이공(李公) : 이순신(李舜臣, 1545~1598)으로, 본관은 덕수(德水), 자는 여해(汝諧), 시호는 충무(忠武)이다. 임진왜란 때 일본군을 물리치는 데 큰 공을 세운 명장이다. 옥포대첩, 사천포해전, 당포해전, 1차 당항포해전, 안골포해전, 부산포해전, 명량대첩, 노량해전 등에서 승리했다.

역 포구에 줄지어 두고 갈대 인형을 장치해 싣고 가운데는 청죽(靑竹)을 넣었다. 어두운 밤을 틈타 순풍에 불을 놓자 곧바로 왜인의 대 아래를 향했다. 불이 맹렬히 타오르고 청죽이 터져 바닷물이 다 끓어오르는 듯 했다. 왜인은 온 힘을 다해 방어했으나 1시간 만에 화살과 탄환을 다 써버렸다. 이공은 천마산으로부터 요충지를 엄습했다. 왜인들이 크게 놀라 소란스러워졌으니, 죽은 이가 수천 명이었다. 평행장은 배를 타고 도망쳤으나 노량진(鷺梁津)까지 추격하여 대파하였다. 이공이 익신역이라는 요로에 의거하여 후방을 제압하고 험한 천마산을 가로막아 진군을 막았던 것이다. 평행장이 상륙한 지 삼 년이건만 지척의 땅을 다툴 수 없었던 것은 비단 이공이 만든 두 성의 힘 때문이 아니라 역시 평행장의 지모도 미치지 못했기 때문이리라.

십만의 병사를 일으켜 바다 만 리를 건너와 남의 나라를 빼앗으려 했으니 형편상 죽을 결심을 하지 않으면 성공할 수 없다. 무릇 평행장이 명분은 비록 상륙이었지만, 배를 준비해 기다리도록 하여 배에서 내리면서 두려운 마음을 드러내었다. 좌우를 둘러보니 병사의 마음이 굳건하지 못하고 세월이 흐르니 실정이 드러나고 세력이 꺾인다. 이것이 환현(桓玄)이 패한 까닭[391]이다. 비록 그렇더라도 가령 이공 같은 인재를 만나지 않았다면 뜻을 이룰 수 있었을지 여부는 여전히 알 수 없다. 이공은 적은 수로 많은 수를 쳤으니 또 얼마나 기이한가? 지금

---

391 환현(桓玄)이 패한 까닭 : 동진(東晉) 말기 강남에서 손은(孫恩)이 난을 일으키자, 형주(荊州)의 유력자 환현이 반란을 진정시킨다는 핑계로 건강(建康)에 들어가 제위를 빼앗았으나, 팽성(彭城)의 하급군인이었던 유유(劉裕)가 병사를 일으켜 손은과 환현을 무찌르고 동진의 황제 안제(安帝)를 복위시켰다. 《晉書 卷99 桓玄傳》

270여 년이 지났지만 그 영명한 풍모와 남긴 위엄은 오히려 해산(海山)과 초목에 남아있어 농부와 어부가 노래하며 공을 칭송한다. 상〔철종〕11년(1860, 철종11) 여름 4월 나는 순천에 도착해 용두포(龍頭浦)에 나가 충무공의 화상을 배알하고, 왜대 위에 올라 창해를 굽어보며 사람을 시켜 고각을 불게 하고 서상관(徐相觀)에게 말했다.

"아아, 평행장이 만 명의 힘을 써서 이 대를 쌓았으니, 사해를 평탄하려고 마음먹은 것이었습니다. 누가 오늘 내가 공들과 노는 장소가 되리라 생각했겠습니까?"

서상관이 나에게 술을 사서 마시기를 권하였다. 그리고 가수인 구생(具生)을 나오게 해 몇 곡 부르게 하고 파하였다. 서상관이라는 사람은 용두포 백성이다. 나이는 72세인데, 왜적을 막은 고사를 제법 잘 말하였다.

석장산방중건기 정묘년(1867, 고종4) 6월
石莊山房重建記 丁卯六月

석장자(石莊子)의 집은 금봉(金峰)의 오른편에 있다. 그의 돌아가신
부친께서 근검함으로 집안을 일으키고 만년에 집 한 채를 지어 자손
에게 물려주었다. 정묘년 봄 이웃집에 난 불 때문에 타버려 택지 수
십 무(畝)가 다 텅 빈 폐허가 되었다. 이웃 마을에서 놀라 탄식하며
"불이 다른 곳에서 났는데 인(仁)을 쌓은 집에 미쳤으니 어찌 하늘의
뜻이랴."라고 하였다. 간혹 거처를 옮겨 재앙을 막아야 한다고 말하
는 사람도 있었지만 석장자는 눈물을 흘리며 사양하였다.

"제가 불초해서 선조의 옛 집을 보전하지 못했습니다. 재앙이 제
몸에 있으니 옮긴다고 막을 수 있는 것이 아닙니다. 제가 앞으로 죽을
때까지 고향을 지킬 것인데 집을 어찌 차마 버리고 가겠습니까?"

드디어 집안 식구들과 의식을 절약하기로 약속하였다. 1년이 되자
재목과 기와가 대략 준비되었다. 그래서 재를 떨어내고 자갈을 골라내
공인(工人)들을 준비하고 일정을 계획하여 다시 옛 터에 집을 지었다.
석장자는 선조께는 당구(堂搆)[392]의 뜻을 따르고 아랫사람에게는 수습
하는 의무를 다하여 힘을 다해 선인의 사업을 계승하였다.[393] 석 달이

---

392 당구(堂搆) : 집터를 닦고 건물을 세운다는 말로, 선조의 유업(遺業)을 후손들이
계속 이어받아 발전시켜 나가는 것을 뜻한다. 《서경》〈대고(大誥)〉의 "아버지가 집을
지으려 하여 이미 설계까지 끝냈다 하더라도, 그 자손이 집터도 닦으려 하지 않는다면
어떻게 집이 세워지기를 기대할 수 있겠는가.〔若考作室 旣底法 厥子乃不肯堂 矧肯構〕"
라는 말에서 나온 것이다.

지나 완공을 고하였는데, 제도는 옛집보다 못하였지만 앞뒤의 배치는 본래 그대로였다.

이에 마을 사람들이 모두 그가 약속을 지킨 것에 감복하고 완공한 것을 다행이라고 여겼다. 그리고 말하였다.

"지난 번 공의 확고한 의지가 아니었다면 재앙을 만나 경솔하게 이사하는 일이 어찌 끝이 있었겠습니까? 편안한 거처라는 것이 움직이지 않는 것임을 어찌 알았겠습니까? 공의 집이 완성되니 마을의 모습이 이루어지고 사람으로 하여금 황량하던 모습을 잊게 만듭니다. 그리고 근본의 기초를 소중히 여겨 마을의 풍속이 이에 도타워졌습니다. 어진 이의 이로움이 어찌 넓지 않겠습니까?"

이 집은 마을의 끝에 위치해 있다. 금봉이 그 남쪽에 있는데, 푸르고 울창하다. 동쪽은 남곡(藍谷)과 주곡(酒谷)의 두 골짜기가 만나는 곳으로 물의 원천이 나오는 곳이다. 서쪽으로는 두미(斗湄 한강 하류)와 맞닿아있고 멀리 한양이 바라보여 삼각산이 책상머리까지 들어와 마치 구름과 안개의 형상처럼 어린다. 북쪽에는 평야와 강이 이어져 있고, 산수(汕水)와 습수(濕水)의 두 강이 남주(藍洲)에 모이는데, 연안을 따라 거슬러오는 상선과 명멸하는 고깃배의 등불을 손가락으로 가리키고 눈으로 보고 셀 수 있을 정도이다. 옛날 부친께서 이 집을 지은 것을 기념하여 봄가을마다 길일에 자제와 빈객을 이끌고 남쪽 언덕 위에서 노니셨다. 하루 종일 부지런히 힘쓰니 말을 하기만 하면 성인의 말씀을 증명하였다. 또 마을의 가까운 일을 인용하여 경계하기 좋아하

---

393 선인의 사업을 계승하였다. : 원문에 '사굉(嗣肱)'이라고 되어 있으나, '사복(嗣服)'의 착오로 보인다.

니, 듣는 자는 삼가 폐부에 새겨 감히 잊지 않았다. 지금 공이 떠난 지 십 년쯤 되었다. 공이 노닐던 곳을 바라보니 여전히 그 풍채가 생각 나고 그 말이 귓가에 가득 맴도는 듯하다. 더욱이 집은 의구하고 숲과 정원이 바뀌지 않았음에랴. 공의 전형과 남긴 법도를 가는 곳마다 볼 수 있으니 영원한 모범이 되기에 충분하다. 후에 계승하는 자는 마땅히 잘 지켜서 바꾸지 말아야 할 것이다.

심호정기 무진년(1868, 고종5)

沁湖亭記 戊辰

백종씨(伯從氏)[394] 대신 지었다.

습수(濕水)는 양근(陽根) 군치(郡治) 서쪽으로 오십 리를 흘러 군의 경계에서 끝나 산수(汕水)와 만난다. 그 사이에 많은 원림(園林)과 저택이 고즈넉하게 강가에 있는데, 명승이라고 일컬어지는 곳이 줄줄이 이어진다. 심호정(沁湖亭)이 바로 그 중 하나이다. 심호정은 여러 차례 주인이 바뀌면서 이름난 사대부가 관직에 싫증나면 놀고 쉬는 장소가 되었다. 지금은 내 벗 김원일(金元一) 상서(尙書)[395]의 집에 속해 있다. 내 석범정(石帆亭)에서 겨우 2후(堠)[396]의 땅이라 배가 순류를 타면 숨 한 번 쉴 동안 내 정자 앞까지 닿으니 매우 유쾌한 일이다. 예전에 나와 원일이 밤에 궁궐에서 함께 숙직했던 일을 기억하는데, 서로 발을 맞대고 누워서 함께 동호의 경치 좋은 곳을 논하다가 이어서 "어떻게 하면

---

394 백종씨(伯從氏) : 김원식(金元植, 1823~1881)으로, 자는 춘경(春卿), 호는 학해(學海)이다. 김윤식의 숙부인 김익정(金益鼎, 1803~1879)의 첫째 아들로, 족숙 김익철(金益哲, 1804~1889)의 양자가 되었다. 1847년 연안 부사로서 문과에 급제하여 벼슬이 공조 판서에 이르렀다.

395 김원일(金元一) 상서(尙書) : 김수현(金壽鉉, 1825~?)으로, 본관은 광산(光山), 자는 원경(元卿), 경일(景一), 원일(元一)이다. 1861년 문과에 급제하였고, 1866년 개성 유수(開城留守), 병조 판서, 한성부 판윤, 함경도 관찰사를 지냈다. 1894년 제1차 김홍집(金弘集) 내각에서 의정부 좌찬성으로 활약하였다.

396 2후(堠) : 10리를 가리킨다. 후(堠)는 이정을 표시하기 위해 쌓던 돈대로, 5리에 후 하나를 세우고 10리에 두 개를 세웠다.

강 동쪽에 집 하나를 두고 서쪽에 집 하나를 둘 수 있을까? 나와 자네가 조각배로 왕래하면 역시 인생에서 하나의 즐거움일 텐데. 우리들이 늙기 전에 이 일을 해내는 것이 어찌 그리 쉽겠는가."라고 한 적이 있다. 얼마 후 원일은 명을 받고 유수(留守)의 직임을 맡았다가 내직에 들어가 본조의 병부를 관장하였다. 그때는 한창 중용되던 때라 이 일에 미칠 겨를이 없다고 생각하였다. 내가 석담(石潭)을 산 이듬해 원일도 심호(沁湖)의 별장을 사서 옛 집에 기초해 중건하였다. 빈객, 친구들과 술을 마시며 집의 완성을 기뻐하고, 내게 편지를 보내 말했다.

"자네는 예전의 말을 기억하는가? 나는 내 뜻을 이루고자 하니 이것이 그 시작일세. 자네가 어찌 나를 위해 기문(記文)을 적지 않겠는가?"

내가 듣고 탄식하여 말했다.

"고인 가운데 조정에 있으면서도 강호를 근심하던 자가 있었는데 우리 원일 같은 이가 그런 고인에 거의 가까울 것이다. 바야흐로 삼아문(三衙門)을 총괄하고 군무(軍務)를 신칙(申飭)하고 인물을 전형(銓衡)하느라 업무에 바빠서 정신없을 때 초월하여 광활한 경지를 생각하고 자연에 정신을 머무르게 할 수 있으니, 부귀에 도취하지 않고 백성을 근심하는 여지가 넉넉함을 볼 수 있다. 만일 강호(江湖)에 물러나 살게 된다면 또 어찌 조정에 대한 근심을 잊을 수 있는 사람이겠는가? 그러나 나는 가죽나무, 상수리나무 같은 재주[397]로 보탬이 되는 일이 없으니 조만간

---

397 가죽나무, 상수리나무 같은 재주 : 저산(樗散), 즉 저력산목(樗櫟散木)의 준말로 보잘 것 없는 인재를 비유한 말이다. 《장자》〈소요유(逍遙游)〉에 "내가 큰 나무가 있으니 사람들이 가죽나무라 한다. 큰 줄기는 옹이가 져서 줄자에 맞지 않고 작은 가지는 말려서 규구에 맞지 않으니 큰 길에 서 있으나 장인들이 돌아보지 않는다.〔吾有大樹 人謂之樗 其大本擁腫而不中繩墨 其小枝卷曲而不中規矩 立之涂 匠者不顧〕"라고 하여

온 집안이 동쪽으로 귀향하여 농가에서 먹고 살려 한다. 원일 역시 휴가를 얻어서 세시(歲時)가 되면 마을에 돌아와, 함께 작은 배에 앉아 낚싯대를 잡은 채 지탄(芝灘)과 월계(月溪) 사이를 거슬러 올라가며 술잔을 머금고 손뼉을 치면서 전날 했던 말을 하여 즐거워할 거리로 삼는다면 역시 괜찮지 않은가? 강과 산, 정자의 아름다운 경치 같은 것은 내가 아직 난간에 기대서 구경한 적이 없으니 상세히 말할 수 없다. 옛날 증남풍(曾南豐)[398]이 〈구공성심정기(歐公醒心亭記)〉를 지어 '공의 즐거움은 하나의 산, 하나의 물에 있지 않고 임금은 위에서 편안하고 백성은 아래에서 만족하고 배우는 자는 재주 있고 어질고 만물은 마땅함을 얻는 것, 이것이 바로 공의 즐거움이다.[399]'라고 하였다. 나도 이에 마찬가지로 말할 뿐이다."

가죽나무를 쓸모없는 나무로 설명하였고, 《장자》〈인간세(人間世)〉에 "공장이가 제나라 곡원에 이르러 사당 나무인 상수리 나무를 보고……'산목이라……재목이 될 나무가 아니니 쓸모가 없다.'〔匠石之齊 至於曲轅 見櫟社樹……曰 散木也……是不材之木也 無所可用〕"라고 하여 상수리나무를 산목(散木)이라고 한 데서 연유한 말이다.

398 증남풍(曾南豐) : 증공(曾鞏, 1019~1083)으로, 자는 자고(子固), 호는 남풍선생(南豐先生)이다. 당송팔대가(唐宋八大家)의 한 사람인 송나라의 학자이다.

399 공의……즐거움이다 :《증공집(曾鞏集)》권17〈성심정기(醒心亭記)〉에 "공이 즐거움으로 삼는 것을 내가 말할 수 있다. 우리 임금이 위에서 편안히 노닐며 억지로 하는 일이 없고, 우리 백성이 아래에서 넉넉히 먹고 살며 유감이 없고, 천하의 배우는 자가 모두 재주 있고 어질고, 살아있는 오랑캐와 짐승과 초목이 모두 제 마땅함을 얻은 것이 공의 즐거움이다. 산 한 모퉁이, 샘 한 귀퉁이를 어찌 공이 즐거워하랴.〔公之作樂 吾能言之 吾君優游而無爲於上 吾民給足而無憾於下 天下之學者 皆爲才且良 夷狄鳥獸 草木之生者 皆得其宜 公樂也 一山之隅 一泉之旁 豈公樂哉 乃公所以寄意於此也〕"라고 한 구절을 축약한 것이다.

증 병조 판서 김공 득진 정문후 음기 경오년(1870, 고종7)
贈兵曹判書金公得振旌門後陰記 庚午

상 즉위 6년 기사년(1869, 고종6) 8월 청남(淸南)[400]의 유생 김형택
(金蘅澤)[401] 등이 말씀을 올려 고 증 병조 판서 진무 공신(振武功臣)
김공 득진(金公得振)[402]은 충절이 뛰어나니 정문과 시호를 받게 해달
라는 일을 아뢰었다. 상께서 본도(本道 평안도)에 사실을 조사해 아뢰
라고 명하여, 현령 서후 석보(徐侯奭輔)[403]가 읍의 옛 일을 상고하고
부로(父老)와 장자(長者)에게 자문하여 사실을 수집해서 보고하였
다. 도백(道伯 관찰사) 한공 계원(韓公啓源)[404]이 현령의 보고에 따라
또 널리 공의를 채집하였더니 모두 "확실하다. 아! 표창이 너무 늦었

---

400 청남(淸南) : 청천강(淸川江) 이남의 평안도 지역을 가리킨다.

401 김형택(金蘅澤) : 1823~? 본관은 연안(延安), 자는 여형(汝馨)이다. 1855년 생
원시에 합격한 기록이 있다.

402 김공 득진(金公得振) : 본관은 김해이고, 평안남도 용강(龍岡) 출신이다. 1624년
(인조2) 이괄(李适)의 난 때에 공을 세워 진무 공신(振武功臣) 1등이 되었다. 자산
군수로 있을 때, 후금(後金)의 사신이 온 것을 보고 울분이 터져 피를 토하고 죽었다.

403 서후 석보(徐侯奭輔) : 1836~? 본관은 대구(大邱)이고, 자는 성이(聖以)이다.
1860년(철종12) 별시에 급제한 기록이 있다.

404 한공 계원(韓公啓源) : 1814~1882. 본관은 청주(淸州)이고, 자는 공우(公祐),
호는 초은(草隱)이다. 흥선대원군(興宣大院君)의 초당파적 인사정책으로 발탁되어 우
의정까지 올랐다. 고종의 친정(親政), 민씨 일족의 세도정권 수립으로 파직되어 귀양
갔으나 중추부판사로 복관, 위관(委官)이 되어 이재선을 추대하려는 모역사건을 처결
하였다.

다."라고 하였다. 이에 사실을 갖추어 장계를 올려 아뢰었다. 이듬해 경오년(1870) 9월 모일(某日) 춘관(春官 예조) 조공 성교(趙公性敎)405가 장계에 근거하여 회계(回啓)406하자 특별히 도설(棹楔 정려문을 세움)의 은전이 내려, 올해 윤10월 모(某) 일 봉사손의 집에 세웠다.

아아! 선비는 목숨을 아끼지 않으나 또한 때로는 목숨을 아끼는 경우가 있다. 김 양의공(金襄毅公)407이 심하(深河)에서 전투할 때 가령 요동백(遼東伯)408처럼 편군(偏軍 예비 부대)을 데리고 직접 싸웠다면 그가 어찌 요동백보다 나중에 죽었겠는가? 다만 남이 말려서 자기의 뜻과 힘을 펴지 못했을 뿐이었고 게다가 부질없이 죽는 것은 무익하였

405 조공 성교(趙公性敎) : 1818∼1876. 본관은 한양(漢陽)이고, 자는 성유(聖惟)이다. 정암(靜庵) 조광조(趙光祖)의 11대손이다. 1859년(철종10) 증광별시 문과에 병과로 급제하여, 여러 관직을 거쳤다.

406 회계(回啓) : 임금이 각종 계사(啓辭)나 장계(狀啓) 등을 담당 관사로 계하(啓下)하였을 때 담당 관사에서 해당 사안의 처리에 대한 의견을 아뢰는 행위를 말한다. 복계(覆啓)라고도 한다.

407 김 양의공(金襄毅公) : 김경서(金景瑞, 1564∼1624)로, 본관은 김해, 자는 성보(聖甫), 초명은 응서(應瑞), 시호는 양의(襄毅)이다. 김득진의 아버지이다. 임진왜란 때 대동강을 건너려는 적을 막고 명나라 이여송의 군대와 함께 평양성을 탈환했다. 명나라가 후금을 치기 위하여 원병 요청을 하자 출전했고 후금 군대에 항복하여 포로가 되었다가 적정을 기록하여 고국에 보내려다 처형되었다.

408 요동백(遼東伯) : 김응하(金應河, 1580∼1619)로, 본관은 안동, 자는 경의(景義), 시호는 충무(忠武)이다. 명나라 유정(劉綎)이 군사 3만 명을 거느리고 부차령(富車嶺)에서 패하여 자결하자, 3천 명의 휘하 군사로 수만 명의 후금(後金)의 군대를 맞아 싸우다가 전사하였다. 1620년(광해군12) 명나라 신종(神宗)이 그 보답으로 요동백(遼東伯)으로 추봉(追封)하고, 처자에게는 은(銀)을 하사하였다.

다. 그러므로 꾹 참고 삶을 꾀하였으니 앞으로 훌륭한 일을 하기 위해서였다. 그 일이 이루어지지 못한 것이라면 하늘의 뜻이니, 어찌 죽어도 할 말이 있는 자가 아니겠는가?

병자년(1636, 인조13)·정축년(1637, 인조15) 무렵에 척화(斥和)를 주장했던 많고 많은 선비들이 준열하지 않은 것이 아니었다. 힘을 바칠 곳이 없음을 보면서도 한갓 강직한 말로 목숨을 바쳤다. 재주와 용기가 있는 임공(林公)과 최공(崔公) 같은 자도 다급한 순간에 분주하게 움직이면서 좋은 곳을 얻어 죽고자 하였지만[409] 끝내 공의 죽음처럼 빛나고 위대한 자는 없었다. 죽음은 마찬가지이니 어찌 또한 때를 만나고 못 만나고의 차이가 있겠는가?

전(傳)에 이르기를 "충신을 구하되 반드시 효자의 집안에서 구한다."[410]라고 하였으니 충과 효가 두 가지 이치가 아닌 것은 오래된 얘기다. 양의공 집안의 훌륭한 아들이 미쳐 날뛰는 도적을 만나 몸이 먼저 분개하였고, 원수인 오랑캐를 보고 피를 토하며 죽게 된 것이었다. 그 참된 효심과 순정한 충성은 자기 세계(世系)를 욕되게 하지 않았으

---

409 재주와⋯⋯하였지만 : 조선 중기의 명장 임경업(林慶業, 1594~1646)과 임경업 휘하에서 전공을 많이 세웠던 최효일(崔孝一, ?~1644)을 가리킨다. 이들은 남한산성 강화 후 돌아가는 청나라 군대를 추격하여 공격했고, 청나라의 구원군 요청으로 파견되어서는 명나라 군대와 내통하였다. 1645년(인조23) 명나라의 항장(降將) 마홍주(馬弘周)에게 잡혀 북경으로 압송되어 옥에 갇혔고, 국내 모반사건에 연루되어 송환된 후 국문을 당하다 죽었다.

410 충신을⋯⋯구한다 : 《후한서(後漢書)》권26 〈위표열전(韋彪列傳)〉에 나오는 "부모를 효도로 섬기기 때문에 충심을 군주에게 옮길 수 있다. 그러므로 충신을 구하되 반드시 효자의 집안에서 구한다.[事親孝故忠可移於君 是以求忠臣必於孝子之門]"라고 한 공자의 말을 인용한 것이다.

니 양의공에게 제대로 된 후계자가 있었다고 할 만하다. 제갈씨(諸葛氏) 3대가 나라를 위해 죽었을지라도[411] 더 나은 점이 무엇이겠는가? 나는 공의가 오래되었어도 없어지지 않은 것을 다행으로 여긴다. 또 성조(聖朝)께서 정려문 내리시는 은전을 세월이 많이 흘렀어도 베풀지 않음이 없으신 것에 감격하였다. 그 때문에 이상과 같이 그 월일을 순서대로 엮는다.

---

411 제갈씨(諸葛氏)……죽었을지라도 : 제갈량(諸葛亮)은 위(魏)의 사마의(司馬懿)와 대치하다가 병이 들어 사망하였고, 제갈량의 아들 제갈첨(諸葛瞻)과 손자 제갈상(諸葛常)은 황제 유선(劉禪)을 보필하여 등애(鄧艾)의 십만 대군을 맞아 싸우다가 전사하였다.

용강 만풍정기 임신년(1872, 고종9) 4월

龍岡晩風亭記 壬申四月

옛날 모제가(毛際可)[412]가 〈만류당기(萬柳堂記)〉에서 "유자후(柳子厚 유종원)는 노닐며 구경하는 것을 정사의 도구로 여겼으니, 어지러운 생각과 막힌 뜻이 들어올 틈이 없게 한 연후에야 이치를 통달하여 일이 이루어지기 때문이다. 그러므로 당·송(唐宋)의 대신들이 지방에 부임하면 매번 힘써서 넓은 정원과 높은 정자를 만들어 이것을 서로 자랑하였다."[413]라고 하였다. 이 말을 믿는다면 정원과 정자에서 노닐며 구경하는 것도 어쩌면 백성을 다스리는 한 가지 일일 것이다. 용강읍(龍岡邑)은 옛날에 얘기하던 시종지신(侍從之臣)의 휴가지이다. 당연히 강과 산에 밤낮으로 애썼던 노고와 궁과 집을 그리워하는 마음을 풀 정자가 있어야 할 것이다. 그런데도 지금 쓸쓸하게 하나도 남은 것이 없으니 어찌 이름난 고을의 흠이 아니겠는가?

읍인에게 다음과 같은 얘기를 들은 적이 있다. 현의 남쪽 5리 밖에 작은 못이 있고, 못 가운데 옛날에는 '공극(拱極)'이라는 정자가 있었는데, 후대 사람이 '남풍(南豊)'이라고 이름을 고쳤다고 한다. 이 정자는

---

412 모제가(毛際可) : 1633~1708. 자는 회후(會侯), 호는 학방(鶴舫), 만년의 호는 송고노인(松皐老人)이고, 절강(浙江) 출신이다. 청나라 관료로 《절강통지(浙江通志)》를 편찬하였다. 모기령(毛奇齡), 모치황(毛稚黃)과 삼모(三毛)로 일컬어져 세상 사람들이 "절강 안의 삼모는 문장 중 세 호걸[浙中三毛 文中三豪]"이라고 칭송했다. 만년에 벼슬에서 물러나 서원을 세워 후학을 가르쳤다.

413 유자후(柳子厚)……자랑하였다 : 《會侯先生文抄 卷3 萬柳堂記》

읍에서 경치가 으뜸이었는데, 여름에서 가을로 계절이 바뀔 때 연꽃이 성대하게 피어서, 현령에서부터 고을 선비, 관부 아전, 마을 백성들에 이르기까지 놀러가 감상하는 일을 매번 여기에서 했다고 한다. 지금 정자는 없어진 지 이미 오래되었고 연꽃 역시 없어져 다시 보지 못한 지 삼십여 년이다.

상 9년 경오년[414] 봄 종형 귀운자(歸雲子)[415]가 홍문관(弘文館) 교리(校理)로 있다가 용강(龍岡) 수령으로 부임하였다. 이때 조정의 교화가 두루 흘러서 열읍(列邑)의 오래된 폐단이 차츰차츰 다 제거되었다. 귀운자는 전임 현령의 공적을 이어받아 백성을 보살피고 오는 자를 위로하였고 청렴과 근신, 검약함과 관대함으로 한결같이 다스리니, 백성들이 삶을 즐거워하고 인구가 날로 늘었다. 이듬해 신미년에 연못의 연꽃이 갑자기 다시 만개하여 비단을 펼쳐놓은 듯 찬연하니 읍인들이 몹시 기이하게 여겼다. 이해 가을 관서(關西)에 큰 기근이 들었으나 용강읍만이 소등(小登 작은 풍년)을 기록했다. 이에 아전과 백성들이 서로 축하하면서 우리 현령 덕분이라고 하였다. 귀운자는 듣고서 빙그레 웃으면서도 역시 따지지는 않았다.

어느 날 가마를 명하여 남풍정 옛 못으로 갔다. 한참 시를 읊고 나더니 곧 아전과 하인들에게 명하여 진흙을 걷어내고 뒤엉켜 막힌 곳을 틔웠다. 서까래를 엮고 통나무를 다듬어서 옛 터를 따라서 정자를 지었다. 정자가 이윽고 이루어지자 자양(紫陽 주희(朱熹))의 시어를 따와[416]

---

414 상 9년 경오년 : 경오년인 1870년은 고종 7년에 해당한다. 원문의 '상지구년(上之九年)'은 '상지칠년(上之七年)'의 오기로 보인다.

415 종형 귀운자(歸雲子) : 김만식(金晩植)이다. 63쪽 주 132 참조.

편액에 '만풍정(晚風亭)'이라고 쓰고 내게 기(記)를 써달라고 편지를 보냈다. 나는 처음에는 그 취지를 깨닫지 못하여 감히 붓을 대지 못했다. 이윽고 시를 읽고서 정자 이름을 지은 의미를 어렴풋하게 터득한 듯하였다. 서늘한 물가에서 저녁 바람 속에 서 있으면 기수(沂水)에서 목욕하고 무우(舞雩)에서 바람을 쐬는417 생각과 광풍제월(光風霽月)의 기상418이 있었다. 이것은 바로 아래 구가 염옹(濂翁 주돈이(周敦頤))의 시에서 따온 까닭이었다. 염옹이 〈애련설(愛蓮說)〉을 지은 적이 있기 때문에 지금 연꽃을 보고 염옹을 떠올렸고, 염옹으로부터 만풍(晚風)을 연상하게 된 것이다. 그렇다면 이 정자의 이름은 과연 연꽃 때문에 지어진 것인가, 사람 때문에 지어진 것인가? 내 생각에는, 귀운자는 겸손하여 뭇사람의 칭송을 감당하지 못하기 때문에 칭송을 미물인 연꽃에 돌리고 옛 현인을 사모하는 마음을 부쳐서 깨끗하고 고상한 정취를 의탁한 것이다. 이것이 옛사람이 이른바 "태수가 자기 덕이 아니라

---

416 자양(紫陽)의 시어를 따와 : 《주자전서(朱子全書)》권4 〈군자정(君子亭)〉시 "서늘한 물가에서 지팡이 짚고 옷 걸친 채 저녁 바람 쐬며 서 있네 몇 명의 군자들 함께 만나면 나를 위해 염옹 얘기 설명해 주네.〔倚杖臨寒水 拔衣立晚風 相逢數君子 爲我說濂翁〕"에 나오는 '만풍(晚風)'을 가리킨다.

417 기수(沂水)에서……쐬는 : 《논어》〈선진(先進)〉에 "늦은 봄에 봄옷이 만들어지거든 관자(冠者) 5, 6인, 동자(童子) 6, 7인과 함께 기수(沂水)에서 목욕하고 무우에서 바람을 쐬고 시가(詩歌)를 읊으면서 돌아오고 싶다.〔莫春者 春服旣成 冠者五六人 童子六七人 浴乎沂 風乎舞雩 詠而歸〕"라고 증점(曾點)의 말에서 인용한 말이다.

418 광풍제월(光風霽月)의 기상 : 황정견(黃庭堅)의 〈염계시서(濂溪詩序)〉에 "용릉의 주무숙은 인품이 매우 고상하여 가슴속이 깨끗해서 마치 온화한 바람과 맑은 달빛 같다.〔春陵 周茂叔 人品甚高 胸中灑落 如光風霽月〕"라고 한 데서 온 말이다. 무숙(茂叔)은 주돈이의 자(字)이다.

고 하니 이로써 내 정자의 이름을 짓는다."⁴¹⁹라고 한 뜻이다. 이 정자에 오르는 자는 아마도 경물을 보면 사람을 생각하고 정자 이름을 보면 의(義)를 생각하여, 진흙구렁에서 스스로 빠져나와 깨끗하고 상쾌한 경지에 마음을 두어 외물(外物) 하나도 마음에 누가 됨이 없이 확 트이리라. 이런 마음으로 정사를 행하면 또 무슨 어지러운 생각과 막힌 뜻이 걱정되겠는가.

---

419 태수가……짓는다 : 소식(蘇軾)의 〈희우정기(喜雨亭記)〉에 나오는 "한 번 비가 내려 사흘이나 온 것은 누구의 덕인가? 백성들은 태수의 덕이라 하나 태수는 그렇지 않다고 하고 천자에게 돌렸더니 천자는 그렇지 않다고 하며 조물주에게 돌렸네. 조물주는 스스로 공이라고 여기지 않고 태공(太空)에 돌렸네. 태공은 아득하고 아득해 명명할 수 없으니 내 희우정으로써 정자의 이름을 짓노라.〔一雨三日 伊誰之力 民曰太守 太守不有 歸之天子 天子曰不然 歸之造物 造物不自以爲功 歸之太空 太空冥冥 不可得而名 吾以名吾亭〕"에서 인용한 말이다.

유장수산기 병자년(1876, 고종13)

遊長壽山記 丙子

수양산(首陽山) 북쪽, 구월산(九月山) 동쪽에 성대한 기세로 솟아올라 두 산과 웅장함을 다투는 산이 있으니 이름이 치악산(雉岳山)이고, 이 산 가운데 절이 있으니 묘음사(妙音寺)라 한다. 옛날 군민(郡民)들이 왜병(倭兵)을 피해 산으로 들어갔는데 모두 살아서 만수를 누렸다. 그래서 산 이름을 장수산으로, 절 이름을 묘음사(妙陰寺)로 바꾸었으니, 사람을 장수하도록 남몰래 도운 공덕[陰功]이 있다고 여긴 것이다. 후대 사람이 묘음사(妙音寺)로 이름을 고쳤다. 산은 재령(載寧) 군치(郡治)의 동남쪽 40리에 있다. 규방의 회랑을 들어가듯 사중, 오중의 돌문을 들어가, 깊숙한 길 몇 리를 굽이굽이 돌아가서야 비로소 골짜기의 하늘이 열리고 희미하게 경쇠와 탑에 걸린 방울 소리가 들리니 바로 묘음사이다. 절은 사방으로 병풍처럼 수백 길 되는 바위가 둘려져 있고 그 위에 또 포개진 봉우리와 높은 바위절벽이 겹겹이 네댓 층이 이어져서 구름 속으로 우뚝하게 솟아있다. 사람으로 하여금 눈은 휘둥그레지고 마음은 혼미하게 만드니, 비공(費公)의 호리병[420]에 들어간 듯 불야성(不夜城)에서 노니는 듯 황홀하다.

---

420 비공(費公)의 호리병 : 비장방(費長房)이 호공(壺公)이란 사람을 만나 따라가 보니, 시장 거리에서 약을 파는데, 두 가지 값을 부르지 않고 병이 모두 나았으며, 지붕에 항아리를 달아 놓고 해가 지면 그 속으로 들어가므로, 따라 들어가 보니 하나의 별천지였다. 그는 지팡이를 하나 얻어 가지고 돌아왔는데, 이 지팡이를 짚으면 가고자 하는 곳에 저절로 갈 수 있었으나, 나중에 이 지팡이는 용이 되어서 가 버렸다고 한다.

이것은 다른 산에는 없는 것이다.

상 13년(1876, 고종13) 여름 나는 명을 받들어 부월(斧鉞)을 쥐고 해서(海西)로 나갔다.[421] 노정이 장수산 아래를 지나게 되는데 마침 무더위를 만나 산사에서 한 달 남짓 머무르면서 산중의 뛰어난 경치를 두루 관광할 수 있었다. 절 앞에 있는 어떤 바위는 마치 장로(長老)가 가사를 입고 어깨를 나란히 하여 꼿꼿이 서 있는 것 같았는데, 삼불암(三佛巖)라 하였다. 돌이 첩첩이 쌓여 대(臺)를 이루어 멀리서 바라보면 온갖 보석으로 꾸민 높은 좌석 같은 것은 칠성대(七星臺)였다. 기타 관음봉(觀音峰), 지장봉(地藏峰) 등 기이한 갖가지 봉우리들이 각기 그 모양에 따라 이름이 붙어 있었다. 벽을 잡고 개미처럼 기어서 정상으로 올라가면 사방이 천 리 멀리까지 바라다 보이는데, 우러러 천지간 펼쳐진 기운과 접하고 굽어보아 드넓은 바다를 삼키니 가슴이 확 뚫려 번뇌의 생각이 없어지기 때문에 환희봉(歡喜峰)이라 부른다. 여기까지 일일이 구경하고 정상을 밟은 사대부는 아마도 적을 것이다. 산은 층층이 평탄하고 기름진 땅이 있고 풀과 나무가 우거져 있다.

승려들이 말하였다.

"간혹 여기에서 농사를 짓는 사람이 있는데, 곡식이 보통보다 곱절로 크고 산에는 산삼이 많이 납니다. 호랑이가 있지만 사람을 해치지 않습니다."

《神仙傳 卷5 壺公》

421 부월(斧鉞)을……나갔다 : 1876년 김윤식(金允植)이 황해도(黃海道) 암행어사(暗行御史)로 나간 일을 가리킨다. 부월(斧鉞)을 쥐었다는 것은, 어사의 임무를 띤 것을 가리키는 말로 한 무제(漢武帝) 때에 수의어사(繡衣御史) 폭승지(暴勝之)가 황제가 내린 부월을 쥐고서 군국(郡國)의 도적 떼를 일망타진했던 데에서 연유한다.

나는 듣고서 신기하게 생각했다.

"이렇지 않았다면 왜병을 피한 백성을 구제할 수 없었을 것이니, 여기는 진실로 복된 땅이로다."

세상에 장수산에 도원[422]이 있어 세상을 피할 만하다는 얘기가 전하여, 호사가들이 그림을 그려 찾아보았으나 끝내 찾을 수 없었다. 아마도 이 산 가운데 이른바 도원이라는 곳이 따로 있어 사람들이 발견하지 못했던 것인가 보다. 나는 진(秦)나라 사람들이 살던 골짜기가 남창(南昌)의 서산에 있고 돌문이 깊숙이 있어서 세상이 다스려지면 닫히고 세상이 어지러우면 열려 은자를 기다린다고 들었다. 지금 세상은 다스려지니 신령스러운 구역이 숨겨져서 보이지 않는 것이 당연하다. 드디어 나의 유람을 기록하여 호사가들의 망령됨을 증명하노라.

---

422 도원(桃源) : 무릉(武陵)의 한 어부가 도화가 떠내려 오는 샘을 따라 산골짜기로 들어갔다가 진(秦)나라 때 피란민의 자손들이 세상과의 접촉을 끊고 평화롭게 사는 것을 보았다. 그는 융숭한 대접을 받고 돌아왔는데, 다시는 그곳을 찾을 수 없었다고 한다. 《陶淵明集 卷6 桃花源記》

한산사중수기
寒山寺重修記

세상에서 일컫기를 우리나라에 4대 명산(名山)이 있다고 하는데, 구
월산(九月山)이 그중 하나이다. 옛날 단군(檀君)이 독박(禿朴)에 처
음 터를 잡았을 적에 문수보살(文殊菩薩)이 오봉(五峰)에 현신했다.
나라사람들이 소중하게 여겨 이곳을 신명(神明)의 구역으로 여겼다.
병자년(1876) 여름 내가 장수산(長壽山) 정상에 올라 구월산을 바라
보니 바다구비까지 이어져, 빼어난 봉우리와 환환 골짜기가 깃발과
일산처럼 늘어서 있었다. 그 안에 신선의 유적이 많겠다고 생각하고
드디어 지팡이를 짚고 신을 신고 서쪽으로 가서 패엽사(貝葉寺)에서
이틀 묵었다. 고적(古蹟)을 탐색하고 기이한 얘기를 수소문하다가
드디어 이 절의 역사에 대해 듣게 되었는데, 다들 다음과 같이 말하
였다.

"절이 없다면 산 역시 황폐할 것입니다. 예전에 하은(荷隱)의 원력
(願力)이 아니었다면 절이 거의 없어졌을 것입니다. 이 절의 옛 이름은
구업(具業)입니다. 옛날 한 명제(漢明帝) 때 구업조사(具業祖師)가 동
쪽으로 와서 불교를 전할 때 여기에 머물렀기 때문에 그 이름을 따
절 이름을 지었으니, 창립이 백마사(白馬寺)⁴²³와 필적할 만큼 오래되

---

423 백마사(白馬寺) : 북위(北魏) 때 후한(後漢)의 명제(漢明帝)가 낙양(洛陽) 교외
에 세웠다는 절로, 중국 최초의 불교사원이다. 천축의 가섭마등(迦葉摩騰)과 축법란
(竺法蘭)이 황제 사신의 요청으로 《사십이장경(四十二章經)》을 백마에 싣고 왔다고

었습니다. 신라 고승이 서역(西域)을 유력(遊歷)하다가 패엽경(貝葉
經)⁴²⁴을 가지고 와서, 이때부터 이름을 고쳐 패엽이라 하였습니다.
신라, 고려 때는 항상 왕의 원당(願堂)이었습니다. 그 후 영락(永樂)⁴²⁵
과 만력(萬曆)⁴²⁶ 때 두 번 불이 났는데 신균(信均) 화상과 천오(天悟)
화상에 의해 중건되었습니다. 지금 천오 화상 때로부터 2백여 년이
지나, 산문(山門)의 일을 다시 묻는 사람이 없고 기둥과 지붕은 날로
무너져 내리고 승려 무리는 흩어져 버려, 신성한 사원이 우거진 덤불
속에 묻혀버렸습니다. 하은(荷隱) 장로가 탄식하여 사원의 재건을 자
기 일로 삼아 시주를 받지 않고 재산과 양식을 써서 일을 시작하였습니
다. 이웃에 사는 비구니들도 즐거워하고 사모하며 도왔습니다. 을해년
(1875) 중춘(2월)부터 올 여름까지 모두 일 년여 만에 단청을 하고
완성을 알리게 되었습니다. 그리하여 웅장하고 찬란하게 옛날의 모습
을 거의 회복하였고, 사방의 학도들이 모여들어 강론을 들으니 엄연한
동림사(東林寺)⁴²⁷·용연사(龍淵寺)⁴²⁸가 되었습니다. 앞서 말씀드린

하여 백마사라는 이름이 붙여졌다. 《洛陽伽藍記 卷41 白馬寺》

424 패엽경(貝葉經): 패다라(貝多羅)에 송곳이나 칼끝으로 글자를 새긴 뒤 먹물을
먹인 초기의 불교 결집경전(結集經典)을 말한다. 패다라란 인도에서 종이 대신 글자를
새기는 데 쓰인 나뭇잎을 말하는데, 흔히 다라수(多羅樹) 잎이 많이 쓰였기에 붙여진
말이다.

425 영락(永樂): 1403~1424. 명(明)나라 성조(成祖)의 연호이다.

426 만력(萬曆): 1573~1620. 명(明)나라 신종(神宗)의 연호이다.

427 동림사(東林寺): 중국 여산(廬山)에 있는 절로, 동진(東晉) 때 정토종(淨土宗)
의 시조인 혜원(慧遠)이 창립한 절이다.

428 용연사(龍淵寺): 중국 사천(四川) 성도(成都)에 있던 절로, 한(漢)나라 때 창건
되었고 동진(東晉) 때 혜지(慧持)가 주지로 들어가 불법을 크게 일으켜 많은 고승들이

절의 창건은 도가 있는 사람을 통해 이루어진 것입니다만, 마음과 힘을 다해 지난 업적을 회복한 사람은 하은이라고 할 것입니다."

나는 듣고 가상히 여겼다. 하은의 사람됨을 보니 계율을 엄정하게 지키고 원하는 것이 있으면 반드시 완수하였다. 진실로 사람들이 말한 대로였으니 공문(空門)에 제대로 된 사람이 있었던 것이다. 하은이 절에 여러 차례 흥망성쇠가 있었으니 옛 이름을 고쳐달라고 청하였다. 나는 말했다.

"이 산이 문수보살의 도량이었다고 사지(寺誌)에 보이니 한산사(寒山寺)라고 고치시오."

마침내 승려 무리에게서 들은 바를 기록하여 남긴다. 바라노니, 수백 년 수십 년 후 이를 보고 사모하는 마음을 일으켜 다시 하은의 뜻을 잇는 자가 나온다면 또한 이 산을 위해 다행한 일일 것이다.

배출되었다.

학일초당중수기 정축년(1877, 고종14) 가을
鶴一草堂重修記 丁丑秋

내 고향인 열수(洌水 한강 상류) 강가 연안 수십 리 촌락에는 경치가 뛰어나 세상을 등지고 살만한 곳이 많다. 어떤 곳은 대대로 상속되기도 하고 어떤 곳은 한 세대에 여러 차례 주인이 바뀌기도 한다. 여러 차례 주인이 바뀌는 곳은 마을 어귀 잘 보이는 곳에 있어서 은은하고 아늑한 맛이 적다. 그러나 바라보면 그림 같아서 왕래하는 유객들의 감상 거리가 되기 때문에 왕왕 뛰어난 경치로 소문이 난다. 대대로 상속되는 곳은 반드시 깊숙하고 널찍한 곳을 빙 돌아 감싸 밖으로 드러나지 않는다. 그리고 이리저리 팔리던 땅이 아니기 때문에 와본 사람 역시 드물다.

양근(陽根) 군치(郡治)의 남쪽에 있는 학일촌(鶴一村)은 계당(谿堂) 이군(李君)이 사는 곳인데, 습수(濕水)에서 5리밖에 떨어져 있지 않다. 언덕과 산이 푸르게 감싸고 있고 나무가 우거져 있고 가운데는 넓고 평평해서 집을 짓고 농사를 지을 만하다. 이 군의 선조가 여기에 처음 집터를 정하고 나서 자손들이 이 마을 밖으로 한 발자국도 벗어나 살지 않도록 서로 경계하여, 여러 세대를 거쳤으나 마을 주변에는 다른 성씨가 없다.

나는 그 초당에서 하룻밤 묵은 적이 있다. 이때 해는 지고 날씨는 맑았으며 벼 향기가 내게 끼쳐왔다. 불을 켠 초가집이 연못과 숲 사이에 줄지어 있고 아침부터 저녁까지 왕래하며 말을 나누는 자들이 모두 이씨 집안 사람들이니, 대대로 한곳에 모여 사는 즐거움을 알 수 있었다. 이 군은 선대부께서 이 집을 지은 지 이제 70년이 되어 집이 몹시 헐었기는 했지만 떠날 수가 없으니 재목을 마련해 새 단장을 하겠다고 말하였다.

정축년(1877) 가을 서울 북산(北山, 백악산) 아래로 나를 방문해 말했다.

"내가 지난 해 이미 헌 집을 수리하였네. 자네가 하룻밤 묵었던 인연이 있으니 기문(記文)을 써주기 바라네."

나는 감히 사양하지 못하였다. 이어서 '집을 짓는 자는 살지 않고 사는 자는 짓지 않는다.'[429]고 하던 옛말을 떠올렸으니, 어찌 그리 사람을 변하게 만드는지. 집을 짓는 자에게 근검해서 후세에 남길 덕(德)이 있다면 반드시 살지 않는 것은 아니다. 사는 자가 선조의 뜻을 이어받아 계승할 생각이 있다면 반드시 짓지 않는 것은 아니다. 내가 세상 사람들을 살펴보니 하루아침에 출세하면 구름과 태양을 가릴 정도로 큰 집을 짓지만 소리치고 비웃는 소리가 미처 끊어지기도 전에 이미 주인이 새로 바뀐다. 자손들은 왕왕 선조의 집을 보잘 것 없게 여겨 거리낌 없이 이사한다. 이는 후세에게 물려주거나 선조를 계승하는 좋은 경우라 할 수 없다. 지금 이 군이 이 집에 산 지 햇수로 치면 70년이요, 세대로 치면 3대를 물려받은 것이다. 그러면서도 집안을 잘 이을 훌륭한 자손들을 두었으니 조부의 가업을 보존할 것임에 의심할 여지가 없다. 어찌 근검의 덕이 앞에서 먼저 이끌어주고 선조를 계승하는 효가 뒤에서 이어졌기 때문에 이처럼 오래 전해질 수 있는

---

429 집을……않는다 : 《자치통감(資治通鑑)》 권114 〈진기(晉紀)〉 안황제(安皇帝) 의희(義熙) 2년 조(條)에 보인다.

것이 아니겠는가. 내가 다행히 아름다운 거처에서 마을의 뛰어난 경치를 한 번 구경할 수 있었기에 그 대략을 말할 수 있다. 훗날 관직을 그만두고 동쪽으로 내려가 이웃에 자리 잡고 살면서 삿갓 쓰고 나막신 신고 안개 낀 물과 서리 내린 밭두렁 사이로 이 군을 찾아간다면 나를 받아들이려는지? 이에 기문을 적는다.

나치암중건기 경진년(1880, 고종17) 봄
羅峙菴重建記 庚辰春

사람 가운데 누군들 제 살붙이를 사랑하고 제 집을 아낄 줄 모르겠는
가? 그러면서도 내 살붙이와 내 집이 누구에게서 나왔는지 모르면
근본이 없는 사람이 된다. 그래서 선왕(先王)께서 종묘 제도를 만들
어 자손들이 마음을 붙여서 그 근본을 잊지 않도록 하셨다. 그러나
세대가 여러 차례 바뀌고 종묘의 제사는 한계가 있으니 영원히 바라
보며 의지할 장소는 오직 분묘(墳墓)만이 있을 뿐이다.

우리 교위부군(校尉府君)[430]께서 영택(永宅 묘지)을 여기에 정하신 이
래 자손들이 경사를 이어받아 번창할 수 있었고 여덟 세대가 이어져 인조
(仁祖) 경진년[431]에 충숙공(忠肅公)[432]과 충익공(忠翼公)[433]이 봉분(封墳)

---

430 교위부군(校尉府君) : 진의교위(進義校尉) 김경문(金敬文)을 가리킨다. 해주
(海州) 나치곡(羅峙谷)으로 이주하여 살았다. 《歸溪遺稿 卷下 淸風金氏世系考》

431 인조(仁祖) 경진년 : 원문은 숙종 경진년으로 되어 있으나, 문맥상 경진년은 1640
년이 되어야 맞다. 숙종은 인조의 오기로 보인다.

432 충숙공(忠肅公) : 김좌명(金佐明, 1616~1671)으로, 본관은 청풍(淸風), 자는
일정(一正), 호는 귀계(歸溪), 귀천(歸川), 시호는 충숙(忠肅)이다. 영의정 육(堉)의
아들이다. 인조·효종·현종 때 여러 관직을 지냈으며, 병조 판서 겸 수어사로 있을
때 병기·군량을 충실히 하고 군사훈련을 엄격히 하였다. 호조 판서 때에는 서리들의
부정이 줄고, 국비를 덜어 재정을 윤활하게 하였다.

433 충익공(忠翼公) : 김우명(金佑明, 1619~1675)으로, 본관은 청풍, 자는 이정(以
定), 시호는 충익(忠翼)이다. 영의정 육(堉)의 아들로, 현종(顯宗)의 장인이다. 송시
열과 같은 서인이었으나, 민신의 대부복상문제를 계기로 남인 허적에 동조하였다. 남인

을 살펴 재실을 세우고 종중이 모여 제사 지내는 의식을 정하였다. 그 이전은 자세히 상고할 수가 없지만 그 이후로는 언제 다시 무너지고 언제 다시 수리하였는지 연월을 상고할 수 있다. 내년 경진년(1880)은 바로 창건 후 네 갑자(甲子)가 되는 해이다. 올해 봄 종중에서 재실이 날로 무너지는 것을 걱정하여 중건하자고 모여서 의논하였다. 재목을 모으고 공인(工人)을 갖추어 세 계절을 거쳐서야 비로소 공사가 끝났다. 규모는 전부 옛 것 그대로 따랐으나 짜임새가 정밀하고 우물, 아궁이, 부엌, 욕실이 각각 적당한 자리에 있었다. 이에 10월 상순 선영(先塋)에 일이 있을 때를 기해 종중이 모두 재실에 모였는데, 모두 기뻐서 공사 시작할 때의 고생은 잊어버리고 효심이 성대하게 일어났다. 이 공사를 관리한 사람은 기훈(基勳), 길선(佶善), 익만(益萬), 유승(裕承) 이 네 사람으로, 우리 종중의 명망 있는 이들이다. 여름부터 가을까지 장마 속에서 주선하였고 공사 감독을 멈추지 않아 완성에 이를 수 있었으니 더욱 훌륭히 여길 만한 사람들이다. 익만의 선조인 휘(諱) 시흥(始興)이 정해년(丁亥年) 공사를 감독할 적에 종중의 일이 힘을 입었다. 지금 익만이 다시 뜻과 사업을 이어받아 시종 게을리 하지 않았으니 "잘 계승하고 잘 이은 자"[434]라 이를 만하다. 이제부터 종중에서는, 제 살붙이 구휼하듯 조상의 무덤을 공경하고 제 집 아끼듯 재실 보호하여 날마다 그 근본을 북돋우면 가지와 잎이 무성하지 않음을 걱정하지 않아도 된다는 것을 마땅히 알아

윤휴 등과 알력이 심해지자 벼슬을 그만두고 두문불출하였다.

434 잘……자 : 효자를 가리킨다. 《중용장구》 19장에 "효란 선대의 뜻을 잘 계승하고 선대의 일을 잘 잇는 것이다.〔夫孝者 善繼人之志 善述人之事者也〕"라고 한 말에서 인용한 것이다.

야 할 것이다. 윤식(允植)이 불민해서 종중을 따라 제사를 받들 수 없으나 문장 짓는 일은 감히 하지 않을 수 없어 삼가 그 일을 기록한다.

옥정실기 경진년(1880, 고종17) 봄

玉艇室記 庚辰春

옛날 기물(器物)을 제작할 때는 반드시 사물에서 모습을 취하여, 입고 먹고 매일 쓰는 도구에 이르기까지 모두 지극한 이치가 깃들어 있었다. 시인(詩人)이 공유(公劉)의 패옥을 찬미하여 "허리에 무엇을 둘렀는가〔舟〕? 옥과 아름다운 옥이네."[435]라고 하였다. 《주례(周禮)》〈사준이(司尊彝)〉에 나오는 계이(鷄彝), 조이(鳥彝) 모두 주(舟)가 있었다.[436] 옥은 깨끗함을 취한 것이고 주(舟)는 물건을 실을 수 있음을 취한 것이다. 군자는 몸을 깨끗이 하여 세상의 모범이 되고 마음을 비워 사물을 싣고자 한다. 그러므로 이 두 가지에서 형상을 취한 것이다.

표정 시랑(杓庭侍郞)[437]이 집 서쪽에 집을 지어 해가 지고 나면 들어

---

435 허리에……옥이네 : 《시경》〈공유(公劉)〉에 나오는 "허리에 무엇을 둘렀는가? 옥과 아름다운 옥이네.〔何以舟之 維玉及瑤〕"라고 한 구절을 인용한 것이다. 공유(公劉)는 주나라의 선조이자 후직(后稷)의 증손으로, 이 노래는 그의 덕을 노래한 것이다.

436 계이(鷄彝)……있었다 : 《주례》〈사준이(司尊彝)〉에 "강신제에 계이와 조이를 쓰니 모두 주(舟)가 있다.〔祼用鷄彝 鳥彝皆有舟〕"라는 구절에서 인용한 말이다. 계이는 닭을 새겨 장식한 술잔이고, 조이는 봉황의 모양을 새겨 장식한 제기이다. 주(舟)는 제기를 받치는 쟁반이다.

437 표정 시랑(杓庭侍郞) : 민태호(閔台鎬, 1834~1884)로, 본관은 여흥(驪興), 자는 경평(景平), 호는 표정(杓庭), 시호는 충문(忠文)이다. 왕가의 외척이자 사대당(事大黨)의 대표적 인물로서 활약하다 1884년 갑신정변 때 민영목(閔泳穆), 조영하(趙寧夏) 등과 함께 살해되었다.

가 쉴 장소를 만들었다. 그리고 옥으로 작은 배 모양을 만들어 방안에 두고 처마에 '옥정(玉艇)'이라고 쓴 편액을 달았다. 옥으로 만든 배는 하나의 작은 노리개일 뿐이니 공의 고상함을 당하기에는 부족하다. 그러나 옛사람이 복식과 기물에 본떴던 모양을 집에 부쳤으니 공이 취한 바를 알 만하다.

게다가 천지는 하나의 커다란 물이고 집은 하나의 범택(泛宅 배)이다. 지금 나와 공은 함께 배를 타고 가다가 우연히 성시(城市)의 큰 네거리에 정박하여 눈에는 강과 바다의 풍경이 보이지 않고 귀에는 파도 소리가 들리지 않아 태평하게 배에 타고 있다는 것을 드디어 잊어버린 채 굳건한 기초 위에 있다고 생각하고 있는 형국이니 역시 착각이다. 그러므로 옛날 이름난 석학은 사방으로 뚫린 길을 다니고 화려한 집에서 살더라도 조각배를 타고 안개 낀 물결을 떠가는 처지와 마찬가지라는 것을 잊은 적이 없다. 생각하다가 그만두지 못하면 영탄(詠歎)으로 드러내고 영탄이 부족하면 그림으로 드러낸다. 마음이 이처럼 맑고 텅 비지 않으면 무거운 것을 싣고 멀리 건너갈 수 없는 법이다. 지금 공이 옥을 다듬어 배 모양을 만들고 이것으로 집에 이름을 붙였으니, 그 생각이 원대하고 기탁(寄託)이 심오하여 또 영탄이나 그림으로 드러낼 뿐만이 아닌 것이다.

월천 조공 제각기
月川趙公祭閣記

황전(黃田) 구토리(九土里) 언덕에 마렵봉(馬鬣封 말갈기 모양의 봉분)
이 있으니, 고 진사 월천(月川) 조공(趙公)[438]의 유택(幽宅 무덤)이다.
날개를 펼친 듯 새로 지은 제각(祭閣)이 송백(松柏) 사이로 보일 듯
말 듯 한데, 바로 조씨 자손이 봄가을 모여서 제향을 지내는 곳이다.
조공은 병자호란 당시 의병을 일으켜 왕을 도우러 갔으나 도중에 남
한산성의 포위가 풀렸다는 말을 듣고 통곡하며 돌아가 자취를 감추
고 자결하였다. 그의 아름답고 의로운 명성은 천 년 후 사람을 감동
시키기 충분하였지만, 시대가 점점 멀어져 사당의 면모가 없어져 버
렸다. 후손들이 훌륭한 조상의 덕을 사모하여 재물을 모으고 공인(工
人)을 모아 제각을 세우고 제사를 지냈다. 이에 향리의 후진(後進)과
길을 지나는 사람들 가운데 조 월천의 일을 칭송하며 숙연하게 존경
을 표하고 개연히 경모하는 마음을 일으키지 않는 사람이 없었다.
  이 제각의 건설은 자기 조상을 잊지 않은 데에서 비롯되었으나 선조
의 훌륭함을 밝게 드러내고 종족의 우의를 돈독히 하고 마을 풍속을
면려하는 것으로 끝맺을 수 있었으니, 하나의 일을 행하여 세 가지
아름다움을 갖춘 것이다. 원(元)나라 사람 우집(虞集)[439]이 저술한 〈장

---

438 월천(月川) 조공(趙公) : 조목(趙穆, 1524~1606)으로, 본관은 횡성(橫城)이
고, 자는 사경(士敬), 호는 월천(月川), 동고(東皐)이다. 이황(李滉)의 문인으로, 평생
을 학문 연구에만 뜻을 두었고 대학자로 존경을 받았다.

씨효사정기(張氏孝思亭記)〉에 "분묘하고 소목(昭穆)[440]에 모시고 제사를 지내는 것이 바로 묘정(廟亭)이다."라고 하였다. 조씨의 이번 거사는 고인의 뜻을 깊이 해득한 것이니 어찌 아름답지 않은가.

예전 내 종씨 회은공(晦隱公)[441]이 와서 이 고을을 다스릴 적에 월천의 후손 주석(柱錫), 진석(珍錫)이 바야흐로 묘갈(墓碣) 세울 것을 도모하여 공에게 글씨를 청해 새겼다. 지금 내가 부임하니 또 마침 제각의 공사를 하고 있었다. 조씨 형제 모두 머리가 하얗게 세어 이미 늙었으나 여전히 부지런하여 선조를 받드는 예절에 게을리 하지 않는다. 《시경》에 "일찍 일어나 늦게 잠들 때까지 너를 낳아준 분을 욕되게 하지 말라."[442]라고 하였으니 아마도 이것을 이르는가 보다. 내가 한편으로는 월천공의 높은 의기를 사모하고 한편으로는 집안 종형의 옛 우의를 계승하여 이를 써서 돌려보내노라.

---

439 우집(虞集) : 1272~1348. 자는 백생(伯生), 호는 도원(道園), 세칭 소암선생(邵庵先生)이다. 원나라의 저명한 학자이자 문학가, 시인이다. 원대사대가 중 한 사람이다.

440 소목(昭穆) : 종묘나 사당에 신주를 모시는 차례 혹은 묏자리를 쓰는 차례를 가리킨다. 시조는 중앙에 두고 2·4·6세를 시조의 왼쪽에 두는데 이를 소라 하고, 3·5·7세를 오른쪽에 두는데 이를 목이라 한다.

441 회은공(晦隱公) : 김완식(金完植)이다. 177쪽 주 386 참조.

442 일찍……말라 :《詩經 小宛》

귀래정기 정해년(1887, 고종24)

歸來亭記 丁亥

이하는 면양(沔陽) 있을 때 지었다.

묵오자(默吾子)[443]가 벼슬길에서 부침하며 성 안에 산 지 수십 년이
되자 이미 벼슬에 권태를 느껴 전원에 마음을 두고 항상 귀여(歸歟)
의 뜻[444]을 품었다. 내게 호서(湖西)가 즐길 만하니 좋아하는 이들과
함께 돌아가야겠다고 말한 적이 있었다. 어느 날 내게 말했다.

"내가 이미 집을 예산(禮山) 교동(校洞)에 사놓았네. 작은 정자 하나
를 짓고 이름을 '귀래(歸來)'라고 하였지. 훗날 편히 쉬는 곳으로 삼아
내 뜻을 이루려 하네. 자네는 어찌 글을 지어 주지 않는가?"

나는 이 말을 듣고 흐뭇하게 마음으로 이해하였지만, 매번 글을 쓰려
고 하면 세속의 일에 끌려 붓을 댈 수 없었다.

정해년(1887) 여름 나는 죄를 지어 면천(沔川)에 유배되어 살았다.
이때 묵오자는 덕산(德山) 군수였고 그의 아우 우방(藕舫)[445]은 예산

---

443 묵오자(默吾子) : 이명우(李明宇, 1836~1904)로, 본관은 전주(全州), 자는 경
덕(景德), 호는 묵오(默吾)이다. 각지의 목민관을 지내면서 치적을 남기는 한편, 박규
수(朴珪壽), 김병학(金炳學), 신석희(申錫禧) 등과 깊이 교유하였다. 1894년 동학농민
운동이 일어나자 아우 시우(時宇)와 함께 벼슬을 그만두고 가야산에 들어가 귀래정(歸
來亭)을 짓고서 저술에 전력하였다.

444 귀여(歸歟)의 뜻 : 벼슬을 버리고 향리(鄕里)로 돌아가는 것을 의미한다.《논어
(論語)》〈공야장(公冶長)〉에 나오는 "돌아가야겠다, 돌아가야겠다.〔歸歟 歸歟〕"라고
한 공자의 말에서 나온 것이다.

(禮山) 현감이었는데, 모두 면천에서 반나절 거리가 떨어져 있었다. 형제가 번갈아 방문하러 와서 말했다.

"자네는 전에 했던 말을 기억 못하는가? 내가 이제 처음의 뜻을 이룰 수 있게 되었지만 정자에 여전히 기(記)가 없으니 자네에게 기문(記文)을 받아 편액으로 걸려고 하네."

나는 그렇게 하겠다고 응답했다.

옛사람이 "네가 남이 벼슬살이 하러 가는 것을 전송하는 것만 보았지, 남이 네가 벼슬살이 하러 가는 것을 전송하는 것은 보지 못했다."[446]라고 하였다. 남이 벼슬살이 하러 가는 것을 전송하는 것도 오히려 귀신의 비웃음을 면치 못하였다. 더구나 남이 전원으로 돌아가는 것을 전송하면서 제 몸은 여전히 세속에서 이익을 탐하고 있으니 북산(北山)의 원숭이와 학에게 비웃음을 당하지[447] 않을 수 있으랴. 이제 바야

---

445 우방(藕舫) : 이시우(李時宇)로, 이명우의 아우이다.

446 네가……못했다 : 동진(東晉)의 나우(羅友)는 박학다식했지만 환온(桓溫)이 백성을 다스릴만한 기량이 아니라고 하여 등용하지 않았다. 어느 날 지방관으로 나가는 친구를 송별하는 자리에 나우가 늦게 오자 환온이 이유를 물으니, 오는 도중 귀신을 만났는데 "네가 남이 태수로 나가는 것을 전송하는 것만 보았지, 남이 네가 태수로 나가는 것을 전송하는 것은 보지 못했다.〔我只見汝送人作郡 何以不見人送汝作郡〕"라고 야유하여 늦었다고 대답하였다. 이 말을 들은 환온이 나중에 그를 양양(襄陽) 태수로 삼았다. 《世說新語箋疏 卷23 任誕》

447 북산(北山)의……당하지 : 남제(南齊) 때 주옹(周顒)이 처음에는 북산에 은거(隱居)해 있다가 조서(詔書)를 받고는 바삐 나와서 해염 현령(海鹽縣令)이 되자 공치규(孔稚珪)가 산령(山靈)의 뜻을 가탁(假託)하여 조롱한 글인 〈북산이문(北山移文)〉에 "혜장(蕙帳)이 텅 비어 밤 학이 원망하고, 산인(山人)이 떠나가서 새벽 원숭이가 놀란다."라는 구절이 나온다.

호로 허물을 생각하고 과실을 고쳐, 다행히 태평한 시절에 벼슬에서 물러나서 호숫가 밭을 한 구역 사 처자로 하여금 밭 갈고 베 짜는 것을 일과로 삼게 하고, 정자 옆에 오두막집을 지어 마주 바라보게 하고, 밤낮으로 정자 위에서 한가로이 노닐면서 손뼉 치며 마음을 얘기하면서 남은 생애를 마친다면 거의 이 정자의 이름을 저버리지 않으리라. 시를 이어놓는다.-시는 시집에 보인다.-

수초정기

遂初亭記

선비가 처음에는 곤궁하고 빈천한 집안에서 태어나는 경우가 많다. 그러나 다행히 부귀해져서는 진수성찬을 늘어놓고 먹고 방석을 여러 겹 쌓아놓고 편히 앉아 지내며 차츰차츰 처음을 잊어버려, 빈천을 범처럼 무서워하고 곤궁을 원수처럼 미워하게 된다. 얻을까 잃을까 걱정하는 마음이 이로부터 생겨난다.

오직 뜻을 지닌 선비만은 그렇지 않아서, 부귀를 외물(外物)로 여기고 큰 집을 여관으로 여기니 그것이 항구적일 수 없음을 분명하게 알기 때문이다. 오직 빈천과 곤궁만은 내가 평소 소유하고 있는 것이라 조맹(趙孟)도 빼앗을 수 없는 것[448]이다. 그러므로 비록 몸이 수놓은 비단을 입고 있어도 베옷 입을 때를 잊지 않고, 입이 좋은 곡식과 고기에 질려도 술지게미와 쌀겨 먹던 것을 잊지 않으니, 득실(得失)이 그의 마음을 부리지 못하고 진퇴(進退)가 그의 행동을 구차하게 만들지 못한다. 이와 같은 사람이라면 잃어도 얻은 것 같이 여기고 등용되어도 사퇴해 있는 것처럼 여겨 호탕할 것이니 누가 제어할 수 있으랴.

내가 이 묵오(默吾)[449], 우방(藕舫) 형제를 따라 노닌 지 오래이다. 의기

---

448 조맹(趙孟)도……것 : 《맹자》〈고자 상(告子上)〉에 나오는 "조맹이 귀하게 해준 바는 조맹이 천하게 만들 수 있다.〔趙孟之所貴 趙孟能賤之〕"라는 구절에서 인용한 말이다. 조맹은 춘추 시대 진(晉)나라 대부 조순(趙盾) 및 그의 후대 조무(趙武)·조앙(趙鞅)·조무휼(趙無恤)을 가리키는데, 이들은 진나라에서 대대로 정권을 장악한 세력가 집안이었다.

449 묵오(默吾) : 이명우(李明宇)이다. 214쪽 주 443 참조.

가 서로 투합하여 서로의 신분을 거의 잊은 채로 사귀었다. 두 군은 일찍 벼슬길에 올랐고 부임하는 곳마다 고을을 잘 다스린다고 이름이 났다. 아들과 조카들이 모두 서울에서 벼슬하고 있지만 즐거워하는 것이 서울에 있지 않았다. 묵오가 이미 예산(禮山)에 귀래정(歸來亭)을 산 이듬해, 우방이 마침 이 읍에 석 달간 수령으로 부임하였다. 정사가 청렴하고 백성이 안정되자, 그 산천과 풍속을 살펴보니 집을 정할만했다. 드디어 현청 동쪽에 집을 한 채 샀는데 귀래정과는 작은 언덕 하나를 사이에 두고 있었다. 이름을 '수초(遂初)'라 했으니 아마 귀래하겠다는 초심을 이루었다는 뜻이리라.

어떤 이가 말했다.

"옛사람들은 높은 벼슬에 오르고 이름이 난 후에 은퇴하였고, 간혹 나이가 많다고 은퇴하기도 하였습니다. 지금 우방은 높은 벼슬에 오르지 않았고 나이가 많지도 않은데, 정자에 이런 이름을 짓는 것이 너무 빠르지 않습니까?"

내가 말했다.

"그렇지 않습니다. 만약 이미 높은 벼슬에 오르고 이미 늙은 후에야 은퇴하는 일이라면, 사람들이 다 할 수 있는 것이니 무엇이 귀하겠습니까? 오직 높은 벼슬에 오르기 전에 만족함을 알고 늙기 전에 그만둘 줄을 아는 것, 이것이 우방의 뜻입니다. 그리고 우방은 바야흐로 백 리 땅을 맡아서 만분의 일이라도 국은에 보답하려 꾀하고 있으니, 비록 이 정자가 있더라도 반드시 서둘러 돌아가지는 못합니다. 아마도 처음을 잊지 않고 반드시 돌아가겠다는 뜻을 맹세하려는 것이니, 그의 진퇴가 어찌 넉넉하고 여유가 있지 않겠습니까?"

산신각기 무자년(1888, 고종25)
山神閣記 戊子

영탑사(靈塔寺)가 언제 창건되었는지 모르지만 혹자는 당(唐)나라 때 중건되었다고 하니 얼마나 오래되었는지 대강 알 만하다. 신라, 고려 때 명승지의 가람(伽藍)이 백분의 일도 남아있지 않으나 유독 영탑사는 황량하고 후미진 들판에 있는 절로 천 년의 오랜 세월동안 보존되어 왔으니, 만일 산신령이 보호한 힘이 아니라면 어찌 지금까지 남아 있을 수 있겠는가? 그리고 토착민들에게, 영탑사 주변 수십 리는 예로부터 '삼재(三災)가 들어오지 못한다.'라는 말이 전하니, 산신령이 얼마나 인후하고 백성을 사랑하는지 잘 알 수 있다. 이처럼 부지런히 남몰래 공덕과 은혜를 베풀었으나 돌아보면 산신령을 안치한 곳이 없었다. 예전에 그림 족자 한 폭이 불탁 서쪽에 걸려 있었으나 전적으로 산신령에게만 공경을 드리는 장소는 아니었다.

이 절 승려 정기(正基)가 항상 이것을 근심하였는데, 어느 날 꿈에 어떤 노인이 연화봉(蓮花峰) 아래에 있는 바위 위에 앉아 지팡이로 가리키며 "여기가 내 몸을 안치할 만하니 너는 기억해 두어라."라고 말하였다. 정기가 꿈에서 깨어나 괴이하게 여겼다.

무자년(1888, 고종25) 봄 군수 송후 재화(宋侯在華)가 돈을 희사해 정기에게 맡기고 집을 지어 그림을 안치하도록 하였다. 읍내 사민(士民)들도 기꺼이 도왔다. 드디어 대웅전(大雄殿) 오른쪽에 정사(精舍)를 건립하니, 바로 노인이 앉아 있던 장소였다. 이 해 오월에 그림 족자를 새 전각에 옮겨 봉안하고 철마다 경배를 올렸다.

이 언덕은 온 산의 경치 가운데 으뜸이다. 푸른 벼랑을 등에 지고 붉은 골짜기를 앞에 두고, 푸른 소나무가 그 위를 덮고 맑은 샘이 그 아래를 감돈다. 깨끗하고 그윽하여 굽어보나 우러러보나 운치가 있다. 보는 이가 모두 아직까지 가져본 적 없는 것을 얻었다고 기뻐하며 말했다.

"명승지와 신령스러운 경지를 다만 지척에 두고도 사람들이 몰랐다. 반드시 신령의 깨우침을 기다려야 얻을 수 있으니 산신령 또한 밝고 밝지 않은가? 우리 면천 읍 사람들이 길이 복과 비호를 받을 것이 분명하다."

산신각이 이루어지자 정기가 그 일을 기록해달라고 청했다. 내가 이 절에 더부살이하는 사람이라 그 전말을 자세히 알기에 기문을 짓는다.

의두암기

依斗巖記

상왕산(象王山) 산기슭이 굽이굽이 이어져 동북쪽으로 달리다가 다시 꺾여 남쪽으로 이어져 불쑥 솟아오른 봉우리를 연화봉(蓮花峰)이라 한다. 봉우리 왼쪽을 따라 수십 보 안 되는 곳에 있는 삼층 석벽은 층마다 몇 사람씩 앉을 수 있을 정도인데, 제1층은 진의강(振衣岡), 제2층은 적취대(積翠臺), 제3층은 의두암(依斗巖)이라고 이름을 지었다. 의두암에서 북쪽으로 몇 리 쯤 떨어진 곳에 아미산(峨眉山)·다불산(多佛山) 두 산이 있다. 사람들이 이 두 산 사이에 구름이 없으면 한양의 산들이 바라다 보인다고 말한다.

나는 죄를 짓고 남쪽 지방으로 유배되어 영탑사(靈塔寺)에서 더부살이를 하고 있다. 갑갑하고 울적할 때마다 이 바위에 와서 멍하게 앉아 북쪽을 바라보며 항상 임금 그리는 마음을 지니고 있었기 때문에 그렇게 이름을 지었다. 의두암 좌우에는 우뚝하게 대치하고 있는 바위가 있어, 에워싸서 보호하는 것 같다. 왼쪽은 구선암(癯仙巖), 오른쪽은 두타암(頭陀巖)이라 이름을 지었으니, 비슷한 모양에 따라 이름을 지은 것이다. 동쪽으로 몽산(蒙山)이 바라다 보이고 아래에 면양(沔陽 면천)의 옛 성이 있고 그 아래에 새 읍치(邑治)가 있어서 군루(郡樓)의 고각(鼓角)과 절의 종소리와 서로 어우러진다. 앞에는 너른 평야가 있어 농요(農謠)가 사방에서 들려온다. 바닷가 뭇 산은 깨끗하고 고운데, 마치 병풍과 궤안을 죽 늘어놓은 것처럼 수백 리 이어져, 안개와 구름이 사라지고 파도가 잔잔하면 아득하여 끝 간 데를 알 수 없다.

나는 때때로 손님들을 따라 삼층 석벽 위를 한가로이 배회하곤 한다. 산의 해가 서쪽으로 기울려 할 때 푸름이 짙어지고 향기로운 풀냄새가 사람에게 끼쳐오고 산새들이 날아든다. 이에 즐겁게 시를 읊고 큰 소리로 노래 부르며 위아래로 서로 화답하면 나그네 근심을 잊게 된다. 이윽고 즐거움이 무르익자 술을 들어 바위에 붓고 말하였다.

"이 산이 있은 이래 이 바위가 있었으니, 나보다 먼저 이 바위에 놀러 온 사람 가운데 어찌 바위의 진가를 알아본 사람이 없었으랴. 애석하게도 아름다운 경치를 기록하고 이름을 지어주는 거사가 없어 지금까지 묻혀 있었으니 어찌 의두암의 불행이 아니겠는가. 지금 내가 이름을 지어주고 아름다운 경치를 기록하여 나보다 나중에 놀러 오는 사람들에게 남긴다. 전에 놀러왔지만 찾아보지 못했던 사람들이 이제 이 바위에 대해 듣고 보고 싶어 한다면 어찌 의두암에게 다행한 일이 아니겠는가? 비록 그렇다고 해도 내가 산 왼편 가려진 곳에 푸른 등나무와 덩굴에 덮여있는 이 바위를 살펴보니 흡사 빛을 감추고 자취를 숨겨 세상 사람들이 아는 것을 즐거워하지 않는 듯하다. 지금 내가 이름을 짓고 기(記)를 지어 털고 닦아 가려져있던 것을 드러냈으니, 이 바위에게 비웃음을 당하지 않을 수 있을까? 잘 모르겠다. 드디어 손님들과 시를 지어 뒤에 이어놓는다.

면천향교 흥학기
沔川鄉校興學記

나라를 다스리는 것은 인재를 얻는 데 달려있고 인재를 얻는 것은 인재를 양성하는 데 달려있다. 학교는 인재를 양성하는 곳이자 나라의 중대한 정사이다. 그래서 옛날에 비록 국가의 재용이 부족하여 쓰임새를 억제하고 절약하는 때가 되더라도 오직 학교 정책만은 폐지한 적이 없다. 흥학(興學)의 일이라면 다하지 않은 것이 없고 경비를 아끼지 않았으니, 비단 담장과 집을 수리하고 제기(祭器)를 수습하는 것만이 아니었다.

후세에 학교 정책이 점점 쇠퇴하여 학교 건물을 쓸데없는 시설로 보고 담장과 집, 제기 같은 것도 오히려 다시 물을 수 없는데 어느 겨를에 인재 양성을 논하겠는가? 지금 관리 노릇을 하는 자가 비록 혹시라도 흥학에 뜻을 두었더라도 돌아보면 횅뎅그렁하여 자본을 취할 데가 없다. 남은 사징곡(査徵穀)과 술과 노름의 벌금을 구차하게 옮겨다 보충하고 대략 때운다. 이른바 흥학의 방도라는 것도 읍내 양반 자제를 모아 과거시험의 시부(詩賦)를 시험하고 술을 대접하고 지필(紙筆)을 나누어 주어 한바탕 볼거리를 꾸미는 것에 불과할 뿐이다. 하루 외에는 일 년 내내 쓸쓸히 비어있으니 흥학을 할 수 있겠는가?

면천군(沔川郡) 향교에는 예전에 순찰사가 준 보폐전(補弊錢 예비비) 50관이 있어 매년 이자를 거두면 10여 관을 받을 수 있다. 만약 근래의 규례(規例)에 따라 시장(試場)에서 재주를 시험한다면 하루치 비용을 지급하지 못하고 끝내 형식적인 규례가 되어버릴 것이다. 이에 마을의 기숙(耆宿 학문과 덕행이 훌륭한 노인)들이 의논하여 새로운 규례를 세웠다.

향교에 도교장(都校長) 1인을 두고 각 면(面)에 면교장(面校長) 몇 명을 두는데, 모두 지역에서 명망이 있고 학문과 지식이 있는 사람을 뽑아 권학(勸學)의 일을 전담하게 한다. 가을에서 겨울로 바뀔 무렵 추수가 거의 끝나면 면교장이 면내 유생을 신칙(申飭)하여 경사(經史)를 읽고 익히게 한다. 매월 면교장에게 모여 강독하여, 문장 의미 통달을 '상(上)'으로 삼고 구두 숙련을 '차(次)'로 삼아 등수를 정해 기록한다. 여름이 끝날 무렵 점수 기록을 향교 도교장에게 보내 각 면에서 우수한 사람 몇 명을 선발한다. 1월 보름 후에 향교에 모여 강독하고 우수한 사람을 선발하고 관에 보고하여 차등에 따라 상을 준다.

봄에서 여름으로 바뀔 무렵 보리 타작이 끝나면 면교장이 면내 유생을 신칙해 글쓰기를 연마하도록 한다. 매월 1, 2차 시권(試券)을 거두어 채점하고 등수를 정해 기록한다. 여름이 끝날 무렵 점수 기록을 향교 도교장에게 보내 각 면에서 우수한 사람 몇 명을 뽑는다. 7월 보름 후에 향교에 모여 시험을 보고 우수한 사람을 선발하여 관에 보고하고 차등에 따라 상을 준다. 새해에 겨울과 여름 공부에서 우수한 성적을 거둔 2, 3인을 선발해 관에 보고하고 관에서 순영(巡營)에 보고한다. 3년마다 있는 향천(鄕薦 고을 인재 추천)은 도·부교장이 추천한 후보들을 향교에 모아 강독을 시키고 기예를 평가한다. 이때 유생들의 식비 및 상품은 비용이 많지 않으니 보폐전의 이자에서 가져다 쓴다. 이것이 새로운 규례의 대략이다.

만일 이 규례를 시행하면 공부가 끊이지 않아 선비들의 학업성취를 권면하는 실효가 있을 것이다. 학과에 부지런히 힘쓰게 하면서 학업은 정밀하고 비용은 적게 들면서 효과는 크니, 지난날 시장(試場)에서 잡다하게 북적거리며 실효 없이 하루 안에 다 소비했던 것에 비교하면 효과가 훨씬 크다.

어떤 이가 말했다.

"이 규례가 정말 훌륭합니다만, 인재 기르는 것은 앞으로 세상에 쓰이도록 하려는 것입니다. 가령 힘을 다해 진작시키고 권면해서 겨우 학업을 성취한다면 나라에 무슨 보탬이 되겠습니까? 마땅히 과거시험에 쓰이는 문장 공부 외에 따로 하나의 규례를 세워야 합니다. 면내 인사 가운데 만약 소과(小科) 급제에 만족하지 않고 경술, 문장 및 시무(時務)의 학문에 뜻을 둔 자가 있으면 면교장이 그가 쓴 원고를 거두어 향교에 전송합니다. 유생들의 기예를 시험할 때에 이 사람에게는 따로 경사(經史)를 논하는 문제를 제출하여 문장 길이에 구애받지 않고 마음대로 쓰게 합니다. 잘 썼는지, 해박한지를 평가해서 관에 보고하고, 문장과 논리 모두 우수한 자는 뽑아서 시상하도록 합니다. 배우는 자가 권면할 줄 알게 되면 문풍이 크게 변하여 시골 편벽한 곳의 누추함을 단번에 씻어내고 모두 쓰일만한 인재가 되면, 훗날 국가가 인재를 취할 때 어찌 이 고을이 사대부의 기북(冀北)[450]이 되지 않겠습니까?"

내가 본래 새로운 규례를 즐겨 들었고 어떤 이의 말에 더욱 의미를 느껴 드디어 기(記)를 지어 권면하노라. 아! 지금 세상에 이런 근고(近古)의 아름다운 일이 있으니, 내가 앞으로 눈을 비비며 기다리리라.

---

450 기북(冀北) : 기주의 북쪽으로 훌륭한 말이 많이 나는 곳이다. 인신하여 인재가 많이 배출되는 곳을 뜻한다.

천기산광루기
天氣山光樓記

옛날 두공부(杜工部 두보)의 시에,

사경에 산에서 달을 토하고	四更山吐月
날 샐 무렵 물빛이 누각 밝히네[451]	殘夜水明樓

라고 하였다. 달이 나올 때 텅 비고 밝은 광경을 모사한 것이니, 시상
(詩想)이 매우 진실에 가깝다. 그 후 소장공(蘇長公)이 담이(儋耳)에
귀양 가 있을 적에 이 시를 풀어 5수를 지어서 영남(嶺南) 기후의 이
상(異常)을 기록하였으니[452] 한 수 한 수가 매우 청절(淸絶)하다. 천
년 후에 두 공의 시를 읊는데 황홀하여 몸이 그 지경에 있는 듯하니
거의 신령이 만든 것 같다.
　내 족인 석장(石莊)이 젊을 때 시재(詩才)가 있었다. 귀천(歸川)
천운루(天雲樓)에서 시를 지은 적이 있었으니,

451 사경에……밝히네 : 《전당시(全唐詩)》 권230 〈월(月)〉에 보인다.
452 그 후……기록하였으니 : 소식(蘇軾)이 이 시를 "고금절창(古今絶唱)"이라고 찬
탄하며, '殘夜水明樓'의 다섯 글자를 운으로 하여 5수의 율시를 지었는데, 첫 수의 두련
(頭聯) 기구(起句)를 "一更山吐月"로 시작해 매 수마다 숫자를 차례로 올려 제5수는
"五更山吐月"로 시작하였다. 소장공(蘇長公)은 소식을 아우 소철(蘇轍)에 대비하여 부
르는 호칭이다. 《東坡全集 卷23 江月五首幷引》

날씨는 기러기가 이를 듯하고   天氣鴻將至

산 풍경은 달이 금방 나올 듯하네   山光月欲來

라고 한 구절이 있었다. 아드님 혜경(傒卿)이 이 시구절 때문에 거처
하는 누각에 '천기산광(天氣山光)'이라고 이름을 붙여 선조를 사모하
는 뜻을 부쳤다.

　무자년(1888, 고종25) 겨울 면천 유배지로 나를 방문해서 누각의
기(記)를 지어달라고 하였기에 다음과 같이 적는다.

　"귀천은 내 고향이고, 석장은 내 동학이자 오랜 친구이고, 천운루는
바로 나와 석장이 삼십 년 동안 놀던 장소이다. 내가 비록 고향을 떠난
세월이 오래되었으나 여전히 그 시경(詩境)을 말할 수 있다. 바야흐로
가을에서 겨울로 바뀔 때 골짜기 물이 처음 흘러내려 남주(藍洲)와
아계(鴉溪) 사이에 이르면 비 쏟아지듯 여울물이 소리를 내고, 해질
무렵 가을바람이 갑자기 일어나면 사방의 산에서 나는 가을바람 소리
가 여울물 소리와 서로 호응하고, 서리 기운이 가득한 하늘에 누런
구름이 어지럽게 날리니, 이것이 기러기가 이르는 징후이다.

　이때에 해는 우거진 숲으로 숨고 아지랑이는 언덕 구비에 잠기는데
시끄러운 소리들이 그제야 멈추고 어스름이 짙어진다. 누각에 올라
사방을 바라보면 산천은 텅 비어 적막한데 오직 두세 점 고깃배 등불만
이 모래 위에 명멸할 뿐이다. 얼마 안 있어 산굴에서 솟아난 구름이
엷게 깔리고 봉우리 나무가 들쭉날쭉 보이고, 산발치는 검푸르게 어두
워지지만 고개 중간 위로는 환하게 흰빛이 생겨나 창에서 동이 트는
것처럼 희미한 빛이 떠오르는데, 이것이 달이 오는 징후이다.

　이 시를 지은 이가 강가 누각이나 산장에 있으면서 몸이 한가하고

마음이 영민한 사람이 아니면 말할 수 없는 것이다. 시 가운데 기러기 소리나 달빛을 언급한 적이 없지만 사람으로 하여금 귀를 기울여 듣고 눈을 비비고 보게 하니 이 얼마나 묘한가? 마치 화가가 물감을 칠하기 전 엷게 물을 칠할 때 이미 한 폭의 그림이 눈 안에 있는 것과 같다. 그러한즉 두공부와 소장공의 두 시가 비록 공교롭더라도 역시 이 시보다 더 나은 것은 아니다.

아! 석장을 보지 못한 지 이미 팔 년이다. 지금 그 시를 외고 그 일을 기술하니 마치 손을 잡고 누각에 올라 기러기 소리 듣고 달 감상하는 듯, 아득하여 몸이 영탑사 황폐한 절 가운데 있는 줄 모르겠다. 시가 사람을 이와 같이 감동시키는 것이 어찌 고인뿐이겠는가."

농춘당기 기축년(1889, 고종26)
農春堂記 己丑

권포운(權圃雲) 시랑(侍郎)[453]이 이미 인끈을 풀고 남쪽으로 돌아갔다. 남포(藍浦)의 사근천(思勤川)에 집을 사서 그 당에 '농춘(農春)'이라고 이름을 붙였다. 도정절(陶靖節)의 글 가운데 "농인이 내게 봄이 왔다 알리네."[454]라는 말에서 취한 것이리라. 그가 내게 편지를 보내 말하였다.

"내가 반평생 부침하다가 처음으로 토구(菟裘)[455]를 경영하였는데 산에 기대고 바다를 옆에 두어 제법 아름다운 운치가 있네. 물고기, 소금, 채소, 과일을 자급자족할 만하고 동산과 채마밭, 샘과 바위는 혼자 즐기기에 충분하니 분수에 족하지. 나는 앞으로 귀향하여 늙을

---

453 권포운(權圃雲) 시랑(侍郎) : 권응선(權膺善, 1835~?)으로, 본관은 안동, 자는 학여(學汝), 호는 포운(圃雲)이다. 1864년 문과에 급제하여 규장각 관원을 시작으로 벼슬이 궁내부특진관 및 칙임관 2등에 이르렀다.

454 도정절(陶靖節)의……알리네 : 도연명(陶淵明, 365~427)의 《귀거래사(歸去來辭)》에 나오는 구절이다. 정절(靖節)은 도연명으로, 사시(私諡)인 '정절선생(靖節先生)'에서 유래된 명칭이다. 《陶淵明集 卷5 歸去來並序》

455 토구(菟裘) : 은거할 전원의 땅을 비유한 말이다. 토구(菟裘)는 본래 중국 산동성(山東省) 사수현(泗水縣)에 있던 지명이다. 우보(羽父)가 노나라 은공(隱公)에게 그 아우 환공(桓公)을 죽이자고 청하자 은공은 거절하고 임금의 자리를 떠나 토구에 은거하겠다고 하였다. 우보는 화가 미칠까 두렵게 여겨 나중에 환공과 공모하여 은공을 죽이고 환공을 임금으로 세웠다. 여기에서 연유하여 관직을 버리고 은거하는 곳을 가리키는 말로 쓰이게 되었다. 《春秋左氏傳 隱公11年》

참이네. 그대는 어찌 나를 위해 기(記)를 써주지 않는가?"

내가 듣고서 탄식하여 말했다.

"벼슬해서는 헌면(軒冕 경대부가 사용하는 수레와 옷)의 영광에 이르고 물러나서는 산림의 즐거움을 향유하니 벼슬길에 노니는 선비 가운데 누군들 이런 소원이 없겠는가. 다만 운명이 있어 그 뜻을 이룬 자가 역시 적다. 예전 박환재(朴瓛齋) 상공(相公)[456]이 젊을 때 손수 〈연암 농서도(燕巖農墅圖)〉를 만들어 만년에 돌아가 쉬겠다는 계획을 담았다. 공이 만년에 이르렀을 때는 국가에 일이 많아 감히 물러나겠다는 말을 하지 못했다. 오랜 벗 서경당(徐絅堂)[457]은 숲속에 마음을 두고 산골짜기를 그리워하였으나, 집안이 가난하고 벼슬길이 변변치 않아 끝내 공허한 말로 끝났다.

홍천(洪川)의 인가를 들른 적이 있는데 시에,

작약 울과 꽃길이 들쭉날쭉 함께 있고	藥欄花逕共參差
보리심은 좋은 밭이 집 울타리 둘렀구나	種麥良田繞屋籬
우리 동네 아니란 걸 앉은 채 잊었으니	坐來忘却非吾里
귀거래 하자는 말 이때부터 의논했지	正自商量歸去辭

라고 했으니 그 집을 부러워하면서 자신의 처지를 가슴아파한 시이다. 내가 옥당(玉堂)에서 숙직을 한 적이 있었는데, 궁궐 후원의 뻐꾸기 소리를 듣고 시를 짓기를,

---

456 박환재(朴瓛齋) 상공(相公) : 박규수(朴珪壽)이다. 125쪽 주 280 참조.

457 서경당(徐絅堂) : 서응순(徐應淳)이다. 26쪽 주 29 참조.

전원에는 봄 일이 이른 것이 생각이 나   記得林園春事至
뻐꾹 소리 듣고 누워 공연히 따져 보네   臥聽布穀謾思量

라고 했으니 역시 이 뜻이다.

　지금 환재 옹과 경당은 다시 살아올 수 없고 나는 꼭지 떨어진 표주박, 굴러다니는 쑥처럼 머물 곳이 없으니 전원으로 돌아가는 일이 이처럼 어렵다. 오직 포운만은 조정에서 평온히 지내다가 이런 것을 마련할 수 있었으니 어찌 그리 쉬웠던 것일까? 내가 포운과 짝하여 밭을 갈자고 약속한 적이 있었지만, 이제는 늙었으니 쟁기와 따비를 잡을 수 없다. 훗날 공의 농춘당에 올라 술잔을 머금고 서로 바라보며 〈귀거래사〉 한 편을 낭송하면 처음의 뜻을 거의 저버리지 않은 것이리라.

근소헌기
近小軒記

농춘당(農春堂)의 북쪽에 있는 근소헌(近小軒)은 내 벗 권학여(權學汝)[458]가 한가로이 지내는 곳이다. 먼 것, 큰 것을 버리고 '근소(近小)'라는 이름을 취한 것은 어째서인가? 작은 것을 쌓지 않으면 큰 것을 이룰 수 없고 가까운 것에 힘쓰지 않으면 먼 것에 이를 수 없기 때문이다. 그러므로 성현께서 사람을 가르치실 적에 항상 평이하고 아주 가까운 것에서 하셨지, 고원하고 행하기 어려운 일에 힘쓰지 않으셨다. 이것이 《소학》, 《근사록》이 지어진 까닭이다.

지금 도가 처자식에게 행해지지 않으면서 사해의 사귐을 넓히고자 하고 물 뿌려 땅을 쓸고 손님에게 응대하는 예절에 소홀하면서 먼저 예악의 근원을 탐구한다면, 안다고 할 수 있는가? 그리고 지금의 병통은 상도(常道)를 싫어하고 기이한 것을 좋아하는 데 있다. 눈앞에 당장 힘써야 할 것은 놓아두고 해외의 멀고 외진 일을 즐겨 얘기한다. 후생 소년은 물들기가 더욱 쉬워서 해외를 경영하고자 하면 목전에서부터 시작해야 한다는 점을 모른다.

옛날 강남(江南)의 풍속은 청담(淸談)으로 자부하고 세상의 일을 탐탁지 않게 여겼다. 오직 변곤(卞壼)[459]만이 관직을 맡아 실무를 처리

---

458 권학여(權學汝) : 권응선(權膺善)이다. 229쪽 주 453 참조.

459 변곤(卞壼) : 281∼328. 자는 망지(望之)이다. 동진(東晉)의 대신으로, 예법으로 자처하고 당시 세상을 바로잡으려 했으며 권력을 두려워하지 않았다. 후에 소준(蘇

하였고 세속의 기호에 구차하게 영합하는 것을 달가워하지 않았다. 명사들에게 비웃음을 받자, 변곤은 "군자들은 도덕으로써 의기를 펼치고 풍류를 고상하게 여기니, 비루하고 인색함을 맡을 자가 내가 아니면 누구겠는가?"[460]라고 하였다.

나는 지금과 옛날이 숭상하는 바가 비록 다를지라도 시대에 따라 풍속을 교정하는 것은 마땅히 변군을 모범으로 삼아야 한다고 생각한다. '근소'라고 집의 이름을 지은 뜻이 여기에 있지 않겠는가. 훗날 학여와 정담을 나누게 되면 무릎을 맞대고 이 일을 묻기로 하고 우선 이렇게 써서 기(記)로 삼는다.

峻)의 난에 저항하다가 전사하였다.

460 군자들은……누구겠는가 : 《진서(晉書)》 권70 〈변곤열전(卞壼列傳)〉에 보인다.

전당추색루기
錢塘秋色樓記

명(明)나라 홍무(洪武)[461] 연간에 강희맹(姜希孟)[462] 공이 사신으로 명나라에 조회하러 갔다가[463] 전당(錢塘)[464]의 연꽃 씨를 얻어서 안산(安山) 집에 돌아와 못에 심었다. 흰 꽃과 붉은 꽃송이 피어나자 그 향기가 보통과 달랐다. 강공이 죽자 연못은 외손 권(權)씨 집안에 귀속되었는데, 연꽃의 성쇠로 권씨의 흥망을 점친다고 전한다. 현재 시랑을 지내고 있는 권포운(權圃雲)은 공의 후예이다.

정종(正宗) 때 임금께서 안산에 행차하여 못가에서 연꽃을 감상하였는데, 안산을 연성(蓮城)이라 명명하고 시제를 내어 선비들에게 과거 시험을 보였다. 이로부터 전당의 연꽃이 나라 안에 소문이 났다.

기축년(1889) 포운이 남포(藍浦)의 농가를 샀다. 집 앞에 작은 못이 있어 안산의 연꽃 씨를 가져다 심고, 그 누각의 이름을 '전당추색(錢塘

---

461 홍무(洪武) : 중국 명나라 태조 때의 연호(1368~1398)이다.

462 강희맹(姜希孟) : 1424~1483. 본관은 진주(晉州), 자는 경순(景醇), 호는 사숙재(私淑齋), 운송거사(雲松居士), 국오(菊塢), 만송강(萬松岡)이다. 1447년 별시문과에 장원급제하여, 벼슬이 예조 판서, 형조 판서에 이르렀다. 수양대군이 세조로 등극하자 원종공신 2등에 책봉되었고 남이(南怡)의 옥사사건을 해결한 공로로 진산군(晉山君)에 책봉되었다.

463 명나라에 조회하러 갔다가 : 1463년 강희맹(姜希孟)이 진헌부사(進獻副使)가 되어 남경에 갔다 온 일을 가리킨다.

464 전당(錢塘) : 중국 절강성(浙江省)을 북동으로 흘러 항주만(杭州灣)으로 흐르는 강이다.

秋色)'이라 하였으니 옛 일을 잊지 않은 것이다.

아! 그 땅은 성제(聖帝)께서 어루만져 다스린 곳이었고 그 꽃은 바로 성왕(聖王)께서 행차해 감상했던 것이다. 또 현공(賢公)의 손을 거쳐 심은 것을 명문가에서 대대로 보호하여, 오백 년 오랜 세월을 지났으니 어찌 심상한 보통 풀에 비할 수 있으랴. 그리고 왕조가 번갈아 바뀌고 세상 역시 변했는데, 이 꽃은 미약한 식물로서 만 리 밖을 떠돌아다니면서 지금까지 종자를 남겨 세상에서 감상하는 바가 되었으니 어찌 제대로 된 사람에게 맡겨진 것이 아니겠는가?

홍광(弘光)[465]의 유사(遺事)를 보니, 남쪽 도읍이 전복된 뒤 옛날 번화하던 지역은 아득하게 멀리까지 잡초가 우거졌고 한바탕 헤어지는 일이 있었는데, 조정 신하들이 눈물을 가리며 다음과 같이 탄식하였다.

"서자호(西子湖 전당호(錢塘湖))를 다시 물을 수 없구나. 호수를 오히려 물을 수 없는데 하물며 호수에 있는 연꽃이겠는가?"

그러하니 이 꽃의 성쇠는 실로 천하의 큰 운수와 관련되어 있어, 권씨 일문을 점치는 데 그치지 않는다. 원컨대 꽃이 노력해서 자신을 아끼고 권씨와 함께 나란히 융성해 수천 년 봄 영원히 무성하고 향기를 널리 뿌린다면, 어찌 꽃만의 행운이랴. 바로 권씨의 행운이 아니고 온 세상의 행운일 것이다.

---

465 홍광(弘光) : 주유숭(朱由崧, 1607~1646)의 연호(1644~1645), 혹은 주유숭을 가리킨다. 명나라 멸망 후 존속했던 남쪽 지방의 정권인 남명의 제1대 황제이다.

영담재기 경인년(1890, 고종27)

寧澹齋記 庚寅

옛날 곽임종(郭林宗)[466]은 기이하고 뛰어난 재주를 품고 세상에서 유유자적 노닐 적에 이미 신도(申屠)[467]의 고상한 은거를 본받지 않았고 또 이두(李杜)[468]의 현달한 벼슬을 사모하지도 않아, 포의박대(襃衣博帶)[469]로 태학(太學) 가운데 평안히 지냈다. 은거하였으나 부모의 뜻을 어기지 않았고 절조가 곧아도 세상을 끊지 않았으며[470] 담박하여 세상에 구하는 것이 없었기 때문에 그의 고고한 모습은 미칠 자가 없었다.

청산(靑山) 육성대(陸聖臺) 군[471]은 곽임종의 풍모를 듣고 사모하였

---

466 곽임종(郭林宗) : 곽태(郭泰, 128~169)로, 임종(林宗)은 그의 자이다. 중국 후한(後漢)의 사상가이다. 굴백언(屈伯彦)에게 사사하여 전적(典籍)에 통달했다. 낙양에 가서 당시 하남윤(河南尹) 이응(李膺)과 깊이 교제하며 명성을 떨쳤다. 향리에 은거하여 제자를 가르쳤는데, 그 수가 수천 명에 달했다고 한다.《後漢書 卷68 郭林宗傳》

467 신도(申屠) : 신도반(申屠蟠)으로, 자는 자룡(子龍)이다. 후한 때 당고(黨錮)의 화를 예견하고 자취를 감추었는데, 뽕나무를 기둥으로 삼아 집을 만들고 스스로 품팔이하는 사람처럼 살았다 한다.《後漢書 卷53 申屠蟠》

468 이두(李杜) : 동한의 명사 이고(李固)와 두교(杜喬)를 가리킨다. 동한(東漢)의 환제(桓帝) 때 태위를 지내며 권세 있는 귀족을 두려워하지 않고 대치하다가 모함에 걸려 죽었다.《後漢書 孝桓皇帝記上 卷21 建和2年》

469 포의박대(襃衣博帶) : 품이 넓은 옷과 폭이 넓은 띠로, 유자(儒者)의 복장을 가리킨다.

470 은거하였으나……않았으며 :《後漢書 卷68 郭林宗傳》

471 청산(靑山) 육성대(陸聖臺) 군 :《의전기실(宜田記實)》의 저자인 육용정(陸用

다. 비록 경성(京城)에서 나그네살이를 하였으나 고관을 알현하려고 청하는 일을 일삼지 않았고, 굳게 스스로를 지켜 외물에 부림을 당하지 않았다. 몸은 시끄러운 속세에 있어도 마음은 항상 평안하고 고요하였다. 이에 그가 거처하는 방에 '영담재(寧澹齋)'라고 이름을 붙였으니 아마도 자신의 마음일 것이다.

마음이 외물에 얽매이지 않으면 외물이 어지럽힐 수 없다. 어지럽히면 평안하지 못하다. 전에 "군자는 마음이 평탄하여 탕탕하고 소인은 길이 척척하다."[472]라고 하였으니 '척척(戚戚)'이란 평안치 못함을 이른다. 바야흐로 얻지 못했을 적에는 얻음에 얽매이고 이미 얻게 되면 잃음에 얽매인다. 그러니 언제 마음이 평안을 얻겠는가? 오직 군자만이 그렇지 않다. 죽고 사는 것을 천명(天命)에 매어두고 부귀를 하늘에 매어두니, 내 마음이 텅 비어 얽매이고 걸리는 바가 없다. 그러므로 평안치 못할 때가 없다. 빈 배가 강호(江湖)에 있으면 비록 풍파를 만나더라도 전복될까 걱정스럽지 않다. 만약 사람이 배 안에 있으면 여기에 염려하는 마음이 생겨난다. 이는 배를 염려해서가 아니라 사람이 마음에 걸리기 때문이다.

내가 바야흐로 유배 가서 영탑산(靈塔山)에 거처할 때, 인사(人事)를 물리치고 좋아하는 음식도 끊었다. 한가히 거처하고 담박하게 먹으니 마음에 매이는 바가 없었다. 매번 멍하니 혼자 가서 턱을 괴고 앉아,

<hr/>

鼎, 1843~1917)의 아들이다. 생애는 미상이다.

472 군자는……척척하다 : 《논어》〈술이(述而)〉에 "군자는 마음이 평탄하여 탕탕하고 소인은 길이 척척하다.〔君子坦蕩蕩 小人長戚戚〕"라고 한 공자의 말을 인용한 것이다. 군자는 마음이 평탄하고 여유가 있지만 소인은 항상 근심걱정에 시달림을 말한다.

솔바람 소리와 물소리, 나무하는 소리와 빨래하는 소리, 종과 목어 소리, 산승의 범패 소리, 두견 소리와 뻐꾸기 소리를 들었다. 꾀꼬리 외치고 비둘기 소리치고 학이 울고 송골매가 소리를 토하고 까마귀가 울부짖고 까치가 깍깍대고 개가 멍멍대고 매미가 시끄럽고 참새가 짹 짹대고 온갖 벌레가 뒤섞여 울어대는 소리가 어지럽고 시끄러워, 소리를 듣느라 한가할 틈이 없었다. 그러나 그 경지는 더욱 적막해지고 내 마음은 더욱 고요해져서 마음에 외물 하나 남아있지 않은 듯 담박하였다. 그러나 어린 종이 서울 집에서 편지가 왔음을 알리면 마음이 동요되었으니 어째서인가? 소나무와 물, 벌레와 새 소리는 내 마음이 매인 바가 아니요, 오직 집에서 온 서신이 마음이 매인 외물이기 때문이다. 만약 얽매이는 바가 있으면 마음이 평안을 얻지 못한다.

지금 성대가 경성에서 노니는데 태평하여 해치고 탐하는 마음이 없다. 남의 권세와 영화 보기를 마치 솔바람과 물, 벌레와 새 소리를 듣는 것처럼 하니, 비록 날마다 앞에 펼쳐지더라도 어찌 그 마음을 동요시킬 수 있겠는가?

어떤 이는 말한다.

"만일 구하는 것이 없다면 어찌 굳이 경성에서 노닐 것인가?"

나는 답한다.

"만일 구하는 것이 없다면 또 어찌 굳이 경성에서 노닐지 않겠는가?"

이것이 곽임종을 고고하게 여기는 까닭이다. 이·두 역시 현자여서 본디 부귀와 생사가 마음에 얽매지 않았다. 마음에 얽매인 것은 오직 악을 물리치고 선을 끌어들이려 한 것뿐이었다. 그렇더라도 이 역시 얽매인 바가 있었기 때문에 평안을 얻지 못했다. 임종은 형국 밖에 처하여 얽매이는 바가 없었고, 오직 마음으로 선한 무리를 보호하여 차마 멀리

떠나지 못했다. 이를 얽매이지 않은 얽매임이요, 구함이 없는 구함이라
이르니, 비록 경성에 있더라도 어찌 그 담담한 마음에 누가 될 수 있으랴.

등양산기

登兩山記

내가 의두암(依斗巖)에 앉아 구름 낀 하늘로 솟은 몽산(蒙山)과 아미산(峨嵋山)을 바라본 적이 있는데, 그때마다 옷을 걸치고 한 번 가보고 싶은 생각이 들었다. 경인년(1890) 칠팔월이 바뀔 무렵 시원한 바람이 날마다 불자, 마침내 손님들과 등산 준비를 의논하였다. 8월 3일 시중(時中), 원회(元會), 왕천우(王千又), 절의 승려 정기(正基), 동자 장운(壯雲)과 함께 떠났다. 먼저 머슴에게 명해 술 마실 채비를 해 가지고 몽산 꼭대기에 가서 살피도록 하였다. 목현(木峴)에 이르자 인세경(印世卿)・이군선(李君先)이 와서 모였다.

이때 벼가 바로 익어서 목현과 정기(淨基) 사이에 누런 구름 같은 벼가 골짜기 가득하였고 메뚜기가 어지럽게 날뛰어 사람의 품과 소매로 뛰어들었다. 길옆에 거리가 수백 궁(弓) 떨어져 있는 두 개의 높은 언덕이 있었는데, 그 둘레에 나무 울타리가 쳐 있는 곳이 있었다. 사람들이 "이는 옛날 민보(民堡 민간에서 쌓은 보루)입니다."라고 하였다.

멀리 몽산 발치를 바라보니 허옇게 서 있는 사람이 있었다. 앞에 가서 보니 바로 최성여(崔誠汝)였다. 여기에서부터는 산등성이를 따라 올랐는데, 끊어지지 않고 이어지는 깨진 자갈들이 보였다. 사람들이 "이것이 옛 성 터입니다."라고 하였다.

그 아래가 바로 옛 면양(沔陽) 읍치이다. 산세가 높고 커서 사방이 하늘로 솟아있었다. 그 위에 축성하였으니 당시 용력의 성대함을 볼 수 있다. 그러나 성은 크고 백성은 적어 비록 험할지라도 지킬 수가 없다.

담쟁이넝쿨을 부여잡고 등나무 덩굴에 붙어 걸음을 이어 갔다. 정오를 지나 정상에 올랐다. 성황사(城隍祠)가 있었는데, 읍인이 바야흐로 굿할 때, 과일을 가지고 와 빌고 있었다. 사당 옆에 높이가 어깨까지 닿는 바위 하나가 있어, 드디어 자리를 펴고 그 위에 앉았다. 아래위로 사방을 둘러보니 탁 트여 끝이 없었다. 바닷물이 대진(大津)으로 들어가 동서남북을 통해 띠처럼 감돌아 예산(禮山)의 구만포(九萬浦)에 이르고, 면천과 당진(唐津)이 그 가운데 감싸여 있으니 실로 섬 같은 읍이다. 대진으로부터 서쪽은 큰 바다가 펼쳐져 경기(京畿)와 해서(海西)로 수로가 통한다. 구만포 이남은 육지가 호서와 호남으로 이어진다. 수만 개 산들의 푸른 주름 사이로 구름과 아지랑이가 들락날락했다. 수백 리 이내의 토박이는 모두 그 산들의 이름을 잘 알고 있었다.

가을볕이 매우 뜨겁고 산꼭대기에는 샘물도 없었다. 가는 도중 배고프기도 하고 더위를 먹기도 하였다. 그래서 하인이 지닌 호리병의 술을 따라 마시고, 또 꾸러미를 풀어 기장떡을 나누어 먹었다. 정기 역시 누룽지를 가져와 함께 요기를 하였다.

이군선의 집이 산 왼편에 있었는데 가까웠으므로 먼저 간다고 고하였다. 나는 손님들과 산 오른편을 통해 내려갔다. 북쪽으로 아미산에 오르니, 몽산에 비해 더 높고도 가팔랐다. 왕천우는 나이가 칠십여 세였는데 힘이 다해 헐떡거렸다. 나 역시 다리에 기력이 없어 자주 쉬었다. 오직 정기만이 펄쩍펄쩍 뛰어올라가 앞에서 말했다.

"이 산 오르기도 두려우면 금강산(金剛山) 유람은 어찌 하시겠습니까?"

산 정상 왼편에 유선암(遊仙巖)이라는 바위가 있었다. 바위 면에 결이 갈라져 종횡으로 여러 줄이 나있었다. 사람들이 신선의 바둑판이라고 하였다. 잠시 그 위에서 쉬었다가 십여 보 가니 최정상에 이르렀다. 여기에 도착하자 구름이 더욱 걷혀 북쪽으로 멀리 관악산과 삼각산의 산들이 아득하게 드러나 있었다. 아! 남쪽으로 온 지 4년 만에 비로소 한양(漢陽)의 산 경치를 보게 되었구나.

산은 높고 우뚝했다. 날짐승 따위가 없고 황금(黃芩 꿀풀과의 다년초)과 자초(紫草 지치과의 다년초)가 많이 나고, 간혹 산삼을 캐는 자도 있다고 한다. 산 아래 촌락은 모두 널찍널찍하고 환하고 깨끗했다. 농토는 비옥하였고 뽕나무와 과실수가 덮여 있었다. 산의 남쪽에는 송평(松坪), 다불(多佛), 금학(金鶴) 등의 마을이 있어 여러 성씨들이 섞여 산다. 산 북쪽에는 죽동(竹洞), 백치(柏峙)의 마을이 있는데, 인씨와 이씨의 세거(世居)하는 곳이다. 사는 사람들이 대부분 대를 이어 선조의 묘를 지키는데, 왕왕 수십 대를 전하여 분묘를 잃지 않는다. 땅이 이미 구석진 데다 사면이 나루로 막혀있으므로 흉포한 병화(兵火)의 걱정이 없는 듯하다. 어지러울 때 슬며시 지방 도적떼가 일어나면 보(堡)를 쌓아 방어한다. 그러므로, 백성에게 뿔뿔이 흩어질 근심이 없으니, 진실로 복 받은 땅이다. 용사(龍蛇)의 난리〔임진왜란〕를 당해 송구봉(宋龜峯)[473], 이택당(李澤堂)[474] 두 공이 여기에서 병화를 피한 적이 있다고 한다.

---

[473] 송구봉(宋龜峯) : 송익필(宋翼弼, 1534~1599)로, 자는 운장(雲長), 호는 구봉이다. 선조 때 학자로 성리학과 예학에 능하였다. 저서에 《구봉집(龜峰集)》이 있다. 《구봉집》에 따르면, 송익필이 왜란을 피한 곳은 희천(熙川)의 명문산(明文山)이다.
[474] 이택당(李澤堂) : 이식(李植, 1584~1647)으로, 자는 여고(汝固), 호는 택당이다. 한학 4대가의 한 사람으로 이조 판서를 지냈다. 병자호란 때에 척화파(斥和派)로 청나라에 끌려갔다 돌아왔다. 《선조실록(宣祖實錄)》을 전담하여 수정하였으며, 저서에 문집 《택당집(澤堂集)》이 있다.

이윽고 산의 날이 어슴푸레해져서 오래 머물 수 없었다. 드디어 산 오른편을 따라 내려왔다. 지세가 병의 물을 위에서 쏟아 붓는 것 같이 산꼭대기와 산기슭이 서로 접해 있어 비록 편안히 걸으려 해도 할 수 없었다. 이 산은 사면이 모두 피지 않은 부용꽃을 깎아 만든 것처럼 가팔랐다. 맑고 빼어나며 문아하고 수려한 기운이 사람으로 하여금 바라보면 기뻐할만하게 하였다. 그러므로 당진과 면양 두 읍의 인가에서 이 산을 바라보는 것을 즐거움으로 삼는다고 한다.

내가 연경(燕京)에 사신 갔을 적에 도중에 창려현(昌黎縣)을 지났다. 멀리 붓끝 같은 산 하나가 바라보였는데, 토박이가 문필봉(文筆峰)이라 하였다. 그 빼어난 기운이 모여 바로 퇴지(退之 한유)의 문장을 낸 것이다. 지금 이 산의 형세를 관찰하니 전날 보던 것과 매우 비슷했다. 그러나 예전에 퇴지처럼 이름난 사람이나 통달한 선비가 이 고장에서 배출되었다는 말을 듣지 못했으니, 아마도 후세에 나오려는 것인가. 땅의 신령과 인걸이 때때로 상응해서 생겨나니 우연히 이 산을 설치한 것은 분명 아닐 것이다.

영탑사(靈塔寺)에 부쳐 사는 이가 기(記)를 쓰다.

경술당기 신묘년(1891, 고종28)
敬述堂記 辛卯

회덕(懷德) 현치(縣治 현의 행정 중심지) 동쪽으로 십 리 못 되는 가까이에 송(宋)씨가 대대로 사는 마을이 있으니 송촌(宋村)이라 한다. 옛날 동춘당(同春堂)[475], 우암(尤庵)[476] 두 선생이 이곳에서 독서하며 도를 강설하여, 당세의 유종(儒宗)이 되셨다. 자손들이 비록 서울에서 높은 관직에 올라 현달하였으나 도회지에 저택을 둔 적이 없었으니, 고향을 떠나지 않는 것을 법으로 삼았던 것이다. 대대로 제사 받드는 일을 익히고 집안에 글 읽는 소리가 들려, 사방에서 숭상하고 본받았으니, 여기가 바로 우리나라의 수사낙민(洙泗洛閩)[477]이다.

---

475 동춘당(同春堂) : 송준길(宋浚吉, 1606~1672)로, 본관은 은진(恩津), 자는 명보(明甫), 호는 동춘당(同春堂)이다. 우참판, 이조 판서를 지내면서 노론의 거두로 활약하였다. 성리학, 예학에 능하였다. 저서에 《동춘당집(同春堂集)》, 《어록해(語錄解)》 등이 있다.

476 우암(尤庵) : 송시열(宋時烈, 1607~1689)로, 본관은 은진(恩津), 자는 영보(英甫), 호는 우암(尤庵), 우재(尤齋)이다. 효종의 장례 때 대왕대비의 복상(服喪) 문제로 남인과 대립하고, 후에는 노론의 영수(領袖)로서 1689년(숙종15)에 왕세자의 책봉에 반대하다가 사사(賜死)되었다. 저서에 《우암집(尤庵集)》, 《송자대전(宋子大全)》 등이 있다.

477 수사낙민(洙泗洛閩) : 수사(洙泗)는 중국 산동(山東)에 있는 수수(洙水)와 사수(泗水) 사이를 가리킨다. 공자가 제자를 모아 가르치던 곳이다. 낙민(洛閩)은 낙양(洛陽)과 민중(閩中)의 병칭으로, 정호(程顥), 정이(程頤)는 낙양 출신이고 주희(朱熹)는 민중 출신이기 때문에 생긴 말이다. 모두 유학을 가르치던 곳이다.

내 벗 송석자(松石子)[478]는 명문세가의 자제로 선현의 덕을 본받아, 이 고장에 살면서 일찍부터 집안의 가르침을 따랐다. 이윽고 벼슬길에 올라 삼십 년 동안 이름난 군을 차례로 맡아 다스렸으나 논밭은 한 자 한 치도 늘어나지 않았다.

기축년(1889, 고종26) 여름 집안사람에게 일렀다.

"내가 늙었다. 떠나서 고향으로 돌아가 쉬려 한다. 내 선인의 낡은 집을 수리하여 늘그막에 누워 쉴 곳을 어찌 만들지 않으랴."

이에 송촌의 낡은 집을 손보았다. 썩은 것은 바꾸고 기울어진 것은 바로잡았다. 마룻대와 지붕을 더욱 단단히 하고 날 듯한 처마모서리는 새것처럼 만들었다. 또 옛 집 남쪽에 당(堂)을 하나 지어 한가로이 거처하는 방으로 삼았다. 친족과 향당(鄕黨), 손님과 벗을 편안하게 할 만큼 아늑하였고 읍양(揖讓)과 주선(周旋)을 수용할 만큼 넉넉하였다. 편액에 '경술당(敬述堂)'이라고 했으니 효도하는 생각을 잊지 않겠다는 것이리라. 사람이 집을 짓는 것은 자기만 편한 것이 아니라 위로 조상을 계승하고 아래로 자손에게 물려주려고 하는 것이다. 〈사간(斯干)〉시에 "할머니와 할아버지를 이어 담장이 백도나 되는 집을 지었네."[479]라고 하였다. 옛사람이 거처와 집의 일에 대해 감히 자기 공로로 돌리지 않고 반드시 선인을 일컬었으니 이것이 경술(敬述)의 의의이다. 심으신 뽕나무, 가래나무[480]와 반들반들해진 물잔[481]에도 오히려

---

478 송석자(松石子): 송기로(宋綺老)이다. 41쪽 주 74 참조.

479 할머니와……지었네:《시경》〈사간(斯干)〉에 나오는 "할머니와 할아버지를 이어 담장이 백도나 되는 집을 지었네.〔似續妣祖 築室百堵〕"라고 한 구절을 인용한 것이다.

경모하는 마음을 부치는데 더욱이 선인께서 거처한 곳임에랴. 무너져 가는데도 수리할 줄 모르면 당구(堂構)의 의의482에 과연 어떠하겠는가.

나중에 이 당에 오르는 자가 검소하고 누추한 옛 집을 보면 고생스러웠던 조상의 업적을 생각할 것이고 치밀하고 견고한 새 집을 살펴보면 부지런히 수선했음을 알 것이다. 기거하고 먹고 마시는 곳과 거닐고 앉아 쉬던 곳을 굽어보고 우러러보며 옛날을 떠올리면, 옛 자취가 삼삼하게 펼쳐져 뚜렷하게 그 전형을 보는 듯하고 온화하게 덕의 광채를 받든 듯하고 숙연하게 그 말씀을 들은 듯할 것이다. 사람으로 하여금 개연히 사모하고 성대히 감동하게 하니 언어와 문자를 기다리지 않아도 가르침이 집안에 행해질 것이다.

저 도회지의 화려한 집은 아침저녁으로 이사를 다녀 사람으로 하여금 사치스러움에 빠지고 하루아침의 안락을 훔쳐 근본을 잊게 만드니, 나중에 무엇으로 선조의 뜻을 계승하여 사모함을 부치는 가르침을 베풀겠는가? 이 때문에 소하(蕭何)와 이항(李沆)이 모두 궁벽한 곳의

---

480 심으신……가래나무 : 《시경》〈소변(小弁)〉에 "뽕나무와 가래나무도, 반드시 공경해야 하는 법이다.〔維桑與梓 必恭敬止〕"라고 한 구절에서 인용한 말이다. 뽕나무와 가래나무는 집 주변에 주로 심는 것인데, 부모가 심었기 때문이다.

481 반들반들해진 물잔 : 《예기》〈옥조(玉藻)〉에 "어머니가 돌아가시면 잔으로 마실 수 없으니 입에 자주 닿아 반들반들해진 기운이 남아있기 때문이다.〔母沒而杯圈不能飲焉 口澤之氣存焉爾〕"라고 한 구절을 인용한 말이다.

482 당구(堂構)의 의의 : 자손이 선대의 유업을 잘 계승하는 것을 뜻한다. 《서경》〈대고(大誥)〉에 "아버지가 집을 지으려 작정하여 이미 그 규모를 정했는데 그 아들이 기꺼이 집의 터도 만들려 하지 않는다면 하물며 기꺼이 집을 지으랴.〔若考作室 旣底法 厥子乃不肯堂 矧肯構〕"라고 한 구절에서 유래한 말이다.

검소한 집을 그 후손에게 남겨준 것이었으니[483] 후세가 계승할 수 있도록 하기 위해서였다. 이 당에 지은 이름은 고인의 뜻을 깊이 체득한 것이리라.

---

483 소하(蕭何)와……것이었으니 : 한 고조(漢高祖) 때 명재상이었던 소하(蕭何)는 항상 궁벽한 곳에 있는 집을 사서 집치레도 하지 않고, "후손이 똑똑하면 내 검소함을 배울 것이고 똑똑하지 못하더라도 세도가에게 집을 뺏기지 않을 것이다.〔令後世賢 師吾儉 不賢 毋爲勢家所奪〕"라고 하였다고 한다. 《漢書 卷39 蕭何列傳》
송 진종(宋眞宗) 때 명재상이었던 이항(李沆)은 벽이나 담이 무너져도 신경을 쓰지 않았고, 당 앞의 부서진 난간을 아침저녁으로 보면서도 한 달이 지나도록 아무 말이 없었다고 한다. 아우가 새집을 지으라고 권하자, "숲의 둥지도 가지 하나면 충분하니 어찌 화려한 집을 일삼으랴.〔巢林一枝 聊自足耳 安事豐屋哉〕"라며 거절하였다고 한다. 《宋史 卷282 李沆列傳》

팔가정기

八可亭記

감찰 서회보(徐晦輔)[484]는 호가 혜춘(蕙春)이다. 새로 못가의 정자를 만들고 '팔가(八可)'라 이름을 지었다. 황서교(黃書橋)의 소개로 내게 기(記)를 구하였다.

손님 가운데 혜춘을 따라 온 자가 있어서 내게 팔가정(八可亭)의 아름다운 경치를 말해주었다. 그리고 '팔가'의 의미를 해석하더니 말했다.

"그 반은 제가 잊어버렸습니다."

내가 말했다.

"해될 것이 없습니다. 가(可)한 것이 여덟 가지에 이르렀다면 불가(不可)한 것이 없겠지요. 하필 숫자로 한정하겠습니까?"

손님이 말했다.

"이 여덟 가지는 모두 정자에 가한 것이니, 정자에 불가한 것을 어찌 다시 한정하겠습니까? 만약 천시(天時) 가운데 질풍과 장마, 인사(人事) 가운데 속된 객과 비루한 사내 역시 정자에 가하다고 하면 가하겠습니까?"

내가 말했다.

---

484 서회보(徐晦輔) : 1849~1919. 본관은 대구(大邱)이고, 본적은 충청북도 충주군(忠州郡) 남변면(南邊面)이다. 일제강점기 때의 관료로 영동 군수(永同郡守), 충주 군수(忠州郡守)를 역임하였고, 조선총독부 중추원 부찬의(中樞院副贊議)에 임명되어 활동하던 중 사망하였다.

"이는 본디 불가하지요. 그러나 질풍과 장마가 아니라면 갠 경치가 아름답다는 것을 알 길이 없고 속된 객과 비루한 사내가 아니라면 운치 있는 사람이 귀하다는 것을 알 길이 없습니다. 그러므로 불가함은 가함의 반대지만 곧 상호보완이 되는 것입니다. 가함이 불가함이 아니라면 그 가함을 이룰 수 없으니 불가함 역시 가함입니다."

이를 미루어 가면, 천하의 모든 일에 불가한 것이 없을 테니 어찌 유독 이 정자뿐이겠는가? 혜춘이 세상에 필요로 하는 재주를 품고 있어 출사할 만하지만 누차 관직에 나아가지 않고 굳건히 동강(東岡)을 지키고 있다고[485] 들은 적이 있다. 나는 혜춘이 흉중에 불가한 일이 없어야 마땅할 텐데 유독 벼슬하는 것에는 불가한 것은 어째서인지 괴이하게 여겼다.

옛날 전약수(錢若水)는 송(宋)나라 왕조의 융성한 때를 만나 사대부가 녹봉과 지위를 탐하여 연연해하는 것을 걱정하였으나, 군주에게 가벼이 여김을 당하자 드디어 표연히 은퇴하였다.[486] 지금 혜춘의 뜻 역시 이와 같다. 몸이 밝은 때를 만났으니 벼슬하지 않아야 할 뜻이 없지만 세상 사람을 돌아보면 일명(一命)[487] 이상의 벼슬아치는 더 높

485 동강(東岡)을 지키고 있다고 : 벼슬하지 않고 은거함을 비유한 말이다. 동강(東岡)은 동쪽 언덕이다. 《후한서(後漢書)》〈주섭전(周燮傳)〉에 "선세 이래 공훈과 총애를 이어왔는데 그대는 유독 무엇하러 동강의 비탈을 지키고 있는가?〔自先世以來 勳寵相承 君獨何爲守東岡之陂乎〕"라는 구절에서 나온 말이다.

486 옛날······은퇴하였다 : 송나라 명신인 전약수(錢若水, 960~1003)를 어떤 노승이 살펴보더니 "할 수 없다.〔做不得〕"라는 세 글자를 부젓가락으로 쓰고 "이는 급류 가운데 용감히 물러나는 사람이다."라고 하였다. 후에 전약수는 관직이 추밀부사(樞密副使)에 이르렀으나 마흔 살에 미련 없이 벼슬에서 물러나 은거하였다고 한다. 《邵氏聞見前錄 卷7》

은 벼슬을 얻으려 애쓰며 도도히 흘러가서는 돌아올 줄 모른다. 혜춘이 이런 때에 홀로 명리에 담박하여 벼슬을 사직하는 절조를 지니고 있으니 아마도 불가함으로써 그 가함을 이루고자 하는 자이리라.

그리고 정자에 가한 것이 시대에 불가하고 시대에 가한 것이 정자에 불가하여, 시대에 불가한 것으로써 정자의 가함을 이루었다. 내가 그러므로 "가함은 불가함이 아니면 그 가함을 이룰 수 없다."라고 하고 또 "불가함 역시 가함이다."라고 한 것이다.

---

487 일명(一命) : 가장 낮은 관직을 의미한다. 주(周)나라 관제는 구명(九命)으로 구성되어 있는데, 일명이 가장 낮다.

춘목원기 임진년(1892, 고종29)

春木園記 壬辰

내가 사는 땅에는 참죽나무가 많은데, '춘(椿)'자는 '춘(杶)', '춘(橁)' 자와 같다. 나무 가운데 좋은 목재이니, 《하서(夏書)》에 나오는 형주(荊州)의 공물에 "참죽나무〔杶〕·산뽕나무〔榦〕·전나무〔栝〕·측백나무〔柏〕"라고 하였다.[488] 또 금(琴)의 재료이니, 《좌전(左傳)》에 "맹장자가 그 참죽나무를 베어 공금(公琴)을 만들었다."고 하였다.[489] 또 장수하는 나무이니, 《장자(莊子)》〈소요유(逍遙遊)〉에 "상고 시대에 큰 참죽나무가 있어 팔천 년을 봄으로 삼고 팔천 년을 가을로 삼는다."라고 한 것이[490] 이것이다.

　《서경》의 주석을 살펴보면 참죽나무는 가죽나무, 옻나무와 비슷하다고 한다. 《당초본(唐草本)》에는 가죽나무, 참죽나무 두 나무의 생김새가 비슷하나 가죽나무는 성기고 참죽나무는 여물다고 한다. 소송(蘇

488　하서(夏書)에……하였다 : 《서경》〈우공(禹貢)〉에 "형산(荊山)에서 형산(衡山) 남쪽 사이에 형주(荊州)가 있다.……그 공물에……참죽나무·산뽕나무·전나무·측백나무……가 있다.〔荊及衡陽惟荊州……厥貢……杶 榦 栝 柏……〕"라고 한 구절에서 인용한 말이다.

489　좌전(左傳)에……하였다 : 《춘추좌씨전》양공(襄公) 17년 조에 "맹장자가 그 참죽나무를 베어 공금(公琴)을 만들었다.〔孟莊子斬其椿 以爲公琴〕"라고 한 구절을 인용한 것이다.

490　장자(莊子)……것이 : 《장자》〈소요유(逍遙遊)〉에 나오는 "상고 시대에 큰 참죽나무가 있어 팔천 년을 봄으로 삼고 팔천 년을 가을로 삼는다.〔上古有大椿者 以八千歲爲春 八千歲爲秋〕"라고 한 구절을 인용한 말이다.

頌)의《본초도경(本草圖經)》에는 참죽나무 잎은 향기로워 먹을 만하고 가죽나무는 냄새가 고약한데, 북쪽 사람이 산춘(山椿)이라고 부른다고 하였다. 이 나무는 단단하고 튼튼하여 그릇 만들기에 적당하다. 흙에 들어가도 썩지 않고 곧바로 수백 자를 자라 드높이 구름과 하늘에 닿는다. 매년 추워지면 잎이 떨어져 멀리서 바라보면 길고 곧게 솟아 마치 절간의 깃대 같다. 그러므로 우리나라 사람들은 진승목(眞僧木 참죽나무)이라 부른다. 가죽나무는 참죽나무와 비슷하지만 참죽나무는 아니다. 그러므로 가승목(假僧木 가죽나무)이라 부른다. 그 모습과 바탕, 빛깔과 냄새를 살펴보면 이 나무가 참죽나무인 것에 의심할 여지가 없다.

내 집 뒤에 작은 언덕이 있어 높이가 집을 내려다 볼만하고 길이가 겨우 백 궁(弓)쯤 된다. 매번 채마밭을 돌고 남으면 지팡이를 끌고 그 위를 산보한다. 무성히 덮인 숲의 나무가 돌아보며 기뻐할만 하다. 사람의 성쇠는 백 년을 넘지 못하지만 이 나무의 수명은 헤아릴 수 없다. 이 마을은 옛날 김씨(金氏) 성의 사람들이 차지한 곳이었다고 들었다. 지금은 그 후손이 영락하여 뿔뿔이 흩어졌다. 오직 이 나무만이 정정하게 옛 모습을 변치 않고 온 마을에서 바라다 보이는 전망이 되었다. 사람은 이 세상을 살면서 전할 만한 이름이 없으면 구름 안개처럼 사라지니 도리어 나무가 장수할 수 있는 것만 못하다. 옛날 백성을 위해 사당을 세울 적에 반드시 그 토지에 적당한 나무 이름으로 지었던 것이 어찌 이 때문이 아니겠는가?

이에 언덕을 '춘목원(春木園)'이라 이름 하니, 춘목이란 참죽나무이다. 그 농막을 '금장(琴庄)'이라 이름 하니, 참죽나무의 재목이 금(琴)에 적당하기 때문이다. 그렇다고 하더라도 나는 산의 나무가 재목이

되지 않아야 장수한다고 들었다. 지금 이 나무는 재목이면서도 장수할
수 있으니 어찌 고금의 마땅함과는 다른가? 즉, 그것이 처한 바가 제대
로 된 땅을 얻어서 사람들에게 아낌과 사랑을 받기 때문이다.

창려(昌黎 한유)의 시에,

때에 맞게 제자리를 얻어야 하지	適時各得所
송백이라 귀한 것은 분명 아니네[491]	松柏不必貴

라고 하였다. 이 나무 같은 경우가 때에 맞게 제 자리를 얻었다 이를
만하다. 그러나 내가 세상 사람이 아낄 줄 알아도 그 이름을 모르는
것을 애석하게 여겨 그런대로 내 동산에 이름을 붙여서 기록하노라.

---

491 때에……아니네 : 《창려선생집(昌黎先生集)》 권1 〈추회시(秋懷詩)〉에 보인다.

금장기

琴庄記

신묘년(1891, 고종28) 가을 나는 영탑사(靈塔寺)의 승방에서 화정(花井)의 춘목원(春木園)으로 거처를 옮겼다. 당 앞에 거대한 참죽나무 네댓 그루가 있었는데, 높이가 하늘을 찌를 듯 했다. 재목이 거문고를 만들 만하여, 거처하는 방의 이름을 '금장(琴庄)'이라 하였다.

어떤 손님이 거문고를 품고 문을 두드리고 말했다.

"그대에게 좋은 거문고 재목이 있다 들었습니다. 어찌 잘라 다듬어서 줄을 얹지 않으시고, 한갓 농막에 이름이나 붙이십니까?"

내가 말했다.

"손님은 정말로 거문고를 좋아하시는구려. 그러나 거문고 가운데 있는 흥취는 알지 못하십니다. 바로 다듬어서 천진(天眞)을 잃게 하여 그 손가락 끝의 빠르고 느린 소리를 구하고자 하니 또한 힘들지 않습니까? 〈악기(樂記)〉에 '악의 융성함은 음을 지극히 함이 아니다.'[492]라고 하였습니다. 그러므로 큰 음악은 소리가 없고 큰 예는 절목이 없고 큰 국은 간을 하지 않고 큰 규옥(圭玉)은 다듬지 않습니다. 만일 악의 근본을 알아 마음이 천지와 함께 조화를 이룰 수 있다면 산천, 초목, 조수의 소리가 모두 소호(韶濩)[493]가 될 수 있을 것이니 어찌 쟁쟁거리

---

492 악의……아니다 : 《예기》〈악기(樂記)〉에 "이 때문에 악의 융성함은 음을 지극히 함이 아니고, 음식 대접의 예는 맛을 지극히 함이 아니다.〔樂之隆 非極音也 食饗之禮 非致味也〕"라고 한 구절에서 인용한 것이다.

는 말단 기예를 기다리겠습니까? 그러므로 좌사(左思)의 시에,

무엇하러 노래하며 휘파람 불랴   何事待嘯歌
떨기나무 스스로 슬피 읊는 걸[494]   灌木自悲吟

이라고 하였습니다. 떨기나무의 읊조림이 오히려 휘파람 불며 노래
하는 것을 당해낼 수 있으니 더욱이 거문고 재료이겠습니까?

참죽나무가 동산에 있는 것은 박옥이 산에 있는 것과 같습니다. 박옥
은 조탁(彫琢)을 더하지 않아도 옥의 결이 그 가운데 있습니다. 참죽나
무를 재단하고 꾸미지 않아도 거문고의 흥취가 그 가운데 있습니다.
지금 동산에 있는 참죽나무가 거문고가 아니라 한다면 산에 있는 박옥
역시 옥이 아니라 할 수 있겠습니까?

이로써 말한다면 저 빽빽하게 앞에 벌려져 있는 것이 모두 제 거문고
입니다. 나는 이에 푸른 언덕을 거문고통〔架〕으로 삼고 큰 소나무를
기러기발〔軫〕로 삼고 기이한 바위를 부들〔徽〕로 삼고 늙은 매화나무를
괘(卦)[495]로 삼고 흐르는 물을 현(絃)으로 삼고 맑은 바람을 술대로
삼습니다. 뇌우가 치는 것과, 서리와 눈이 닿는 것과, 온갖 자연의 구멍
에서 부딪치는 것이 쏴쏴 씽씽, 우르르 꽝꽝 소리를 냅니다. 맑게 궁음

---

493 소호(韶護) : 아악을 가리킨다. 소(韶)는 순(舜) 임금의 악이고 호(護)는 은나라
탕왕의 악이다.

494 무엇하러……걸 : 《문선(文選)》 권22 〈초은(招隱)〉에 보인다.

495 괘(卦) : 거문고 위에 사각형으로 세워서 있는 것으로 총 16개가 있으며 괘가
작은 쪽일수록 높은 소리가 나고 큰 쪽일수록 낮은 소리가 난다.

(宮音)과 상음(商音)이 일어나고 우렁차게 치음(徵音)과 우음(羽音)
이 울려 네 계절의 변화에 따라 빠르기와 맑기가 모두 자연의 절조에
합치합니다. 사람으로 하여금 듣고서 윤리를 논하는 데 걱정이 없게
하고 즐겁고 상쾌하게 만드니 나라를 떠난 근심을 잊을 만하고 우울한
병을 없앨 만하여 내가 매우 즐겁습니다. 그렇기 때문에 내 농막에 이름
을 지은 것입니다. 그대의 거문고는 어떠한지 듣고 싶습니다. 내 거문
고와 합주할 만한 것입니까?"

손님이 빙그레 웃고는 거문고를 품고 떠났다.

자유당기
自有堂記

진도(珍島)는 우리나라 남쪽에 있다. 매년 춘분과 추분에만 노인성이 병정(丙丁)의 방향[496]에 보이는데, 그 크기가 달만하다. 민간에 전하기를, 이 별이 비추는 곳은 장수하는 사람이 많기 때문에 수성(壽星)이라 부른다고 한다.

내 벗인 정무정(鄭茂亭)[497] 학사가 이 섬에 귀양 가 있으면서 기둥 네 개를 세워 서재를 지었다. 집이 완성되자 수성이 마침 보였기 때문에 이름을 '자유당(自有堂)'이라 하였다. 소릉(少陵 두보)의 시 "남극노인 스스로 별을 지녔네.〔南極老人自有星〕"[498]라는 시어에서 따온 것이다. 군(郡) 내 명사들과 술을 마시면서 낙성식을 하고 편지를 보내 내게 기(記)를 지으라고 하였다.

내가 바야흐로 《맹자》의 〈진심(盡心)〉편을 읽다가 글을 지으며 탄식하였다.

"기(記)가 여기에 있구나. 사람 마음이 장수하고 싶어 하지 않음이 없으나 구하는 것이 오직 단약을 복용하는 것과 복을 비는 것에 있을 뿐이다. 내게 저절로 타고난 수명이 있어서 밖에서 구할 수 있는 것이

---

496 병정(丙丁)의 방향 : 오행상 화(火)에 해당하는 남쪽을 가리킨다.

497 정무정(鄭茂亭) : 정만조(鄭萬朝, 1858~1936)이다. 81쪽 주 175 참조.

498 남극노인……지녔네 : 《전당시(全唐詩)》 권231 〈담산인은거(覃山人隱居)〉에 보인다.

아님을 알지 못한다. 몸을 죽이는 것 가운데 함부로 부리는 욕심만큼 심한 것이 없으나 마음을 보존하고 성(性)을 기르면 인욕이 물러나 순종한다. 정을 상하게 하는 것 가운데 근심과 두려움보다 더한 것이 없으나 수명의 장단을 의심하지 않으면 천군(天君 마음)이 태연하다. 무너지려는 담장 아래 서지 않으면 압사하거나 익사할 염려가 없다. 형벌 받을 죄를 범하지 않으면 형틀에 갇힐 근심이 없다. 만일 이처럼 할 수 있다면 항해(沆瀣 신선의 음료)를 마시고 화조(火棗 신선의 과일)를 먹지 않아도 장부(腸腑)가 조화를 이루어 조두(朝斗 북두칠원성군에게 절하는 것), 보강(步罡 도사가 별에 절하고 신령을 부르고 보내는 동작), 사조(祠竈 부엌신 제사), 각로(却老 양생술)의 방술에 기대지 않아도 신명(神明)이 집을 지키리니 어찌 타고난 수명을 다하지 않음이 있으리오.

굽어보나 우러러보나 부끄러움이 없고 편안하게 자득하면 하루라도 백 년의 즐거움이 있다. 비록 형체가 한 때를 살아도 명성이 무궁하게 드리우면, 이것 역시 크게 장수하는 것이다. 어찌 산택의 파리한 은자가 일월의 정화를 캐고 천지의 원기를 훔쳐 구차하게 수명을 늘리는 것에 비하랴. 내가 세속에 전하는 〈노인성도(老人星圖)〉를 본 적이 있는데 모두 노쇠하고 병든 모습을 그렸으니 그림 그린 자의 뜻이 명백하다. 이는 스스로 늙음을 구제할 수 없다는 것이니 어찌 사람을 장수하게 하겠는가? 그 망령됨이 참으로 가소롭다.

고려(高麗) 왕조 때 노인성이 나타났을 때 번다한 의식을 거행하면 크게 하사하는 것으로 응답할 것이라는 잘못된 말이 돌았다. 국내의 주(州)·현(縣)을 두루 다니며 모두 사당을 세우고 푸닥거리를 했으니, 그 구함이 간절했다 할 만하다. 그러나 정치는 황폐하고 백성은 흩어지고 재앙과 난리가 연이어 찾아오는 것은 노인성 역시 어쩔 수 없었다. 푸닥거리를 한들 무슨 보탬이 되었겠는가. 이는 모두 자기 몸 안에 저절로 수성이 있음을 알지 못하고 밖에서 구한 자의 병통인 것이다. 그러므로 '만물이 모두 내게 갖추어 있으니 자신을 돌이켜 참되면 즐거움이 이보다 큰 것이 없다.'[499]라고 하였다.

나는 이 별이 하늘 끝에 있는 것이 아니라 무정의 몸 한가운데 있음을 아니 어찌 이 별만이 그렇겠는가. 무정은 여러 책을 널리 통하였고 영화(英華)를 쌓아두었다. 이는 하늘 가득한 별이 그 가슴 안에 있어서 감도는 광채가 반사되어 비추는 것이니, 이루 다할 수 없는 즐거움을 지닌 자이다. 이것이 스스로 지닌 까닭이니, 저 반짝반짝 빛나는 것이 남과 무슨 상관이랴. 이에 〈자유당기(自有堂記)〉를 짓노라."

---

499 만물이…… 없다 : 《맹자》〈진심 상(盡心上)〉에 "만물이 모두 내게 갖추어 있으니 자신을 돌이켜 참되면 즐거움이 이보다 큰 것이 없다.〔萬物皆備於我 反身而誠 樂莫大焉〕"라고 한 맹자의 말을 인용한 것이다.

소당기

紹堂記

이 아래는 둔곡(芚谷)에 있을 때 지었다.

소당(紹堂)이란 무엇인가? 인군 동식(印君東植)의 자호이다. 그가 잇는 이는 누구인가? 군의 선조 초당공(草堂公) 휘 모(某)이다. 초당 공은 어떤 사람인가? 옛 현인이다. 공은 고려 공민왕(恭愍王) 때 한 림(翰林)의 관직에 있으면서 대각(臺閣)의 훌륭한 명망이 있었다. 세 상 일이 점점 그릇되는 것을 보고 하루아침에 관직을 버리고 떠나 고 양(高陽) 행주(幸州)에 은거하여 초당을 짓고 살았다. 그곳에서 시를 읊조리며 세상일은 묻지 않은 채 생애를 마쳤다.

　누군가 물었다.

　"나라가 위태롭건만 부지하지 않았으니 인(仁)이라 이를 만한가? 제 몸만을 깨끗이 하기 위해 홀로 떠났으니 충(忠)이라 이를 만한가?"

　내가 답했다.

　"공이 계실 때 고려는 흠이 없는 금단지 같아서 위급하여 흥망이 조석 간에 달린 상황은 아니었으나 대세는 훌륭한 일을 할 만한 상황이 아니었다. 이는 현인, 군자가 기미를 보고 은거할 때이니 이 시기를 지나면 진실로 의미가 없다. 공이 떠난 후 20여 년 간 고려 종사는 다 멸망에 이르렀고 그사이 세상일이 날마다 변했다. 이미 임(林)ㆍ염 (廉)의 간신들[500]과 권력을 다투지 않았고 또 척(惕)ㆍ포(圃)의 현인

500　임(林)ㆍ염(廉)의 간신들 : 고려의 권신 임견미(林堅味, ?~1388)와 염흥방(廉

들⁵⁰¹과 명성을 다투지 않은 채, 초연하게 시비(是非)의 밖에 홀로 서있어, 후대에 앞 시대 사람을 논하는 자로 하여금 막연하여 따질 상황을 없게 만들었다. 이것이 공에게 미치기 어려운 점이다."

"인군은 지금 성명(聖明)의 시대에 있으나 지위는 낮고 명성은 보잘 것없고 관직도 파직 당했다. 그리고 바야흐로 글 써주는 일로 생계를 삼고 있으니 훌륭한 선조를 잇는다는 의의가 어디에 있는가?"

"처지가 비록 달라도 그 뜻은 같다. 비록 글 써주는 일로 살아가지만 어깨와 목을 움츠려 아첨하고 꼬리를 흔들며 애걸하여 구구하게 몇 되 몇 말의 녹봉을 꾀하기를 원치 않는다. 이것이 인군이 그 조상을 잘 이은 까닭이다."

興邦, ?~1388)을 가리킨다. 둘은 사돈간으로 결탁하여 문신을 몰아내고 매관매직하며 양민을 괴롭히는 등 전횡을 일삼다가 최영, 이성계 무리에게 처형당했다.《高麗史 卷 126 列傳39 姦臣2》

501 척(惕)·포(圃)의 현인들 : 고려 명신 척약재(惕若齋) 김구용(金九容, 1338~1384)과 포은(圃隱) 정몽주(鄭夢周, 1337~1392)를 가리킨다.

구안실기 임인년(1902, 광무6)

苟安室記 壬寅

황매천(黃梅泉)[502] 군은 박학하고 문장을 잘한다. 젊을 때 한양에서 노닐었는데, 명성이 매우 자자하였다. 이윽고 진사가 되었으나 관직 구하는 일을 달가워하지 않고 돌아가 구례(求禮) 백운산(白雲山) 아래 은거하였다. 골짜기 경치 좋은 곳을 골라 몇 칸 집을 짓고 처마에 '구안(苟安)'이라 써서 편액을 달았다. 도서를 좌우에 두고 즐기면서 근심을 잊었고 밤낮으로 그 가운데에서 글 읽고 시를 노래하며, 이렇게 늙어 죽으려 했다.

나는 오랫동안 이름을 들어왔으나 경개(傾蓋)의 교분[503]이 없음이 한스러웠다. 임인년(1902, 광무6) 가을 지팡이 짚고 서쪽으로 유람을 떠나, 지도(智島)의 복사(鵩舍)[504]로 나를 방문하였다. 제자 서너 사람이 따라왔다. 문을 두드리는 소리에 맞이하니 옛 지기를 만난 듯 기뻤

---

502 황매천(黃梅泉) : 황현(黃玹, 1855~1910)으로, 본관은 장수(長水), 자는 운경(雲卿), 호는 매천(梅泉)이다. 1910년 일제에 의해 국권피탈이 되자 국치(國恥)를 통분하며 절명시(絶命詩) 4편을 남기고 음독 순국하였다.

503 경개(傾蓋)의 교분 : 우연히 만나 마음을 터놓고 사귀는 것을 가리킨다. 경개(傾蓋)란 수레 위의 일산을 함께 쓴다는 뜻으로 공자(孔子)가 담(郯)으로 가다가 우연히 정자(程子)와 처음 만났는데도 친한 친구처럼 일산을 기울여가며 해가 질 때까지 얘기하였다는 고사에서 유래하였다. 《孔子家語 致思》

504 복사(鵩舍) : 한 문제(漢文帝) 때 태중대부(太中大夫) 가의(賈誼)가 장사왕 태부(長沙王太傅)로 좌천되어 있을 때 흉조로 알려진 올빼미가 가의의 집으로 날아들어왔다는 데서 나온 것으로, 귀양살이하는 집을 뜻한다. 《文選 卷13 鵩鳥賦》

다. 손뼉을 치며 고금의 득실과 성현의 출처를 논하고 흘러흘러 시와 그림을 품평하기에 이르렀다. 이들을 묶으면서 토론하였는데, 촛불이 여러 차례 다 타버렸다. 나도 모르는 사이 상쾌하게 자신을 잊었으니 봉고(奉高)가 숙도(叔度)를 만난 듯했다.[505]

작별에 즈음하여 내게 실기(室記)를 청했다.

"제가 돌아가서 제 집에 누울 텐데 우러러 벽 위의 글을 보는 것으로 촛불 심지 잘라가며 대화하던 일을 대신할까 합니다."

내가 말했다.

"비록 그대의 말이 아니더라도 나는 슬며시 청이 있기를 바랐습니다. 전에 이르기를 '군자는 먹음에 배부름을 구하지 않고 거처함에 편안함을 구하지 않는다.'[506]라 하였습니다. 도간(陶侃)은 아침저녁으로 벽돌을 옮김[507]으로써 고생을 익혔습니다. 사지를 안일하게 하여 심지를

---

505 봉고(奉高)가……듯했다 : 봉고는 원랑(袁閬)의 자이고 숙도(叔度)는 황헌(黃憲)의 자로 서로 절친한 친구사이였다. 명사 곽태(郭泰)가 원랑을 방문해서는 곧 떠나고 황헌을 방문해서는 여러 날 묵었다. 사람들이 그 이유를 물어보자 "봉고의 기량은 물에 비유하면 비록 맑아도 쉽게 뜰 수 있으나 숙도는 만 이랑 파도가 일렁거려 맑게 해도 맑아지지 않고 흔들어도 탁해지지 않으니 그 기량이 깊고 넓어 헤아리기 어렵다."라고 평가하였다. 《後漢書 卷53 周黃徐姜申屠列傳》

506 군자는……않는다 :《논어》〈학이(學而)〉에 나오는 "군자는 먹음에 배부름을 구하지 않고 거처함에 편안함을 구하지 않는다.〔君子食無求飽 居無求安〕"라고 한 공자의 말을 인용한 것이다.

507 도간(陶侃)은……옮김 : 도간(陶侃, 257~332)은 중국 진(晉)나라 때의 무장으로 통군(統軍) 40여 년 동안 많은 공을 세웠다. 일이 없을 때 아침이면 백 개의 벽돌을 집 안으로 옮기고 저녁에는 집 밖으로 옮겼다. 사람들이 그 까닭을 물으니 '내가 바야흐로 중원에 힘을 다하려 하는데 지나치게 편하면 일을 감당하지 못할까 걱정이다.'라고 하였다고 한다. 《晉書 卷66 陶侃列傳》

비뚤어지고 나태하게 하는 것은 구차하게 편안함을 구하는 천한 장부가 하는 짓입니다. 지금 그대는 기이하고 빼어난 재주를 지니고 있으나 나이가 미처 쉰이 되지 않았는데 진사에 합격한 것에 안주하여 마음을 함부로 풀어놓고 자연 속에서 만족하며 구차히 자기 몸을 편안히 하면서 남들과 근심을 함께 하지 않으니 고인이 고생을 무릅쓰고 열심히 애쓰던 뜻과 거리가 멀지 않습니까?"

매천이 껄껄 웃으며 말했다.

"그대가 말한 것이 바로 제가 옛날 추구하던 세속의 일입니다. 지금 나는 그렇지 않습니다. 부자께서 '부귀를 구할 수 있는 것이라면 비록 채찍 잡는 마부라도 내가 역시 할 것이지만 구해서 될 것이 아니라면 내가 좋아하는 것을 따르겠다.'[508]라고 하신 적이 있습니다. 그 좋아하는 것이란 이른바 거친 밥 먹고 물을 마시며 팔뚝을 구부려 베고 자는 것[509]이 아니겠습니까? 내가 반복해 생각해 본 적이 있습니다만 부귀라는 것이 이미 구차하게 도모해서는 안 되는 것이니, 빈천 역시 구차하게 면해서는 안 됩니다. 구차하게 얻어도 걱정이 없는 것은 오직 저 한 구역 자연 속에 몇 칸 초가집 짓고 책상 위에 몇 권 책 놓고, 창가에 탁주 한 동이 두고, 나무 등걸 화로 끌어안은 채 토원책(兎園冊)[510]을

---

508 부귀를……따르겠다 : 《논어》〈술이(述而)〉에 "부귀를 구할 수 있는 것이라면 비록 채찍 잡는 마부라도 내가 역시 할 것이지만 구해서 될 것이 아니라면 내가 좋아하는 것을 따르겠다.〔富而可求也 雖執鞭之士 吾亦爲之 如不可求 從吾所好〕"라고 한 공자의 말에서 인용한 것이다.

509 거친 밥……자는 것 : 《논어》〈술이(述而)〉에 "거친 밥 먹고 물을 마시며 팔베개 하고 자도 즐거움이 그 가운데 있으니 불의하면서 부귀한 것은 내게 뜬구름 같다.〔飯疏食飮水 曲肱而枕之 樂亦在其中矣 不義而富且貴 於我如浮雲〕"라고 한 공자의 말을 가리킨다.

강설하고, 농부와 촌 늙은이와 어울려 농사와 누에치기, 대추나무 밤나무에 대해 함께 얘기하는 것뿐입니다. 이로써 일생을 보내면 구차하기는 구차하지만 마음에 매우 편안합니다. 만일 구차하지 않으려 한다면 분명히 매우 불안한 것이 있을 것입니다. 그대는 한 번 살펴보십시오. 창해(滄海)가 넘쳐흘러 사방을 돌아봐도 막막하니 내가 어디에서 제 몸을 편안히 하겠습니까?"

마침내 상산사호(商山四皓)의 〈자지가(紫芝歌)〉[511]를 다음과 같이 읊었다.

네 필 말 높은 수레   駟馬高蓋

그 근심은 매우 크네   其憂甚大

부귀하면서 남에게 굽신대는 것이   富貴之畏人

빈천하면서 내 맘대로 사는 것보다 못하네   不如貧賤之肆志

노래가 끝나자 나에게 돌이켜 화답하게 했다. 나는 탄식하여 말했다.

"안타깝다. 내가 일찍 그대의 말을 듣지 못했구나. 내가 어떻게 하면 수레에 기름칠 하고 말을 먹여 따라갈 수 있으랴."

마침내 기(記)를 지어 보내노라.

---

510 토원책(兎園冊) : 향교의 시골 유자가 농부나 목동에게 외우도록 가르칠 때 쓰는 교재이다. 《新五代史 卷55 劉岳傳》

511 상산사호(商山四皓)의 자지가(紫芝歌) : 진(秦) 말기에 동원공(東園公), 기리계(綺里季), 하황공(夏黃公), 녹리선생(甪里先生) 등 네 노인이 폭정을 피해 상산(商山)에 들어가서 은거하였다. 이때 그들이 지어 불렀다는 노래이다. 《樂府詩集 卷58 琴曲歌辭》

만회당기 갑진년(1904, 광무8)

萬悔堂記 甲辰

도헌(道軒) 선생[512]이 당의 이름을 '만회(萬悔 만 가지 뉘우침)'라고 하고 나에게 편지를 보냈다.

"요사이 내가 잠은 적고 생각이 많네. 평생을 점검해보니 일마다 뒤늦은 뉘우침일세. '만회'라고 당에 현판을 걸어놓고 만년 식경보비(息黥補劓)[513]의 자료로 삼으려 하네. 그대가 나를 위해 기(記)를 써주게."

내가 편지를 받고 탄식하였다.

"선생은 이 시대 덕행이 완벽한 사람이다. 선생이 뉘우치면 누군들 뉘우침이 없으랴. 지금 조정의 원로와 산림(山林)의 덕망 있는 분 가운데 선생보다 나은 사람이 없다. 평온하고 고요하게 스스로를 지키고 땅을 가려 밟으셨으며, 나아가되 명예를 구하지 않고 물러나되 번민을 이루지 않는다. 집에 거처하면 규문에 있어도 조정에 있는 것 같았고

512　도헌(道軒) 선생 : 이대직(李大稙, 1822~1915)으로, 본관은 한산(韓山), 초명은 석로(奭老), 자는 공우(公右), 호는 도헌(道軒), 만회당(萬悔堂)이다. 1883년 별시 문과에 급제하였고 벼슬이 대사간, 공조 참의, 호조 참의에 이르렀다. 정국이 혼란해지자 낙향해 시문을 즐기며 지냈다.

513　식경보비(息黥補劓) : 그동안의 잘못을 반성하고 앞으로 새롭게 되는 것을 말한다. 《장자》〈대종사(大宗師)〉의 "조물자가 내 이마에 가해진 묵형(墨刑)의 흔적을 없애 주고 나의 베어진 코를 보완해 주어 완전한 인간의 몸으로 선생의 뒤를 따르게 해 주지 않을 줄 어떻게 알겠는가.〔庸詎知夫造物者之不息我黥而補我劓 使我乘成以隨先生耶〕"라는 말에서 나온 것이다.

세상에 처하면 갓과 면류관을 쓰고 있어도 소허(巢許)[514]같았다. 손가
락으로 꼽을 만한 흠잡을 거리가 없는데 회한이 어디로부터 생겨나는
가? 옛날 목공(穆公)의 뉘우침은 《진서(秦誓)》에 드러났고[515] 한 무제
(漢武帝)의 뉘우침은 노래에 나타났다.[516] 심원(深源)의 뉘우침은 허공
에 '돌돌괴사(咄咄怪事)'라 쓰는 것이었고[517] 전(田)씨의 뉘우침은 육주
(六州)의 주착(鑄錯)[518]이었다. 중국의 후방역(侯方域)[519]은 젊을 때 호

---

514 소허(巢許) : 요(堯) 임금 때 은자인 소보(巢父)와 허유(許由)를 가리킨다. 요
임금이 허유를 구주장(九州長)으로 삼으려 하자 더러운 말을 들었다며 영수(潁水)에서
귀를 씻었고, 소보는 그 물도 더럽다며 소를 몰고 다른 곳으로 갔다고 한다. 《史記
卷61 伯夷列傳》

515 목공(穆公)의……드러났고 : 노나라 희공 33년, 진 목공은 명신 백리해 등이 간
언하는데도 정나라를 치도록 군대를 파견하였다. 결국 효산(崤山)에 매복해 있던 진
(晉)나라 군대의 급격으로 대패하였다. 군대를 이끌고 돌아오면서 진 목공이 뉘우치면
서 다짐하는 문장을 지었는데, 그것이 《진서(秦誓)》이다. 《禮記正義 卷5 曲禮下》

516 한 무제(漢武帝)의……나타났다 : 한 무제(漢武帝)가 만년에 자신의 과오를 후
회하고 《죄기조(罪己詔)》를 신하들에게 내려 자신의 죄를 인정하고 새롭게 변한 일을
가리킨다. 《漢書 卷96 西域傳》

517 심원(深源)의……것이었고 : 진나라 은호(殷浩)가 조정에서 쫓겨난 뒤 종일 허
공에 글자를 쓰고 있었다. 사람들이 그것을 추적해 보니 "쯧쯧 괴이한 일이야.[咄咄怪
事]"라는 글자였다고 한다. 심원(深源)은 은호의 자이다. 《晉書 卷77 殷浩傳》

518 전(田)씨의……주착(鑄錯) : 주착은 주성대착(鑄成大錯)의 준말로, 큰 잘못을
함을 이른다. 당 대종(唐代宗) 때 전승사(田承嗣)가 위박절도사(魏博節度使)가 되어
아군(牙軍)이라 불리는 호위대를 조직하여 후하게 대우했다. 2백 년 후 당말 나소위(羅
紹威)가 절도사가 되었을 때 아군의 세력이 지나치게 커서 민폐를 끼치고 난을 일으켜
선임 절도사 수 명을 죽이기까지 했다. 나소위는 당시 가장 강대했던 선무절도사(宣武
節度使) 주온(朱溫)에게 구원을 요청해 7만의 인마를 위박해 파견해 왔다. 이들이 2년
만에 아군의 세력을 완전히 제압하였으나 나소위는 이들을 먹이고 전송하느라 많은
재물을 탕진했고 위박의 세력이 이로부터 쇠약해졌다. 나소위가 후회하여 "위박 6주

방하게 노닐며 얽매이지 않았으나 만년에 뉘우쳐 자호를 '장회당(壯悔堂)'이라 하였다. 저 몇 사람은 모두 뉘우침을 취한 방도가 있었다. 선생에게는 이것이 없다. 선생의 뉘우침은 거의 거백옥(蘧伯玉)의 49년 잘못[520]일 것이다. 거백옥에게 어찌 참으로 잘못이 있겠는가? 반드시 한 가지 생각의 작은 차이, 한 가지 일의 잘못이 있으면 맹렬하게 반성하고 깨달아 멀리 가지 않고 돌아왔다. 이것은 정밀하게 살펴서 힘써 행하는 군자가 아니면 할 수 없다. 허물을 적게 하려 했으나 할 수 없었다는 그의 말을 살펴보면 그가 이미 허물없는 경지에 서 있음을 알 만하다. 뉘우칠 줄 모르면 잘못을 모르고 잘못을 모르면 자족하는 마음이 그냥 생겨난다. 자족하는 마음이 생겨나면 뉘우치고 한탄함이 이어서 따른다. 그러므로 옛 군자는 덕을 쌓고 학업을 닦으며 착실히 해서 게을리 하지 않았다. 이미 할 수 있다고 스스로 만족하지 않았고 이미 늙었다고 스스로를 용서하지 않았다. 이것이 위무공(衛武公)의 〈억계(抑戒)〉시[521]가 지어진 까닭이다. 지금 선생 춘추가 여든셋이건

43현의 철을 거두어 모아들여 주조해도 이런 줄칼은 만들지 못하리라."라고 하였다. 줄칼[錯]은 잘못이라는 뜻도 있으므로, 큰 잘못을 저질렀다는 말을 중의적으로 한 것이다. 《資治通鑑 昭宗3年》

519 후방역(侯方域) : 1618~1654. 방이지(方以智) 등과 함께 '사공자(四公子)'라 불렸던 중국 명말, 청초의 문학자이다. 남경 문학결사 '복사(復社)'에 소속되었고, 산문(散文)은 화려하고 간결했다. 청초에는 '고문삼대가(古文三大家)'로 일컬어졌다.

520 거백옥(蘧伯玉)의 49년 잘못 : 위(衛)의 현대부 거백옥(蘧伯玉)은 공자(孔子)가 훌륭한 사신이라고 찬탄한 인물이었으나 쉰 살이 되어 지난 49년간의 잘못을 깨달았다고 말했다고 한다. 《淮南子 原道訓》

521 억계(抑戒) 시 : 《시경》의 〈억(抑)〉시를 가리킨다. 춘추 시대 위 무공(衛武公)이 95세가 되었을 때, 신하들에게 "내가 늙었다고 하여 버리지 말고 반드시 조정에서

만 여전히 만 가지 후회로 스스로 경계한다. 뉘우침이 없는 경지에
서 고자 부지런히 힘써 늙음이 앞으로 이르려는 것을 모르는가 보다.
마침내 이를 써서 공경히 답하노라."

공손히 하면서 아침저녁으로 나를 경계하라." 하고는 이 시를 지어 자신의 경계로 삼았
다고 한다.

목포달재향숙기 을사년(1905, 광무9)
木浦達才鄕塾記 乙巳

학문의 공효는 기질을 변화시킴을 귀하게 여긴다. 기질의 변화는 지식을 열어 넓히는 데 달려있고 지식의 열림은 학교의 교육에 달렸다. 지금 오대주(五大州)의 만국인은 성정과 기질이 저마다 다르다. 그러나 한 번 교육을 거치면 사람마다 모두 애국심을 갖추고 사상의 지혜를 발현하며 독립의 뜻을 품고 자유의 기운을 함유한다. 옛날 야만스럽고 궁벽한 고장이 다 변화하여 문명의 구역이 되고, 처음에 남에게 제어 당하던 나라는 마침내 그 구속을 벗어나 열국(列國) 가운데 나란히 선다. 학문의 공효가 아니라면 이리 할 수 있겠는가. 비유하자면, 단단하고 잡스러운 쇠가 한 번 용광로 불길의 단련을 거치면 모두 좋은 쇠가 되고, 병과 접시와 비녀와 팔찌를 녹여서 하나의 빛깔이 되면 기질의 좋고 나쁨을 물을 필요가 없는 것과 같다. 그러므로 시대에는 지금과 옛날이 없고 지역에는 동양과 서양이 없고 나라에는 크고 작음이 없고 사람에게는 강하고 약함이 없으니, 오직 학교의 성쇠를 보아 우열을 평가할 뿐이다. 이것이 오늘날 만국의 학무(學務)가 날마다 성대하게 상승하는 까닭이다.

목포(木浦)는 개항한 지 이미 십 년이 지났으나 인민의 지식이 미개하여 여전히 혼돈스러운 초창기 때와 같았다. 항상 외지인에게 비웃음과 모욕을 당하며 둔근(鈍根 어리석은 사람)이라 불렸다. 아아! 어찌 진짜 둔근이겠는가.

전(前) 주사(主事) 홍순필(洪淳弼) 군은 뜻이 있는 선비이다. 항상 다음과 같이 탄식하였다.

"우리나라 학정(學政)은 유명무실하여, 선비라는 자의 문견이 고인의 찌꺼기를 벗어나지 못한다. 농공상업의 경우에는 모두 다 개발한 신지식이 없고, 구습을 그대로 따라 날마다 빈궁해진다. 이로써 무역하는 항구 지역에 살고 있으니 어찌 남의 종이 되는 것을 면할 수 있으랴."

마침내 동지 여러 사람들과 의논해서 학교를 세우고 집 뒤 빈 땅에 숙사(塾舍)를 건축했다. 마을 안 자제들을 불러 모으고 좋은 선생을 끌어와 가르쳤으니 매우 성대한 거사였다. 준공이 될 때쯤 사람을 시켜 내게 기(記)를 청하고 또 학교의 이름에 관해 물었다.

내가 말했다.

"옛날 추성(鄒聖)께서 사람을 가르치는 군자의 방법을 논할 적에 재주를 통달하게 하라는 가르침이 있었습니다.[522] 재주라는 것은 사람이 하늘로부터 똑같이 얻은 것입니다. 만일 통달할 수 있다면 비록 어리석은 사람일지라도 반드시 현명해지고 비록 유약한 사람일지라도 반드시 강해질 것입니다. 만일 통달하지 못한다면 어리석은 사람, 유약한 사람이 될 것입니다. 통달하게 하는 방법은 다른 것이 아니라 학문에 있을 따름입니다. 청컨대, '달재(達才)'로 숙사의 이름을 지으면 어떻겠습니까? 그리고 사람이 학문을 전공하는 것은 농사의 공효와 마찬가지입니다. 갈지 않고 씨 뿌리지 않으면 밭두둑을 버리는 것입니다. 김매고 북돋우는 데 힘을 쓰지 않으면 추수를 바라지 못합니다. 밭

---

522 옛날……있었습니다 : 《맹자》〈진심 상(盡心上)〉에 보이는 군자가 가르치는 다섯 가지 방식〔君子之所以敎者五〕 중의 하나이다. 추성(鄒聖)은 맹자를 가리키는 칭호로, 그가 추나라 출신이기 때문에 이른 말이다.

갈지 않고 씨 뿌리지 않는 것은 부형의 잘못이고, 김매고 북돋우는 데 힘쓰지 않는 것은 자제의 잘못입니다. 원컨대 제군은 논밭이 메마르고 자갈투성이라 걱정하지 마십시오. 날마다 부지런히 북돋우면 척박한 땅이 변해 비옥한 땅이 될 것입니다. 훗날 수확하면 반드시 곳간 삼백 개를 채울 벼를 얻을 것입니다. 힘쓰지 않아서야 되겠습니까?"

풍화설월루기 정미년(1907, 융희1)

風花雪月樓記 丁未

이 아래로는 조정에 돌아온 후 지었다.

내 친구 박평재(朴平齋)[523] 참정(參政)은 일을 그만두고 한가로이 산다. 북산(北山) 아래 집을 짓고 당(堂)의 전면에 '풍화설월루(風花雪月樓)'라 썼으니, 소요부(邵堯夫 소옹(邵雍))의 《격양집(擊壤集)》 가운데 나오는 구절에서 취한 것이리라.[524] 소요부는 역학(易學)에 깊었고 선후천(先後天)[525]의 이치에 밝았다. 꽃은 바람을 따라 피었다가 바람 따라 지니 유행(流行)의 한 가지 기운이다. 눈은 달을 얻어

---

523 박평재(朴平齋) : 박제순(朴齊純, 1858~1916)으로, 본관은 반남(潘南)이고, 호는 평재(平齋)이다. 조·청통상조약, 조·비수호통상조약, 조·백수호통상조약을 각각 체결했고 을사조약에 조인, 을사5적신(賊臣)의 한 사람으로 규탄 받았다. 국권피탈조약에 서명하여 일본 정부로부터 자작의 작위를 받았다.

524 격양집(擊壤集)…… 것이리라 : 소옹(邵雍)의 〈이천격양집서(伊川擊壤集序)〉에 "비록 생사와 영욕이 눈앞에 전전해도 흉중에 들어온 적이 없으니 사시 바람, 꽃, 눈, 달이 한 번 눈을 스치는 것과 무엇이 다르랴.〔雖死生榮辱 轉戰於前 曾未入於胸中 則何異四時風花雪月一過乎眼也〕"라는 구절이 나온다.

525 선후천(先後天) : 선천과 후천의 병칭이다. 《주역》〈건괘(乾卦)〉에, "대인(大人)이란 천지(天地)와 그 덕이 합치되며, 일월(日月)과 그 밝음이 합치되며, 사시(四時)와 그 질서가 합치되며, 귀신과 그 길흉이 합치되어 하늘보다 먼저 하여도 하늘을 어기지 않고 하늘보다 뒤에 하여도 천시(天時)를 받드나니, 하늘도 어기지 않는데 하물며 사람이나 귀신에게 있어서랴.〔夫大人者 與天地合其德 與日月合其明 與四時合其序 與鬼神合其吉凶 先天而天弗違 後天而奉天時 天且弗違 而況於人乎 況於鬼神乎〕"라는 구절이 나온다.

더욱 깨끗해지고 달은 눈을 얻어 더욱 밝아지니 대대(對待 상대)하여 서로 필요한 것이다. 유행과 대대의 의의가 갖추어진 연후에 사시(四時)의 공효가 이루어져 천지의 변화를 살필 만하다. 대대는 비록 정해진 위치가 있으나 천하가 변하지 않을 리가 없다. 만약 일마다 정해져 변하지 않는다면 천지가 아마도 거의 멈추게 될 것이다. 그러므로,

　도는 천지의 무형 밖으로 통하고　　　　　　　道通天地無形外

라고 하였으니 선천(先天)의 무극(無極)을 가리킨다.

　생각은 풍운이 변하는 자태 가운데 들어간다　思入風雲變態中

라고 하였으니 후천(後天)의 태극(太極)을 가리킨다.[526]

　부귀해도 지나치지 않고 빈천해도 즐거우니　　富貴不淫貧賤樂
　남아가 이에 이르면 영웅이로다[527]　　　　　　男兒到此是豪雄

는 군자의 도가 때에 따라 임의로 변하지만 그 가운데에는 항상 불변

526　도는……가리킨다 : 정호(程顥)의 〈추일우성(秋日偶成)〉 경련을 인용하여 말한 것이다. 원문은 "道通天地有形外 思入風雲變態中"이라고 하여 '무형'이 아니라 '유형'으로 되어 있다.
527　부귀해도……영웅이로다 : 《이천격양집(伊川擊壤集)》 권14 〈추일우성(秋日偶成)〉에 보인다.

하는 것이 존재함을 이른다.

평재는 수십 년 동안 애써 학업을 익혔고 만년에 삼공(三公)의 지위에 올라 세상의 변고를 일일이 겪었고 고생을 두루 맛보았다. 천도(天道)가 변하지 않아서는 안 되고 역시 변하지 않을 수 없는 것을 알아, 불변의 도를 항상 보존함으로써 만 가지 변화를 제어하여 변하지 않으면서 변하고 변하면서 변하지 않으면, 역(易)의 도가 이에 다하는 것이다. 풀어서 말하면 바람이다, 꽃이다, 눈이다, 달이다 하는 것이요, 대략 말하면 천리(天理)의 유행이다. 그러므로 군자는 사물에 추상적인 의미를 부여하고 변화를 즐겨 관찰하니 어찌 한갓 시를 읊을 자료와 음풍농월의 도구로 삼으리오. 평재가 이미 이것으로 자기 누각의 이름을 지었고 또 못난 내게 기를 써 달라 부탁하였다. 그러므로 이를 써서 대답하노라.

조호정기 기유년(1909, 융희3)

詔湖亭記 己酉

이부(吏部)의 구당(榘堂) 유공(兪公)[528]이 일본에서 돌아오자 황제께
서 그가 오랫동안 외국에서 나그네 생활을 한 것을 염려하여 특별히
노호(鷺湖 노량진) 가에 집을 하사하셨으니 옛날 행행(行幸)하실 때
쓰던 별관인 용양봉저정(龍驤鳳翥亭)[529]이라는 이름의 정자가 이것이
다. 구당은 임금의 특별한 은총에 감격하여 그 정당을 봉인하고 감히
거처하지 않았다. 그 집의 현판에 '조호정(詔湖亭)'이라 하였으니 하
지장(賀知章)의 감호(鑑湖) 고사[530]를 취한 것이리라.

　이 정자는 성곽을 등지고 십 리 떨어져 있어 가깝고 용호(龍湖)의
상류에서 평평한 들판을 굽어보고 있으며 삼남(三南)의 배와 수레가
모이는 곳이다. 산수(汕水)와 습수(濕水) 두 줄기가 합쳐져 열수(洌
水)가 되어 그 앞을 넘실넘실 흘러가니, 서울의 중요한 길목이 된다.
난간에 기대 조망하면 상쾌한 기운이 흉금에 꽉 찬다. 초목이며 운무

---

528 구당(榘堂) 유공(兪公) : 유길준(兪吉濬)을 가리킨다. 155쪽 주 351 참조.

529 용양봉저정(龍驤鳳翥亭) : 현재 서울 동작구 본동에 있는 누정이다. 1791년(정
조15) 정조(正祖)가 아버지 장조(莊祖)의 무덤인 수원 현륭원(顯隆園)으로 행차할 때
주정소(晝停所)로 썼던 정자이다.

530 하지장(賀知章)의 감호(鑑湖) 고사 : 당나라 개원(開元) 연간 비서감(秘書監)
하지장이 호수로 방생할 못을 삼기를 구하자 조서를 내려 감호(鑑湖) 섬계(剡溪) 한
구비를 하사했던 일을 가리킨다. 감호는 소흥 남쪽에 있는 호수로, 경호(鏡湖)라고도
하고 태호(太湖)라고도 불린다. 《新唐書 卷196 隱逸列傳 賀知章》

(雲霧)가 자욱이 깔려 있고 돛단배와 물새들이 오가는 풍경은 모두 사람의 마음과 눈을 기쁘게 해 머뭇거리며 돌아가길 잊게 할 만하다.

옛날 하지장이 당나라 황실이 어지러워질 줄 알고 관직을 그만두고 세력을 멀리하여 강호에서 방랑했으니 슬기롭게 몸을 보전한 사람이라 할 만하다. 구당은 그렇지 않다. 조국에 몸을 바쳐 백 번 꺾여도 굽히지 않았으며 궁달(窮達) 때문에 자기 지조를 변치 않았고 치란(治亂) 때문에 자기 뜻을 바꾸지 않았다. 백성의 뜻을 연합하고 세상의 교화를 만회하여 동양의 위태로운 형편을 부지하고자 맹서하였다. 그가 만난 바와 지취는 하지장과 전혀 같지 않다. 비록 강호의 누대가 있은들 어찌 홀로 즐길 수 있으랴. 비침(裨諶)은 옛날에 미래를 잘 헤아리던 자인데 들에서 헤아리면 들어맞았지만 읍에서 헤아리면 틀렸다고[531] 들은 적이 있다. 탁 트이고 환한 땅은 정신이 모이는 곳이라 도읍의 시끌벅적한 것에 비할 바가 아니다. 그러므로 국정을 잘 헤아릴 수 있었던 것이리라.

예전 성종 때 용산의 버려진 절에 독서당(讀書堂)을 세우고, 문학하는 선비를 잘 가려 뽑아 휴가를 주고 학업을 익히게 하였다. 이름을 '호당(湖堂)'이라 하였으니, 한 시대 명신이 그곳에서 많이 배출되었다. 이때 은택이 두루 흘러 조야(朝野)가 태평하였다. 선왕이 인재를 배양할 때는 반드시 산사(山寺)나 호숫가 정자에서 한 것 역시 이런 뜻이다.

---

531 비침(裨諶)은……틀렸다고 : 비침(裨諶)은 정(鄭)나라 대부이다. 자산(子産)이 정나라에서 제후의 일을 도모하려 할 때 비침과 들로 가서 되는지 안 되는지를 헤아리도록 했다고 한다. 《春秋左氏傳 襄公31年》

지금 호당이 없어진 지 이미 삼백여 년이 지났다. 구당이 특별히 하사받은 집이 마침 그 땅에 있다. 산천이 예전 그대로이고 풍경이 다르지 않아 깨끗하고 한산하여 먼지와 소음이 닿지 않는다. 여기에서 시무(時務)를 강구하고 영재를 육성하는 것은 고인이 들에서 국정을 헤아리던 방법과 매우 합치한다. 한가히 노닐며 함양하면 헤아려 맞추지 못할 것이 없으리니 유신(維新)의 업을 보좌할 만하고 태평의 기틀을 도울 만할 것이다. 성주(聖主)께서 호수를 하사한 뜻이 어찌 까닭이 없이 그런 것이랴.

담연재기 경술년(1910, 융희4)

儋硯齋記 庚戌

내 벗 박평재(朴平齋)[532]가 옛 단연(端硯 중국 단계의 돌로 만든 벼루) 하나를 소장하고 있다. 벼루는 단주(端州) 영양협(羚羊峽)에서 산출되었고 빛깔은 말 간 같으며 송(宋)나라 소성(紹聖)[533] 원년에 제작된 것이다. 학전처사(鶴田處士)가 이것을 얻어 보물로 소장하였다. 후에 소동파(蘇東坡)의 소유가 되었는데, 동파가 가지고 담이(儋耳)에 갔다가, 경주(瓊州) 사람 강군필(姜君弼)에게 이별선물로 주었다. 강군필은 동파의 초상을 벼루 뒤에 새겨 경모하는 마음을 드러냈다. 이상은 오난수(吳蘭修)[534]의《단계연사(端溪硯史)》에 나오는 이야기인데, 이로부터 담연의 이름이 비로소 유명해졌으나 그 후 전전하여 어떤 이의 소유가 되었는지는 모른다.

적막하게 수천 년 지난 후 광무(光武)[535] 임인년(1902) 겨울, 평재가 연경에 사신으로 갔을 때 유리창에서 벼루를 구입하고 연갑을 만들어 간직하고 글을 지어 기록하였으니, 담이의 벼루가 다시 세상에 나타난 것이었다. 똑같은 벼루인데, 세상에 나오거나 들어가는 것에 때가 있고

---

532 박평재(朴平齋) : 박제순(朴齊純, 1858~1916)이다. 273쪽 주 523 참조.

533 소성(紹聖) : 송나라 철종(哲宗)의 두 번째 연호이다. 1094년 4월에서 1098년 5월까지 사용하였다.

534 오난수(吳蘭修) : 1789~1839. 자는 석화(石華)이다. 청나라 역사학자이다.

535 광무(光武) : 대한제국(大韓帝國) 고종(高宗)의 연호(年號)이다. 1897년부터 1907년까지 사용하였다.

값이 비싼지 싼지는 사람에 달려있으니, 벼루의 전후 만남이 어찌 행운이 아니겠는가. 그렇더라도 나는 동파의 재주는 크지만 국량이 작아, 너그러운 군자의 도량은 아니라고 생각한다.

우리나라는 천성이 중화(中華)를 사모하고 스스로 문아(文雅)함을 가까이 한다. 비록 요금(遼金) 때문에 길이 막혀 간혹 물길과 뱃길이 끊겼으나 송나라 사행은 그만두지 않았으니, 문물이 산출되는 곳을 아꼈기 때문이다. 이에 동파공은 함부로 의심을 가하였다. 고려에서 책을 구매하는 이해를 논한 차자(箚子)를 본 적이 있는데, "전국 시대의 교활한 음모와 지모가 뛰어난 신하의 기이한 계책을 해외의 오랑캐에게 내려 주어서는 안 된다."라고 하였고 또 "고려는 거란의 우방이다. 그 사신이 가는 곳마다 산천의 요지를 지도로 그리고 허실을 엿보고 헤아리는 것은 선의가 아니다."라고도 하였다.[536] 그의 소견이 오활한데다 편벽되기가 이와 같다. 힐끗 돌아보는 사이에 여러 번 상전벽해(桑田碧海)가 일어나고 오랑캐에게 중국을 점령당하여 비단 서적이 흩어지는 것뿐만이 아닐 줄 누가 알았으랴. 한 조각 초상이 그려진 돌벼루 역시 몸을 편안히 할 곳을 얻지 못해 해외에 표연히 영락하여 우리나라 사람의 손에 떨어졌으니, 동파공이 안다면 앞서 한 말의 잘못을 후회하지 않을 수 있겠는가.

나는 옛날 사람의 협소함을 슬퍼하고 벼루가 현명한 주인을 만난 것을 축하하여 드디어 기(記)를 짓노라.

---

536 고려에서……하였다 : 《동파전집(東坡全集)》 권63 〈논고려매서이해차자(論高麗買書利害箚子)〉에 보인다.

애오려기 신해년(1911)

愛吾廬記 辛亥

도쿠토미(德富)씨[537]가 자기가 거처하는 집 이름을 '애오려(愛吾廬)'라 하고 내게 기문(記文)을 부탁하였다. 사람 마음이라면 누군들 자기 집을 사랑하지 않겠는가만 군자는 그렇지 않다. 공자께서 "나는 동서남북의 사람이다."[538]라고 하였고, 진중거(陳仲擧)는 "장부는 천하를 청소해야 마땅하지 어찌 집 하나를 일삼으랴."라고 하였다.[539]

저 집 하나에 정이 얽매어 연연해하면서 버리지 못하는 것은 비천한 장부의 일이지 뜻이 있는 자가 할 바가 아니다. 그렇지 않으면, 혹은 벼슬살이가 지겹거나 혹은 세상과 서로 어긋나 교유를 끊고 어지러운

---

537 도쿠토미(德富)씨 : 도쿠토미 소호(德富蘇峰, 1863~1957)로, 메이지·다이쇼 시기의 신문기자이자 평론가이다. 1886년 〈장래의 일본(將來之日本)〉으로 문명을 높였다. 이듬해 민유사(民友社)를 설립해 《고쿠민노토모(國民之友)》, 《고쿠민신분(國民新聞)》을 창간해 평민주의를 주장했다. 청일전쟁을 계기로 국가주의로 전환하였다. 2차 세계대전 중 대일본언론보국회회장을 역임했고, 1943년 문화훈장을 받았다. 저작에 《근세일본국민사(近世日本國民史)》가 있다.

538 나는……사람이다 : 《예기》 〈단궁 상(檀弓上)〉에 "이제 나는 동서남북으로 정처 없이 떠돌아다니는 사람이다.〔今丘也 東西南北之人也〕"라는 공자의 말이 나온다.

539 진중거(陳仲擧)는……하였다 : 진중거는 진번(陳蕃, ?~168)을 가리킨다. 중거는 그의 자이다. 동한(東漢) 말의 명신이다. 젊을 때 아버지의 친구가 방문했을 때, 손님이 오는데도 청소를 깨끗이 하지 않는지 이유를 묻자 "대장부가 일을 처리함에 마땅히 천하를 청소해야지 어찌 집 하나를 일삼겠습니까?〔大丈夫處事 當掃除天下 安事一室乎〕"라고 대답하였다고 한다. 후에 환관을 척결하려고 도모하다가 피살되었다. 《後漢書 卷66 陳蕃傳》

세속을 벗어나 언덕 하나, 골짜기 하나로 평생 늙어갈 계획을 삼으니 진나라의 도정절(陶靖節 도연명)이 그런 사람이었다. 도정절이 관직을 그만두고 고향으로 돌아가 다시는 당시 세상 일에 마음을 두지 않았다. 그러므로 사방 택지 십 무(畝)와 초가집 몇 칸을 자기 분수 내에 있는 것으로 여기고 그 외의 것을 사모하는 뜻이 없었다. 그의 시에,

| 새들도 의탁할 곳이 있음을 기뻐하고 | 衆鳥欣有托 |
| 나 역시 내 집을 사랑한다네540 | 吾亦愛吾廬 |

라고 하였으니 외물과 동화하여 흔쾌히 즐기며 세상을 잊은 뜻이 있다. 이것이 바로 도정절의 뛰어난 면모이다.

지금 도쿠토미씨는 이와 다르다. 집안에는 청상(靑箱)의 학문이 전하고541 손에는 곤월(袞鉞)의 붓을 쥐고 있다.542 고금의 시의적절한 조처와 동서의 정책 변화를 다 망라하여 연구하고 세상 사람들의 지식

---

540 새들도……사랑한다네 : 《陶淵明全集 卷2 讀山海經》

541 청상(靑箱)의 학문이 전하고 : 도쿠토미 소호가 뛰어난 학자의 집안에서 태어났음을 가리킨다. 도쿠토미 소호의 아버지 도쿠토미 잇케이(德富一敬, 1822~1914)는 구마모토의 교육·정치에 공헌했던 유명한 한학자이다. 청상(靑箱)은 집안에 대대로 전해지는 학문을 비유하는 말로, 유송(劉宋) 때 왕준지(王准之)의 집은 대대로 강좌(江左)의 옛 일을 잘 알아서 이를 기록하여 푸른 상자[靑箱]에 넣어 두었으므로, 세상 사람들이 이를 일러 '왕씨(王氏)의 청상학(靑箱學)'이라고 했던 데서 연유하였다.

542 곤월(袞鉞)의……있다 : 1910년 도쿠토미 소호가 조선 초대 총독 데라우치 마사다케의 의뢰에 응해 조선총독부의 기관 신문사인 경성일보사의 감독으로 취임해 있는 것을 가리킨다. 곤월(袞鉞)은 원래 관리를 포폄(襃貶)함을 가리킨다. 고대 곤의를 하사하여 칭찬하고, 부월을 주어 징벌의 뜻을 나타낸 데서 연유하였다.

을 밝혀내지 않은 것이 없다. 그러므로 배를 타고 수레를 타는 수고로움을 거리끼지 않고 풍속을 관찰하였다. 앉은 자리가 따뜻해질 겨를이 없고 온돌이 검어질 겨를이 없었으니 또 어찌 집을 사랑할 겨를이 있었겠는가.

일찍이 홍경로(洪景盧)[543]의 〈이재기(怡齋記)〉를 펼쳐보니 "아침에 내가 월(越) 땅에 노닐면 월 땅이 내 집이요, 저녁에 내가 연(燕) 땅에서 노닐면 연 땅이 내 집이 된다. 내 방에 있을 때 그곳이 내 집인 것은 분명하다. 나가서 그대를 만나 그대의 집에 앉으면 그곳 역시 내 집이 되니, 누가 손님이고 누가 주인이랴."라고 하였다. 말이 활달하고 얽매인 곳이 없으니 좁은 소견을 깨뜨릴 만하다. 선생이 자기 집의 이름을 지은 것은 홍씨가 '집을 좋아한다[怡齋]'고 한 뜻이 아니겠는가. 훗날 자리를 함께하고 물어보리라.

---

543 홍경로(洪景盧) : 홍매(洪邁, 1123~1202)로, 자는 경로(景盧), 호는 용재(容齋)이다. 남송(南宋) 때 명신이자 학자이다. 벼슬이 한림학사(翰林學士), 용도각학사(龍圖閣學士), 단명전학사(端明殿學士)에 이르렀다. 저서로 《용재수필(容齋隨筆)》, 《이견지(夷堅志)》 등이 있다.

집고루기

集古樓記

맹자는 "고국(故國)은 높게 자란 나무가 있음을 이르는 것이 아니라 대대로 벼슬하는 신하가 있음을 이른다."[544]라고 하였다. 나는 "고가(故家)는 누정(樓亭)이 있음을 이르는 것이 아니라 고적(古籍)이 있음을 이르는 것이다."라고 말하겠다.

이른바 고적이란 글씨와 그림, 골동품이니 모두 옛날의 자취이다. 옛사람은 만날 수 없으니 글씨로 그들의 마음을 살피고 그림으로 그들의 모습을 살피고 옛 기물로 세속의 기풍을 살핀다. 천 년 후 태어나 천 년 전과 교유하지만 심술(心術)과 모습, 풍속이 역력히 눈앞에 있으니 어찌 즐거워할 만한 일이 아니겠는가. 그러므로 고적은 천지간의 지극한 보물이고 한갓 세상 사람들이 진귀하게 여길 뿐만 아니라 선인(仙人)들이 애호하는 대상이다.

옛날에 일컫던 군옥산(群玉山)[545]의 책부(冊府)니 낭환(琅嬛)[546]의

---

544 고국(故國)은……이른다:《맹자》〈양혜왕 상(梁惠王上)〉에 "이른바 오래된 나라란 높게 자란 나무가 있음을 이르는 것이 아니라 대대로 벼슬하는 신하가 있음을 이르는 것이다.〔所謂故國者 非爲有喬木之謂 有世臣之謂也〕"라고 한 맹자의 말을 인용한 것이다.

545 군옥산(群玉山):서왕모가 산다는 전설의 산으로, 목천자(穆天子)가 이곳에 책부를 두어 책을 소장했다고 한다.《穆天子傳 卷2》

546 낭환(琅嬛):전설에 나오는 선경으로, 천제의 서고(書庫)가 있다고 한다.《琅嬛記》

기서(奇書)는 모두 이 세상 밖에 있는 보기 힘든 비보(秘寶)들이다. 그러나 그 말이 황당하고 기이하여 다 믿을 수는 없다. 가령 있더라도 글씨는 내가 이해할 수 있는 것이 아니고, 그림은 내가 본 것이 아니고, 기물(器物)은 내가 사용하는 것이 아니라서, 마치 별천지에 노니는 꿈을 꾼 듯하여 입으로 진술할 수 없다. 요컨대 역시 세상에 보탬이 없으니 어찌 지식을 넓히고 고증에 이용하고 성정(性情)을 즐겁게 할 수 있는 업후(鄴侯)의 삼 만개 족자[547]나 구공(歐公 구양수)의 천 권 금석문과 같겠는가.

내 친구 윤동암(尹東庵)[548]은 박학하고 옛 도를 좋아하는 선비이다. 평소에 좋아하는 것이 없지만 유독 서화와 골동품을 목숨처럼 좋아한다. 옛 집안 후예 가운데 영락하여 궁핍한 이가 많아 대대로 소장하던 보물을 꺼내 싼 값에 시장에 팔아서 이리저리 옮겨지다가 해외로 흩어져 버린 것이 이루 다 헤아리지 못한다. 동암이 이것을 애석하게 여겨 큰돈을 아끼지 않고 사들였다. 세월이 오래되니 쌓아둔 것이 공후(公侯)나 세가(世家)보다 많아져 모두 비단 장정과 옥축(玉軸)을 하여 선반에 얹어놓거나 상자에 넣어두었다. 그리고 골동품을 보관한 곳을 '집고루(集古樓)'라 이름하였다.

이에 한 시대 고가의 정화가 다 여기에 모였으니 사방에서 구경하러

---

547 업후(鄴侯)의 삼 만개 족자 : 업후(鄴侯)는 당 덕종(唐德宗) 연간에 벼슬이 문하평장사(門下平章事)에 이르고 업현후(鄴縣侯)에 봉해진 이필(李泌)을 가리키는데, 그의 집에 수만 권의 장서가 있었던 데서 전하여, 장서가 많았음을 비유한 말이다.

548 윤동암(尹東庵) : 윤치오(尹致旿, 1869~1949)이다. 동암(東庵)은 그의 호이다. 한말의 교육자이자 일제 강점기의 관료로 윤치호의 사촌 동생이며, 제4대 대통령을 지낸 윤보선의 큰아버지이다.

온 자가 날마다 문에 모였다. 이것이 진실로 세상에서 말하는 고가였다. 객이 이르면 그때마다 이끌고 누각에 올라 병풍을 두르고 좋은 차를 마신다. 설령 종일 들춰보더라도 싫증내는 기색이 없다. 여기에서 또 공익(公益)의 마음을 지니고 자기 한 사람만을 위한 사유물로 여기지 않음을 알게 되었다.

옛날 정개(丁顗 북송 때의 장서가)는 집안 재물을 다 허비하면서 팔천 권의 책을 소장하였다. "내가 모은 책이 많으니 반드시 학문을 좋아하는 자가 내 자손이 될 것이다."라고 한 적이 있는데, 그 손자 정도(丁度)에 이르러 과연 문학으로 재상이 되었다.[549] 나는 동암의 후손이 반드시 크게 번창하리라는 것을 알겠다.

---

549 옛날……되었다 : 《사실유원(事實類苑)》 권9 〈정문간공(丁文簡公)〉에 보인다.

청허재기

清虛齋記

지극히 맑아서 빈 듯해야 만물의 형상을 비출 수 있다. 그러므로 밝은 거울과 맑은 물이 외물을 불러들이는 것이 아니라 외물이 다가와 자신을 비춘다. 산천과 초목, 인물과 누대(樓臺)의 형상이 사방팔방으로 빽빽하게 늘어서서 제각기 자태를 드러내지만 거울과 물은 여전히 자태를 드러내는 데 함께하지 않는다. 서화의 도 역시 그러하다. 마음을 맑게 하고 상념을 멈추어야 외물에 구속되지 않고 자연에 합치되어야 비로소 최고의 경지에 도달한다. 세속의 번거로운 근심이 가슴 속에 응어리져 있으면 모사가 핍진하더라도 야호선(野狐禪)[550]에 떨어지고 만다. 고인이 "마음이 바르면 붓이 바르다."[551]라고 하였다. 마음이 바르면 맑고, 맑으면 텅 비어 밝고, 텅 비어 밝으면 온갖 묘함이 죄다 이른다. 이것이 서화(書畫)가 육예(六藝)의 하나가 되어 예악(禮樂)과 병칭되는 까닭이다. 이 이치를 아는 자라야 서화에 대해 얘기해 줄 수 있다.

---

550 야호선(野狐禪) : 선종에서 깨닫지도 못한 사람이 이미 깨달은 체 하면서 사람을 속임을 비유한 말이다. 전설에 따르면 옛날 한 노인이 인과(因果)를 말하다가 인자를 대(對)자로 잘못 말해 오백 번의 생을 들여우로 태어났다가 백장 선사를 만나 점화하여 비로소 해탈했다고 한다.

551 마음이……바르다 : 당나라 저명한 서예가 유공권(柳公權, 778~865)이 어떻게 하면 글씨를 잘 쓸 수 있느냐는 목종(穆宗)의 질문에 "마음이 바르면 붓이 바르다.〔心正則筆正〕"라고 대답했다고 한다. 《舊唐書 卷165 柳公權傳》

해강(海岡) 김규진(金圭鎭)[552] 군은 젊을 때 그의 외삼촌 이소남(李小南)[553]에게 서예를 배웠다. 약관(弱冠)에 마자수(馬訾水 압록강)를 건너 우성(禹城)을 유람하며 고인의 유적을 탐구하고[554] 십여 년에 걸쳐 해내(海內) 명가들과 토론하고 연마하여 배움을 이루고 돌아왔다. 돌아와서는 궁내관(宮內官)을 역임하여 동궁에게 서법을 가르치고[555] 또 서화연구회(書畫硏究會)를 창설해 사숙을 열고 생도를 가르쳤다. 제자 수백 명이 한결같이 점화(點化)를 거쳐 모두 기린 뿔과 봉황의 부리같이 뛰어나다는 명예를 갖게 되었다. 이에 《서법진결(書法眞訣)》 《난죽보(蘭竹譜)》 《육체필론(六體必論)》 《습자첩(習字帖)》 등의 책을 저술하여 세상에 간행하자 해강의 이름이 온 세상에 가득했다. 그의 조예는 더욱 깊어져 고인의 진적(陳跡)을 달갑게 여기지 않고 스스로 일가를 이루었으나, 호탕하고 활달한 성품이라 예속에 얽매임이 없었다.

---

552 김규진(金圭鎭) : 1868~1933. 본관은 남평(南平), 자는 용삼(容三), 호는 해강(海岡), 백운거사(白雲居士), 취옹(醉翁), 만이천봉주인(萬二千峯主人)이다. 한국의 근대 서화가로 전서(篆書), 예서(隸書), 해서(楷書), 행서(行書), 초서(草書)에 모두 묘경(妙境)을 이루었고, 산수화, 화조화(花鳥畫)를 잘 그렸다. 사군자(四君子)도 즐겨 그렸고 글씨는 대자(大字)를 특히 잘 썼다. 서화협회를 창설하는 한편, 서화전을 개최하여 서화 예술의 계몽에도 진력하였다. 36세 때는 사진술을 배워 국내 최초의 사진관을 개업하기도 하였다.

553 이소남(李小南) : 이희수(李喜秀, 1836~1909)로, 본관은 경주(慶州), 자는 지삼(芝三), 호는 소남(少南), 경지당(景止堂)이다. 조선 말기 저명한 서화가이다.

554 약관(弱冠)에……탐구하고 : 김규진이 18세에 육로를 통해 북경으로 가서 중국 전역의 명승고적을 돌며 진·한·당·송(秦漢唐宋)의 서필을 연구한 일을 가리킨다. 1893년 26세의 나이로 8년 만에 귀국하였다.

555 동궁에게……가르치고 : 김규진이 궁내부 시종으로 있으면서 영친왕의 서법을 지도한 일을 가리킨다.

술 마신 후 붓을 놀리면 귀신처럼 써내려가지만 자신도 그 이유를 알지 못했다.

하루는 직접 서재의 당호를 '청허(淸虛)'라 써서 내게 기문(記文)을 부탁했다. 밖은 맑고 안은 비어 있는 것이 대나무의 상(象)이다. 해강이 대나무를 잘 그렸으니 아마도 대나무로 자기를 비유했을 것이다. 그러나 나는 해강의 흉중이 호탕하고 대범하여 외물에 얽매여 있지 않음을 안다. 만약 마음이 대나무에 집착한다면 그것도 허물의 한 가지이니 어찌 '청허'할 수 있겠는가? 반드시 온갖 허물이 깨끗이 사라져야 맑은 본체가 저절로 드러나 삼라만상이 모두 붓놀림 안으로 들어와 외물을 부리고 외물에 부림을 당하지 않을 수 있다. 이것이 해강이 청허의 뜻을 취한 까닭이다. 이에 기문(記文)을 적는다.

(옮긴이 구지현)

운양집

제11권

발 跋

모두 11편 중 5편을 수록하였다.

《은곡연보》 발문 무오년 (1858, 철종9)
隱谷年譜跋 戊午

'부모가 살아 계실 때는 봉양(奉養)을 다하고, 돌아가시면 그 아름다움을 드러내는 것'은 자식이라면 모두 하고자 하는 것으로 귀천(貴賤)의 차이가 없다. 이러한 까닭에 크게는 천하로써 봉양하고, 적게는 변변치 못한 음식으로 봉양하지만 봉양한다는 점에서는 똑같다. 그리고 크게는 사해(四海)의 넓음으로 멀리는 백대(百代)에 이르기까지 제사를 지내는 것이고, 작게는 이웃 마을과 우리 마을 사람들에게 이르기까지 존경하고 탄복하도록 알리는 것이지만 천양(闡揚)한다는 점에서는 똑같다.

그렇지만 의지할 곳 없는 백성[1]의 삶은 그 부모를 봉양하지 못하는 경우가 있다. 그런데 드러내지 못한 것을 드러내어 죽은 자가 잊혀지지 않도록 하고 살아있는 자가 유감이 없게 하려 해도 본래 어리석고 보잘

---

1 의지할 곳 없는 백성 : 원문의 '선민(鮮民)'은 부모가 없어 의지할 곳 없는 외로운 백성을 말한다. 《시경》〈육아(蓼莪)〉에 "병 속 곡식 바닥난 건 항아리의 수치라네. 외로운 백성 살아감이 죽음보다 못한 지 오래이네.[瓶之罄矣 維罍之恥 鮮民之生 不如死之久矣]"라고 하였다.

것없어서 선조의 공덕을 가리고 잃어버린다면 또한 무슨 말을 할 수 있겠는가? 옛말에 "새벽에 울지 못한 닭이 보완하려고 생각하여 다시 운다."[2]고 하였다. 천시(天時)는 실로 유유히 흐르는데, 닭이 비록 백 번 운다 한들 무슨 보완이 되겠는가? 진실로 그 실정은 이와 같다. 아아, 나 같은 자가 도리어 효를 말할 수 있겠는가?

호남의 은곡 처사(隱谷處士)가 독실하게 부모를 섬겨서 50년 동안 하루도 태만한 기색이 없었다. 그가 죽자 생전에 행한 사실을 그의 아들 재한(載漢)이 연도순으로 기록하여 엮었다. 서쪽으로 한양에 와서 사대부들에게 보이니, 본 사람들 중 공경하는 마음이 일어나지 않는 경우가 없었다. 그 책에는 샘이 솟고 잉어가 뛰어오르는 것[3] 같은 이적(異蹟)이나 영지(靈芝)가 나고 흰 토끼를 잡는 상서로운 이야기[4]가 많이 실려 있었는데, 대개 그가 평소에 쌓은 행실이 불러온 일들이었다. 참으로 옛사람들은 속이지 않았구나! 처사가 은곡에 숨어 살면서 남들

---

2 새벽에……다시 운다 : 중국 한(漢)나라 때 조조(曹操)의 《선거령(選擧令)》에 나오는 "諺曰 失晨之雞 思補更鳴"에서 나온 말로 기회를 잃은 것을 만회하려고 노력하여 더 좋아질 수 있다는 뜻이지만, 여기서는 직무 태만이나 실수를 저지르고 이를 되돌리려고 노력하지만 불가능하다는 뜻으로 쓰였다.

3 샘이……것 : 중국 후한(後漢) 사람 강시(姜詩)와 아내 방씨(龐氏)의 효성과 관련된 고사이다. 강시의 어머니가 강수(江水) 마시는 것과 물고기 회를 좋아하여 부부가 강수(江水)를 길어오고 물고기를 잡아 봉양하였다. 어느 날 집 뒤에 물이 솟아나와 샘을 이루었는데, 물맛은 강수(江水)와 같았고, 아침마다 잉어 두 마리가 뛰어나왔다고 한다.

4 영지(靈芝)……이야기 : 중국 당나라 때 시인(詩人)인 풍숙(馮宿, 767~837)이 부친과 조종(祖宗)의 여묘(廬墓) 살이를 할 때 영지(靈芝)와 흰토끼가 나와서 호(號)를 '효풍가(孝馮家)'라 하였다고 한다. 《舊唐書 卷168 馮宿傳》

의 칭찬을 구하려 하지 않고 오직 부모 섬기는 일을 자신의 임무로 삼아 그 몸을 다하였으니 효도로 명예를 구하는 자가 아니었다.

그의 아들이 아름다운 행적을 모으고 다른 사람에게 널리 구하여 영원히 남기고자 하였으니, 이는 차마 그 부친의 행적을 없어지게 두지 못한 것이며, 정(情)과 의(義)가 모두 지극하다 할 것이다. 아아, 저 하루의 봉양도 극진히 하지 못하면서 도리어 하는 일 없이 세상을 살아가는 자는 어떤 사람인가?

《유장원⁵시집》 발문 갑신년(1884, 고종21)

游藏園詩集跋 甲申

변원규(卞元圭)⁶를 대신해 지었다.

이상의 유장원 선생 시집 1권은 선생의 최근 작품이다. 옛 군자는 말을 하면 반드시 사물의 이치가 있었고, 표현하면 문장을 이루었다. 그러므로 마음의 감동을 표현하고 잘못을 징계하는 묘리가 있었다. 위(魏)나라와 진(晉)나라 이래 현언(玄言)⁷과 유세(遺世)⁸를 숭상하였으므로, 그때 지어진 시는 격조가 예스럽고 가락이 빼어났지만 사물의 이치는 들어있지 않았다. 수(隋)나라와 당(唐)나라에서는 시로써 선비를 가려 뽑았는데, 사물에 감응하는 바가 없이 모두 뜬소리를 취하여 세상에 부합되기를 구하여 기교가 깊어질수록 진실에서 더욱 멀리 벗어났으니 시의 도(道)가 날로 낮아졌다.

---

5 유장원(游藏園) : 유지개(游智開, 1816∼1900)로, 자는 자대(子代)이고 호(號)는 평원(平原), 또는 염방(廉訪), 장원(藏園)이라고도 한다. 청의 관리로 영평 현감(永平縣監)을 지냈다.

6 변원규(卞元圭) : 본관은 초계(草溪), 자는 대시(大始), 호는 길운(吉雲), 주강(蛛舡)이다. 조선 후기의 역관 출신 문신으로 1881년(고종18) 영선사 김윤식을 따라 별견 당상(別遣堂上)으로서 유학생 20여 명을 인솔하여 청나라에 건너가 새로운 문물을 시찰하였다. 1884년 갑신정변(甲申政變)이 수습된 후 기기국 방판(機器局幫辦)이 되고, 곧 교섭통상사무아문의 협판으로 승진하였다. 1889년 한성부 판윤이 되어 3차에 걸쳐 연임하다가 벼슬에서 잠시 물러났으나, 1894년 다시 한성부 판윤을 역임하였다.

7 현언(玄言) : 도가(道家)의 말씀이나 서적을 말한다.

8 유세(遺世) : 세속을 떠나 은거하여 사는 것을 말한다.

유장원 선생은 충신(忠信)한 자질과 널리 통달한 재능에도 불구하고 주현(州縣)에 머물면서 관리의 일에 자신을 숨겨 덕을 깊이 간직하고 재능을 감추었다. 스스로 시인으로 이름하지 않았으나 시에는 흥취가 깃들어 있었으며, 백성과 국가에 관계된 것이나 성정(性情)이 이르는 것이 아니면 짓지 않았다. 그러므로 그의 뜻은 담박하고 원대하였으며, 그의 소리는 맑고 장하여 반복하여 읊으면 깊이가 있고 남는 맛이 있었다. 참으로 사물의 이치를 알고 문장을 짓는 사람이 아니면 능히 할 수 없는 것이다.

어느 해 변원규(卞元圭)가 영평부(永平府) 관서(官署)로 선생을 찾아뵈었다. 선생은 멀리서 온 사람을 비루하다 여기지 않고 지나칠 정도로 장려하고 북돋아 주셨고, 문하 제자처럼 대해 주셨다. 이에 원규가 감격하여 스스로 분발하였다. 이후 매년 사명을 받들고 갈 때마다 찾아뵙고 도움을 청하였는데, 선생은 그 능하지 못한 것을 가엾게 여겨 부족한 점을 가르치며 그와 함께 하루 종일 쉬지 않고 이야기해 주었고, 그가 돌아올 때 시를 지어 주었다. 선생은 원규를 친척과 같이 사랑하고, 우리나라의 일을 집안일처럼 걱정하여, 부지런히 힘쓰라는 뜻을 자주 시편에 써 주곤 하였으니, 원규가 비록 불민하지만 감히 잊을 수 있겠는가.

신사년(1881, 고종18) 겨울 보정(保定)[9]에서 우리나라로 돌아올 때 선생과 여관에서 절하며 이별하였는데 말없이 손을 잡자 눈물이 방울방울 떨어지려 하였다. 이어서 생각하니, 선생은 춘추가 이미 많고, 원규 역시 병에 걸려 일찍 쇠약해졌기 때문에 외교 업무에 종사하는

---

9 보정(保定) : 중국 호북성의 지명이다.

일을 그만두어야 할 것인데, 훗날 다른 하늘 아래에서 서로를 그리워하는 심정을 어떻게 위로할 수 있을까 싶었다.

이 시집은 선생의 큰 성취를 다 표현하기에는 부족하지만, 선생께서 고심하여 대신 헤아려 우리나라의 위태로운 형세[10]를 부지하고자 했던 〈보검편(寶劍篇)〉 등과 같은 여러 시들은 민멸되게 해서는 안 된다. 빨리 인쇄를 꾀하여 동지들에게 널리 배포해서 선생의 덕을 함께 앙모하고자 한다. 원규 또한 얻어서 아침저녁으로 읊게 된다면, 마치 봄바람 속에 앉아 있는 듯 마음으로 한 떨기 향을 느낄 것이니, 산천으로 막혀 있다고 여겨지지 않을 것이다.

---

10 위태로운 형세 : 원문의 '철류(綴旒)'는 나라의 형세가 위태로움을 비유하거나 정황이 위급함을 이르는 말이다. 《구당서(舊唐書)》 권8 〈현종기 상(玄宗紀上)〉의 "대업이 위태로운 두려움이 있어 보위(寶位)가 땅에 떨어지는 걱정이 깊어졌다.〔大業有綴旒之懼 寶位深墜地之憂〕"와 같은 용례로 쓰였다.

《몽오선생유고》 발문 정유년(1897, 광무1)

夢梧先生遺稿跋 丁酉

우리나라는 선비들이 나라를 세우고 어진 이를 숭상하고 친척을 물리쳐서 세상 교화를 유지해온 지 4백여 년이다. 그 사이에 비록 혼란하고 간사한 무리가 권력을 잡은 때도 있었지만, 맑은 의론이 항상 행해져 기강이 타락하지 않았던 것은 그래도 이 때문이었다. 선비의 덕목에는 4가지가 있는데, 도학(道學)·절의(節義)·사업(事業)·문장(文章)이 그것이다. 이 네 가지는 항상 반드시 행해야만 하는 것이다. 만약 그 근본이 서지 못하면 비록 문예가 아름답더라도 말단에 지나지 않게 된다.

몽오(夢梧)[11] 선생께서는 영조, 정조가 재위하시던 때에 명군(明君)의 특별한 대우를 받았다. 얼굴빛을 바로하고 조정에 계실 때는 명성이 맑고 절개가 곧아서 당대의 으뜸이었다. 선생의 도학은 형제가 함께 강론하고 연마하는데 유익한 자료가 되었으며, 본질을 밝히고 소임을 적절히 하는 도리를 강구하여 사문(斯文 유학)의 우익(羽翼)[12]이 되었다. 선생의 절의는 충과 효를 근본으로 삼아서 몸소 의리의 주인됨을 감당하였고, 한결같은 마음가짐을 근본으로 간직해서 우뚝하기가 큰

---

11 몽오(夢梧) : 김종수(金鍾秀, 1728~1799)로, 본관은 청풍(淸風), 자는 정부(定夫), 호는 진솔(眞率), 몽오, 시호는 문충(文忠)이다. 1768년(영조44) 문과에 급제하여 내외의 관직을 거쳐 1789년(정조13)에 우의정에 올랐다. 《문신강제절목(文臣講製節目)》을 찬진하였고, 저서로는 《몽오집(夢梧集)》이 있다.

12 우익(羽翼) : 윗사람을 도와서 일하는 사람 또는 보좌(補佐)하는 일을 말한다.

물결속의 지주(砥柱)[13]와 같아서 죽을지언정 변하지 않았다. 선생의 사업은 사실에 적절하게 비유하여 경계하는 말을 올려 군주를 도에 이르게 하여 윗사람에게는 마음을 열어 젖어들게 하고[14], 아랫사람에게는 은혜를 베풀었다. 탁류(濁流)를 물리치고 맑은 파도를 일으켜 훌륭한 기풍을 세우니 은연중에 호랑이와 표범의 기세가 산중에 있는 것 같았다.

이런 점을 드러내어 문장을 지으시니, 나무에 뿌리가 있고 물에 근원이 있는 것같이 끊임없이 솟아 흘러서 우뚝하니 정수(精粹)가 넘쳐흘렀다. 세상에 그의 문장이 쓰인다면 아름다운 문양(紋樣)이 오복(五服)[15]에 드러나고 성율(聲律 시의 운율)이 치홀(治忽 다스려지고 다스려지지 않음)에 달려 있는 것처럼 보고 듣는 것에만 화려할 뿐만이 아니라, 후세에 전해져 뜻있는 선비들을 분발시키고, 비루한 자들은 죽고 싶은 마음이 들게 할 수 있을 것이다. 〈한만(汗漫)〉[16]시편은 또한 구구하게

---

13 큰 물결속의 지주(砥柱) : 난세에 처하여 의연하게 절개를 지킴을 비유적으로 이르는 말이다. 중국 하남성(河南省) 하남 부(府) 합주(陝州)의 동쪽 황하(黃河)의 중류에 있는 기둥 모양의 돌이 황하의 격류 속에서 조금도 흔들리지 않는다는 데서 유래한다.

14 윗사람에게는……하고 : 원문의 '계옥(啓沃)'은 선도(善道)를 개진하여 임금을 인도하고 보좌한다는 뜻이다. 《서경》〈열명 상(說命上)〉에 은나라 고종(高宗)이 부열(傅說)에게 "그대의 마음을 열어 나의 마음을 적셔라.〔啓乃心 沃朕心〕"라고 하였다.

15 오복(五服) : 천자(天子), 제후(諸侯), 경(卿), 대부(大夫), 사(士)의 복색을 말한다. 《서경》〈고요모(皐陶謨)〉편에 "하늘이 덕(德)이 있는 이에게 명하여 오복(五服)으로 다섯 가지 의복을 마련한다."라고 하고, 그 주(注)에 오복(五服)은 천자(天子), 제후(諸侯), 경(卿), 대부(大夫), 사(士)의 복색을 말하는데, 이로써 존비(尊卑)를 옷의 색깔로 구분하여, 덕(德)이 있는 이에게 명(命)하여 천하의 질서를 바로잡도록 하였다고 한다.

지은 시가 없고 말에 사물의 이치가 담겨 있으니 모두 외워서 읊을 만하다. 또 유리(流離)하고 곤궁하여 몰락한 때와 울분에 차고 감정이 격한 가운데 나온 것이 많지만, 대부분의 글이 임금과 부모를 잊지 못한 것이니 〈육아(蓼莪)〉[17]나 〈이소(離騷)〉[18]의 유음(遺音)이다.

의론하는 자들은 "선생이 돌아가신 다음에는 나랏 조정에 재상의 일이 끝났고, 선비들의 청의(淸議)가 끝났다."고 여긴다. 나도 "문장의 볼만한 것이 또한 여기서 그쳤다."고 여긴다. 후세에서 칭송하기를 문장에 능하다고 일컬어지는 선비 중에 유흠(劉歆)[19]과 곡영(谷永)[20]과

---

16 한만(汗漫) : 광활한 세계에서 한가히 유람하는 것을 말한다. 노오(盧敖)가 북해(北海)에 노닐다가 태음(太陰)을 지나고 현관(玄關)에 들어가 몽곡(蒙穀) 위에 이르러서 한 선비를 보았다. 그 모습이 눈은 움푹하고 수염은 검고 기러기의 목에 솔개의 어깨였다. 그와 벗하려 하자 그가 웃으며 "나는 남쪽으로 망량(罔兩)의 들판에서 노닐고 북쪽으로 침묵(沈默)의 고을에서 쉬며, 서쪽으로 요명(窅冥)의 마을을 다니고 동쪽으로 홍몽(鴻濛)의 앞을 꿰뚫고, 구해(九垓)의 위에서 한만(汗漫)과 노닐려 하오." 하고는 팔을 들고 몸을 솟구쳐 구름 속으로 들어갔다. 《淮南子 道應訓》

17 육아(蓼莪) : 《시경》 소아(小雅)의 편명(篇名)으로, 돌아가신 부모의 은혜를 생각하고 생전에 제대로 봉양하지 못한 것을 서글퍼하는 내용이다.

18 이소(離騷) : 《초사》의 한 편(篇)으로, 굴원(屈原)의 작품이다. 굴원이 초(楚)나라의 종실(宗室)과 대부(大夫)의 참소로 쫓겨나 근심하고 시름하여 지은 것이다. 이(離)는 만남〔遭〕이요, 소(騷)는 근심이니, '근심을 만나 지은 글'이란 뜻이다.

19 유흠(劉歆) : 기원전 53?~25. 자는 자준(子駿)이다. 나중에 이름을 수(秀), 자를 영숙(穎叔)으로 고쳤다. 아버지 유향(劉向)과 궁정의 장서(藏書)를 정리하고 육예(六藝)의 군서(群書)를 7종으로 분류하여 《칠략(七略)》이라 하였다. 이것은 중국에서의 체계적인 서적목록(書籍目錄) 가운데 최초의 것이다. 《좌씨춘추(左氏春秋)》, 《모시(毛詩)》, 《일례(逸禮)》, 《고문상서(古文尙書)》를 특히 존숭하여 학관(學官)에 전문박사(專門博士)를 설치하려 했으나 성사하지 못하고 하내 태수(河內太守)로 전출되었다. 그 후 왕망(王莽)이 한왕조(漢王朝)를 찬탈한 후 국사(國師)로 초빙되어 그의 국정에

같은 사람들이 없겠는가마는, 선생처럼 세속적인 것을 멀리 벗어난 사람은 자는 있지 않았다.

협력하였다. 만년에는 왕망의 포역(暴逆)에 반대하여 모반을 기도하였으나 실패하여 자살하였다.

20 곡영(谷永) : 한나라 성제(漢成帝) 때 사람이다. 자는 자운(子雲)이며, 본명은 병(並)이다. 글씨와 문장에 능했고, 《주역》에 정통했다. 벼슬이 대사농(大司農) 에 이르렀다. 40여 차례의 상소가 모두 천자의 허물을 과감하게 지적했으나 권신(權臣)의 과실은 언급한 적이 없었으며, 오히려 당시의 권신인 왕봉(王鳳) 등 일파에게 아부함으로써 자신의 영달을 추구했다고 한다.

《봉서선생문집》[21] 발문 신해년(1911)

鳳棲先生文集跋 辛亥

내가 약관(弱冠)이던 때 선생을 직하(稷下)의 문회당(文會堂)에서 처음 뵈웠다. 선생께서는 손수 장횡거(張橫渠)[22]의 말씀을 써 주셨는데, "천지를 위하여 마음을 세우고, 생민(生民)을 위하여 도(道)를 세우고, 돌아가신 성인을 위하여 끊어진 학문을 계승하고, 만세(萬世)를 위하여 태평의 길을 열어라."라는 사칙어(四則語)였다. 나는 글을 받고 송구함에 떨면서 물러나왔다. 가만히 생각하기를 "어리숙한 소년의 나이로 외람되어 구석에 앉아 있었는데, 선생께서 한번 보시고 곧장 최고의 공부로 격려해 주셨다."고 하였다. 공자께서 말씀하시기를 "중등 수준 이상의 사람에게는 높은 차원의 이야기를 해 줄

---

21 봉서선생문집(鳳棲先生文集) : 유신환(兪莘煥, 1801~1859)의 문집이다. 유신환의 본관은 기계(杞溪), 자는 경형(景衡), 호는 봉서, 시호는 문간(文簡)이다. 김매순(金邁淳), 홍석주(洪奭周), 오희상(吳熙常)을 스승으로 섬겼다. 1844년(헌종10) 학행으로 추천 받아 선공감감역이 되고 감찰, 사직서령, 영희전령(永禧殿令)을 역임하였다. 뒤에 전의 현감으로 부임하였다가 감찰사의 모함으로 홍천에 유배되었다. 풀려난 뒤에는 벼슬을 단념하고 학문을 닦고 후진을 양성하는 데 진력하였다. 윤병정(尹秉鼎), 서응순(徐應淳), 김낙현(金洛鉉), 윤치조(尹致祖), 김윤식(金允植), 남정철(南廷哲) 등의 학자를 길러냈다. 저서로는《패동수언(浿東粹言)》,《동유연원(東儒淵源)》등이 있다. 대사헌에 추증되었다.

22 장횡거(張橫渠) : 장재(張載, 1020~1077)로, 협서성 출신이며 자는 자후(子厚), 호는 횡거이다. 정씨 형제의 삼촌 뻘이며 그들과의 많은 대화와 논쟁을 통해 북송 도학의 탄생을 예비하였다.

수 있으나, 그 이하의 사람에게는 이를 말해 줄 수가 없다."[23]고 하였
는데, 내가 어찌 중등 이상 가는 자이겠는가. 어찌 기대하고 바라시
는 바가 이같이 중한가? 이에 스스로 분발하는 마음을 가졌으나, 이
윽고 부침하며 고생을 겪느라 이리 저리 시달리면서 학문은 이룬 바
가 없이 어느덧 늙어 흰머리가 되었고 또한 향리의 보통 사람이 되는
것을 면하지 못하였다. 지금 선생의 유집(遺集)이 출간되려 하는데
권말(卷末)에 한 마디 말을 붙이고자 하여 그 내용을 들춰보지만, 텅
빈 듯 아는 바가 없어 마치 담장 밖에 있는 사람이 대궐의 아름다움
과 백관(百官)의 넉넉함을 알지 못하는 것과 같으니, 무엇으로 그 만
분의 일이라도 형용할 수 있겠는가?

일찍이 들으니 선생의 도덕 연원(淵源)은 가정(家庭)으로부터 얻었
고, 또 현명한 스승과 벗들에게서 학문하는 요점을 들어 큰 근본을
통찰하고, 정밀하게 생각하고 힘써 실천하셨으며, 이기(理氣)의 변론
에 밝고 착하고 악한 사람을 구별하는데 엄격하셨다고 한다. 선생의
글 중에 〈설시소서(說詩小序)〉, 〈홍범연(洪範演)〉, 〈대학도설(大學圖
說)〉, 〈중용귀신대(中庸鬼神對)〉 등의 여러 편은 모두 선생께서 깊은
경지에 도달하여 스스로 얻은 것이니 앞 사람들이 말하지 않았던 것이
다.

사람을 가르치실 때는 입지(立志)를 우선으로 하고 거경궁리(居敬
窮理)[24]와 지행병진(知行並進)[25]을 차근차근 순서대로 배우게 하시니

---

23 중등수준……없다 : 《논어》〈옹야(雍也)〉에 나오는 말이다.
24 거경궁리(居敬窮理) : 정주학(程朱學)의 학문 수양방법으로 '거경'은 내적 수양방
법을 가리키는 말로 《논어》〈옹야(雍也)〉에 처음 보인다. 경(敬)이란 인간에게 품부

조리가 찬란히 빛났다. 일찍이 말씀하시기를 "공문사과(孔門四科)[26] 중에 자하(子夏)는 문학으로 칭송을 받았는데 전국 시대와 진한 시대

(稟賦)된 천명(天命)으로서의 선성(善性)이 순수하고 곧게 발할 수 있도록 성(性)에 영향을 주는 의식작용을 미연에 없애버리는 수양법을 말한다. 이것은 조용히 앉아서 모든 잡념을 끊어버리는 정좌(靜坐)의 방법을 쓰거나, 한 가지 일만을 집중적으로 생각하는 주일무적(主一無適)의 방법을 많이 활용한다.

'궁리'는 외적 수양방법을 가리키는 말로 《주역》〈설괘전(說卦傳)〉에 처음 보이는데, 인간에게 품부된 천명으로서의 선성이 이미 욕심의 영향을 받아 굴절되려고 하는 것을 의식적으로 순수하고 곧게 발할 수 있도록 끊임없이 적극 노력하는 수양법으로, 격물(格物)을 통해 사물의 이치를 궁구하는 것을 말한다.

25 지행병진(知行竝進) : 주자학에서 인간의 인식과 실천의 상호관련성을 설명하는 지행론(知行論)이다. 원래 주희(朱熹)의 지행론은 궁리(窮理)와 함양(涵養), 또는 치지(致知)와 역행(力行), 도문학(道問學)과 존덕성(尊德性)을 각각 지와 행의 내용으로 이해하면서 궁리·치지·도문학이 함양·역행·존덕성에 앞서 이루어져야 한다는 선지후행론(先知後行論)이다. 그러나 또한 "지가 행보다 앞서는 것이지만 중요성은 오히려 행에 있다."라고 하여 행의 중요성을 강조하여 지와 행을 함께 힘써야 한다는 지행병진론(知行竝進論)을 주장했다. 이러한 주희의 지행론이 마음속에 존재하는 이의 실천, 즉 행이 사사물물(事事物物)에 존재하는 이(理)를 인식하는지의 결과에 따르도록 해야 한다는 당위를 말하는 것이라 할 수 있다.

26 공문사과(孔門四科) : 중국 춘추 시대의 공자의 문하생인 십철(十哲)을 그 장점에 따라 분류하는 4가지 항목이다. 즉 덕행(德行), 언어(言語), 정사(政事), 문학(文學)을 말한다. 《논어》〈선진(先進)〉에 '덕행에는 안연(顏淵)·민자건(閔子騫)·염백우·중궁(仲弓), 언어에는 재아(宰我)·자공(子貢), 정사(政事)에는 염유·계로(季路), 문학에는 자유(子遊)·자하(子夏)'라 하여 공자 문하생 70명 중 중심을 이룬 제자 10명을 그 장점에 따라 4분류하고 있다. 이것을 후세에 '사과십철(四科十哲)'이라 하였다. 덕행이란 모든 행위가 바른 것, 언어란 제후간(諸侯間)의 응대 수사(修辭)에 뛰어난 것, 정사란 치국(治國)에 재능이 있는 것, 문학이란 고전에 정통한 것이다. 이것을 사과라고 한 것은 후한(後漢) 때의 《논형(論衡)》〈문공편(問孔篇)〉과 《후한서(後漢書)》〈정현전(鄭玄傳)〉에서부터이다.

이래 경전이 실추되지 않은 것은 실로 자하가 전한 덕분이다. 문학을 어찌 사소한 것이라 할 수 있겠는가? 후세의 유학자들이 문학을 경시하였던 까닭에 이 도리가 밝혀지지 않게 된 것이다."라고 하셨다. 그런 까닭에 후학들을 타이르고 이끌어주실 때에는 반드시 문예가 문채와 바탕을 겸하도록 공부시키셨기에 문을 바탕으로 도에 들어간 자가 많았다.

근세의 유학자들은 벼슬에 나아가지 않는 것을 고상하다고 여겨서 임야(林野)에 숨어 살았는데, 선생은 이미 벼슬하신 분으로 벼슬에 나아가지 않는 것을 고상하다 여기는 것을 탐탁하지 않게 여겨서 홀로 대궐〔輦轂〕에 나아가 도(道)를 주창하였다. 이미 도를 자임하고 또 천하의 중요 일을 자신의 임무로 삼았으니, 만인이 헐뜯어도 변하지 않았으며 평생토록 운수가 나빠도 걱정하지 않았다. 자신이 벼슬을 하지 않을 때라도 개연(慨然)히 항상 세상을 구제할 뜻을 품어, 삼정(三政)의 폐단, 돈과 곡식의 성쇠, 호구의 증감, 관방(關防)의 험이(險易) 등을 마음을 다하여 강구하지 않은 바가 없었으니 모두 당세에 쓸 수 있는 조처였다.

선생의 문장은 기준이 엄격하였고, 짜임새가 정밀하여 작가의 규범에 벗어나지 않았고 케케묵은 말을 버리고 근세의 말을 찾아서 썼다. 연천(淵泉)[27]의 순수하고 깊은 문장을 배우셨고, 대산(臺山)[28]의 뛰어

---

27 연천(淵泉) : 홍석주(洪奭周, 1774~1842)로, 본관은 풍산(豊山), 초명은 호기(鎬基)이며 자는 성백(成伯), 호는 연천이다. 1795년(정조19) 전강(殿講)에서 수석을 하여 직부전시(直赴殿試)의 특전을 받았고, 그 해 문과에 급제하여 벼슬길에 올랐다. 1836년(헌종2) 남응중(南膺中)의 모반에 연루되어 김로(金路)의 탄핵을 받고 삭직되었다가 1839년 복직하여 영중추부사에 이르렀다. 학통으로는 노론 낙론(洛論)계열이

난 문장을 참조하여 여러 아름다움을 모두 갖추어 스스로 일가를 이루었다. 훗날 이 문집을 읽는 자는 선생의 문장을 알지 못할까 근심하지 말지니, 선생의 극히 공정하고 사심 없는 마음과 고무(鼓舞)되어 작성한 솜씨는 가까이에서 음미해 본 자가 아니면 알 수 없는 것이다.

선생이 일찍이 꿈에 주문(主文)[29] 고시관이 되었는데, 합격자 33인이 모두 한 때의 유명한 선비들로 일찍이 조정에 천거하고자 했지만 그렇게 하지 못한 사람들이었다. 꿈에서 깨어났는데도 뭔가 얻은 것 같은 충만한 느낌을 가져, 매번 사람들에게 말하며 감탄을 그치지 않았다. 사람들 중 어떤 이는 선생이 명리(名利)를 탐하는 마음이 다 없어지지 않았다고 의심하였는데, 이는 선생을 충분히 알지 못하기 때문이다. 《서경》의 〈열명(說命)〉에 이르기를 "뛰어난 인재를 널리 구하여 여러 직위에 배치한다."[30] 하였으니, 이것이 은(殷)나라의 도가 부흥했

며, 저서로는 《연천집》, 《학해(學海)》, 《영가삼이집(永嘉三怡集)》, 《동사세가(東史世家)》, 《학강산필(鶴岡散筆)》, 《상서보전(尙書補傳)》 등이 있으며, 편서로 《속사략익전(續史略翼箋)》, 《상예회수(象藝薈粹)》, 《풍산세고(豊山世稿)》, 《대기지의(戴記志疑)》 등이 있다.

28 대산(臺山) : 김매순(金邁淳, 1776~1840)으로, 본관은 안동이며 자는 덕수(德叟), 호는 대산(臺山), 시호는 문청(文淸)이다. 성리학에 정통하여 당시 전개된 인물성동이론(人物性同異論)을 둘러싼 호락논쟁(湖洛論爭)에서 한원진(韓元震)의 호론을 지지했다. 뛰어난 문장으로 홍석주와 함께 이름을 날렸으며, 여한10대가(麗韓十大家)의 한 사람으로 꼽혔다. 저서로는 《대산집》, 《대산공이점록(臺山公移占錄)》, 《주자대전차문표보(朱子大全箚問標補)》, 《전여일록(篆餘日錄)》, 《열양세시기(洌陽歲時記)》 등이 있다. 고종 때 판서로 추증되었다.

29 주문(主文) : 대제학(大提學)의 다른 이름으로 때로는 과거 때 시험관의 우두머리인 '상시(上試)'를 달리 이르던 말이다.

30 뛰어난……배치한다 : 《서경》〈열명 하(說命下)〉의 원문은 "제가 임금을 공경히

던 까닭이다.

선생께서 사셨던 시대는 어떤 시대였는가? 정치의 기강이 해이(解
弛)하여 난리의 조짐이 이미 싹터서 온 세상이 장차 수화(水火)의 재난
가운데 빠지려 하는 시대였다. 선생께서는 구제에 힘쓸 수도 없었고
또 앉아서 보고만 있을 수도 없으셨다. 그러므로 영재(英才)를 육성하
여 조정에 모두 모이게 하여 무너진 기강을 만회하고 큰 집이 기우는
것을 함께 부지하기를 바라셨는데, 뜻은 있었으나 이루어지지 못해서
꿈에 드러난 것이다. 오호라, 백세가 지난 후 선생의 시를 읊고 글을
읽으며 그 시대를 논해 본다면, 선생의 마음을 알게 될 것이고 선생의
뜻에 비통해 할 것이다.

받들어서 인재들을 널리 불러 여러 지위에 오르도록 하겠습니다.〔惟說 式克欽承 旁招俊
乂 列于庶立〕”이다.

《소당선고》 발문

召棠選稿跋

일찍이 선배들이 근세에 시와 문장으로 유명한 사람을 논하는 것을 들었는데, 이우선(李藕船)[31]을 첫 손가락 꼽고, 김소당(金召棠)[32]을 그 다음으로 꼽았다. 그들의 풍류와 문채가 서로 앞서거니 뒤서거니 하니, 당시 사람들이 악광(樂廣)과 위개(衛玠)[33]에 비교하였다.

나는 소당과 일찍이 연대(煙臺)[34]의 배 안에서 한 번 만났다. 당시에는 각자 공사(公事)를 맡은 몸이라 담화와 토론을 다하지 못하였는데, 지금 어느 새 31년이 지났다. 임자년(1912) 겨울 경성부 정선방(貞善坊)의 집으로 나를 방문하여 그가 저술한 시문집 몇 권을 보여 주었다.

---

31 이우선(李藕船) : 이상적(李尙迪, 1804~1865)으로, 본관은 우봉(牛峯), 자는 혜길(惠吉), 호는 우선(藕船)이다. 조선 후기의 문인이자 역관으로 중국을 왕래하였고, 벼슬은 온양 군수(溫陽郡守)를 거쳐 지중추부사(知中樞府事)에 이르렀다. 오숭량 등 중국 문인과 교우 맺고, 중국에서 시문집을 간행했다. 섬세하고 화려한 시로 헌종도 애송했고, 문집을 은송당집(恩誦堂集)이라 이름하였다. 그 밖에도 고완(古玩), 묵적(墨滴), 금석(金石) 등에도 조예가 깊었고, 헌종 때 교정역관(校正譯官)이 되어《통문관지(通文館志)》,《동문휘고(同文彙考)》,《동문고략(同文考略)》 등을 속간했다.

32 김소당(金召棠) : 김석준(金奭準, 1831~1915)으로, 본관은 선산(善山), 자는 희보(姬保), 호는 소당, 묵지도인(墨指道人)이다. 북조풍(北朝風)의 예서(隸書)에 능했으며 지두서(指頭書)에 뛰어났고, 중추부첨지사(中樞府僉知事)에 이르렀다.

33 악광(樂廣)과 위개(衛玠) : 진(晉)나라 악광(樂廣)이 위개(衛玠)를 사위로 맞아들였는데, 이에 대해서 배숙도(裴叔道)가 "장인은 얼음처럼 맑고 사위는 옥돌처럼 윤이 난다.〔婦公氷淸 女婿玉潤〕"라고 평했다는 고사가 있다.《晉書 卷43 樂廣列傳》

34 연대(煙臺) : 중국 산동성에 있는 도시이다.

눈에 보이는 것마다 옥구슬과 같이 뛰어나서 한 수 한 수마다 전할
만하였다. 또 지어준 칠언고시 한편은 생동감이 있고 화려하여 금석처
럼 깊게 울리는 소리가 날 것 같았다. 소당은 80이 넘은 나이에 아직도
젊었을 때와 같이 건강하여 웅장한 시는 강뚝을 넘어뜨릴 것 같았고,
필력(筆力)은 힘차고 굳세어 거의 신선 같았다. 문집에 붙인 제(題)와
찬(贊)은 모두 온 세상의 유명한 선비들에 대한 것이니, 그 말을 후세
에 징험해 볼 만하다.

　나의 하찮은 문장으로 담비꼬리 같은 훌륭한 문장에 붙이려 하니
어찌 경중을 어찌 족히 따질 것이 있겠는가? 다만 생각하건대 나의
이름이 이미 〈회인시(懷人詩)〉 가운데 들어 있어 천 년 이후에도 그대
로 책 속의 사람이 될 것이니 아무런 말이 없을 수가 없다. 이에 장미수
(薔薇水)에 손을 씻고[35] 읽고서 책 끝에 발문(跋文)을 쓴다.

35　장미수(薔薇水)에 손을 씻고 : 당나라 풍지(馮贄)의 《운선잡기(雲仙雜記)》에 "유
종원은 한유의 시를 얻으면, 먼저 장미수에 손을 씻고 옥유향(玉蕤香)을 피운 다음에
책을 펼쳐서 읽었다.〔柳宗元得韓愈所寄詩 先以薔薇露灌手 薰玉蕤香後發讀〕"라는 고사
에서 나온 말로 경건한 마음으로 남의 글을 읽는다는 뜻이다.

잠箴

2편

사람으로서 해야 할 도리에 힘쓰며 귀신을 공경하라는 잠언
무오년(1918)

務民敬鬼箴 戊午

내가 일찍이 세상에 살면서 외롭고 약한 존재라는 것을 근심하여 사람의 도리가 믿고 의지할 데가 없다는 것을 알고, 날마다 귀신의 지혜를 가까이 하여 도움을 구하려 하였다. 산이 우뚝하고 시내가 흐르는 아주 깨끗한 곳을 만나 묵묵히 정성을 올리면 마음속에 절로 맺히는 것이 있는 것 같았다. 그러나 귀신에 의지하는 것은 멀고 아득하여 그 이치가 막연하였다. 귀신이 장차 나를 도울 것인가? 나를 돕지 않을 것인가? 내가 도움을 구하는 것은 나 자신의 사사로움만을 위한 것이 아닌데, 만약 귀신이 나를 보살펴주지 않으면 장차 어찌하겠는가? 하는 생각이 들었다. 멀리하면 그 자취가 보이는 것 같기도 하고, 가까이하면 그 소리가 들리는 것 같기도 하여, 나를 돕는 것 같기도 하고 나를 돕지 않는 것 같기도 하여, 텅 빈 것에 의지하여 날마다 그 참된 모습을 손상시켰다.

그런데 성인의 책에서 "사람으로서 해야 할 도리에 힘쓰며 귀신을 공경하면서도 멀리하라."[36]라는 말씀을 읽고 나서야 비로소 모든 의혹이 바람에 날린 것같이 쓸려 나가고 평지에 서서 실제에 발을 딛고 선 것 같아서 사방을 돌아보아도 명확함이 있게 되었다. 부자(夫子)께서 바라신 것은 다른 것이 아니라 실천에 마땅함을 얻는 것뿐이니, 예전에 본 것은 모두 안개나 아지랑이 같은 것이며, 예전에 들은 것은 모두 샘물이 흐르고 숲에 바람이 부는 것 같았다. 잠(箴)에 이르노니,

상제께서 나의 속마음 끌어내시고	帝誘余衷
미혹됨을 나에게 가르쳐 주셨네	汝迷余誨
네가 신을 구하면 그게 바로 신이니	汝求神卽神
그 밖의 것에서 구하지 말라	毋求諸外
한 가지 선으로 인하여	一善之因
신이 펴질 것이요	是神之伸
한 가지 악이 드러나면	一惡之發
신이 움츠려들 것이다	是神之屈
복은 자기가 불러들이는 것이고	福自己致
화도 자기가 불러들이는 것이니	禍自己召
원망하여 나의 지조를 바꾸지 말고	毋怨我移
덕을 베풀고 나에게 보답하기를 바라지 말라	毋德我報

---

36 사람으로서……멀리하라 : 《논어》〈옹야(雍也)〉에, 번지(樊遲)가 지(知)에 관해 묻자, 공자는 "사람으로서 해야 할 도의(道義)에 힘쓰고 귀신을 공경하면서도 멀리하면 지라 말할 수 있다.〔務民之義 敬鬼神而遠之 可謂知矣〕"라고 하였다.

어려운 것을 먼저 하고 얻을 것을 뒤로 하는[37] 잠언
先難後獲箴

내가 장차 하고자 하는 바가 있으나 얕은 재주에 구애되어 도에 나아가고자 하여도 지향하는 바가 미혹되어, 꿈에도 항상 신이 와서 깨우쳐 이끌어주길 바랐다. 마치 농부가 경작하지 않고 수확을 바라며, 행인이 길을 가지 않고 목적지에 도달하려는 것처럼 수고하지 않고 하루아침에 부귀의 즐거움을 누리고자 하였다. 사람들이 전하는 것을 들으면 마음으로 문득 부러워하며, 하늘의 운수가 돌아오면 나 역시 그렇게 되리라 여겼다. 만약 순우(淳于)에게 이것을 듣게 한다면, 어찌 다만 '크게 웃다가 갓끈이 끊어질 뿐이겠는가.'[38]

이보다 더 큰 것이 있으니, 학문을 하는데 힘을 덜 들이고 지름길을 얻으려 생각하고, 일을 하는데 비용과 힘을 적게 들이고 중요한 기술만을 얻으려 생각하는 것이다. 남들이 백 번 할 때 나는 한 번 하면서 공은 그 갑절을 얻으려 하니, 앉아서는 실질을 연마하지 않으면서 일어

---

37 어려운……하는 : 《논어》〈옹야(雍也)〉에 "'어려운 일은 먼저 하고 얻을 것을 뒤로 하면 어질다고 할 만하다.〔先難而後獲 可謂仁矣〕'"라고 하였다.

38 크게……뿐이겠는가 : 너무 가당치 않은 일에 대하여 조롱하는 것을 의미한다. 전국 시대 제나라 위왕(齊威王) 때 초(楚)나라가 대군(大軍)을 징발하여 제나라를 공격하자, 위왕이 순우곤(淳于髡)으로 하여금 금(金) 100근(斤), 거마(車馬) 10사(駟)를 가지고 조(趙)나라에 가서 구원병을 청하게 하였다. 순우곤이 너무 적은 예물(禮物)로 큰 혜택을 청하는 것을 가소롭게 여겨서 하늘을 쳐다보고 크게 웃으니, 갓끈이 몽땅 끊어졌다고 한다.

서서는 영예(令譽)를 구하는 것이다. 이것은 모두 이치에 맞지 않으니 도를 심하게 해치는 것인데, 내가 이러한 점을 모두 겸하였다. 아아! 지금 성인의 교훈을 들었으니 이제는 그만두어야 할 것이다. 잠(箴)에 말한다.

들판에 좋은 싹 있어도	野有良苗
김매지 않으면 어찌 수확하며	非芸何穫
웅덩이에 물고기 헤엄쳐도	洿有潛鱗
낚시하지 않으면 어찌 얻으리	非釣何得
오직 명철한 사람만이	此維哲人
행실을 닦아 녹을 구하고	砥行干祿
저 어리석은 사람들	彼維愚人
아무것도 안 하면서 복을 바라니	徼無望福
가까이 있는 것도 멀어질 수 있고	邇邇亦遙
멀리 있는 것도 가까워질 수 있네	遙遙可邇
내가 옛사람 생각해보니	我思古之人
벌단³⁹의 군자로구나	伐檀君子

---

39 벌단(伐檀) : 《시경》 〈위풍(魏風)〉의 편명(篇名)으로, 조정의 관원이 아무런 공도 세우지 못한 채 국록(國祿)만 축내는 것을 풍자한 시이다.

명 銘

남극편(南極篇) 2칙과 고매송(古梅頌) 1수를 붙였다.

세연암의 명 을묘년(1855, 철종6)

洗硯巖銘 乙卯

세연암은 나의 중부(仲父)의 돌아가신 할아버지 재산공(在山公)[40]이 이름을 짓고 손수 글씨를 쓰고 새긴 것이다. 계축년(1883) 가을에 중부가 그 바위를 씻어내고 나에게 명(銘)을 지으라고 명(命)하였다.

푸르스름한 저 벼랑[41]	蒼蒼雲根
봉새가 앉은 듯 고니가 서있는 듯	鳳蹲鵠峙
졸졸 흐르는 저 맑은 물	泌彼靈液
바로 여기가 그 근원일세	實源于此
고요하고 평온하여	窈窕而夷

---

40 재산공(在山公) : 김기장(金基長)을 말한다. 김윤식의 작은 아버지 김익정(金益鼎, 1803~1879)은 김만선(金萬善)에게 양자로 갔는데, 그의 아버지가 바로 김기장이다. 《재산집(在山集)》 9권이 남아 있다.

41 벼랑 : 원문의 '운근(雲根)'은 벼랑이나 바윗돌을 뜻하는 시어(詩語)이다. 두보(杜甫)의 시에 "충주 고을은 삼협의 안에 있는지라, 마을 인가가 운근 아래 모여 있네.〔忠州三峽內 井邑聚雲根〕"라는 표현이 나오는데, 그 주(註)에 "오악(五岳)의 구름이 바위에 부딪쳐 일어나기 때문에 구름의 뿌리라고 한 것이다."라고 하였다. 《杜少陵詩集 卷14 題忠州龍興寺所居院壁》

군자가 거닐었고   君子所履

깊은 웅덩이 맑고 깨끗하여   泓渟而潔

군자가 머문 곳이네   君子所止

한동안 돌보지 않아   俄失修護

잡초에 묻혀 무너져 버렸는데   蕪沒頹圮

베어나고 씻어내니   旣翦旣滌

그 아름다움 드러나네   乃呈厥美

바야흐로 한가로이 쉬면서   迨我宴暇

베개처럼 베고 몸도 기대니   載枕載倚

무성한 숲은 기뻐하는 듯   林茂如欣

흐르는 물소리도 즐거워하네   湍鳴亦喜

무성한 저 뽕나무와 가래나무[42]   菀彼桑梓

여전히 공경하고 우러르네   猶恭敬止

하물며 조상이 남기신 자취   矧伊遺澤

세 글자〔洗硯巖〕 그대로 여기 있구나   三字于是

소자가 명을 지으니   小子作銘

오직 바위에 부끄럽구나   維巖之恥

바라건대 영구히 전하여   庶傳永久

백년 천년 보게 하소서   閱千百禩

---

42 뽕나무와 가래나무 : 《시경》〈소반(小弁)〉에 "부모가 심은 뽕나무와 가래나무도
공경한다.〔維桑與梓 必恭敬止〕"라고 한 데서 온 말로 부모가 살던 고향을 뜻한다.

벼루의 명

硯銘

이공[43]의 좋은 이웃이요	李公芳隣
소씨[44]의 기름진 밭이네	蘇氏良田
금빛 모서리에 옥의 바다	金稜玉海
몸체는 네모나고 속은 둥그네	體包方圓
온윤하고 진밀하니	溫潤縝密
그 견고함 무엇에 견주리	孰比其堅
마음 비우고 묵묵히 있으니	虛心居默
누가 그 현명함을 알겠는가	孰知其賢
누추한 내 방에 들어와	入我陋室
내 책상 옆에 있구나	處我牀邊
나를 갈고 닦아서	使我琢磨
기울거나 치우치지 않게 해주네	無倚無偏

---

43 이공(李公) : 송의 서예가 이건중(李建中, 945~1013)을 지칭한다.

44 소씨(蘇氏) : 송나라의 문인 소식(蘇軾)을 지칭한다.

안석의 명

几銘

내가 너에게 기대려고 하면	吾將倚汝
중심 잃고 기우뚱거리네	將失於攲
너에게 기대지 못하면	將不倚汝
너를 무엇에 쓸 것인가?	汝將何爲
때때로 기댄 채 멍하니 앉아 있다가	有時嗒然
고개 숙여 탄식하고 고개 들어 한숨 쉬네	俯歎仰唏
나보다 먼저 깨우친 자는	先我覺者
오직 남곽자기[45]뿐이로구나	其惟子綦

---

45 나보다……남곽자기(南郭子綦) : 남곽자기처럼 주객(主客)을 초월한 경지를 지녔다는 말이다. 《장자》〈제물론(齊物論)〉에 "남곽자기는 궤석에 앉아서 하늘을 우러르고 탄식하는데 멍하게 있는 것이 마치 자신을 잃은 것 같았다.〔南郭子綦 隱几而坐 仰天而噓 嗒焉似喪其耦〕"라고 하였고, "지금 나는 나를 잃어버렸다.〔今者 吾喪我〕"라고 하였다. '우(耦)'와 '아(我)'가 바로 물아(物我), 즉 주객(主客)을 표현하는 말이다. 남곽자기는 초소왕(楚昭王)의 서제(庶弟)이고, 초장왕(楚莊王)의 사마(司馬)이다. 자는 자기(子綦). 도덕(道德)을 품고 허심망담(虛心忘淡)한 고사(高士)였다고 한다.

괴석의 명 2칙

怪石銘 二則

네 모습 크지 않고	爾形不莊
네 바탕 밝지 않건만	爾質不明
어째서 어른이라 하고 어째서 형이라고도 하나?[46]	胡爲丈胡爲兄
비록 노성함은 없어도	雖無老成
도리어 법도가 있네[47]	尙有典型
턱 괴고 가부좌하였으니	支頤趺坐
나한의 무리인가	羅漢之流歟
긴 목이 높이 매여 있으니	長頸高結
미명[48]의 무리인가	彌明之儔歟

---

46 어째서……하나 : 송나라 때 사람 미원장(米元章)이 천성으로 기이한 것을 좋아하였는데, 무위군(無爲軍)을 맡아보게 되게 되었을 때 처음 관아에 들어가 입석(立石)이 있는 것을 보고 자못 기이하게 여겨 곧 포홀(袍笏)을 가져오라 하여 그 돌에 절하고 늘 석장(石丈)이라 불렀다고 한다. 《燕語》

또 어떤 노인이 일찍이 하비(下邳)의 이교(圯橋)가에서 장량(張良)에게 《태공병법(太公兵法)》을 전해 주면서 "13년 뒤에 그대가 나를 제북 땅에서 보리니, 곡성산 아래의 누런 돌이 바로 나이니라.〔十三年孺子見我濟北 穀城山下黃石卽我矣〕"라고 하였다. 13년 뒤에 장량이 실제로 그곳에 가서 황석을 발견하고 사당에 봉안하였으며, 장량이 죽자 황석도 함께 장사 지냈다고 한다. 《史記 卷55 留侯世家》

47 도리어 법도는 있네 :《시경》〈탕(蕩)〉에서 "비록 노성한 사람은 없어도 도리어 법도는 있네.〔雖無老成人 尙有典刑〕"라고 했다.

48 미명(彌明) : 중국 당나라 때 형산도사(衡山道士)인 헌원미명(軒轅彌明)을 지칭

올려다보면 더욱 높고   仰之彌高

뚫어보면 더욱 단단하니⁴⁹   鑽之彌堅

덕업 닦아 도에 나아간 자인가 보다   德業進修者歟

한다. 한유(韓愈)의 제자들과 석정(石鼎)이란 제목으로 연구(聯句) 짓기를 해서 한유
(韓愈)의 제자들을 압도하였다고 한다. 《昌黎集 鼎聯句詩序》

49 뚫어보면 더욱 단단하니 : 인격이 고매하고, 의지가 강한 것을 나타낸 말이다. 안연
(顔淵)이 스승 공자의 도덕과 학문을 흠모해서 한 말로, 《논어》〈자한(子罕)〉편에
"우러러볼수록 더욱 높고 뚫어볼수록 더욱 견고하고 보면 앞에 있다가 홀연 뒤에 있다.
〔仰之彌高 鑽之彌堅 瞻之在前 忽焉在後〕"라고 하였다.

수신물명 보충 20칙

隨身物銘補 二十則

경오년에 산북(汕北) 신 선생(申先生)[50]이 지은 수신물명 30칙인 서질(書帙), 서안(書案), 필(筆), 지(紙), 묵(墨), 연(硯), 수중승(水中丞), 계척(界尺),[51] 안경(眼鏡), 목침(木枕), 죽공(竹筇), 은낭(隱囊), 포단(蒲團), 검화(劍火), 노(爐), 호자(虎子), 타호(唾壺), 섭자(鑷子), 소자(捎子), 척치(剔齒), 섬효(纖孝), 춘자선(椿子扇), 연간(煙杆), 경(鏡), 소(梳), 추(帚), 등(燈), 인광노(引光奴), 화도(火刀), 문집궤(文集匱) 등에 내가 명(銘) 20칙을 보충하여 지었다.

서가 書架

책을 읽는 자가 반드시 소장하는 것은 아니고	讀之者未必藏
소장한 자가 반드시 읽는 것은 아니네	藏之者未必讀
이런 까닭에 업후[52]의 서가가	是以鄴侯之架
학륭[53]의 배보다 못하다 하네	不如郝隆之腹

50　산북(汕北) 신 선생(申先生) : 신기영(申耆永, 1805～?)으로, 본관은 평산(平山), 호는 산북(汕北)이다. 신교선(申敎善, 1786～1858)의 아들로 경기도 광주(廣州) 두릉(斗陵)에서 살았다. 음직으로 감역관(監役官)을 지냈고 나이 80인 갑신년(1884, 고종21)에 노직(老職)으로 동지중추부사(同知中樞府事)를 제수 받았다.

51　계척(界尺) : 문구(文具)의 하나로 괘선(罫線)을 긋는 데에 쓰는 자를 말한다.

52　업후(鄴侯) : 당나라 때 업현 후(鄴縣侯)에 봉해졌던 이필(李泌)을 지칭한다. 그의 아버지 이승휴(李承休)가 대단한 부호로 2만여 권의 장서를 모아 후손에게 물려주었다고 한다. 장서가 많은 것을 업후서(鄴侯書)라 한다. 《唐書 李泌傳》

53　학륭(郝隆) : 동진(東晉) 때 사람이다. 남만 참군(南蠻參軍)이란 말직을 지냈다. 학륭이 칠석날 한낮에 밖으로 나가 배를 내놓고 누웠으므로, 어떤 이가 그 까닭을 물으

벼루집 硯匣

금성의 구비요	金城之曲
묵해의 웅덩이네	墨海之澳
옥 같은 그 사람	其人如玉
나무 집 속에 있구나	在其板屋

필통 筆牀

선비는 짧은 갈옷 온전치 못하고	士有短褐不完
집은 비바람 가리지 못해도 오히려 사치스럽게 여기네	
	風雨不蔽而猶侈
관성⁵⁴의 집은	管城之第
비취로 장식하고 산호로 새겨 넣더라도	至於鏤翡翠琢珊瑚
뜻을 잃는 경지에 가진 않으리	不幾犯乎喪志之戒

병풍 屏風

내가 하는 모든 것을	凡吾所爲
활짝 열고 속이지 말라	洞開而勿欺
사람이 사사롭게 숨기는 것이 있으면	人有隱私
덮어주되 더불어 알려고 하지 말라	蔽蓋而勿與知
왕원⁵⁵이 뜻을 굽혀서	又勿效王遠屈曲

니 배속에 든 책을 말리려 한다고 대답했다고 한다. 《世說新語 排調》

54 관성(管城) : 붓의 다른 이름이다.

55 왕원(王遠) : 《남사(南史)》 〈왕홍전(王弘傳)〉에서 "왕원은 자가 경서(景舒)로 광

다만 바람과 이슬 피하는 짓은 본받지 말라 　　　　　　徒避風露之罷

주렴 簾

봄낮이 고요하고 꽃 그림자 드리웠는데 　　　　　　春晝靜花影垂

가는 차 연기 귀밑머리처럼 날리네 　　　　　　茶煙細颺鬢絲

주역을 읽는 게 아니라면 바둑 구경하고 있으리라[56]

　　　　　　　　　　　　　　　　　如非研易定看棋

평상 牀

네가 기울고 삐뚤어졌으니 　　　　　　爾攲而頗

내 마음 편안하지 못하네 　　　　　　我心不安

내가 물건을 올려놓은 때문이니 　　　　　　知我載物

평평하지 않은들 어찌 하리요 　　　　　　不平則那

남이 차가우면 나도 차가워서 　　　　　　他寒我寒

이치가 반드시 서로 그러하네 　　　　　　理必相須

물건이 보잘것없다 말하지 말라 　　　　　　毋謂物微

요긴함이 실로 피부에 와 닿네 　　　　　　緊實切膚

옷걸이 衣桁

록훈을 지냈다. 그 때 사람들은 왕원은 병풍 같은데, 뜻을 굽혀서 나아가 세상을 좇아서 능히 비와 이슬을 피할 수 있었다.〔遠字景舒 位光祿勳 時人謂遠如屛風 屈曲從俗 能蔽風 露〕"라고 했다.

56 주역을……있으리라 : 주렴(珠簾)의 가로 세로 줄이 《주역(周易)》책에 그림자를 비추면, 바둑 공부하는 것이 된다는 뜻이다.

귀인과 천인이 감히 같이 쓰지 못하고   貴賤不敢通

남녀가 감히 함께 쓰지 못하네   男女不敢同

한 토막 나무이건만   一段之木

안팎으로 나누어 예속을 정했네   可以辨內外而定禮

수건 手帕

남의 때를 긁어서 자기 손 더럽히지 말고   毋刮人之垢徒自汚手

남의 허물 말해서 자기 입 더럽히지 말라   毋譚人之疵徒自汚口

물시계 漏壺

텅 비어 버렸으니 주공처럼 밤을 새운 듯[57]하고   窅窅者何周公思

방울방울 떨어지니 혹시 반희[58]의 눈물인가   滴滴者何班姬淚

똑똑 툭툭 떨어지며 사람의 일 재촉하네   丁丁東東催人事

향로 香鼎

---

57 주공(周公)처럼……듯 : 《맹자》〈이루 하(離婁下)〉에 "주공은 삼왕(三王)을 겸하여 네 가지 일을 시행하기를 생각하되 부합하지 않는 것이 있으면 우러러 생각하여 밤으로써 낮을 이었고 다행히 터득하게 되면 앉아서 새벽이 되기를 기다렸다.〔周公思兼三王 以施四事 其有不合者 仰而思之 夜以繼日 幸而得之 坐以待旦〕"라고 하였다. 따라서 밤새 물을 흘려 보내서 정확한 시간을 알려주는 물시계의 역할을 나라 일을 걱정하며 밤을 새운 주공에 비유한 것이다.

58 반희(班姬) : 반첩여(班婕妤)로, 한(漢)나라 성제(漢成帝) 때의 궁녀이다. 성제의 사랑을 받았는데 조비연(趙飛燕)에게로 총애가 옮겨가자 참소당하여 장신궁(長信宮)으로 물러가 태후(太后)를 모시게 되었다. 이때 자신의 신세를 소용없는 가을 부채〔秋扇〕에 비겨서 읊은 원가행(怨歌行)을 지었다. 《漢書 卷97 列女傳》

가까이 두는 물건이라 하는 것은　　　　　　　　以爲藝物也

대인과 군자가 일찍이 곁에 두었던 때문이요　則大人君子嘗近之矣

가까이 두지 않는 물건이라 하는 것은　　　　　以爲非藝物也

승려나 도사 같은 이단과 고혹적인 아녀자들이 곁에 두었기 때문이네

　　　　　　　　　　則緇黃異流暨兒女媚蠱者亦皆襯之矣

이것을 쓰는 것은 더러운 냄새 없애려 함인데　用是者將以求除邪穢

도리어 음탕함을 불러들이네　　　　　　　　　而或反招貪淫

들뜬 마음 없애려다가　　　　　　　　　　　　將以求銷浮念

도리어 온갖 근심 금치 못하네　　　　　　　　而猶不禁百慮之來侵

이것이 어찌 향의 잘못이겠는가　　　　　　　是豈香之過哉

모두 다 돌이켜 한 떨기 마음에서 구해야 하리　蓋亦反求乎一瓣之心

꽃병 花揷

한 송이 꽃은　　　　　　　　　　　　　　　　一是花也

산과 들의 적막한 물가에서 보았을 때는　　　見之於山野寂寞之濱

풀과 구별이 없었네　　　　　　　　　　　　　無別於草菅

좋은 집 아름다운 꽃병에 꽂아두고　　　　　　置之於金屋磵瓶之中

감탄하여 감상하고 다시 보니　　　　　　　　歎賞而改觀

사람을 만나냐 못 만나냐에 따라서 그렇게 되네　其於人遇不遇亦然

비록 그렇지만 고인 물은 쉽게 썩고　　　　　雖然止水易腐

뿌리가 없으면 살기 어려우니　　　　　　　　無根難存

하루아침에 시들어 버리네　　　　　　　　　　一朝萎謝

나는 그것이 버려져 땔감이나 될까 걱정하네　吾恐其去而爲薪也

찬잔 茗盌

남령[59]의 물과 용단승설[60] 차가 있어도	雖有南零之水龍團勝雪
알맞은 그릇에 담지 않으면	盛之不以其器
서시[61]가 불결[62]한 때 성은을 입는 것 같네	則如西子之蒙不潔

술잔 酒杯

술이 강물처럼 있고	有酒如河
고기가 언덕처럼 있어도	有肉如阿
내가 마시지 못하면 무엇 하리	奈吾之不飮何

대야받침 盥槃

씻고 씻고 닦고 닦으니	澡洗滌濯
맑고 깨끗하기가 신과 같네	清明如神
군자가 이를 본받으면	君子是則
그 덕이 날로 새로워지리	厥德日新

---

59 남령(南零) : 양자강의 남쪽에 있는 지명이다.

60 용단승설(龍團勝雪) : 찻잎을 쪄서 뭉친 고형차의 일종으로 엽전처럼 만들어서 돈차라 부르기도 했고, 용 무늬, 봉황 무늬를 음각해서 용단승설(龍團勝雪), 용봉단차 (龍鳳團茶)라고 부르기도 했다. 구양수의 《귀전록(歸田錄)》에 의하면, 휘종(徽宗) 선화 2년(1120) 정가간(鄭可簡)이 만들어 황제에게 바쳤다고 한다.

61 서시(西施) : 전국 시대 월나라의 유명한 미인으로 오왕 부차의 총애를 받았다.

62 불결(不潔) : 여자가 월경이 옴을 말한다. "서시도 깨끗지 않은 옷을 입으면 사람들 이 코를 막고 지나가고 비록 악인이라도 목욕재개를 하면 상제에게 제사 지낼 수 있다. 〔西子蒙不潔 則人皆掩鼻而過之 雖有惡人 齋戒沐浴 則可以祀上帝〕"라고 했다. 《孟子 離婁下》

어찌 죄수의 머리와 상을 당한 얼굴⁶³로 　　　　何爲囚首喪面

일부러 남과 다르게 하랴 　　　　　　　　　故異於人

저울 秤

수⁶⁴마다 저울질하나 　　　　　　　　　銖銖以稱之

한 근에 이르면 차이가 나네 　　　　　　　　至斤必差

그 미치지 못함을 싫어하다가 　　　　　　　惡其不及

자칫 눈금을 넘기리라 　　　　　　　　　　　將至於過

너무 무거운 것 달지 말고 　　　　　　　　　毋使慕重

뒤집힐까 경계하라 　　　　　　　　　　　　戒其覆汝

모든 군자는 　　　　　　　　　　　　　　　凡百君子

이 말을 경청하라 　　　　　　　　　　　　　敬聽斯語

치서노⁶⁵ 治書奴

---

63 죄수의······얼굴 : 송(宋)나라 때 소순(蘇洵)이 변간론(辨姦論)을 지어 왕안석(王安石)의 표리부동하고 음험한 행위를 지적하여 "대체로 얼굴에 때가 끼면 씻으려 하고, 옷이 더러우면 빨아 입으려고 하는 것이 바로 인정(人情)인데, 지금 마치 죄수처럼 머리도 빗지 않고 상중에 있는 사람처럼 얼굴도 씻지 않으면서 시서(詩書)를 말하고 있으니〔囚首喪面而談詩書〕, 이것이 어찌 그의 정(情)이겠는가."라고 한 데서 온 말이다. 《嘉祐集 卷九》

64 수(銖) : 한 냥의 1/24에 해당하는 무게, 즉 아주 작은 양을 말한다.

65 치서노(治書奴) : 종이를 자르는 칼을 가리킨다. 《청이록(淸異錄)》〈치서노(治書奴)〉에 "치서노는 마름질하는 칼이다. 책에서 삐쭉삐쭉하여 가지런치 않은 것을 다듬는 것은 붓과 먹, 벼루, 종이의 사이에 있는 일이라서 대개 노예의 일과 비슷하지만, 도리어 책에는 커다란 공이 있다.〔治書奴 裁刀 治書參差之不齊者 在筆墨硯紙間 蓋似奴

이것에만 힘쓰고 대체를 알지 못하면 속리라고 하니

但務是而不知大體謂之俗吏

홀로 소하와 조참[66]의 재상의 업적이 일어나게 된 이유를 듣지 못하였는가

獨不聞蕭曹相業之所由起

송곳 錐

끝이 삐져나와서 나오는 걸로 보았는데[67]　　　吾見其脫穎而求出

알고 보니 다시 구멍을 뚫고 들어가려 하는구나

知其將復鑽穴而求入

송곳이여 너의 재주를 어찌 미치겠는가　　　錐乎爾之能不可及

파리채 蠅拂

말을 많이 해서는 안 되니	談不可多
많아지면 원기를 손상하네[68]	多則損氣
네가 무리하게 조장하여	惟汝助虐

隸職也 却似有大功於書]"라고 하였다. 하찮아 보이는 일이 실제로는 그 일의 전체와 관련된 큰일이라는 뜻이다.

66 소하(蕭何)와 조참(曹參) : 두 사람 모두 한나라 유방(劉邦)을 보좌하여 칭제(稱帝)하게 한 개국공신으로 서로 연달아 재상(宰相)이 되었다.

67 끝이……보았는데 : 송곳을 주머니 속에 넣어두면 삐져나온다는 뜻으로 조나라의 평원군의 식객이었던 모수(毛遂)가 자신의 능력을 평원군(平原君)에게 보여주려고 한 말이다.《史記 平原君虞卿列傳》

68 말을……손상하네 : 승불을 들고서는 한가하게 청담 이야기만 나누었기 때문에 하는 말이다.

숙보[69]가 병든 것이고   叔寶斯瘁

진나라가 떨치지 못한 것도   晉之不振

오직 너를 쫓았기 때문이네[70]   職汝馴致

너의 이름은 파리채인데   汝名蠅拂

어찌 사람의 일에 관여하는가   何預人事

시통[71] 詩筒

갈대숲의 물가는   蒹葭之渚

그 사람이 거처하는 곳인데[72]   伊人所處

흥이 일면 문득 가서   興來輒往

맑은 노래 부르며 이야기하네   清歌晤語

---

69 숙보(叔寶) : 진(晉)나라 원제(元帝)때 사람 위개(衛介)의 자이다. 젊어서부터 사물에 대한 시비와 판단력이 뛰어났으며, 또 노장(老莊)에도 매우 밝아 왕징(王澄)은 위개의 오묘한 현담(玄談)을 듣고 나면 포복절도하곤 했다고 한다. 기골(氣骨)이 청수(清秀)하고 자태(姿態)가 미려(美麗)했는데, 양거(羊車)를 타고 길에 나서면 보는 사람들은 옥인(玉人)이라 일컫고 담처럼 둘러서서 구경했다. 27세 때 노질(勞疾)로 말미암아 죽었다. 결국 그 당시 청담한 이야기를 나눌 때는 승불을 들고 했고 위개는 무리하게 청담을 나누다가 죽었기 때문에 위개의 죽음을 승불 탓이라고 한 것이다.

70 진(晉)나라가……때문이네 : 옛날 위(衛)나라 숙보(叔寶)가 죽자 사곤(謝鯤)은 곡하며 말하기를, "동량이 부러졌다."라고 하였다. 따라서 진나라는 승불을 들고 이루어지는 청담이 너무 유행하여 나라가 망하게 되었다는 뜻이다.

71 시통 : 시객(詩客)이 얇은 대나무 조각에 한시의 운두(韻頭)를 적어 넣어 가지고 다니는 조그마한 통을 말한다.

72 갈대숲의……곳이네 : 친구를 그리워하는 마음을 표현하였다. 《시경》〈겸가(蒹葭)〉에 "갈대 푸르고 흰 서리 내렸는데 바로 그 사람 강 저쪽에 있도다.[蒹葭蒼蒼 白露爲霜 所謂伊人 在水一方]"라고 한 데에서 유래했다.

하루라도 보지 못하면	一日不見
시를 보내 서로 문안하는데	投詩相問
절주에 맞는 것을 구하지 않고	不求中節
갑자기 운을 쫓네	率然趁韻
아도 아니고 송⁷³도 아니네	匪雅匪頌
당시도 아니고 송사도 아니지만	匪唐匪宋
오만하게 흘겨보고 스스로 흡족해 하며	傲睨自得
술을 마시며 낭랑하게 읊조리네	銜盃瀏誦
남들이 모두 비루하게 여겨도	人皆爲鄙
편안히 부끄러운 줄 모르지만	恬不知恥
내 벗이 그것을 얻어서	我友得之
도리어 기뻐하네	反以爲喜
무엇으로 내게 보답할까?	何以報余
옥같이 아름다운 시들이라네	珍琳瓊琚
보배롭게 여기며 열어 읽어보니	珍重啓讀
맑은 바람이 옷깃에 스미네	淸風襲裾
세월이 달려가니	日月交馳
만나게 될 때는 언제런가	會合幾時

---

73 아(雅)도 아니고 송(頌) : 《시경》은 풍(風), 아(雅), 송(頌) 셋으로 크게 분류되는데, 아(雅)는 공식 연회에서 쓰는 의식가(儀式歌)로 다시 대아(大雅), 소아(小雅)로 나뉘어 전해진다. 송(頌)은 종묘(宗廟)의 제사에서 쓰는 악시(樂詩)이다. 악부를 통하여 상고인(上古人)의 유유한 생활을 구가하는 시로 현실의 정치를 풍자하고 학정(虐政)을 원망하는 시들이 많은데, 내용이 풍부하고 문학사적 평가도 높으며 상고의 사료(史料)로서도 귀중하다.

원컨대 소식을 자주 전하여　　　　　　　　　　願言嗣音

상사병에 걸리게 하지 마오　　　　　　　　　　毋貽相思

책상자 書簏

여기에 보물을 넣어 두면　　　　　　　　　　以之貯珠玉

남에게 알려질까 걱정하고　　　　　　　　　則惟恐人之見知

여기에 글을 넣어 두면　　　　　　　　　　　以之貯文字

남에게 알려지지 못할까 걱정하네　　　　　則惟恐人之不見知

알려지고 알려지지 않는 것 비록 다르나　　　　　顯晦雖殊

마음가짐은 오로지 사사로움이네　　　　　　　　秉心惟私

경계하여 밖에 드러내지 말지니　　　　　　　　戒爾勿出

드러내면 사람들이 하찮게 여기는 빌미[74]가 되리라

　　　　　　　　　　　　　　　　出則爲人覆瓿之資

---

74 하찮게 여기는 빌미 : 원문의 '부부(覆瓿)'는 항아리 뚜껑이라는 뜻으로 하찮은 물
건을 의미한다.

계녀[75]의 금독명 9칙 을해년(1875, 고종12) 겨울
季女衾鞱銘 九則 乙亥冬

부덕 婦德

여자에게 네 가지 가르침이 있으니	女有四敎
오직 덕을 우선으로 해야 하니	惟德爲先
착하게 선을 따르면서도	婉娩從善
스스로 어질다 하지 말아야 한다	而無自賢
유순하게 남을 공경하면서	柔順恭敬
독단하지 말아야 하니	而無自專
미덕을 간직하고 굳게 지키면[76]	含章可貞
아마도 큰 허물이 없을 것이다	庶無大愆

부녀자의 말 婦言

조상의 가르침에	先民有訓
부녀자는 말이 없어야 한다 하셨고	婦無長舌
사씨 여자의 현언[77]도	謝女玄言

---

75 계녀(季女) : 막내딸을 말한다. 여기서는 김윤식의 막내딸로 조덕하(趙德夏)의 부인이다.

76 미덕을……지키면 : 원문의 '함장가정(含章可貞)'은 《주역》〈곤괘(坤卦) 육삼(六三)〉에서 온 말이다. '함장(含章)'은 미덕(美德)을 속에 함축한다는 말로 "뛰어난 재능도 안으로 간직하고 자신의 도리를 지키면서 때가 오기를 기다린다. 만일 어떤 일이 있어 그 힘을 발휘한다고 해도 그 공은 윗사람에게 돌린다."라는 의미이다.

부녀자의 행실에 흠이 된다	閨行攸缺
하물며 평범한 부녀자는	矧伊凡婦
말 잘하는 것이 말 못함만 못함에랴	辯不若拙
아는 것을 참작하여 행동하고	參知而動
효험이 있으면 말해야 한다	可驗而說

부녀자의 용모 婦容

아름다운 부녀자의 용모는	媞媞婦容
부드러우면서도 법도가 있어야 하니	柔嘉維則
정중하고 고요하며[78] 깨끗하고 품위가 있으며	齊莊靜閒
안온하고 공손해야 한다	怡怡溫克
태만한 것은 오만함에 가깝고	惰慢近傲
곱게 꾸미는 것은 속이기를 잘하는 것이니	冶豔長慝
너의 행동을 삼가서[79]	淑愼爾止
훌륭한 덕행을 길러야 한다	以養懿德

---

77 사(謝)씨 여자의 현언(玄言) : 진(晉)나라 왕응지(王凝之)의 아내 사도온(謝道蘊)이 총명하여 재주가 있었는데, 그가 어릴 때 숙부 사안(謝安)이 눈이 내리는 것을 보고 말하기를 "분분한 하얀 눈이 그 무엇과 흡사한고.〔紛紛白雪何所似〕"라고 하자, 형의 아들 낭(朗)이 말하기를 "공중에다 소금 뿌린 것이 그런 대로 비슷하네.〔撒鹽空中差可擬〕"라고 하니, 사도온이 말하기를 "버들가지 바람 따라 일어남과 아니 같은가.〔未若柳絮因風起〕"라고 하였다 한다. 《世說新語 言語》

78 정중하고 고요하며 : 본문의 '제장(齊莊)'은 《중용장구》 제31장의 '제장중정(齊莊中正)'에서 나온 말이다. 지성(至誠)의 덕을 표현한 말로, 정중하고 고요하며 중도에 맞고 바르다는 뜻이다.

79 너의 행동을 삼가서 : 본문의 숙신이지(淑愼爾止)는 《시경》〈억(抑)〉에 나온다.

부녀자의 일 婦功

베 짜고 바느질하는 것은	織紝縫紉
오직 부녀자의 일이니	是維婦功
《시경》에서는 빈조[80]를 노래했고	詩稱蘋藻
《예기》에는 공궁(公宮)에 기록했다[81]	禮著公宮
부모 봉양[82]에는 정성을 다해야 하고	溲藱惟精
음식 요리에는 조절을 잘해야 한다-협운이다-	烹飪惟調
근면하고 절약하며	勤敏節儉
맡은 일은 반드시 몸소 해야 한다	執事必躬

시부모를 섬기는 도리 事舅姑之道

닭이 울면 옷을 갖춰 입고	鷄鳴盛服
공경히 부모님의 온청[83]을 여쭈어야 하고	敬問溫凊

---

80 빈조(蘋藻) : 물위에 떠 있는 마름풀과 잠긴 마름풀을 말한다. 여러 종친을 뜻하는
말로 법도에 따라 선조의 제사를 경건히 지냄을 말한다. 《시경》〈채빈(采蘋)〉에 "이에
마름을 뜯기를 남쪽 시내에서 하도다. 이에 마름을 뜯기를 저 흘러가는 도랑에서 하도
다.〔于以采蘋 南澗之濱 于以采藻 于彼行潦〕"라고 하였다.

81 공궁(公宮)에 기록했다 : 《예기》〈혼의(昏義)〉에 "옛날에는 부인이 시집가기 석
달 전에 조묘(祖廟)가 헐리지 않았으면 공궁(公宮)에서 가르치고, 조묘가 이미 헐렸으
면 종실에서 가르친다. 가르침이 끝나고 제사 지낼 때에는 반드시 제물은 물고기를
쓰고 나물은 빈조(蘋藻)를 사용하였던 것은 부인의 순(順)한 덕을 이루려는 때문이다."
라고 하였다.

82 부모 봉양 : 원문의 '수수(溲藱)'는 쌀뜨물을 말한다. 쌀뜨물로 국 같은 것을 끓이
면 부드럽고 맛이 나므로 전용(轉用)하여 "부모에게 맛있는 음식을 드리어 봉양하는
일"을 뜻한다.

단정한 모습으로 일하며   婉容趨事

조심스런 마음으로 명을 받들어야 한다   小心將命

재물을 쓸 때는 사사로움이 없어야 하고   有財無私

재물을 가지고 다투지 말라   與物無競

어버이를 기쁘게 하는 것이   得親歡心

집안의 경사이다   室家之慶

조상을 받드는 도리 奉先之道

제사를 공경하게 지내며   敬爾祭祀

태만하거나 싫어하지 말며   無怠無射

사랑하는 마음과 성실함을 다하고   致其愛愨

공경하게 음식을 만들어라   執爨踖踖

다른 족속을 제사지내지 말며   毋祀非類

음란 괴벽한 것을 믿지 말아야 한다   毋信淫僻

정성을 다하여 조상을 받들면   竭誠報本

백 가지 복이 더해질 것이다   百祿來益

친척과 화목하고 아랫사람을 이끄는 도리 睦親御下之道

종친과 화목하고   睦爾宗族

동서와 화목하며   和爾妯娌

노복에 대해서는   爰及婢僕

83 온청(溫淸) : 《예기》 〈곡례 상(曲禮上)〉에 "자식은 부모님에 대해서 겨울에는 따
뜻하게 해 드리고, 여름에는 시원하게 해 드려야 한다.〔冬溫而夏淸〕"라는 말이 나온다.

은혜롭게 대하라 　　　　　　　　　　　恩遇一視

밖에서 비난하는 말이 들리거든 　　　　　間言自外

자신을 반성하며 　　　　　　　　　　　反省乎己

집안 일을 단속하여 　　　　　　　　　　飭其內政

남편을 보좌하여라 　　　　　　　　　　以佐君子

내조하고 스스로 수양하는 도리 內助自脩之道

남편이 착한 일을 좋아하면 　　　　　　君子好善

따라서 이루도록 하고 　　　　　　　　將順成之

남편이 안빈하거든 　　　　　　　　　　君子安貧

슬퍼하거나 한숨 쉬지 말아라 　　　　　苟無戚咨

귀하게 되면 더욱 낮추고 　　　　　　　處貴愈卑

가득 찬 그릇을 든 것⁸⁴처럼 조심하여 　持盈若危

전전긍긍하며 　　　　　　　　　　　　戰戰兢兢

밤낮 이를 생각하라 　　　　　　　　　夙夜念玆

좋은 달 좋은 날에 　　　　　　　　　　吉月令辰

사위가 빈례를 하러 왔네 　　　　　　　君子來賓

예쁜 어린 딸⁸⁵이 　　　　　　　　　　婉孌季女

---

84 가득……것 : 원문의 '지영(持盈)'은 《도덕경(道德經)》 9장의 "손에 쥐고 가득 차서 흘러넘치게 하기보다는 아예 손에 쥐지 않는 것이 낫다.〔持而盈之 不如其已〕"라고 한 말에서 나온 것으로, 매사에 조심하면서 신중하게 대처하는 것을 말한다.

85 예쁜 어린 딸 : 《시경》〈후인(候人)〉의 "아름답고 예쁜 소녀가 이에 주리도다.〔婉兮孌兮 季女斯飢〕"라고 한 말에서 나온 말이다.

덕 있는 가문에 시집을 가네 歸于德門
평소에 너를 가르치지 못했는데 敎汝無素
무슨 말을 해줄까? 何以贈言
옛 가르침을 모아서 爰集古訓
금반⁸⁶을 대신하네 以代衿鞶

---

86 금반(衿鞶) : 금(衿)은 작은 띠이고, 반(鞶)은 작은 주머니로 세건(帨巾)을 담는 것이다. 딸을 시집보낼 때에 어머니가 작은 띠를 매 주고 수건을 매 주며 훈계하기를 "힘쓰고 공경하여 밤낮으로 집안일을 어기지 말라.〔勉之敬之 夙夜無違宮事〕"라고 하였고, 서모(庶母)가 문 안에 이르러 작은 주머니를 매 주고 부모의 명령을 거듭하여 훈계하기를 "공경히 듣고 네 부모의 말씀을 높여 밤낮으로 잘못이 없게 하여, 이 작은 띠와 주머니를 보라.〔敬恭聽 宗爾父母之言 夙夜無愆 視諸衿鞶〕"라고 말했다고 한다. 《儀禮 士昏禮》

남극[87]편 2칙 계해년(1863, 철종14) 1월 8일

南極篇 二則 癸亥元月初八日

나의 둘째 숙모 신(申)씨의 팔순 생신 아침의 축사이다.

찬란한 남극성이	煌煌南極
휘장과 침상을 비추네	照我帷牀
얼굴빛 항상 좋으니	其色常好
노모께서 집에 계신 때문이네	壽母在堂
삶은 고기와 채소가 있고	有肴有薪
감주와 술이 있네	有醴有酒
팔순 경사에	八旬之慶
거듭 미수[88]를 기도하네	申祈眉壽
술과 감주가 있고	有酒有醴
삶은 고기와 채소가 있네	有肴有薪
즐거워라 이 좋은 날	樂此令辰
모두 함께 복을 받으리	並受其福

옛적에는 어떠하였는가	在昔如何

---

87 남극(南極) : 남극성(南極星)으로, 사람의 수명을 주관하는 별이다. 보통 오래 살도록 축수(祝壽)할 때 쓰는 표현이다.

88 미수(眉壽) : 눈썹이 희고 길게 자라도록 오래 사는 수명(壽命)이라는 뜻으로 남에 대하여 축수(祝壽)할 때에 쓰는 말이다.

가난하고 보잘 것 없었네	其匱且微
지극히 신중하고 지극히 부지런하여	克愼克勤
조상의 덕을 이어 가문을 빛내었네	紹德門輝
시어머니를 사랑하여	媚于其姑
정신을 받들어 허물이 없었네	惠神無咎
효성스런 자손을 내려주시고	載錫祚胤
효성스런 며느리를 주셨네	及厥孝婦
돌보아 기르시고	鞠之育之
가르치고 이끌어 주셨네	敎之將之
하늘이 보답에 인색하지 않으시리니	天不吝厥報
자손이 번창하리라	子孫昌之

고매송 신묘년(1891, 고종28)
古梅頌 辛卯

울퉁불퉁한 몸통과 마디는	盎癭句贅
지리소[89]인가?	支離疏歟
새까맣게 마른 가지는	黯淡枯槁
산택에 은거하며 여윈 선비인가	山澤癯歟
춥고 거친 곳 달가워하며	甘處荒寒
죄수와 짝이 되었네	與囚爲伍
사람들 모두 너를 추하다 하지만	人皆醜汝
나는 예쁘게 본다네	我看媚嫵
빙설 같은 마음에	氷雪肝肺
철석 같은 심장	鐵石心腸
입으로 말하지 않아도	口雖無言
그 향기 저절로 풍기네	自聞其香

---

89 지리소(支離疏) : 장자에 나오는 곱추로 외모가 기괴하였다. 《장자(莊子)》〈인간
세(人間世)〉에 "지리소라는 자는 턱이 배꼽 근처까지 깊숙이 내려가 있고, 어깨는 정수
리보다 높으며, 상투의 끝은 하늘을 가리키고 얼굴은 하늘을 향해 들려져 있으며 넓적다
리의 뼈가 옆구리까지 올라와 있었다.〔支離疏者 頤隱於臍 肩高於頂 會撮指天 五管在上
兩髀爲脇〕"라고 하였다.

만향재명 병소서

晚香齋銘 幷小序

작고한 친구 이동련(李東蓮)[90] 상서(尙書) 헌영(鑪永)은 깨끗한 절조로 조정에 서서 고요하게 스스로를 지켰다. 그의 아들 수일(秀一) 군이 어려서부터 부친의 가르침을 받아 그 아름다움을 모두 이었다. 양주(楊洲)의 서산(西山) 아래 집을 짓고 만향(晚香)이라 편액하고 나에게 글을 구하여 명(銘)으로 삼고자 하였다.

무릇 사람의 평생을 논할 때는 특히 만절(晚節)[91]을 지키는 것을 귀하게 여긴다. 온 세상이 성색(聲色)과 화리(貨利)에 분주하게 내달리는 때에 그대는 홀로 초연하게 속진(俗塵)을 벗어나서 늙기도 전에 시골에 은거하였다. 담박한 것을 좋아하고 번화한 것을 싫어하여 오래된 밭의 국화꽃에 뜻을 부치고 그 집의 이름을 정하였다. 이는 선인의 뜻을 계승 발전시키고자 하여 그 만절을 지킨 것이니, 동련공(東蓮公)은 아마도 후손이 잘 되지 않겠는가? 드디어 명(銘)을 지어 말한다.

---

90 이동련(李東蓮) : 이헌영(李鑪永, 1873~1907)을 가리킨다. 조선 말기의 문신으로 본관은 완산(完山), 자는 경도(景度), 호는 경와(敬窩)이다. 1867년(고종4) 진사, 1870년 정시문과에 병과로 급제하여 홍문관 수찬에 특제되었다. 1881년 1월 신사유람단에 발탁되어 약 4개월 동안 일본에 머물면서 세관 관련 업무를 조사하였다. 그 후 개화파 관료가 되어 세관 관계 요직을 역임한 후, 1904년 경효전제조(景孝展提調)를 끝으로 관직에서 물러났다. 편찬서로는 《일본문견록(日本聞見錄)》, 《일본문견별단초(日本聞見別單草)》, 《일본세관시찰기(日本稅關視察記)》, 《조선국수출입반년표(朝鮮國輸出入半年表)》, 《나가사키세관규식초(長崎稅關規式草)》 등이 있다.

91 만절(晚節) : 늦게까지 변하지 않는 지조를 말한다.

동쪽 울타리에서 국화를 따노니　　　　　　　采采東籬兮

만절의 향기로다[92]　　　　　　　　　　　　　晚節之香

군자가 이를 본받아서　　　　　　　　　　　　君子則之兮

그 집에 편액을 하였네　　　　　　　　　　　　迺扁厥堂

거문고 있고 책 있으며　　　　　　　　　　　　有琴有書兮

술은 술잔에 가득하구나　　　　　　　　　　　有酒盈觴

서산의 상쾌한 기개 움켜쥐니　　　　　　　　挹西山之爽氣兮

이 가운데 참뜻이 있어서　　　　　　　　　　此中眞意兮

분별하려다 이미 잊어버렸네　　　　　　　　欲辨已忘

내가 장차 수레에 기름칠하고 말에게 꼴 먹여서 찾아가

　　　　　　　　　　　　　　　吾將膏車而秣馬兮

오직 그대를 따라 노닐고자 하네　　　　　　聊從子而徜徉

---

92 동쪽……향기로다 : 노년에 절개를 지키며 유유자적하는 은자의 삶을 표현한 도연
명의 〈음주(飮酒)〉에 나오는 "동쪽 울 아래에서 국화꽃을 따다가, 유연히 남산을 바라
보노라.〔採菊東籬下 悠然見南山〕"라는 구절을 인용하여 표현한 것이다.《陶淵明集 卷3
飮酒》

찬 贊

2수이다.

만회당[93]의 화상에 찬하다 병오년(1906, 광무10)

萬悔堂畫像贊 丙午

장중하기가 옥이 서 있는 듯하니	莊重玉立
그대 낭묘의 짝으로 어울리고	宜爾廊廟之儔
소탈하고 깨끗하게 들옷을 입으니	蕭散野服
푸른 갈대가 있는 물가의 은자와 같도다	宛在蒼葭之洲
맑게 여위어 드물게 빼어나	淸癯疏秀
정신은 만물 밖에 노니니	神遊物表
표표함은 교송[94]의 무리로구나	飄飄若喬松之流

---

93 만회당(萬悔堂): 이대직(李大稙, 1822~1915)으로, 본관은 한산(韓山), 초명은 석로(奭老), 자는 공우(公右), 호는 도헌(道軒), 만회당이다. 김윤식의 둘째 자형으로 1883년 별시문과(別試承旨)에 을과(乙科)로 급제, 수찬(修撰), 교수(敎授), 헌납(獻納), 동부승지(同副承旨), 예조 참의(禮曹參議)를 역임했다. 1885년 분병조 참지(分兵曹參知), 대사간에 이어 공조·호조의 참의(參議)를 지내고 정국이 혼란해지자 사직하고 낙향했다. 1904년(광무8) 장례원 소경(掌禮院少卿)에 보직되었으나 노령으로 사양했다.

94 교송(喬松): 교(喬)는 왕자교(王子喬), 송(松)은 적송자(赤松子)로 둘 다 늙지도 죽지도 않는 선인(仙人)인데, 장수(長壽)하는 사람을 지칭한다.

흥선대원왕 화상에 찬하다 경술년(1910, 융희4)
興宣大院王畫像贊 庚戌

깊은 산과 큰 못의	深山大澤
용과 호랑이 같아 예측할 수 없는 사람이라는 말은	龍虎不測人
한유[95]가 북평왕을 찬한 말[96]이고	昌黎之贊北平王也
처음에는 걸출한 사람이라 여겼는데	始以爲魁然
만나보니 키가 작은 사람이라는 말은	乃眇少丈夫
조나라 사람이 맹상군을 찬한 말[97]이네	趙人之贊孟嘗也
10년 동안 정사 도와	十年輔政
기강을 크게 떨쳤고	大振紀綱
적석[98]의 걸음걸이 진중하여	赤舃几几

---

95 한유(韓愈) : 768~824. 중국 당(唐)나라의 문인이다. 자는 퇴지(退之), 호는 창려(昌黎), 시호(諡號)는 문공(文公)이다. 당송 팔대가의 한 사람으로, 사륙변려문을 비판하고 고문(古文)을 주장하였다. 시문집에 《창려선생집(昌黎先生集)》이 있다.

96 북평왕(北平王)을 찬(贊)한 말 : 한유가 친분이 있던 명문가의 아들 마계조(馬繼祖)가 죽자, 그의 할아버지와 아버지까지 삼대를 떠올리며 애도한 〈진중소감마군묘지명(隴中少監馬君墓誌銘)〉에 나온 구절이다.

97 맹상군(孟嘗君)을 찬(贊)한 말 : 사마천의 《사기(史記)》〈맹상군열전(孟嘗君列傳)〉에 나온 구절이다. 맹상군(孟嘗君, ?~기원전 278)은 중국 전국 시대 제나라의 재상으로, 초나라의 춘신군, 조나라의 평원군, 위나라의 신릉군과 더불어 전국(戰國) 말기 사군(四君)의 한 사람으로 불린다.

98 적석(赤舃) : 옛날 천자와 제후가 신던 붉은 색의 신발로 《시경》〈낭발(狼跋)〉에 "공(公)은 겸손하고 크고 아름다우니, 적석(赤舃)의 걸음이 진중하다.〔公孫碩膚 赤舃

변을 당해도 평상시 같았으니   處變如常

천년이 지난 후에   千載之下

희씨[99]의 아량 다시 보았네   復見姬氏之雅量

几几]"라고 하였다.

99   희씨(姬氏) : 주나라 천자의 성이며 주로 주공(周公)을 지칭한다.

전문 箋文

모두 10편인데 3편만 수록하였다.

경복궁으로 어가를 옮긴 일을 축하할 때 백관이 올리는 글

정묘년(1867, 고종4)

景福宮移御陳賀時百官箋文 丁卯

각전(各殿)의 전문은 수록하지 않았다.

옛 궁궐을 중건하여 임금님의 수레를 옮기니 나라의 기반이 이로부터 영원히 안정되고, 하늘의 뜻에 부합되길 기다렸던 것 같습니다. 이는 참으로 우리 동방의 크나큰 경사로, 신들은 지극한 기쁨을 이기지 못하여 삼가 축하하는 전문(箋文)을 받들어 올립니다. 신들은 참으로 기뻐하며 머리를 조아리면서 말씀을 올립니다.

삼가 생각하건대, 선조의 업적을 계승[100]하시어 선인들께서 겨를이 없어 하지 못하셨던 성대한 일을 이으셔서 여기에서 일어나고 여기에서 잠자며 오늘의 어가(御駕)를 옮기는 성대한 의식을 보게 되었습니다. "군자가 사는 집[101]이니 큰 명이 함께 하리라[102]"라고 하였는데, 오직

---

100 선조의 업적을 계승 : 원문의 '긍구긍당(肯構肯堂)'은 긍당긍구(肯堂肯構)와 같은 말로, 부조(父祖)의 창업을 자손들이 잘 계승함을 가리킨다. 《서경》〈대고(大誥)〉에, "비유하면 아버지가 집 짓는 법을 정해 놓았는데도 그 아들이 집터를 제대로 닦으려 하지 않는데 하물며 기꺼이 집을 지으려 하겠는가."라고 한 데서 유래하였다.

주상 전하께서는 성인(聖人)으로 이미 있었던 것을 훌륭하게 만드셨으
니 응당 끝없는 복이 있으실 것입니다. 옛 법도를 수복하여 어기지도
않고 잊지도 않으면서[103] 법도를 지키시고 기강을 세워 큰 정치를 펴서
표준과 중도를 세워[104] 근본을 교화하셨습니다. 이에 성상의 어가를
옛 궁궐로 옮기시는 때를 맞이하니 제비가 큰 집이 완성된 기쁨을 절실
히 노래합니다.[105] 삼가 생각하건대 신들은 큰 운수를 만난 때에 조정의
반열에 참여하고 있으면서도, "아름답구나, 크고 빛나네!"[106]라는 장로

---

101 군자가 사는 집 : 원문의 군자유우(君子攸芋)는 《시경》〈사간(斯干)〉에서 새 집
을 지은 기쁨을 노래한 시에 나오는 말인데, "풍우도 이제는 막게 되고, 새와 쥐들도
모두 떠났나니, 이곳은 군자가 사는 곳이라오.〔風雨攸除 鳥鼠攸去 君子攸芋〕"라고 하였
다.

102 큰……하리라 : 원문의 '경명유복(景命有僕)'은 《시경(詩經)》〈기취(旣醉)〉에
나오는 말로 "군자에게 만년토록 큰 명이 함께 하리라. 큰 명이란 무엇인가, 바로 여사를
내려 주시는 것이라네.〔君子萬年 景命有僕 其僕維何 釐以女士〕"라는 구절이 나온다.

103 어기지도……않으면서 : 원문의 '불건불망(不愆不忘)'은 《시경》〈가락(假樂)〉
에 나오는 말이다..

104 표준과 중도를 세워 : 원문의 '건극건중(建極建中)'은 임금이 중정(中正)의 도를
세움으로써 모든 사람의 준칙(準則)이 될 수 있도록 하는 것을 말한다. 《書經 洪範》

105 제비가……노래합니다 : 《회남자(淮南子)》〈설림훈(說林訓)〉의 "큰 건물이 이
루어지매, 제비와 참새가 와서 축하를 한다.〔大廈成而燕雀相賀〕"라는 말에서 비롯된
것이다.

106 아름답구나……빛나네 : 《예기》〈단궁 하(檀弓下)〉에 나온다. 진(晉)나라 헌문
자(憲文子)가 저택을 신축하여 준공하자 대부들이 가서 축하하였는데, 이때 장로가
"규모가 크고 화려하여 아름답도다. 제사 때에도 여기에서 음악을 연주하고, 상사 때에
도 여기에서 곡읍하고, 연회 때에도 여기에서 국빈과 종족을 모아 즐기리로다.〔美哉輪
焉 美哉奐焉 歌於斯 哭於斯 聚國族於斯〕"라고 축원하였다. 보통 건물을 낙성했을 때
축하하는 의미로 많이 쓰인다.

(長老)의 훌륭한 축하의 말에 부끄러움을 느낍니다. 천명이 은나라의
역년(歷年)과 하나라의 역년(歷年) 같이 영원히 그치지 않고[107] 주나라
에서 처음으로 정사를 잡고 교화를 베푼 것[108]과 같기를 바랍니다.

---

107 천명이……않고 : 《서경》〈소고(召誥)〉에 "우리가 천명을 받는 것이 크게 하나라
의 역년과 같으며 은나라의 역년과 같아서 영원히 그치지 않도록 하라.〔我受天命 丕若
有夏歷年 式勿替有殷歷年〕"라고 한 말이 나온다.

108 주나라에……것 : 주(周)나라 소공(召公)이 새로 즉위한 성왕(成王)에게 고하기
를, "왕께서 처음 정사를 펴시게 되었는데, 아, 마치 자식이 태어나면 모든 일이 처음
태어날 때에 달려 있어 스스로 현명한 자질을 타고나지 않음이 없는 것과 같습니다.
이제 하늘이 밝음을 명할지, 길흉을 명할지, 오랜 국운을 명할지는 지금 우리가 처음에
정사를 어떻게 하느냐에 달려 있습니다.〔王乃初服 嗚呼 若生子 罔不在厥初生 自貽哲命
今天其命哲 命吉凶 命歷年 知今我初服〕"라고 한 말에서 유래하였다. 《書經 召誥》

천진의 여러 관원들이 어전에 보내는 회례[109] 물품을 경건히 받고서 답장한 전 임오년(1882, 고종19) 4월

祗領天津諸員御前回禮回箋 壬午四月

옥헌(玉軒)[110]·장원(藏園)[111]·속문(涑文)[112]·소운(筱雲)[113]·옥산(玉山)[114]·향림(薌林)[115] 등 존형 대인 각하께

---

109 회례(回禮) : 외교상 상대방이 가져온 예물에 대하여 회답으로 보내는 예물을 뜻한다.

110 옥헌(玉軒) : 정조여(鄭藻如, 1824~1894)로, 자는 지상(志翔), 호는 예헌(豫軒), 옥헌이다. 청나라 말의 외교관으로 이홍장의 인정을 받아 막료로 활동하였다.

111 장원(藏園) : 유지개(游智開, 1816~1899)로, 자는 자대(子代)이고 호(號)는 평원(平原), 또는 염방(廉訪), 장원이라고도 한다.

112 속문(涑文) : 허기광(許其光, 1827~?)으로, 자는 무소(懋昭), 요두(耀斗), 호는 숙문(叔文) 또는 속문(涑文)이다. 광동 번우(番禺) 출신으로 1850년 경술년 과거에 증상방(增祥榜) 진사 제2등으로 합격하였다.

113 소운(筱雲) : 왕덕균(王德均)으로, 강남철창(江南鐵廠) 감공(監工), 천진(天津) 남국 총판(南局摠辦)을 역임하였다. 저서에는 영국 부란아[傅蘭雅 ; John Fryer, 1839~1928] 구역(口譯), 왕덕균 필술(筆述)의 《해도도설(海道圖說)》 14권과 부록 《장강도설(長江圖說)》 1권이 있다. 또한 중국 지리와 지명의 서양식 명칭을 소개, 서양 과학기술 서적을 다수 번역하였다.

114 옥산(玉山) : 주복(周馥, 1837~1921)으로, 자는 무산(務山), 호는 난계(蘭溪), 안휘(安徽) 지덕(至德) 사람이다. 현승(縣丞), 지현(知縣) 등을 지내고, 1870년에 북양해군(北洋海軍)을 건립하는 일과 천진무비학당(天津武備學堂) 건립에 참여했다. 1877년에 영정하도(永定河道)에 임명되고, 1881년에 진해관도(津海關道)에 임명되었다. 또한 천진병비도(天津兵備道)를 겸했다. 1888 직례안찰사(直隸按察使)로 승진하고, 갑오전쟁(甲午戰爭) 후 전적영무처총리(前敵營務處總理)가 되고, 마관화의(馬關

지난번 간략한 편지를 받고 아울러 폐백을 담은 광주리를 보내어 많은 재물로 후의를 보여주시고, 일개 사신에게 정성스런 말로 부탁하셨습니다. 외람되게 왕명을 받든 사신으로서 감히 절하며 사례 드리지 않을 수 있겠습니까.

존경하는 여러 대인들께서는 주옥 같은 시구가 가슴속에 가득하고 뱃속에 경륜을 품으셔서 계책이 원대하고 마음속에는 경계를 두고 있지 않으십니다. 시사(時事)가 어렵고 위태로워 우리나라가 철류(綴旒)하는 이때[116] 되돌아가는 날을 맞이하였는데, 후하게 예물을 주시는 의례를 베풀어 주시니, 고려가 서적을 구하는 것을 물리쳤던 파공(坡公 소동파)의 좁은 소견이 웃음거리가 되고,[117] 정경(鄭卿 정자산)이 모시옷을 준 것[118]이 아직도 오(吳)나라의 미담(美談)으로 전해지는 것을 생각나게 합니다.

議和) 후에 신병으로 물러났다.

115 향림(薌林) : 유함방(劉含芳, 1840~1898)으로, 자는 향림이다. 안휘성(安徽省) 귀지현(貴池縣) 출신으로 법문(法文)에 밝았다. 이홍장의 신임이 두터웠으며 북양연해륙 전적영무처(北洋沿海陸前敵營務處)를 관리한 바 있다.

116 철류(綴旒)하는 이때 : 철류는 깃술이 바람 따라 흔들리며 왔다 갔다 하는 것으로 국가의 형세가 위급함을 말한다.

117 고려가……되고 : 소식(蘇軾)은 고려 사신의 왕래에 따른 제반 경비가 많이 들고, 또 고려가 거란(契丹)과 동맹을 맺고 있기 때문에 송의 정보를 거란(契丹)에 빼돌릴 수 있는 점 등을 들어 고려의 사신이 송에 들어오지 못하도록 하자고 주장하였다. 그는 고려와의 관계를 통한 송의 정보 유출을 두려워하였는데, 그 중에서도 특히 서적(書籍)이 고려에 들어감을 매우 경계하였다.

118 정경(鄭卿)이……것 : 깊은 우의(友誼)를 말한다. 오나라의 계찰이 정나라에 사신을 가서 정자산에게 호대(縞帶)를 주자, 자산은 모시옷을 바쳤다.

사보(四寶)[119] 중 셋이 있으니 벼루 옆 좋은 벗들과 만났고, 오명선(五明扇)[120]이 짝을 이루니 해외에 어진 바람을 드날렸습니다. 고저(顧渚)와 운유(雲腴)[121]는 향기가 비색의 옛 찻잔에 떠 있고, 남전의 햇볕이 따뜻하니 먼 나라의 진귀한 음식에서 빛을 발합니다.[122]

마침내 균재(稇載)[123]를 가득 싣고 돌아가게 하여 은근(慇懃)하신 뜻을 대신 전하도록 하셨습니다. 저희들은 마땅히 열 겹으로 깊이 갈무리하여 구류(九琉)[124]를 공손히 올리겠습니다. 은혜로운 덕음(德音)을 생각하면 아름다운 시(詩)로 보답할 것이 아니라, 조정의 국면을 유지하여 태산 반석같이 편안하게 해야 할 것입니다. 공손히 받아온 예물의 목록과 함께 삼가 편지를 덧붙여 아룁니다. 모두 세밀하게 살펴보시기를 바라며, 삼가 편안함을 기원합니다.

---

119 사보(四寶) : 붓·먹·종이·벼루를 지칭한다.

120 오명선(五明扇) : 진나라 최표(崔豹)의 《고금주(古今注)》에 주(周)나라 무왕(武王)이 쓰던 부채 오명선(五明扇)이 있었다는데 최초의 초량선(招凉扇)이라고 전한다. 순이 요에게 왕권을 물려받고 널리 눈과 귀를 열어 어진 사람을 구해 보필하게 한다는 뜻으로 오명선을 만들었다고 한다.

121 운유(雲腴) : 고저(顧渚)와 운유(雲腴)는 모두 좋은 차의 별칭이다.

122 남전(藍田)의……발합니다 : 남전은 중국 섬서성(陝西省) 남쪽에 있는 산으로 아름다운 옥(玉)이 많이 생산된다는 곳으로 위의 구절은 당나라 말기의 시인 의산(義山) 이상은(李商隱, 812~858)의 시 〈금슬(錦瑟)〉에 나오는 "남전의 해가 따뜻하니, 옥돌에 연기가 피어 오르네.〔藍田日暖玉生煙〕"라는 구절을 인용한 것이다.

123 균재(稇載) : 빈손으로 갔다가 전대에 가득 담아 돌아오는 것을 말한다. 여기서는 중국으로 가서 많은 견문을 얻고 훌륭한 예물을 받아 돌아올 채비를 하고 있음을 뜻한다.

124 구류(九琉) : 구류(九琉)는 구류(九旒)의 잘못인 듯하다. 구류는 구류관(九旒冠)으로 청의 황제가 주는 하사품 가운데 하나이다.

주옥산의 신년 하전에 답하다

答周玉山新年賀箋

다른 축하 전문(箋文)은 수록하지 않았다

사물이 남쪽으로부터 빛나니, 삼계(三階)[125]가 맑은 길조를 밝힙니다. 기(氣)가 인방(寅方 동북동)에서 이끌리니 육률[126]이 따뜻한 기운을 펼치는 형상을 열고 있습니다. 기쁘게 편지를 열어보고 한 조각 지극한 정성을 맞이하였습니다.

존경하는 옥산(玉山) 인형(仁兄) 대인 각하께서는 큰 덕을 큰 쇠종에 장식하고, 풍성한 공덕을 솥에 새기셨으며, 뛰어난 계책을 온 천하에 드리워 아름다운 은혜가 우리나라에까지 미치게 하였고,. 천진(天津) 해관(海關)의 권한을 맡아 명성을 만국에 날렸습니다. 비록 아름다운 모습을 가까이 뵙지는 못했지만 훌륭한 말씀은 명심하고 있습니다.

저는 변변치 못한 자질을 부끄러워하면서 헛되이 무거운 임무에 얽매어 흰머리가 해가 갈수록 늘어나고 어려움을 구제하기에 부족함을 느끼면서도, 평소 마음속에는 옛 친구에 대한 그리움이 항상 맺혀 있습니다. 내내 편안하시길 기원하며 역(驛)에 핀 매화를 부쳐 소식을 전합니다. 편지로 안부를 전하며 공손히 이렇게 회답합니다. 삼가 신년의 기쁨을 하례 드리며, 대감의 복을 송축 드립니다.

---

125 삼계(三階) : 삼태성(三台星)을 말한다. 북두칠성 밑에 있는 자미성을 지키는 별이다. 각각 두 개의 별로 된 상태성(上台星), 중태성(中台星), 하태성(下台星)으로 이루어져 있다.

126 육률(六律) : 십이율(十二律) 중 양성(陽聲)에 속하는 여섯 가지 음(音), 곧 황종(黃鍾), 대주(大簇), 고선(姑洗), 유빈(蕤賓), 이칙(夷則), 무역(無射)을 말한다.

상량문 上樑文

모두 3편인데 1편을 수록하였다.

자미당[127] 상량문 을해년(1875, 고종12)
紫薇堂上樑文 乙亥

삼가 아룁니다. 단의(丹扆)[128]를 두른 황극의 존엄한 자리에 편안한
침소를 갖추셨습니다. 자원(紫垣)[129]이 늘어선 별들이 빛나는 자리에
떠 오른 듯 보배로운 편액이 새롭습니다. 요사한 기운이 바뀌어 상서
롭게 되니 갔다가 돌아오지 않는 것이 없습니다. 《황도(黃圖)》[130]의

---

127 자미당(紫薇堂) : 경복궁의 침전으로 1876년(고종13) 화재로 불탄 것을 1888년
(고종25)에 다시 중건하여 현재에 이르고 있다. 《고종실록》에 따르면 중건 당시 자미당
상량문 제술관에 심순택(沈舜澤), 서사관에 민영환(閔泳煥), 현판서사관에 이유승(李
裕承)을 계청(啓請)한 것으로 나와 있어 이 상량문이 당시의 상량문과 동일한 것인지는
알 수 없다. 《高宗實錄 25년 4月 12日》

128 단의(丹扆) : 천자가 제후를 인견할 때 천자 뒤에 둘러치는 붉은 빛깔의 병풍으로
단의육잠(丹扆六箴)의 줄인 말이다. 단의육잠은 당나라 경종(唐敬宗) 때 이덕유(李德
裕)가 경종을 풍간(諷諫)할 목적으로 써서 올린 여섯 가지 잠언을 말하는데, 경종이
가상히 여겨 단의에 붙이고 단의육잠이라 불렀다. 《唐書 卷180 李德裕列傳》

129 자원(紫垣) : 자미원(紫微垣)의 약칭으로 천자가 거처하는 곳을 말한다.

130 황도(黃圖) : 《삼보황도(三輔黃圖)》를 지칭한다. 이 책은 진(秦)·한(漢) 시대
장안(長安)의 지리와 궁전(宮殿)·능묘(陵墓)·학교(學校)·교치(郊畤) 및 주대(周
代) 유적 등의 위치와 모습을 수록한 책으로, 현재는 6권으로 전해지고 있다.

옛 기록을 상고해 보면 자미고당(紫薇高堂)이 있습니다. 맑은 기운이 화산(華山)[131]의 남쪽에 모여 성대히 아름답게 서리었고, 복도는 법전(法殿)[132]의 뒤로 이어져 어느덧 여기에 화려하게 아로새겨져 있습니다.

육열(六列)[133]과 구어(九御)[134]의 가르침은 안에서부터 교화되어 밖으로 미치고, 하루 만 가지 정무(政務)를 살피는 겨를에도 안일함을 억제하고 수고를 펼치셨습니다.

옥같이 아름다운 문미(門楣)에 이름을 내리는 일은 모두 진귀한 화초가 오래 사는 것을 취한 것입니다. 당나라 궁전의 아름다운 제도를 좇아서 붉은 노을이 은은히 비치게 하였고, 문묘(文廟)에 임금이 임하는 법도를 생각하여, 취화(翠華)[135]를 그려 넣었습니다. 천지가 만나 만물이 이루어지는 때를 접하여 초전(椒殿)[136]의 정숙하고 아름다움과 짝을 이루었습니다. 온전한 덕은 밝음을 향한 다스림[137]을 계승하고 모궁(茅宮)[138]의 높고 넓음을 송축하였습니다.

---

131 화산(華山) : 경복궁 뒤에 있는 북악산의 별칭이다.

132 법전(法殿) : 임금이 백관(百官)의 조하(朝賀)를 받는 정전(正殿)을 말한다.

133 육열(六列) : 후(后)·비(妃)·부인(夫人)·빈(嬪)·세부(世婦)·여어(女御) 등 임금이 거느리는 여섯 계급의 궁녀를 말한다.

134 구어(九御) : 후궁(後宮)의 아홉 궁녀이다. 궁녀를 9인 1조로 하여 9조, 즉 81명이 왕의 시중을 들게 한 데서 온 말이다. 《周禮 內宰》

135 취화(翠華) : 푸른 깃털 장식의 깃발 혹은 수레로, 대가(大駕)나 제왕의 대칭으로 쓰이는 표현이다.

136 초전(椒殿) : 초벽(椒壁)을 두른 후비(后妃)의 궁전(宮殿)을 말한다.

137 온전한……다스림 : 《주역》〈설괘전(設卦傳)〉에 "성인은 남쪽을 향해서 천하의 정사를 듣고, 밝음을 향해 다스린다.〔聖人南面而聽天下 嚮明而治〕"라고 하였다.

어찌하여 구사효(九四爻)¹³⁹의 큰 동량(棟梁)이 지난번에는 106의 재앙¹⁴⁰을 만났습니까? 삼계(三階)¹⁴¹가 희미하여 겨우 나라를 다스리는 법도를 분별하였는데, 온갖 영령들께서 보호하시어 성군이 거처하는 것을 알 수 있었습니다. 의지하고 우러러볼 곳이 없으니, 갱장(羹墻)¹⁴²을 사모하였으나 마음을 붙일 곳 없었습니다. 지나온 세월이 매우 오래되어 수리하려고 하였으나 겨를이 없었습니다. 삼가 생각하건대 교화가 장막처럼 널리 퍼지자 대궐의 위치는 넓고 바른 곳에 자리 잡았습니다. 대궐을 세운 것은 황하의 물이 맑아지는 길운¹⁴³에 응하여 《보도(寶圖)》의 큰 명(命)을 따른 것이니, 한(漢)나라의 궁궐이 천하가 윤택해지는 상서로운 때를 바라며¹⁴⁴ 후손에게 연익(燕翼)을 베푼

---

138 모궁(茅宮) : 임금의 검소한 생활을 이른다. 옛날 요순(堯舜)은 천자(天子)가 되어서도 흙섬돌은 세 등급만 쌓고[土階三等], 띠로 인 지붕은 끝을 베지 않았다.[茅茨不翦]라고 한 데서 온 말이다.

139 구사효(九四爻) : 《주역》〈건괘(乾卦)의 구사(九四)〉로 '혹약재연무구(或躍在淵 无咎)'라고 한다. 구사효의 위치가 임금의 바로 아래 신하의 자리라는 뜻으로 쓰인다.

140 106의 재앙 : 《음양서(陰陽書)》에 따르면 1백 6년 만에 세상에 액운(厄運)이 온다고 한다.

141 삼계(三階) : 3층 계단이 있는 곳으로 군왕이 있는 곳을 가리킨다. 《관자(管子)》〈군신 상(君臣上)〉에 "삼계 위에 앉아 남쪽을 향하여 요구를 받아들인다." 하였다.

142 갱장(羹墻) : 사람을 앙모(仰慕)하는 일을 말한다. 예전에 요(堯)임금이 죽은 후 순(舜)임금이 3년을 앙모하여, 앉으면 담[墻]에, 먹으면 국[羹]에 요임금이 보였다고 한다.

143 황하의……길운 : 성인(聖人)이 태어나서 태평성대를 이루는 때를 말한다. 황하의 물은 본디 탁하여서 맑을 때가 없으나 천 년마다 한 차례씩 맑아지는데, 이는 성인이 태어날 조짐이라고 한다.

144 한(漢)나라의……바라며 : 자미당(紫薇堂)을 중건한 일을 한 무제(漢武帝) 때

것[145]과 같습니다. 궁실을 낮게 짓고 거친 음식을 먹는 것은 만백성들에게서 정해진 세금을 바치도록 하려는 것이요, 폐단을 고치고 쇠약한 것을 흥하게 하는 것은 여러 조상들께서 이루지 못한 사업을 추진하려는 것입니다.

돌이켜 보건대 계술(繼述)[146]의 도리를 잘 잇는 것은 긍구긍당(肯構肯堂)[147]하는 계책을 세우는 것이 우선입니다. 면적을 헤아려 도량형을 통일하는 것은 제도는 비록 옛것을 모방하였으나 잡초를 베고, 가시나무를 파내니, 공업을 새롭게 창설하는 것과 같습니다. 육룡(六龍)[148]이 계단과 평지에 배회하며 성인의 남겨진 자취를 어루만지고, 쌍봉(雙鳳)은 하늘을 날아다니니 왕자의 중후한 위엄을 보입니다. 밝은 교화

백량전(栢梁殿)을 중건한 일에 비유한 것이다. 한 무제 때 백량전이 불에 탔는데, 월(越)나라 무당 용지(勇之)가 "화재가 발생했을 경우 다시 큰 궁궐을 지어 이를 이겨내야 한다."라고 하자 이에 건장궁(建章宮)을 새로 지었다고 한다. 《三寶黃圖 漢宮》

145 연익(燕翼)을 베푼 것 : 연익(燕翼)은 조상이 자손을 위해 세운 계책이나 교훈을 말한다. 《시경》〈문왕유성(文王有聲)〉에서 주(周)나라 문왕에 대해 "후손에게 계책을 남겨 두어 공경하는 아들을 편안케 하셨다.[詒厥孫謀 以燕翼子]"라고 하였다.

146 계술(繼述) : 조상(祖上)의 하던 일이나 뜻을 끊지 아니하고 이어간다는 뜻이다. 《서경》〈대고(大誥)〉에서 "아버지가 집을 지으려고 모든 방법을 강구해 놓았는데 아들이 집터를 닦으려고도 하지 않는다면, 나아가 집을 얽어 만들 수가 있겠는가.[若考作室 旣底法 厥子乃不肯堂 矧肯構]"라고 한 데서 나왔다.

147 긍구긍당(肯構肯堂) : 선인의 업을 이어 완성한다는 뜻으로, 즉 옛터에 옛 규모로 중건하였음을 말한다.

148 육룡(六龍) : 《주역》〈건괘(乾卦)〉의 여섯 효(爻)를 가리킨다. 《주역》〈건괘(乾卦) 단(彖)〉에 "만물에 으뜸으로 나오매 만국이 모두 편안하게 되었다.[首出庶物 萬國咸寧]"라고 하였으며, 또 "때로 육룡을 타고 하늘을 다스린다.[時乘六龍以御天]"라고 하였는데, 이는 성인(聖人)이 으뜸으로 나와 세상을 다스림을 뜻한다.

로 새롭게 바꾸려할 때 갑자기 화기(火氣)의 경고를 당했으나 인애(仁愛)하신 천심(天心)을 우러러 안전을 부지할 수 있었습니다.

어려웠던 선조들의 업적을 생각하면, 어찌 궁궐을 수축(修築)하는 것을 지체하겠습니까? 백성의 힘을 거듭 수고롭게 하여 아름답고 완전하게 이루었으니 장식과 그림이 어찌 사람의 솜씨이겠습니까? 귀한 것은 시종일관된 것이 아니겠습니까. 이에 다시 경복궁으로 어가를 옮기시고 아울러 강녕전(康寧殿)을 중건하였습니다. 재목을 다듬은 지 반년에 일을 미리 계획하여 폐단이 없게 하고, 일에 착수한 지 하루가 지나지 않아 사람들이 기쁘게 보면서 즐겁게 완성하였습니다.[149]

경비는 대농(大農)을 번잡하게 하지 않고 내탕금 100여만 관(貫)을 내놓았고, 규모를 모두 계산하여 품의(稟議)하였습니다. 넓이는 정당(正堂)[150]이 16개의 기둥을 세워 후세로 하여금 제도에 더함이 없게 하였는데, 옛날과 비교할 때 광채는 자연스럽게 두 배가 되었습니다. 아름다운 두공에 햇빛 비치니, 동자기둥 마름무늬는 빛을 받아 밝은 빛 머금었습니다. 화려한 용마루는 구름 속에 있는데, 서까래는 쭉쭉 뻗었고 처마는 날아오를 듯합니다. 타다 남은 측백나무 들보 다듬어서 엮었으니, 만호천문(萬戶千門)처럼 소박합니다! 명당(明堂 임금이 조회를 받던 정전)의 옛 그림을 참고했으니, 여덟 창문과 아홉 바라지창이 빛납니다. 큰 기틀이 이로써 공고(鞏固)해지고, 궁궐의 내부는 이에

---

149 일에……완성하였습니다 : 건물이 백성들의 도움으로 빨리 완성되었음을 뜻한다. 《시경》〈영대(靈臺)〉에 "영대를 세우려고 경영하시니, 백성들이 달려들어 하루도 못 되어 완성했네.〔經始靈臺 經之營之 庶民攻之 不日成之〕"라고 한데서 나온 말이다.
150 정당(正堂) : 한 구획 내에 지은 여러 채의 집 가운데 가장 주된 집채이다.

매우 깊고 엄숙해졌습니다.

　기린의 발자국[麟趾][151]이 모두 융성하니 종손과 지손들이 백세(百世)가 되도록 경사스러울 것이고, 태자궁[鶴禁][152]이 가까우니, 하루에 세 번씩 침선(寢膳)을 문안드릴 수 있게 되었습니다. 팔방에 광대한 뜰과 길거리가 크게 갖추어지고, 교화로 인덕(仁德)과 수명(壽命)을 높이셨습니다. 대궐의 잔치에 아름답게 왕골자리를 설치하고, 꿈으로 길상(吉祥)을 점쳤습니다. 아랑사(兒郎飼)[153]를 지어 이에 장로의 송축[154]을 대신합니다.

들보를 동쪽으로 던지세　　　　　　　　　　　　　抛樑東

건춘문 밖에 해가 훤히 솟았네　　　　　　　　建春門外日曈曈

둑을 두른 수천 그루 버드나무 하늘거리고　　繞堤旖旎千株柳

---

151 기린의 발자국 : 원문의 '인지(麟趾)'는 《시경》 주남(周南)의 편명이다. 인지는 문왕의 자손들이 후덕(厚德)하고 성한 것을 찬미한 시로, 임금의 훌륭한 덕이 자연히 아랫사람에게 미침을 뜻한다.

152 태자궁 : 원문의 '학금(鶴禁)'은 한 나라 궁궐소(宮闕疏)에 있는 말로, 학궁(鶴宮)은 태자(太子)가 거처하는 궁인데 어느 사람이라도 드나드는 것이 금지되어 있었으므로 학금(鶴禁)이라 하였다.

153 아랑사(兒郎飼) : 집을 짓거나 공공건물을 축조했을 때 상량식에서 운율에 맞춰 낭송하는 노래다. 일반적으로 상량을 올릴 때는 궁중의 법도대로 의식을 치루고 대들보를 올리고 들보와 함께 넣기도 하고 접첩으로 한 것은 현장에서 낭송을 하게 된다.

154 장로(張老)의 송축 : 《예기》〈단궁 하(檀弓下)〉에 보이는 내용으로, 진(晉)나라 문자(文子)가 집을 완성하자, 장로(張老)가 송축(頌祝)하기를, "아름답다. 높기도 하고 많기도 하구나. 기쁜 일이 있으면 이곳에서 노래하고, 상사(喪事)가 있으면 이곳에서 곡하며, 또한 국빈과 종족을 이곳에 모아 잔치를 베풀기 바란다.〔美哉輪焉 美哉奐焉 歌於斯 哭於斯 聚國族於斯〕"라고 하였다.

비와 이슬 속에 먼저 봄빛을 받네　　　　　　　　　先得韶光雨露中

들보를 서쪽으로 던지세　　　　　　　　　　　　　　抛樑西

연못가 누각 희미한 새벽빛 속에 높이 솟았네　　　池樓高處曙光迷

난새 수레 소리 궁문 밖에 이르지 않았는데　　　　鸞聲未到宮門外

새벽닭 울어 왕후를 먼저 깨우네[155]　　　　　　　　簪珥先驚報曉鷄

들보를 남쪽으로 던지세　　　　　　　　　　　　　　抛樑南

학어[156]는 용루[157]에 하루 세 번 이르네　　　　　鶴御龍樓日至三

거룩한 효성은 왕가에 끝이 없으리니　　　　　　　聖孝王家知不匱

만년토록 길이 즐기며 이함[158] 올리네　　　　　　萬年長樂供飴含

들보를 북쪽으로 던지세　　　　　　　　　　　　　　抛樑北

높고 높은 북악산 동쪽나라 진산일세　　　　　　　巖巖華嶽鎭東國

산 앞은 적막하고 초단[159]은 황폐하나　　　　　　山前寂寞醮壇荒

---

155 왕후를 먼저 깨우네 : 잠이(簪珥)는 비녀와 귀걸이. 주(周)나라 선왕(宣王)이
항상 일찍 자고 늦게 일어나니, 강후(姜后)가 잠이(簪珥)를 벗고 대죄(待罪)했다는
고사(故事)가 있다.

156 학어(鶴御) : 학이 끄는 수레로서 세자가 타는 수레를 말한다.

157 용루(龍樓) : 궁궐에서 임금이 거처하는 곳을 가리킨다.

158 이함(飴含) : 엿을 먹음으로써 감미로움을 맛보고, 손자를 데리고 노는 것으로
낙을 삼는 일을 말한다. 후한(後漢) 때 마황후(馬皇后)가 연로하자 "나는 다만 엿이나
먹고 손자나 데리고 놀 뿐이지 다시는 정사에 관여하지 않겠다."라고 하였다.《後漢書
馬皇后紀》

159 초단(醮壇) : 도가(道家)에서 하늘에 제사지내는 제단을 말한다.

이치에 밝으신 임금님 애초에 미혹되지 않으시네　　明理宸心元不惑

들보를 위쪽으로 던지세　　　　　　　　　　　　抛樑上
하늘 높이 노인성 밝게 빛나네　　　　　　　　　中天壽曜光昭朗
노인에게 집집마다 두루 벼슬 내려　　　　　　　高年賜爵徧家家
거두고 베푸시는 우리 임금님 잘 공양하도록 이끄시네

　　　　　　　　　　　　　　　　　　　　　　斂錫吾君歸善養

들보를 아래쪽으로 던지세　　　　　　　　　　抛樑下
어진 사람 반드시 재야에 있는 것은 아니네　　未必賢人今在野
훌륭한 재상¹⁶⁰들은 밝은 세상에서 임금님을 곁에서 모시려 하니

　　　　　　　　　　　　　　　　　　　　　霖雨明時側席求
설촉이 집에서 누가 청평검 값을 매기기 기다리랴¹⁶¹

　　　　　　　　　　　　　　　　　　　　　薛門誰待靑萍賈

　삼가 아룁니다. 상량식을 한 뒤에 아름다운 서까래는 영원히 견고하
고 복록은 더욱 늘어나며, 종고(鐘鼓)와 우모(羽旄)로 만백성이 함께
즐기는 감화를 입게 하옵소서.¹⁶² 훌륭한 신하〔笙鏞黼黻〕¹⁶³로 보좌하

160　훌륭한 재상 : 원문의 임우(霖雨)는 사흘 동안 내리는 비를 말하며 훌륭한 재상의
임무를 뜻한다. 《서경(書經)》〈열명 상(說命上)〉에 은(殷)나라 고종(高宗)이 신하
부열(傳說)에게 "만약 큰 가뭄이 들면 너로써 임우로 삼겠다.〔若歲大旱 用汝作霖雨〕"
한 데서 유래하였다.
161　설촉이……기다리랴 : 청평검(靑萍劍)은 전국 시대 월(越)나라 왕 구천(句踐)의
명검(名劍)으로, 설촉(薛燭)의 감정을 받고서야 그것이 명검임을 알게 되었다 한다.

360　운양집 제11권

여 한 시대의 아름다운 태평성대를 이루소서.

　백공(百工)들이 서로 화합하는 곡조를 연주하니 상서로운 별이 빛나고 상서로운 구름이 모이며, 만년토록 끝없는 터전을 제사지내니 태산의 반석 같게 하옵소서.

162　종고(鐘鼓)와……하옵소서 : 종고는 종과 북으로 임금의 음악을 뜻하고, 우모(羽旄)는 깃털로 장식한 임금의 깃발을 말하는데, 어진 임금의 행차를 보고서 백성들이 기뻐할 것이라는 말이다. 임금 혼자서 즐길 경우에는 백성들이 종고 소리를 듣고 우모를 보면 이마를 찌푸리며 골머리를 앓는 반면에, 임금이 백성들과 함께 즐기면 백성들이 똑같은 종고 소리를 듣고 똑같은 우모를 보면서도 기쁜 기색이 얼굴에 가득 나타나게 마련이라는 말이 나온다. 《孟子 梁惠王下》

163　훌륭한 신하 : 원문의 '생용보불(笙鏞黼黻)'에서 생용(笙鏞)은 생황과 큰 종으로 임금의 음악을 말하고, 보불(黼黻)은 임금이 예복으로 입던 하의(下衣)인 곤상(袞裳)에 놓은 도끼와 '亞'자 모양의 수(繡)를 말하여 임금을 잘 보좌하는 훌륭한 신하라는 뜻으로 쓰인다.

서독 상 書牘上

모두 67편인데 35편을 수록하였다.

서경당[164]에게 보내는 편지 무오년(1858, 철종9)

與徐絅堂書 戊午

지난번 헤어져 슬프고 침울하였는데, 고향에 돌아오자 형의 편지가 우리 당형(堂兄)에게 몇 장 와 있기에 읽어보고서 근래 무고하심을 잘 알게 되었으니 위안이 되고 기쁩니다. 저는 경향(京鄕)을 바삐 다니느라 길에서 삼여(三餘)[165]를 다 보냈습니다. 형께서는 곤궁한 때에 경제적인 걱정이 많은데다 혼사(婚事)의 번거로움마저 닥쳐 편안히 쉬지 못하시니, 아아, 비루한 제가 누를 끼침이 적지 않습니다. 뜻

---

164 서경당(徐絅堂) : 서응순(徐應淳, 1824~1880)으로, 본관은 달성(達城), 자는 여심(汝心), 호는 경당이다. 유신환(兪莘煥)의 문하에서 심기택(沈琦澤), 민태호(閔台鎬), 김윤식(金允植) 등과 함께 수학하였다. 1870년(고종7) 음보(蔭補)로 선공감감역(繕工監監役), 군자감 봉사(軍資監奉事), 영춘 현감(永春縣監)을 역임하고, 간성 군수(杆城郡守)로 부임하여 임지에서 죽었다. 경서와 성리학을 깊이 연구하였으며 특히 《대학》과 《중용》에 주력하였다. 또한 〈정전론(井田論)〉을 지어 전제의 개선에 관한 의견을 내놓았다. 저서로는 《경당유고(絅堂遺稿)》 4권 2책이 있다.

165 삼여(三餘) : 학문을 하는 데 가장 좋은 세 가지 여가(餘暇)를 가리킨다. 해의 나머지[歲之餘]인 겨울, 날의 나머지[日之餘]인 밤, 계절의 나머지[時之餘]인 음우(陰雨)를 말한다.

은 큰 데 두고 힘은 자질구레한 일에 쓴다고 하셨는데, 이는 고금의 사람들이 모두 안타깝게 여기는 것입니다.

비록 그렇지만 이런 상황에 처하여 여섯 가지 두려운 것이 있습니다. 사람이 궁하면 하지 못할 일이 없어서, 남을 속여 재물을 가로채는 자가 있고 남의 주머니를 더듬고 상자를 열어 도둑질하는 자가 있습니다.[166] 극도로 가난한 상황에 처하여 부유한 자를 시기하는 자도 있고, 재물을 늘리고 이익을 구하여 의롭지 못한 것을 받기 좋아하는 자도 있습니다. 자기를 낮추고 아첨하며 걸핏하면 남을 부러워하는 자도 있고, 걱정 근심으로 길게 탄식하며 안색에 나타내는 자도 있습니다. 위의 둘은 몸을 해치는 자이고, 아래 네 가지는 도를 해치는 자입니다. 아마 이러한 일들을 면할 수 있는 자를 '가난에 잘 대처했다.'고 할 수 있을 것입니다. 또 세 가지 어려움이 있으니, 가난하면서도 청렴함을 숭상하는 것이 첫 번째 어려움이요, 청렴하면서도 근심하지 않는 것이 두 번째 어려움이요, 근심하지 않으면서 도를 즐기는 것이 세 번째 어려움입니다. 도를 즐기는 것은 내가 보지 못하였지만, 오로지 슬퍼하지 않는 것은 형께서 거기에 가까울 것입니다.

그런데 제가 가만히 생각해 보니 사람의 마음은 원래 믿을 수 없어 쌓이면 달라집니다. 지금 형의 학문적 역량이 가난을 이길 수 있을지 모르겠습니다만, 만일 하루아침에 가난에 지신다면 맑은 거울 한 조각이 더럽혀지는 상처를 받아서 다시 회복할 수 없을 것이니 어찌 하겠습

---

166 남의……있습니다 : 원문의 '거협(胠篋)'은 상자를 여는 것이고, '탐낭(探囊)'은 자루를 더듬는 것으로 도둑질을 뜻한다. 《장자》〈거협〉에 "상자를 열고 자루를 더듬고 궤짝을 터는 도적을 위해 수비한다.〔將爲胠篋探囊發匱之盜而爲守備〕"라고 하였다.

니까. 저는 형께서 근심하지 않음을 흠모하면서도 장차 근심할까 걱정하니, 제가 정말 어리석습니다. 그러나 옛날의 대현과 군자가 처신을 잘한 것도 여기에 달려있고, 낭패를 당한 것도 여기에 달려 있었으니 제가 어찌 지나치게 걱정하는 것이겠습니까?

형께서는 일찍부터 저의 마음을 잘 알고 계시니, 저를 어떤 사람이라고 여기십니까? 저는 역량은 부족한데 뜻은 크고, 힘은 약한데 기대하는 바는 큽니다. 이러한 까닭에 하는 일이 어그러지고 실패하는 경우가 많아서, 말했던 것에 부응하지 못하는 경우가 많습니다. 앞으로 그 점이 점점 더해질 것으로 보인다면 이는 쉽게 실패하는 길이니, 오직 형께서 잘 이끌어 주십시오. 저는 장차 뜻을 소박하게 가지고 말을 절제하여 일과 역량에 합당하도록 하는 것이 좋겠습니다.

근래 항상 스스로 불안하여 마치 둥지 잃은 새가 잠 잘 곳이 없는 것 같습니다. 이는 몸을 둘 곳은 있지만 마음이 불안한 까닭입니다. 일찍이 성현의 말씀을 살펴보건대, "가까운 것은 절실하나 먼 것은 편안할 수 있어서, 그것으로부터 말미암을 수는 있으나 그 심오한 이치는 궁구할 수 없다."고 하였습니다. 책사의 말은 기세가 이치보다 우월하여 사람들이 일 벌이기를 좋아하게 하며, 문인의 말은 화려함이 실질보다 지나쳐서 일을 할 때 잘못하게 하는 경우가 많습니다. 시인의 말은 약하고 부드러워 안일에 빠지게 하며, 과거응시자의 말은 비루하여 뜻을 실추시키며, 이단(異端)의 말은 전도되고 제멋대로여서 살필 수가 없습니다. 이런 까닭에 높아져도 그 위로는 미치지 못하고 낮아져도 그 아래로는 나아가지 못하고, 먼 곳을 바라보며 농단[167]하여 날로 더욱

---

167 농단(龍斷) : 제 멋대로 처리하는 것을 말한다. 농단은 언덕이 깎아지른 듯하게

우매해지는데도 자각하지 못하니 이는 사소한 일이 아닙니다.

항상 밤낮으로 세월은 한정이 있는데 뜻과 공업(功業)은 끝이 없다는 것을 생각하면, 근심스럽고 두려워 등에 땀이 나고 좋은 줄 알지 못하겠습니다. 천하의 이름 높은 선비를 만나 교유하기를 바라는데, 덕행으로는 안자와 민자를 벗하고,[168] 정사로는 정나라 공손교[169]와 한나라의 제갈량을 벗하거나, 경전 연구로는 염락군자[170]를 벗하거나, 박문(博文)으로는 사마천과 한유를 벗하거나, 옛것을 연구하는 것으로는 두우[171]와 정초[172]를 벗하고 싶습니다. 제가 그들 사이에 한가롭게 지내면서 치세에는 함께 나아가고 난세에는 함께 물러나며, 어려움이

높은 곳으로, 옛날에 어떤 사람이 이런 곳에 올라가서 시장(市場)의 좌우를 빙 둘러보고 싼 물건을 사서 비싸게 팔아 이익을 독점했다는 고사(故事)에서 나온 말이다.

168 안자(顔子)……벗하고 : 공자의 제자 안회(顔回)와 민손(閔損)을 가리키는데, 두 사람 모두 벼슬하지 않고 안빈낙도(安貧樂道)로 일생을 보냈다.

169 정(鄭)나라 공손교(公孫僑) : 춘추 시대 정(鄭)나라 대부(大夫) 공손교(公孫僑)를 말한다. 박흡다문(博洽多聞)하고 정치를 잘하였으며, 특히 진초 쟁패(晉楚爭覇)의 틈바구니에서 능란한 외교 수완을 발휘하여 자국의 안전을 도모하였다.

170 염락군자(濂洛君子) : 염(濂)은 염계(濂溪)로 송학(宋學)의 비조(鼻祖)인 주돈이(周敦頤)가 거주하던 곳이며, 낙(洛)은 낙양(洛陽)으로 정호(程顥)·정이(程頤)가 거주하던 곳인데, 곧 정주학(程朱學)을 가리킨다.

171 두우(杜佑) : 735~812. 중국 당나라의 정치가이다. 덕종 때 혼란한 국가 재정을 정리하였고, 806년에는 사도(司徒) 동평장사가 되어 기국공(岐國公)에 봉하여졌다. 저서에 《통전(通典)》,《이도요결(理道要訣)》 등이 있다.

172 정초(鄭樵) : 1104~1162. 중국 송대의 역사가로, 《통지(通志)》를 저술했다. 《통지》는 중국 상고시대부터 당대(618~907)까지 역대 제도의 변천을 다룬 책으로 문자학(六書)·음성학(七音)·씨족의 발달까지 체계적으로 다루었다. 그의 방법론과 서술양식은 후일 많은 역사가들의 모범이 되었다.

있으면 그들에게 질문하고 일이 있으면 그들을 추대하고, 허물이 있으면 나를 바로잡아 주지 않은 친구들을 책망하며 도를 즐기며 아름답게 선을 좋아하는 사람이 된다면, 또한 즐거운 일이 아니겠습니까. 제가 원하는 바는 여기에 있습니다.

김설소에게 보내는 편지 기미년(1859, 철종10)

與金雪巢書 己未

백전(柏田) 사람이 와서 족하(足下)께서 겨울과 봄 동안 부모님을 모시고 건강하게 계신다는 것을 알게 되어 많이 위로가 됩니다. 어찌 편지가 없다고 해서 옛 정분에 틈이 생기겠습니까? 근래 남쪽에서 온 자들이 다들 족하가 추구하던 것을 단념하여, 지난해에 평생에 지은 글을 모두 묻어버리고 술을 땅에 뿌리면서 글을 곡(哭)하는 슬픔을 표했다는 말을 들었습니다. 제가 이 소식을 듣고 눈물을 뚝뚝 흘리며 족하의 마음을 더욱 애달퍼 하였습니다. 이는 참으로 세상을 살면서 경험한 것이 깊고 아는 것이 많아서 초연하게 현상을 벗어난 자가 아니면 할 수 없는 것입니다. 천리의 밖에서 한 번 듣고서도 거슬리는 것이 없으니 이분이 내가 생각하는 설소자(雪巢者) 답습니다. 생각해보니 소순(蘇洵)[173]도 일찍이 그의 글을 불태운 적이 있었는데 족하께서 다시 글을 땅에 묻는 일을 하였으니, 발자취는 같고 지취(志趣)는 다르지만 두 모습이 모두 보통을 뛰어넘는 것입니다.

그런데 소순은 그것으로 벼슬을 구하여 나아가고자 하는 자이며, 족하는 알려지지 못함을 고민하는 자입니다. 만약 공자께서 그 자리에 계셨다면, 반드시 구하러 나아가고 물러나는 도리에 대한 가르침이

---

173 소순(蘇洵) : 1009~1060. 중국 북송의 문인으로 자는 명윤(明允), 호는 노천(老泉), 노소(老蘇)이다. 두 아들 소식(蘇軾) 소철(蘇轍)과 더불어 '삼소(三蘇)'라 불리며, 3부자(父子)가 모두 당송(唐宋) 팔대가에 올랐다.

있으셨을 것입니다. 족하는 그 행동이 나아가는 것에 있습니까? 물러가는 것에 있습니까? 또 족하가 글을 지은 것이 과연 모두 세상을 경영하는 큰일에 합당하며 세상의 도리에 유익한 것입니까? 그런데도 남들에게 알려지지 못했다면 고민하는 것이 옳으며, 땅에 묻는 것도 옳습니다. 만약 자구(字句)를 꾸미는 얄팍한 재주가 알려지지 못하고 묻히는 것을 애석하다 하여 이런 행동을 하였다면, 지나치다고 생각하면서도 여러 친구들이 함께 대좌하지 못해서 반복하여 비난하는 것을 한스럽게 여기며 뒤집기도 어려울 것입니다. 그러나 저는 잘 듣고 깨우침을 얻어 족하의 마음을 알게 되었기 때문에 족하를 명확히 변론해보고자 합니다.

족하께서 이전에 지었던 글은 모두 과거 시험에 응하는 글입니다. 이는 창려(昌黎)[174]가 얼굴이 빨개지고 마음이 부끄러워 편안하지 않은 글이라고 말했던 것입니다. 사군자(士君子)가 이것에 종사하면서 어찌 즐겁게 여겨서 그렇게 한 것이겠습니까? 진실로 이것이 아니면 세상에 자취를 드러낼 수 없으니, 뜻을 굽혀 나아갈 수밖에 없었기 때문입니다. 지금 족하가 이미 흔쾌하게 속된 자취를 벗어났으니, 여기에 의지할 것 없다면 족하께서 그 글을 땅에 묻는 것이 마땅합니다. 이미 그 도구를 부셔버리고, 이미 그 세상과 멀어져서 마음을 토해냈던 글을 구덩이에 버렸다면, 족하가 술을 부어 통곡한 것이 마땅합니다. 그 글에 말하기를 "푸른 산은 왼쪽에 있고, 하얀 물은 오른쪽에 있네. 한뭉치 비단결 마음 천고에 영원히 묻네."라고 하였다면, 족하의 통곡이 글 때문이라는 것이 마땅합니다.

---

174 창려(昌黎) : 당나라 때 시인 한유(韓愈)의 호이다.

지난날 광희문(光熙門) 밖의 옛 무덤 옆에서 시를 지어 통곡할 때 진실로 오늘날의 이런 일이 있을 줄 알았습니다. 그때를 상상해보니 샘물은 오열하며 정자는 어둑하고 해가 어느덧 서쪽으로 기우는데, 머뭇머뭇하면서 원고를 안고 와서 메고 온 삽으로 땅을 파고 묻고 다져서 덮었습니다. 두리번거리며 돌아보니, 침울하고 고통스러운 마음이지만 누구에게 하소연하겠습니까? 그러나 예로부터 불우한 자가 어찌 한정이 있습니까? 군자는 본분을 지키는 것이 귀하니, 이런 경우에 이르렀다면 미쳤거나 장애가 있는 것입니다.

이에 문을 닫고 옛사람의 글을 읽는 것은 그 뜻과 생각을 자유롭게 하고 그 범위를 넓혀 온축하여 금구슬과 옥구슬 같은 보배가 되게 하고, 드러내어 포백이나 콩, 조와 같이 일용하는 의식에 쓰이도록 하며, 말을 남기고 글을 써서 세상에 전하여 불후의 자산이 되게 해야 합니다. 이와 같이 한다면 족하께서 비록 땅에 파묻고자 하여도 마땅히 다시 송곳처럼 뚫고 삐져나올 것입니다. 족하의 뜻이 혹시 여기에 있습니까? 혹시 여기에 있습니까? 그렇다면 족하는 처신이 이미 더욱 높고 자취는 더욱 확고해진 것입니다.

저는 아직도 여전히 속세에 있어서 족하의 풍모를 듣고 지금 사람에게서 옛사람의 일을 듣는 것 같아 우러러봄에 발뒤꿈치를 들어도 미치지 못할 것 같았습니다. 그런데 어찌 거기에 말참견을 하겠습니까? 다만 족하께서 넓은 아량이 있어 그 사람이 비루하다 하여 그 말까지 모두 버리지 않으리라 믿기 때문에 이처럼 누누이 말합니다. 바라건대 족하께서 더욱 힘쓰셔서 훗날 명성이 더욱 높아지고, 그래서 어리석은 말이 더욱 징험된다면, 그 다행스러움이 어찌 다만 저에게만 그칠 뿐이겠습니까.

서경당에게 보내는 편지

與徐絅堂書

섣달 추위에 도리(道履)[175] 보중(保重)하신지 모르겠습니다. 조카와 아드님도 모두 잘 계시고 새 사람도 안녕하신지요. 저는 지난 달 서울에 있을 때 연이어 반시(泮試)[176]와 감제시(柑製試)[177]를 치렀고, 초6일에는 유 선생[178]의 졸곡(卒哭)[179]에 가서 참여하여 밤새도록 잠을 자지 못해 한질(寒疾)에 걸려 열흘이 넘도록 신음하였습니다. 게다가 성문 안이 답답하여 병을 조섭하는데 해가 됨으로 20일 즈음에 수레에 누워서 다니다가 돌아왔습니다. 두협(斗峽)을 따라 올라오는 길에 십리길 얼어붙은 강을 보니 온통 하얀 빛이라 가슴이 확 트여 고통이 없어진 것 같으니 신기하고 신기합니다.

　병중에 지난날 동료들과의 성대한 모임과 유 선생님의 한결 같으신 부지런한 가르침을 생각하고, 또 앞으로 이 같은 것을 다시 얻기 어렵다는 생각 때문에 때때로 마음을 안정시킬 수 없습니다. 예전에 들은

175　도리(道履) : '도황(道況)'과 같이 도학(道學)을 연구하는 높은 학자에게 쓰는 안부의 말이다.

176　반시(泮試) : 성균관에서 선비들에게 보이던 시험이다.

177　감제시(柑製試) : 제주도에서 공물로 감귤이 진상되었을 때, 성균관에서 선비들에게 보이던 시험이다.

178　유 선생(兪先生) : 유신환(兪莘煥, 1801~1859)이다. 303쪽 주 21 참조.

179　졸곡(卒哭) : 삼우제를 지낸 뒤에 곡을 끝낸다는 뜻으로 지내는 제사를 말한다. 사람이 죽은 지 석 달 만에 오는 첫 정일(丁日)이나 해일(亥日)을 택하여 지낸다.

바를 토로하고 친구와 술을 마시며 한적하게 회포를 풀어보고 싶습니다. 그러나 유학에 관한 것은 지금 세상에서 듣기 싫어하는 것이고, 나는 본래 말을 경솔하게 해서 사람들에게 중요하게 여겨지기에 부족하여 다만 허물만 더할 뿐입니다. 형과 같은 경우는 고을이 달라 서로 만나지 못하니 날마다 멀어져 미처 얘기를 하지 못하는 것인데, 오랜 뒤에는 온통 잊어질까 걱정이 됩니다. 이 때문에 마음을 졸이면서 편지로 가르침을 구하는데, 형께서도 이와 같은 마음일 것입니다.

제가 아주 어릴 때 스승님을 찾아 글을 가지고 선생께 보여드렸는데, 하루아침에 덕(德)에 입문하는 요체를 들었고, 《대학》, 《중용》과 《시경》의 뜻을 말씀하시는 것을 전수 받았습니다. 선생께서 일찍이 말씀하시기를 "사람은 마땅히 학문으로 근본을 삼아야 하니, 사업은 모두 여기에서 나온다. 자네 가문은 대대로 문벌(門閥)이어서 무성한 공적이 있는데, 자네도 유념해야 할 것이다."라고 하셨고, 또 말씀하시기를 "자네를 알아 줄 사람은 오직 내가 있을 뿐이다."라고 하셨는데, 저는 미처 선생을 잘 알지 못하는 때였습니다. 선생께서는 이미 자신을 위한 학문에 독실하셔서, 온축한 나머지로 글을 지으셨습니다. 후학들이 문사(文辭)로써 나아가 뵈려는 자들이 많았는데, 이것은 다만 가르치고 장려해주시는 방법일 뿐인데 모르는 자들은 선생께서 실제 문사(文辭)를 좋아하시는 줄로 생각하였습니다. 오호라 누가 선생의 고심을 알겠습니까?

제가 일찍이 실없는 글을 짓고 또 이단의 글을 올렸다가 모두 심한 꾸짖음을 받았는데, 임종하실 때까지도 잊지 않고 염려하셔서 지금까지도 폐부(肺腑)에 새기고 있습니다. 선생께서 저를 한결같이 문자 사이에서 나아가고 물러가게 하셨지만, 그 실질과 요체가 말씀에 들어 있었습니다. 다만 제가 어리석고 미혹하여 그 지극한 가르침을 받들지 못한 것이 큰 한(恨)이 될 뿐입니다.

지난 날 김정여(金鼎汝)씨를 만났을 때, "선생의 도와 덕은 내가 감히 논할 수 있겠는가마는 가르침을 게을리 하지 않으신 것에 대해서는 다시 만날 수 없는 분이다." 라고 하였고, 또 "선왕의 정치도 반드시 스승과 벗을 함께하는 것이니 스승과 벗을 함께하지 않으면 짐승이 됨을 면치 못하니, 이 점이 깊이 슬퍼할 수 밖에 없는 이유이다."라고 하였는데, 저 또한 그 점을 크게 두려워하고 있습니다.

제가 전일에 선생을 모실 때마다 누구도 칭찬하거나 비방하는 것을 듣지 못하였습니다. 그러나 세상에서는 선생께서 그런 말을 많이 하셨다고 합니다. 선생은 사시면서 조그만 벼슬도 한 적이 없었고, 집에서 힘써 경영한 일도 없었지만, 세상에서는 선생께서 하신 일이 많다고 하였고, 선생께서는 온화하고 부드러운 모습으로 사람들을 대하셨지만, 무리들의 비난이 들끓으니 이를 어떻게 하겠습니까? 선생께서 하신 말씀과 일은 학문을 권면하는 것 뿐이었습니다. 옛날의 군자도 이런 말과 일을 하였지만 당시에는 당시에는 말이 많다 하지 않았고, 후세에는 언제나 그런 말씀이 적은 것을 걱정하였습니다. 이제 선생께서만 이러한 비난을 받는 것은 후생으로 하여금 전혀 이런 말과 일을 들을 수 없게 하는 것이니, 아아, 슬픕니다.

시대에 따라 필요한 것이 있고 필요 없는 것이 있으며 풍속의 취향이 다르기에 진실로 성인이 아니면 자신에게 돌이켜 한결같이할 수 있는 사람이 드뭅니다. 우리나라는 본래 주자를 공경하여 나라 안의 상하가 예교로 풍속을 이루어 이를 실천한 지가 이미 오래되었는데, 그 폐단은 시들해지고 번잡해져 빈 이름만 있고 실천이 없는 것입니다. 이에 재주 있고 신기한 것을 좋아하는 자는 작은 흠을 다투어 공격하고, 재주도 없으면서 그 어려움을 병통으로 여기는 자는 진부하다고 돌려버리고 반성하지 않습니다. 선생께서 홀로 옛것을 바꾸지 않으시고 주자를 선성(先聖)의 나침반으로 삼고 후학의 표준으로 삼으셨으니, 주자를 버리고서 또 주자와 같은 사람이 있겠습니까? 진실로 그 근원을 깊이 살피지 않고 먼저 그 허물을 찾는다면, 도를 믿음이 진실하지 못하고 학문하는 것도 정성스럽지 못한 것이니, 어찌하여 사사로운 뜻으로 선성을 공격합니까? 우리들은 마땅히 주자 보기를 부모와 같이 해서, 그 옳지 않은 것을 보지 말아야 합니다. 요즘 사람들은 독서를 크게 싫어하고 후진을 가르치는 것을 큰 병통으로 여기는데, 선생께서는 홀로 맛있는 고기[180]처럼 즐겨서 자신의 임무로 삼음을 사양하지 않으셨습니다. 이는 모두 세속에는 없고 선생께는 있는 것입니다. 그 때문에 말을 많이 하고 일을 많이 한다는 비방을 받게 된 것입니다.

그러나 식자는 여러 사람들이 싫어하는 것에서도 잘 살피니, 선생을 지켜보는 것도 또한 여기에 달려 있습니다. 《경전(經典)》에 말하기를 "시절이 추워진 다음에야 소나무와 잣나무가 늦게 시드는 것을 안다."[181] 고 하였고, 《예기》에 말하기를 "나라에 도가 없으면 죽음에 이르러도 지조를 바꾸지 않는다."[182]고 하였습니다. 무릇 군자가 이 세상에 살면

---

180 맛있는 고기 : 원문의 '추환(芻豢)'은 맛있는 고기를 뜻한다. 추(芻)는 풀을 먹는 소·양, 환(豢)은 곡식을 먹는 개·돼지이다. 《맹자》〈고자 상(告子上)〉에, "이(理)와 의(義)가 내 마음을 즐겁게 함이 추환이 내 입을 즐겁게 함과 같다.〔理義之悅我心 猶芻豢之悅我口〕"라고 하였다. 즉 학문이나 이(理)·의(義)의 참맛이 고기가 내 입을 즐겁게 하는 것과 같다는 뜻이다.

181 시절이……안다 :《논어》〈자한(子罕)〉편에 나오는 글이다.

서 보통사람과 크게 다른 점이 없다면, 어찌 족히 볼 만한 점이 있겠습니까. 선생께서는 일찍이 세상 사람들의 마음으로 자신의 마음을 삼았습니다. 그 말씀에 이르기를 "선비는 나라가 망하는 것을 근심하지 않고 도가 망하는 것을 근심하니, 나라가 망하면 사직이 없어지지만 도가 망하면 인간의 법도가 끊어지는 것이다."라고 하셨습니다. 또 이르기를 "우리의 도가 세상에서 비천해진 지 오래되었다. 재주가 높은 자는 종종 이 점을 간과하니 내가 누구와 함께 이것을 지키겠는가?" 하셨습니다. 이런 까닭에 골골거리는 백발의 노인께서 역량도 헤아리지 않고, 이를 붙들어 유지시킬 것을 생각하여 끝내 가난이 그 마음에 누(累)가 되게 하지 않으셨습니다. 이 점은 저와 형이 평소에 직접 보았던 것이니, 다른 사람과 더불어 말하기 어려운 것입니다.

오직 형께서는 그 심법(心法)을 온전히 얻어 주변을 의식하지 않고 홀로 실천하여 친구들의 믿음을 얻은 지가 오래되었습니다. 가세가 빈곤하여도 스스로 구하지 못하고, 문을 나서도 명공(名公)이나 귀경(貴卿)과의 교류가 없었지만, 일을 처리할 때는 매번 반드시 마땅함을 얻고자 하였으니 그 마음을 어찌 헤아릴 수 있겠습니까. 저는 형에 대하여 큰 기대를 가지고 있으니, 꼭 채워 주셔야 합니다.

지난 번 선생의 신위(神位)에 곡하러 다시 가서 그 문에 들어갔을 때, 강송(講誦)하는 소리를 듣지 못하였습니다. 그 여막(廬幕)에 이르렀을 때는 인도하고 통보하는 노비가 한 명도 없었습니다. 친구 유씨(兪氏)만이 흰 관(冠)과 질대(絰帶)[183]를 갖추고 엄숙한 모습으로 문을

---

182 나라에……않는다 : 《중용장구》 제10장에 나오는 글이다.

183 질대(絰帶) : 상복에 착용하는 수질(首絰)과 요대(腰帶)이다.

열고 나왔는데, 그 안색이 초췌하고 지팡이를 짚고 혼자 서 있는 모습을 보니 측은해서 마음이 아팠습니다. 가까운 사람에게 들으니 그 집에 밥을 짓지 못할 때가 이미 많았다고 하였습니다. 저는 도울 수가 없어서 감히 묻지 못하였는데, 그 집의 일이 염려됩니다. 왕래가 무상(無常)한 장사치 편에 보내어 이 편지가 잘 도달할지 모르겠습니다. 때에 맞게 보중하시길 바라며 이만 줄입니다.

정소운이 문장을 논한 편지에 답장함 병인년(1866, 고종3)
答丁小耘論文書 丙寅

지난 번 편지를 받아보니 문장의 기색(氣色)을 논함이 이어졌는데, 펼쳐 읽은 후에는 심신이 편안해졌습니다. 저와 형은 즐기고 숭상하는 것이 같고 지향하는 것도 다르지 않습니다. 이번 편지에 가득한 부지런한 가르침은 제가 말하고자 하는 바가 아닌 것이 없는데, 오직 형의 입을 빌려 나왔을 뿐입니다. 공자께서 말씀하시기를 "안회(顏回)는 나를 도와주는 자가 아니구나."[184] 하였는데, 제가 형에 대하여 그런 말씀을 올린다면 혹 주제넘은 점을 용서할 수 있으시겠습니까?

제가 생각하건대, 문장이라는 것은 다름이 아니라, 흑과 백이 서로 뒤섞여 있는 것입니다. 천하의 일은 옳은 것이 있으면 그른 것도 있는데, 옳은 것이 백이고 그른 것이 흑입니다. 그른 것을 억제하고 옳은 것을 선양하여 한쪽을 억제하고 한 쪽을 선양하면 문장이 드러날 것이니, 옳은 것을 선양하는 것은 선을 권장하려는 것이며 그른 것을 억제하는 것은 악을 징계하려는 것입니다. 권선징악(勸善懲惡)은 선왕께서 세상을 다스리는 권형(權衡)으로 삼았던 것으로, 일에 적용하면 예악(禮樂)과 형정(刑政)이 되고, 문장에 실으면 《시경》, 《서경》, 《역경》,

---

184 안회(顏回)는……아니구나 : 《논어》 〈선진(先進)〉에 "회는 나를 도와주는 자가 아니구나. 내 말이라면 기뻐하지 않음이 없다.〔回也非助我者也 於吾言 無所不說〕"라고 한 공자의 말이다. 즉 서로 의문을 갖고 문답하는 사이에 서로 학문을 돕게 되는데 안연은 잠자코 듣고 기뻐하기만 하였다는 뜻으로 정소운이 자신과 뜻이 일치함을 비유한 말이다.

《예기》,《춘추》와 여러 성현들의 저서가 되는 바로 그것입니다.

무릇 문장의 도를 논하면 이치가 주인이 되고 문장표현은 객이 되니, 이치가 이르면 문장표현이 따르며 문장표현이 따르면 기(氣)가 갖추어지고, 기가 갖추어지면 광채가 저절로 드러나게 되는 것입니다. 옛날의 군자는 근본을 두텁게 하고 실질에 힘써서 굳이 어휘를 선택하지 않더라도 모두가 좋은 문장을 이루어, 야광주(夜光珠)와 연성옥(連城玉)[185]이 털고 닦지 않아도 항상 하늘을 비추는 기가 있는 것과 같았습니다. 후세 사람들은 실질을 버리고 화려함을 구하여 헛된 말과 낭설로 실질과 이치를 억눌러 자신의 욕망을 추구하려고 하며 헛된 수식(修飾)으로 공허한 기염을 토하고 결점을 숨겨서 그 명성을 구하려고 꾀하였습니다. 비유하자면 모모(嫫母)[186] 같은 사람을 화장시켜 미치광이를 현혹시키려는 것과 같으니 그 수고로움은 백 배가 될 것입니다.

강좌[187]의 문풍은 고문을 흔들어놓은 최초의 변화입니다. 선비들이 모두 부화(浮華)한 것을 숭상하고 청허(淸虛)한 것을 사모하였기 때문에, 그들이 글을 지을 때는 문장을 변려문(騈儷文)[188]으로 아름답게

---

185 연성옥(連城玉) : 연성옥은 값이 여러 개의 성과 맞먹는 옥이란 뜻이다. 전국시대 때 조(趙) 혜왕(惠王)이 초(楚)나라의 화씨가 발견했던 진기한 옥을 수중에 넣었을 때, 진(秦)나라 소왕(昭王)이 그 소식을 듣고 조나라 왕에게 편지를 보내 15개의 성으로 서로 바꾸자고 청한 데서 나온 말이다.

186 모모(嫫母) : 황제(黃帝)의 넷째 비(妃)의 이름이다. 어진 덕의 소유자였으나 단지 모습이 추했다는 이유로 춘추전국 시대 제(齊)나라의 왕비인 무염(無鹽)과 더불어 세인들의 비난과 조롱을 당했다.

187 강좌(江左) : 강남지방을 일컫는 말로 여기서는 중국 남북조 시대 남조(南朝)를 일컫는다.

188 변려문(騈儷文) : 육조 시대(六朝時代)에 유행하였던 한문체(漢文體)의 한 가지

꾸미는 것이 습속이 되었습니다. 그러나 고문과의 시대가 멀지 않아, 정신(情神)은 여전히 남아 있어서 힘차고 뛰어나며 정교하고 기묘하여 문체가 자연스러웠습니다. 당나라 때 한유(韓愈)가 나와서 이전의 결점을 모두 제거하고 힘써 고문을 따르니, 문장의 행운이라 할 수 있을 것입니다. 그런데 이 뒤로부터는 팔가(八家)[189]의 편장(篇章)을 구성하는 방법이 척도가 되어, 구를 배열하고 타당한 글자를 배치하는 것을 군대를 다스리는 것보다 엄하게 하여 문장 표현을 풀어내고 뜻을 안배하는 것에 모두 정해진 방식이 있었으니, 진실한 기운을 모두 잃어버려 점차 비루하고 자질구레해졌습니다. 이 또한 문장의 폐단입니다.

근고(近古)의 이름 있는 사람들은 팔가의 아래에 드는 것이 싫어서, 스스로 붉은 깃발을 세우고 송나라 문장에 편승하고 당나라 방식의 문장에 힘써서 육경과 제자백가 중에서 흔히 쓰지 않은 말과 글자를 주워가져다 엮어서 문장을 만들고 스스로 진정한 복고의 문장이라고 여겼습니다. 후세 사람들이 그것이 잘못되었다는 것을 알아서 기쁜 마음으로 따르지 않음이 많았지만, 갑자기 그만둘 수 없어서 때때로 표절하여 자기 것처럼 사용하여 진부하고 평담하다는 비난을 면하고자 하면서 말하기를, "이는 옛사람의 장점을 취한 것이다." 또 말하기를 "옛사람의 정전(正傳)을 연구하여 옛사람의 진수를 얻었다."고 하였습

이다. 수사(修辭)하는데 네 자와 여섯 자의 대구(對句)를 많이 쓰고 음조(音調)를 맞추며, 뜻보다 형식을 중시(重視)하는 미문조(美文調)의 한문(漢文)이다. 사륙문(四六文)이라고도 한다.

189 팔가(八家) : 당송(唐宋) 팔대가(八大家)를 말한다. 중국 당(唐)나라의 한유(韓愈)·유종원(柳宗元), 송(宋)나라의 구양수(歐陽脩)·소순(蘇洵)·소식(蘇軾)·소철(蘇轍)·증공(曾鞏)·왕안석(王安石) 등 8명의 산문작가를 총칭한다.

니다. 이는 마음속에 주장하는 바가 중심이 없어서 우물쭈물하면서 구차하게 용납하여 일시적으로 남의 눈에 들고자 하는 것이니, 아침나절의 짧은 계획도 없는 자에 불과합니다. 이로써 보건대, 세대가 아래로 내려올수록 문장은 더욱 비루해졌고, 후세 사람들이 앞 사람의 잘못을 지적할 수는 있었지만, 그들이 지은 것을 살펴보면 또한 앞 사람에 미치지 못하는 바가 매우 멉니다.

　이는 다른 것이 아니라, 문장의 도(道)와 술(術)이 서로 분리되고, 정치와 사업이 서로 나뉘어져 홀로 행하고 우뚝 선 지가 오래되었기 때문입니다. 의지할 곳을 잃었기 때문에, 근원이 없는 물이 날로 말라가는 것과 같습니다. 뒷사람들은 단지 사사로운 지혜로 이를 윤색하여 흑을 백이라 하고 백을 흑이라 하며, 또 흑백의 큰 바름을 놓아두고 붉은 색과 녹색과 자색을 섞어 써서 사람의 눈을 어지럽히니, 진(眞)에서 멀어질수록 도를 어지럽힘이 더욱 심함을 알지 못하였습니다. 기(氣)가 무너져 죽어 버리고 색이 희미해져 없어지니, 이것은 도리어 도(道)와 술(術), 정(政)과 사(事)가 대립하여 자웅(雌雄)을 다투게 된 것이 아니겠습니까? 그러므로 널리 인용하고 넓게 비유하여 장황하게 나열하는 것은 굉사(宏肆)하다고 할 만한 것이 아닙니다. 난삽하고 껄끄러워 읽기 어려우며, 구두(句讀)를 들쭉날쭉하게 하여 심오한 뜻을 지닌 모양을 만드는 것은 예스럽고 심오하다 할 만한 것이 아닙니다. 늘어놓은 것도 아니고 간략한 것도 아니면서 법도에 맞추려 애쓰는 것은 고상하고 멋있다고 할 만한 것이 아닙니다.

　일이 작은데 말을 크게 하는 자는 과장을 좋아하는 자이고, 일이 큰데 말을 작게 하는 자는 신기한 것을 좋아하는 자입니다. 일이 있는데 말을 못하는 자는 팽려호의 수군[190]에 가깝고, 실속이 없으면서 빈말을 하는 자는 광대의 연극에 가까운 것입니다. 이들 모두 후세에 전하고 도(道)를 관통하는 문장이라고 말할 수 없습니다.

요컨대 도(道)와 사(事)가 짝을 이루게 하여 충분히 뜻을 나타낼 수 있으면 그만이니, 화창한 날을 만나면 볕을 쬐고 비를 만나면 비를 맞으며 꽃과 과일, 풀과 나무가 때를 따라서 피고 지는 것과 같고, 또 샘물의 흐름이 모나고 둥글며 굽이치고 꺾어지며 고이고 휘돌며 세차게 흐르는 것과 같습니다. 각각 그 형세의 자연스러움에 따라 붓을 놀려 조화에 참여하니 그 운용을 측량할 수 없고 기색(氣色)의 끝을 엿볼 수도 없으나 헤아릴 수 없는 기색이 글속에 저절로 있게 됩니다. 이른바 "조화와 순리가 속에 쌓여서 겉으로 꽃이 피어난다."[191]고 하는 것입니다. 어찌 거짓으로 꾸며서 가능한 것이겠습니까.

한(漢)나라 이전에는 오직 사(詞)와 부(賦)만을 논하였습니다. 문장을 나열할 때 행문(行文 글짓는 법)을 논한 적이 없었던 것은 천하다고 여겨서 그런 것이 아닙니다. 행문은 도(道)와 사(事)를 싣는 것일 뿐 다른 것이 아니었고, 사(詞)와 부(賦)는 노래하고 탄식하는 것이었으니, 이에 성향(聲響)과 기색(氣色)의 구분이 있게 되었습니다. 이 때문에 한(漢)나라 때의 문장을 칭할 때는 사마상여[192]를 으뜸으로 삼았고,

---

190 팽려호(彭蠡湖)의 수군(水軍) : 죽은 자를 의미한다. 팽려호는 강서성 북부의 파양호(鄱陽湖)의 옛 이름으로 1363년 주원장이 진우량을 죽이고 그의 수군을 전멸시켰다. 주원장은 이 싸움의 승리를 기반으로 군웅이 할거하던 원나라 말기의 혼란을 진정시킬 지도자로 떠올랐다.

191 조화와……피어난다 : 《예기》〈악기(樂記)〉에 나오는 글이다.

192 사마상여(司馬相如) : 기원전 179~기원전 117. 중국 전한(前漢)의 문인으로, 자는 장경(長卿)이다. 사천(四川) 출신으로 경제(景帝) 때 벼슬에서 물러나 후량(後

가의¹⁹³·동중서¹⁹⁴·사마천¹⁹⁵·유향¹⁹⁶·양웅¹⁹⁷ 등은 때때로 학술(學術)을 일컫거나 혹은 정사(政事)를 일컬었지만, 그들 행문의 아름다움을 논하지는 않았습니다. 대체로 후세 사람들이 그들의 글을 추존(追尊)하여 문장이라 여겼던 것입니다.

당, 송 이후 근세에 이르기까지 행문(行文)에 대한 논의가 성대해져 이윽고 도(道)와 사(事)를 버리고 별도로 행문을 논하여 또 다시 성향(聲響)과 기색(氣色)의 사이에서 문장을 구하지 않을 수 없었으니,

梁)에 가서 《자허지부》를 지어 이름을 떨쳤다. 그의 사부(辭賦)는 화려한 것으로 유명하며, 후육조(後六朝)의 문인들이 이것을 많이 모방하였다.

193 가의(賈誼) : 기원전 200~기원전 168. 중국 전한(前漢) 문제 때의 학자·정치가로 문제(文帝)를 섬기며 유학과 오행설에 기초를 한 새로운 제도의 시행을 주장하였다. 저서에 《좌씨전훈고(左氏傳訓詁)》, 《신서(新序)》, 《복조부(鵩鳥賦)》등이 있다.

194 동중서(董仲舒) : 기원전 176?~기원전 104. 중국 전한(前漢)의 유학자로 호는 계암자(桂巖子)이다. 춘추 공양학(春秋公羊學)을 수학하여 하늘과 사람의 밀접한 관계를 강조하였다. 무제(武帝)로 하여금 유교를 국교로 삼도록 설득하였다. 저서에 《춘추번로(春秋繁露)》가 있다.

195 사마천(司馬遷) : 기원전 145?~기원전 86?. 중국 전한(前漢)의 역사가로 자는 자장(子長)이다. 기원전 104년에 공손경(公孫卿)과 함께 태초력(太初曆)을 제정하여 후세 역법의 기초를 세웠으며, 역사책 《사기(史記)》를 완성하였다.

196 유향(劉向) : 기원전 77~6. 중국 전한(前漢) 시대 학자, 정치가로 자는 자정(子政)이다. 《전국책(戰國策)》, 《신서(新序)》, 《설원(說苑)》, 《별록(別錄)》, 《열녀전(列女傳)》 등의 저서가 있다.

197 양웅(楊雄) : 기원전 53~18. 전한(前漢) 때 사상가로 자는 자운(子雲)이다. 사천성(泗川城) 성도(成都)에서 출생하였다. 애제(哀帝), 평제(平帝)를 거쳐 왕망(王莽) 때에는 대부(大夫)가 되었기 때문에 절조(節操)에 관해 비난을 받았다. 《주역》을 본떠 《태현경(太玄經)》을, 《논어》를 본떠 《법언(法言)》을, 《이아(爾雅)》를 본떠 《방언(方言)》을 지었다.

행문에서 기색을 구한 것은 옛사람의 뜻이 아니었습니다. 제가 일찍이 옛날 작자들의 오묘함을 엿보니, 가장 뛰어난 것은 자연스러움이며 그 다음은 자연스러움을 배우는 것이었습니다. 배우고도 하지 못하는 것은 모두 인위적으로 하려 했던 자취가 있어서 별달리 보려고도 하지 않았기 때문입니다. 형의 견해는 가부(可否)가 어떠한지 모르겠습니다. 우원(迂遠)하여 마땅치 않다고 여기시는 것은 아닙니까? 근세에 문장을 논할 때 저와 의견이 같은 자가 드물기에 저도 감히 스스로 옳다고 하지 못하여 이와 같이 우러러 답합니다.

없을 것입니다.

경영(京營)의 병사를 선발하여 연해의 요처에 배치하고, 손돌
곳진, 통진, 양화나루, 염창항 등 경강(京江)의 여러 곳에 모두
敵臺)를 쌓고 사성(沙城)을 세우며, 지평 구고법²⁰²으로 대포의
射路)를 정밀하게 조사하여 수비를 엄하게 하면 무사히 대처할
을 것입니다. 그 밖에 지방에서 모집한 자들을 모두 내보낸다면,
을 줄이고 소요를 막는 한 단서가 될 것입니다. 중국 사람이 우리
게 '싸우지 말고 오랫동안 버티면 저들은 식량이 떨어져 스스로
갈 것'이라고 알려주었는데, 맞는 말이긴 하지만 오늘날 우리나라
형세는 주인이 도리어 손님이 되어 우리는 피로하고 저들은 편안하
는 것을 모르는 말입니다. 이처럼 오래 버티기만 하면 저들이 식량이
어지기를 기다리기 전에 우리가 먼저 심하게 곤란해져 말 못할 근심
있을 것이니 무슨 말을 하겠습니까. 또 나라 안의 사악한 무리들의
반이 적의 눈과 귀가 되었으니, 그들은 우리를 세밀하게 알 수 있으
우리는 저들의 대강도 알지 못합니다. 이것이 감히 일곱 척의 배를
끌고 남의 나라에 깊이 들어올 수 있었던 까닭입니다. 어찌 기이한
계책을 쓰고, 첩자를 보내 적정(賊情)을 몰래 살피는 술책이 없겠습니
까.

이는 모두 썩은 선비의 우활(迂闊)한 견해로 시무(時務)에 마땅하지
않는 것입니다만, 제가 우연히 붓끝으로 언급하는 것은 아주 가깝게
돌보아 주시는 사랑만 믿고 후한 용서를 받을 수 있으리라 믿기 때문입
니다. 서울의 종반(宗班)들이 통문(通文)을 돌렸다고 들었습니다. 또

202 지평 구고법(句股法) : 직각삼각형으로 생긴 논이나 밭을 측량하는 방법이다.

양요 때 모인의 편지에 답하다
洋擾時答某人書

건침랑(健寢郎)¹⁹⁸으로 재실에 입직하고 있을 때이다.

보내 주신 강화 유수의 편지와 오랑캐의 격문을 순서대로 자세히 살
펴보니 심장이 떨리고 간담이 서늘하여 안 듣고 안 볼 때의 상쾌함만
못했습니다. 예로부터 일곱 척의 배를 타고 바다 건너 수만 리 밖으로
와서 남의 나라를 보기를 바로 이처럼 하는 자가 있었겠습니까? 집에
서 무료하게 있으니 칠실의 근심¹⁹⁹이 공연히 깊어지지만, 근심하는
바가 오랑캐의 소요에 있지 않고 가까이서 보는 것에만 있습니다.

요즘 주현(州縣)에서 쓸데없이 장정들을 조발(調發)하여 촌락이 텅
비고 들에 있는 곡식을 거두지 못합니다. 오랑캐의 변을 겪는다고 해도
어찌 이보다 더하겠습니까? 이것이 첫 번째 어려움입니다. 양떼처럼

198 건침랑(健寢郎) : 건릉(健陵)의 능참봉을 가리킨다. 김윤식은 1865년(고종2) 음
직으로 건릉 참봉(健陵參奉)에 제수되었다. 이때 지은 시가《건재집(健齋集)》에 묶여
《운양집(雲養集)》 권1에 실려 있다. 건릉은 정조와 효의왕후(孝懿王后) 김씨의 능이
다.

199 칠실(漆室)의 근심 : 노(魯)나라 칠실읍(漆室邑)의 과년한 여자가 기둥에 기대
어 슬퍼하므로 이웃 여인이 물으니 "노나라의 임금은 늙었고 태자는 어리기 때문이다."
하니, "그것은 경대부(卿大夫)가 근심할 일이다."라고 하였다. 이에 다시 대답하기를
"그렇지 않다. 예전에 손님의 말이 달아나 내 남새밭을 밟아서 내가 한 해 동안 남새를
먹지 못하였다. 노나라에 환난이 있으면 군신·부자가 다 욕을 당할 것인데 어찌 여자만
피할 곳이 있겠는가?"라고 하였다는 고사에서 나온 말로, 나랏일을 걱정한다는 뜻이다.
《列女傳 仁智 魯漆室女傳》

몰아대고 개미가 진을 치듯 모이게 하니 전투력도 없고 용기도 없습니다. 먹이지 못하면 죽는데, 지금 창고를 보면 남은 곡식이 없고 해운은 통하지 않으니 장차 무엇으로 지급하겠습니까. 이것이 두 번째 어려움입니다.

또 들으니 수령이 백성들에게서 곡식을 빌려 군향(軍餉)을 조달했다고 합니다. 비록 대동미로 계산하여 제해 준다고 하지만, 백성들이 윗사람을 불신한 지가 오래되었습니다. 모두들 거저 빼앗는 것으로 여겨서 백성들이 서로 전하고 경고하여 구덩이를 파서 깊이 감추거나 혹은 논바닥에 그대로 두고 수확하지 않아 썩어서 버릴지언정 관청에 실어 보내려 하지 않으니, 하늘이 내린 물건을 함부로 버린다고 할 수 있습니다. 민심이 여기에 이르렀으니, 어찌 집집마다 한 사람씩 보내어 이를 변명할 수 있겠습니까. 이것이 세 번째 어려움입니다.

근래 임피(臨陂)의 조운선(漕運船)이 침몰되었다고 해서 삼남의 대동미를 모두 육운(陸運)하도록 명하였다 합니다. 한 사람이 운반할 수 있는 양은 1섬을 지고 10여 리를 가는데 불과하며, 소나 말은 겨우 2섬을 실을 수 있습니다. 삼남의 쌀을 모두 계산하면 몇 사람이 며칠 동안 힘을 써야 마땅하겠습니까? 도로가 소란스럽고 분주하여 지칠 것입니다. 이것이 네 번째 어려움입니다. 이상은 오직 눈앞에 보이는 것일 뿐, 기타 수많은 어려움은 모두 언급할 겨를이 없습니다.

서양 오랑캐에 대한 근심은 오히려 단지 몇 건의 일 중 하나에 속합니다. 무릇 넓은 벌판에 진을 치고 기병과 보병을 서로 맞닥뜨려 장단(長短)을 서로 겨루면 세력의 많고 적음이 본래 현격합니다. 진(秦)나라의 강함과 왕전(王翦)[200]의 뛰어남으로도 초나라를 정벌할 때 60만 명을 사용하였고, 한신(韓信)이 병사를 거느릴 때는 군사가 많으면

많을수록 좋다고 하였습니다. 그러나 생각ᵁ
법은 병력은 적으나 정예롭고, 병기는 간편ᵁ
다. 어째서입니까? 병력이 적으면 군량은 절
하지 않으며, 간편하면 운반하기 쉽고, 예리
때문입니다. 서양 오랑캐가 사해(四海)를 종횡ᵁ
을 썼기 때문입니다.

지금 비록 수많은 병력이 있어 정벌에 능하고
실제 한 칼도 맞서지 못하고 있습니다. 만일 험한
정밀한 대포를 쏘아 한번 명중시킨다면 한 척의 적
킬 수 있으니, 이 어찌 많은 병력의 힘에 의지하는 것
므로 위원(魏源)[201]의 《주해편(籌海篇)》을 보면, "병ᵁ
에 힘쓰지 말고 오직 대포를 정밀하게 할 방도를 구하ᵁ
다. 이는 모두 여러 번 서양의 난을 경험하고 그 요ᵁ
말입니다. 이제 재주 있는 기술자와 새로운 기술을 생
널리 찾아서 큰 대포와 도르래, 사다리, 강총(扛銃), 대ᵁ
차 등을 제조해야 합니다. 설계도를 보고 본떠서 제조하면

---

200 왕전(王翦) : 진(秦)나라의 장수이다. 병법에 뛰어나 진 시황(秦始
6국(國)을 멸하고 천하를 통일하는 데 큰 공을 세웠다.

201 위원(魏源) : 1794~1856. 항주(杭州) 출신이며 자는 묵심(默深),
한사(漢士), 호는 양도(良圖)이다. 청나라의 역사가, 지리학자로 금문학파
의 지도자이다. 1826년 정치·경제 문제 연구서인《황조경세문편 皇朝經世文
찬하였고, 1844년《해국도지 海國圖志》를 저술했다. 그는 서양의 도전에 적
대응하기 위해서는 서양의 뛰어난 기술을 배워야 한다고 주장했다. 이러한 사상
~70년대에 시도되었던 중국 정부의 개혁을 정당화시켰고, 이때부터 중국의 개
자들은 서양의 발명품과 기술을 받아들이기 시작했다.

탁영(濯纓)²⁰³ 선생의 후예인 김천익(金天翼)이 병사를 모집하고 의병을 일으켜 난리에 달려 나가자는 방(榜)을 붙였는데 약정한 기한이 이번 18일이라고 들었습니다. 옛날에 의병을 일으킨 자도 이러했는지 모르겠습니다. 이 편지에서 말한 바는 모두 망발입니다. 편지를 다 쓰고 부끄럽고 후회되어 찢어 버리고 싶었습니다. 맞는지 틀리는지를 살펴보시고 즉시 불에 태워 버리십시오.

---

203 탁영(濯纓): 김일손(金馹孫, 1464~1498)으로, 본관은 김해, 자는 계운이다. 〈조의제문〉을 사초(史草)에 실었다가 이극돈(李克墩) 등 훈구파가 일으킨 무오사화(戊午士禍)에서 피살되었다.

다른 사람을 대신하여 장수를 축하한 편지 경오년(1906, 광무10)

代人賀壽書 庚午

세상 사람들은 다른 사람의 지위가 높은지 아들이 많은지를 볼 뿐, 그 사람이 현명한지 어리석은지는 묻지 않는다. 널리 오복(五福)이라고 칭할 때, 오복의 안에는 이 두 가지가 본래 없다는 것을 알지 못한다. 이 두 가지는 우환의 창고이다. 이른바 오복이라는 것은 내 몸과 마음의 안정을 구하는 것일 뿐, 밖으로 힘써서 단지 다른 사람의 눈과 귀를 즐겁게 하는 것은 하나도 없다. 내 몸과 마음을 안정시키고자 하면 유호덕[204]보다 나은 것이 없다. 오복 중에 유호덕이 가장 좋고 가장 어려운 것이니, 이 한 가지 복을 얻으면 그 나머지는 거의 얻을 수 있을 것이다. 그러나 또한 안연의 요절[205], 원헌의 가난[206],

---

204 유호덕(攸好德) : 덕을 좋아하며 즐거서 덕을 행하려고 하는 것을 말한다.

205 안연(顔淵)의 요절(夭折) : 안회(顔回, 기원전 521~기원전 490)는 공자(孔子)의 제자 중에서 생활이 가장 곤궁하였음에도 불구하고 가장 어질고 학문을 좋아하였으며 공자의 가르침을 가장 성실하게 실천한 인물로 평가되고 있다. 하지만 32세의 나이로 요절하였다.

206 원헌(原憲)의 가난 : 원헌은 공자의 제자로 성은 원(原)이고 이름은 사(思), 자는 헌(憲)이다. 일설에 따르면 《논어》〈헌문(憲問)〉의 저자라고 한다. 원헌은 집이 몹시 가난하였는데, 하루는 자공(子貢)이 화려한 수레를 타고 찾아와서 그의 행색을 보고 "선생은 어찌 이렇게 병이 들었습니까?"라고 나무라듯이 말했다. 이 말에 원헌은 "내가 들어 알기로는 재산이 없는 것을 가난이라 하고, 배우고도 실천하지 못하는 것을 병이라고 들었습니다. 지금 나는 가난한 것이지 병이 든 것이 아닙니다."라고 답하였다.

양요 때 모인의 편지에 답하다

洋擾時答某人書

건침랑(健寢郎)[198]으로 재실에 입직하고 있을 때이다.

보내 주신 강화 유수의 편지와 오랑캐의 격문을 순서대로 자세히 살펴보니 심장이 떨리고 간담이 서늘하여 안 듣고 안 볼 때의 상쾌함만 못했습니다. 예로부터 일곱 척의 배를 타고 바다 건너 수만 리 밖으로 와서 남의 나라를 보기를 바로 이처럼 하는 자가 있었겠습니까? 집에서 무료하게 있으니 칠실의 근심[199]이 공연히 깊어지지만, 근심하는 바가 오랑캐의 소요에 있지 않고 가까이서 보는 것에만 있습니다.

요즘 주현(州縣)에서 쓸데없이 장정들을 조발(調發)하여 촌락이 텅 비고 들에 있는 곡식을 거두지 못합니다. 오랑캐의 변을 겪는다고 해도 어찌 이보다 더하겠습니까? 이것이 첫 번째 어려움입니다. 양떼처럼

---

198 건침랑(健寢郎) : 건릉(健陵)의 능참봉을 가리킨다. 김윤식은 1865년(고종2) 음직으로 건릉 참봉(健陵參奉)에 제수되었다. 이때 지은 시가 《건재집(健齋集)》에 묶여 《운양집(雲養集)》 권1에 실려 있다. 건릉은 정조와 효의왕후(孝懿王后) 김씨의 능이다.

199 칠실(漆室)의 근심 : 노(魯)나라 칠실읍(漆室邑)의 과년한 여자가 기둥에 기대어 슬퍼하므로 이웃 여인이 물으니 "노나라의 임금은 늙었고 태자는 어리기 때문이다." 하니, "그것은 경대부(卿大夫)가 근심할 일이다."라고 하였다. 이에 다시 대답하기를 "그렇지 않다. 예전에 손님의 말이 달아나 내 남새밭을 밟아서 내가 한 해 동안 남새를 먹지 못하였다. 노나라에 환난이 있으면 군신·부자가 다 욕을 당할 것인데 어찌 여자만 피할 곳이 있겠는가?"라고 하였다는 고사에서 나온 말로, 나랏일을 걱정한다는 뜻이다. 《列女傳 仁智 魯漆室女傳》

몰아대고 개미가 진을 치듯 모이게 하니 전투력도 없고 용기도 없습니다. 먹이지 못하면 죽는데, 지금 창고를 보면 남은 곡식이 없고 해운은 통하지 않으니 장차 무엇으로 지급하겠습니까. 이것이 두 번째 어려움입니다.

또 들으니 수령이 백성들에게서 곡식을 빌려 군향(軍餉)을 조달했다고 합니다. 비록 대동미로 계산하여 제해 준다고 하지만, 백성들이 윗사람을 불신한 지가 오래되었습니다. 모두들 거저 빼앗는 것으로 여겨서 백성들이 서로 전하고 경고하여 구덩이를 파서 깊이 감추거나 혹은 논바닥에 그대로 두고 수확하지 않아 썩어서 버릴지언정 관청에 실어 보내려 하지 않으니, 하늘이 내린 물건을 함부로 버린다고 할 수 있습니다. 민심이 여기에 이르렀으니, 어찌 집집마다 한 사람씩 보내어 이를 변명할 수 있겠습니까. 이것이 세 번째 어려움입니다.

근래 임피(臨陂)의 조운선(漕運船)이 침몰되었다고 해서 삼남의 대동미를 모두 육운(陸運)하도록 명하였다 합니다. 한 사람이 운반할 수 있는 양은 1섬을 지고 10여 리를 가는데 불과하며, 소나 말은 겨우 2섬을 실을 수 있습니다. 삼남의 쌀을 모두 계산하면 몇 사람이 며칠 동안 힘을 써야 마땅하겠습니까? 도로가 소란스럽고 분주하여 지칠 것입니다. 이것이 네 번째 어려움입니다. 이상은 오직 눈앞에 보이는 것일 뿐, 기타 수많은 어려움은 모두 언급할 겨를이 없습니다.

서양 오랑캐에 대한 근심은 오히려 단지 몇 건의 일 중 하나에 속합니다. 무릇 넓은 벌판에 진을 치고 기병과 보병을 서로 맞닥뜨려 장단(長短)을 서로 겨루면 세력의 많고 적음이 본래 현격합니다. 진(秦)나라의 강함과 왕전(王翦)[200]의 뛰어남으로도 초나라를 정벌할 때 60만 명을 사용하였고, 한신(韓信)이 병사를 거느릴 때는 군사가 많으면

많을수록 좋다고 하였습니다. 그러나 생각하건대 서양을 방어하는 방법은 병력은 적으나 정예롭고, 병기는 간편하고 예리한 것이 중요합니다. 어째서입니까? 병력이 적으면 군량은 절감되고, 정예로우면 혼란하지 않으며, 간편하면 운반하기 쉽고, 예리하면 적중시킬 수 있기 때문입니다. 서양 오랑캐가 사해(四海)를 종횡할 수 있는 것은 이 방법을 썼기 때문입니다.

지금 비록 수많은 병력이 있어 정벌에 능하고 전투에 익숙하여도, 실제 한 칼도 맞서지 못하고 있습니다. 만일 험한 요충지에 웅거하여 정밀한 대포를 쏘아 한번 명중시킨다면 한 척의 적선(賊船)을 전복시킬 수 있으니, 이 어찌 많은 병력의 힘에 의지하는 것이겠습니까? 그러므로 위원(魏源)[201]의 《주해편(籌海篇)》을 보면, "병력을 많게 하는 것에 힘쓰지 말고 오직 대포를 정밀하게 할 방도를 구하라."고 하였습니다. 이는 모두 여러 번 서양의 난을 경험하고 그 요령을 얻어서 한 말입니다. 이제 재주 있는 기술자와 새로운 기술을 생각하는 사람을 널리 찾아서 큰 대포와 도르래, 사다리, 강총(扛銃), 대포(臺砲), 수뢰차 등을 제조해야 합니다. 설계도를 보고 본떠서 제조하면 이루지 못할

---

200 왕전(王翦) : 진(秦)나라의 장수이다. 병법에 뛰어나 진 시황(秦始皇)을 도와서 6국(國)을 멸하고 천하를 통일하는 데 큰 공을 세웠다.

201 위원(魏源) : 1794~1856. 항주(杭州) 출신이며 자는 묵심(默深), 묵생(墨生), 한사(漢士), 호는 양도(良圖)이다. 청나라의 역사가, 지리학자로 금문학파(今文學派)의 지도자이다. 1826년 정치・경제 문제 연구서인 《황조경세문편 皇朝經世文編》을 편찬하였고, 1844년 《해국도지 海國圖志》를 저술했다. 그는 서양의 도전에 적극적으로 대응하기 위해서는 서양의 뛰어난 기술을 배워야 한다고 주장했다. 이러한 사상은 1860~70년대에 시도되었던 중국 정부의 개혁을 정당화시켰고, 이때부터 중국의 개혁지도자들은 서양의 발명품과 기술을 받아들이기 시작했다.

이유가 없을 것입니다.

다만 경영(京營)의 병사를 선발하여 연해의 요처에 배치하고, 손돌목, 갑곶진, 통진, 양화나루, 염창항 등 경강(京江)의 여러 곳에 모두 포대(礮臺)를 쌓고 사성(沙城)을 세우며, 지평 구고법[202]으로 대포의 사로(射路)를 정밀하게 조사하여 수비를 엄하게 하면 무사히 대처할 수 있을 것입니다. 그 밖에 지방에서 모집한 자들을 모두 내보낸다면, 비용을 줄이고 소요를 막는 한 단서가 될 것입니다. 중국 사람이 우리들에게 '싸우지 말고 오랫동안 버티면 저들은 식량이 떨어져 스스로 물러갈 것'이라고 알려주었는데, 맞는 말이긴 하지만 오늘날 우리나라의 형세는 주인이 도리어 손님이 되어 우리는 피로하고 저들은 편안하다는 것을 모르는 말입니다. 이처럼 오래 버티기만 하면 저들이 식량이 떨어지기를 기다리기 전에 우리가 먼저 심하게 곤란해져 말 못할 근심이 있을 것이니 무슨 말을 하겠습니까. 또 나라 안의 사악한 무리들의 태반이 적의 눈과 귀가 되었으니, 그들은 우리를 세밀하게 알 수 있으나 우리는 저들의 대강도 알지 못합니다. 이것이 감히 일곱 척의 배를 끌고 남의 나라에 깊이 들어올 수 있었던 까닭입니다. 어찌 기이한 계책을 쓰고, 첩자를 보내 적정(賊情)을 몰래 살피는 술책이 없겠습니까.

이는 모두 썩은 선비의 우활(迂闊)한 견해로 시무(時務)에 마땅하지 않는 것입니다만, 제가 우연히 붓끝으로 언급하는 것은 아주 가깝게 돌보아 주시는 사랑만 믿고 후한 용서를 받을 수 있으리라 믿기 때문입니다. 서울의 종반(宗班)들이 통문(通文)을 돌렸다고 들었습니다. 또

---

202 지평 구고법(句股法) : 직각삼각형으로 생긴 논이나 밭을 측량하는 방법이다.

마우의 근심[207], 중유의 강하고 굳셈[208]과 같은 것도 있다. 이 네 현인이 호덕(好德)에 넉넉하고 여유롭지 않았겠는가마는, 도리어 그 복을 받은 것이 불완전한 것이 바로 이와 같았다. 이 점은 옛날이나 지금이나 똑같이 탄식하는 것으로 천도(天道)를 의심하지 않을 수는 없는 것이다.

지금 형의 호덕(好德)은 옛 현인도 다 갖추지 못한 것을 갖춘 것이니, 천리(天理)가 여기에서는 믿을 만하여 선(善)을 행하는 자를 권면(勸勉)할 수 있으니 어찌 축하해야 하지 않겠습니까? 생각하건대 봄기운이 점점 화창해지고 고운 햇살이 점차 길어지는 때에 형께서 더욱 강복(康福)하시어, 상봉(桑蓬)[209]하여 회갑이 돌아오는 날이 손가락으

이에 자공이 머뭇머뭇 부끄러운 기색을 짓자, 웃으며 말하기를 "대저 세상의 평판이 좋기를 바라면서 행동하고, 끼리끼리 작당하여 벗이 되며, 학문은 남에게 자랑을 하기 위해서 하고, 남을 가르치면서 자기의 이익만 좇으며, 인의를 빙자하여 악한 짓을 일삼고, 수레나 말이나 장식하는 짓은 나는 할 수가 없습니다."라고 하였다.《莊子 讓王章》

207 사마우(司馬牛)의 근심 : 사마우가 근심하기를, "남들은 다 형제가 있는데 나만 홀로 없습니다."라고 하자 자하(子夏)가 말하기를 "제가 듣기를 남에게 공손하고 예(禮)가 있으면 온 천하 안이 다 형제이니, 어찌 군자가 형제 없음을 한탄하겠습니까? 〔司馬牛憂曰 人皆有兄弟 我獨亡 子夏曰 商聞之矣 死生有命 富貴在天 君子敬而無失 與人恭而有禮 四海之內皆兄弟也 君子何患乎無兄弟也〕"라고 한 말에서 나온 고사이다.《論語 顏淵》

208 중유(仲由)의 강하고 굳셈 : 중유(仲由, 기원전 542~기원전 480)는 중국 춘추 시대(春秋時代)의 유학자로 자는 자로(子路), 계로(季路)이다. 중국 춘추 시대 변(卞)나라 사람으로, 공자의 제자이다. 제자 가운데 공자를 제일 잘 섬겼다고 하며, 정치 방면에 뛰어났고 지극한 효성과 용맹함으로 유명하였다.

209 상봉(桑蓬) : 뽕나무로 만든 활(桑弧)과 쑥대로 만든 화살(蓬矢)이다. 고대에 사내아이가 태어나면 뽕나무 활에 쑥대 화살을 메워서 천지 사방에 쏨으로써 장차 천하

로 꼽을 만큼 가까워졌습니다. 우러러 생각하건대 아내가 공경히 밥상을 올려[210] 상을 마주하는 즐거움이 깊고, 부모님께 봉양하는 음식을 깨끗하고 넉넉하게 하며, 남해의 시[211]를 노래하니, 온화하고 평화로운 기운이 집과 마을에 가득합니다. 형께서는 이러한 때에 포의[212]와 방미(厖眉)로 담소하며 건강을 뽐내시니 바로 살아있는 남극 노인성입니다. 제가 외람되이 사돈[213]으로서 소나무와 잣나무처럼 장수하시는 것을 기뻐합니다. 높은 산과 큰 길처럼 덕이 크시니 다만 거할(車轄)의 사모함[214]이 절실할 뿐이고, 궁궐같이 좋은 집에 〈수룡음(水龍吟)〉[215] 같은 글이 없음을 부끄러워합니다. 병든 몸으로 억지로 참여할 수 없어

에 원대한 일을 할 것을 기대하였던 고사에서 유래한 말로 이 세상에 태어남을 뜻하는 말이다. 《禮記 內則》

210 아내가 공경히 밥상을 올려 : 원문의 '제미상경(齊眉相敬)'은 부부가 서로 예법을 지키며 공경하였다는 말이다. 후한(後漢)의 현사(賢士)인 양홍(梁鴻)의 처 맹광(孟光)이 밥상을 들고 올 때에도 양홍을 감히 마주 보지 못하고 이마 위에까지 들어 올렸다는 '거안제미(擧案齊眉)'의 고사에서 유래하였다. 《後漢書 卷83 逸民列傳 梁鴻》

211 남해(南陔)의 시 : 《시경》〈남해(南陔)〉를 말한다. 이 시를 진(晉)나라 속석(束晳)이 보완하여 "남쪽 밭두둑 따라 난초를 캐네. 어버이 생각할 적마다 마음이 왜 이리 설레는지.〔循彼南陔 言采其蘭 眷戀庭闈 心不遑安〕"라고 하여 부모를 잘 봉양하는 것을 뜻한다.

212 포의(襃衣) : 품이 넓은 옷으로 유자(儒者)의 복장을 말한다.

213 사돈 : 원문의 '진진(秦晉)'은 양성(兩姓) 간에 대대로 혼인을 하는 친밀한 관계를 뜻한다. 《春秋左氏傳 僖公23年》

214 거할(車轄)의 사모함 : 《시경》〈거할(車轄)〉에 "높은 산 우러르고 큰길을 가는도다.〔高山仰止 景行行之〕"라고 한 것을 원용하여 이 사람의 덕이 높음을 기린 말이다.

215 수룡음(水龍吟) : 중국 송나라 때 시인 소식(蘇軾, 1037∼1101)이 사패의 하나인 수룡음(水龍吟) 곡조에 맞추어 지은 사(詞)이다.

못난 자식을 대신 보내어 축수(祝壽)의 말석을 채우게 하니, 위엄 있는
자태를 우러러 보고 덕기(德氣)에 감화 받을 수 있기를 바랍니다. 보잘
것없는 축사의 말씀을 이같이 아룁니다.

서경당[216]에게 보낸 별지 갑술년(1874, 고종11)

與徐絅堂別紙 甲戌

제가 세상에 태어난 이후, 일찍이 부형과 어른들께 "선비가 이 세상에 태어났으면 책을 읽어 학문을 이루어 세상에 나가서 당세(當世)에 쓰임이 있어야 한다."고 들었습니다. 저는 당시에 못나고 어리석어 자못 망녕된 생각이 있었는데, 7, 8년 이래로부터 이런 뜻이 점점 없어졌습니다. 그러나 이미 다섯 무(畝)의 뽕나무나 한 이랑의 밭도 없고, 또한 공상(工商)의 일에도 익숙한 것이 없어 부득불 관(官)에서 먹고 살기를 바랐습니다. 얼마 안 되어 작고 외진 고을을 얻어 대충이나마 부모님께 보답하고 겸하여 저도 편안하게 지낼 수 있었습니다. 이것은 본분 안의 일로 본래 순자법(循資法)[217]이 있어서, 비록 어두운 밤에 애걸하여 염치를 버리지 않아도 앉아서 이룰 수 있었습니다. 이런 이유로 부지런히 힘써 관직에 나아가 낮은 자리에 종사한 지가 또한 여러 해 되었습니다. 다만 그 뜻과 일이 영락한 것을 돌아보면 초심에 부끄러운 점이 있습니다. 그런데 군자는 힘을 다해 펼치는 경계(警戒)와 때에 맞게 조처하는 바도 있어서 이로써 일을 처리한다면, 비록 일대(一代)의 위인(偉人)이 되지 못하여도 작지만 온전

---

216 서경당(徐絅堂) : 서응순(徐應淳, 1824~1880)이다. 362쪽 주 164 참조.

217 순자법(循資法) : 관직마다 일정한 근무기간을 정해두고, 그 기간만큼 근무한 후에야 1자급(資級)을 올려주거나 관직을 옮길 수 있게 한 제도이다. 순자법은 인사부정을 제거하는 한편, 신분제의 원리에 따라 여러 층으로 계서화(階序化)된 관료제의 내부구조를 유지하기 위해 만든 것이다.

한 사람이 될 수 있을 것입니다. 이것이 저의 간절한 바램입니다. 그러나 운명과 소원이 어긋나서 외람되게 명예로운 벼슬을 거치면서, 위로는 초심에 부합하지 못하고, 아래로는 품은 뜻도 지키지 못하여 일신의 낭패가 끝이 없습니다.

그런데 벼슬을 그만 둔 이후 점점 더 가난하고 보잘것없어져서, 집안의 열 네댓 식구를 먹여 살릴 대책이 없어서 탄식하고 근심하였지만, 전혀 구휼하지 못하는데다가 또한 가난하고 불안하기까지 하였습니다. 만약 이 몸이 깨끗하고 적막한 시골에 살면서 세상을 멀리하여 속세의 어지러운 소리를 듣지 않으며 물고기나 게와 짝하고 고라니와 사슴을 벗 삼았으면, 산택(山澤)에 은둔한 선비가 되는 데 지장이 없었을 것입니다. 지금 저는 성안에 살면서 벼슬길에 발을 들여놓아 아침저녁으로 보고 듣는 것이 귀가 시끄럽고 마음을 어지럽히니 이점이 큰 불행입니다. 제가 형께 부러운 것이 두 가지가 있으니 하나는 제가 온전한 사람이 되고자하는 바람을 이루는 것이고, 다른 하나는 깨끗하고 적막한 시골에서 세속의 일을 듣지 않는 것이니 축하드릴 만합니다.

요즘 경부(敬夫)가 전하는 말을 들으니, 노형께서 깊은 산골지방을 싫어하여 관직을 버리고 도성으로 돌아오려 한다고 하며, 또 세상 소식에 대해 적어 보내 달라는 말씀이 있었다고 들었습니다. 그 격동하고 침울한 마음으로 무언가 해 보려는 뜻으로 스스로 분발하는 마음이 늙어서도 쇠하지 않아서, 곧바로 돈후하지 못하고 나약한 자로 하여금 자립하도록 하시니 진실로 존경심을 일으키게 합니다. 그런데 저 신령스러운 곳을 버리고 귀가 시끄럽고 병통이 있는 이곳을 샀으니 계책을 얻었다고 할 수 없을 것입니다. 분수를 따라 스스로 만족하고 고개 숙여 지방관이 되는 것이 오늘날 제일가는 청복(淸福)입니다. 고을은 작은 것이 큰 것보다 낫고, 녹봉이 적은 것이 후한 것보다 나으며, 거처는 먼 곳에 있는 것이 가까이 있는 것보다 낫고, 일은 간략한 것이 번잡한 것보다 낫습니다. 이 네 가지 좋은 것을 얻으면, 이것이 바로 형께서 몸을 닦고 착한 행실을 쌓은 것에 대한 보답이니, 등한시한 사람이 얻을 수 있는 바가 아닙니다. 요즘 소식이 이와 같으니 잘 이해되시는지요?

이생[218] 설군에게 답하는 편지 무인년(1878, 고종15)

答李生偰書 戊寅

이웃 편으로 월초에 보내신 편지를 받고 삼가 부모님을 모시고 편안
하신 줄 알게 되니 기쁘고 위안이 되었습니다. 저는 일찍이 우리나라
의 선현들을 평론하면서 연평 이씨 충정공[219]만이 천민(天民)[220]과 대
인(大人)의 기상을 지녔다고 생각하였습니다. 저는 그분의 외손으로

---

218 이생(李生) : 이설(李偰, 1850~1906)로, 본관은 연안(延安), 자는 순명(舜命),
호는 복암(復菴)이다. 1889년 전시(殿試)에 급제하여 홍문관 부수찬에 임명되었고
1894년 응교가 되었을 때, 갑오농민전쟁이 발생하자 폐정개혁을 위한 5조의 상소를
올리고 갑오정권이 들어서자 관직을 버리고 하향하였다. 1895년 명성황후(明成皇后)
시해사건이 일어나자 홍주에서 의병을 일으켰다가 체포되었으나 국왕의 특사로 석방되
었다. 1904년 일본이 전국의 황무지개척권을 요구하자 분격하여 전국에 토왜격문(討倭
檄文)을 돌려 반대운동을 하였다. 1905년 일본이 을사조약이 체결되자 일본을 규탄하
고, 을사조약의 파기와 을사5적의 처형을 요구하는 상소를 올렸다가 일본경찰에 붙잡혔
다. 1906년 1월 석방되어 고향으로 돌아와서 국권피탈에 통분, 식음을 전폐하고 자결하
였다.

219 연평 이씨 충정공 : 이귀(李貴, 1557~1633)로, 본관은 연안(延安), 자는 옥여
(玉汝), 호는 묵재(默齋), 시호는 충정(忠定)이다. 이이(李珥)와 성혼(成渾)에게서
배웠다. 1582년(선조15) 생원이 되었고 1592년 임진왜란이 일어나자 의병을 일으켜
싸웠다. 1603년 정시문과에 급제하여 벼슬길에 올랐고, 1623년 김유(金瑬), 최명길(崔
鳴吉), 김자점(金自點) 등과 함께 인조반정을 성공시켰다. 이로 인하여 정사공신(靖社
功臣) 1등에 연평부원군(延平府院君)으로 봉해졌다. 영의정으로 추증되었으며, 인조
묘정에 배향되었다. 저서로는 《묵재일기(默齋日記)》가 있다.

220 천민(天民) : 천리(天理)를 다하는 백성(百姓)을 뜻하는 말로 도(道)를 체득한
사람을 말한다.

개인적으로 높이 추앙하여 경모(景慕)하는 데는 남에게 뒤지지 않았습니다. 일찍이 뵙기를 원하였으나 그러지 못했습니다. 생각하기에 공의 풍류와 기풍은 수십 세대 이후에도 없어지지 않아서 그 후손에게 있지 않으면 반드시 외손에게 남아 그 전형(典型)과 유범(遺範)을 흡사하게 볼 수 있을 것인데, 저 같은 외손은 또한 말하기에 부족하기 때문에 일찍이 의심을 받았습니다.

전에 족하를 만났을 때 용모와 말투에서 그런 점이 있는 것을 알게 되었으나 깊이 알지는 못하였습니다. 이어서 그 글을 읽고서 올바른 소양(素養)을 잘 알게 되었고, 물러나서 친구들의 논평을 들으니 내가 애호(愛好)하며 깊이 믿는 사람 모두가 입을 모아 족하를 칭찬하여 마지않았습니다. 이에 제가 충정공의 유풍이 추락되지 않을 것을 알게 되었으니, 족하가 바로 그 사람입니다. 그렇지 않다면 지금처럼 온 세상이 쇠퇴해지는 때를 만나 그 조상의 뜻을 지킬 수 있는 자가 드물 것입니다. 족하께서 능히 홀로 옛 도리를 자처하여 가난을 편안히 여기고, 부모를 봉양하는 것을 임무로 삼으며 마음을 비워서 학문하는 것으로 일을 삼으니, 그 뜻이 장차 작은 성취에 안주하지 않을 것이며 중책을 지고 원대함을 이룰 기세가 있습니다.

아아, 어찌 쉽게 얻을 수 있겠습니까. 저는 무능하면서도 아는 것도 없어 벗과 서로 잘 지낼 수 있는 자질이 부족합니다. 그러나 족하께서 만일 당세의 현명한 선비와 교류하고자 한다면 곽외 같은 자로부터 시작하십시오.[221] 저 또한 족하께서 도를 향하는 근면함과 도움을 구하

---

221 곽외(郭隗)……시작하십시오 : 연 소왕(燕召王)이 즉위하여 곽외에게 어진 인재의 천거를 요청하니, 곽외가 "임금께서 현사(賢士)를 초빙하려고 하신다면, 먼저 저부

는 절실함을 감히 사양하지 못할 것입니다. 만일 이러한 마음으로 당세의 현명한 선비와 교류한다면, 당세의 현명한 선비 중에 족하와 교류하여 도를 즐기는 것을 원하지 않는 사람이 있겠습니까? 족하는 태만하지 않기를 바랍니다. 옛날 돌아가신 충정공께서는 항상 세도(世道)를 자신의 임무로 삼으셨는데, 오늘날 충정공의 가문에 족하가 있으니, 이 또한 세도의 다행이니 어찌 저 혼자만의 개인적인 다행이겠습니까. 〈수서(壽序)〉[222]는 바빠서 아직 초안을 짓지 못하였으니, 혹 다음 편지를 기다려 주시겠습니까? 나머지는 갖추지 못하였으니, 모두 밝게 헤아려 주시기 바랍니다.

터 시작하십시오. 그러면 저보다 현명한 사람들이 어찌 천 리 길을 멀다 하겠습니까.〔王必欲致士 先從隗始 況賢於隗者 豈遠千里哉〕"라고 하였다. 이에 소왕은 그를 후대하고 스승으로 모셨는데, 이 소문을 듣고 모여든 사람들을 등용하여 부국(富國)을 이루었다. 《史記 卷34 燕召公世家》

222 수서(壽序) : 장수를 비는 글이다.

단농 이건초[223]에게 답하는 편지 기묘년(1879, 고종16)

答丹農李建初書 己卯

초봄에 작년 동짓달에 보내주신 편지를 받고 걱정을 씻을 수 있어 차마 손에서 놓지 못하였습니다. 때마침 시끄러운 일이 있어 답장을 쓰지 못하고 어느덧 지금에 이르렀습니다. 다만 그 마음을 잊지 않았는데도 당장에 답장을 쓰지 못했으니 부디 너그럽게 헤아려 주시기 바랍니다.

춘부장(春府丈)께서 경전을 공부하고 책을 저술하여 만년에 하나의 직함을 얻으시니, 친구들이 감동해서 궁정의 초대[224]와 다를 바 없다고 하였습니다. 아아, 위로가 된다고 말씀드릴 수 있을 뿐, 어찌 축하드린다고 말씀드릴 수 있겠습니까? 근래 봄기후가 매우 이상하니 정성[225]하는 나머지 몸을 잘 조섭하셔서 건강을 돌보시기 바랍니다. 일찍이 말씀하시기를 형께서는 타고난 천품이 지극히 맑고 식견을 따라가기 어려우나 병 또한 쉽게 침범하니 이것이 벗들이 걱정하는 것이라 하였습니다. 총명(聰明)함을 물리치고 아는 것을 버리며, 지게미를 먹고 묽은 술을 마시는 것은 아마도 병을 적게 하는 한 가지 방도가 될 수 있지만

---

223 이건초(李建初) : 조선 후기의 문신으로 호는 단농(丹農)이다. 《농정촬요(農政撮要)》를 교정하여 편찬하였다.

224 궁정(弓旌)의 초대 : 신하에게 예를 갖추어 부른다는 뜻으로 사(士)는 활로, 대부는 정(旌)으로 부른 데서 온 말이다.

225 정성(定省) : 혼정신성(昏定晨省)의 준말이다. 저녁에는 잠자리를 보아 드리고 아침에는 문안을 드리는 것을 말한다.

또한 쉽게 말할 수 있는 것이 아닙니다. 제가 올해 초에 은혜롭게도 가자(加資)를 받았고, 이어서 엄한 교지로 용서를 받았으나, 지금은 직책을 띠고 있지 않아서 자못 여가가 있습니다. 그런데도 정신과 기운이 혼몽하여 책을 보고도 이해할 수 없습니다. 이 또한 고치기 어려운 병이니 어찌하겠습니까, 어찌하겠습니까?

김우림(金于霖)[226]은 기재(奇才)이고, 백진사(白進士)[227] 또한 기이한 선비이니 서로 알고 지내는 사람들 가운데 많이 볼 수 있는 사람이 아닙니다. 형께서는 현인, 호걸과의 교제가 저와 비교하여 매우 넓지만 한 마디도 언급한 적이 없었는데 이 두 사람을 인정한 다음에는 모두 빼앗아 가버리고 도리어 제가 일찍 말하지 않았다고 비난하시니 그 탐욕을 어찌하겠습니까? 또 소리와 기운, 바늘과 자석의 감응이 인력으로 밀지 않아도 저절로 서로 합해지는 날이 있는데, 만약 다른 사람이 먼저 소개해 주기를 기대한다면[228] 도리어 느끼는 맛이 적을 것입니다.

---

226 김우림(金于霖) : 김택영(金澤榮, 1850~1927)으로, 본관은 화개(花開), 자는 우림, 호는 창강(滄江), 당호는 소호당주인(韶濩堂主人)이다. 1891년 진사, 1894년 편사국주사(編史局主事)로 벼슬길에 올라 1905년 학부(學部) 편집위원을 역임하였다. 1908년 중국으로 망명, 통주(通州)에 살면서 학문과 문장수업으로 여생을 보냈다. 저서로 《한국소사(韓國小史)》, 《한사경(韓史綮)》, 《숭양기구전(崧陽耆舊傳)》, 《교정삼국사기(校正三國史記)》, 《중편한대숭양기동사집략구전(重編韓代崧陽耆東史輯略舊傳)》 등이 있다.

227 백진사(白進士) : 백낙연(白樂淵)이다. 1871년(고종8) 철산 부사(鐵山府使)로 재직 중에 미국 상인(商人) 프레스턴 등이 제너럴 셔어먼호를 타고 대동강(大同江)에 와서 통상을 요구하다가 만행을 부리자, 관찰사 박규수(朴珪壽)와 논의 끝에 제너럴 셔어먼호를 불태웠다. 1881년(고종18) 영선사(領選使) 김윤식의 관변(官辨)이 되어 군기제조(軍器製造)를 연구할 유학생들을 이끌고 청나라에 다녀왔다.

경당(絅堂 서응순의 호)은 산수가 좋은 고을의 관리가 되어 일찍이 청복(淸福)이 없는 적이 없었는데, 문원의 고질병[229]으로 답답하고 즐겁지 않아서 조만간에 권속들을 이끌고 서울로 와서 《수초부(遂初賦)》의 뜻[230]을 잇는다고 합니다. 이것은 친한 벗이 말릴 수 있는 바가 아니지만 그 집의 일이 염려스럽습니다. 하늘이 이런 사람을 태어나게 하고 굶주리고 피로하고 마음을 어지럽게 하여[231] 죽은 후에나 그만두게 하

---

228 먼저……기대한다면 : 원문의 '선용(先容)'은 남을 좋게 소개하여 등용시키는 것을 말한다. 《주례(周禮)》〈고공기(考工記) 함인(函人)〉에 "무릇 갑옷을 만들려면 반드시 먼저 용(容)을 만든다.〔凡爲甲 必先爲容〕"라고 하였는데 그 주에 '용'은 '모형(象式)'이라 하였으며, 전한(前漢) 추양(鄒陽)의〈우옥중상서자명(于獄中上書自明)〉에 "반목의 뿌리는 기괴하기 이를 데 없는데 만승천자가 사용하는 그릇이 되는 것은 어째서인가? 좌우 근신이 먼저 수식(容)을 하기 때문이다.〔蟠木根柢 輪囷離奇 而爲萬乘器者 何則 以左右先爲之容也〕"라고 하였는데 그 주에 "용은 새기고 꾸미는 것이다."라고 하였다. 《史記 卷83 鄒陽列傳》

229 문원(文園)의 고질병 : 문원은 사마상여의 호로 그는 평생 당뇨병을 앓았다고 한다.

230 수초부(遂初賦)의 뜻 : 벼슬을 그만두고 은거하며 전원생활을 즐기고 싶어 하는 것을 말한다. 진(晉)나라 손작(孫綽)이 회계(會稽) 땅에서 10여 년 동안 산수(山水)를 즐기며 살면서 '수초부(遂初賦)'를 지었는데 뒤에 산기상시(散騎常侍)의 관직에 몸을 담았을 때 환온(桓溫)이 낙양(洛陽)으로 천도(遷都)하려는 것을 상소하여 저지하자, 환온이 불쾌하게 여겨 말하기를 "어째서 수초부의 내용대로 행하지 않고서 남의 국사(國事)를 간섭하는가."라고 하였다는 고사가 전해온다. 《晉書 孫綽傳》

231 하늘이……하여 : 원문의 '불난(拂亂)'은 《맹자》〈고자 하(告子下)〉에 "하늘이 장차 이 사람에게 큰일을 맡기려면 반드시 먼저 그 마음과 뜻을 고통스럽게 하고, 힘줄과 뼈를 수고롭게 하며, 육체를 굶주리게 하고, 몸을 궁핍하게 하여 하는 일마다 이루지 못하게 한다.〔天將降大任於是人也 必先苦其心志 勞其筋骨 餓其體膚 空乏其身 行拂亂其所爲〕"라고 한 데서 나온 말이다.

는지를 모르겠습니다. 장차 큰 임무를 내린다고 하는 것이 과연 한 고을의 우두머리를 주는 것에 있는 것입니까? 크게 탄식하고 탄식할 뿐입니다.

존당(尊堂)의 문고는 앞으로 한가로울 때 연구하며 자세히 읽어볼 계획입니다. 우림(于霖)은 과거 시험 때 서로 만났는데 가을 사이에 다시 온다고 합니다. 편지는 종현(鍾峴)[232]에서 부치는데, 어느 날에 들어가게 되어 보시게 될는지 모르겠습니다. 남은 말씀은 오직 시절을 따라 잘 조섭하시어 원대한 기대에 부응하기를 기원합니다. 답장하는 예의를 갖추지 못하였습니다.

---

232 종현(鍾峴) : 지금의 명동성당 일대로 북달재를 지칭한다.

집의 최덕명[233]에게 보내는 편지 경진년(1880, 고종17)

與崔執義德明書 庚辰

보정부에 있을 때이다.

최 전적(典籍) 족하. 제가 병사년(1876, 고종13) 여름에 박환재(朴瓛齋 박규수) 선생을 찾아뵈었을 때, 선생께서 족하의 편지 몇 편을 내보이셨는데, 청나라 군사가 압록강변의 비적(匪賊)을 토벌한 일의 처음과 끝을 상세하게 기록하고 있었습니다. 끝 부분에 일본과 통상 조약을 맺은 사정을 언급하였는데, 손바닥을 가리키듯이 명백하여 마음속 깊이 후련하였습니다. 제가 재삼 펼쳐서 읽고 다시 선생께 말씀드리기를 "이 사람은 본질을 갖춘데다 응용할 줄도 아는 사람이니 마자수[234] 동쪽에 이런 기재가 있는 줄 생각하지 못하였습니다. 어찌 하면 이 사람과 교분을 맺을 수 있겠습니까?" 하였습니다. 선생께서 말씀하시기를 "이 사람은 비록 관적(官籍)에는 올라 있기는 하지만 경사(京師)에는 한 발짝도 가지 않았다. 내가 평안도에 있을 때 한두 번 만났는데 종일 아무 말이 없었다. 뒤에 왕래하면서 그의 마음속에 있는 생각을 알게 되었는데 보통사람이 아니었다. 심하다, 사람을 제대로 알기 어려움이여! 근래 내가 여러 번 편지를 쓰고 만나자고 하였으니, 조만간 만나러 올 것이니 그대도 한번 만날 수 있을 것이다."

---

233 최덕명(崔德明) : 1834~? 본관은 경주(慶州)이다. 1866년(고종3) 평안도 도과 문과시(平安道道科文科試) 병과(丙科)에 합격하였고 지평(持平)을 지냈다.

234 마자수(馬訾水) : 압록강의 옛 이름이다.

라고 하였습니다.

　얼마 지나지 않아 선생께서 세상을 떠나시니 슬프고 슬픈 일입니다. 이때부터 마음이 항상 매달린 깃발이 흔들리는 것같이 오락가락하였고, 산천에 막혀서 오고 갈 수 없었으니 어찌하겠습니까, 어찌하겠습니까. 엎드려 생각하건대 초여름에 건강히 잘 계시면서 경서를 연구하고 고요히 익히며, 문을 나서지 않고도 세상 일을 알고 계실 터이니 그 즐거움을 말로 다할 수 있겠습니까.

　제 나이는 지금 45세로 뜻은 날마다 변하고 학업은 날마다 황폐해져 일상생활에 급급함을 면치 못하니, 때때로 스스로 돌아보면 저도 모르게 부끄러워 땀이 납니다. 옛사람이 좌주(座主)[235]를 가장 중요시하고, 또 사문(師門)에서 함께 나온 동문들을 귀하게 여겼습니다. 제가 족하를 공경하는 것은 사문이 같기 때문만은 아니며, 우리들이 환재(瓛齋 박규수) 선생을 사모하는 것은 좌주로서 선발해 주신 은혜 때문만은 아닙니다. 아아, 환재 선생을 다시 뵐 수 없으니 족하와 한번 만나볼까 생각하는데 그럴 생각이 있으신지요? 이것은 다른 사람이 알 수 있는 것이 아니며, 비록 족하라 하더라도 제가 어떤 사람인지 알지 못하시니 편지를 받으시면 의아해 할 것입니다.

　백 상사(上舍)[236] 노인은 나이가 많지만 뜻과 기운이 쇠퇴하지 않은 데다 제가 일찍이 족하가 현인이라 칭찬하는 말씀을 듣고, 문득 지팡이를 짚고 찾아가려고 하니 그 용기를 미칠 수 없습니다. 백 노인과 함께

235　좌주(座主) : 과거에 급제한 자가 그 시관(試官)을 일컫던 말이다.
236　백 상사(白上舍) : 백낙연(白樂淵)을 일컫는다. 상사(上舍)는 생원이나 진사인 유생, 또는 그들이 거처하는 곳을 뜻하며 백낙연이 진사였던 까닭에 이처럼 표현하였다.

등불을 밝히고 말씀을 나누신다면, 처음 만나는 사이지만 옛 친구를 만난 것 같을 것[237]입니다. 제 자신이 그 곁에서 큰 종소리[238]를 듣지 못하는 것이 애석합니다. 오직 도(道)로써 자중(自重)하시고, 때때로 덕음(德音)을 베푸시기 바랍니다. 삼가 안부 인사를 갖추지 못하였습니다.

---

237 처음……것 : 《사기(史記)》〈추양열전(鄒陽列傳)〉에 "백두여신 경개여고(白頭如新 傾蓋如故)"라는 구절을 그대로 인용한 것이다. 흰 머리가 되도록 오래 사귀었음에도 마치 새로 사귄 친구처럼 서먹하게 대하는 사람이 있는가 하면, 스쳐가는 수레 위에서 몇 마디 나눈 대화로도 죽마고우처럼 여겨지는 사람이 있다는 뜻이다.

238 큰 종소리 : 제자의 질문에 대한 스승의 가르침을 종소리에 비유한 말이다. 사람들의 질문에 대해 공자가 성실하게 대답해 주는 것을 두고 북송의 학자 양시(楊時, 1053~1135)는 "물음에 잘 응하는 것은 종을 치는 것과 같다. 종은 본디 소리가 없으나 두드리면 울리니, 성인이 아는 것이 없는 듯하다가 어떤 사람의 물음으로 인하여 아는 것이 나타나는 것 또한 그와 같다."라고 하였다. 《論語問義通攷》

북양대신 이홍장[239]에게 올리는 편지 신사년(1881, 고종18) 겨울

上北洋大臣李鴻章書 辛巳冬

보정부(保定府)에 있을 때이다

엎드려 생각하건대, 우리나라의 사정은 중당(中堂)[240]께서 촛불을 켠
듯 환하고 지극히 세밀하게 아시어, 우리나라가 스스로 알고 있는 것
보다 더 잘 아실 것입니다. 이 때문에 시의적절하게 앞뒤로 대비하도
록 이끌어 주고 깨우쳐 주시니 그 가르침을 쓰지 않은 적이 없었습니
다. 아는 것이 밝고 어짊이 깊지 않으면 어찌 여기에 이르겠습니까.
우리 임금께서는 중당(中堂)의 덕에 깊이 감동하여 흠모하는 말씀이
그치지 않습니다.

저는 이번에 배신(陪臣)으로 선발되어 학도(學徒)들을 인솔하고 천
진(天津)에 가서 공경히 가르침을 받게 되었습니다. 제가 조정에서
하직할 때 임금께 직접 유시(諭示)를 받들었는데 거듭 크게 우러르는

---

239 이홍장(李鴻章) : 1823~1901. 중국 청말(淸末)의 정치가로 자는 소전(少筌),
호는 의수(儀叟)이다. 안휘성(安徽省) 출생으로 양강(兩江) 지방의 총독인 증국번(曾
國藩)에게 배우고, 1870년에는 북양대신이 되어 청나라 조정의 외교, 군사, 경제대권을
잡았다. 농민봉기를 진압하면서 동시에 양무(洋務)운동을 적극 추진했다. 그는 청나라
말기 20여 년간 정치, 경제, 군사, 외교 대권을 장악하여 중국 근대사에서 중요한 영향력
을 과시한 인물이면서도 외세에 굴복한 치욕적인 대표 인물로 평가되고 있다. 1882년
조선에 원세개(袁世凱)를 파견하여 일본의 진출을 견제하게 하고, 묄렌도르프, 데니
등 외국인 고문을 보내는 등 조선의 내정과 외교에 깊이 관여하였다.

240 중당(中堂) : 재상(宰相)이 정무(政務)를 보던 곳으로, 뜻이 바뀌어 재상(宰相)
을 달리 이르는 말로 쓰이는데 여기서는 이홍장을 가리킨다.

정성을 대신 전하도록 하셨습니다. 또 말씀하시기를 "사사로운 속마음까지 모두 진술하여 숨기는 바가 없도록 하라."고 하셨습니다.

제가 명을 받은 이래 감히 마음이 편할 수 없어 밤낮으로 길을 달려서 북경에 도착하자 보정부(保定府)에 머무신다고 들었습니다. 이리저리 거쳐 나아가 국서(國書)를 올리자 중당(中堂)께서 두루 위로해 주시고 정성스럽게 가르쳐 주시니 화기애애하기가 봄기운 같아서 문득 나그네의 고통을 잊을 수 있었습니다. 그런데 처음 접견하는 자리에서는 마음에 존경과 두려움이 남아 있어 조심하는 마음이 반가운 마음보다 더하여 말씀을 모두 드릴 수 없었습니다. 곧 천진(天津)의 기기창(機器廠)으로 향하려 하는데 외진 곳에 있어 모실 기회가 드물 것이니, 우리 임금님께서 직접 명하신 뜻을 저버릴까 두렵습니다. 이에 감히 편지로 마음속의 생각을 아뢰어 숭람(崇覽)을 더럽히니 굽어 살피시기 바랍니다.

우리나라는 산천이 험하고 좁아 견문이 막혀서, 옛날 신라와 고려시대에는 강토(疆土)가 안정되지 못하고 무비(武備)를 숭상하였습니다. 우리나라가 개국한 이래 나라 안이 평안하여 백성들이 늙어 죽을 때까지 싸움터의 징과 북소리를 듣지 못하였습니다. 간혹 수백 년에 한번 전쟁을 만나더라도 금방 다시 잊고 폐기하여, 오늘날 무기창고에 남은 것은 모두 수백 년 된 쓸모없는 병기와 의장뿐입니다. 그런데도 우리나라 사람들은 여전히 그것을 믿고 스스로 씩씩하게 말하기를 "무슨 까닭에 재물을 허비하고 여러 사람을 수고롭게 하여 멀리서 새로운 제조기술을 배우려 하는가?"라고 하였습니다. 병장기에 대한 기술도 배우려 하지 않는데 어느 겨를에 먼 곳의 사람들과 교류하려고 하겠습니까?

전에 프랑스에서 몰래 선교사를 파견하여 사학(邪學)을 전파하였는데, 그 가르침은 대체로 인륜을 더럽히고 제사를 폐하며 이익만 따르도록 하는 것이었습니다. 이에 공선왕(恭宣王)[241] 이래 법을 세워 통렬하게 금하여 죽음을 당한 자가 잇달았으나 아직도 소멸되지 않았습니다. 나라 안의 사대부와 선량한 백성들이 모두 마음 아파하고 골치를 앓으면서, 이 오랑캐와는 함께 같은 하늘을 이고 살 수 없다고 맹세하였습니다. 그 후에도 서양 세력은 날로 왕성해지고 기운이 크게 변하여 군대를 훈련하고 상인들을 보호한다면서 천하를 두루 항해하고 있습니다. 그 의도를 살펴보면, 포교하는 한 가지 일에만 있는 것이 아니라, 조약을 마련하여 세상을 그물 엮듯 하려는 것입니다. 들어오는 자는 같이 하고 나가는 자는 고립시키니, 서로 연합하는 것이 칠국(七國) 시대[242]와 같습니다. 이는 전날의 국면과 크게 다른 점입니다.

국가가 있고 영토가 있는 자는 종사를 보존하고 민생을 안정시키는 것을 임무로 삼습니다. 《춘추》의 240년 동안에 외교사절이 왕래하고 동맹을 체결하는 일은 없는 날이 거의 없었습니다. 중국의 의상지회[243] 뿐만 아니라, 물고기나 조개[244]와 같은 남월(南越)의 야만국들과도 옥

---

241 공선왕(恭宣王) : 조선의 22대 왕 정조(正祖)를 지칭한다. 청나라에서 내린 시호가 공선왕이다.

242 칠국(七國) 시대 : 춘추 시대 초에 100여 개 나라로 분열되어 있던 중국은 전국 시대에 이르러 한(韓), 위(魏), 조(趙), 제(齊)의 4개 신흥국과 진(秦), 초(楚), 연(燕)의 3개 구국(舊國)으로 축소되었는데, 이 7국을 '전국 7웅(戰國七雄)'이라고 한다.

243 의상지회(衣裳之會) : 춘추 시대 제 환공(齊桓公)이 천하의 제후(諸侯)들과 예(禮)로써 평화의 회합을 가졌던 것을 지칭한다. 《春秋穀梁傳 莊公27年》

244 물고기나 조개 : 인개(鱗介)는 일반적으로 비늘 가진 물고기와 딱딱한 껍질을

과 비단으로 외교를 이어갔으니, 이 어찌 의리를 알지 못하여 그렇게 한 것이겠습니까. 우리나라만은 그렇지 않습니다. 시세(時勢)의 가부(可否)를 묻지 않고 오직 떳떳한 도를 지키는 것을 바른 이치로 삼으며, 척화(斥和)를 깨끗한 논의로 삼아 서양과 통상하여 존속하는 것을 서양과 단절하여 망하느니만 못하다고 여겼습니다. 이에 교류를 언급하면 사학(邪學)으로 지목되어 세상에서 버림을 받았습니다.

정묘년(1867, 고종4) 이후 일본이 문서를 보내 상호 통상을 요구하였으나, 조정의 논의가 요즘 일본이 서양의 제도를 변용(變用)한다고 하여 일본과 통상하는 것은 점차 서양과 통상하는 것이라 여겨 물리치고 받아들이지 않았습니다. 을해년(1875, 고종12) 가을에 일본의 병선(兵船)이 강화도에 들어오니,[245] 여론이 비등(沸騰)하여 사건이 발생할 지경에 이르렀는데, 돌아가신 상신(相臣) 박규수(朴珪壽)가 앞장서서 의논을 조정하고 옛 통상관계를 회복하여 나라가 평화로운 복을 받고 있습니다. 의논하는 자들은 오히려 지금도 시끄럽게 떠들고 있는데, 위로는 조정의 벼슬아치로부터 아래로는 바위굴이나 초가집에 사는 자에 이르기까지, 그리고 시정의 백정과 장사치에 이르기까지 소견이 모두 같아 말하기를 "교린할 필요가 없으니 업신여김을 당할까 두렵고,

---

지난 수중 생물들을 가리키지만, 비천한 소인배나 오랑캐를 가리키는 말로도 쓰인다.
245 을해년……들어오니 : 1875년 9월 20일 일본 군함 운요호(雲揚號)가 강화해협에 침략하여 초지진(草芝鎭)과 제물포 해안의 영종진(永宗鎭)에 포격을 가하며 침략한 사건을 말한다. 이후 1876년 일본 정부는 6척의 군함과 800명의 군대에 호위된 전권(全權)대표단을 파견하였고, 1876년 2월 27일 강화도에서 조선과 전문 12조로 된 한일수호조약을 체결했다. 이 조약은 일본의 무력시위에 의한 강압적 위협에 의하여 맺어진 불평등조약이었다.

강무(講武)할 필요가 없으니 일을 크게 만들까 걱정이다. 국경을 폐쇄하고 스스로를 지키면 우리나라를 어찌하지 못할 것이다."라고 합니다. 오직 우리 임금께서 초연하게 멀리 살펴시고, 탁월하시어 미혹 당하지 않으시지만, 생각하건대 외롭고 약하여 오래 지탱하지 못하실 것 같습니다. 어리석은 자들과는 함께 일을 시작하기가 어렵다는 것을 알고 있으며, 또 중론을 이기기가 어렵다는 것을 우려하기 때문에 어루만져 따르게 하고 포용하면서도 묵묵히 운용하고 홀로 결단하여 교린(交隣)과 연병(練兵) 등 많은 급무(急務)는 차례로 주선하여 시행하고 조치하려고 합니다.

작년 가을 중외(中外 서울과 지방)에 인재를 널리 천거하게 하고, 헤아려서 발탁하여 금년 봄 통리아문(統理衙門)을 설치하여 기무(機務)의 일을 나누어 맡게 하였고, 가을에 또 문무 자제 중 나이가 적은 자를 선발하여 어학과 병기(兵技)를 익히게 하였으며, 이제 또 학도를 선발하여 멀리 와서 제조기술을 학습하도록 하였습니다. 우리 임금께서 계책을 세우시고 실행하는 방도를 밤낮으로 근심하고 염려하시니[246], 백성과 사직(社稷)을 보존하시려는 고심을 분명히 알 수 있을 것입니다. 위에서 홀로 걱정하시는데 순종하여 따르는 사람이 없으니 어찌하겠습니까. 비록 한두 신하가 함께 하지만 우선 물의(物議)를 진정시킬 희망이 없었습니다. 이 때문에 자나 깨나 빼어난 인재들로 먼 나라와의 외교에 마음을 쏟도록 하고 있습니다. 상신 이유원[247]이 전에 북경

---

246 밤낮……염려하시니 : 원문의 '소간(宵旰)'은 소의간식(宵衣旰食)의 준말이다. 날이 채 밝기 전에 옷을 입고 해가 진후에 저녁밥을 먹는다는 뜻으로, 임금이 정사(政事)에 바빠 겨를이 없음을 비유적으로 이르는 말이다.

에 가서 중당(中堂)의 막하(幕下)에 이름을 말씀드렸을 때[248], 중당께서 나라를 보존하고 변방을 튼튼히 지킬 방도를 말씀하시고 편지로써 주시어서[249] 돌아와 우리 임금께 올렸습니다. 우리 임금께서 한번 보시고 깨우치시어 사모해 마지 않으셨습니다. 이후 매년 서신과 폐백이 잇달았으니, 모두 우리 임금의 마음에서 나온 것입니다.

그런데 이유원의 어리석음으로 말미암아 중당의 비밀 편지를 남에게 보였고, 마침내 일본에 전파되기에 이렀습니다. 금년 여름 패륜한 선비가 척화의 상소[250]를 올렸는데, 그 가운데 재상 이유원이 부당하게 중당과 왕래했던 것을 함께 논하였습니다. 우리 임금께서 비밀이 지켜지지 않음에 분노하여 그날로 재상 이유원을 영남의 거제도로 귀양을 보냈습니다. 또 중당께서 우리를 위해 충심으로 계책을 내었는데도 덕(德)으로써 원망을 사게 되었음을 염려하고, 아울러 일본인들의 원망을 불렀으니 개탄스러움을 견딜 수 없다고 하셨습니다. 이에 관리들을 나누어 보내 일본을 방문하여 살펴보도록 하고, 편지 문제를 언급하

247 이유원(李裕元) : 1814~1888. 본관은 경주(慶州), 자는 경춘(京春), 호는 귤산(橘山), 묵농(默農), 시호는 충문(忠文)이다. 이조 판서 계조(啓朝)의 아들로 1841년 (헌종7) 정시문과에 급제, 영의정을 지냈으며 1882년 전권대신으로 일본과의 제물포 조약에 조인하였다. 저서에 《임하필기(林下筆記)》, 《가오고략(嘉梧藁略)》이 있다.

248 중당(中堂)의⋯⋯때 : 원문의 계극지하(棨戟之下)에서 계극은 관리가 밖에 나다닐 때 앞에서 길을 인도하는 나무로 만든 의장용 창으로, 여기에서는 이홍장을 가리킨다.

249 중당(中堂)께서⋯⋯주시어서 : 1879년 이유원이 영의정으로 있으면서 청나라 북양대신 이홍장으로부터 영국, 프랑스, 독일, 미국과 통상수호하여 일본을 견제, 러시아를 방지하라는 요지의 서한을 받은 것을 말한다.

250 척화의 상소 : 여기서는 1881년 개화를 반대하는 유생 신섭(申櫻)이 올린 상소를 말한다.

면 반드시 철저하게 해명되도록 하여 중당(中堂)께 누를 끼침이 없게 하였습니다. 관리들이 명을 받들어 일본에 가서 자세하게 밝혀 해명하고 일본의 조정에 회답하니, 환하게 잘못을 깨닫고 처음에 가졌던 원망을 풀었습니다. 그런데도 우리 임금께서는 여전히 그것 때문에 마음을 졸이며 불안해하시면서 조정에서 여러 차례 탄식하셨습니다.

금년 8월 또 역신 안기영(安驥泳)[251] 등이 불만을 품고 나라를 원망하는 무리들을 모아서 일본을 친다는 말로 핑계대고 대궐을 침범하려한 일이 있었습니다. 사건이 드러나서 국문하여 수괴는 비록 죽임을 당했지만 나머지 무리들을 모두 다 처벌하지는 못하였습니다. 영선사(領選使)를 보내는 일은 예전에 이미 파견이 결정되었으나 국내에 변고가 많아 즉시 길을 떠나지 못하였는데, 한겨울이 갑자기 닥쳤습니다.

엎드려 생각하건대, 우리나라는 바다로 둘러싸인 곳에 위치하여 만국(萬國)의 밖에 홀로 서서, 오랫동안 여러 나라들의 손가락질을 당했습니다. 그 성패(成敗)를 보면 북쪽에서는 러시아가, 동쪽에서는 일본이 핍박하는 형세이니, 불난 집의 제비와 참새[252]도 오히려 그 위급함을

---

251 안기영(安驥泳) : 1819~1881. 본관은 순흥(順興)이며 자는 덕보(德步)이다. 경기도 광주 출신으로 1857년(철종8) 정시문과에 병과로 급제하고, 1866년(고종3) 병인양요 때 순무영종사관(巡撫營從事官)으로 종군하였다. 1871년 남양 군수를 거쳐 1873년 형조 참의가 되었다. 그해 동부승지 최익현(崔益鉉)이 흥선대원군의 하야를 요구하는 상소를 거듭 올리자, 정언 허원식(許元植)과 같이 최익현을 규탄하는 상소를 올렸다가 당일로 유배당하였다. 그 뒤 풀려나와 승지를 지냈다. 1881년 대원군의 서자인 이재선(李載先)을 추대하기 위해 강달선(姜達善), 이철구(李哲九), 권정호(權鼎鎬) 등과 국왕폐립(國王廢立)을 모의하고 겉으로는 거의토왜(擧義討倭)를 내세워 거사를 준비하다 모의에 참가하였던 광주장교(廣州將校) 이풍래(李豊來)의 고변으로 체포되어 모반대역부도죄로 사형 당하였다.

비유하기에 부족합니다. 종전에는 매번 급한 일이 있을 때마다 모두 상국(上國 중국)에 우러러 아뢰었는데, 오늘날은 해기(駭機)[253]가 한번 쏘아지면 바다든 육지든 번개같이 빠르게 사면으로 적을 맞이하게 되니, "비록 채찍이 길더라도, 말배에는 미치지 못한다."[254]는 상황이라 할 수 있습니다. 중당께서 여러 번 깨우쳐주시고 반복하여 일에 앞서 준비하도록 한 것은 '동쪽을 염려하는 근심'[255]을 풀려는 것이었습니다.

그렇지만 우리나라는 허약함이 누적되어 위급한 어려움에 스스로 떨치고자 비록 통상(通商)과 연병(練兵)을 말했지만, 짧은 시간에 효과를 볼 수 있는 것이 아니었습니다. 오늘을 위한 방법은 우방을 선택

---

252 불난……참새 : 집에 불이 나서 온통 타들어오는데 당(堂) 위에 집을 짓고 있는 제비는 알지 못하고 어리석게 지저귄다 하여 불쌍하다는 뜻이다. 《呂氏春秋 卷30 有始覽第一》

253 해기(駭機) : 피할 수 있는 틈을 주지 않고 갑자기 쇠뇌를 쏘아 사람을 놀라게 하는 것으로, 곧 불시에 사람을 공격함을 뜻한다.

254 비록……못한다 : 아무리 힘을 다해도 사람의 힘으로 이루지 못할 일이 있다는 뜻으로, 하늘의 운이 아니면 이루지 못할 일은 일찍이 그만두는 것이 낫다는 말이다. 《春秋左氏傳 宣公15年》

255 동쪽을 염려하는 근심 : 적국과의 사이에 있는 이웃나라를 도와 적을 막게 하는 것을 말한다. 송나라 때 소철(蘇轍)은 〈육국론(六國論)〉에서 전국 시대 육국(六國)이 진나라에 의해 망한 것은 제(齊), 초(楚), 연(燕), 조(趙) 네 나라가 진나라에 인접한 한(韓)나라와 위(魏)나라에게만 진나라의 군대를 막게 내버려 두고 돕지 않아 마침내 진의 군대가 한과 위를 넘어 나머지 4국을 공격할 수 있게 했기 때문이라고 평가하였다. 그는 "제(齊), 초(楚), 연(燕), 조(趙) 네 나라가 진(秦)에 인접한 한과 위나라를 도와 동쪽을 돌아볼 근심을 없게 하여, 진나라 군대를 막게 했다면 진나라가 육국을 통일하는 일은 일어나지 않았을 것이다.〔以四無事之國 佐當寇之韓魏 使韓魏無東顧之憂 而爲天下出身以當秦兵〕"라고 하였는데, 동고지우(東顧之憂)는 이 말에서 나왔다. 《古文觀止後集 卷11 六國論》

하여 좋은 관계를 맺어 신뢰를 강구하고 화목하게 지내면서, 소홀하여 잃은 것을 미봉(彌縫)하여 비상시에 대비하는 것이 눈앞의 급한 일이 될 것입니다. 그런데 서양의 여러 나라 중에 미국은 부국강병하며 마음은 공정하고 성품은 평화롭다고 오랫동안 들어 왔습니다. 나라가 부유하면 탐욕이 적고, 병력이 강하면 의지할 만하며, 마음이 공정하면 일처리가 공평하고, 성품이 평화로우면 예절을 행하는 것이 공손할 것입니다. 또 최근에 들으니 자못 중국의 풍속을 선망하고 사모하여 경적(經籍)을 구매하였다고 하니, 주공과 공자의 도리가 반드시 서양에 영향을 주지 않았으리라고는 말할 수 없을 것입니다.

먼저 미국과 통상을 하여 공평하게 조약을 맺고 이후 조약에 따라 한결같이 준행하여 법식을 만들면 우리의 자주권에 해가 없을 것이니, 이것이 가장 먼저 처리해야 할 급무입니다. 무릇 이 몇 가지 계획은 모두 중당의 계획에서 나온 것이 아니겠습니까? 애써 부지런히 어리석음을 깨우쳐 주시면서 아픔이 나에게 있는 것처럼 하여 우리나라의 임금과 신하가 다행히도 한두 가지 깨달음을 얻을 수 있게 하셨으니, 이것은 중당께서 주신 것입니다.

그렇지만 우리나라 사람들이 가장 싫어하는 자는 서양인이므로, 우리 임금께서는 거듭 민정(民情)을 거스를 수 없어 잠시 서양과 통상하자는 말을 드러내놓고 하시지 못하고 있습니다. 만약 미국의 배가 하루아침에 와서 정박하면, 미국 또한 서양이라서 국내의 잘못된 논의가 반드시 우리 임금께 허물을 돌리게 될 것입니다. 직접 마주하게 되면 일마다 방해를 받아 도리어 분쟁이 발생할 염려가 있음은 안기영(安驥泳)의 일을 보아도 알 수 있습니다. 중당(中堂)의 위엄을 빌어서 사람들의 마음을 진정시켜 복종케 하여 중당의 위엄을 사방에 드러내신다면 누가 공경하고 사모하지 않겠습니까. 우리나라의 어리석은 풍속이 두려워하고 꺼려야 할 것을 제대로 알지 못하니 이유원의 일을 보아도 알 수 있습니다.

지금 우리나라가 미국과 연계하려는 계획은 세계 각국이 마음속으로 허락하지 않음이 없을 것이나, 오직 동북의 이웃 나라와 본국인만이 즐겁게 들으려 하지 않을 것입니다. 동북의 이웃나라가 만약 이러한 낌새를 알게 된다면, 반드시 시기하여 방해하고 막으려 할 것이니, 일이 어찌될지 알 수 없습니다. 우리나라 사람들이 이 낌새를 알게 되면 반드시 시끄럽게 들고 일어날 것이니, 일을 쉽게 성취하기 어려울 것입니다. 이 일은 신속하게 처리하고 지체하지 말아야 할 것이며, 치밀하게 처리하여 소홀함이 없어야 할 것입니다. 사안이 중대하니 나라 사람들의 마음을 꾸짖어 눌러버리고, 명분을 바르게 하고 순리대로 말해서 교활한 이웃의 음모를 없애야만 할 것입니다. 오직 황제께서 분명하게 조칙을 내리시어 먼저 효유해 주시기를 기약하여 내년 봄 연공사(年貢使)가 돌아올 때 사람을 파견하여 미국과 협약을 논의한다면, 우리 임금께서 황제께 의지함을 얻으셔서 마땅하게 처리하실 수 있을 것입니다. 동양(東洋)을 보존하여 화합하고 번방(藩邦)을 영원히 튼튼하게 하는 방도가 여기에 있을 것입니다.

중당께서 현묘한 계책을 묵묵히 운영하시고 신(神)과 같이 도모하셔서 일이 성사되게 한 후에 혼연(渾然)히 형적을 찾을 수 없게 하시기 바랍니다. 태산같이 높은 산은 움직임을 보이지 않으나 공적과 이익이 사람에게 미치는 것과 같습니다. 우리나라의 어리석은 백성들로 하여금 복을 얻고도 스스로 알지 못하게 하는 것이 어찌 성덕(盛德)이 아니겠습니까? 그 후 모든 사무를 다시 번거롭게 지적하고 가르쳐 주셔서 유종(有終)의 미를 거둘 수 있도록 해 주시는 것 또한 중당의 은혜이며 우리 임금께서 깊이 바라시는 바입니다.

저 김윤식은 명을 받고 전담하여 왔으므로 감히 그 속내를 다 말씀드리지 않을 수가 없습니다. 말씀드리기 어려운 것까지 장황하게 말씀드려서 귀를 더럽혔으니 죽을 죄를 지었습니다. 죽을 죄를 지었습니다. 졸렬한 솜씨로 편지를 쓰니 언사가 용렬하고 필체가 거칩니다. 엎드려 바라옵건대 그 뜻을 받아들이시고 참람함을 용서하십시오. 더욱더 황공하옵니다. 삼가 아룁니다.

공경히 아룁니다. 하관(下官)이 앞서 천진(天津)에서 우러러 가르침을 듣고 동쪽으로 돌아온다고 머리를 조아려 하직 인사를 하고 순식간에 우리나라에 돌아 왔습니다. 멀리서 깃발을 바라보니 주변의 모습들이 어른거렸습니다. 엎드려 생각하건대, 중당의 작위는 관료들 위에 계시면서 황제를 위해 군사(軍師)가 되셨으니, 일대의 위인(偉人)으로 온 세상이 우러러 보았습니다. 우리나라는 무비(武備)가 해이해진 지 오래되어 오소수(吳筱帥)[256]가 사람을 파견하여 훈련을 시키고 있는데, 이미 지난달과 이번 달에 끝났고 선후(先後)로 성과가 있었습니다. 우리나라의 모든 선비와 백성들이 경의를 표하며 반석(磐石)같이 굳세졌다고 기뻐하였습니다.

제가 지키고 있는 강화의 동쪽 지역은 남북 양쪽 바다의 입구가 있어 한 나라의 문호(門戶)가 되는 곳입니다. 그 남쪽은 물이 깊어 조수를

---

256 오소수(吳筱帥) : 경군통령(慶軍統領) 오장경(吳長慶)을 지칭한다. 오장경은 1882년 임오군란(壬午軍亂) 진압을 위해 3,000명의 수군을 이끌고 조선으로 출병하여, 마건충과 함께 임오군란을 진압하고 대원군을 납치한 인물이다.

타면 윤선(輪船)을 부릴 수 있고, 북쪽 입구는 물이 얕고 모래톱이 높아서 조수를 타야 작은 배가 들어올 수 있습니다. 모두 한강을 출입할 때 반드시 거치는 요로(要路)여서 예전에 병력 3천 명을 주둔시켜 방수(防守)에 대비 하였습니다. 그런데 평온한 날이 오래되어 무(武)에 관한 일이 점차 잊어져서, 노쇠하고 잔약해져서 쓸모없게 되었습니다. 제가 부임한 후부터 대오를 낱낱이 검열하여 약한 자는 도태시키고 강한 자는 남겨 겨우 1,500명을 얻었습니다. 병사는 정예한 것을 귀하게 여기고 수가 많은 것을 귀하게 여기지 않는 것이니, 과연 용맹하고 지략이 있게 한다면 담판을 짓고 모욕을 막기에 족할 것입니다. 그리고 쓸모없는 것이 실제 쓸 수 있는 것으로 귀결되어 군량은 허비되는 것이 없고 준비를 갖추는 데 빈틈이 없게 될 것입니다.

10월 14일에 국왕의 명을 받들어 경군[257]의 영무처(營務處)에서 원세개[258] 공과 약속하고 강화에 달려가서 연안 입구의 포대(礮臺)를 자세하게 조사하였습니다. 아울러 원래 병력이 있던 곳의 군기(軍機)와 지세(地勢)를 모두 살펴보았습니다. 원세개 공이 거듭 말하기를 "만약 이곳을 잃는다면 한강을 지킬 수 없으니, 천진의 대고[259]와 비교해도

---

257 경군(慶軍) : 오장경 휘하의 군대를 말한다.

258 원세개(袁世凱) : 1859~1916. 자는 위정(慰亭) 또는 위정(慰庭), 호는 용암(容庵)으로 하남성 항성(項城) 사람이다. 북양군벌(北洋軍閥)의 영도자로서 신해혁명(辛亥革命) 시기에 중화민국(中華民國) 초대 대통령을 지냈다. 나중에 군주제를 회복하여 황제를 칭하여 많은 정치적 소란을 야기시켰다.

259 대고(大沽) : 중국 하북성 동부의 항시(港市)이다. 백하(白河)의 어귀 우안에 있으며, 당고(塘沽)와 서로 대하고 있는 천진(天津)의 외항(外港)이다. 청나라 때 포대(砲臺)를 설치했던 곳으로 애로우(Arrow)호 사건 때 이곳에서 영국(英國)·프랑스

더욱 험한 요충지다. 갑자기 일이 일어나면 적이 반드시 전력으로 이곳을 먼저 공격할 것이다. 그런데 물러나더라도 또한 사면으로 적을 맞이하게 되어 고립무원(孤立無援)하게 될 것이니, 정예병으로 지키지 않는다면 검문(劍門)²⁶⁰을 적에게 주는 것과 같을 것이다. 선택된 병사들은 아직 건장하다고 일컬어지니 훈련을 더하면 약병을 강병으로 만들수 있을 것이다. 남아 있는 병기와 대포는 모두 옛 방식을 따르고 있어 무거워서 멀리 가져갈 수 없고 둔하여 예리하게 사용할 수 없으니, 급히 서양의 총과 대포를 구하지 않으면 힘을 얻을 수 가 없을 것이다. 그러나 당장 급하게 연병(練兵)하려고 해도 한꺼번에 갑자기 이루기 어려울 것이다. 다만 잠시 동안은 원래대로 국산 총과 대포를 남겨두는 것이 좋겠다. 서양의 구령과 진법을 연습하고, 서양의 병기가 생기기를 기다려 바꾸어주고 다시 연습하는 것이 좋을 것이다. 옛날부터 있던 포대는 비록 용도에 적합하지 않지만 연안에 산이 많으니, 산에 포대를 만들면 오히려 쉽게 힘이 될 것이다."라고 하였습니다. 돌아와서 이와 같이 소수(筱帥 오장경)에게 보고하니, 명년 1월 보름 이후에는 적당한 인원을 선발하여 파견해서 강화에 보내 강화도 삼영(三營)의 병사를 교련(敎鍊)하도록 하였습니다. 다만 국가의 저축이 부족하여 기계를 구입하는 것이 매우 어려우니 은혜를 내려서 잠시 자금을 빌려주셔서 훈련하게 해주신다면, 혹 국력이 제법 여유가 생겨 구매할 때를 기다려 삼가 빨리 돌려 드리도록 하겠습니다.

연합군과 교전하였다.

260 검문(劍門) : 촉으로 들어가는 관문으로 1인으로 만인을 감당할 수 있는 방어의 요충지로 일컬어지는 곳이다.

엎드려 생각하건대 중당께서 우리나라를 마음을 다해 걱정해 주시는 점은 중외(中外)가 모두 우러러 아는 바입니다. 황상(皇上)께서 작은 나라를 사랑하는 어진 마음을 받들어 속방(屬邦)의 급한 시무를 굽어 살펴주십시오. 감히 위엄을 무릅쓰고 아뢰며 상세하게 진술하였습니다. 명이 이르기를 기다리며 황송함을 이기지 못하겠습니다. 이와 같이 갖추어 아뢰며 삼가 편안하시기를 바랍니다. 엎드려 바라옵건대 자비롭게 살펴주십시오. 임오년(1882, 고종19) 겨울.

천진해관도 주옥산[261] 복 에게 보내는 편지 임오년(1882, 고종19) 11월

與津海關道周玉山 馥 書 壬午至月

옥산 존형 대인 각하, 가르침을 따르지 못한 지 이미 한 달여가 되었습니다. 다복(多福)하게 지내신다고 하니 축하드리며 위로가 됩니다. 저는 분주히 쫓아 다니느라 달리 큰 즐거움이 없습니다. 이 달 14일 관찰(觀察) 당경성(唐景星),[262] 사인(舍人) 원위정(袁慰庭 원세개)과 함께 강화부에 갔습니다. 당공은 광맥(鑛脈)을 살피기 위해 동쪽으로 향하였고, 위정은 해구(海口)의 요해처를 살피고 병정을 훈련시키는 등의 일 때문에 며칠 지나서 서울로 돌아왔습니다.

　오군문과 원사인이 모두 강화부에 대한 이해(利害)를 적극적으로 언급하면서, 만약 강화부를 지키지 못하면 한양(漢陽)도 없을 것이라고 하였고, 이곳이 요충지인 것은 천진(天津)의 태고(大沽)와 같으나 지형은 그보다 더 낫다고 하였습니다. 오늘날의 시세(時勢)를 보면 날로 급해져서 우물쭈물하는 것이 용납되지 않습니다. 병적(兵籍)에 있는 강화부의 병력이 3천 명인데, 최근 군량이 부족하여 절반만 남기고 도태(淘汰)시켰습니다. 마땅히 보병 전술을 교련해야 하는데, 소유

---

261 주옥산(周玉山) : 주복(周馥)이다. 349쪽 주 114 참조.
262 당경성(唐景星) : 1832~1892. 청 말의 통역관이자 사업가로 당정추(唐廷樞)로도 알려져 있다. 1873~1884년까지 상하이의 윤선초상국(輪船招商局)의 관독상판(官督商辦)을 지냈다.

한 병기가 모두 옛날 제작된 것으로 총포와 화약 및 탄환은 쓰기에 적합하지 못합니다. 이곳이 험한 요충지이기 때문에 일은 반만 해도 공은 배가 될 것이라 하였습니다.

벽산포(劈山砲)와 대창(擡槍)과 비창(臂槍)은 비록 서양의 제작법은 아니지만 험한 곳에 설치하여 적을 제압하면 이보다 나은 것이 없으며, 또 제조하기가 쉬우니 먼저 이 기계를 비치하여 법도에 따라 쏘도록 가르쳐야 한다고 하였습니다. 포대 또한 개축해야 하지만 오히려 급한 것은 아니며, 해안가에 산이 많아 임시로 포를 감출만 하니 포대를 명확히 세울 필요는 없을 것이라 하였습니다. 가만히 생각해 보니 이 논의는 실로 빼어난 계책입니다.

인천은 개항하더라도 병력을 진입시키려면 육로로 70리를 가서 한 번 강을 건너야만 한성(漢城)에 이르게 됩니다. 강화는 사방이 바다로 둘러싸여 있으며, 물길로 한성에 곧장 도달할 수 있는데 거리가 겨우 5, 6백 보여서 포탄이 마주보는 언덕에 날아 갈 수 있고, 작은 윤선(輪船)에 병사 1, 2백 명을 싣고 빠르게 건널 수 있으니 강화도는 반드시 서로 차지하려는 땅이 될 것입니다. 다만 현재로는 괴롭게도 자금을 조달할 길이 없어 뜻이 있어도 이룰 수 없으므로, 쉽고 어렵고를 따지지 않고 내년 봄에 중국의 교관을 맞이하여 강화의 군대를 훈련시키기로 약속하였습니다. 오직 총포는 급히 주조(鑄造)하는 것이 어려우니 부상(傅相 이홍장)께 아뢰고자 합니다. 먼저 얼마간을 빌려 주셔서 우선 편한 대로 손을 빌려 익히도록 하고 뒤에 갚고자 하니, 편리함의 여부를 잘 헤아려 주시기를 간절히 바랍니다. 그리고 이 편지를 부상께 전해 주시고 간절한 심정을 대신 말씀드려 주신다면 매우 다행이겠습니다. 책문(柵門)의 은(銀)은 그 사이에 이미 운반되어 도착하였으며,

청나라 차관으로 얼마간의 수기(手器)를 구매하고 주조하였는지 모르겠습니다. 종사관 김 군이 외롭게 천진(天津)에 있는데 매우 초조할 것으로 생각됩니다.

폐방(敝邦)은 현재 다른 일은 없고 다만 흉년이 들어 돈이 귀합니다. 대책을 세울 방법이 없어 바야흐로 양원(洋元)[263]을 유통시키려 하는데, 매 원(元)이 우리나라 동전 560문(文)에 해당합니다. 또 시험 삼아 자체적으로 은전(銀錢)을 주조하여 1전을 동전 2전 가치로 이미 지난번에 백성들에게 고시(告示)하였습니다. 그러나 동전이 이미 귀해졌고 은전은 끝내 유통되기 어려우니 중국 동전을 병용하는 것만 못합니다. 중국 돈 2문을 우리나라 돈 1문에 해당하도록 하면 경중(輕重)이 서로 맞아서 뒷날의 폐단이 없을 것입니다. 지금 여러 진(陣)의 군량을 양원(洋元)과 양전(洋錢)으로 사 오는 일을 병행하여야만 눈앞의 어려움을 구할 수 있을 것 같습니다. 대인의 탁견(卓見)으로는 어떻게 여기시는지 알지 못하겠습니다.

근래 통리아문(統理衙門)[264]을 설치하여 조영하, 김홍집[265], 목인덕

---

263 양원(洋元) : 스페인의 은 본위 화폐 단위이다.

264 통리아문(統理衙門) : 1882년(고종19) 11월 17일에 외교통상문제 일체를 관할하기 위해 설치된 관청이다. 개항 후의 대외 통상에 대응하여 국가외교·군사제도의 근대적 개혁을 위해 1880년(고종17)에 설치한 관청인 통리기무아문(統理機務衙門)이 1882년 6월 임오군란 때 대원군이 재집권하자 폐지되었다가, 같은 해 7월 기무처(機務處)로 부활한 후 다시 그 해 11월 외교사무를 담당하는 통리아문과 내정을 담당하는 통리내무아문으로 분리되었다. 그리고 그해 12월에는 다시 통리아문이 통리교섭통상사무아문으로 개칭되었다. 1884년 10월 갑신정변의 실패 이후 통리교섭통상사무아문은 기능은 외교·통상만으로 축소되었다가, 1894년 갑오개혁 때 외무아문으로 바뀌었다.

265 김홍집(金弘集) : 1842~1896. 본관은 경주(慶州), 초명은 굉집(宏集), 자는 경

(穆麟德)[266] 등으로 그 일을 관할하게 하였습니다. 또 내무서(內務署)[267]를 설치하고 홍순목(洪淳穆)[268] · 김병국(金炳國)[269] 등 두 재상과 민태호(閔台鎬)[270] · 김병시(金炳始)[271] 및 기무처(機務處)의 여러 대신

능(敬能), 호는 도원(道園), 이정학재(以政學齋)이다. 임오군란 뒤에 한국 전권 부관(全權副官)으로 제물포 조약을 체결하였다. 내각 총리대신이 되어 〈홍범 14조〉를 발표하였으며 갑오개혁을 단행하였다. 파격한 개혁과 아관 파천으로 친러파 내사에 밀려나게 되었고 광화문에서 성난 백성들에게 피살되었다. 저서에 《이정학재일록(以政學齋日錄)》이 있다.

266 목인덕(穆麟德) : 묄렌도르프[P. G. von Möllendorf]이다. 할레비텐베르크 마르틴 루터대학교에서 동양어와 법률을 전공하였다. 1882년 임오군란 직후 청나라 북양대신 이홍장(李鴻章)의 추천으로 한국 최초의 서양인 고문으로 부임해 통리아문의 외무협판이 되어 외교고문 역할을 담당했다. 또한 해관총세무사(海關總稅務司)가 되어 해관 신설 등 통상무역 업무도 총괄했다. 1884년 조로수호통상조약의 체결을 주선하였고, 12월 갑신정변이 일어나자 청 군대가 개화파 정부를 무너뜨리고 민씨정권을 복귀시키는 데 앞장섰다.

267 내무서(內務署) : 1882년 11월 청(淸)이 파견한 독일인 고문인 묄렌도르프의 건의에 의해 설치된 내정 업무를 전담하던 통리내무아문의 별칭이다. 실무 부서로 이용사(理用司), 군무사(軍務司), 감공사(監工司), 전선사(典選司), 농상사(農桑司), 장내사(掌內司), 농상사(農商司)의 7사를 두었다.

268 홍순목(洪淳穆) : 1816~1884. 본관은 남양(南陽)으로, 자는 희세(熙世), 호는 분계(汾溪), 시호는 문익(文翼)이다. 1844년(헌종10) 증광별시문과에 급제하였다. 1864년 고종이 즉위하면서 흥선대원군이 집권하자 측근으로 활동했다. 1884년 아들 영식이 김옥균(金玉均), 박영효(朴泳孝) 등과 함께 갑신정변을 일으켰다가 실패하자 관직을 삭탈 당했으며 이어 음독 자결했다. 1894년 개화파정권이 들어서자 복관되었다.

269 김병국(金炳國) : 1825~1905. 본관은 안동으로 자는 경용(景用), 호는 영어(穎漁)이다. 1850년(철종1)에 문과에 급제하여 육조의 판서와 영의정을 지냈다. 안동 김씨 세도의 권세가로 흥선 대원군의 통상 · 수교의 거부에 동조하였다.

270 민태호(閔台鎬) : 1834~1884. 본관은 여흥으로 자는 경평(景平), 호는 표정(杓庭), 시호는 충문(忠文)이다. 유신환(兪莘煥)의 문인이며, 1870년 정시문과에 급제한

들이 관할하도록 하였는데 체제가 아직 안정되지 않았습니다.

마상백(馬相伯)[272]이 저술한 《통서장정(統署章程)》이 있다고 하는데 아직 얻어 보지 못하였습니다. 상상하건대 중국과 서양의 좋은 법을 참조하였을 것이나 다만 힘써 행하는 것이 어떠할지 모르겠습니다. 진하(津河)[273]가 얼음으로 막혀 우체 편이 쉽지 않아 종이를 앞에 두고 슬프게 읊조릴 뿐입니다.

손수 쓰신 글씨를 받들어 펼치며, 멀리서 공적과 복을 송축합니다. 지난 달 관찰(觀察) 진발남(陳茇南)[274]이 대인의 편지를 가지고 와서 전해 주었습니다. 삼가 정리(政履)[275]가 아주 편안하시다는 것을 잘

뒤 1875년 경기도 관찰사를 지냈다. 1882년 강화 유수, 1883년 통리군국사무아문독판을 지냈고 1884년에는 총융사, 어영대장, 대제학 등을 지냈다. 1884년 12월 갑신정변 때 민영목(閔泳穆), 조영하(趙寧夏), 이조연(李祖淵), 한규직(韓圭稷) 등과 함께 경우궁(景祐宮)에 입궐하다가 개화당 사람들에게 참살 당했다. 영의정에 추증되었다.

271 김병시(金炳始) : 1832~1898. 본관은 안동으로 자는 성초(聖初), 호는 용암(蓉庵)이다. 1884년 갑신정변 후에 우의정이 되었고 1895년 특진관으로 단발령을 극력 반대하였으며 친러파 내각에서 의정대신을 지냈다.

272 마상백(馬相伯) : 1840~1939. 청(淸)나라 말엽 중화민국 초기의 교육자로 양무파 관료로 알려진 마건충(馬建忠)의 형이다. 이름은 건상(建常), 자는 상백(相伯), 상백(湘伯), 향백(薌伯)이며, 호는 화봉노인(華封老人)이다. 1876년 형 마건훈(馬建勛)의 권유로 이홍장(李鴻章)의 막료가 되어 1881년에 주일공사관의 참찬(參贊)이 되었고, 다음해인 1882년에는 조선에 부임하였다.

273 진하(津河) : 중국 천진(天津)시에 있는 강의 이름이다.

274 진발남(陳茇南) : 청나라 말의 외교관으로 주(駐) 샌프란시스코 총영사를 3년간 역임하였고, 1883년에 청국의 총판조선상무(總辦朝鮮商務)위원으로 한성(漢城)에 입국하였다. 1885년 초 청나라 상인과 조선상인 사이에 분쟁이 잦아지자 청나라 상인들을 보호하기 위해 외무독판 김윤식(金允植)과 합의하여 수표교변을 "청국인 거류구역"으로 정하는 등 조선에 진출할 중국 상인들을 보호하는 역할을 하였다.

알게 되니 위안과 기쁨이 아주 지극합니다. 돌아가신 국모(國母)를 애도하는 정의를 두텁게 베푸셔서 은혜롭게 만장(輓帳)을 보내주시니, 영광이 묘도(墓道)에 미쳤고 은혜는 골수에 미쳤으니 대궐에서도 감사드림이 그지없습니다.[276]

진(陳) 관찰이 우리나라에 다시 도착하였는데 인정(人情)을 잘 알고, 우리나라 조정 또한 그의 보살핌에 의지할 수 있으니 매우 다행입니다. 지금은 왕성 안의 남쪽 별궁에 머무르고 있습니다. 그 사이에 국왕을 두 번 알현하였고, 내외아문이 모두 이미 방문하여 뵈었습니다. 우리나라의 상무(商務)는 아직 흥성하지 못하여 근래에 상회(商會)를 몇 곳에 세우려 하였지만, 자본이 매우 부족하여 시작도 하지 못하였습니다. 광산은 합당한 곳이 없는 것은 아니지만, 사업이 크고 비용이 많이 들어 감히 경솔하게 논의하지 못하고 있습니다. 지난 달 새로 세운 관청의 관원과 중국의 관찰(觀察) 장경부가 합동으로 광산을 하나 개발하여 군량을 조달하기로 약속하였습니다. 저 또한 사인 원위정(원세개)과 의논하여 중국인이 광산을 개발하도록 청하여 강화부 군병의 식량을 넉넉하게 하고자 하였습니다. 두 가지 모두 처음 시행하는 일이라 쉽게 합의하기 어려운 근심이 있습니다.

천진에 주재할 상무위원은 우리 조정에서 새해가 되기 전에 파견하려고 논의하였는데, 아직 어떤 사람을 선정했는지는 듣지 못하였습니

---

275 정리(政履) : 서간문에서 평교(平交) 사이에 안부를 물을 적에 쓰는 말로, 정황(政況)과 같은 뜻이다. 관직에 있는 사람의 안부에 사용된다.

276 돌아가신……그지없습니다 : 대원군이 임오군란 직후 행방불명된 명성황후의 사망을 전격 선포하고 국장을 치렀을 때의 상황이다.

다. 기기(機器)는 이미 상해로부터 운반해 왔고, 앞서 물길로 운반하는 비용, 육지로 운반하는 비용 및 여러 재료를 매입하는 비용은 김완거(金莞居)에게 부탁하여 적절하게 계산하여 값을 치르도록 하였습니다. 아직 도착하지 않은 구리는 수기은(手器銀) 1,600여 냥에 해당하는데 아직 명백하지는 않습니다. 김완거가 이미 관찰 왕소운(王筱雲)[277]에게 편지로 문의하였으니 회신을 기다리면 알 수 있을 것입니다. 이우석(李又石)이 머물러 모시기를 원하니[278] 정리(情理)에 당연한 것 같습니다.

대군(大軍)이 우리나라에 온 이래로 반란군과 완고한 백성들이 천병(天兵)을 원수처럼 보았는데, 오 원수의 편안한 보살핌에 의지하여 엄격함으로 잘 구제하니, 우리나라의 백성들이 우러러보기를 부모와 같이 하였고, 시골의 부녀자와 어린아이들 또한 오 원수가 어진 분이라고 칭송하였습니다. 비록 마음속에 원한을 품고 사납고 법을 지키지 않는 무리라도 모두가 머리를 숙이고 감히 시끄럽게 하지 못하였습니다. 각국의 공사들도 또한 그를 매우 존중하고 있으니, 만약 그가 하루아침에 돌아가 버린다면 사태가 알 수 없게 될 것입니다.

막부(幕府)에 현명하고 능력 있는 공정한 선비가 많지만, 많은 사람들이 추대하고 복종하는 사람은 원위정이 최고입니다. 오 원수는 모든 군영의 사무를 이 사람에게 위임하면서 마음을 미루어 서로 허여하고

---

277 왕소운(王筱雲) : 청나라 말기의 관료 왕덕균(王德均)의 호이다. 천진기기국(天津機器局) 남국총판(南局總辦)을 지냈다.

278 이우석(李又石)이……원하니 : 1882년 흥선대원군이 청나라에 붙잡혀 갔을 때 그의 장남인 이희(李熹, 1845~1912)가 보정부에서 대원군을 모시던 일을 말한다. 우석은 이희의 호로 초명은 재면(載冕), 자는 무경(武卿)이며, 고종의 형이다.

있습니다. 원세개 또한 마음을 다하여 보필하여 일이 막히거나 어려움이 없고, 너그러우면서도 능히 다스리고, 도모할 일이 있으면 판단을 잘하여 지극히 공정하게 처리하니, 누우면 이불에 부끄럽지 않을 것[279]입니다. 다만 집에 노모가 계신데 오랜 객지생활로 고향으로 찾아뵙지 못하니 사정이 매우 딱합니다. 그러나 이곳의 상황이 오직 갑자기 돌아갈까 두려워하니, 우리나라의 안위(安危)를 한 몸에 지니고 있다고 해도 또한 맞을 것입니다. 제반 사건은 모두 임금께 관련된 것이라서 이처럼 세세하게 아뢰니 모두 밝게 헤아리시길 바랍니다. 공손히 공적과 복을 송축하며 이만 줄입니다.

지난 달 말 한 통의 편지를 받으니 이미 모습을 뵌 것 같았습니다. 이에 변길운(卞吉雲 변원규)이 돌아와 몸 건강하시며 사업과 계획을 무성하게 펼치심을 알게 되니 지극히 기뻐하며 칭송하게 되었습니다. 저는 보잘것없는 사람이라서 알려드릴 만한 것이 없습니다. 이달 15일 참판 윤석정(尹石汀)[280]과 외아문에 들어갔습니다. 저는 본래 외무(外務)에 관한 일은 잘 알지 못하여 일을 그르치지 않으면 제대로 처리하

---

279 누우면……않을 것 : 송유(宋儒) 채원정(蔡元定)이 자손들을 훈계하며 남긴 글 가운데 나오는 내용으로, 원문은 "혼자 걸을 때에도 그림자에 부끄러움이 없게 하고, 혼자 잘 때에도 이부자리에 부끄러움이 없게 하라.〔獨行不愧影 獨寢不愧衾〕"이다.《宋史 卷434 蔡元定傳》

280 윤석정(尹石汀) : 윤태준(尹泰駿, 1839~1884)으로, 본관은 파평(坡平), 자는 치명(稚命), 호는 석정, 시호는 충정(忠貞)이다. 1881년 수신사(修信使)의 종사관으로 일본에 다녀왔고, 이어 영선사(領選使)의 종사관으로 청나라에 다녀왔다. 1882년(고종 19) 별시문과에 병과(丙科)로 급제하였고, 임오군란(壬午軍亂) 때 명성황후를 보호하여 여주(驪州)를 거쳐 충주에 피난시키고 명성황후의 밀사로 활약하였다. 갑신정변(甲申政變) 때 살해되었는데, 영의정에 추증되었다.

지 못하니, 이 근심과 두려움을 어찌해야 하겠습니까. 독판(督辦)에
상서 민영목(閔泳穆)[281]이 교체되어 상서 김병시가 그 자리를 대신하였
고, 저와 윤석정이 협판(協辦)에 승진하여 임명되었습니다. 참판 김석
릉(金石菱)[282]이 오래 동안 병이 낫지 않아서 조정의 의논이 참찬관
남정철(南廷哲)[283] 군으로 이 임무를 대신하는 것이 옳다고 하여, 지난
달 이미 자품(資稟)을 올려 주어 천진대원(天津大員)으로 임명하였고
지금 막 배를 타고 갔습니다. 남군의 호는 하산(霞山)으로 부지런하고
민첩하며 문학에 뛰어납니다. 종사관 박제순(朴齊純)[284] 또한 훌륭한

---

281 민영목(閔泳穆) : 1826~1884. 본관은 여흥, 자는 원경(遠卿), 호는 천식(泉食)
이며, 시호는 문충(文忠)이다. 1883년 독판교섭통상사무(督辦交涉通商事務)가 되어
전권대사로서 조영수호통상조약 · 조일통상장정 등을 체결했다. 민씨 척족의 핵심인물
로 1884년 갑신정변 때 조영하(趙寧夏), 민태호 등과 함께 경우궁(景祐宮)으로 입궐하
다가 개화당에 의해 살해당했다. 영의정에 추증되었다.

282 김석릉(金石菱) : 김창희(金昌熙, 1844~1890)로, 본관은 경주(慶州), 자는 수
경(壽敬), 호는 석릉(石菱), 둔재(鈍齋), 시호는 문헌(文憲)이다. 1864년 증광 문과에
급제한 후 내외직을 거쳐 공조, 이조, 병조의 참의를 역임하고 양관 대제학(兩館大提
學)을 지냈다. 저서에는 《회흔영(會欣穎)》, 《석릉집(石菱集)》등이 있다.

283 남정철(南廷哲) : 1840~1916. 본관은 의령(宜寧), 자는 치상(穉祥), 호는 하산
(霞山)이다. 1884년 갑신정변 때 개화파 축출을 위해 김윤식과 함께 청(淸)나라 출병을
요청했다. 1892년 도쿄에서 오스트리아의 A.R. 베커 대장과 한 · 오수호통상조약을
체결했다. 이어 내부 대신, 궁내부특진관, 태의원경, 경효전제조 등을 지내고 1909년
기로소에 들어갔다. 1910년 한일합병 뒤 일본 정부로부터 남작의 작위를 받았다.

284 박제순(朴齊純) : 1858~1916. 본관은 반남(潘南), 호는 평재(平齋)로 을사오적
의 한 사람이다. 1883년(고종20) 별시 문과에 급제, 통리교섭통상사무아문 주사(統理
交涉通商事務衙門主事)겸 기연해방군 사마(畿沿海防軍司馬), 주차천진 종사관(駐箚
天津從事官), 홍문관 부교리, 사헌부 장령, 동부승지 등을 지냈다. 1909년 이완용이
저격당한 뒤에는 일시 임시내각 총리대신 서리를 지냈다. 1910년 8월에는 내부 대신으

선비입니다. 두 사람 모두 외아문의 관리를 거쳐서 교섭하고 통상하는 일로 자못 이름이 알려졌습니다만, 우리나라는 견문이 아직 충분히 갖춰지지 못하였으니 사안에 따라 이끌어 주시기 바랍니다. 제가 천진 (天津)에 있을 때처럼 가르침을 아끼지 않으신다면 큰 잘못은 면할 수 있을 것이니 간절히 바랍니다.

이곳의 요즘 사정은 남 군이 뵙고 어느 정도 말씀드리리라 생각되어 번거롭게 자세히 얘기하지 않았습니다. 소수(篠帥 오장경)께서는 안녕 하시고, 우리나라로 다시 건너오실 수 있는지요? 여론이 매우 바라고 있습니다. 마 중서(馬中書 마건충)께서는 부친의 병 때문에 고향으로 돌아가셨으니 슬프고 침울한 마음을 이길 수 없습니다. 이에 이처럼 편지를 받들어 아뢰며 삼가 공적과 복을 송축하며 이만 줄입니다.

제가 천진에 있을 때 항상 밝은 가르침을 받들고 부지런히 힘써 대체 (大體)를 유지함으로써 외국인들의 비웃음을 당하지 않았습니다. 제 가 우리나라로 돌아온 후에도 이를 마음속에 깊이 새겨 감히 잊은 적이 없었습니다. 나라 사이의 외교가 점점 넓어지고, 시사(時事)가 힘들고 어려워지는 것을 보면서 근심할 만한 것이 한둘에 그치지 않습니다.

작년에 진발남(陳茇南) 관찰이 상무위원으로 우리나라에 왔습니다. 진공이 화평한 사람이어서 마음속 깊이 다행이니, 밖으로는 통상업무 를 도움 받을 수 있고 안으로는 은밀한 도움을 받을 수 있을 것입니다. 비유하건대 한 집안이 화목하면 다른 사람이 이간질하는 말이 없는 것과 같으니, 외국으로부터의 수모가 무슨 이유로 이를 수 있겠습니까.

로서 이른바 '한일합방조약'에 서명하였으며 그 뒤 일본으로부터 자작의 작위와 은사금 을 받고, 중추원 고문을 지냈다.

뜻하지 않게 상인들이 점차 모여 꾀하지 않았는데도 그릇된 비방이 날로 일어나고 있습니다. 이 무리들은 모두 자질구레한 경험으로 대체는 알지도 못하면서 오직 마음을 다하여 이익만을 취하며, 만약 조금이라도 뜻대로 되지 않으면 무리를 지어 외쳐댑니다. 진 관찰이 조정하지 않을 뿐만 아니라 도리어 조장하고 있으니, 비난하는 말이 날로 이르러, 마침내 "중국 상인에 대한 대우가 서양인보다 못하다."고 말하기에 이르렀습니다. 이 무슨 말입니까. 개항 이래로부터 잠시도 서양인이 와서 거주하는 경우는 없었으며, 오직 세무사(稅務司)에 고용된 서양인이 있을 뿐입니다. 저들이 이미 우리에게 고용되었으니 그 형세는 상인과 조금 다릅니다. 실지로 중국 상인에게 편파적으로 야박하게 대한 것은 아니고 중국 상인들의 원하는 바가 지나치게 큰 때문입니다. 우리나라 사람들이 모두 풍속이 병들고 본성을 잃은 것이 아닌데, 어찌 굳이 서양 사람에게 후하게 하면서 중국 사람에게 야박하게 하겠습니까. 마음을 평온하게 하고 기운을 가라앉힌다면 돌이켜 깨닫는 것이 어렵지 않을 것입니다. 편벽된 말을 그대로 들으시고 미루어 용서하는 도리는 없는 것입니다.

금년 봄 이래 진 관찰이 공문을 보내 따지고 공박한 것이 상자에 가득 차서 넘치는데, 말의 기세가 과격하고 사나워 시기와 장애가 쌓여가고 있습니다. 상인의 무리들이 진 관찰의 그러한 뜻을 바라보면서 기세(氣勢)를 크게 일으켜 모든 행동이 상리(常理)를 벗어난 것이 많습니다. 서로 소송을 하게 되면 본국을 거치지 않고 멋대로 상무공서(商務公署)[285]로 잡아가면서 길을 가는 도중에는 능멸하고 침학하며,

---

285 상무공서(商務公署) : 청나라 공사관이다. 오늘날 명동에 있는 중국 대사관에

법정에 들어가서는 억지로 결정하여 공평하지 못하니 인심이 끓어오르고 있습니다.

근래 이범진(李範晉)[286]의 일은 더욱 해괴하고 이상한 일에 속합니다. 이범진은 전 병조 판서 이경하의 아들로 전에 대간을 지낸 3품의 조정 관리입니다. 성문을 막아 약속을 어겼다하여 중국 상인 수십 인이 갑자기 그의 집에 이르러 해당 관리인 그를 묶어 놓고 매를 치고 길에서 끌고 다녔습니다. 보는 사람들이 상심하지 않게 여기지 않음이 없었으나 감히 찾아가서 따지지 못하였습니다. 끌고 가서 상서에 도착하니 진 공(陳公)이 당(堂)에 앉아 이유를 들어 보고는 모두 놓아 보내도록 판결하였습니다.

우리나라의 제도는 죄가 있는 조정관원의 경우 법사(法司)가 마음대로 다스릴 수 없고 반드시 품지(稟旨)[287]를 거쳐야 비로소 법에 따라 조사하게 되어 있는데, 조정의 체모를 중요시하기 때문입니다. 지금 약속을 어긴 것 같은 작은 일로 상인의 무리에게 결박당해 욕을 당하고 뜰에 꿇어 앉아 판결을 받았으니 어찌 한심하지 않겠습니까? 때 마침

위치하였다.

286 이범진(李範晉) : 1852~1910. 본관은 전주(全州), 자는 성삼(聖三)이다. 1879년(고종16) 식년 문과에 병과로 급제하였다. 아관파천(俄館播遷)을 주도하였으며 1899년 주미 공사, 1900년 프랑스 공사, 1901년 러시아 공사에 임명되어 일본을 견제하는 외교적 역할을 맡았다. 1907년 고종이 헤이그에 특사를 파견하자 이범진은 이들을 도와 아들 이위종에게 이준과 이상설과 함께 헤이그에서 활약하도록 하였다. 이후 연해주를 중심으로 동의회(同義會)를 결성하고 의병부대를 조직하여 활약하였고, 한글 신문인 해조신문(海潮新聞) 발간을 후원하였다. 1910년 한일합방이 이루어지자 충격을 받고 이듬해 1월 13일 자결하였다.

287 품지(稟旨) : 임금께 아뢰어 교지를 받는 일을 말한다.

본국의 형원(刑員)들이 다른 일로 자리에 있었는데, 진 관찰이 상서관원 유가총(劉家驄)과 함께 이범진의 안건을 심리하였습니다. 해당 형원 등이 조정의 명령을 받지 못하였다고 사양하였고, 또 법사(法司)가 조정 관리를 마음대로 심문할 수 없다고 말했는데, 유가총이 '천자법정(天子法庭)'이라는 네 글자를 써서 보여서 그 형원이 경악해서 아무 말 못하고 돌아왔다고 합니다. 이 말을 들은 사람들이 모두 의아해하였습니다.

진 대인이 여기에 온 것은 중국인들의 상무(商務)에 힘쓰는 것에 그치는 것이 아니겠습니까? 여러 사람들이 마음속으로 당혹스럽고 실로 이해하기 어려워, 우리 관청으로 하여금 조회(照會)해서 공평하게 법을 적용하도록 청하였습니다. 진 관찰의 회답에 근거하면, "양국의 교섭에서 '호공(互控)'²⁸⁸은 다만 일의 이치와 장정(章程)²⁸⁹에 따를 뿐 세력과 지위의 대소(大小)를 언급하는 것은 부당하다. 한성(漢城)에는 사람들이 많으니, 이 사람은 관리이고 이 사람은 백성이라는 것은 본도(本道 진발남)가 판별할 수 있는 바가 아니고 중국 상인들이 알 수 있는 바도 아니다. 이미 문건이 이르렀다면 관민을 막론하고 분명하게 조사하여 판결하는 것이 마땅하다."고 하였습니다. '호공(互控)'이라고 칭하는 것은 백성들이 서로 소송하는 것을 일컫는 말입니다. 이미 조정의 관리가 관계되었다면 핍박을 당하고 강제로 끌려갈 일이 아닌데, 어찌 상서(商署)에 끌고 갈 이치가 있겠습니까?

---

288 호공(互控) : 백성들 상호간에 벌이는 소송 건을 말한다.

289 장정(章程) : 1882년 조선과 청 사이에 체결된 '조청수륙상민무역장정(朝淸水陸商民貿易章程)'을 지칭한다.

또 진 관찰은 중국 상인들을 관할하는 직책으로 우리나라 형옥(刑獄)의 일을 관장할 수는 없습니다. 조선의 백성이 원고(原告)가 되는 경우를 제외하고는, 서울의 많은 사람들의 소송을 어찌 외아문에 알려서 조회(照會)하지도 않고 일괄적으로 직접 판결한단 말입니까? 또 말하기를 "만약 다시 끌고 와서 고소하는 자가 있으면, 관민(官民)을 막론하고 즉시 옳고 그름을 분명히 밝혀서 공정하게 판결할 것이다. 판결할 수 없는 것은 혹 본국의 관원을 파견하여 판결하게 하거나, 혹은 전에 와서 모여 심의했던 파견 관원들에게 조회할 것이다."라고 하였습니다. 이 말은 과연 장정(章程) 중에 있는 말입니까? 또 말하기를 "해당 상인이 이범진을 붙잡아 와서 심문을 요구하였다. 일이 발생한 것은 원인이 있을 것이니 잡아와서 상황을 듣고 심리(審理)하는 것은 중국의 법리와 정해진 장정에 있는 것으로 잘못된 점이 없다."고 하였습니다. 이미 말하기를 중국 상인이 이범진을 붙잡아 와서 심문을 요구하였다고 했으니, 이는 분명히 중국 상인이 원고가 되고 이범진은 피고가 되는 것입니다. 〈수륙무역장정〉 제2조를 살펴보면, 중국의 상인이 조선의 항구에서 저지른 재산관련 범죄와 같은 안건의 경우 조선의 백성이 원고가 되고 중국인이 피고가 되니, 마땅히 중국의 상무위원이 잡아와서 조사하여 판결하도록 되어 있습니다. 만일 중국인이 원고가 되고 조선인이 피고가 되면, 당연히 조선의 관원이 장차 피고의 범죄 사실을 상호 제출하고 중국의 상무위원과 회동하여 법에 따라 판결을 내리도록 되어 있습니다. 이번 이범진이 중국 상인의 고소를 당한 일은 당연히 상무위원이 조선의 관원에게 조회(照會)해서 해당 범죄사실을 상호 제출하도록 하고, 상무위원들과 회동(會同)하여 심판하는 것이 정장(定章)에 부합되는 것입니다. 지금 "다시 붙잡아 고소하는 자가 있으면 관민을 막론하고 즉시 옳고 그름을 분명하게 심리하여 공평하게 판결을 내리도록 하겠다."고 하니, 어찌 그리 잘못되었습니까? 하물며 그 판결은 다만 한쪽의 말만 믿은 것이고 달리 공평한 마음도 없으니, 처사(處事)가 이와 같다면 무엇으로 우리나라 사람들의 인심을 복종시키겠습니까? 진 관찰의 이 말을 들은 이후부터 대소인들이 모두 놀라서 허둥지둥하며 스스로 보존하지 못할 것처럼 여깁니다. 무릇 끌고 간 자가 중국 상인이고 듣고 판결한 자도 상무위원이니, 우리나라의 관리는 백성을 다스리는 권한이 없어졌습니다. 소민(小民)들은 비록 원통하고 억울한 일이 있더라도 어디에 결백을 하소연할 수 있겠습니까. 가만히 엎드려 생각하건대, 장정(章程)을 정한 것은 모두 속국(屬國)을 보호하기 위한 것이니, 장정 외에는 조금이라도 덧붙이는 것이 허용될 수 없습니다. 상민들이 시끄럽게 부추기는 말만 듣고 일의 대체를 돌아보지 않아서 그 사이가 틀어진 것이 이에 이르렀으니 어찌 불행이 아니겠습니까?

영국의 영사 아수돈[阿須頓][290]은 본래 이범진과 서로 잘 아는데, 이 사안을 듣고 진공에게 편지를 보내 그 이치가 잘못되었음을 책망하였습니다. 이에 진공이 외무아문을 의심하여, '구해주도록 부탁하여 원조를 의뢰할 단서를 열었음을 분명하게 알겠다.'고 하면서 공문을 보내 따졌습니다. 외무아문의 사람들이 비록 식견이 부족하지만, 어찌 차마 이런 비루한 일을 행하여 외국의 수모를 불러들이겠으며, 그렇게 해서 궁극적으로 또한 일에 무슨 보탬이 되겠습니까? 스스로 반성하지

---

290 아수돈[阿須頓, Aston, William George] : 1841~1911. 영국의 외교관으로 1884~1885년 사이에 한국 주재 영국 영사로 근무하였다.

않고 남을 질책하는 데는 후하니, 이런 말로써 우리에게 죄가 있다고 큰소리친다면, 그 말을 듣는 사람들 가운데 누군들 불평하는 마음이 없겠습니까?

진 관찰의 관서에서 공문이 온 것을 가만히 살펴보면, 걸핏하면 수백 수천의 말로 널리 변론하고 힘써 말해서 듣는 이의 마음을 움직이기에 족하지만, 우리나라 사람들은 마음과 뜻이 이미 막혀서 억울함을 드러낼 길이 없습니다. 장차 닥칠 일의 조짐을 감히 말할 수 없습니다만, 초조하고 걱정스러운 마음에 잠 잘 겨를도 없습니다. 만약 이 말이 저의 입에서 나온 것임을 안다면 진실로 죽을 곳을 알지 못할 것입니다. 그러나 나라를 위하고 나를 알아주는 사람을 위하여 한번 죽는 것은 죽어도 또한 유감이 없을 것입니다. 이에 각하의 귀를 더럽히고 시끄럽게 하는 것을 꺼리지 않고 속마음을 펼칩니다. 각하께서 저의 마음을 깊이 알아주는 것이 아니라면, 저 또한 감히 이런 말씀을 드리지 못할 것입니다. 오직 묵묵히 아시고 그 실정을 살펴주시길 바랍니다.

왕복한 공문을 베껴서 남하산(南霞山 남정철)에게 보냈으니 받아서 보실 수 있을 것입니다. 일을 크게 벌이고자 하는 것이 아니라 헤아려 살펴주시기를 바랄 뿐입니다. 어찌하면 국면(局面)을 지키고 큰 재앙을 면할 수 있겠는지요? 각하께서는 반드시 장기적인 대책과 원대한 생각을 가지고 계시리라 여깁니다. 청컨대 교시(敎示)를 아끼지 마시옵소서. 번거로움을 무릅씀이 이에 이르렀으니 죽을 죄를 지었습니다.

북양대신 서리 장궁보[291] 수성 께 올리는 편지 계미년(1883, 고종20)

上署理北洋大臣張宮保 樹聲 書 癸未

삼가 아룁니다. 우리나라가 작년에 미국, 영국, 독일 등 세 나라와 조약을 논의하였습니다. 이는 북양대신의 뜻을 받든 것으로 방어를 주도면밀하게 하기 위한 좋은 방책을 상정하기 위한 것이었습니다. 그때 삼국의 사신은 굳이 다른 말이 없었습니다. 올해 2월에 일본주재 영국 영사인 아수돈〔阿須頓, Aston, William George〕이 그 나라 공사의 편지를 받들고 조계의 형편을 와서 살피고는, 작년의 약조를 변론하여 비난하면서 번복하고자 하였습니다. 그 대강은 중국과 우리나라가 맺은 약관(約款)에 차이가 있다고 하는 것이었습니다. 가장 중요한 점은 10퍼센트 관세를 거두는 것이 지나치게 무겁다는 점이고, 기타 소소한 절목의 자구에 대해서도 힐난하고 반박하는 것이 많았습니다. 현재 그 점을 판단하여 처리하는 권한이 없으니 개정하자는 요청을 하기에도 불편하였습니다. 그런데 장차 해당 국가에서

---

291 장궁보(張宮保) : 장수성(張樹聲, 1824~1884)으로, 자는 진헌(振軒), 안휘성 합비(合肥) 출신이다. 청나라 말기에 회군(淮軍) 장령(將領)으로 출발하여, 1877년에는 귀주순무(貴州巡撫), 1879년에는 광동과 광서를 총괄하는 양광총독(兩廣總督)이 되었다. 1882년 조선에서 임오군란이 발생하자 모친상을 당한 오장경 대신 오장경 부대를 선발하여 조선에 파견토록 주선하였고, 다음해에 다시 양광총독으로 복귀했다. 1884년에 프랑스군이 월남을 침략하자, 군대를 파견하여 프랑스군의 방어를 도왔다. 저서에 《장정달공주의(張靖達公奏議)》 8권, 《여양삼현집(廬陽三賢集)》 16권이 있다.

파견한 사신이 와서 처리하게 되면, 반드시 일에 대한 입장이 여러 갈래로 갈라질 것입니다.

인천조약을 살펴보면 경솔하게 이루어진 것이 아닙니다. 이동(異同)과 경중(輕重)에 각각 깊은 뜻이 있으니, 얕은 저의 견해로 가볍게 의논할 바가 결코 아닙니다. 또 미국은 앞서 이미 원래의 조약을 비준하였다고 들었는데, 유독 영국만이 욕심을 드러내어 깃발을 세우니 그 뜻을 헤아려 알 수 없습니다. 관계된 것이 가볍지 않으니 조금이라도 착오가 있으면 후회를 남김이 끝이 없을 것입니다.

엎드려 생각하건대 궁보(宮保) 대인께서는 우러러 황상(皇上)께서 소국을 사랑하는 은혜를 본받아 우리나라를 어루만져 편안하게 하였고, 믿음이 다른 민족에게까지 미쳤습니다. 일에 앞서 가르침을 입기를 바라며, 어리석은 소견을 깨우쳐 주셔서 우리나라가 집사(執事)께 의지하여 대국(大局)이 망가지고 잘못되는 것을 면할 수 있다면 매우 다행일 것입니다. 이에 장차 영국 공사의 공함(公函)과 아수돈(阿須頓)과의 필담 초안을 베껴 보시도록 부쳐드립니다. 명이 이르기를 기다리며 감히 위엄을 무릅쓰고 고합니다. 이에 일의 내용과 까닭을 갖추어 아뢰며 공경히 편안하시기를 바랍니다. 자비롭게 살펴 주시기 바랍니다.

원위정 세개 에게 답하는 편지 을유년(1885, 고종22)

答袁慰庭 世凱 書 乙酉

위정(慰庭) 인형(仁兄) 대인 각하. 지난날 보내주신 편지를 받고 삼가 모두 잘 읽어보았습니다. 온 집안이 화목하여 외국의 수모를 막아야 한다고 깨우쳐 주셨는데, 그것이 저희들 평소의 마음입니다만, 잘못을 미봉(彌縫)하여 대국(大局)을 보전(保全)하는 것 또한 오늘날의 중요한 임무라고 생각합니다. 다만 이 일은 일찍부터 외국인들에게 알려졌으니, 반드시 전파되어 북양대신(이홍장)께 흘러 들어갈 것입니다. 훗날 만약 우리나라가 한 마디 말을 먼저 알리지 않았다고 허물하시면 장차 무슨 말로 대답하겠습니까? 비록 그렇지만 각하가 한 마음으로 조정(調停)하셨는데도 벼슬에서 물러나라는 교지(敎旨)가 있기에 이른다면, 비록 여기에 어려운 점이 있다고 하더라도 감히 자신을 버리고 따르지 않겠습니까? 만약 앞으로 북양께서 말씀이 있을 때, 당신의 편지로 해명하여 너그러운 양해를 받게 된다면 매우 다행일 것입니다. 복 많이 받으시길 기원합니다.

공경히 아룁니다. 9월 19일자《호보(滬報)》[292] 4851호에 중국이 서양인을 고려(高麗)에 천거한 것이 마땅하지 않다는 한 편의 글을 보았

---

292 호보(滬報) :《자림호보(字林滬報)》(1882~1899)의 초창기 이름이다. 청나라 광서(光緒) 8년 4월 2일(1882년 5월 18일) 창간하였다. 제73호부터《자림호보》로 이름을 바꾸었다. 파이복(巴爾福, F. H. Balfour)이 주필을 담당하였다가 뒤에는 대보생(戴譜生), 채이강(蔡爾康), 고대치(高太痴) 등이 주필을 담당하였다.

습니다. 시비곡직에 대한 논의는 하지 않더라도, 거짓으로 꾸며서 명예를 더럽힘이 지나치게 심해서 펼쳐 절반을 읽기도 전에 놀람과 슬픔이 매우 심하였습니다. 살펴 보건대, 우리나라가 통상한 이래 오직 중국의 지도만을 따라 교류가 이미 넓어졌으니 방비하고 막는다 해도 간혹 소홀해서 시끄러운 일이 발생하는 것은 실로 사람의 힘으로 막을 수 있는 것이 아닙니다. 우리 국왕께서 이 때문에 마음 졸이며 밤낮으로 근심하여 고생하시는 것 또한 상국(上國 중국)이 잘 아시는 바입니다.

이번 《호보》의 주장은 우리나라의 사정을 잘 알지 못할 뿐만 아니라, 속여서 부당하게 말함으로써 고의(故意)로 방자하게 모욕하고 체면을 어그러뜨렸습니다. 중국과 조선은 의리상 한 집안과 같아서 문필을 일삼는 선비일지라도 외부로부터 수모를 받아서는 안 된다는 경계심을 간직하고 있어야 합니다. 예(禮)에는 조심하지 않는 것이 없어야 하고 말은 조심해야 하니, 각하께서 상해도(上海道)의 관원에게 말하여 조회시키고 전보국에 타일러서 이미 잘못 보도된 것을 바로잡으셔서 이러한 듣기 거북한 말이 다시는 신문에 함부로 실리지 않도록 하여 대국을 안전하게 한다면 매우 다행일 것입니다. 직접 이와 같이 간절한 마음을 펼칩니다. 삼가 공훈을 이루시고 편안하시길 기원합니다.

장계직²⁹³ 건 에게 답한 편지

答張季直 謇 書

계직(季直) 인형(仁兄) 선생 각하. 세모(歲暮)에 만감이 촉발되었는데, 문득 하늘가를 따라서 온 편지를 받았습니다. 편지를 가지고 한참 동안 우두커니 보고 있었는데, 황홀하기가 꿈속에서 서로 만나는 것 같았습니다. 편지에 가득한 말씀의 취지가 간절하게 우리나라의 일을 염두에 둔 것이니, 참으로 선생께서 세상을 잊지 못하신 것 같습니다. 다만 서주(西州)의 지기로 인한 애통함²⁹⁴은 다른 사람의 배가 될 것인데, 무장공(武壯公)²⁹⁵ 묘의 풀도 이미 해를 묵었습니다. 이 세상에 이 사람이 무슨 복으로 올 수 있었겠습니까? 요즘처럼 인재를 등용해야 할 때 선생과 같은 재주라면 누가 예로써 초빙하지 않으

---

293 장계직(張季直) : 장건(張謇, 1853~1926)으로, 계직은 그의 자이며 강소성 남통(南通) 사람이다. 오장경 휘하의 인물로 우리나라에 들어온 적이 있다. 특히 중국 근대 자본가로서 근대적인 기업의 육성에 공헌한 것으로 유명하다. 김택영이 중국 남통으로 망명하여 가서 살았던 것은 그의 주선에 의한 것이었다. 저서로 《장계자구록(張季子九錄)》, 《장건함고(張謇函稿)》등이 있다.

294 서주(西州)의……애통함 : 친하게 대해주던 사람의 죽음에 비통해 하는 감정을 말한다. 《진서(晉書)》권79 〈사안열전(謝安列傳)〉에 의하면 동진(東晉)의 명재상이던 사안(謝安)에게 양담(羊曇)이라는 외조카가 있었는데, 사안에게서 많은 사랑을 받았다. 사안이 죽자 양담은 사안이 살았던 서주로(西州路)를 지나다니지 않았다. 하루는 술에 취해 서주문을 지나는데 종자가 알리자 양담이 대성통곡하였다는 고사에서 유래하였다.

295 무장공(武壯公) : 청나라 관료 오장경(吳長慶)을 말한다.

려 하겠습니까. 군자가 입신하여 자취를 의탁하기가 참으로 쉽지 않습니다. 오동나무에 깃들어 죽실(竹實)을 먹고 달콤한 샘물의 물만 마시니, 이는 봉황이 항상 굶주리는 이유가 됩니다. 어찌 한탄스럽고 애석하지 않겠습니까?

원컨대 선생께서는 그 뜻을 조금 낮추십시오. 비록 선비를 대우하는 예를 다하지 않아도 진실로 백성과 나라에 뜻이 있는 자라면 함께 일을 할 만하니, 시끄럽게 떠들면서 옛사람의 모습을 떠올릴 필요가 없습니다. 저는 부침(浮沈)을 스스로 받아들였고 뚜렷이 수립한 일도 없는데다가 또 불행하게도 작년 10월의 변고²⁹⁶를 만났습니다. 우리나라 조정에는 재능과 기예를 갖춘 자가 이미 다 사라졌습니다. 마지못해 관직을 맡아 힘쓰면서 진작시킨 것도 없이 외무아문 독판을 맡게 되었습니다. 책임은 크고 재주는 작아서 반드시 잘못하여 일을 그르치게 될 것이니 어찌하겠습니까. 어찌하겠습니까.

원위정은 어머님의 병이 중하여 휴가를 고하고 중국으로 건너갔는데, 그 사이에 이미 상신(翔翔)²⁹⁷하였는지 여부를 알지 못하여 매우 걱정하고 있습니다. 선생께서는 항상 우리나라의 일을 염려하여 마음속에 잊지 않으시는 까닭에 이처럼 편지로 대략을 알려드립니다. 한번 읽어봐 주시기 바라며 얼굴을 보고 말씀드리는 것에 대신하고자 합니다. 삼가 문운이 상서롭기를 기원합니다. 정중하지 못하였습니다.

---

296 작년 10월의 변고 : 1884년(고종21)에 일어난 갑신정변을 가리킨다.

297 상신(翔翔) : 부모의 병이 있으면 자식이 걱정이 되어 걸음을 걸을 때에 활개를 치지 않고 웃어도 이를 드러내지 않는 것을 말한다.

일본인에게 답장하는 편지
答日本人書

오랫동안 밝은 가르침을 받지 못하여 사모하는 마음이 매우 깊었는데, 금방 손수 쓰신 편지를 받았습니다. 편지를 읽어보니 가을과 겨울이 교차하는 이때에 정기(政祺)가 길하다고 하니 실로 유쾌하여 멀리서나마 축하드립니다. 보내주신 전화기는 부르고 대답하는데 쓰기에 아주 편리합니다만, 이곳에는 잘 아는 사람이 아무도 없습니다. 각하께서 마음을 써 주셔서 박기종(朴琪琮)을 전국(電局)에 보내 그 방법을 전수받을 수 있게 되었습니다. 이에 종구(鍾具)를 부쳐 보내 우리 대군주께 헌상하도록 하여 받들어 사용하시게 했으니 감사함을 이기지 못하겠습니다. 삼가 이미 대신 궁궐에 헌상하고 각하의 지극한 정성을 갖추어 아뢰었습니다. 임금께서 즐거워하시는 것은 정성에 있는 것이지 물건에 있는 것이 아닙니다.

작년에 박군이 돌아왔을 때, 제가 마침 나라 밖으로 가게 되어 서로 어긋나서 이제야 비로소 만날 수 있었습니다. 모이고 흩어지는 것이 부평초처럼 정해진 것이 없는데 또한 인연이 있어 그 사이에 모이게 된 것이겠지요. 개척하는 한 가지 일은 제가 듣기를 원하는 것이니, 공무가 조금 한가한 틈을 타서 박군을 불러서 자세하게 물어 보겠습니다.

전에 보내 주신 그림은 아직 감상하지 못하였습니다. 그리고 이번 고려자기 한 점은 비록 아름다운 보배는 아니지만 우리나라 천 년 전의 옛 도자기입니다. 받들어 올려 작은 정성을 표하니 웃으면서 오래 간직해 주시기를 바랍니다. 가을바람에 기러기 그림자 질 때 다시 편지를 볼 수 있기 바랍니다. 이와 같이 받들어 답하며 삼가 평안하시기를 기원합니다. 이만 줄입니다.

일본 흠차대신 서상우[298], 목인덕[299]에게 보내는 편지

을유년(1885, 고종22) 1월

與日本欽差大臣徐 相雨 穆麟德書 乙酉正月

추당(秋堂), 서정(瑞廷) 두 분 사신 대인 각하, 전에 보낸 한통의 편지는 이미 받아 보셨을 것으로 생각됩니다. 요즘도 일상생활이 편안하신지요? 1월 초하루에 도쿄에 도착하였고, 5일에 국서(國書)를 올려서 사신의 일을 마무리할 수 있을 것이라고 들은 듯합니다. 그 사이에 담판은 어떻게 귀결되었고, 돌아오는 배는 어느 날로 정했는지요? 우러러 그리워하며 기원합니다.

그 사이 17일에 임금께서 경복궁으로 이사하셨는데, 임금과 왕비께서 모두 안녕하시니 이것이 즐거운 일입니다. 저의 상황은 이전에 편지를 드렸을 때와 같습니다. 며칠 전에 소관환(小管丸)호가 인천항에 들어와서 자못 소동이 있었습니다. 이토(伊藤)[300]가 가서 주로 무슨

---

298 서상우(徐相雨) : 1831~1903. 본관은 달성(達城), 자는 은경(殷卿), 호는 규정(圭廷), 시호는 문헌(文憲)이다. 외교 통상분야에서 활동한 고종대의 문신이다. 위 편지는 1884년 갑신정변 직후 전권대신(全權大臣)으로 갑신정변을 주도한 김옥균(金玉均) 등 개화파 인사들의 송환을 요구하기 위해 일본에 파견되어 활동하던 시점에 보낸 편지이다. 이때 송환 요구는 일본의 거절로 실패했다.

299 목인덕(穆麟德) : 묄렌도르프[P. G. von Möllendorf]의 한자 이름이다. 422쪽 주 266 참조.

300 이토(伊藤) : 이토 히로부미(伊藤博文, 1841~1909)를 말한다. 본명은 하야시 도시스케(林利助)이다. 야마구치 현(山口縣)에서 출생하여 1863년 영국에서 서양의 해군학을 공부하였고 메이지유신 이후 이름을 바꾼 뒤 신정부에 적극 참여하여 내각총

이야기를 하면서 방위 병력을 전부 철수하자고 했습니까? 우리나라는 중간에서 온당하게 처신하기가 지극히 어려우니 어찌하겠습니까. 어찌하겠습니까. 일본의 신문을 보니 제가 권세를 부린다고 하는데 이는 태어나서 처음 듣는 말이니 영광스럽기 짝이 없다고 하겠습니다.

쌀과 무명을 운반하는 화륜선은 모두 아직 도착하지 않았는데, 만약 해상에 별 일이 없다면 이달 안으로는 빌려올 수 있을 것 같습니다. 이노우에 가쿠고로(井上角五郞)[301]가 어머니를 뵙기 위해 환국하는 인편에 대략을 알려 드립니다. 삼가 사신 길에 편안하시기를 바랍니다. 다 갖추지 못합니다.

리대신에 올랐다. 1905년 11월 특명전권대사로 대한제국에 부임한 뒤 고종과 조정 대신들을 강압하여 을사조약(乙巳條約)을 체결, 대한제국 초대 통감(統監)으로 부임했다. 1907년 을사오적(乙巳五賊)을 중심으로 한 친일 내각을 구성, 헤이그 특사사건을 빌미로 고종을 강제로 퇴위시켰다. 1909년 통감을 사임하고 추밀원 의장이 되어 러시아 재무상(財務相) 코코프체프와 회담하기 위해 만주(滿洲) 하얼빈(哈爾濱)에 도착했다가 안중근(安重根)에게 저격당해 사망했다.

301 이노우에 가쿠고로(井上角五郞) : 1860~1938. 호는 탁원(琢園)으로 일본의 실업가이자 정치가이다. 임오군란 후에 조선 정부의 고문이 되어《한성순보(漢城旬報)》를 발간하였고 갑신정변에 깊이 관여하여 김옥균, 박영효 등과 관계를 가졌다. 제1회 제국회의 중의원에 당선된 이래 14번 당선되었다. 일본제강소 회장, 국민공업학원 이사장, 게이오의숙 평의원 등을 역임하였고 경부철도, 남만주 철도 건설에도 관여하였다.

영국 영사 가례사[302]에게 보내는 편지[303]

與英國領事賈禮士書

아룁니다. 근래 국내에 전해지는 소문에 의해 귀국이 거문도(巨文島)-즉 그들이 해밀턴 항이라 부른 곳이다.- 에 뜻을 두고 있다는 것을 알았습니다. 이 섬은 우리나라의 지방에 속한 곳이어서 다른 나라가 점유하는 것을 응낙할 수 없습니다. 만국공법에서도 이러한 이치는 없습니다. 또한 놀랍고 의아하여 분명히 말씀드리기에도 불편합니다.

　일전에 관원을 파견하여 그 섬에 먼저 가서 허실을 조사하도록 하였

302　가례사(賈禮士) : 1848~1929. 영국의 외교관인 William Richard Carles를 말한다. 1883년 11월 전후 한 달 가량 광산 탐사차 조선에 머물렀고, 이후 1884년 3월부터 1885년 6월까지 인천주재 영국 부영사를 지냈다. 이때의 견문으로《한국에서의 생활(Life in Corea)》(New York, Macmillan, 1894)을 저술했다.

303　영국……편지 : 1885년 영국의 동양함대가 거문도를 불법으로 점령한 행위에 대한 항의 편지이다. 거문도 사건은 영국의 동양함대가 러시아의 조선 진출을 미리 봉쇄하기 위해 1885년 3월 1일부터 1887년 2월 5일까지 약 2년간 거문도를 불법으로 점령한 사건이다. 1885년 2월 영국 동양함대사령관 W.M. 도웰 제독은 영국 동양함대 소속 군함 3척을 거느리고 거문도를 불법 점령하여 섬 안에 병영을 건설하고 포대를 구축하여 해밀턴 항이라 칭하였다. 이에 조선 정부는 우선 거문도 현지의 실정을 탐사하기 위해 유사당상(有司堂上) 엄세영(嚴世永)과 외교협판 묄렌도르프를 파견하였고, 4월 3일 정여창과 함께 거문도에 도착하여 점령지 함대사령관에게 점령이유를 힐책하였다. 그리고 곧바로 나가사키로 가서 영국 측과 외교교섭을 추진하였다. 영국도 서울주재 영국 총영사 W.G. 에스턴을 통하여 협상을 제의하였는데, 거문도를 영국의 급탄지로서 1년에 5,000파운드 이내 임차할 것을 요구하였다. 이후 영국과 러시아의 적대관계가 해소되자 청나라 이홍장의 주선으로 영국군이 거문도에서 철수한다면 조선영토를 침범하지 않겠다는 러시아의 보장을 받고 1887년 2월 거문도에서 철수하였다.

는데, 아직 돌아오지 않았습니다. 그러한 때에 귀 영사가 보내온 조회(照會) 문서를 받았는데, 이는 북경 대사관에서 보낸 것에 관계된 것이었습니다. 그 뜻을 자세히 살펴보고, 비로소 앞서 들었던 소문이 잘못된 것이 아니라는 것을 알았으니 우의(友誼)에 돈독하고 공법에 밝은 귀국이 이같이 뜻밖의 일을 할 줄 어찌 알았겠습니까? 기대에 너무 어그러져서 괴이하고 속은 듯한 마음을 견디지 못하겠습니다. 귀국이 만일 우의를 중하게 여겨서 신속하게 생각을 고쳐 이 섬에서 빨리 물러난다면, 어찌 우리나라에게만 다행이겠습니까? 또한 만국이 함께 우러러 칭송할 만한 일이 될 것입니다.

만일 그렇지 않으면 우리나라는 그대로 보고만 있지 않을 것이며, 또한 각 동맹국에 성명을 보내 그 공론을 들을 것입니다. 이 일은 지연시킬 수 없어 먼저 편지로 모든 것을 분명히 밝힙니다. 청컨대 귀국 영사께서는 곧 바로 회신해 주시기를 간절히 바랍니다. 날마다 편안하시길 바랍니다.

민참판[304] 영익 에게 답하는 편지

答閔參判 泳翊 書

운미(芸眉 민영익) 인형(仁兄) 대인 헌하(軒下), 일전에 들으니 귀하께서 의주에 도착하여 며칠 잠시 머물렀다고 하는데, 말머리를 어디로 향했는지 다시 듣지 못하였습니다. 이제 금방 은혜로운 편지를 받아 삼가 살펴보니, 상중에 계신 대감께서 도중에 잘 견디고 계신다니 우러러 지극히 위로가 됩니다. 다만 행차(行次)가 가고 머무는 것을 멀리서 알기 어려워서 서쪽 변방의 강과 산을 바라보며 송축하는 마음을 이길 수 없습니다.

제가 병조(兵曹)의 직함을 맡고 있을 때, 때때로 은혜로 보살핌을 입었으니 감사하고 다행함이 비할 바가 없습니다. 다만 외서(外署 통리교섭통상사무아문의 별칭)의 사무가 날로 더욱 어렵고 급박하여 피곤하게 뛰어다녀도 손해만 있고 도움 되는 것이 없으니 어찌하겠습니까. 지난달 정군문(丁軍門)[305]이 부상(傅相)[306]의 명을 받들고 우리나라에 왔는

---

304 민참판(閔參判) : 민영익(閔泳翊, 1860~1914)으로, 본관은 여흥, 자는 우홍(遇鴻), 호는 운미(雲楣) 또는 죽미(竹楣), 원정(園丁), 천심죽재(千尋竹齋)이다. 조선 말기 민씨 외척 정권의 주요 인물로 1877년 문과 급제 후 동도서기적 개화 정책을 지지하면서 별기군의 운영 책임을 맡았다. 이조 참의, 경리통리기무아문군무사당상(經理統理機務衙門軍務司堂上), 군무변정기연사당상(軍務邊情譏沿司堂上), 협판통리아문사무(協辦通理衙門事務)를 역임했다.

305 정군문(丁軍門) : 청의 관료인 정여창(丁汝昌)을 지칭한다.

306 부상(傅相) : 청나라 대신 이홍장(李鴻章)을 지칭한다.

데, 거문도(巨門島)의 사정을 탐지하기 위해서입니다. 이에 엄세영(嚴
世永)[307]과 묄렌도르프를 파견하여 정 군문과 함께 먼저 흥양(興陽)
삼도(三島)에 가도록 하였는데 며칠 지나면 도착할 수 있을 것입니
다.[308] 그리고 동래 사람을 독일 배에 태워서 세 섬을 두루 살펴보고
오도록 하였습니다. 지난 3월 2일 영국 군함 7척이 거문도 즉 삼도(三島)
이다. 에 와서 정박하고, 섬에 깃발을 세우고 재목을 운반하여 포구에
쌓아 놓고 장차 건물을 건설할 뜻을 가지고 있다고 하였습니다.

　일전에 영국 영사가 북경주재 영국 공사가 비밀리에 조회하도록 한
문서를 보냈는데, 요컨대 우리나라의 거문도를 빌려서 잠시 주둔하려
는 것이었습니다. 이미 임금께 품지(稟知)하고 여러 대신들에게 두루
알렸으며, 탁원(琢園)[309]과 상의하여 영국대사관에 허락할 수 없다는
뜻으로 공함(公函)을 보냈습니다. 또 북경의 영국대사관과 영국 정부
에 전보를 보냈습니다. 또 이어서 각국 공사관에 공함으로 밝혀서 공론

307　엄세영(嚴世永) : 1831~1899. 자는 윤익(允翼), 호는 범재(凡齋)이다. 1881년
에 신사 유람단의 일원으로 일본을 시찰하고 돌아와 한성부 좌윤, 대사헌 등을 지냈다.
저서에는 편저 《일본시찰서계(日本視察書啓)》가 있다.

308　엄세영과……것입니다 : 1885년 영국이 거문도를 점령하자 청의 북양대신 이홍
장(李鴻章)은 이 사건으로 러시아와 일본이 각각 조선 내의 영토점령을 요구하고 나설
경우 국제분쟁으로 커질 것을 우려해 영국의 거문도 조차에 반대하면서 조선 정부에
통고했다. 이에 조선 정부는 우선 거문도 현지의 실정을 탐사하기 위하여 유사당상(有
司堂上) 엄세영(嚴世永)과 외교협판 묄렌도르프를 정여창과 함께 거문도로 보냈다.
이들은 4월 3일 거문도에 도착하여 점령지 함대사령관에게 점령이유를 힐책하고 곧바
로 나가사키로 가서 영국 측과 외교교섭을 추진하였는데, 이 편지의 내용은 그때의
상황을 알린 것이다.

309　탁원(琢園) : 이노우에 가쿠고로(井上角五郎)의 호이다.

이 우리나라의 자유권을 보장하도록 지지를 청하였고, 한편으로는 천진으로 가는 배편에 기록하여 알렸습니다.

오늘날 저는 또 각국의 공관을 방문하여 모두를 만나 이야기하려 합니다. 그러나 이 일은 매우 중대하고 긴요한 일이라서 영국인들이 마음을 돌릴 리가 전혀 없고 우리나라 사람도 결코 묵묵히 보고만 있지 않을 것입니다. 다만 마땅히 준비를 완전하게 하는 것은 우리의 일에 해당하는 것이지만 저들이 듣지 않는 것에 대해서는 또한 어찌할 수 없습니다. 국권을 크게 손상시켜 장래에 근심이 될 것임을 말로 다할 수 없으니 어찌 답답하고 괴로운 일이 아니겠습니까. 엄세영과 묄렌도르프가 돌아오기를 기다려 다시 의논하여 결정할 것입니다. 저들이 이미 깃발을 세우고 건물을 세웠다면 아마도 그들이 하고자 하는 바를 그만두지 않을 것이니 이를 어찌해야 하겠습니까? 만일 영국이 이 섬을 점령하면 러시아인들은 반드시 제주도를 점령할 것입니다. 신문지상에 이미 이런 말이 보도되고 있으니 이는 필연적인 형세입니다. 매우 탄식할 일입니다.

진주(陳奏)하는 일[310]은 체면상 좋은 일이고, 모장(某丈 홍선대원군) 또한 옛 원한을 갚지 않겠다고 맹세하였습니다. 그러나 인심이 동요하는 것은 진정시킬 수 없습니다. 모든 것이 조정에서 참으로 남을 미덥지 못하게 한데서 연유한 것이니 장래 무슨 변고가 일어날지요. 다만

---

310 진주(陳奏)하는 일 : 1884년 갑신정변 이후 민씨 정권이 점차 친러정책을 취하자 청나라에서는 민씨 정권을 견제하기 위하여 임오군란 때 납치한 홍선대원군을 돌려보내려 하였다. 이에 민씨 정권은 민영익을 청나라로 보내 이홍장(李鴻章)을 만나 이에 대한 입장을 밝히고자 하였는데, 이 사실을 지칭한 말이다.

지붕만 올려다 볼 뿐입니다.

　탁원(琢園)이 외서(外署)의 뒷 건물에 박문국을 임시로 설치하려 하였는데, 초기(草記)[311]가 이제 막 임금님의 재가를 받았습니다. 어느 정도의 재력을 써야만 일을 시작할 수 있을 것입니다. 제중원(濟衆院)[312] 하나만으로도 또한 방도를 마련하기 어려운데, 또 어느 겨를에 생각이 여기까지 미치겠습니까? 대감께서 일찍 돌아오시기를 기다려 사리에 어긋나지 않게 처리할 방법을 함께 의논하려 합니다. 어윤중은 사건으로 인하여 견책을 당하자 시원스럽게 시골로 돌아갔는데, 이는 스스로 계획했던 대로 얻은 것입니다. 대체로 내정에 속한 일은 같이 의논할 사람이 없습니다. 선혜청(宣惠廳)[313]의 일 또한 잔뜩 쌓여 처리

311　초기(草記) : 관아(官衙)에서 정무상(政務上) 그리 중요하지 않은 사항을 사실만 간략히 적어서 임금에게 올리던 문서를 말한다.

312　제중원(濟衆院) : 1885년 서의(西醫) N. 앨런이 고종의 윤허를 받아 활인원(活人院)과 혜민원(惠民院)을 개편해 한성(漢成)의 제동(齊洞)에 왕립으로 세운 광혜원(廣惠院)의 새로운 이름이다. 의사로는 앨런과 함께 W. B. 스크랜턴, J. H. 혜런, A. J. 엘리스 등이 있었다. 제중원은 개설 이후 환자수가 계속 늘어나자 1887년 장소를 넓혀 한성 남부 을지로 부근으로 옮겼고, 1899년(광무3)에 제중원의학교를 설립하고 학생들을 뽑아 의학교육을 실시했다. 10년이 지난 1908년(융희2) 6월에 처음으로 제1회 졸업생 7명을 배출했는데, 이것이 연세대학교 의과대학의 전신인 세브란스 의학교의 시초였다. 에이비슨이 본국에서 구한 기금으로 1904년 9월 4일 세브란스 병원을 신축하고 진료를 시작했는데, 이때부터 제중원의 명칭은 실질적으로 세브란스 병원으로 바뀌게 되었다.

313　선혜청(宣惠廳) : 조선 후기 대동미(大同米), 대동포(大同布), 대동전(大同錢)의 수납을 위하여 설치한 관청이다. 광해군 즉위년(1608)에 처음 설치하였고, 1894년(고종31) 갑오개혁 때 조세제도가 지세제로 통일됨으로써 대동법이 폐지되자 철폐되었다.

되지 못하고 있으니 이 또한 심히 불행합니다.

안(安)·조(趙) 두 사람은 아직 길을 떠나지 못하였습니다. 대개 학도들을 인솔하여 돌아오려 하는데 그 사이에 혹시 어명(御命)을 받은 것이 있는지는 상세하게 알 수 없습니다. 그러나 이 두 사람이 무슨 힘이 있어서 처리할 수 있겠습니까? 이미 신중히 살펴서 떠나도록 부탁해 놓았으니 경솔한 거동을 하지 말아야 할 것입니다. 이 점은 두 사람이 역시 헤아릴 것이니, 정탐하고 돌아오는 데에 불과할 것 같습니다.

전에 옥산(玉山)[314]이 보낸 편지의 뜻은 제가 모장(某丈 흥선대원군)을 싫어하여 혹 그가 돌아오는 것을 막을까 염려하여 자세히 설명하고 이를 권하는 것이었습니다. 이는 우리나라의 사정을 알지 못하여 제가 조종하는 권한이 있는 것으로 인식하고, 아울러 저의 본심을 알지 못한 것이니, 매우 어처구니없는 일이었습니다.

제가 답장을 보내서 말하기를 "나는 천명을 따를 뿐이고 다른 선입관은 없습니다. 오직 우리나라로 돌아오신 이후 국가가 안녕하고 조정이 화목하기를 바랄 뿐이고 다른 것은 알지 못합니다."라고 하였습니다. 마침 들으니 내일 평양 감사가 본가로 편지를 부치는 인편이 있다고 하니 속히 전해질 수 있을 것 같습니다. 등잔 밑에서 휘갈겨 쓴 편지라서 만 가지 중 하나도 다하지 못하였습니다. 애도 중에 모두 살펴보시기 바랍니다. 갖추지 못하였습니다.

---

314 옥산(玉山) : 청나라 관리 주복(周馥, 1837~1921)을 지칭한다.

러시아 공사에게 보내는 편지

與俄國公使書

아룁니다. 우리나라와 귀국은 비록 수호조약을 체결하였으나 아직 조약문을 교환하지 않았기 때문에 모든 일처리를 감히 경솔하게 청할 수 없습니다. 이번에 귀국의 참찬관(參贊官) 사패사(士貝邪)[315]가 와서 지난 겨울 우리나라에 파견된 부사(副使) 목인덕(穆麟德 묄렌도르프)이 우리 정부의 뜻이라 칭하며 귀국에 사병을 훈련하는 교관을 요청하였다고 합니다. 귀국의 대신이 보낸 전신이 도착하였는데, 귀국 정부가 이미 허락하였다는 등의 말이 있었습니다.

이 사항을 조사해 보니 우리 정부에서는 알지 못하는 것이었습니다. 목인덕이 돌아와서 역시 이 일을 우리 정부에 보고하지도 않았습니다. 우리 정부에서는 막연하여 알지 못하였던 까닭에 이미 먼저 미국에 교관을 청하였습니다. 그렇지 않았다면 이미 귀국에 교관을 청하고서 다시 미국에 교관을 청한 것이니 어찌 그럴 까닭이 있겠습니까? 목인덕은 정부 관리로 그가 맡고 있는 사명(使命)이 본래 그런 직책을 띠고 있는 것은 사실입니다. 그러나 교관을 청하는 일은 일찍이 왕명을 받은 바가 없고 아울러 증거가 되는 공문이 없기 때문에 다만 일시적인 개인의 말에 불과합니다. 우리나라가 비록 귀국의 후의를 감사하게 여기지만 또한 미국에게 믿음을 저버릴 수 없습니다. 그러므로 이미 귀국의

---

315 사패사(士貝邪) : 스페예르 알렉세이 데〔Speyer, Alexei de〕를 지칭한다. 주일 러시아 영사관의 외교관이다.

참찬관에게 이러한 이유를 설명하였습니다. 그렇지만 귀국의 대신이 아직 우리나라와 교섭하지 못하여 우리나라의 실정이 전달되지 못할까 심히 걱정됩니다. 기기국(機器局)의 사사(司事)인 모씨를 특별히 파견하여 편지를 가지고 먼저 가도록 하여 만나서 모든 것을 다 알려드리도록 하였습니다. 번거롭지만, 귀국 대신께서 밝게 굽어 살피시어, 귀국 정부에 전달해 주시면 좋겠습니다. 삼가 받들어 아룁니다. 대감의 공훈을 이루시고 편안하시기를 빕니다. 이만 줄입니다.

오스트레일리아 공사관 이토온에게 답장한 편지

答澳大利亞公事官李土溫書

곧바로 답장 드립니다. 지난번 전 독판 민영목(閔泳穆)에게 보낸 편지를 받고 뜻을 모두 알게 되니 기쁨을 헤아릴 수 없습니다. 각하께서는 신 개척지인 오스트레일리아에 계시면서 뜻을 이웃 나라와의 화목에 두고 멀리까지 은혜로운 편지를 주시니 그 뜻이 감동스럽습니다.

현재 우리나라는 상무가 왕성하지 못하여 여러 동맹국에 고루 사신을 파견하여 그 나라 수도에 주재하도록 하지 못하고 있습니다. 오직 미국인 후례절(厚禮節)[316]이 우리나라 영사로 임명된 바 있습니다만, 현재는 미국 또한 명목상일 뿐 아직 상무로 관계를 맺은 일은 있지 않습니다. 오주(澳洲 오스트레일리아)는 새로 개척하는 초기여서 사업은 진실에 힘쓰는 것을 귀하게 여긴다하니 감히 허명으로 번잡스럽게 할 수는 없습니다. 우리나라의 상무(商務)가 좀 더 흥하여 백성들이 그곳

---

316 후례절(厚禮節) : 에베레트 프레이저〔Everett Fraser〕를 가리킨다. 아시아 무역에 관여하고 있던 미국의 상인으로 1883년 미국을 시찰한 견미보빙사(見美報聘使) 민영익 일행을 안내하여 각종 공장과 산업시설을 견학하게 하는 등 편의를 베풀고, 민영익과 농기구 구입협정을 체결하여 신임을 얻어 1884년 1월 뉴욕주재 조선 명예총영사로 임명되었다. 그 뒤에 그는 보빙사 일행이었던 최경석(崔景錫)이 농무목축시험장을 개설하였을 때 각종 농기구, 종자, 가축도입업무를 대행하였고, 궁궐에 발전시설을 설치할 때도 무역 업무를 대행하는 등 조선과 미국의 무역에서 중개인 역할을 전담하였다.

에 가서 판매할 때가 되면, 별도로 관서를 설치하고 관리를 두는 것을 의논해도 늦지 않을 것입니다. 제가 각하의 후의를 잘 알아 사모하는 마음이 지극히 큽니다.

비록 여러 개의 바다를 사이에 두고 떨어져 있지만 만날 날이 있을 것입니다. 각하께서는 자애하시고 몸을 아끼시기 바랍니다. 삼가 이렇게 답장을 드리며, 공훈을 이루시고 편안하시길 빕니다.

이노우에[317] 탁원에게 보내는 편지
與井上琢園書

보내주신 공함(公函)을 잘 읽었습니다. 지적하여 알려주신 교섭 상황이 사람의 가슴을 탁 트이게 하는 한편 미간에 근심이 생기게 합니다. 선생의 공정한 마음은 평소에 마음에 흠모해 오던 바인데 어찌 편을 든다고 의심하겠습니까.

지금 우리 관서(官署)[318]의 여러 논의가 여전히 달갑게 복종하여 따르려 하지 않으니, 법처리가 공정하지 못하고 세금이 공평하지 못한 것이 매우 많기 때문입니다. 더구나 장정(章程) 중에 수시로 늘리고 고친 문안이 있는데 저들의 변론은 듣지 않으면서 우리에게만 어찌 조약을 어겼다고 걱정할 수 있겠습니까. 조약문건은 2본이 있습니다. 이에 또 바로잡아 주시기 바라오며 작은 의심도 남기지 말고 간곡한 가르침을 다하여 주시기를 기대합니다. 또 이후에 귀국 공사가 어떻게 응답할 것인지 제가 추측할 수 있도록 해주시고, 또 결렬된다면 어찌해야 할 것인지를 아끼지 말고 상세히 알려주시기 바랍니다. 갖추지 못하였습니다.

삼가 보내온 공함의 뜻을 살펴보았습니다. 지금 일본 공사관으로 공함을 보내는 것은 어려운 일이 아닙니다. 그러나 선생이 박문국을 한번 떠나면 반드시 돌아오지 못할 것입니다. 저는 편지를 하거나 직접

---

317 이노우에(井上角五郎) : 이노우에 가쿠고로를 말한다. 444쪽 주 301 참조.
318 우리 관서(官署) : 통리외무아문을 지칭한다.

만나서 논박하는 것을 그치지 못할 것이고, 거듭 원세개 총리와 함께
방법을 마련하여 주선하되 공법을 참조해 보면 결코 우리나라의 윤허
를 기다리지 않고 갑자기 빼앗아 갈 수는 없게 될 것입니다. 귀하의
뜻은 어떠한지 모르겠습니다. 다시 분명하게 가르쳐주시기 바랍니다.
갖추지 못하였습니다.

미국 공사에게 답하는 편지

答美國公使書

삼가 답장을 드립니다. 앞서 접수한 이 달 초10일 보내 온 공함에 이르기를, 복구(福久)[319]의 문제에 대하여 본 독판(督辦)과 귀 공사의 의견이 서로 다르니 매우 유감이라고 하였습니다. 그리고 귀 공사께서 또 말하기를, "현재로서는 복구를 본국으로 되돌아가도록 권고할 수 없다. 그가 무죄이기 때문에 만약 그를 본국으로 되돌아가도록 권고한다면 도리어 죄가 있어 귀국시키는 것이 된다."라고 하였습니다.

귀 공사께서는 바르지 않은 명분을 스스로 떠맡으면서 악인의 우두머리를 편들어 비호하고 있는 것입니다. 본 독판(督辦)이 처음에 공사와 함께 복구 중위(中尉)가 신문에 투고한 문제를 담판했던 일을 기억해 보건대 공사께서는 "이런 일이 결코 없을 것이다."라고 여러 번 말씀하였습니다. 훗날 또 "상해 신문에 비록 조선의 사정 한 단락이 투고된 일이 있더라도 이는 결코 복구 중위가 투고한 것이 아니며, 아울러 복구라는 성명도 없을 것이다."라고 말했습니다. 후일 본 관청이 1886년 11월 17일에 중서양보(中西洋報) 기사를 보내와서 귀 공사와 함께 자세히 검토해 보았는데, 공사께서 비로소 인정하면서, "복구 중위가

---

319 복구(福久) : 당시 주한 미국 공사관 해군무관으로 있던 조지 푸크[George C. Foulk, 1856~1893] 중위(中尉)를 말한다. 1884난 6월부터 미국 공사관 무관으로 근무하다가 갑신정변 직후 푸트[Foote] 초대공사가 떠난 뒤 20개월 동안 임시로 공사직을 대행하였다.

투고한 것이 분명하다. 이는 조선의 사정이고 아울러 우리나라의 입장에서는 아무런 문제가 될 것은 없다."고 하였습니다. 공사께서 여러 번 말을 바꾸었기 때문에 본 독판이 이달 초 8일에 귀국의 공사에게 조회하여 우리 대군주와 정부의 뜻을 자세히 알렸습니다. 귀 공사께 청하여 그 때 바로 설명하여 복구(福久)를 귀국(歸國)하도록 청한 것은 우리 두 나라의 우의(友誼)를 온전하게 하려는 것이었습니다. 이제 생각지도 못하게, 공사께서 도리어 본 독판이 본 번역 원고가 전적으로 잘못된 것이라 하고, 또 우리 정부가 귀국 정부의 말을 듣지 않고 다른 사람의 말만 들어서, 우리나라에 해를 끼친다고 생각한다고 하였습니다. 누가 우리나라에 해를 끼치고자 하는 자 입니까? 본 독판은 실로 어떤 사람이 그런 자인지 알지 못하며, 다만 귀 공사의 수행원인 복구 한 사람이 이런 마음을 가지고 있다고 알고 있습니다. 이를 자세히 생각해 보면 개탄스러움을 이기지 못하겠습니다.

공사께서 또 "본 독판이 영어에 능통하지 못해서 매우 민망하다고 하면서, 만일 영어에 능통하다면 복구의 신문 기사를 상세하게 이해할 수 있었을 것"이라고 말씀하셨습니다. 귀하의 뜻이 또한 훌륭하지 않은 것은 아닙니다. 다만 공사께서 번역에 착오가 있다고 말씀하신 것에 비춰본다면, 공사께서는 한문을 알지 못하는데 어떻게 그런 것을 알 수 있으셨습니까? 공사께서 여러 번 말을 바꾸었기 때문에 말에 모순이 많고, 세운 뜻이 비호함에 있음을 분명하게 알 수 있습니다. 본 독판은 잠시도 귀 공사와 깊이 논쟁을 하려고 하지 않습니다. 이에 먼저 번역문 한 장을 보내니 자세히 살펴보시고, 아울러 바로잡아 주시기를 청하니 보신 후 신속하게 답장을 보내주시기 바랍니다. 곧 자세히 살펴보시기 바랍니다.

미국 외무 대신에게 답하는 편지

答美國外務大臣書

삼가 답장을 드립니다. 지금 막 서력(西曆) 8월 12일 보내주신 공함(公函)을 받았습니다. 이에 귀 대신께서 건강[輔理]이 청명하시고, 복록과 공훈을 많이 쌓으셨음을 멀리서 들으니 기쁘고 위로가 됨이 그지없습니다. 요즘 우리 대군주께서 평안하시고 경내가 무사하여 다만 위로가 되면서도 약간은 조심스럽습니다.

우리나라는 귀국과 우의가 밀접하여 소식을 통하고 더욱 돈독히 지내고자 하여 지난번에 육군과 정치의 교관을 다른 나라에 청하지 않고 특별히 귀국(貴國)에 요청하였습니다. 이번에 주신 공함을 받고 육군 교관의 문제는 국회의 결정을 기다려 별도로 뽑아서 파견해 주신다는 점을 알았습니다. 귀 조정의 후의에 깊은 감사를 드립니다. 정치 교관의 문제는 비단 학습하는 한 가지 문제만이 아닙니다. 우리나라는 본래 서양 국가의 정치제도에 어두워서 제반 일을 시행하고 조치하는데 매번 장애가 많습니다. 정치법도에 숙달된 사람을 뽑아 보내주셔서 제도를 자문할 때 도움이 되도록 해주시기를 청합니다.

소학교와 농사일과 같은 문제는 모두 요긴한 일이니, 또한 그런 능력을 지닌 소학교사 3인과 농무교사 1인을 선발하여 이곳에 와서 가르치도록 하여 그 학문을 널리 펼 수 있게 해 주신다면 매우 다행스러운 일이 될 것입니다. 귀국이 우리나라를 특별히 후대하는 것을 알기 때문에 번거로움을 무릅쓰고 이처럼 여러 번 간청 드리니, 귀 대신께서 즐겁게 듣고 허락해 주시기를 바라며 이처럼 글을 써서 답장 드립니다. 삼가 공훈을 이루시고 평안하시기 바랍니다. 이만 줄입니다.

일본인 구리바야시 쓰기히코[320]에게 답하는 편지
答日本人栗林次彦書

구리바야시(栗林) 선생 집사, 지난 번 보내주신 공함을 받고 삼가 모든 것을 알 수 있었습니다. 돌이켜 보건대 저는 한갓 못나고 어리석은 사람으로 경외(境外)에 명성을 알린 적이 없는데, 외람되게 버리지 않으시고 막중한 가르침을 내려주시니 평생의 친구에게 구하여도 얻을 수 없었던 바입니다. 일찍이 한번 만나보지도 못한 대인군자에게서 이러한 것을 얻었으니 얼마나 다행스럽고 얼마나 과분한지 모르겠습니다. 세상의 대세를 논의함에 이르러서는 그 가려진 부분을 잘 드러내 주시어 집사의 탁 트인 속마음과 깊고 원대한 견식을 볼 수 있었는데 저 같은 사람은 그 끝을 바라볼 수도 없을 듯합니다.

　귀국(貴國)은 우리나라와 '입술과 이'와 같은 형세로, 어느 때인들 그렇지 않았겠습니까마는 오늘날에는 더욱 절실합니다. 이전에는 왕래가 드물어서 인정과 뜻에 믿음이 없었는데, 소민들이 무지하여 의복과 언어가 다른 것을 보면 문득 의구심을 품기 때문입니다. 청나라의 경우는 왕래가 비교적 많아서 익숙히 보고 들었고, 제도와 문자가 이 나라를 본받은 것이 많습니다. 전대(前代) 이래로부터 사대(事大)의 의리를 각별히 지켜왔기 때문에 현 시국이 변하여도 이전의 법도를 갑자기 바꾸는 것이 편하지 않습니다. 소민들의 마음 또한 청나라가 우리나라를 비호해

---

320 구리바야시 쓰기히코(栗林次彦) : 갑오개혁 때 군부 보좌관으로 근무한 일본인 관리이다.

주며 우리를 탐하고 해치려는 것이 아니라고 알고 있습니다. 오직 군자들은 그렇지 않으니 청나라를 배반할 수 없고 외국과도 불가불 친해야 한다고 생각합니다. 외국과도 오히려 친하고자 하는데 하물며 대대로 교류해 온 이웃나라인 귀국이야 어떻겠습니까?

임오년 청수(淸水)의 변란[321]은 견문이 너무 부족해서 일어났고, 지난해 10월의 변란[322]은 견문이 너무 지나친 데서 나왔습니다. 지나친 것과 부족한 것은 모두 적절하지 못한 것이니, 변란이 거듭 발생하는 것이 어찌 괴이한 일이 되겠습니까?

'군자는 가한 것도 없고 불가한 것도 없으며 오직 의(義)만을 따른다.'[323]고 하였는데, 저는 비록 군자가 되지는 못하였으나 가슴속에는 중동(中東)이라는 두 글자[324]가 없으며 오직 의가 있는 곳을 볼 뿐입니다. 의라는 것은 무엇입니까? 시의적절하게 하는 것입니다. 세상 사람들 중에서 다른 사람의 뜻을 헤아리지 못하고 청나라와 좀 가까운 자는 문득 청나라 당이라 지목하고 다른 무리를 보듯이 하는 것을 항상 괴롭게 여겼습니다. 저 또한 크게 비웃으며 달갑게 이를 받아드립니다.

저는 일찍이 서쪽으로 천진에 유람하여 천진의 여러 인사들과 그곳에

---

321 청수(淸水)의 변란 : 수(水)는 고갑자의 임(壬)에 해당하는 것으로, 1882년 임오군란을 지칭한다.

322 지난해 10월의 변란 : 1884년 갑신정변을 지칭한다.

323 군자는……따른다 : 《논어》〈이인(里仁)〉에 "군자는 천하에 대해서 가한 것도 없고 불가한 것도 없으며 오직 의(義)만을 따른다.〔君子之於天下也 無適也 無莫也 義之與比〕"라고 하였는데, 무적무막(無適無莫)은 어떤 일을 고집함이 없음을 뜻한다.

324 중동(中東)이라는 두 글자 : 중동은 중화(中華)와 동국(東國), 즉 중국과 우리나라를 지칭하는 말로 '무중동(無中東)'은 국경을 초월하여 가슴속의 사해(四海)를 하나로 본다는 뜻이다.

주재하는 여러 사람들과 교류가 자못 두터웠습니다. 담론할 때에는 집사를 대할 때처럼 대하지 않은 적이 없었습니다. 듣는 사람들도 모두 그렇다 여겼으니, 온 세상에서 사람의 마음은 대략 같은 것입니다. 원컨대 집사께서는 지나치게 우리를 의심하지 마십시오. 쉽게 깨우쳐 줄 수 없는 것은 속된 선비의 왜곡된 편견이며 어리석은 백성들의 잘못된 고집입니다. 적은 수로는 많은 수를 대적할 수 없어 때때로 바람에 휩쓸려 쓰러지는 것을 면할 수 없습니다. 이러한 때에 조정하는 일은 마땅함을 얻기가 매우 어려우니, 저같이 재주 없는 자가 어찌 감히 바라겠습니까?

이노우에 가쿠고로(井上角五郎)는 제가 경외하는 벗입니다. 그 사람이 나이는 비록 적지만, 견식은 저보다 열 배나 되고 마음을 쓰는 것이 공평하고 막힌 곳이 없어 제가 진심으로 그를 좋아합니다. 오늘 훌륭하신 공함을 읽어보니 물줄기가 터진 듯 세찬 기세가 있습니다. 귀국에는 어찌 그리 영재가 많습니까? 저는 비록 늙어서 쓸모가 없지만 아직도 세상의 영웅준걸과 교류하기를 원하고 있습니다. 만일 비루하다 여기지 않으시고 영광스럽게 찾아 주신다면, 그 감사하고 다행한 바가 이제 또 어떻겠습니까? 저 또한 공무의 여가를 헤아려 눌헌(訥軒) 곤도(近藤)[325]를 방문하여 집사와 더불어 담화를 나누고자 합니다. 삼가 답장을 드리며 날마다 복 받으시길 기원합니다.

---

325 눌헌(訥軒) 곤도(近藤) : 곤도 마쓰키(近藤眞鋤, 1840~1892)로, 눌헌은 호이다. 메이지 초기의 외교관으로 주로 조선에서 활약했다. 1876년 10월 부산항 관리관이 되었고, 1877년 4월 외무관소서기관을 거쳐 1880년 2월부터는 부산포 영사가 되었다. 1882년 4월 외무서기관에 진급하여 경성 공사관에 재직 중 임오군란으로 일본 공사관이 불타는 사건을 겪었다. 1887년 8월 대리공사가 되었으나 1891년 3월 병으로 귀국하였고 1892년 11월 1일 도쿄에서 사망하였다.

좌영사[326] 민 응식 에게 답하는 편지

答左營使閔 應植 書

얼핏 들으니 어제 저녁에 돌아오셨다더군요. 얼마 전 우군(禹君)과 방군(方君) 편에 안부를 전했는데, 과연 들으셨는지 모르겠습니다. 저의 병은 핑계가 아니고 실제 독감에 걸려 10일 가까이 괴롭게 기침을 하였습니다. 오늘은 병을 무릅쓰고 프랑스 영사를 만났는데 선교사를 보호하는 문제로 반나절 동안 떠들다가 결말을 못 짓고 돌아왔습니다. 내일 그가 관청에 와서 다시 논의하기로 하였는데, 이 일은 마음대로 끝낼 수 있는 것이 아닙니다.

과사(戈使)[327]가 노하여 돌아가겠다고 했다는 이야기를 저는 듣지 못하였습니다. 돌아간다 해도 이 때문에 흔들릴 필요는 없습니다. 우리

---

326 좌영사(左營使) : 민응식(閔應植, 1844~?)으로, 본관은 여흥(驪興), 자는 성문(性文), 호는 우당(藕堂), 시호는 충문(忠文)이다. 1882년(고종19) 증광문과 별시에 병과로 급제했다. 같은 해 임오군란이 일어났을 때 장호원(長湖院)의 집을 민비의 피신처로 제공하였다. 1886년 이조 판서, 병조 판서를 역임하였고, 청을 견제하기 위해 민영익(閔泳翊) 등과 러시아 세력을 끌어들이려고 시도하기도 하였다. 1894년 갑오개혁으로 김홍집 내각(金弘集內閣)이 성립되어 여러 척신들을 혁신파 인물들과 교체시킬 때 물의를 일으켜 전라도 고금도(古今島)에 유배당하였다.

327 과사(戈使) : 초대 주한 프랑스 공사인 콜랭 드 플랑시(Collin de Plancy. 1853~1922)를 지칭한다. 그는 대학에서 중국어를 전공하여 역관의 도움 없이도 한문서적들을 읽을 정도로 한학에 능통했다고 한다. 1888년 초대 주한 프랑스 공사로 부임한 후 1, 2차 재임기간 동안 약 1500권이 넘는 한국의 책들을 수집하였고, 1890년 조선에 부임해 온 그의 부하 외교관이자 대학 후배인 모리스 쿠랑(Maurice Courant)과 함께 조선의 책들을 조사, 연구, 정리하여 《한국서지(韓國書誌)》를 편찬하였다.

가 굳게 지켜 변하지 않으면 자연 도리가 있을 것이니, 조금도 걱정하지 마시기 바랍니다. 또 이런 뜻으로 국왕께 말씀드리는 것이 어떠합니까? 묵현리(墨賢理)328 또한 말하기를 "약정하기 전에 먼저 이런 말을 했으니 저들이 예를 잃은 것입니다. 우리는 마땅히 허락하지 않음을 견지해야 합니다. 병력을 더하여 일을 번지게 할 이치가 만무(萬無)하니, 그가 크게 노하여 성을 나갔어도 의당 내버려 둘 뿐입니다. 실수한 것이 우리에게 있지 않아 각국의 공론이 있을 것이니 어찌 두려워할 것이 있겠습니까? 갑자기 허락한다면 반드시 각국의 비웃음을 당할 것이고, 허락하지 않는다면 고집불통이라고 일컬어지는데 불과할 뿐이니 다시 달리 죄를 더할 수는 없을 것입니다. 이치가 명백하니 상세하게 임금께 품의(稟議)하여 위로는 임금으로부터 뜻을 굳게 정한 후 담판해야 합니다. 만약 조금이라도 신중하게 살피지 않으면 이런 인심대로라면 어떤 일이 일어날지 알 수 없으니 매우 불안합니다."라고 하셨습니다.

오늘 과사(戈使)가 대군주께 다시 상세하게 아뢰어 줄 것을 청하면서, 국왕의 뜻을 다시 알려달라고 말했습니다. 제가 답하기를, "삼가 마땅히 다시 품의할 것이나 대군주의 뜻 또한 백성들의 마음을 거스르려 하지 않으셔서 윤허하기 어렵게 여기시는 듯합니다."라고 대답하고 일어났습니다. 지금 막 담화 초안을 대략 작성하였는데, 기다렸다가 성상(聖上)께 보여드릴 계획입니다. 다 갖추지 못하고 답장을 올립니다.

---

328 묵현리(墨賢理) : 미국인 메릴〔Henry F. Merill〕의 한자 이름이다. 1885년 한로밀약사건(韓露密約事件)이 폭로되어 물러난 묄렌도르프 대신 이홍장(李鴻章)의 추천으로 1885년 10월 해관총세무사(海關總稅務司)가 되어 조선의 재정고문 역할을 하였다.

종질[329] 유성 에게 답하는 편지 기축년(1889, 고종26) 1월

與從姪 裕成 書 己丑正月

새해 초에 읍내 사람이 돌아오는 편에 가서(家書)를 받아보고, 지난해 12월 26일에 도목정사에서 북청 부사(北靑府使)를 제수 받았다는 것을 알았다. 특지(特旨)[330]이기 때문에 꿈에도 생각할 수 없는 일이 일어났으니, 성은(聖恩)의 망극함을 무엇으로 보답할 수 있겠는가. 풍수(風樹)[331]를 겪자마자 영광스러운 녹을 얻었으니 어버이를 봉양할 수 없는 아픔이 다시 새로울 것으로 생각된다.

또 들으니 사당에 신주를 모시고 근무지에 갈 것이라고 들었다. 아아, 나의 돌아가신 사촌형의 효성과 우애와 자비롭고 어진 덕이 그 보답을 받지 못한 것을 항상 한탄하며 애석히 여겼는데, 한 고을의 수령으로 어버이를 봉양하는 일은 돌아가셨거나 살아계시거나 간에 차이가 없으니, 오늘에서야 천리(天理)가 어긋나지 않음을 알게 되어 나도 모르는 사이에 감격스러운 눈물이 얼굴을 적시는구나. 이 소식을

---

329 종질(從姪) : 김유성(金裕成, 1849~1914)으로, 자는 경소(景韶), 김원식(金元埴)의 차남이나 관식(寬埴)에게 양자 갔다. 1874년 사마시를 거쳐 1876년 문과에 급제하고 삼사(三司) 승지, 함경남도 관찰사, 참판을 역임하였다.

330 특지(特旨) : 임금이 3품 이상의 문무관(文武官)을 특별히 임명하던 제도이다.

331 풍수(風樹) : 세상을 떠난 부모를 생각하는 슬픈 마음을 말한다. 공자(孔子)가 길을 가는데 고어(皐魚)란 사람이 슬피 울고 있기에 까닭을 물었더니, "나무는 고요하고자 하여도 바람이 그치지 않고 자식이 봉양하고 싶어도 어버이는 기다려 주지 않는다.〔夫樹欲靜而風不止 子欲養而親不待〕"라고 한 데서 유래한 말이다. 《韓詩外傳 卷9》

듣고 뛸 듯이 기쁘다가도 이어서 근심이 생겼는데, 그 근심이 도리어 기쁨보다 더 심하니 어째서인가?

너는 수년 이래 처자식을 거느리고 한 칸의 집도 없이 동서(東西)로 떠돌아다니며 남이 감당할 수 없는 고통을 겪었으니 고생했다고 말할 수 있다. 그러나 노고를 굳게 참고 견디며 깊이 근심하고 멀리 생각하여 그 능하지 못한 것을 더욱 힘썼으니, 이것이 어찌 옛사람이 훌륭한 사람이 되는 자질이라 한 점이 아니겠느냐. 궁핍한 때에는 걱정할 것이 가난뿐이지만, 몸에 명예가 있으면 청백함에 흠이 없어야 하니 근심하는 것은 덫에 걸려 엎어지는 것이다. 앞으로 가야할 길은 만 리(萬里)나 먼데, 지금에야 비로소 한 고을을 얻어 봉름(俸廩)이 조금 넉넉해지고 부릴 사람들도 조금 넉넉해졌구나. 《서경》에서 말하기를 "벼슬자리를 얻으면 교만해서는 안 되고, 녹을 받으면 사치해서는 안 된다."[332]고 하였으니, 이는 이전 성인의 가르침이다.

외방 고을에서 태수의 존귀함은 서울에서보다 훨씬 중하다. 선비가 하루아침에 그 자리에 있게 되면 스스로를 높게 생각하는 마음이 생겨나고, 또 자리를 잃게 될까 걱정하는 마음이 생겨난다. 스스로를 높게 생각하면 교만하고 사치하는 마음이 쉽게 생겨나고, 잃는 것을 걱정하게 되면 뜻이 굳세지 못하게 된다. 교만하고 사치하는 마음이 점점 생겨나면, 씀씀이가 따라서 넓어지고 부채(負債)장부가 날로 증가하여 해악이 백성에게 미치게 된다. 뜻을 세움이 굳세지 않으면 일 처리가 나약해져서 정령(政令)이 행해지지 않고, 아랫사람에게 속임을 당

---

332 벼슬자리를……된다 : 《서경》〈주관(周官)〉의 "位不期驕 祿不期侈"를 그대로 인용한 것이다.

하게 된다. 이 두 가지로 말미암아 몸과 명예가 욕을 당하게 되고 앞날이 막히게 되니 두려워하지 않을 수 있겠느냐.

관리가 되는 도리는 성(誠)과 공(公)과 절용(節用)과 여지(勵志)이다. 무엇을 성(誠)이라 하는가? 필부라도 서로 사귈 때에는 감히 남을 속이지 않거늘 하물며 남의 윗사람이 되어 성심으로 그들을 다스리지 않을 수 있겠느냐? 공무를 받들어 윗사람을 섬기고 아랫사람을 대하며 백성을 부림에 한결 같이 성실하고 거짓이 없음을 위주로 해야 한다. 상관(上官)과 친숙하다 하여 그에게 의지하지 말고, 소민이 지극히 어리석다 하여 그들을 업신여기지 말아야 한다. 교만한 행동을 하지 말고 헛된 명예를 구하지 말아라. 우리 가문의 사람들은 질박하고 성실한 점에서는 넉넉하지만 문장과 언변이 부족하지만 우리는 이것에 많은 힘을 쓸 필요는 없다.

무엇을 공(公)이라 하는가. 수령이 된 자는 한 고을의 생명을 주관하는 사람이다. 관리가 되어 공심(公心)을 갖지 않으면 부모가 자식에게 애증(愛憎)이 있는 것과 같아 백성들이 고할 곳이 없으니 장차 어디에다 의지하여 보호받겠느냐? 소송을 처리할 때는 좌우에 흔들리지 말고, 청탁 때문에 바꾸지 말아야 한다. 빈부를 보지 말고 강약을 헤아리지 말고 이치로 살펴서 마음에서 이를 결단하면, 비록 적중하지는 못하여도 크게 틀리지는 않을 것이다.

무엇을 절용(節用)이라 하는가. 용도를 절약한다 하는 것은 백성을 사랑하는 근본이다. 자신이 검약하면 아랫사람들은 반드시 여유가 있을 것이니, 이는 역(易)의 괘(卦)에 나타난 형상에 '지나치면 덜어주고 모자라면 채워준다.'는 이치이다.[333] 음식을 먹는 것과 노래하는 기생을 즐기는 것이 어찌 한 때에는 유쾌하지 않겠느냐. 진실로 낡은 옷과 수척한 몸과 신음하고 괴로워하는 얼굴빛이 항상 눈앞에 있는데 내가 비록 힘을 쓰더라도 널리 구제할 수 없다는 점에 생각이 미친다면, 어찌 차마 그들을 망각하고 혼자 즐거움을 누릴 수 있겠느냐.

근래 한 수령이 있었는데, 매일 고기반찬으로 1근만을 사용하고, 스스로 아내와 자식과 함께 나물국만 먹으니 다른 사람들이 모두 이를 비웃었다. 그러나 몇 년 수령으로 재직하자 아전과 백성이 모두 편안하였고 돌아갈 때의 짐도 또한 넉넉하였다. 남용(濫用)하고 횡렴(橫斂)하여 부채를 쌓이게 하고 명예를 잃은 자와 비교해 보며 어찌 같은 선상에 두고 말할 수 있겠느냐. 또한 사치하다가 검소해지는 것은 보통의 인정(人情)으로는 어려운 것이다. 고을 수령으로 있을 때는 씀씀이가 지나치게 많으면, 교체되어 돌아간 후에 무엇으로 이를 계속해서 이어갈 것이냐? 일이 지나간 뒤에 후회하는 것보다는 일이 일어나기 전에 절약하는 것이 낫지 않겠느냐?

무엇을 여지(勵志)라고 하는가? 사람이 사람다운 것은 뜻을 세우는 데 달려 있다. 뜻을 세우지 못하면 안으로는 백 가지 일이 해이해지고 밖으로는 모든 일이 무너지게 되니 뜻을 굳건히 하지 않아서는 안 된다. 항상 나의 앞길이 한 고을 수령에 그치지 않을 것이라 생각한다면, 보잘것없는 득실을 어찌 염두에 두겠느냐? 비록 상사(上司)의 부탁이 있어도 그것이 이치에 맞지 않고 백성들에게 불편하다면 이치에 의거하여 다투어야 한다. 말은 공손하고 기세는 곧게 하여 반드시 나의

---

333 지나치면……이치이다 :《주역》의 41번째 손괘(損卦)와 42번째 익괘(益卦)의 의미를 뜻한다. 손괘와 익괘는 중용(中庸)을 뜻하는 괘로, 손괘는 지나치기 때문에 덜어내고 익괘는 부족하기 때문에 보태주어서 중용을 이룬다고 한다.

의견을 펼친 이후에 그만두어야 한다. 녹봉과 지위에 연연하여 망설이거나, 법을 어기면서 잘못 따라가는 것은 옳지 못하니 나의 본분을 지키려는 뜻을 잃게 된다. 관장(官長)이 된 자는 거취를 가볍게 여길 수 있어야 아전과 백성의 마음을 복종시킬 수 있는 것이다. 그렇지 못하면 간사하고 교활한 이서(吏胥)들이 나를 좌우하는 사람이 될 것이다. 모두 내가 잃을까 두려워하는 마음을 엿보아 이익으로써 함정에 빠뜨리고 이런 마음을 틈타 농간을 부릴 것이니, 점점 더 그 속으로 빠져들어 스스로 빠져 나올 수 없게 되는 것이다. 얻는 것은 송곳이나 칼끝처럼 적은 것에 불과할 것이며, 잃는 것은 언덕과 산처럼 클 것이니 깊이 경계해야 하지 않겠는가. 그러나 일찍부터 스스로 절용하지 못해서 부채장부가 쌓이게 되면 거취를 가볍게 하고자 해도 할 수 없을 것이다. 이 절용(節用)이라는 한 가지 사안은 뜻을 굳세게 하는 근본이 된다. 내가 전날 관직에 있었을 때 이 네 가지 중 한 가지도 제대로 하지 못하였는데 지금에 이르러 생각하니 후회되는 단서가 없지 않다. 이에 내가 일찍이 경험한 바를 그렇게 되기 전에 너에게 권하여 힘쓰도록 하니, 부디 진부한 말이라 하여 소홀히 하지 말아라.

북청은 최근 민란을 겪어 인심이 안정되지 못했으니,[334] 억누르는 데에 힘쓰면서도 은혜와 위엄을 겸해야 한다. 이는 국은(國恩)에 보답

---

334 북청(北靑)은……못했으니 : 1888년(고종25) 여름 북청부민이 함경남도 병마절도사 이용익(李容翊)의 탐학에 대항하여 일으킨 민란을 지칭한다. 이용익의 죄목 13조를 들어 탐도불법상(貪饕不法狀)을 연명으로 장소(狀訴)하면서 봉기했다. 정부는 이 보고를 접하자 우선 이용익을 파직하고 의금부에서 취조하도록 했다. 또 도망간 향리 조봉원(趙鳳遠)과 조기석(趙基錫)을 처벌하고 이용익은 나주군 지도(智島)로 유배를 보냈고, 봉기 주동자 장준철(張俊喆)은 형조로 압송하여 징계하고 풀어주었다.

하는 아주 드문 기회이니, 너는 이에 힘써야 할 것이다. 객지에서 잠을
못 이루고 생각과 근심이 끝이 없어서 종이를 대하여 말이 많아짐을
깨닫지 못하였으니, 나이 많은 자의 생각이 많은 탓이다. 마땅히 양해
하리라 생각한다.

박종열에게 써 주는 글
書贈朴琮烈

박종열(朴琮烈)이 나를 따라 다닐 때, 일찍이 조용히 세상을 살아가
는 방법과 사람다워지는 방법을 물었다. 내가 대답하기를 "그것은 오
직 공손하고 부지런히 하는 것뿐이다. 공손하다는 것은 업신여기지
않는 것이고, 부지런하다는 것은 모자람이 없는 것이다. 업신여기지
않고 모자람이 없으면 세상을 잘 살았다고 할 수 있다. 부귀(富貴)는
사람들이 원하는 것이지만 천명(天命)에 달려있으니 힘써 구해서 얻
을 수 있는 것이 아니다. 대개 업신여기지 않는 자는 남들 또한 업신
여기지 않으니, 또한 귀한 것이 아니겠느냐? 모자람이 없는 자는 일
에 앞서서 모아두어서 곤궁하여 엎어질 걱정이 없으니 또한 넉넉한
것이 아니겠느냐? 이 두 가지는 나의 부귀(富貴)이니 조맹(趙孟)도
빼앗을 수 없는 것[335]이고, 오랑캐 땅에 가더라도 빼앗길 걱정이 없고
환란을 당해서도 두려울 것이 없다. 그러므로 '군자는 평생의 근심은
있으나 하루아침의 걱정은 없다.'[336]고 한 것은 이것을 일컫은 것이
다."라고 하였다.

　종열이 말하기를, "전에 들으니 배우는 자의 근심은 마음이 물욕에

---

335 조맹(趙孟)도……것 :《맹자》〈고자 하(告子下)〉에서 인용한 말이다. 원문은
"남이 존귀하게 해준 것은 진실로 존귀한 것이 아니다. 조맹(趙孟)이 존귀하게 해준
것은 조맹이 다시 천하게 만들 수도 있다.〔人之所貴者 非良貴也 趙孟之所貴 趙孟能賤
之〕"이다.

336 군자는……걱정은 없다 :《맹자》〈이루 하(離婁下)〉에 나오는 말이다.

가려지는 것에 있다고 들었습니다. 저는 나이 어려서 부모에게 길러지고 마음속에 욕심이 없으니 학문을 한다고 할 수 있겠습니까."라고 하였다. 내가 대답하기를, "이미 귀와 눈과 입과 몸이 있는데 어찌 욕망이 없겠는가. 성인이라도 욕망이 없는 것은 불가능하지만 이를 극복할 뿐이다. 대개 학문을 하는 도리는 일상생활에서 일을 처리하고 사물을 대하는 것에서 분리(分離)된 것이 아니다. 만약 사물과 분리해서 학문을 논한다면 참선(參禪)으로 떨어지게 될 것이니 학문을 하는 것이 아니다. 〈학기(學記)〉에서 말하기를 '여러 가지 복식을 배우지 않으면 예(禮)에 편안할 수 없고, 빠르고 느린 것을 배우지 않으면 현(弦)을 바르게 할 수 없다.'³³⁷ 하였으니, 학문하는 도리를 밝히는 것은 마음에 명심하고 익히는 것에 달려 있는 것이지 빈말로 가르칠 수 있는 것이 아니다. 오늘날 윗사람은 공무를 익히지 않고 아랫사람들은 사소한 일을 달가워하지 않고 앉아서 말만 내세운다. 이것은 이른바 구이지학(口耳之學)³³⁸이니 심신(心身)에 무슨 도움이 되겠는가? 네가 사람의 아들이 되어 나이 20을 넘었으니 마땅히 사민(四民)의 직업을 선택하여 스스로 자립해야 한다. 그럭저럭 머뭇거리다가 세월을 보내고 장년을 헛되게 보내는 것은 옳지 않다. 선비가 되어 이름을 알리고 관직에

---

337 여러……없다 : 《예기》〈학기(學記)〉에서 "느리고 빠른 것을 배우지 않으면, 능히 현(弦)을 바르게 할 수 없다. 넓게 배우지 않으면, 능히 시를 지을 수 없다. 여러 가지 복식을 배우지 않으면, 예(禮)에 편안할 수 없다. 재주에 대한 흥미를 일으키지 않으면, 능히 학문을 즐길 수 없다.〔不學操縵 不能安弦 不學博依 不能安詩 不學雜服 不能安禮 不興其藝 不能樂學〕"라고 했다.

338 구이지학(口耳之學) : 남에게 들은 것을 그대로 남에게 전할 정도밖에 되지 않는 천박(淺薄)한 학문을 말한다.

오르거나. 농민이나 기술자나 상인이 되어서 재산을 풍요롭게 하는 것은 모든 사람들이 원하는 것이다. 그러나 반드시 나의 힘을 다하여 올바른 방법으로 구해야만 한다. 조급하고 비루한 마음에 임기응변으로 속이거나 남을 해치고 자신을 이롭게 하는 것을 일삼는 일은 결코 하지 말아야 한다. 이것이 소위 욕망을 극복하였다고 하는 것으로 학문의 힘은 바로 여기에 있는 것이다. 옛말에 이르기를 '술을 끊기는 쉬워도 술을 절제하기는 어렵다.'고 하였는데, 나는 '욕망을 끊기는 쉬우나 욕망을 이기기는 어렵다.'고 말한다. 왜 그러한가? 노자(老子)가 말하기를 '욕망을 드러내지 않으면 마음을 어지럽게 하지 않는다.'[339]고 하였다. 그러므로 그가 도라고 하는 것은 모두 외물을 끊고 홀로 가서 오묘하고 공허한 경지에 나아가고자 하는 것이니, 욕망을 끊고자 하는 것이 분명하다. 그러나 나의 도는 그렇지 아니하다. 사물의 안에서 행하여 날마다 욕망을 드러내며 욕망을 감추지 않으니, 여기에 어려움이 있는 것이다.

학문을 한다는 것은 거울을 닦는 것과 같아서 닦지 않으면 어둡지만, 닦으면 선명하게 다시 밝아지게 된다. 먼지와 때로 가려져 있을 때에도 환히 빛나는 자질은 여전히 없어지지 않는 것이다. 사람에 비유하자면 비록 욕망으로 가려져 있지만 본연의 선함은 본래 그대로 존재하는 것이다. 사람이 항상 깨어 있다면 외부에서 가리는 것은 저절로 제거될 것이다. 외부에 가린다는 것은 밖에서부터 와서 가리는 것이 아니라, 나의 이목(耳目)이 외물에 이끌려 도리어 나의 마음을 가린 것이니

---

339 욕망을……않는다 : 《도덕경(道德經)》 제3장의 "不見可欲, 使心不亂"을 그대로 인용한 것이다.

심하면 그 몸을 해치게 되는 것이다.

자네가 일찍이 서울에 올라와 성시(城市)의 번화함과 인물이 많이 모여 있는 것을 보았는데, 바야흐로 다른 사람을 따라서 두리번거리며 돌아볼 때, 역시 너의 몸이 있다는 것을 알았었느냐?" 종열이 대답하였다. "참으로 나의 몸이 있음을 기억하지 못하였습니다." 내가 말하였다. "그렇다. 군자의 도리는 뜻을 세우는 것을 귀하게 여긴다. 그러므로 천만인 중에 항상 내가 있다는 것을 알아야 한다." 종렬이 그 말을 기록하기를 청하기에 마침내 글로 써서 주었다.

김창산³⁴⁰에게 답하는 편지 경인년(1890, 고종27)

答金蒼山書 庚寅

12월에 보내주신 편지가 섣달그믐 하루 전날에 도착하였습니다. 백 가지 감회가 뒤섞여 있는 때를 당하여 편지를 받아 한번 읽어보니, 모든 것에서 벗어난 듯 마음이 풀려 청량산(淸凉散)³⁴¹을 마신 것 같아 편지에 가득한 가르침이 은근하게 위로가 되었습니다. 일상의 자질구레한 일과 필묵(筆墨)의 진부한 이야기에 이르기까지 모두 관심 있게 들어주시고 외람되게 칭찬해 주셨습니다. 생각하건대 이것은 저의 허물을 보지 않으신 것이니 무엇으로 주변에서 이것을 얻을 수 있겠습니까. 부끄럽고 감사한 마음 끝이 없습니다. 잠깐 사이에 새해가 되었습니다. 오직 대감께서는 보중하시고 복록이 더욱 높아져서 못난 저의 기원에 부합되기를 빕니다.

지난번 원습(原隰)의 역(役)³⁴²은 이미 한해가 지났습니다. 뒤늦게 말씀드릴 것도 없습니다만, 요즘 듣건대 낙사(洛社)의 여러분들을 모

---

340 김창산(金蒼山) : 김기수(金綺秀, 1832~?)로, 본관은 연안(延安), 자는 계지(季芝), 호는 창산이다. 1875년(고종12) 별시문과에 병과로 급제하여 1876년(고종13) 강화도조약 체결 후 예조 참의로서 수신사(修信使)가 되어 일본에 다녀왔다. 이때의 견문을 정리한 《일동기유(日東記游)》, 《수신사일기(修信使日記)》 등은 일본에 대한 인식을 새롭게 한 책으로 뒤에 신사유람단(紳士遊覽團)을 파견하는 계기가 되었다.

341 청량산(淸凉散) : 목이 붓고 아픈 증상에 사용하는 한약이다.

342 원습(原隰)의 역(役) : 언덕과 습지를 명을 받고 넘나든다는 뜻에서, 사신(使臣)의 명령을 받고 외방으로 다닌 것을 뜻한다. 《詩經 皇皇者華》

시고 다니며 한가로이 술을 마시고 시를 읊어 시원하게 마음을 비워 영욕(榮辱)에 얽혀든 것이 없으시다고 합니다. 이는 바로 소부(巢夫)와 허유(許由)에게 벼슬하는 것[343]이라 할 수 있습니다. 그 풍채(風采)를 사모하여 우러러 보지만 아득하여 미치지 못합니다.

죄인인 저는 죄가 산처럼 쌓였는데 오늘날까지 눈뜨고 목숨이 살아 있는 것은 딱하게 여기고 덮어주신 은혜에서 나온 것입니다. 그런데 신명(神明)이 이를 싫어하여 화(禍)가 집안사람들에게 미치고 있습니다. 이곳에 온 이후 매년 집안에 나쁜 소식이 들리니 걱정스럽고 두렵고 슬프고 마음이 상하여, 날로 쇠약해지고 달로 녹아버려 남은 것은 겨우 껍데기뿐입니다. 하루 종일 먹는 것이 몇 숟가락에 불과하고 친척과 친구들의 거주지와 이름은 하나도 기억하지 못합니다. 정신이 떠다니는 것 같고 모습은 말라버린 나무와 같으니, 이래 가지고서야 어찌 사람답게 될 수 있겠습니까?

지난번 제 조카의 편지를 받았는데, 형께서 저의 식솔들을 모으도록 권하셨다고 들었습니다. 충심으로 아껴주시는 마음을 알게 되니 감격스러운 마음 어디에 비유할 수 있겠습니까? 저 또한 애초에 이러한 마음이 없지 않았지만, 지금과 옛날은 마땅한 바가 다르니 감히 엄두도 내지 못하였습니다. 대감의 말을 듣고부터 비로소 집안사람들과 논의하였으나, 생계를 도모하는데 영락하여 합치기가 어렵습니다. 이에 스스로 탄식하여 말하기를 "옛사람들은 천하를 다스리기를 손바닥을 움직이듯이 하였다. 보잘것없는 너는 한 집안의 일을 돌보는 것도 이처럼 처리하기 어려우니, 그러고도 입만 열면 경제(經濟)의 일을 말하

---

343 소부(巢夫)와……것 : 소부와 허유와 같은 은자(隱者)로서의 삶을 말한다.

었는가?"라고 하였습니다. 조만간에 데리고 오려 하지만 그 어려운 형편을 모두 헤아릴 겨를이 없습니다. 요즈음 시골의 풍속이 아직도 충후(忠厚)하여 나그네가 오가는 데는 처음 왔을 때와 다름이 없습니다. 선방(禪房)에 임시로 머무르고 있는데, 오직 승려 한 명이 처음부터 끝까지 지키고 있으면서 부지런히 일하며 태만하지 않아서 땔나무와 물을 그에게 의지하여 해결하고 있습니다. 관심을 써주셔서 이와 같이 우러러 말씀드립니다.

상주가 되는 조카께서는 요즘 편안히 계시는지요. 친구들 중에 애경사(哀慶事)가 있어도 일체 인사를 닦지 못하고 있지만, 마음속에는 이런저런 생각이 오고 갑니다. 근래 과거에 합격했다는 소식이 우리 무리 중 훌륭한 사람에게서 많이 나오니, 비록 저는 욕을 당하여 버려졌지만 잠을 이루지 못하고 기뻐하고 있습니다. 이것이 일종의 어리석은 기질임을 알면서도 아직도 현세에 대한 생각을 끊지 못하고 있으니 매우 가소롭습니다. 원컨대 나라를 위하여 스스로를 아끼시고 덕업(德業)을 융성하게 일으키십시오. 죄인 동생이 아룁니다.

이생 경만 에게 보내는 편지
與李生 庚萬 書

중춘(仲春)에 편지를 오랫동안 소식이 막힌 끝에 받았습니다. 그사이 인사(人事)에 거듭 변고가 있어 두 집안이 모두 많은 변화를 겪었습니다. 밤이 무르익어 촛불을 들고 서로 대하던 일이 꿈만 같은데,[344] 이별한 후 내달이면 또 두 달이 됩니다. 초여름이라 바람이 많은데, 제사를 모시는 몸으로 기거(起居)가 보중하신지 삼가 문안드립니다. 독례(讀禮)[345]하는 겨를에 어떤 책으로 날을 보내는지 구구한 저는 그리워합니다. 저는 겨우 목숨을 보존하고 있는데, 요즈음 미욱한 아들들이 와서 모여 자못 외로운 마음에 위로가 됩니다.

존형의 돌아가신 할아버지의 유고를 교정하는 일은 보잘것없는 제가 어찌 감히 맡을 수 있겠습니까? 예전에 공의 만년에 저를 동리의 후진으로서 따르는 무리의 말석에 참여하게 해 주셨습니다. 그러나 공의 학술과 문장에 대해서는 실로 그 만분의 일도 알지 못합니다. 제가 무슨 기준이 있어서 남기고 삭제하는 일을 할 수 있겠습니까? 다만 존형께서 겨우 스무 살을 넘었을 무렵에 상주가 되셔서 일찍이

---

344 밤이……같은데 : 두보(杜甫)의 시 〈강촌(羌村)〉에 나오는 "밤이 무르익어 다시 촛불을 들고 서로 마주보니 꿈만 같구나.[夜闌更秉燭 相對如夢寐]"라는 구절을 인용한 것이다.

345 독례(讀禮) : 거상(居喪)을 뜻한다. 《예기》〈곡례 하(曲禮下)〉의 "장사 지내기 전에는 상례를 읽고, 장사 지낸 뒤에는 제례를 읽는다.[未葬讀喪禮 既葬讀祭禮]"라는 말에서 유래한 것이다.

남문 밖으로 한 걸음도 나오지 않으시다가, 어느 아침에 원고를 품고 쇠약한 몸을 이끌고 3백 리 밖으로 길을 나서 거듭 정중(鄭重)하게 부탁하신 것을 생각하니 그 뜻을 저버릴 수 없었습니다. 또 평소에 사모하고 우러러보던 처지여서 글을 교정하는 미미한 수고로움을 의리상 감히 사양할 수 없었습니다. 그러므로 삼가 모시고 있었던 시절의 공부로, 손을 씻고 대여섯 차례 자세히 읽으니 종이에 터럭이 생길 정도였습니다. 틀린 글자는 고치고, 의심스러운 곳은 쪽지를 붙였으며, 혹은 이미 수록한 것은 다시 삭제하고 혹은 이미 삭제한 것을 다시 수록하였습니다. 그러나 취하고 삭제하는 것은 끝내 합당하게 정리하지 못한 것이 있으니, 이미 삭제한 것도 반드시 삭제해야 합당한 것은 아닙니다. 대개 수록할 수 없는 것이 많았기 때문에 대담하게 삭제해 버렸는데, 오히려 돌아보니 아까운 생각이 많습니다. 선정한 것은 붉은 점으로 표시를 하였는데, 시문이 모두 740여 수입니다. 선정된 것은 대부분 장편 거작이 많아 앞 사람이 섬세하게 선정한 것과 비교하여 거의 4분의 1이 늘어났습니다.

　문장은 소장(疏章)과 서독(書牘)과 제문(祭文)인데, 한편 한편이 모두 전할 만한 것입니다. 그 중에서도 특히 서독이 가장 많은데, 모두 손수 문장을 지으신 것으로, 내용도 있고 형식도 갖추었으며 또한 심신(心身)에 유익한 점이 많아 공허한 말씀이 아닙니다. 아무리 더 줄인다 해도 백여 편을 넘지 않을 것입니다. 서독 중에 경전과 예(禮)에 관한 문답은 선유(先儒)들의 문집에도 많이 있습니다. 그러나 예설(禮說)은 반드시 《예의속집(禮疑續集)》에 수록해야 하므로 모두 삭제하였습니다. 경설(經說)은 경솔하게 삭제할 수 없으니, 혹시 책의 권(卷)과 질(秩)이 너무 번잡할까 염려되면 원폭(原幅)대로 수록하여도 무방할 것 같습니다. 서(序)와 기(記)의 여러 작품은 모두 다른 사람의 요구로 쓴 것이 많습니다. 혹 과제(課題)에 따라 글을 써 준 것은 영감이 살아 있는 글이 적은 까닭에 대부분 수록하지 않았습니다. 의리(義理)와 정사(政事) 및 공이 평소에 정성을 돈독하게 하였던 분야에 관계된 것은 남겨두지 않을 수 없습니다. 취사선택한 원칙은 대략 이와 같습니다. 더욱 깊이 생각하셔서 안목을 갖춘 박학한 분들께 두루 보여 다시 세밀하게 교정하여 완성된 본을 만드시기 바랍니다. 잠시 더 기다렸다가 인쇄하는 것이 어떻겠는지요?

옛사람의 문집은 간혹 생전에 간행하는 경우도 있고, 죽은 후 자손이나 문인, 친구가 돈을 내어 간행하는 경우도 있습니다. 그 일이 심히 어려운 것은 아니지만, 지금은 온갖 일이 모두 어려워 가난한 자나 부유한 자나 속수무책이라 상주의 청빈한 가계로는 아마도 이 일은 주선하기 어려울 것입니다. 또 친구들이 도와주려고 생각은 하겠지만〔濡沫〕346 서로 힘이 미칠 겨를이 없으니, 누가 능히 이 아름다운 일을 완성할 수 있겠습니까? 애석하게도 한 부(部)의 경세적인 문장이 먼지 덮인 상자 속에 묻혀있으니, 풍성(豊城)의 고검(古劍)이 기운을 발산하여 하늘을 비추지만347 어느 때 세상에 출현할지 알 수 없는 것 같아 탄식만 할 뿐입니다.

---

346 친구들이……하겠지만 : 원문의 '유말(濡沫)'은 같은 처지에 있는 사람들끼리 어울리며 서로 도와주려고 한다는 말이다. 《장자(莊子)》〈대종사(大宗師)〉에 "물이 바짝 마르게 되면 물고기들이 서로 입김을 불어 축축하게 해 주고 거품으로 적셔 주곤 한다. 〔泉涸 魚相與處於陸 相呴以濕 相濡以沫〕"라고 했다.

347 풍성(豊城)의……비추지만 : 풍성(豊城) 땅에 묻힌 용천(龍泉)과 태아(太阿)의 두 보검이 밤마다 두우(斗牛) 사이에 붉은 기운을 발산하였다는 전설이 있다.

서문의 문장은 지극히 외람되지만, 다만 천리마의 꼬리에 붙는[348] 것만으로 영광이라 생각하고, 붓으로 점을 찍어 파리를 그리는 부끄러움[349]은 잊었습니다. 다만 한 번 읽어봐 주신다면 좋겠습니다. 이만 줄입니다.

348 천리마의 꼬리에 붙는 : 원문의 '부기(附驥)'는 천리마의 꼬리에 붙음을 말한다. 후배가 선배의 뒤에 붙어 명성(名聲)을 얻는 것을 비유(比喩)한 말이다.

349 붓으로……부끄러움 : 원문의 '낙필점승(落筆點蠅)'은 붓 떨어진 자리에 파리를 그렸다는 뜻으로 화가의 놀라운 솜씨를 이르는 말이다. 중국 삼국(三國) 시대 오(吳)나라의 화가 조불흥(曹不興)이 오왕 손권(孫權)의 명을 받고 병풍에 그림을 그리다가 붓을 떨어뜨려 그만 점이 찍히고 말았다. 그래서 그는 그 점을 파리로 고쳐 그려서 완성해 바치자 손권이 진짜 파리인 줄 알고 손가락으로 퉁겼다는 고사에서 온 말이다.

김생[350] 택영 에게 답하는 편지

答金生 澤榮 書

지난번 손수 쓴 편지를 받고, 비록 얼마 안 되는 몇 줄이지만, 오래 소식이 막힌 나머지라 더욱 위로가 되었습니다. 밤새도록 평상에 마주 앉는다 하더라도 또한 응답이 이와 같을 뿐, 어찌 말이 많은데 있겠습니까? 편지를 보낸 후 날짜가 많이 지났으니 그 사이에 이미 산으로 돌아왔을 것으로 생각됩니다. 기거(起居)가 맑고 여유로우며, 이치를 온축하고 구업(舊業)을 닦아 저서가 키만큼 쌓였다고 하니 그 즐거움을 말로 다할 수 있겠습니까?

전에 친구로부터 그대가 작약(芍藥)을 읊은 시를 들었는데, '고요한 오후에 향기 떠돌고, 서늘한 새벽에 이슬 가득 내리네.'라는 구절이 있었습니다. 이는 송(宋), 원(元) 이후의 사람들이 말할 수 있는 것이 아니니, 깊이 나아간 솜씨가 한결같이 이런 경지에 이르렀단 말입니까? 근래 소산(素山)[351]의 유고를 읽어 보았는데, 족하와 왕복한 시와 편지가 매우 많았습니다. 이 어른께서는 항상 족하의 재주를 깊이 감탄하여 미칠 수 없다고 말씀하시면서, 질박하고 순후함으로 돌아갔다고 격려하셨습니다. 모두가 지극히 애호하는 마음에서 나온 것이지 세속

---

350 김생(金生) : 김택영(金澤榮)으로, 399쪽 주 226 참조.

351 소산(素山) : 이응진(李應進, 1817~1887)으로, 자는 공오(拱五), 호는 소산이다. 1882년에 홍문관 제학(提學), 종친부(宗親府)의 종정원(宗正院) 종이품(從二品) 관직인 종정경(宗正卿)을 지냈다. 1885년에는 《봉산군여지지(鳳山郡輿地誌)》를 새로 편차(編次)했다.

을 본받아 면전에서 아첨하려고 하신 것이 아니었습니다. 아아! 이
어른께서는 아직도 옛사람의 풍모를 지니고 계셨는데 지금은 다시 일
어나실 수 없으니, 우리들은 어디에서 훈계하시는 말씀을 들을 수 있겠
습니까? 생각하건대, 족하도 같은 생각일 것입니다.

백겸산(白兼山)³⁵²의 사람됨은 진실로 후세에 전해질 만한데, 종적
(踪跡)이 너무도 기이하여 다른 사람에게 전을 쓰게 한다면 귀신 한
폭을 그리는 것을 면하지 못할 것입니다. 지금 곧 한번 붓을 놀리는
사이에 기이함을 변화시켜 바르게 만들고 당당하고 뛰어난 모습을 묘
사해 낸다면, 옛날 방산자(方山子)³⁵³가 자연스럽게 다시 높여진 것에
비할 수 있을 것입니다. 죽은 사람도 아는 것이 있다면 반드시 생전에
불우했던 것을 슬프게 여기지 않을 것입니다.

나는 항상 우리 조선의 역사는 간략하고, 야담(野談)은 용렬하고
비루하며, 오백 년의 인물과 정사는 가려져서 빛나지 못하는 점을 유감
스러워 했습니다. 만약 훌륭한 사가(史家)의 재주로 하여금 그것을
발굴하여 드러나게 한다면 어찌 일대의 아름다운 일이 되지 않겠습니
까? 다만 당색(黨色)이 생긴 이후부터 각각 그 문호를 지켜서 시비(是

---

352 백겸산(白兼山) : 백락윤(白樂倫)을 말한다. 겸산(兼山)은 그의 호이며 충남 공
주 유구 사람이다. 순천 군수와 남원 군수를 지냈으며, 구례의 황현(黃玹)과 친했다.
김윤식이 영선사로 중국에 갈 때 관변(官弁)으로 수행했다.

353 방산자(方山子) : 중국 송나라 때 인물로 이름은 진조(陳慥), 자는 계상(季常)이
다. 황주(黃州)의 기정(岐亭)에 살며 스스로 용구(龍丘) 선생이라 하였다. 소동파(蘇
東坡)가 황주에 유배생활을 할 때 자주 어울렸는데, 재주가 많고 부유하였으며 협객의
기질이 있어 많은 사람들과 친분이 있었다. 만년에 모든 것을 버리고 산속에 은거하였는
데, 쓰고 다니던 모자가 네모지고 위로 높이 솟아 사람들이 방산자(方山子)라 칭하였
다. 소동파가 방산자전(方山子傳)을 저술하여 후세에 알려졌다.

非)가 공정하지 못해, 그러한 재주가 있어도 사필(史筆)을 잡는 소임을 감당할 수 없었습니다. 족하께서는 문호(門戶)에 얽매인 것이 없는데다 마음이 공정하고 안목이 밝으니, 마땅히 고전을 연구하고 남겨진 사실들을 망라하여 윤색(潤色)된 것을 헤아려 자르고 다듬어 술이부작(述而不作)[354]하여 선인들의 가려진 잘못을 모두 씻어내고 태평성대의 옛 사실들을 영원히 전하십시오. 그 공이 어찌 김부식(金富軾)[355]이나 정인지(鄭麟趾)[356]의 아래에 있겠습니까? 족하께서 혹시 그런 뜻을 가지고 계십니까? 이 일은 비록 지극히 어렵지만 뜻이 있으면 성취할 수 있을 것입니다. 이와 같이 사관(史官)으로서의 재주가 있으면서 큰 저작(著作)을 이루어 후세에 전하지 못한다면 또한 애석한 일이 아니겠습니까?《숭양기구전(嵩陽耆舊傳)》의 선본(繕本)은 지금 어느 곳에 있습니까? 찾아서 보도록 빌려주시기 바라는데 어떻습니까?《겸산전(兼山傳)》에 의작(擬作)이라고 한 뒤에 있는 몇 마디 말은 다시 생각해 보니 원편(原篇) 속에 제 이름이 있어 군더더기가 될 것이니 남겨둘 필요가 없습니다. 이만 줄입니다.

(옮긴이 백승철)

---

354 술이부작(述而不作) : 앞 사람의 학설을 전해 받아 밝히기만 하고 자기의 새로운 설을 내놓지 않는 것을 말한다.《論語 述而》

355 김부식(金富軾) : 고려 때의 문신으로《삼국사기(三國史記)》를 편찬하였다.

356 정인지(鄭麟趾) : 조선 초기의 문신으로《고려사(高麗史)》를 편찬하였다.

지은이 **김윤식(金允植)**

1835(헌종1)~1922. 자는 순경(洵卿), 호는 운양(雲養), 본관은 청풍(淸風)이다. 유신환(兪莘煥, 1801~1859)과 박지원의 손자인 박규수(朴珪壽, 1807~1876)에게 사사해 노론낙론계의 사상을 이어받았다. 1881년(고종18) 영선사로 파견된 일을 계기로 친청 노선을 고수하였다. 일본과의 굴욕적 조약에도 순순히 응하여 많은 비판을 받기도 하였으나, 1919년 3·1운동의 고조기에 대일본장서(對日本長書)를 일본정부에 제출했던 일로 '만절(晩節)'이라 평가받기도 하였다. 김윤식은 조선의 최대 격변기에 온갖 부침을 겪으며 벼슬아치의 일생을 보내는 한편 문장가로서도 이름이 높았다. 1922년 그가 죽었을 때 '조선의 문호(文豪)'로 지칭되기도 하였다. 저서로는《운양집(雲養集)》,《음청사(陰晴史)》,《속음청사(續陰晴史)》등이 있다.

옮긴이 **구지현**

1970년 천안에서 태어났다. 연세대학교 국어국문학과를 졸업하고 동대학원에서 문학석사 및 문학박사 학위를 받았다.
연세대학교 BK사업단 연구원, 일본 게이오대학 방문연구원(일한문화교류기금 펠로우십)을 지냈고 현재 연세대학교 국학연구원 학술연구교수로 재직하고 있다. 저서로《계미통신사 사행문학연구》,《통신사 필담창화집의 세계》등이 있다.

옮긴이 **백승철**

1953년 충남 당진에서 태어났다. 연세대학교 사학과를 졸업하고 연세대학교 일반대학원 사학과에서 문학석사, 문학박사 학위를 받았다.
연세대학교 강사, 연세대학교 국학연구원 교수를 지냈고, 현재 연세대학교 국학연구원 연구교수로 재직하고 있다. 대표적인 저서로는《조선후기 상업사 연구-상업론·상업정책》이 있다.

권역별거점연구소협동번역사업 연구진

연구책임자　이광호(연세대학교 문과대학 철학과 교수)

공동연구원　김유철(연세대학교 문과대학 사학과 교수)

　　　　　　허경진(연세대학교 문과대학 국어국문학과 교수)

선임연구원　구지현

　　　　　　기태완

　　　　　　백승철

　　　　　　이지양

　　　　　　이수해

　　　　　　정두영

교열　　　　김익수

　　　　　　김영봉(권1, 2, 3)

연구보조원　안동섭

운양집 5

김윤식 지음 | 구지현·백승철 옮김

2013년 12월 30일 초판 1쇄 발행

편집·발행 도서출판 혜안 | 등록 1993년 7월 30일 제22-471호

주소 (121-836) 서울시 마포구 서교동 326-26번지 102호

전화 3141-3711 | 팩스 3141-3710 | 이메일 hyeanpub@hanmail.net

ⓒ한국고전번역원·연세대학교 국학연구원, 2013

Institute for the Translation of Korean Classics · Institute of Korean Studies Yonsei university

값 30,000원

ISBN 978-89-8494-495-4 94810

　　　978-89-8494-490-9 (세트)